Bea

LE SECRET
D'EDWIN STRAFFORD

Robert Goddard

LE SECRET D'EDWIN STRAFFORD

Traduit de l'anglais
par Catherine Orsot Cochard

Directeur de collection : Arnaud Hofmarcher
Coordination éditoriale : Hubert Robin

© Robert Goddard, 1986
Titre original : *Past Caring*
Éditeur original : Robert Hale Limited

© Belfond, 1992, pour la traduction française

© Sonatine Éditions, 2013, pour la traduction française
Sonatine Éditions
21, rue Weber 75116 Paris
www.sonatine-editions.fr

Prologue

« *Oui, enfin me voici revenu sur les lieux que tu hantes.*
Pour te retrouver, j'ai traversé les années
et les scènes mortes.
Que trouves-tu, à présent, à dire à notre passé,
Scruté au travers de l'espace obscur où tu m'as manqué ? »

Ces vers me reviennent car j'ai traversé mes années gâchées et les scènes mortes avec au cœur la même nostalgie. Si tu m'avais dit, mon gibier insaisissable, ce qui m'attendait en partant à la recherche de ton passé, je ne me serais jamais lancé dans l'aventure. Ton ombre que j'ai suivie à la trace, et dans laquelle je me suis glissé, m'enveloppe à présent dans cette maison où ton âme a connu l'exil. Que ferais-tu ? Je sais. Il faut d'abord raconter une histoire.

1

En 1977, au printemps, j'avais tout juste 30 ans et ma situation n'était pas brillante. J'avais gaspillé mon talent dans une vie en grande partie gâchée : divorcé, chômeur, ex-professeur plein de promesses, mes perspectives d'avenir étaient sombres. La grisaille qui enveloppait Londres en ce mois de mars m'allait comme un gant.

Pour achever le tableau, je souffrais ce matin-là d'un mal de tête lancinant, conséquence des bières de la veille et du refrain dont mon hôte, qui supportait de moins en moins ma présence, me rebattait les oreilles. Nous nous trouvions dans la cuisine de sa maison à Greenwich. Comme c'était un samedi, la circulation dans Maze Hill était assourdie, et la lumière qui éclairait la table où je buvais un café noir avait le bon goût de ne pas être trop forte. Jerry était assis en face de moi, lavé, rasé de près, habillé, lucide, quatre choses dont je ne pouvais pas me vanter. Il feuilletait les pages sur la Bourse dans le *Financial Times*.

– Millenium continue de monter, dit-il.

– C'était prévisible.

La prospérité de mon dernier employeur n'était pas faite pour me remonter le moral. Mais cela ne me surprenait pas. La société immobilière Millenium avait toujours eu une politique d'achat et de promotion de monuments historiques hautement efficace. Leur seule concession à la culture était d'engager des commis surqualifiés, tels que moi, pour truquer leurs brochures.

Millenium m'avait offert mon premier boulot à peu près décent depuis que j'avais quitté l'enseignement. Mais au cours d'un réveillon de Noël, j'avais confié, juste à la personne qu'il ne fallait pas, le mépris que m'inspiraient les connaissances historiques des responsables de la société. Après cela, il ne me resta plus qu'à démissionner avant d'être mis à la porte.

La perte d'un salaire fixe, alors que j'étais déjà endetté avant cette histoire, m'obligea à me défaire de mon appartement à Richmond. C'est alors que Jerry, un ancien camarade d'école, m'avait offert de venir habiter chez lui, à Greenwich, le temps de trouver autre chose. Mais cela faisait déjà deux mois de ça, et Jerry commençait à en avoir assez.

– Je t'ai dit que *Tribune* avait l'intention d'ouvrir une succursale régionale à Crawley ?

Oui, il me l'avait déjà dit. Il avait même ajouté qu'ils engageaient du personnel et que, si cela m'intéressait, il pourrait parler de moi. À vrai dire, cela ne m'inspirait qu'une profonde indifférence. Jerry travaillait comme actuaire pour Tribune Life Assurance Company où l'on devait avoir une haute opinion de lui, car il était consciencieux et bosseur. Mais je savais que je ne pourrais jamais faire carrière dans son monde et que cela ne m'aurait rien apporté de bon d'essayer, ni à Jerry. Mais le lui faire comprendre n'était pas facile. Je risquais de heurter son pragmatisme. De plus, il était trop sérieux pour comprendre que Tribune Life (trente-huit heures par semaine dans des bureaux modernes, avec des primes aux plus zélés) lui convenait peut-être parfaitement, mais me faisait horreur.

– Oui, tu me l'as dit. Je regarderai les petites annonces.

C'était un mensonge, bien sûr. Je n'en ferais rien. Ce que je voulais avant tout, c'était rassurer Jerry et exorciser ma peur secrète que ce ne soit pas seulement l'idée de faire carrière dans les assurances qui m'était insupportable, mais l'idée même de faire carrière.

Pour faire diversion, j'ouvris mon courrier. Jerry avait posé soigneusement contre le porte-toasts deux lettres pour moi. La première était mon relevé de carte de crédit. La seconde semblait de meilleur augure : un timbre portugais et une écriture que je reconnus tout de suite.

— C'est une lettre d'Alec, dis-je, avec l'espoir que les nouvelles qu'il envoyait de Madère nous feraient oublier un moment que j'étais sans travail et sans domicile.

Jerry ne connaissait pas Alec Fowler personnellement. Quant à moi, j'avais fait sa connaissance à l'université car nous avions une chambre au même étage. C'était l'un de ces étudiants raffinés qui faisaient plus vieux que leur âge et près de qui on se sentait gauche et immature. Mais j'appris vite et il avait besoin de partager avec d'autres sa jeunesse exubérante. Alec s'entourait de gens comme moi qui aimaient à se considérer comme des radicaux libres-penseurs. Cambridge, à la fin des années soixante, était une pépinière d'étudiants branchés qui soutenaient que fumer de la marijuana et remettre en question les idées établies était un fait social nouveau, d'une importance capitale. Alec employait toute son intelligence de jeune homme dévoyé pour nous aider à y croire. Dix ans plus tard, cela paraissait terriblement naïf et hors de propos. Mais je gardais de cette époque le souvenir d'une grande fraîcheur et d'un optimisme à toute épreuve, ce qui la distinguait dans mon souvenir des années de désillusion qui suivirent.

J'avais occupé ces années à devenir un mari, un père et un enseignant, puis à perdre ma femme, ma fille et ma carrière pendant que l'Angleterre était aux prises avec les hausses du prix du pétrole et les semaines de trois jours. Alec, lui, avait trouvé le moyen de prendre du bon temps. Interrogé sur les violentes bagarres au Garden House mais pas inculpé, semoncé mais pas renvoyé de l'université, il m'avait donné l'impression de consacrer tout son temps à écrire des articles pour des journaux libres. Il obtint pourtant une mention « très bien » en anglais puis, selon ses propres termes, il choisit la dérive organisée : Paris (à la recherche de l'esprit soixante-huitard), Venise (pour la voir avant que la mer ne l'ait engloutie) et la Crète (pour parler anglais et étudier la lumière de la Méditerranée). Ses séjours à l'étranger étaient ponctués de retours en Angleterre et, à ces occasions, il ne manquait jamais de passer me voir à l'improviste pour parler de l'époque où nous étions étudiants. C'était à chaque fois des week-ends passés à boire, au grand désespoir de ma femme.

La grande ambition d'Alec, comme il me le confia souvent, était de devenir journaliste mais, bien qu'il ait été souvent sur le point de la réaliser, il n'avait toujours pas percé. À l'époque du Watergate, il était à New York, sans réussir à vendre ses articles. Il fut engagé par un journal du soir de Montréal au moment des Jeux olympiques, mais le travail tomba à l'eau avant même le début des jeux. Pour rétablir ses finances, il avait dû oublier momentanément le journalisme. Il était parti pour Madère où il avait trouvé un poste d'enseignant pour six mois.

Il ne rentra pas en Angleterre à Noël comme il l'avait projeté, au moment où j'aurais eu le plus besoin de sa compagnie pour m'aider à remonter un moral au plus bas. Je lui avais écrit plusieurs fois. C'était la première réponse que je recevais. Je lus sa lettre à Jerry, en espérant que cela lui ôterait momentanément de l'esprit mon peu d'enthousiasme à chercher un travail et un appartement.

Salut Martin!

Comment vas-tu ? Désolé de ne pas t'avoir donné de mes nouvelles plus tôt. J'ai été très occupé. Je t'en dirai plus dans un instant.

Triste, ton histoire avec Millenium, mais tu as probablement eu raison de partir. Toutes mes félicitations à Jerry pour arriver à te supporter si longtemps.

Les cours que j'ai donnés se sont arrêtés à Noël. Tu me demandes ce que j'ai fait depuis. Tiens-toi bien! J'ai lancé une revue. Madère est pleine d'Anglais retraités ou en vacances. Mon idée était de leur proposer un mensuel sur papier glacé, illustré de photos de l'île (superbe!), qui traiterait des problèmes d'actualité (peu nombreux!) pour donner aux touristes un aperçu de ce qu'il faut voir et mettre nos compatriotes au courant de ce qui se passe. Grâce au manque de concurrence, la revue a bien démarré. J'ai un ami ici qui est aussi bon photographe que je suis bon journaliste (association fatale?), et il y a des tas de boutiques et d'entreprises désireuses d'insérer des annonces publicitaires pour les Anglais qui sont leurs meilleurs clients.

Il y a aussi un hôtelier sud-africain à Funchal qui a versé les fonds nécessaires pour me permettre de démarrer. Le premier numéro de La Vie à Madère *est sorti le mois dernier et, jusqu'ici (je touche du bois), tout va bien. Leo, l'hôtelier, a organisé un cocktail pour passer de la pommade à tous les gens importants. Si ça continue comme ça, je risque de devenir un pilier de l'establishment. Sans rire, cela pourrait m'ouvrir les portes des journaux nationaux.*

Mais ce n'est pas pour tout de suite. Je dois d'abord faire mon apprentissage. Ce qui me fait penser à une idée que j'ai eue pour éclairer ta vie. Pourquoi ne pas laisser tomber ce que tu fais en ce moment (ce ne sera pas une grosse perte d'après ce que tu me racontes dans ta dernière lettre) et venir passer des vacances ici? Je partage une maison avec un couple de Portugais qui doit s'absenter le mois prochain. Je peux donc facilement te loger. C'est superbe, Madère, au printemps. Je pourrais te faire visiter; toi, tu pourrais me dire ce que tu penses de la revue et nous pourrions parler du bon vieux temps.

Qu'en penses-tu? Donne-moi vite une réponse.

Tchao!

Alec

– Tu vas y aller ? dit Jerry, un peu trop vite à mon goût.
– Si c'était matériellement possible, oui, j'irais tout de suite.

C'était moins impossible que je n'en donnai peut-être l'impression à Jerry. Je possédais quelques centaines de livres sterling dans une société de crédit immobilier, pour les cas d'urgence, et je considérais que c'en était un.

Le lundi soir, je téléphonai à Alec. Après plusieurs tentatives infructueuses et au milieu d'une forêt de parasites, j'entendis sa voix familière qui venait de la lointaine Madère.

– Ça me fait plaisir que tu puisses venir, Martin. Ce sera formidable de te voir.

– Moi aussi, mais c'est un peu plus tôt que prévu. J'ai une option sur un charter le 31.

– C'est parfait. Je serai entre deux parutions et je pourrai te montrer l'île. Plus tôt tu viendras, mieux ce sera. Tu en auras pour ton argent, crois-moi.

Avant que nous abandonnions la lutte contre les parasites, je lui donnai le numéro du vol et l'heure de mon arrivée. C'est seulement après avoir raccroché que je me demandai ce qu'il avait voulu dire quand il avait ajouté que ce serait plus profitable que de simples vacances. Avait-il un travail à offrir à un vieux copain, maintenant que sa revue était lancée ? Une lueur d'espoir me fit passer dans l'optimisme la semaine précédant mon départ.

C'est l'esprit détendu et de bonne humeur que je montai à bord du charter en partance pour Madère, même si je me sentais un peu déplacé au milieu des familles heureuses qui partaient en vacances. Quelques verres me mirent vite tout à fait à l'aise et la traversée fut plutôt agréable, du moins jusqu'au moment où un orage commença à faire trembler la carlingue.

Lorsque l'avion, secoué par le vent, commença sa descente sur Madère, je regardai par le hublot. Je vis les crêtes des vagues, aussi blanches que les articulations de mes doigts agrippant les bras du fauteuil, de beaucoup trop près pour pouvoir garder mon calme. Quelque part devant nous se dessina une tache verte et, bientôt, nous heurtâmes quelque chose qui, je l'espérai de toutes mes forces, était la piste d'atterrissage. Presque au même moment, l'avion freina brutalement. J'étais dessoûlé lorsque je débarquai. Serrant contre moi un anorak pour me protéger de la pluie diluvienne, j'entrai dans l'aérogare à la suite des autres passagers.

Après avoir passé la douane, je ne vis pas trace d'Alec. Les autres passagers se dispersaient déjà. Comme je commençais à m'inquiéter, je le vis qui descendait un escalier en bondissant.

– Salut, Martin! cria-t-il en venant vivement vers moi avec un geste désinvolte de la main.

Bronzé, détendu, ses cheveux châtains éclaircis par le soleil, il avait l'air en pleine forme et ressemblait plus à un champion de surf qu'à un journaliste. Il me donna une tape dans le dos et sourit de toutes ses dents.

– Comment ça va, fiston? dit-il. Tu as une mine épouvantable.

– Je te remercie, dis-je avec un sourire piteux. Mais tu ne serais pas en meilleur état si tu avais vécu ce que je viens de vivre. J'ai cru qu'on allait piquer du nez dans l'océan.

– Ça n'avait pas l'air si horrible vu du bar. Mais c'est vrai que la piste est un peu courte. Je ne te l'ai pas dit pour ne pas t'inquiéter. Et ce temps pourri n'arrange rien. Tu as dû l'amener de Londres. C'est la première fois qu'il fait si mauvais depuis le début de l'année. Il n'y a qu'un pessimiste comme toi pour arriver à Madère avec un temps pareil.

Alec avait raison. Dans la vie, je m'étais toujours attendu au pire et j'avais rarement été déçu. Lui, en revanche, avait toujours attendu le meilleur et il avait souvent été comblé. J'avais passé un hiver à Londres sans rien faire de bien, tandis qu'il exploitait tous les filons d'une île au soleil. Il avait raison de dire qu'elle ne se présentait pas sous son meilleur jour. Le chauffeur de taxi, qui portait des lunettes de soleil, roulait vers Funchal en prenant les virages en épingle à cheveux comme si le temps était sec et la visibilité parfaite, mais je ne voyais que des falaises menaçantes, une mer démontée et des nuages bas qui faisaient plus penser au Cornouailles qu'aux tropiques.

– Ne t'inquiète pas, dit Alec, un temps comme ça ne dure jamais longtemps. Madère est vraiment une île superbe, en dépit du fait que les Madériens ne font pas grand-chose pour la garder telle quelle.

Il montra à travers la pluie qui tombait à torrents un chantier en construction abandonné.

– Ils ont tous les vices des Latins.

La voiture fit une embardée sur un nid-de-poule et je hochai involontairement la tête en espérant que le chauffeur ne comprenne pas l'anglais.

– Ils n'ont qu'une qualité : ils me laissent faire ma revue. Je sais que c'est le bled ici, mais bon, c'est un début.

Après d'innombrables projets avortés, l'optimisme d'Alec était intact et, par miracle, nous aussi lorsque nous atteignîmes Funchal : demi-cercle de maisons grises, brunes et trapues escaladant les collines en face d'une large baie.

La maison d'Alec était fraîche, sèche et silencieuse, trois choses qui n'existaient pas à l'extérieur. Je me laissai tomber avec soulagement dans un des fauteuils du salon pendant qu'Alec, de la cuisine, continuait à me donner ses impressions sur Madère.

– Ce sera du café noir, cria-t-il. Le lait est une denrée rare, ici. Mais à voir ta tête, cela ne te fera pas de mal. Il y a un numéro de la revue sur la table. Tu peux y jeter un coup d'œil.

« *La Vie à Madère*, avril 1977 » s'inscrivait en caractères gras sur la couverture glacée ornée de la photo d'une souriante jeune fille brune, en robe à rayures et boléro, tenant dans ses bras un bouquet de mimosa.

Je feuilletai la revue. De bonnes photos et la prose incisive d'Alec m'encouragèrent à lire le carnet mondain et une page d'informations locales.

– Que se passe-t-il d'important en ce moment à Madère, Alec ?

– Il ne se passe jamais rien d'important, Martin. Je me contente d'enjoliver les anecdotes et de flatter les préjugés de mes lecteurs.

– Qui sont ?

– Prévisibles. Les mêmes que pour tous les exilés anglais n'importe où dans le monde et que l'on peut formuler ainsi : pourquoi les indigènes sont-ils si bruyants et si paresseux ?

– Et où peut-on manger pour pas cher ?

– Tu as lu mon article sur le Jardin de Sol. C'est un très bon restaurant. Je m'oblige à dîner en ville une fois par semaine pour protéger le palais de mes lecteurs. Il y a beaucoup de bons restaurants bon marché à Funchal et quelques mauvais. C'est important de faire la différence.

– Je te fais confiance !

Après une double page consacrée aux Floralies, j'étais tombé sur une photo représentant une rangée de bouteilles de vin incrustées, d'une belle couleur sombre, illustrant un article dont le titre était : « Le vieux madère : en reste-t-il encore ? »

– On devient vite connaisseur, ici. Le commerce est dominé par les Anglais. C'est comme ça depuis toujours. C'est un sujet dont ils ne se lassent pas.

– Tu goûtes les vins dans leur intérêt ?

– Oui. Mais ces bouteilles-là datent de 1792. Il ne doit plus en rester beaucoup, si jamais il en reste. On a offert un verre de ce madère à Napoléon alors qu'il faisait route vers Sainte-Hélène mais il était trop mal fichu pour boire.

– Triste pour lui.

– Oui, mais c'est typique. Comme Madère est à l'écart du monde, les gens célèbres viennent ici uniquement avant ou après leurs jours de gloire.

J'étais justement en train de regarder des photographies de Churchill. Sur l'une, sa haute silhouette corpulente, reconnaissable entre toutes, était perchée sur un tabouret devant une toile sur laquelle il peignait un paysage marin. Sur l'autre, il posait à côté de sa femme sur un balcon décoré d'arabesques avec des palmiers en arrière-plan.

Alec entra alors dans la pièce en portant un plateau et jeta un coup d'œil par-dessus mon épaule.

– Churchill a passé plusieurs hivers ici après la guerre, dit-il. Il aimait peindre la côte à Camara de Lobos.

Il posa le plateau sur la table et nous servit du café.

– Alors, qu'en penses-tu ?

Je fermai la revue et levai les yeux.

– C'est bon, Alec, dis-je. Très bon. Pittoresque, vivant, instructif. Je l'achèterais.

– Tu penses que la revue a un avenir ?

– À mon avis, elle en mérite un.

Je bus avec satisfaction une gorgée de café.

– Dans ta lettre, ajoutai-je, tu m'as parlé d'une sorte de sponsor.

– Oui. J'ai réussi à m'insinuer dans les bonnes grâces d'un important homme d'affaires. Leo Sellick est sud-africain et donc au mieux avec les Anglais. Il a fait fortune en achetant puis en revendant des terrains au moment du « boom » hôtelier. Il possède encore un terrain à Machico, à l'est de Funchal, où se trouve la seule plage potable de l'île. Comme il a manifestement le sens des affaires, je trouve ça plutôt encourageant qu'il ait bien voulu investir dans ma revue. Il connaît aussi tous les gros pontes qui, sans son soutien, me boycotteraient. Il passe son temps au Country Club à leur dire du bien de moi.

– La perle rare, on dirait.

– Oui. Grâce à lui, je vais enfin réussir.

Je le lui souhaitais sincèrement mais non sans une pointe d'amertume. Alec était de nouveau lancé, alors que j'en étais toujours à chercher ma voie. Son enthousiasme me fit comprendre que nous n'avions pas à nous appesantir sur mon cas, d'ailleurs sans intérêt. Mais je le divertis en lui donnant une version enjolivée de mon départ de Millenium, dans laquelle j'avais choisi de donner ma démission le jour même de la Saint-Sylvestre, sans y avoir été le moins du monde contraint. J'avais beau être historien, je n'avais aucun scrupule à blanchir le passé si cela pouvait servir mes intérêts.

Plus tard, à la nuit tombée, la pluie cessa et Alec m'emmena dans un petit restaurant dont il voulait parler dans sa revue. La salle, minuscule et bondée, résonnait de rires latins. Dans une ambiance chaleureuse, des serveurs pauvrement mis s'affairaient. Alec commanda deux filets d'*espada* (savoureux poisson des profondeurs) à la sauce crevette et une bouteille de dão, puis un moment plus tard, quand nous commençâmes à nous détendre :

– Demain, déclara-t-il, je t'emmènerai quelque part où tu ne regretteras pas d'être allé.

– C'est-à-dire ?

– Tu vas rencontrer Leo. Il habite à Camacha, dans les collines, au nord-est de Funchal. Quand il a appris que tu allais venir me voir, il a insisté pour que je t'emmène dîner chez lui. Crois-moi, il ne faut pas manquer ça. C'est un hôte généreux et sa *quinta* est ravissante.

– Sa *quinta* ?

– Sa propriété, si tu préfères. Souviens-toi de toutes les bouteilles de porto que nous avons ingurgitées à Cambridge portant l'étiquette Quinta do Noval.

– Notre concession au conservatisme.

– Et qui n'est pas dans mes prix, ici. Prenons un autre verre de dão, c'est plus abordable.

Je ne me fis pas prier et nous passâmes la soirée à boire et à nous entretenir de la politique en Angleterre et au Portugal, des étudiants d'autrefois et de ceux d'aujourd'hui, du journalisme et de Madère. Déjà, je me sentais mieux. Un vieil ami et un nouveau cadre exerçaient sur moi un effet salutaire.

À mon réveil, le lendemain matin, Madère était méconnaissable. Par la fenêtre de ma chambre, je pouvais voir le ciel d'un bleu profond. Dans le jardin, les oiseaux chantaient et un air doux et embaumé remplit mes poumons lorsque je me levai pour regarder Funchal inondée de soleil, les toits chatoyant sous une brume de chaleur. Les murs, gris la veille, étaient à présent d'un blanc éblouissant; les tuiles brunes, d'une lumineuse couleur orangée. La ville était construite comme une grappe accrochée au flanc verdoyant d'une colline qui dominait l'immensité bleue de l'océan. J'avais la tête lourde mais l'air était léger, et la journée pleine de promesses.

Alec sortit après le petit déjeuner et revint avec du pain, un poulet cuit et des mangues.

– Notre pique-nique, dit-il. Tu es prêt?

– Pourquoi se presser? Nous sommes bien invités pour le dîner, n'est-ce pas?

– Oui, mais nous y allons à pied et il y a six heures de marche jusqu'à Camacha, alors mets de bonnes chaussures.

– Je n'avais pas pensé une seconde que nous irions à pied.

– Je t'ai prévenu, je ne suis plus le même. Et tu as tout l'air de quelqu'un qui a besoin d'exercice. En plus, c'est une promenade magnifique.

Alec commença à préparer des sandwichs.

– Nous prendrons mon sac à dos, dit-il. Tu peux y mettre les affaires dont tu as besoin pour la nuit. Nous ne rentrerons pas ce soir.

Alec m'avait parlé de Leo Sellick comme d'un hôte généreux. Quant à la beauté de la promenade, je m'en remettais aussi à sa parole. Et, au moins, il y avait un bon dîner au bout.

Nous descendîmes sur le port et nous montâmes dans un vieil autobus rouge et gris pour sortir de Funchal ; il vibrait de toute sa carcasse sur les pavés des rues escarpées, bordées de hauts murs, mais continuait vaille que vaille son ascension malgré les protestations du moteur.

– Nous allons à Monte, me cria Alec à l'oreille pour couvrir le bruit du diesel. C'est la route que prenaient les colons anglais dans le passé pour rejoindre les hauteurs de Funchal. Là-haut, on respire un air frais et sain qui est recommandé pour les maladies pulmonaires. Il y a beaucoup de maisons de repos pour phtisiques.

Comme l'autobus peinait pour négocier un virage en épingle à cheveux, une fumée noire sortant du pot d'échappement entra par les fenêtres ouvertes.

– Les malades ne prennent pas le bus, ajouta Alec avec un sourire.

L'autobus continua de grimper et, peu à peu, l'air devint plus frais, en effet, et les rues plus larges. Nous étions à Monte. L'atmosphère était plus paisible et plus anglaise qu'à Funchal. Nous laissâmes le bus et descendîmes une rue pavée qui nous fit passer devant une impressionnante volée de marches menant à une grande église blanche ornée de deux élégants clochers, et d'une statue de la Vierge Marie dans une niche au centre de la façade.

– Notre-Dame du Mont, dit Alec. L'empereur Charles Ier d'Autriche est enterré ici.

– Il est venu à Madère pour raison de santé ?

– Si tel était le cas, ça ne lui aura pas réussi car il est mort jeune.

Nous poursuivîmes notre chemin dans Monte jusqu'à l'hôtel Belmont et, de là, nous longeâmes une route pavée bordée de talus d'agapanthes bleues et blanches jusqu'au hameau de Babosas. Depuis un belvédère, l'on avait une vue superbe sur Funchal et le port. Les collines en terrasses dominant la ville formaient une courtepointe vallonnée aux couleurs changeantes sur laquelle couraient les ombres des nuages. Je pris plaisir à regarder ce tableau, car les verts et les bleus étaient beaucoup plus vifs qu'en Angleterre, comme la peinture acrylique à côté d'une aquarelle, surtout pour quelqu'un qui, comme moi, émergeait de l'hiver londonien.

Nous prîmes un sentier herbu à travers un bois de pins et de mimosas, éclaboussé de soleil, délicieusement parfumé, et, au bout d'un moment, nous débouchâmes dans une étroite vallée entourée de falaises en basalte, avec à leur pied des éboulis de roches. Nous continuâmes à monter jusqu'au bord d'un canal miniature sortant d'un tunnel obscur. Nous prîmes vers l'est en longeant le bord de l'eau.

– C'est une *levada*, expliqua Alec. Ces canaux sillonnent l'île. Ils acheminent les eaux de source vers les champs pour irriguer la terre et faire tourner les centrales électriques. C'est un système admirable qui, de plus, constitue des lieux de promenade rêvés.

Presque au même moment, un précipice s'ouvrit sur notre droite.

– Ne regarde pas en bas, dit Alec. Marche droit devant toi et tout ira bien.

Je le suivis pas à pas jusqu'à ce que le sentier s'éloigne des à-pics vertigineux. Bientôt, nous marchâmes dans des pinèdes, entre des tapis de lis. Pendant les deux heures qui suivirent, à part le moment où nous contournâmes le mur d'enceinte d'une propriété privée, nous restâmes sur le sentier de terre ocre rouge qui longeait la *levada* et traversait, à un moment donné, une route poussiéreuse.

Depuis l'autre côté de la route, près d'une chaumière aux murs roses dont le jardin regorgeait de lis orange et mauves, nous contemplâmes les pentes boisées qui descendaient vers la mer et, au loin, les bosses des îles Desertas recouvertes d'une brume de chaleur.

— Juste au-dessous de nous, c'est Palheiro Ferreiro, dit Alec. Tu vois la grande maison plus bas dans les arbres ?

Je distinguai un toit orange perdu dans la verdure.

— C'est la propriété des Blandy. L'une des plus riches familles anglaises établies à Madère. Un nom avec lequel il faut compter. Ils dominent l'industrie viticole depuis trois cents ans. Tu vois, les Anglais ont toujours eu leur mot à dire sur l'île.

— Ce sont des amis de Leo Sellick ?

— Leo est l'ami de tout le monde, surtout des gens comme les Blandy. Et, bien sûr, ils n'habitent pas très loin.

— Je ne suis pas mécontent de l'apprendre.

— Ça ne va pas ? Tes jambes te lâchent ?

— Disons que j'estime avoir gagné le droit de manger quelque chose.

— Nous allons bientôt nous arrêter.

Nous marchâmes en fait encore vingt minutes avant de pique-niquer, de l'autre côté d'un petit tunnel dans lequel passait la *levada*, et où nous dûmes avancer courbés en deux, à la lumière d'une torche vacillante. Assis dans une pinède délicieusement fraîche, nous dévorâmes nos sandwichs.

— Nous serons bientôt à Camacha, dit Alec. Quinta do Porto Novo se trouve à environ quatre kilomètres, de l'autre côté du village.

— C'est là qu'habite Leo ?

— Oui. C'est un endroit ravissant, à l'extrémité de la vallée de Porto Novo. Le paysage autour de Camacha me rappelle l'Angleterre. Un pays fertile et la brume.

Il avait raison. La *levada* entra bientôt dans un autre tunnel, celui-là impraticable. Nous prîmes alors un chemin qui montait jusqu'au village de Ribeirinha, aux maisons dispersées, puis nous empruntâmes la route poussiéreuse bordée de talus fleuris d'hortensias qui conduisait à Camacha. Le paysage devenait en effet très anglais : champs de pommiers, avec des flocons de fleurs blanches comme neige entre des bois de saules. Nous passâmes devant des jardins et des patios où des branches d'osier séchaient au soleil.

– La vannerie est l'industrie locale, m'expliqua Alec. Les Camachais sont maîtres en la matière.

Nous quittâmes le centre du village par un chemin pavé qui longeait le mur d'une propriété et nous marchâmes jusqu'à une autre *levada*, plus petite et presque à sec. Le chemin s'éloignait de Camacha en serpentant autour du flanc ouest de la vallée de Porto Novo. Il y avait davantage d'hortensias en fleur de ce côté, et la vallée, devant nous, descendait vers la mer en un luxuriant désordre de verts. Les nuages glissaient dans le ciel en jouant autour du sommet des collines, filtrant le soleil du plein après-midi. Une nouvelle fois, nous étions au paradis.

Au bout d'environ une demi-heure, la *levada* entra dans un tunnel. Nous descendîmes alors une petite route pavée pour rejoindre la grand-route rouge poussiéreuse conduisant vers le nord. Nous étions à l'extrémité de la vallée, à l'endroit où la route passe au-dessus de la rivière et tourne sur le versant est.

Devant nous, juste après le tournant, apparut en bordure de la route un mur de stucco écaillé. Sur l'un des piliers flanquant le portail en fer forgé grand ouvert, je lus : QUINTA DO PORTO NOVO. C'était une propriété arrangée en terrasses et plantée d'arbres, avec une allée pavée qui montait en zigzaguant à flanc de coteau, en direction de la maison dont le toit orange et les murs blancs étincelaient sous le soleil au-dessus des arbres.

– Voilà, nous y sommes, dit Alec. Une bonne cachette, n'est-ce pas ?

Nous remontâmes lentement l'allée dans la quiétude de fin d'après-midi qui enveloppait la *quinta*. Un vignoble s'étendait à notre droite, sur une pente ensoleillée, mais nous montâmes vers la maison à travers des rangées de pommiers dont les fleurs se dispersaient sous nos pas.

En haut de l'allée, un passage voûté conduisait à une cour. Au centre, se dressait une fontaine soutenue par des chérubins en pierre. À l'extérieur de la maison, bordant trois côtés de la cour, était aménagée une galerie à arcades dont les piliers reposaient sur un mur à hauteur d'appui. Les paniers suspendus sous les arches et les urnes en plâtre au pied de chaque pilier débordaient d'hibiscus rouges qui emplissaient la cour de leur couleur et de leur parfum. Dans la galerie, je vis des portes sculptées et décorées donnant dans la maison, et au milieu, face au passage voûté par lequel nous étions entrés, un perron de pierre muni d'une rampe faisait une brèche dans le mur de la galerie et conduisait aux lourdes portes en bois ouvertes à l'air frais et suave du soir. La grande paix qui régnait en ce lieu était rompue, ou plutôt rehaussée, par le bruit de l'eau qui coulait de la fontaine, le bourdonnement d'une abeille qui s'était attardée, le chant d'une cigale un peu en avance.

– C'est très beau, Alec, dis-je. Si accueillant, si paisible.

– J'ai pensé que ça te plairait, dit-il. Voyons si nous pouvons trouver Leo.

Il se dirigea vers le perron.

Je restai près de la fontaine, savourant l'atmosphère qui régnait en ce lieu. Mon regard se posa sur les tuiles faîtières débordant l'avant-toit, sculptées en têtes de dragons. Je les contemplais, plein d'admiration pour le travail que cela représentait, quand une voix s'éleva derrière moi.

– L'ornement des tuiles est une spécialité madéroise.

Une façon d'avaler les voyelles rendait les présentations superflues. J'avais devant moi Leo Sellick, un homme maigre, de petite taille, l'air plus vieux que je ne l'avais imaginé, le visage bronzé et marqué, les cheveux aussi blancs que sa chemise, une fine moustache grise, des yeux bleus perçants et un sourire éclatant aux reflets d'or. Nous nous serrâmes la main ; Sellick avait une vigueur qui démentait son âge.

– Ah ! vous êtes là, Leo, dit Alec par-dessus mon épaule en revenant sur ses pas.

– Je vous présente Martin Radford.

– Bien sûr, bien sûr, dit le vieil homme sans me lâcher la main. Vous êtes le bienvenu, monsieur Radford. Alec m'a tout dit sur vous. Je suis ravi de faire votre connaissance. Je crois en vous comme je crois aux dragons. J'aime beaucoup les dragons.

Je lui assurai que j'admirais les dragons comme tout ce que j'avais vu de sa maison et je lançai un regard scrutateur à Alec en me demandant ce qu'il avait bien pu raconter sur moi. Mais il souriait déjà à Sellick et, un peu trop obséquieux à mon goût, s'inquiétait de savoir si la tempête n'avait pas fait de dégâts à la *quinta*.

– Monsieur Radford ne s'intéresse pas à mes vignes, Alec, et vous non plus, d'ailleurs, dit Sellick avec une perspicacité désarmante. Allons plutôt à l'intérieur, je pourrai vous offrir quelque chose à boire. Vous avez l'air d'en avoir bien besoin.

Nous gravîmes les quelques marches conduisant à la galerie, puis nous pénétrâmes par une entrée fraîche dans un vaste salon clair, richement meublé de cuir marron, d'acajou sombre et de tapis épais où nos pieds enfonçaient. Une peau de léopard était étendue devant une large cheminée de briques à l'âtre garni de bûches prêtes à être allumées. Un grand ventilateur au repos était fixé au plafond. Il y avait des peintures et des photographies sur les murs, des fleurs fraîches dans les vases, plusieurs bibliothèques bien remplies, une atmosphère paisible. Les portes-fenêtres devant nous s'ouvraient sur une véranda donnant sur un jardin. Sellick traversa la pièce jusqu'à une vitrine et nous servit à boire.

– Tenez, monsieur Radford, dit-il en me tendant un gin frais.

– Merci, répondis-je. Vous pouvez m'appeler Martin.

– Avec plaisir, si vous voulez bien appeler le vieux lion édenté que je suis Leo.

Je souris. Il n'était pas édenté, pas plus en réalité que métaphoriquement, mais il y avait bien quelque chose de léonin dans ce vieil homme fier et courtois. Il était plus petit que moi mais se tenait plus droit. Son port de tête et son regard révélaient un esprit clairvoyant et un caractère autoritaire. Il avait la distinction des Anglais mais une dureté sud-africaine qui ne laissait aucun doute sur l'identité de celui qui avait tué le léopard.

Il nous proposa d'emmener nos verres sur la véranda pendant qu'il y avait encore de la lumière, le court crépuscule de Madère descendant déjà sur la *quinta*. Nous suivîmes gaiement notre hôte dehors et nous nous assîmes dans des fauteuils en osier. Un jardin parfaitement entretenu s'étendait devant nous. Au milieu de lauriers-roses en fleur, un perron tournant conduisait de la véranda à une pelouse en terrasses, où un banc était disposé près d'un cadran solaire. Plus loin, on apercevait une barrière basse recouverte de bougainvillées, une petite porte et de nouveau quelques marches conduisant à une terrasse inférieure qui ressemblait à un jardin potager. Une petite silhouette, munie d'une houe, se déplaçait parmi les rangées de légumes. À partir de là, le terrain descendait en pente raide vers la route et le fond de la vallée. En face, sur l'autre versant, les bouquets d'ajoncs jaunes prenaient la couleur du vieil or dans la nuit tombante. Au loin, une ligne brumeuse marquait l'horizon, là où le ciel bleu foncé rencontrait le bleu plus foncé de la mer.

– Vous avez une belle maison, Leo, dis-je.

– Merci, répondit-il. On appelle Madère, à juste titre, le jardin flottant de l'Atlantique et, malgré toutes les beautés de ma patrie, je n'ai jamais trouvé la même sérénité qu'ici.

Il sourit.

– Dans cette île, on peut véritablement oublier le monde et cultiver son jardin.

Alec sourit.

– Leo parle par métaphores, Martin. Il a toute une équipe pour s'occuper de son jardin.

– C'est juste. Je ne m'intéresse aux légumes que lorsqu'ils sont dans mon assiette, comme ils le seront bientôt, je l'espère. Si vous voulez bien m'excuser, je vais aller m'en assurer.

En se levant, il se tourna vers moi.

– Si vous souhaitez faire un brin de toilette avant le dîner, Martin, Alec vous montrera le chemin.

Il inclina légèrement la tête et quitta le salon.

– Alors, qu'est-ce que tu penses de lui ? demanda Alec après une pause.

– Un hôte parfait, dis-je. Il doit faire un patron idéal.

– C'est plutôt comique, non ?

– Qu'est-ce qui est comique ?

– Eh bien, que je finisse par écrire pour des colons anglais et que je doive de l'argent à un riche Sud-Africain, des gens que je honnissais autrefois.

J'avais l'impression qu'Alec se dépêchait d'ironiser avant d'être mis en boîte par son vieux copain.

– Cela ne me gêne pas, Alec. Nous avons tous changé et nous avons appris à aimer la vie. Pourquoi ne pas en tirer le meilleur parti ?

Une remarque que j'aurais dû m'adresser en priorité. Mais elle avait au moins l'avantage de supprimer toute trace de jalousie de ma part.

– Nous pouvons toujours profiter du dîner qui nous attend, dit-il. Viens, je vais te montrer la salle de bains.

Peu après, je rejoignis Alec au salon.

Je le trouvai en train de fermer la porte-fenêtre ; dehors, il faisait presque noir à présent.

– Allons-y, dit-il, et il me conduisit dans l'entrée où, par une porte faisant face à celle du salon, nous pénétrâmes dans la salle à manger.

Une grande table ovale était dressée pour trois. On avait fermé les volets et la pièce n'était éclairée que par un candélabre, posé au centre de la table, jetant des feux sur les couverts en argent et les incrustations des longs verres à pied. Un petit bouquet d'orchidées fraîchement cueillies était disposé à chaque bout, la nappe blanche damassée rehaussant les pétales brillants, rouges et jaunes.

— Leo s'est donné beaucoup de mal, dit Alec. Tu dois te sentir honoré.

Je me sentais honoré, en effet. Pour me rendre utile, j'allumai une bougie et allai jusqu'aux trois chandeliers posés sur un meuble contre le mur, face aux portes-fenêtres. Les bougies projetèrent une lueur tremblotante sur le mur, éclairant une vieille photographie fanée en noir et blanc entourée d'un cadre sombre, mais placée en évidence parmi plusieurs peintures beaucoup plus grandes. Cette photo m'était familière mais je ne compris pas tout de suite pourquoi. Je la regardai de plus près. Elle montrait un groupe d'une vingtaine d'hommes, disposés sur deux rangées, les uns assis, les autres debout derrière. Cette photo m'était familière parce que je l'avais déjà vue dans un livre d'histoire, au sujet de la politique à l'époque d'Édouard VII. Ce n'était pas une période que j'avais prise comme option pendant mes études, mais j'avais été amené à l'étudier au moment où j'avais enseigné l'histoire. Pour cette raison, il me fut facile de l'identifier. Il s'agissait d'une photo des membres du cabinet ministériel, prise vers 1910. Au milieu de la première rangée était assis le Premier ministre, Asquith, entouré par les représentants du parti libéral à l'apogée de sa gloire. Lloyd George, donnant l'image d'un homme alerte et dynamique contrairement à l'expression quelque peu apathique d'Asquith, se trouvait assez près du centre pour être, à cette époque, le ministre des Finances. Debout derrière, l'air songeur, se tenait le jeune Churchill, avec déjà son menton de bouledogue. Sans légende, je ne pouvais pas mettre de nom sur le reste de ces grands manitous en redingote, mais c'était une photo historique que je scrutai avec une curiosité croissante. C'était étrange de la voir dans cette maison et je fis part de mon sentiment à Alec.

Avant que je puisse en dire davantage, Sellick réapparut, vêtu d'une veste de smoking en velours, et il nous invita à prendre place à table. Un vieux Madérois voûté apporta une carafe de vin blanc, puis il revint en poussant un chariot sur lequel se trouvaient les entrées.

Après notre longue marche, Alec et moi étions affamés : nous mangeâmes et bûmes de bon appétit alors que Sellick grignotait et buvait à petites gorgées, savourant notre plaisir autant que le repas. Tout était délicieux : le poisson nappé d'une sauce au concombre terriblement appétissante ; les brochettes de bœuf parfumées au laurier et accompagnées des meilleurs légumes du potager ; le *pudim*, riche gâteau au caramel, doré à souhait ; le fromage de chèvre blanc et crémeux. Le tout accompagné d'un dão rouge moelleux qui fut suivi d'un café puis d'une liqueur.

– Le *macia*, expliqua Sellick, est une spécialité de Camacha : c'est un alcool puissant adouci par du miel provenant des ruches de l'île.

– À propos des spécialités locales, dis-je, j'ai lu l'article d'Alec sur le madère de 1792. Est-il vrai qu'il n'en reste plus ?

– Qui sait ? dit Sellick avec un sourire. On dit que le Dr Grabham, un Anglais habitant à Madère, en possédait quelques bouteilles et qu'il les aurait bues, il n'y a pas si longtemps, en 1933. Il avait épousé un membre de la famille Blandy et avait donc hérité de bouteilles de la récolte de 1792. Il est probable qu'il ne restait plus rien à sa mort.

– Dommage, dis-je.

– Dommage, oui, répondit Sellick, mais rassurant dans la mesure où ce genre de question : « Que sont devenues les dernières bouteilles de madère de 1792 ? » constitue le seul grave problème auquel sont confrontés les gens d'ici. Cela peut être frustrant pour Alec qui doit trouver des sujets d'articles ou décevant pour un historien tel que vous, mais, pour un Sud-Africain, c'est réconfortant de vivre quelque part où la violence est absente.

– Je ne trouve pas que l'histoire de Madère soit décevante, dis-je. N'est-elle pas truffée d'exils et d'aventures romanesques ?

– Oui, ces notes en bas de page de l'Histoire avec un grand H sont souvent aussi intéressantes que le reste. Mais peut-être est-ce là une conception démodée ?

– Non, je suis d'accord avec vous, l'histoire ne devrait pas être, comment dire, si cérébrale. Après tout, il s'agit de la vie de gens plus ou moins célèbres. Si l'histoire leur enlève leur humanité, elle rate l'essentiel.

– Bravo ! dit Sellick. Vous êtes un homme selon mon cœur. Je soupçonne depuis longtemps l'érudition de servir davantage la carrière des érudits que la recherche.

– Oui, c'est un peu vrai, dis-je. Mais dans le cas de l'histoire, il n'y a plus de place pour la nouveauté. On sait tout et on a tout compris. Ou tout compris de travers. Les historiens d'aujourd'hui n'écrivent pas, ils se contentent de passer au crible les archives pour peaufiner les théories existantes.

J'avais laissé percer le ressentiment né de mon exclusion du rang des historiens consacrés. J'eus aussitôt le sentiment que je le regretterais. J'eus aussi comme l'impression que j'étais amené doucement mais sûrement dans une direction précise, mais sur le moment je ne m'y arrêtai pas.

– Si on découvrait quelque chose de nouveau ou de mystérieux, est-ce que cela ne ranimerait pas la curiosité des uns et des autres ?

– Cela pourrait fournir l'énergie nécessaire, mais encore faudrait-il qu'un tel mystère existe. Je dirais que les historiens ont résolu tous les mystères.

– Sûrement pas. Vous avez dit que l'histoire parle de la vie des gens. Pensez aux milliers de noms cités dans les manuels d'histoire, et aux millions d'autres qui n'y figurent pas. Les mystères ne doivent pas manquer.

– Oui, mais ces mystères n'existent que parce que personne n'a pensé qu'ils valaient la peine d'être élucidés.

– Et qu'est-ce qui fait qu'un mystère vaut la peine d'être élucidé ?

– Eh bien, il faut qu'il concerne un personnage suffisamment important ou qu'il puisse changer l'idée que nous nous faisons d'une période précise.

– Où trouver encore un tel mystère ?

– Oui, où ?

Je posai cette question pour la forme et le silence qui suivit parut confirmer que nous avions atteint le bout de notre raisonnement. Mais en regardant la fumée du cigare de Sellick s'élever paresseusement vers le plafond, je compris que nous n'allions pas nous arrêter là.

– Pourquoi pas ici, Martin ? dit Sellick avec un sourire, dans cette maison où nous mangeons et buvons, assis au milieu d'un mystère.

De quel mystère s'agissait-il ? Mon esprit chercha une réponse mais n'en trouva point. Tout était nouveau pour moi dans cette maison, mais pas mystérieux. Je me souvins de la photographie du cabinet d'Asquith comme étant la seule chose incongrue que j'aie eue sous les yeux, et mon regard chercha instinctivement sa place sur le mur. Sellick, assis le dos à la photo, devina ce que je voulais voir.

– Cette photographie fait partie de notre petit mystère local, dit-il. Martin, vous qui êtes historien, avez-vous une idée de ce qu'elle représente ?

L'occasion de montrer mon érudition ne me déplaisait pas.

– Oui. Je l'ai vue avant le dîner. C'est Asquith entouré des membres de son cabinet. J'avais déjà vu cette photo reproduite, mais jamais l'original.

– Et est-ce que vous pouvez les reconnaître ?

– Asquith, Lloyd George et Churchill ne sont pas difficiles à reconnaître. Pour les autres, ce n'est pas très facile de mettre un nom sur leur visage.

– Ce n'est pas nécessaire. Quelqu'un l'a fait pour nous. Alec, voulez-vous aller me chercher cette photo, je vous prie ?

Alec se leva, la décrocha du mur et la donna à Sellick qui me montrai le dos de la photo à la lueur de la bougie. Il y avait une date écrite à la main d'une belle écriture déliée, et soulignée : 1ᵉʳ mai 1908. Au-dessous se trouvait la liste, en deux groupes, des membres du cabinet d'Asquith. À partir de la place occupée par les trois ministres que j'avais identifiés, je devinai que les deux groupes représentaient le premier et le deuxième rang. Me rappelant que Campbell-Bannerman, qui avait précédé Asquith au poste de Premier ministre, était mort en 1908, j'en déduisis que la photo avait dû être prise après la formation du nouveau gouvernement. Je parcourus du regard les noms du premier rang : le marquis de Crewe, D. Lloyd George, le marquis de Ripon, lord Loreburn, H. H. Asquith, lord Tweedmouth, sir Edouard Grey, et une lettre ! Entre Grey et R. B. Haldane, il y avait juste un M.

– Qu'est-ce que ça veut dire ? demandai-je à Sellick.

– C'est dans le premier groupe, n'est-ce pas ? dit-il. Combien sont-ils au premier rang ?

Je comptai les visages. Ils étaient neuf.

– Et combien y a-t-il de noms ? demanda-t-il.

Je comptai de nouveau.

– Huit. Mais bien sûr, M veut dire moi. C'est un membre du cabinet qui a écrit les noms et cette photo était à lui.

– Probablement.

Je retournai la photographie et scrutai le visage non identifié, situé entre Grey et Haldane. C'était un homme grand, large d'épaules, élégant, avec un rien d'arrogance qu'accentuaient une fière moustache et un menton décidé, plus jeune que la plupart des autres, habillé aussi sobrement mais trouvant le moyen de donner l'impression d'un esprit hardi et entreprenant. Je balayai du regard les autres visages jusqu'à Lloyd George et remarquai qu'ils avaient tous les deux un regard brillant et le même port volontaire qui les distinguaient de leurs collègues, des vétérans bourrus de l'époque de Gladstone. C'était tout ce que je pouvais dire à la lueur de la bougie et du sépia jauni, mais cela m'ennuyait de ne pouvoir mettre de nom sur ce visage précis. Je regardai Sellick en quête d'une réponse.

– À votre avis, Martin, qui est cet homme mystérieux ? Un de ces jeunes Turcs prometteurs goûtant pour la première fois au pouvoir ?

– Je ne vois pas. C'est une période que je ne connais pas très bien. Quelle fonction exerçait-il ?

– C'était le sang neuf d'Asquith au ministère de l'Intérieur, répondit Sellick, l'œil pétillant.

Si j'avais été moins occupé à chercher qui cela pouvait être, j'aurais peut-être été frappé par la connaissance qu'avait Sellick de la politique à l'époque d'Édouard VII et conclu qu'il était plus fort en histoire qu'il ne voulait bien le dire ou plus passionné par ce sujet que sa désinvolture ne le laissait soupçonner. Mais mon effort de mémoire pour me rappeler les noms des politiciens de cette époque m'absorbait complètement.

– Je suis à peu près sûr, dis-je, que le ministre de l'Intérieur était Herbert Gladstone, fils de W. E. Gladstone, et c'est Churchill qui lui a succédé... non, ce n'est pas ça. Est-ce qu'Asquith n'a pas expédié Gladstone quelque part, comme gouverneur général, quand il a pris ses fonctions de Premier ministre ?

– C'est exact, dit Sellick. Au Canada, plus précisément, et pour laisser la place à qui ?

J'y étais enfin. Le sourire de Sellick se fit légèrement douloureux.

– Un certain Strafford, répondis-je. Mais je ne sais rien de plus sur lui. Un début de carrière d'homme politique, puis plus rien. Un personnage peu connu dont il est difficile de se rappeler le nom parmi tant d'hommes illustres.

– Peu connu maintenant, dit Sellick, mais il était connu autrefois. Et quand on habite dans sa maison, il est difficile de l'oublier.

– C'est sa maison ?

– C'était sa maison. Edwin Strafford s'est installé ici au moment de sa retraite et il y est mort en 1951. J'ai acheté cette propriété aux enchères après sa mort et je suis tombé amoureux de l'endroit. Puis j'ai commencé à passer au crible ce qu'il restait et j'ai trouvé beaucoup de curiosités intéressantes comme cette photographie. Lorsque j'ai compris que Strafford avait été ministre, ce que tout le monde ici ignorait, j'ai cherché à me renseigner sur lui dans les livres d'histoire. J'ai trouvé très peu de chose, mais suffisamment pour penser que j'avais déniché le mystère historique idéal.

Les propos de Sellick éveillaient en moi la curiosité de l'historien.

– De quel mystère s'agit-il ? demandai-je.

– Abrégez le supplice de Martin, Leo, dit Alec. Vous en mourez d'envie.

– Très bien, dit Sellick. Mais vous devrez me dire si, en tant qu'historien, vous trouvez cela intéressant. Personnellement, cela me passionne.

Il marqua une pause pour boire une goutte de café puis reprit :

– Comme je vous l'ai dit, il y a peu de renseignements dans les livres d'histoire sur Edwin Strafford. Le *Dictionary of National Biography* lui consacre à peine une colonne. Il est né en 1876. Son père était officier dans l'armée des Indes. Il a fait ses études à Cambridge, puis il a passé un moment en Afrique du Sud comme officier d'état-major pendant la guerre des Boers. Il est rentré en Angleterre pour faire campagne dans sa circonscription électorale du comté du Devon sous la bannière des libéraux, pour les élections de 1900, et il a été élu malgré une victoire nationale des conservateurs. Puis il a grimpé un à un les échelons de son parti et a été nommé sous-secrétaire d'État au moment où les libéraux sont arrivés au pouvoir en 1905. En 1908, quand Asquith est devenu Premier ministre, il a remanié son cabinet et choisi Strafford comme ministre de l'Intérieur. Il avait juste 32 ans. Ce fut une ascension remarquable mais de courte durée. Deux ans plus tard, Strafford démissionnait sans donner d'explication et, du jour au lendemain, il a disparu de la scène politique. Il a quitté le Parlement et il est redevenu un simple citoyen, vite oublié de tous. Pendant la Première Guerre mondiale, il a servi dans l'armée puis il a occupé le poste de consul ici, à Madère. Plus tard, il a acheté cette maison. Il s'est retiré en 1946 et il est mort cinq ans plus tard. Fin de l'histoire.

Sellick marqua une pause, intentionnellement dramatique. Non, de toute évidence, ce n'était pas la fin de l'histoire.

– Début du mystère, dit Alec.

– Juste, dit Sellick. J'ai glané dans les livres le peu que je sais sur Strafford mais je n'ai pas pu assouvir ma curiosité. Comment un homme dont l'ascension a été aussi rapide, et sans doute méritée, peut-il disparaître ainsi sans laisser de trace et, qui plus est, sans raison apparente ? Dans le monde politique, les scandales et les échecs personnels ne sont pas rares, mais Strafford n'a été mêlé à aucun scandale et il n'a pas connu d'échec. Ses actions pendant les deux années où il a occupé les fonctions de ministre de l'Intérieur (des années difficiles du fait du problème des suffragettes et de l'agitation des syndicats) ont suscité, au pire, des jugements neutres, parfois des éloges. Si on ne parle pas davantage de lui, c'est uniquement parce que sa carrière politique a été très brève, à la différence de ses contemporains. C'est un peu comme si Churchill ou Lloyd George, qui sont de la même génération et ont été tous deux promus également par Asquith, avaient brusquement donné leur démission en 1910 avant d'avoir pu devenir des hommes célèbres. Est-ce que cela ne paraîtrait pas bizarre ?

– Peut-être, dis-je. Mais qui peut savoir ce que Strafford aurait fait ou pas fait s'il n'avait pas démissionné ?

– Personne ne peut le savoir, bien sûr. Cela reste du domaine des conjectures. Mais pourquoi un homme doué et ambitieux, dans la fleur de l'âge, a-t-il choisi de ne rien faire alors qu'il pouvait faire tant de choses ?

– Il s'est peut-être tout bonnement désintéressé de la politique, dis-je. Ou peut-être a-t-il mal supporté d'être quelqu'un de haut placé. Cela s'est déjà vu.
– Juste, répondit Sellick avec force. C'est ce que j'ai cru moi aussi à un moment, l'*enfant terrible* qui s'est usé pour une raison ou pour une autre. Dans ce cas, tout ce qu'on pourrait dire, c'est : dommage !
Sellick se leva de sa chaise et alla remettre en place la photographie. Il le fit avec un soin révérencieux pendant que je m'interrogeais sur l'emploi du conditionnel dans sa dernière phrase et attendais la suite.
– Cette conclusion ne me satisfaisait pas, poursuivit Sellick en venant se rasseoir, mais je n'en avais pas d'autre. Cette photo aurait pourtant dû me faire penser que je pouvais peut-être trouver un fragment de réponse ici même. Il y a un beau bureau en bois dans la pièce où travaillait Strafford. En rangeant, j'ai découvert dans l'un des tiroirs un cahier relié presque entièrement écrit à la main. L'écriture est la même que celle que l'on voit au dos de la photographie.
– Qu'est-ce que c'était ?
– Les mémoires de Strafford, écrits pendant sa retraite. Il raconte comment il en est venu à occuper un poste obscur de consul, loin de tout.
– Vous avez trouvé pourquoi il a donné sa démission ?
– Non. Le mystère n'a fait que s'épaissir car Strafford ne l'explique pas. Les circonstances qui l'ont conduit à l'exil sont aussi déconcertantes pour lui que pour nous.
– Cela paraît incroyable.
– Oui.
– Pourrais-je voir ses mémoires ?
– Bien sûr. Je vais les chercher. Nous pourrions en profiter pour passer au salon, si vous voulez bien.
Il n'y eut pas d'opposition. Sellick nous fit de nouveau traverser le hall pour nous conduire dans le salon où les lampes

avaient été allumées à notre intention, puis il sortit par une autre porte en demandant à Alec de me servir quelque chose à boire.

Alec me tendit un autre *macia*.

– Ça t'intéresse ? dit-il.

– Beaucoup. Ce n'est pas tous les jours qu'on a l'occasion de voir un document original.

– C'est l'historien qui parle.

– Tu as vu les mémoires de Strafford ?

– Oui, mais je ne les ai pas lus. C'est la première fois que Leo est aussi prolixe à ce sujet. Il pense peut-être qu'il a trouvé un interlocuteur capable d'apprécier sa découverte à sa juste mesure.

Alec devenait-il sarcastique sous l'effet de l'alcool ? Je n'eus pas le temps de m'interroger plus avant car Sellick revenait déjà, portant un cahier avec une reliure en cuir raciné. Il nous fit signe de nous asseoir dans de profonds fauteuils placés devant la cheminée tandis qu'il restait debout, un pied sur le garde-feu, le cahier à la main.

– C'est un mélange de journal intime et de souvenirs, dit-il. Il y a des choses qui, bien qu'intéressantes en elles-mêmes, ne se rapportent pas vraiment à la question qui nous concerne mais, dans l'ensemble, cela montre que la fin prématurée de la carrière politique de Strafford est aussi mystérieuse pour lui que pour nous. Si cela vous intéresse, Martin, j'aimerais que vous lisiez ce cahier et que vous me disiez, ensuite, ce que vous en pensez.

– Cette idée me plaît.

Mon enthousiasme était sincère. Étudiant, je n'avais jamais été très brillant quand il s'agissait de faire des recherches sur des documents originaux ingrats, mais je n'avais jamais été véritablement motivé. Je n'avais jamais eu l'espoir de découvrir quelque chose de nouveau ou de passionnant. Sellick avait si bien parlé de Strafford que j'étais impatient de lire ses mémoires.

– Alec a dû vous dire que je vous offrais l'hospitalité cette nuit. À mon humble avis, une telle lecture serait plus fructueuse demain matin, avec un esprit clair. Mais ne craignez rien, dit-il en voyant mon geste de protestation à l'annonce de ce délai, je ne vous laisserai pas vous interroger toute la nuit sur l'histoire de Strafford. Je vais vous dire ce que sa lecture m'a appris.

Sellick s'assit sous un lampadaire à droite de la cheminée et, tout en parlant, il feuilleta le cahier posé sur ses genoux.

– Strafford, dit-il, était le plus jeune des protégés d'Asquith et de loin le plus séduisant. C'était un beau parti. Il aurait pu épouser une jeune fille libérale de bonne famille. Mais il fit un choix désastreux pour un ministre de l'Intérieur, juste après 1900. Il tomba amoureux d'une jeune suffragette, une créature apparemment captivante mais qui était loin d'être la future mariée idéale. À cette époque, les politiciens devaient surveiller de près leur vie privée. Les aventures extraconjugales de Lloyd George faisaient scandale et un simple divorce avait ruiné plus d'une carrière politique. Alors comment le ministre de l'Intérieur d'un gouvernement qui refusait le droit de vote aux femmes pouvait-il envisager d'épouser une jeune suffragette qui militait pour obtenir ce droit ?

– Difficile, en effet, dis-je.

– Mais pas impossible s'il était prêt à en payer le prix. Du point de vue de la morale, on ne pouvait pas le lui reprocher. Mais un tel mariage pouvait gêner le gouvernement. Strafford étant une personne honorable, il proposa d'abandonner sa carrière politique pour la femme qu'il aimait, qui, de son côté, promit de prendre ses distances avec les suffragettes. Le chemin de l'honneur n'apporta pas le bonheur à Strafford. Il donna sa démission dans l'intention d'annoncer aussitôt après ses fiançailles. Mais quelques heures après qu'il eut porté sa lettre de démission au 10 Downing Street, sa fiancée le repoussa dans les termes les plus durs. Elle refusa de justifier son attitude et demanda à Strafford de ne jamais essayer de la revoir. Ce fut pour lui un choc terrible.

— Il y a de quoi! dis-je. Mais pourquoi a-t-elle fait ça ?

— Strafford ne le sut jamais. Il eut le cœur brisé par cette rupture incompréhensible, mais décida de se raccrocher à la vie politique qu'il avait été prêt à abandonner pour l'amour d'une femme. Le lendemain, il retourna au 10 Downing Street dans l'intention d'annuler sa démission.

— L'intention ?

— Oui, car une autre très mauvaise surprise l'attendait : le Premier ministre refusa d'en entendre parler pour des raisons qu'il ne voulut pas expliciter. Il se contenta de dire à Strafford qu'il était sûr que celui-ci comprendrait pourquoi. Ce second rejet, de la part d'une personne qui avait toujours été bien intentionnée à son égard, jeta Strafford dans le plus grand désespoir. Il ne s'en remit jamais vraiment. Il passa son temps à s'interroger sur ce double drame de sa vie et, des années plus tard, lorsqu'il supporta enfin l'idée de consigner par écrit ce qu'il avait vécu, il écrivit ses mémoires.

— Cela pourrait être le genre de mystère dont nous parlions tout à l'heure.

— C'est ce que je pense, Martin. Un mystère digne d'un historien tel que vous. C'est pourquoi j'ai été ravi d'apprendre que vous alliez venir chez Alec, qui m'a parlé de vous en termes si chaleureux.

Je jetai un coup d'œil ironique à Alec.

— Je sais ce que tu penses, dit-il. Mais crois-tu vraiment que j'aurais dit du bien de toi si j'avais su que cela te serait rapporté ? Leo a trahi ma confiance.

Et il se tourna vers le vieil homme en prenant un air outragé.

— Mettons fin à cette discussion avec le sourire, dit Sellick. Il est tard et je dois conduire mes vieux os au lit. Voici les mémoires, Martin, ajouta-t-il en me tendant le lourd cahier. Lisez-les attentivement, à tête reposée. Suivez mon conseil, attendez demain. Il me sera très précieux de savoir ce que vous en pensez en tant que document historique et testament personnel. Alec, la chambre à côté de celle qui est la vôtre habituellement a été préparée pour Martin. Je vous laisse le soin de lui montrer le chemin. Maintenant, je dois vous quitter. Bonne nuit.

Sur ce, Sellick nous laissa. Alec se versa un autre verre et nous échangeâmes des propos décousus sur l'accueil chaleureux de notre hôte. Il y avait dans l'attitude d'Alec une pointe de mauvaise humeur, mais je n'aurais pas su dire si c'était tout simplement de l'ennui car ce n'était pas la première fois qu'il entendait raconter cette histoire, ce qu'il nia, ou s'il m'en voulait d'avoir monopolisé l'attention de Sellick, ce que je jugeai ridicule. Toujours est-il que je fus soulagé qu'il accepte sans délai de me conduire à ma chambre.

Une fois seul, j'allai à la fenêtre et l'ouvris. Les volets étaient déjà tirés. Je humai l'air frais de la nuit d'où s'élevaient les senteurs du jardin. J'avais espéré que cela me permettrait de secouer l'engourdissement qui me gagnait pour commencer la lecture des mémoires, mais Sellick avait raison, ils méritaient un esprit clair. Aussi me bornai-je, une fois couché, à jeter un coup d'œil sur la page de titre. Un court paragraphe tenait lieu de prologue.

Dans ce cahier, moi, Edwin George Strafford, je me propose de faire le récit des moments importants de ma vie et de ma carrière. En tant qu'exemple de présomption, cela pourra peut-être servir de consolation à mon âme.

Suivaient quatre vers :

Depuis qu'enfant, j'aime à être étendu
Sur l'herbe pour contempler le ciel,
Jamais, je l'avoue, je ne me suis attendu
À ce que la vie soit belle.

Je supposai que Strafford avait emprunté cette épigramme à l'un de ses poètes favoris, mais il n'y avait pas de nom. Cela me rappelait vaguement le fatalisme de A. E. Housman. Mais j'étais fatigué. Mieux valait réfléchir sur tout ça à mon réveil. Je posai le livre sur la table de nuit et éteignis la lumière.

Je fus réveillé en sursaut par un bruit dans le jardin. Je me levai et allai en trébuchant jusqu'à la fenêtre, grimaçant à cause de la lumière éblouissante d'une belle journée madéroise. En contrebas, je pouvais voir au travail le vieux jardinier qui m'avait réveillé. Regardant ma montre, je découvris, consterné, qu'il était déjà 9 heures passées. Je pris une douche, m'habillai en hâte et descendis au rez-de-chaussée en prenant les mémoires de Strafford avec moi.

Les portes-fenêtres du salon étaient ouvertes. Je trouvai Sellick dans la véranda. Assis à une table sur laquelle était servi le petit déjeuner, il buvait du café, une liasse de papiers sur ses genoux. Il sourit en me voyant.

– Bonjour, Martin. J'espère que vous avez bien dormi ?

– Oui, merci. Même trop bien.

– Mais non. Vous êtes en vacances après tout. Asseyez-vous et détendez-vous. Tomas peut vous préparer quelque chose.

– Rien pour moi, merci. Juste un peu de café, ce sera parfait.

Sellick prit la cafetière et me versa du café.

– Vous avez raté Alec, j'en ai peur. Il doit revenir dans l'après-midi. Mais je suis sûr de pouvoir vous occuper jusqu'à son retour. M. Strafford le peut, en tout cas.

Il se pencha en avant et tapota les mémoires posés sur la table.

– Avez-vous commencé ?

– Non. Je pense que vous aviez raison. Je préfère commencer ce matin. J'ai juste regardé la page de titre. Cela n'a pas l'air très gai.

– M. Strafford n'a pas eu une vie très heureuse, il faut bien le dire. Mais je suis content que vous n'ayez pas encore commencé cette lecture, Martin, parce que j'ai une proposition à vous faire qui peut vous intéresser.

– Une proposition ?

– Oui. Ne pensez pas que je cherche à m'immiscer dans vos affaires mais, d'après ce que m'a dit Alec, j'ai cru comprendre que vous êtes sans emploi pour le moment.

– C'est exact.

– Prenant cet élément en considération ainsi que vos qualités d'historien que je ne mets pas en doute, je vous propose un engagement lucratif sur le plan financier et stimulant sur le plan intellectuel.

– Vous m'offrez un travail ? demandai-je, incrédule.

– Oui. Je vous ai dit tout ce que je savais sur le mystère de Strafford. Ses mémoires, loin de l'élucider, le rendent encore plus impénétrable. Je pense que la clé de l'énigme doit se trouver en Angleterre. Je suis trop vieux et trop occupé pour aller là-bas faire des recherches. Le temps et la jeunesse sont de votre côté. Quant à moi, je peux fournir l'argent nécessaire. Aimeriez-vous essayer de découvrir qui a trahi Strafford en 1910 ou ce qui a provoqué sa chute ?

Mon enthousiasme prit le pas sur mon incrédulité. Une voix à l'intérieur de moi me criait : « Accepte avant qu'il ne change d'avis. »

Ce sujet de recherche semblait particulièrement intéressant et la somme qui l'accompagnait pouvait résoudre tous mes problèmes. Mais je ne voulais pas donner l'impression de me jeter sur sa proposition comme la faim sur le monde. C'était la seule chose qui me retenait, pas la méfiance.

– Cela me paraît passionnant et très généreux.

– Pas du tout. Je vous paierai pour découvrir ce que je veux savoir. Si, par hasard, vous voulez le savoir aussi, tant mieux.

Ne me donnez pas votre réponse tout de suite. Lisez d'abord les mémoires, puis vous déciderez.

– Entendu.

– Et maintenant, si vous voulez bien m'excuser, j'ai du travail qui m'attend. Je serai heureux de vous retrouver pour le déjeuner.

– Merci. À tout à l'heure, alors.

Sellick se sauva avec ses papiers. Tomas vint débarrasser, puis je restai seul dans la véranda avec le cahier de Strafford. Le jardin en pente miroitait sous une brume de chaleur. Je me carrai dans mon fauteuil et commençai à lire. Il était temps de laisser la parole à Strafford.

Mémoires de Strafford
1876-1900

Je ne suis pas né sous une bonne étoile. J'eus pourtant une enfance heureuse, une éducation sans problème. Je suis entré dans ce monde le 20 avril 1876, à Barrowteign, la propriété de mon père dans le comté du Devon. Il se réjouit d'avoir un second fils pour égayer ses vieux jours mais je crois que ma mère eût préféré une fille.

Comment aurais-je pu être malheureux à Barrowteign, dans cette grande maison pleine de coins et de recoins, remplie des souvenirs de la carrière militaire de mon père, entouré de parents qui, s'ils savaient se montrer fermes, débordaient d'affection, et de domestiques indulgents, au milieu de vastes étendues de forêts et de landes, avec pour m'instruire mon frère Robert, de six ans mon aîné, turbulent mais protecteur ? Je n'aurais pu trouver meilleur endroit pour faire mes débuts dans la vie.

Mon père naquit la même année que la reine Victoria et il passa le deuxième tiers de sa vie à défendre les territoires d'outre-mer de Sa Majesté, notamment aux Indes, où son rôle marquant dans l'apaisement de la révolte des Cipayes lui valut d'être nommé colonel. Il fut de ce fait souvent absent de son cher Barrowteign, cette imposante demeure que son père, le vieux «brasseur» de Crediton, fit construire comme un monument destiné à perpétuer le souvenir de son incontestable réussite. Ce fut, me dit souvent mon père, une déception pour le fondateur de notre richesse familiale, qui connut des débuts difficiles sur cette terre rouge des bords de la rivière Yeo, de voir son fils dédaigner le métier de brasseur pour s'engager dans l'armée. Mais la belle carrière militaire de son fils à l'étranger concourut peut-être à asseoir sa réputation dans la région et j'aime à penser que la conduite glorieuse de mon père en Crimée et aux Indes, lorsqu'elle parvint jusqu'à lui, lui réchauffa le cœur.

Mon grand-père mourut en 1867. Mon père quitta alors l'armée et rentra chez lui. Dès son retour, il se débarrassa de ses intérêts dans les brasseries et, avec une célérité à peine moins grande, épousa la fille d'un médecin du pays, tout juste âgée de 23 ans (ma mère), laquelle était fort impressionnée par ce beau colonel de près de 50 ans qui, en vérité, était encore plus nerveux qu'elle, ayant cru pendant toutes ses années à l'étranger qu'il resterait célibataire jusqu'à la fin de ses jours, et plus habitué à commander des hommes qu'à faire la cour aux dames. Ce fut pourtant une union très heureuse.

Je connus à Barrowteign une enfance joyeuse et insouciante. Mon père retraçait pour m'amuser les batailles de sa jeunesse; ma mère me parlait des massacres que mon père omettait de mentionner; mon frère lançait des raids meurtriers dans la lande où nous menions parmi les rochers et les fougères nos propres batailles, qui n'eurent plus lieu qu'à la période des grandes vacances lorsqu'il entra, à l'âge de 11 ans, dans la célèbre école de Marlborough. Au même âge, je le suivis.

Childers, ce professeur de lettres classiques dont beaucoup d'élèves conservèrent un souvenir respectueux mêlé de crainte, vit en moi un élève plein de promesses et veilla à ce qu'elles se concrétisent. Lorsque j'obtins une bourse pour le Trinity College, en 1894, mon père considéra que c'était un honneur insigne et ma mère une récompense méritée.

Ce fut ma participation active aux réunions de l'Union Society, une association d'étudiants, qui m'amena pour une grande part à choisir une carrière politique. Je trouvais que cette association était, sur bien des points, comparable au modèle du demos grec et je me faisais la même idée de Westminster. Ma naïveté, à présent, m'étonne, mais cela montre qu'à cette époque aucune réserve ne venait tempérer mon enthousiasme.

À la fin de ma deuxième année d'études, pendant les vacances, je parlai de ma vocation à ma famille, qui accueillit la nouvelle avec toute la chaleur que je pouvais souhaiter. Mon frère Robert, qui était devenu le véritable chef de famille en raison de l'âge avancé et de la faiblesse de mon père, se faisait rapidement une réputation d'éleveur. Cela, ajouté au fait que mon père avait été pendant plusieurs années conseiller municipal à Okehampton, facilita mon introduction auprès de sir William Oliphant, député du Mid-Devon. Il siégeait au Parlement depuis plus de quarante ans et avait fait savoir qu'il ne se représenterait pas. La recommandation de sir William, la réputation de notre famille dans le comté et le renom que j'avais pu me faire comme président de l'Union Society lors de ma dernière année à Cambridge me valurent d'être choisi comme candidat libéral dans notre circonscription électorale. Des élections générales étaient prévues en 1902, et je sentais que j'avais une bonne chance de devenir, à cette date, député du Mid-Devon et membre de l'auguste assemblée de Westminster.

Je quittai Cambridge après avoir passé brillamment ma licence et j'accompagnai ma mère pour un voyage de six mois en France et dans la région méditerranéenne. Ce fut, je pense, un très grand bonheur pour elle de découvrir en compagnie de son fils les trésors de la Grèce et de l'Italie. À Rome, nous rencontrâmes Gerald Couchman, dont j'avais fait la connaissance à Cambridge et qui avait été exclu de l'université au cours de notre dernière année pour avoir mis un étudiant sur la paille lors d'une partie de cartes. Couch (comme nous l'appelions) était l'un de ces jeunes gens élégants et exubérants menant la grande vie et dont la moralité ne soutenait pas une inspection minutieuse mais dont la bonne humeur était contagieuse et le charme irrésistible. Je ne me formalisais pas trop de la cruauté dont il faisait preuve quand il se laissait emporter par sa passion du jeu, car ses finances étaient précaires et ses victimes généralement plus riches que sensées. Mais Threlfall, notre professeur principal, avait l'esprit étroit et il se prit d'une haine farouche pour Couch. Lors de la partie de cartes pour laquelle il fut puni, Couch ne se doutait pas à quel point son adversaire ne pouvait se permettre de perdre. Je crois que, lorsqu'il l'apprit, il renonça de lui-même à son gain, trop tard toutefois pour apaiser la colère de Threlfall. Couch fut exclu de l'université pour un an. C'est durant cette période que nous le rencontrâmes. Il passait ses journées à Rome où il avait réussi à obtenir quelque poste obscur d'enseignant et où il pouvait donner libre cours à sa passion du jeu. S'il est vrai que les contraires s'attirent, mon amitié avec Couch en est une bonne illustration. En applaudissant en secret à ses façons de voyou, je compensais peut-être la probité et la respectabilité auxquelles, en tant que politicien en herbe, j'étais tenu mais qui pesaient parfois très lourd sur mes jeunes épaules. Même ma mère avouait goûter la compagnie de Couch et tolérait de sa part plus de relâchement qu'elle n'en aurait accepté chez un autre.

Couch retourna à Cambridge, et je rentrai dans le comté du Devon pour me montrer dans des expositions et des foires et rencontrer des gens de la région en compagnie de mon père, qui considérait mon élection comme sa dernière grande campagne militaire, et participer à des débats avec sir William. Le parti libéral n'avait pas encore retrouvé son équilibre après le départ à la retraite de Gladstone. En l'espace de trois petites années, nous avions eu pas moins de trois chefs de la majorité présidentielle au Parlement : Rosebery, Harcourt et Campbell-Bannerman, une progression désordonnée qui convainquit sir William qu'il avait pris sa retraite trop tard et qui ne m'inspirait pas une grande confiance dans la direction du parti dans lequel je m'étais engagé. Non que j'eusse jamais songé à adhérer au parti conservateur. Sur toutes les questions importantes : le libre-échange, l'Irlande, l'Empire, la Chambre des lords, je partageais les idées des libéraux, mais une telle inconstance à la barre était pour le moins déroutante. Ce fut mon frère, toujours bon juge, qui me fit remarquer qu'une période de changement était idéale pour un jeune ambitieux désireux de réussir.

Mais il me fallut d'abord faire preuve de patience. Juste au moment où, à force de poireauter à Barrowteign, je commençais à en manquer, Gerald Couchman vint à mon secours. Il avait fini par obtenir sa licence et, après avoir quitté Cambridge, avait élu domicile à Londres, chez une tante très tolérante qui habitait à St John's Wood. Il m'invita à venir le rejoindre. Désireux de pouvoir suivre ce qui se passait au Parlement, j'acceptai volontiers. Mes séjours devinrent plus fréquents et plus longs, tant était chaleureux l'accueil de la tante de Couch. Son neveu me fit contracter de mauvaises habitudes avec un grand sourire, mais je me tins à l'écart de ses pires excès et occupai le plus clair de mon temps à m'informer de ce qui se passait à Westminster.

Les nouvelles n'étaient pas rassurantes. Au cours du printemps et de l'été de l'année 1899, on se rapprocha inexorablement d'une guerre avec les républiques boers du Transvaal et de l'État libre d'Orange. Londres exhibait un nationalisme fanfaron, le même sans doute qu'on trouvait à Pretoria. Et les tavernes des bas quartiers où m'emmenait parfois Couch retentissaient de cris de guerre totalement déraisonnables qui, pour la première fois, ébranlèrent ma foi dans le peuple. Il était clair aussi que des divisions éclateraient au sein du parti libéral si la guerre survenait. Campbell-Bannerman et Lloyd George s'opposèrent au déclenchement des hostilités, ce qui leur valut des insultes ; Asquith et le précédent chef de la majorité ministérielle à la Chambre, Rosebery, leur apportèrent leur soutien.

Ma position mesurée rencontrait l'approbation de sir William mais déplaisait à mon père qui jugeait qu'il fallait traiter les Boers comme les Cipayes en 1857. Je cherchais en vain à le ramener à plus de tempérance. Ce fut Couch qui me convainquit qu'on ne pouvait pousser la raison trop loin, ce qui, pour sa part, ne lui était jamais arrivé. Nous étions assis chez Lord's, un jour de juin, à regarder Victor Trumper marquer une centaine de points pour les Australiens, quand nous en vînmes à discuter de ce que nous ferions si la guerre éclatait. Couch voulait s'engager tout de suite. La perspective de se jeter dans l'action l'excitait. L'occasion de trouver l'aventure outre-mer comptait davantage à ses yeux que les subtilités du conflit. Il réussit à me convaincre en grande partie. Si la guerre survenait, les élections seraient retardées, et je trouverais sûrement le temps long en Angleterre. De plus, en m'engageant je pourrais me faire ma propre opinion. Pour finir, nous fîmes la promesse solennelle de nous engager ensemble.

Il se trouva que mon père connaissait le général Buller, le commandant en chef, dont la carrière avait débuté aux Indes au moment où mon père commençait à être connu. Il possédait une maison près de Crediton. Grâce à ses bons offices, Couch et moi fûmes admis cet été-là parmi les réservistes du régiment du comté du Devon. Lorsque la guerre éclata en octobre, on nous nomma sous-lieutenants.

Le 11 octobre, nous embarquâmes à Southampton pour Le Cap avec le général Buller et le reste du régiment. Parmi nos compagnons de route, je rencontrai le jeune vétéran d'Omdurman, au Soudan, Winston Churchill, qui commençait comme moi une carrière politique mais, à cette époque, au sein du parti conservateur. Il allait en Afrique du Sud comme reporter pour le Morning Post, et j'étais loin de penser que je siégerais un jour au Conseil des ministres avec lui.

Nous atteignîmes Le Cap à la fin du mois d'octobre. La situation n'était pas brillante. Les Boers avaient investi Kimberley et Mafeking et, peu après, Ladysmith. Même pour un novice tel que moi, il était manifeste que les dispositions que prenait le général Buller pour répondre à la situation d'urgence étaient insuffisantes. Il divisa ses forces en trois dans le but de lever le siège des trois villes en même temps. Cette division des troupes s'avéra désastreuse. Couch et moi, en tant qu'adjudants-majors, accompagnâmes Buller vers le nord en direction de Ladysmith. J'avoue que j'étais si occupé à m'adapter à la vie militaire dans un pays étranger que j'avais peu de temps pour évaluer notre stratégie, mais mon instinct me disait que nous commettions une erreur. Buller acquit, avec raison, la conviction que le rapport de force entre les Boers autour de Ladysmith et nos troupes était trop en notre défaveur pour chasser les assiégeants, mais la nouvelle des défaites de Gatacre, à Stormberg, et de Methuen, à Magersfontein, le poussa malgré tout à attaquer de front les positions des Boers à Colenso, sur la rivière Tugela, le 15 décembre, trois jours seulement après avoir annoncé qu'un assaut direct serait trop coûteux. Ce fut bien une défaite complète qui coûta la vie à un millier d'hommes et se grava dans l'esprit de la population anglaise sous le nom tristement évocateur de « Semaine noire », faisant taire pour un temps les ardeurs belliqueuses dans les music-halls.

Notre débâcle à Colenso fut aussi pour moi la scène d'une amère révélation. Un champ de bataille, loin de sa patrie, n'est pas l'endroit idéal pour apprendre qu'un ami en qui on a placé toute sa confiance est un lâche. La conduite de Gerald Couchman ce jour-là m'obligea pourtant à tirer cette conclusion. Dans une action destinée à sauver dix canons qui, en définitive, furent perdus, Buller s'engagea personnellement et Couch et moi, qui étions ses adjudants, partîmes avec lui. Au cours de cette action, le général fut blessé et le fils unique de lord Roberts tué. Je fis de mon mieux en faisant appel à tout mon courage, mais Couch resta en arrière et, pendant un accrochage, il fuit lâchement le théâtre des opérations. Je ne le méprise pas pour cela, car n'importe quel homme sain d'esprit aurait eu peur ce jour-là, mais je fus terriblement déçu de voir qu'il pouvait m'abandonner à un moment aussi crucial. Je ne lui en fis pas le reproche, mais il savait que j'avais été témoin de sa couardise, et rien ne fut plus pareil entre nous.

Lord Roberts fut nommé nouveau commandant en chef, et Buller nous envoya, Couch et moi, au Cap pour faire partie de son état-major et attendre son arrivée. Ce fut un long et morne voyage : Couch, accablé, peut-être par la découverte de sa lâcheté ou à cause de mon silence qui lui rappelait ce qu'il avait fait ; moi, peu bavard, de crainte d'en dire trop et me demandant si le sévère Threlfall n'avait pas raison. Si nous avions su que la bataille de Colenso était la première et la dernière à laquelle nous participerions en Afrique du Sud, cela nous aurait peut-être déridés, mais j'en doute.

Lord Roberts arriva au Cap au milieu du mois de janvier de l'année 1900, avec pour chef d'état-major le redoutable lord Kitchener. La vive attention qu'il porta aussitôt aux problèmes de ravitaillement, de transport et de communication permit de rétablir la situation et me retint au Cap le reste du temps que je passai en Afrique du Sud. Ma réputation d'homme politique, aussi ténue fût-elle, m'avait manifestement précédé car je fus chargé de consacrer une partie de mon temps, une fois que je m'étais acquitté de mes tâches courantes, à sonder la *population du Cap sur ses sentiments, et surtout à favoriser le rapprochement avec la communauté hollandaise en assurant ses membres des bonnes relations intérieures à la fin de la guerre. J'obtins peu de résultats mais je fis de mon mieux, et le contact avec l'ensemble des habitants du Cap – représentants élus, magistrats, propriétaires terriens, journalistes et hommes d'affaires – fut toujours intéressant et instructif. Couch était, de son côté, engagé dans la coordination du ravitaillement où il se montra très efficace. Soucieux comme toujours de ses propres intérêts, il ne mit pas longtemps à transformer quelque peu la distribution de nourriture et de matériel en une opération commerciale à son avantage. En tout cas, nous nous vîmes peu durant cette période.*

Pendant l'été 1900, la guerre semblait pratiquement terminée. Lord Roberts avait conquis Johannesburg le 31 mai, et Pretoria cinq jours plus tard. Il ne restait plus qu'à éliminer l'ultime résistance boer. Cette rapide victoire rachetant les premières maladresses de Buller convainquit sans doute le gouvernement conservateur et unioniste que c'était le moment d'appeler le pays à des élections générales. Lorsque j'entendis parler d'élections anticipées, mon premier sentiment fut que le gouvernement voulait exploiter à son avantage le sentiment triomphaliste de la population, mais ce jugement sévère m'était surtout inspiré par le fait que je me sentais mal préparé pour affronter des élections.

Lord Roberts se montra très compréhensif et il m'autorisa à rentrer aussitôt en Angleterre. Quant à Couch, malgré tout ce que j'avais dit sur son manque de courage à Colenso, il me rendit un fier service. J'avais accepté une invitation chez les Van der Merwe, une famille hollandaise influente qui habitait près de Durban, afin de poursuivre la politique de rapprochement dont j'étais chargé. En traversant Le Cap à la fin du mois d'août, je tombai sur Couch et lui confiai que je ne pourrais me rendre chez les Van der Merwe si je rentrais en Angleterre pour ma campagne électorale. J'étais au regret de les décevoir car c'était la première fois qu'on m'offrait aussi généreusement l'hospitalité dans la communauté hollandaise. Couch, à qui on avait accordé une permission, car tout le monde s'attendait à la cessation rapide des hostilités, se proposa de prendre ma place à Durban. Dans un rôle où le charme comptait beaucoup, j'étais sûr qu'il ferait merveille.

C'est ainsi que j'arrivai en Angleterre avec juste une semaine devant moi pour mener ma campagne électorale. Comme j'aurais pu m'en douter, mes parents et mon frère avaient déjà commencé à préparer le terrain pendant mon absence, avec une grande efficacité. Flowers, l'agent taciturne que j'avais hérité de sir William, pensait que toutes les attaques que lancerait mon adversaire conservateur contre l'attitude de mon parti face à la guerre seraient plus que compensées par mes états de service en Afrique du Sud. Il ne se trompa pas. Les élections générales d'octobre 1900 furent appelées par la suite les élections « kaki » et, s'il y eut, comme je le crois sincèrement, volonté de la part du gouvernement de profiter de sa victoire virtuelle en Afrique du Sud, je suis heureux de noter ici que le parti libéral gagna un siège dans le Mid-Devon.

Je me souviendrai toujours de cette scène dans la mairie d'Okehampton, tôt dans la matinée du 5 octobre, quand le président du bureau de vote annonça que j'arrivais en tête des scrutins avec une majorité juste un peu plus faible que celle traditionnellement obtenue par sir William, et qu'une foule de Devoniens en liesse buvait du cidre à la santé de leur nouveau député. À l'âge de 24 ans, je me retrouvais membre de la plus haute des institutions démocratiques, le Parlement britannique, heureux et curieux de ce qui m'attendait.

– Senhor Radford ! Excusez-moi de vous interrompre, mais le maître m'a chargé de vous dire que le repas est servi.

C'était le vieux Tomas, me tirant de la rêverie où m'avait plongé la fin du premier chapitre des mémoires.

– *Obrigado*, Tomas, dis-je.

Puis, d'une voix hésitante, je cherchai à me servir des quelques mots de portugais que j'avais appris dans mon manuel.

– *Onde fica o almoço ?*

– Dans le salon du matin, senhor, répondit Tomas. Si vous voulez bien me suivre.

Je pris les mémoires de Strafford et le suivis dans la véranda.

– Vous êtes sur l'île depuis longtemps, senhor ?

– Depuis quelques jours seulement.

– Alors votre portugais est tout à votre honneur.

– Merci bien. Mais je pense que votre anglais vous fait plus honneur encore.

– Je suis ici depuis quarante ans et Quinta do Porto Novo a toujours eu un maître qui parlait anglais. Je n'ai pas eu de mérite à apprendre votre langue, car j'ai eu un excellent professeur.

Qui lui avait appris l'anglais ? Si Tomas était ici depuis quarante ans, cela devait être Strafford.

– Vous avez travaillé pour le senhor Strafford ?

– Oui. J'ai eu cet honneur.

Nous traversâmes la salle à manger, le hall, puis nous pénétrâmes par une galerie dans une grande pièce claire située sur le côté ouest de la maison, avec des fenêtres panoramiques donnant sur le vignoble. À un bout de la salle se trouvait un piano à queue et, au-dessus, sur le mur, une peinture à l'huile représentait un paysage de savane. Un repas froid était servi sur une table au centre de la pièce. Ce décor faisait plus penser à Sellick et moins à Strafford.

J'essayai de faire parler Tomas avant qu'il ne s'en aille.

– Vous admiriez le senhor Strafford ?

– Le senhor Strafford était un *gentleman*.

– Merci, Tomas. Ce sera tout.

La voix de Sellick résonna brusquement derrière nous. Tomas inclina la tête d'un air solennel et s'esquiva à pas feutrés. Dans la façon dont Sellick congédia le vieux serviteur, je perçus une certaine rudesse, sentiment aussitôt dissipé par la cordialité et la courtoisie dont il fit preuve avec moi.

– Je vois que vous avez les mémoires avec vous, Martin. Mettez-les de côté un moment et servez-vous. J'espère que vous voudrez bien excuser la simplicité de ce déjeuner.

– Tout cela a l'air délicieux. Vous me gâtez.

– Pas le moins du monde. Je vous ai proposé un travail. Le moins que je puisse faire est de vous offrir mon humble hospitalité pendant que vous réfléchissez à ma proposition.

Inutile de dire qu'il n'y avait rien d'humble dans l'hospitalité de Sellick. Je pris du thon grillé, du riz, et un peu de salade de pommes de terre et de légumes qui accompagnait le poisson. Sellick me versa du vin et me proposa un siège près de la fenêtre. Elle était remontée à mi-hauteur pour laisser passer un souffle d'air frais dans la chaleur de midi. Au-dessous, les vignes s'alignaient en silence. C'était l'heure de la sieste ; aucun bruit ne rompait cette paix.

Je posai les mémoires sur une table basse entre nous.

– Avez-vous avancé ? demanda Sellick. Vous voyez que j'ai du mal à maîtriser ma curiosité.

– J'ai terminé le premier chapitre : Strafford vient d'être élu au Parlement. Je trouve que c'est un récit passionnant.

– J'espérais que cela vous intéresserait. Cela vous a-t-il aidé à prendre une décision concernant ma proposition ?

– Ma lecture a confirmé ma première impression. Je serai ravi d'accepter. Je suis sûr que c'est une chance que je ne mérite pas, mais si vous êtes prêt à me soutenir, j'essaierai de justifier votre confiance.

– Cela me fait plaisir que vous acceptiez. Buvons au succès de votre recherche.

Comme nous levions nos verres pour fêter notre accord, je songeai à Helen, mon ex-femme, pour la seconde fois de la matinée. C'est un rituel qu'elle avait toujours observé quand on servait du vin à table. Je me souvenais de son air réprobateur lorsque je buvais trop tôt, sans l'agacement toutefois que je ressentais à l'époque. C'était bizarre de penser à elle avec si peu de rancune, encore plus étrange de penser que l'ami d'université de Strafford, Gerald Couchman, avait le même nom qu'elle. Car Couchman n'était pas un nom de famille courant.

– Vous avez l'air songeur, Martin.

– Les mémoires m'ont donné beaucoup à penser. Pour être honnête, j'ai hâte de poursuivre ma lecture.

– Je comprends tout à fait. Je ne vous retarderai pas. Mais cela vous intéresserait peut-être de voir le bureau de Strafford. Je vous en ai parlé hier soir, vous vous souvenez ?

– Oui, bien sûr.

– Bien, alors nous irons dès que nous aurons fini.

Après notre repas, Sellick me précéda dans le hall puis dans l'escalier et me fit entrer dans une grande pièce donnant au sud. Lorsqu'il ouvrit les volets, la lumière coula à flots, éclairant un tableau qui me ramena aussitôt à l'époque de Strafford. Sellick m'expliqua qu'il n'avait jamais utilisé cette pièce et qu'il l'avait laissée telle quelle. De la fenêtre, on voyait le jardin et, au-delà, la mer. Des pépites de poussière flottaient dans la lumière du soleil et le tic-tac d'une vieille horloge près de la porte renforçait le sentiment d'être transporté dans une autre époque et dans un autre lieu. Devant la fenêtre trônaient un grand bureau en acajou au plateau recouvert de cuir et un fauteuil en cuir pivotant.

C'était de toute évidence dans ce bureau que Sellick avait découvert les mémoires. De chaque côté du grand encrier se trouvait une photo encadrée sur laquelle avait dû se poser le regard de Strafford quand il était assis là. À gauche, le portrait d'un couple ; l'homme âgé, avec une moustache à la gauloise, raide comme un piquet, la femme, la cinquantaine, élégante ;

il s'agissait certainement des parents de Strafford. À droite, la photo d'une jeune fille portant une robe à col montant fermé par une broche. Ses cheveux noirs étaient soigneusement relevés au-dessus de sa tête avec juste quelques mèches retombant près de ses joues. Ses yeux étaient grands, sombres et résolus, et ses lèvres, légèrement entrouvertes, semblaient sur le point de sourire. Pour moi, c'était une étrangère, du moins le croyais-je. Mais pour Strafford, elle avait dû signifier beaucoup. L'emplacement même de la photo en était une preuve. Assis dans ce fauteuil, Strafford pouvait contempler chaque jour de sa vie à Madère ce regard-là et, au-delà, l'océan, l'un et l'autre si profonds et distants. Mais seuls ses mémoires pourraient m'apprendre ce que le décor figé de cette pièce tairait à jamais : ce qu'il ressentait quand il regardait le mouvement à la fois assuré et confiant de ce jeune menton fixé par l'objectif ou quand il se perdait dans la contemplation de l'océan infini.

– On dirait qu'il vient juste de quitter la pièce, dis-je enfin.

– N'est-ce pas ? dit Sellick. Je craignais que cela paraisse morbide de laisser les choses en l'état mais, dans une maison si grande, pourquoi pas ? On l'imagine facilement assis à ce bureau.

– Oui, en effet. Je suppose que ce sont ses parents sur cette photo. Et l'autre ?

– Ça ne peut être qu'une seule personne.

– Sa fiancée ?

– Exactement. Elizabeth Latimer. J'ai fait des recherches et j'ai appris qu'elle vit toujours, en Angleterre, sous son nom marital : Couchman... Vous avez l'air surpris, Martin !

– Ce nom... Alors, elle...

– Elle a épousé Gerald Couchman, oui. Je suis désolé. Je ne devrais pas vous révéler autant de choses. Mais vous avez dû vous demander pourquoi Strafford faisait autant de cas de son amitié avec Couchman.

Je me l'étais demandé en effet. Je comprenais maintenant pourquoi, mais ce qui me troublait, ce n'était pas l'ironie du sort qui avait fait perdre à Strafford sa fiancée au profit de son ami discrédité, même si j'étais heureux que Sellick puisse le penser. Mon trouble venait de la résonance que ses paroles éveillaient en moi. Il ne s'agissait plus d'une coïncidence dans les noms de famille. Sept ans auparavant, à mon propre mariage, j'avais rencontré l'intimidante Elizabeth Couchman, la grand-mère d'Helen, une vigoureuse vieille veuve de 80 ans qui se portait alors comme un charme. C'était la réussite de sa génération qui avait fait de mon mariage l'événement social auquel crut ma famille et qui, à la fin, m'avait aidé à le rompre. Et voilà que dans le bureau de Strafford, à Madère, j'apprenais que la grand-mère de mon ex-épouse était au temps du roi Édouard VII une belle jeune femme qui avait gagné et brisé le cœur d'un homme célèbre.

Après la surprise vint la prudence. Je pouvais me tromper. Mais si c'était elle, quelle serait la réaction de Sellick en apprenant que j'étais lié à une famille sur laquelle devait porter une partie de mes recherches? Mauvaise, me souffla une voix intérieure, et elle ajouta: «Ne risque pas de gâcher cette chance, ne le lui dis pas.» C'est ce que je fis.

— Cela rend cette histoire encore plus triste. Ça et l'atmosphère de cette pièce.

— Oui, dit Sellick. Il y a tant d'échos.

Je tressaillis. M'avait-il découvert? Non. Comment aurait-ce été possible? Il y avait assez d'échos venant du passé de Strafford sans qu'il songe nécessairement à moi.

— Je vois ce que vous voulez dire.

À vrai dire, je n'en avais pas la moindre idée.

— L'histoire de Strafford semble tellement plus réelle ici que j'aimerais lire ses mémoires dans cette pièce, si c'était possible.

— Mais bien sûr, Martin. Restez aussi longtemps que vous le désirez. Je donnerai des ordres pour qu'on ne vous dérange pas.

J'espère pourtant que vous voudrez bien vous joindre à moi ce soir, pour l'apéritif. Alec sera certainement rentré.
– Avec plaisir.

Sellick partit en refermant la porte derrière lui. Je m'assis au bureau et promenai mon regard sur le jardin et la vallée qui descendait vers la mer, puis je contemplai de nouveau le jeune visage de la photo, imaginant Strafford faisant la même chose. Enfin, j'ouvris le cahier et considérai l'écriture assurée qui ne me donnait aucun indice sur ce que Strafford voyait dans ces yeux. Il n'y avait qu'une façon de le savoir. Je repris avec impatience ma lecture.

**Mémoires
1900-1909**

1900. Les membres du Parlement devaient se réunir au début du mois de décembre. Remis de l'euphorie qui avait suivi le soir des élections, j'avais pris un meublé dans Pimlico d'où je pouvais facilement me rendre à Westminster. Sir William m'avait aimablement présenté à quelques figures marquantes du parti et mon frère m'avait assuré qu'il m'apporterait le soutien financier dont pouvait avoir besoin un jeune député.

Je m'étais imaginé que, parmi les membres du parti libéral siégeant au Parlement, j'aurais le privilège de côtoyer des hommes éclairés, animés de la volonté de servir au mieux leur pays. Je découvris vite en rejoignant leurs rangs qu'une vision aussi ingénue ne correspondait pas à la réalité. Je savais, bien sûr, que la guerre avait provoqué des divisions. Ce que j'ignorais, en revanche, c'est qu'il n'existait d'entente sur rien, que beaucoup de désaccords reposaient plus souvent sur des inimitiés personnelles que sur des questions de principe, et que le seul facteur d'unité dans le parti était, semble-t-il, le désir de chacun de mener une carrière politique. Le nouveau député du

Mid-Devon que j'étais eut donc rapidement autant de désillusions qu'il avait eu d'illusions.

Cependant je ne voudrais pas être injuste envers les nombreux hommes politiques capables que j'ai rencontrés à Westminster. Campbell-Bannerman, leader du parti, était un vieil Écossais libéral obstiné qui me surprit par son radicalisme. Beaucoup le jugeaient médiocre. On me dit plus d'une fois qu'il serait préférable de revenir à quelqu'un comme Rosebery ou de fixer notre choix sur Asquith mais, mon père m'ayant inculqué le respect des aînés, je m'alignai sans hésiter derrière Campbell-Bannerman.

La guerre était la seule question sur laquelle nous aurions pu ne pas être d'accord. Mais ce dont j'avais été témoin en Afrique du Sud ne m'avait pas fait aimer notre cause. Vers la fin, j'avais passé plus de temps avec les gens du pays qu'avec les militaires et j'avais appris à respecter leur désir d'indépendance. Je pensais, et Campbell-Bannerman aussi, que la ligne juste du parti libéral était de déplorer un colonialisme oppressif. Ce point de vue rencontra un écho enthousiaste chez Lloyd George, l'esprit le plus ardent des libéraux, dont les discours contre la guerre finirent presque par me persuader que j'avais eu du bon temps à Colenso.

Lloyd George était pour moi une source d'inspiration. À peine plus vieux que moi, il personnifiait à mes yeux le sang neuf du parti. Totalement dénué de la prudence des membres plus âgés, Lloyd George était doué d'une verve et d'une force de persuasion irrésistibles et, en l'écoutant proposer toute une liste de réformes, on ne se posait plus qu'une seule question : dans quel ordre les présenter ? Il mettait l'accent sur son origine galloise et ne cachait pas son ambition, très anglaise, de devenir Premier ministre. Je ne voyais pas pourquoi il ne le serait pas un jour ; je le souhaitais même, à vrai dire, dans mon propre intérêt. Car mes ambitions grandissaient rapidement.

J'étais sûr pourtant que ni le parti libéral, ni les hommes d'avenir qu'il comptait dans ses rangs ne pouvaient espérer beaucoup tant que la guerre se poursuivrait et que le public mettrait en doute notre patriotisme. Et la guerre dura beaucoup plus longtemps que je ne l'avais imaginé. Elle était loin d'être terminée à mon départ du Cap, à la fin du mois d'août 1900 ; il s'en fallut encore de presque deux ans. Les Boers réussissaient à tenir en multipliant les raids meurtriers, et lord Kitchener, nouveau commandant en chef, répondait par une tactique de la terre brûlée, détruisant les propriétés et rassemblant la population boer dans des camps. Dans mon premier discours au Parlement, au mois de mars 1901, je déplorai la cessation des négociations entre lord Kitchener et le général Botha, et demandai quelle cause nous servirions par la subordination progressive d'un peuple qui n'éprouverait pour la mère patrie que de la haine. Lloyd George vint me féliciter quand j'eus terminé et Campbell-Bannerman me fit un clin d'œil. Winston Churchill, qui était alors membre du parti conservateur mais voulait traiter amicalement un nouveau député, eut même un mot élogieux pour moi dans les couloirs de la Chambre.

La guerre prit fin au mois de mai 1902. Lorsque j'appris qu'un traité de paix avait été signé, je pensai à Gerald Couchman que je n'avais pas revu depuis mon départ d'Afrique du Sud. Je me demandais comment les choses s'étaient passées pendant la longue prolongation des hostilités que ni lui ni moi n'avions prévue. Un après-midi de juin, j'allai chez Lord's pour ne pas manquer un match international de cricket. En entendant que Fry et Ranjitsinhji, les meilleurs batteurs anglais, faisaient un score nul, je battis rapidement en retraite. Me souvenant que la tante de Couch habitait tout près, je passai la voir pour prendre de ses nouvelles et en avoir de mon ami par la même occasion. J'appris, hélas, qu'elle était morte l'année précédente et que la maison appartenait à présent à des étrangers qui ne savaient rien de son neveu.

La paix en Afrique du Sud ramena aussi la paix dans le parti libéral. Les vieilles querelles furent oubliées et, le gouvernement ne pouvant plus compter sur le patriotisme pour le soutenir, chacun pensait déjà aux prochaines élections et à la façon dont le parti pourrait les gagner. Le Premier ministre, lord Salisbury, prit sa retraite. Son successeur, Balfour, avait le chic pour offenser les membres de son propre parti, une aubaine pour nous autres, libéraux : c'est ainsi que Winston Churchill rejoignit le parti libéral en mai 1904.

Au printemps, des soucis familiaux reportèrent mon attention sur le comté du Devon. Mon frère avait annoncé à l'automne ses fiançailles avec Florence Hardisty, la fille de l'amiral Hardisty, de Dartmouth. Les préparatifs du mariage, fixé à Pâques, étaient déjà commencés lorsque mon père mourut, assez soudainement, chez lui, à Barrowteign. Il avait confié à ma mère qu'il souhaitait que le mariage ne fût pas différé. Un léger retard était inévitable mais j'étais partisan qu'il soit aussi bref que possible. C'est ainsi qu'à la Saint-George, par une belle journée ensoleillée, je fus le témoin de l'aîné des Strafford lorsqu'il descendit l'allée centrale de l'église.

J'avoue que je ne voyais en ma belle-sœur qu'une ennuyeuse incarnation des solides valeurs de l'éducation provinciale, signe certain que Londres m'avait déjà tourné la tête. Je n'appréciais pas trop non plus ses aquarelles insipides qui constituaient son passe-temps favori. Ce n'était pas de la faute de Florence, mais sa présence à Barrowteign fit que je m'y sentis moins chez moi qu'avant. C'était peut-être la réaction d'une âme trop sensible. Florence s'en remettait prudemment aux décisions de ma mère pour la tenue de la maison et elle était pour Robert une bonne épouse, pleine de bon sens.

Ce fut avec plaisir que je me consacrai ensuite entièrement à ce qui se passait à Westminster. Il y avait de fortes chances pour que soient organisées des élections anticipées et la campagne avait déjà commencé. Le 13 octobre 1905, j'allai à un meeting avec sir Edouard Grey (qui, à en croire la rumeur, devait être le prochain ministre des Affaires étrangères si nous gagnions les élections) pour soutenir la candidature de Winston Churchill dans le nord-ouest de Manchester, sa première candidature sous la bannière du parti libéral. Un événement banal en soi, rendu mémorable par les interruptions constantes auxquelles nous fûmes en butte, venant de deux jeunes femmes qui réclamaient à cor et à cri la promesse du droit de vote pour les femmes. J'appris que l'une d'elles était Christabel Pankhurst, un nom qui plus tard allait signifier beaucoup pour moi. Une grande publicité entoura cet incident et les deux jeunes filles firent un bref séjour en prison pour avoir refusé de payer une amende pour trouble de l'ordre public.

Cet événement me donna à réfléchir. Je ne comprenais pas pourquoi un gouvernement libéral pouvait s'opposer au droit de vote pour les femmes. Lloyd George était d'accord avec moi, mais il pensait qu'il fallait donner la priorité à des réformes plus importantes. Ma mère se présentait elle-même comme une partisane du droit de vote pour les femmes, mais déplorait la stratégie des suffragettes. Ma belle-sœur n'avait pas d'idée. J'avais tendance à partager l'opinion de Lloyd George : les choses importantes d'abord ! Je me rends compte à présent que le récit dans les journaux de ce meeting mouvementé avait dû être perçu par une jeune fille de 16 ans, aussi intelligente que la plupart des hommes en âge de voter, comme le début d'une croisade. Elle était loin de se douter, pas plus que l'un des deux orateurs pris à partie à Manchester, qu'il y aurait un jour beaucoup plus entre eux que la seule question du droit de vote des femmes.

Au mois de décembre 1905, Balfour abandonna finalement la partie. Il démissionna. Campbell-Bannerman fut nommé Premier ministre, juste récompense après tant d'années de travail. Son gouvernement se composait d'hommes exceptionnellement doués, avec Asquith aux Finances et Lloyd George au ministère du Commerce. Mes plus grands espoirs se trouvèrent réalisés quand on me proposa un poste de sous-secrétaire d'État. Dans mon empressement à accepter, je ne pris pas le temps de réfléchir à la nature de mes fonctions et me retrouvai sous-secrétaire d'État à la Marine, avec une connaissance de la mer très limitée.

Mais je n'eus pas le temps de m'appesantir sur ce point. Campbell-Bannerman, qui n'avait pas l'intention de gouverner avec une minorité parlementaire (et de tomber ainsi dans le piège tendu par Balfour), annonça des élections pour le mois de janvier 1906. Cette fois, les choses furent plutôt mieux préparées dans ma circonscription, et mes nouvelles fonctions ne me faisant pas de tort, au contraire, je fus élu avec une majorité plus confortable. Au plan national, le parti réussit beaucoup mieux que nous ne l'avions espéré. Ce fut une victoire historique.

De retour à Londres, le travail m'attendait. Le ministre de la Marine, lord Tweedmouth, vieil Écossais dévoué, ayant reçu comme récompense un siège à la Chambre des lords, je devins responsable de la politique maritime devant la Chambre des communes : lourde responsabilité qui me donna l'occasion de me distinguer. Winston Churchill bénéficia d'un arrangement semblable au ministère des Colonies, son ministre siégeant aussi à la Chambre des lords. Nous eûmes l'occasion de mieux nous connaître durant cette époque. Nous avions le sentiment que l'occasion nous était offerte de nous faire un nom au service de nos aînés démodés.

En février 1907, je devins oncle avec la naissance du fils de Robert, Ambrose. Sa présence égayait la maison et m'incita à profiter davantage de Barrowteign pendant les vacances d'été. Il était clair que la naissance d'un fils, d'un héritier, signifiait beaucoup pour mon frère, bien installé à présent dans la peau d'un gentilhomme campagnard et supportant avec bonne humeur que je lui reproche de devenir conservateur.

Au début de 1908, la santé du Premier ministre s'altéra. En avril, il fut obligé de démissionner. Il mourut avant la fin du mois. Avec lui, nous perdions un homme qui savait tenir la barre d'une main ferme et je le regrettais, mais les possibilités de promotion que m'offraient les arrangements causés par ce décès ne m'échappaient pas. Plus tôt que je m'y attendais, je fus convoqué par notre nouveau leader. Asquith était un homme dont je m'étais méfié autrefois, le trouvant, quand j'étais nouveau à Westminster, distant et souvent absent. Mais il était tout sourire en m'offrant un poste dans son cabinet. Il me dit qu'il avait donné à Herbert Gladstone le poste de gouverneur général du Canada, estimant qu'une approche plus jeune et plus énergique que celle de Gladstone était nécessaire au ministère de l'Intérieur. En considération de mon travail au ministère de la Marine, Asquith m'offrait le poste de ministre de l'Intérieur. C'était plus que je n'avais osé espérer. J'acceptai avec empressement. Asquith fit remarquer que j'allais faire partie de ce qu'il considérait comme une équipe brillante. Mais sur le moment, j'étais surtout sensible à l'honneur d'être nommé ministre de l'Intérieur à l'âge de 32 ans. Tous les espoirs m'étaient désormais permis.

On s'accorde généralement à penser que le cabinet formé par Asquith en 1908 regroupait de nombreux hommes politiques talentueux, et cela dans tous les domaines. Je ne dirai pas le contraire.

J'étais fier d'en faire partie et mon arrivée coïncida avec celle de plusieurs autres têtes de file – Lloyd George, promu chancelier de l'Échiquier, Churchill et McKenna, admis dans le cabinet pour la première fois.

Fier, je l'étais, oui, mais pas au point de perdre de vue nos défauts. Asquith, brillant avocat, avait un style incisif mais était dépourvu d'originalité. Les membres plus âgés du cabinet nous acceptaient mal et, dans les conflits qui nous opposaient, Asquith se rangeait toujours à l'avis de ceux qu'il estimait *les mieux placés pour remporter la victoire, un penchant qui encouragea les intrigues. À ce petit jeu, Lloyd George, malgré son apparente franchise, excellait, et il trouva en Churchill un partisan enthousiaste de sa politique radicale. Bien que je visse d'un bon œil leur volonté de réformes, je pris un peu de distance, décidé à trouver d'abord mon équilibre avant de m'engager dans une voie ou une autre.*

J'avais en outre beaucoup de travail au ministère de l'Intérieur, où mon prédécesseur avait laissé les choses aller à la dérive.

Le mouvement des suffragettes, qui pouvait avoir des répercussions à la fois sur la Constitution et l'ordre social, ressortait de ma compétence. J'étais partagé entre un soutien sans réserve pour leur cause et une désapprobation totale des méthodes qu'elles employaient pour parvenir à leurs fins. Lorsque le divisionnaire de la police de Londres m'avertit qu'un grand rassemblement de tous les groupes soutenant le droit de vote des femmes se tiendrait à Hyde Park, le dimanche 21 juin 1908, j'approuvai sa proposition d'envoyer des policiers pour maintenir l'ordre et décidai, sans le lui dire, de m'y rendre.

Ce fut un événement mémorable. J'étais habillé de façon discrète, et le public ne connaissait d'ailleurs pas vraiment mon visage ; donc, je me mêlai sans risque d'être reconnu à la foule qui se rassemblait et ne cessait de grossir. Keir Hardie, du nouveau parti travailliste indépendant, et Emmeline Pankhurst, défendirent leur cause avec une grande force de conviction. La fille de Mme Pankhurst, Christabel, que je me rappelai avoir vue à Manchester en 1905, fit aussi un discours émouvant. Ce fut un rassemblement totalement pacifique, et je partis au moment où la foule commençait à se disperser, me demandant si on ne pouvait pas faire quelque chose pour ces femmes.

Je fis part de mes réflexions au Premier ministre, le pressant de s'engager en faveur du droit de vote des femmes, sur la base d'échéances assez longues, en faisant valoir que cela désamorcerait une grande partie de la frustration clairement exprimée pendant le meeting auquel j'avais assisté. Il me répondit que le cabinet s'était déjà prononcé contre la réforme du droit de vote. En privé, Lloyd George avança un argument plus solide. À quoi bon s'intéresser à cette question quand il était certain que la Chambre des lords opposerait son veto ? J'eus l'impression que j'émettais une opinion qui s'écartait radicalement de la politique convenue trop peu de temps après ma nomination comme ministre de l'Intérieur, aussi résolus-je de revenir à la charge un peu plus tard.

Les suffragettes ne voulaient pas attendre, et elles réussirent à m'impliquer dans leur campagne sans aucun effort de ma part. Au cours de l'été, Emmeline et Christabel Pankhurst furent arrêtées pour avoir incité la foule à attaquer la Chambre des communes. Elles comparurent à Bow Street à la fin du mois d'octobre. À ma grande surprise et à celle de Lloyd George, nous fûmes tous les deux appelés comme témoins de la défense. Christabel, qui était avocate, me fit subir un interrogatoire serré, mais l'expérience que j'avais acquise à la Chambre des communes me permit de comprendre que ses arguments étaient fallacieux. Je déclarai que la défense du droit de vote pour les femmes, louable en soi, était mal servie par les singeries des suffragettes, ce qui me fit bien voir de la cour et des journalistes. Mais le Premier ministre me rappela à l'ordre pour avoir laissé échapper mes opinions personnelles.

En quittant le tribunal, Lloyd George m'invita à boire un verre chez lui. Je lui confiai mes craintes à propos du droit de vote des femmes et sur d'autres questions : nous risquions ainsi de laisser des mouvements plus radicaux, tels que le parti travailliste, nous couper l'herbe sous le pied. Il était d'accord avec moi mais me fit remarquer que tant que la majorité **tory** *à la Chambre des lords opposerait son veto à une législation libérale, il ne pourrait en être autrement. Il ajouta pourtant* qu'il espérait pouvoir faire quelque chose et, comme le montra la suite des événements, il tint parole.

Lloyd George lança son offensive avec le budget de 1909. Je me souviens des innombrables réunions ministérielles que nous passâmes à discuter de ce texte révolutionnaire et gargantuesque. Afin de financer l'expansion des forces navales (que rendait nécessaire le développement de la puissante flotte de guerre allemande) et les réformes sociales (parmi lesquelles la pension pour les personnes âgées les plus démunies), Lloyd George projetait tout simplement d'imposer plus lourdement les riches par le biais de toutes sortes de taxes, y compris les plus redoutées, celles sur les grands domaines et les terrains à bâtir. Tout en débattant telle ou telle question, nous savions pertinemment que les lords s'opposeraient à ce qu'on porte atteinte aux intérêts de leur propre classe sociale. Comme le rejet d'une loi des Finances n'avait pas de précédent, une crise était prévisible. Comment elle se résoudrait, personne ne le savait ni n'avait le temps d'y réfléchir, et encore moins le Premier ministre. Le 27 mai 1909, la loi de finances parut sous sa forme définitive et l'épreuve de force entre les deux Chambres commença.

Pourtant, si je garde si présente en ma mémoire cette chaude soirée de printemps, c'est pour de tout autres raisons. Je rentrai chez moi, fatigué et songeur, ne désirant rien d'autre qu'un peu de calme pour pouvoir réfléchir tranquillement à la situation politique du moment. J'avais repoussé l'offre du préfet de police de Londres de placer un policier devant ma porte, aussi n'y avait-il pour m'accueillir que Prideaux, le vieux valet de chambre de mon père qui, après la mort de celui-ci, était venu à Londres avec sa femme pour se mettre à mon service. Il se retira dans la cuisine pour dire à Mme Prideaux de me préparer à souper. Ils s'étaient faits à mes horaires irréguliers. Je me versai un scotch et pris un siège pour lire attentivement le Times du matin. C'était le premier moment de la journée où je pouvais *me détendre. Je fixai mon attention sur des questions de droit constitutionnel avec toute la motivation d'un jeune politicien déterminé, sans me douter de l'explosion imminente dans ma vie d'une force d'attraction beaucoup plus puissante.*

Pour me délasser un moment l'esprit, j'avais posé le journal et m'étais approché de la fenêtre. Comme je jouais avec mon verre en regardant dans la rue, doucement éclairée par les rayons du soleil couchant, je vis une jeune fille élégante, toute vêtue de gris, qui passait devant chez moi. Elle fit un pas vers la maison, puis j'entendis qu'on glissait une lettre sous la porte. Curieux, je courus dans l'entrée et ramassai la lettre. C'était une simple feuille de papier pliée en deux sur laquelle était tracée cette phrase surprenante : « Tant que les femmes n'auront pas le droit de vote, les politiciens ne dormiront pas en paix. »

Au même moment, déchirant la quiétude du soir, il y eut dans le salon un grand fracas de verre brisé. Je courus dans la pièce. Au milieu des morceaux de verre, à l'endroit où je me trouvais quelques instants plus tôt, je découvris une brique. L'élégante jeune demoiselle venait de jeter une brique sur ma fenêtre !

J'ouvris la porte toute grande et m'élançai dehors. Elle descendait la rue d'un pas rapide. Cette agression m'ayant mis hors de moi, je me lançai à sa poursuite. La rue était vide, aussi m'entendit-elle courir dans sa direction. Elle tourna la tête avec effroi, puis accéléra l'allure et s'engouffra dans une petite rue sur la droite. Je rejoignis le coin où elle avait disparu et je vis qu'elle n'était qu'à trente mètres environ devant moi, tenant sa jupe dans sa main gauche et courant à présent aussi vite qu'elle pouvait, tête baissée. Elle tourna de nouveau la tête en m'entendant qui approchais, je lui criai de s'arrêter, et, dans son affolement, elle ne vit pas le décrottoir placé près d'une porte. Son pied buta dessus et elle tomba maladroitement contre une balustrade qui se trouvait là. La poursuite était terminée. Je me penchai au-dessus de ma jeune assaillante à terre et, posant la main sur son épaule, je la fis se tourner vers moi.

– Est-ce que vous vous rendez compte que vous auriez pu me tuer ? dis-je, essoufflé et furieux.

– Est-ce vous, Edwin Strafford ?

– Oui.

– Alors vous ne pouvez vous en prendre qu'à vous-même. Vous avez lu mon mot ?

– Oui.

– Vous êtes prévenu maintenant. Pourquoi n'acceptez-vous pas nos revendications ? Vous êtes bête, obstiné, et vous avez tort.

Sur ce, la jeune fille voulut se lever, mais elle retomba en gémissant et serra dans ses mains son genou droit. De façon inattendue, son courage et sa douleur m'émurent. Elle s'était fait un bleu au menton en se cognant contre la barrière. Des larmes brillaient au coin de ses yeux tant sa jambe la faisait souffrir. Elle était très jeune, très belle. Sa bouche grimaçait de douleur, mais une flamme résolue brillait dans son regard. Des mèches brunes s'étaient échappées de son chapeau à larges bords et barraient à présent son visage rougi. J'oubliai ma colère et me reprochai d'avoir provoqué sa chute en l'effrayant. Au spectacle de cette jeune fille vulnérable qui, bien que dans l'incapacité de se sauver, n'hésitait pas à défendre sa cause, je me sentis vieux et sans cœur.

– Vous vous êtes fait mal, dis-je. Laissez-moi vous aider.

Se mordant les lèvres, elle accepta mon bras à contrecœur. Elle tressaillit lorsqu'elle posa le pied par terre, et je dus la soutenir.

– Je n'ai pas l'intention d'appeler la police, dis-je, mais j'insiste pour que vous veniez jusque chez moi.

Elle n'avait pas le choix. Soutenant son bras d'une main ferme, je la fis avancer aussi vite que son boitillement le permettait. Chez moi, je trouvai les Prideaux frappés de consternation. Mme Prideaux était persuadée que j'avais été enlevé. Je leur expliquai en quelques mots ce qui s'était passé et demandai à Mme Prideaux de soigner la jeune fille.

Elle l'emmena avec fermeté, mais prête à s'acquitter de sa tâche. Prideaux, qui avait débarrassé le tapis des éclats de verre, demanda s'il devait appeler la police.

– Merci, Prideaux. Un vitrier suffira.

Il se retira en grommelant.

Quelques minutes plus tard, Mme Prideaux revint, accompagnée de la jeune fille.

– La petite friponne n'a rien de bien grave, monsieur. Qu'est-ce qu'on fait d'elle ?

– Laissez-la-moi, madame Prideaux, répondis-je. Je veux parler un peu avec elle.

Comme elle hésitait, j'ajoutai :

– Ne vous inquiétez pas. Je ne la quitterai pas des yeux.

Sur cette assurance, la brave femme nous laissa. Je me tournai alors vers ma jeune invitée.

– La question qui se pose est de savoir ce que nous allons faire de vous.

– Vous pouvez appeler la police, si vous voulez.

– Je ne crois pas. Un procès vous ferait de la publicité et c'est ce que vous souhaitez. De plus, avec Mlle Pankhurst comme avocate, je serais assuré de passer un mauvais moment à la barre.

– Vous en avez fait l'expérience lors du procès de Christabel à l'automne, n'est-ce pas ?

– Oui.

– J'y étais, monsieur Strafford. Vous avez peut-être gagné, mais c'était la victoire d'un sophiste.

– C'est ce que vous pensez ?

– Oui. C'était une excellente prestation d'homme politique, ne tenant aucun compte de la vérité et de la justice.

Ainsi donc, cette belle insurgée était prête à disputer de cette question avec moi. Je fus surpris par la force de ses convictions et l'intelligence de son raisonnement, mais plus encore par son empressement à passer sur le fait qu'elle avait lancé une brique sur ma fenêtre, et par mon désir de bavarder avec elle au lieu de la remettre entre les mains de la police.

– Asseyez-vous, je vous en prie. Votre jambe doit vous faire souffrir.

– Ce n'est rien, votre domestique m'a mis une bande.

Elle s'assit pourtant. Elle avait remis de l'ordre dans sa toilette et sa coiffure, mais elle avait encore une respiration légèrement trop rapide et les joues rouges.

– Puisque vous savez qui je suis, me direz-vous au moins qui vous êtes ?

– Elizabeth Latimer.

– Et quel âge avez-vous ?

– 20 ans.

– Que diraient vos parents s'ils savaient ce que vous avez fait ici ce soir ?

C'était une question stupide, le genre de question que je n'aurais pas aimé qu'on me pose.

– S'ils vivaient encore, monsieur Strafford, ils ne comprendraient pas plus que vous, mais ils auraient l'excuse d'être plus vieux et moins bien informés.

Je n'avais que ce que je méritais.

– Je suis désolé, mademoiselle Latimer. Je vous demande de me pardonner ma mauvaise humeur. C'est la réaction normale de quelqu'un qui a failli recevoir une brique sur la tête.

– Voilà un an que vous êtes ministre de l'Intérieur. Qu'avez-vous fait durant ce temps pour empêcher les femmes qui n'ont pas le droit de voter de lancer des briques dans vos fenêtres ?

– Mais, mademoiselle Latimer, vous n'êtes pas encore en âge de voter.

– Vous persistez à faire le sophiste, monsieur Strafford.

Elle avait raison. Honteux, je me renversai dans mon fauteuil et la regardai en me demandant pourquoi, alors que je disposais de grands pouvoirs et que je jouissais de l'estime générale, je n'avais ni son énergie ni son enthousiasme, pourquoi mon art de la discussion pouvait excuser à mes yeux une ambivalence politiquement opportune. Je me rappelai la mairie d'Okehampton, neuf ans plus tôt, le jour où j'avais été élu pour la première fois. Depuis, j'avais vu se réaliser mes plus grands espoirs. Mais la confiance que les électeurs avaient placée en moi était-elle justifiée si Mlle Latimer pouvait, à juste titre, me faire tant de reproches ?

Je la regardai en m'efforçant de cacher un brusque sentiment de culpabilité, mais, me regardant à son tour, elle le dissipa de manière inattendue. Les coins de sa bouche se relevèrent, dessinant un sourire qu'elle contint aussitôt comme s'il lui avait échappé dans un moment d'inattention. Sous le masque de la militante était apparu, l'espace d'un instant, le beau visage d'une jeune fille timide.

— Que comptez-vous faire de moi, monsieur Strafford ?
— Mais rien, mademoiselle Latimer.
— Rien du tout ?
— Rien. Vous pouvez partir d'ici entièrement libre. À une condition, toutefois.
— Laquelle ?
— Que nous nous revoyions lorsque vous vous serez remise afin que nous puissions discuter de votre point de vue dans une ambiance plus détendue.
— Dans quel but ?
— L'homme dont les vitres ont été brisées essaiera certainement de démontrer à la coupable qu'elle s'y prend mal.
— Très bien. Je ne peux pas refuser cette occasion de vous démontrer vos propres erreurs.
— Disons Hyde Park, dimanche après-midi, à 2 heures, sur un banc devant Round Pond ?

– L'endroit me semble étrange.
– Mademoiselle Latimer, je ne peux pas vous donner rendez-vous dans un cadre conventionnel. Mais en tant que ministre de l'Intérieur, j'aimerais sincèrement, en écoutant ce que vous avez à dire, comprendre comment mon gouvernement a pu échouer au point d'inciter des jeunes femmes à casser des carreaux. J'aimerais aussi arriver à vous faire comprendre que la réalité politique exclut toute concession immédiate, même à ce qui peut paraître servir la cause de la justice et du droit. Je souhaite que l'échange de nos idées s'avère positif pour nous deux. Mais à ce stade, il n'a de chances d'être bénéfique qu'en restant confidentiel. C'est pourquoi je vous demanderai de ne pas parler de notre rendez-vous à vos amies.
– Ce n'est pas très difficile, monsieur Strafford. Elles se moqueraient de moi si elles apprenaient mon échec.

Elle rougit, comme si elle regrettait sa franchise.

– Je viendrai dimanche.
– Merci, mademoiselle Latimer. Vous pouvez parler de votre action de ce soir. Je préviendrai la presse de l'agression dont j'ai été victime. N'hésitez pas à vous en attribuer le mérite.
– Vous avez beau être dans l'erreur, monsieur Strafford, je dois admettre que vous êtes un gentleman.

Je ne pouvais espérer clore notre entretien sur une note plus conciliante. J'appelai Prideaux et lui demandai de raccompagner Mlle Latimer. Il s'exécuta d'un air désapprobateur. Debout près du carreau cassé du salon, je regardai Mlle Latimer qui s'éloignait dans la rue avec un léger boitillement. Elle ne se retourna pas, mais je la suivis des yeux jusqu'à ce qu'elle fût hors de vue en me demandant si elle viendrait au rendez-vous que je lui avais donné et si j'irais moi-même. Maintenant qu'elle était partie, je trouvais que c'était une idée stupide et, en même temps, je me sentais gagné par l'impatience d'être déjà dimanche, résolu au fond de moi à y aller et à m'interroger ensuite.

Le dimanche 30 mai arriva à son heure, et ce fut sous le soleil que je pénétrai dans Hyde Park. Les parents jouaient avec leurs enfants près du lac, tandis que je me dirigeais vers Round Pond avec une nonchalance qui me demandait un grand effort. Près du bassin, un vieil homme vendait des ballons à des enfants qui tournaient autour de lui en poussant des cris. Plusieurs d'entre eux se dispersèrent en courant, découvrant les bancs à ma vue. Sur l'un d'eux, vêtue d'une robe crème et lisant un livre à l'ombre d'une ombrelle bleu ciel, était assise Mlle Latimer. Elle ne leva pas les yeux à mon approche.

– Bonjour, mademoiselle Latimer, dis-je en ôtant mon chapeau.

– Bonjour, monsieur Strafford, répondit-elle en levant vers moi un visage sérieux.

– C'est une belle journée, dis-je sur le ton de quelqu'un qui cherche à engager la conversation, tout en m'asseyant à côté d'elle.

– Oui, en effet.

– Puis-je savoir ce que vous lisez ?

– Des poèmes de Thomas Hardy : Objets de raillerie.

– Pensez-vous que nous soyons des objets de raillerie, mademoiselle Latimer ?

– Vous le serez peut-être un jour, monsieur Strafford.

– Le jour où les femmes auront obtenu le droit de vote ?

– Oui.

– C'était une botte de sophiste, j'en ai peur.

– C'est bien que vous puissiez le reconnaître.

– Grâce à vous, mademoiselle Latimer, je ne crois plus au sophisme.

– Je suis heureuse de vous l'entendre dire, mais j'en doute. Comment pouvez-vous du jour au lendemain ne plus croire à ce qui a si bien servi votre carrière ?

– Je peux essayer de vous expliquer pourquoi.

– Je vous en prie.

Et c'est ainsi que sur ce banc, dans la chaleur d'un dimanche après-midi, avec les cris des canards et des enfants en fond sonore, j'en dis plus à Mlle Latimer sur les effets d'une carrière politique sur un politicien que je n'en avais dit à quiconque, à part à moi-même. Ma solitude avait peut-être créé à mon insu un besoin de me confier qui n'attendait qu'une occasion. La sincérité de Mlle Latimer m'avait aidé aussi à prendre conscience à quel point c'était une qualité dont je m'étais éloigné dans mes fonctions officielles. Je lui dis comment, absorbé par l'effort qu'il me fallait faire pour maîtriser chaque nouveau dossier, acquérir un nom et gagner l'estime des dirigeants du parti libéral, j'avais forcément négligé les visées ambitieuses qui étaient les miennes lorsque j'avais sollicité le soutien des électeurs du Mid-Devon. J'expliquai aussi que mon ascension à un poste ministériel et le minimum de renom qui y était associé me donnaient à présent les moyens et l'indépendance nécessaires pour réaliser certains des objectifs que je m'étais fixés. Et je prétendais que dans tout cela il y avait une leçon pour Mlle Latimer et ses amies suffragettes, à savoir qu'on ne pouvait réussir dans la vie qu'après un apprentissage et que la force des mots ne suffisait pas, en d'autres termes, qu'elles devraient suivre mon exemple, acquérir de l'expérience et attendre le moment favorable.

Ce n'était pas le discours le plus apte à séduire une jeune fille impétueuse de 20 ans. Mais Mlle Latimer invoqua d'autres arguments. Selon elle, le mouvement en faveur du droit de vote pour les femmes avait acquis assez d'expérience depuis la dernière réorganisation du système électoral en 1884, le durcissement du mouvement militant était le symptôme d'une frustration justifiée, et si le parti libéral ne faisait pas bientôt quelque chose, il laisserait la voie libre à d'autres, comme le parti travailliste.

– Vous êtes plus convaincante qu'une brique, mademoiselle Latimer.

– Mais sans la brique, m'auriez-vous écoutée ?
– J'ai toujours écouté ce que disaient les suffragettes, mais je ne vous aurais pas écoutée vous, personnellement. C'est pourquoi je vous remercie pour la brique.
– Vous me flattez. Ce qui compte, ce n'est pas de savoir si je suis convaincante mais si vous êtes convaincu.
– Je suis convaincu que vous êtes une jeune femme remarquable et que mon parti est au-dessous de tout pour n'avoir pas su défendre la cause des suffragettes. Comment fait-on pour devenir une militante si passionnée ?
– Je ne suis pas très différente des autres femmes un peu instruites, lasses d'attendre que les politiciens entendent raison.
– Pourtant votre exemple doit être instructif.
– J'en doute. Mais mon histoire se résume en peu de mots. Ma famille est de Forest of Dean. Ma mère est morte juste après ma naissance, et mon père quand j'avais 10 ans. J'étais fille unique et j'ai dû compter sur la charité de parents éloignés. Par chance, une tante m'a recueillie. Je vis encore avec elle, à Putney. Mon père avait laissé de quoi payer mes études dans un pensionnat du Kent. Un jour, à la bibliothèque, j'ai lu qu'un meeting à Manchester avait été perturbé par Christabel.
– Oui, je m'en souviens.
– Cela m'a fait prendre conscience que je n'étais pas la seule femme à me révolter contre l'existence différente à laquelle on nous préparait. Dès que j'ai quitté l'école, j'ai pris contact avec la Women Social and Political Union. J'ai été bien accueillie et tout de suite impressionnée par l'énergie et l'engagement de ces femmes. Christabel était la locomotive. Elle était pour nous toutes un modèle et une source d'inspiration. C'est toujours vrai.
– Une source d'inspiration sur la façon d'agresser les politiciens ?

– Monsieur Strafford, vous ne pouvez pas attendre de moi que je donne au ministre de l'Intérieur des informations sur les personnes qui ont conçu ou proposé telle ou telle action. J'assume l'entière responsabilité de mon acte de jeudi soir.
– Je suis ravi de l'apprendre, mademoiselle Latimer. Je ne cherchais pas à vous arracher quelque renseignement que ce soit. J'essaie seulement de comprendre comment les choses en sont arrivées là.
– Vous le savez déjà. Les femmes ont attendu trop longtemps. Rappelez-vous ce que je disais dans mon mot.
– Oh, je ne risque pas de l'oublier. Malheureusement, le gouvernement n'a pas le pouvoir de satisfaire vos revendications. Si une réforme électorale accordant le droit de vote aux femmes était votée demain par la Chambre des communes, elle serait aussitôt rejetée par la Chambre des lords.
– Cela, c'est votre problème, monsieur Strafford.
– Il sera résolu. Nos divergences avec la Chambre des lords risquent de déboucher sur une crise constitutionnelle que le budget de cette année va précipiter. Mais la crise mettra du temps à se dénouer, au moins un an. À quoi bon nous harceler jusque-là ?
– Pour que vous n'oubliiez pas, le moment venu.
– Je n'oublierai pas, soyez-en sûre. Mais vous pouvez toujours jeter une brique de temps à autre sur ma fenêtre comme pense-bête.
– Je ne vous lancerai plus rien. Une fois suffit.
– Vous avez marqué un point ?
– Oui, je le pense.
– Mais je peux encore oublier. Ce serait dommage d'oublier, faute de votre présence rafraîchissante.
– Je ne vous la refuse pas.
– Alors, revoyons-nous. J'ai aimé parler avec vous sous ce soleil. Que diriez-vous d'une promenade à la campagne, un

peu plus tard dans la semaine ? Vous êtes un excellent antidote contre la suffisance des politiciens.

— À mon avis, monsieur Strafford, vous en avez moins besoin que vos collègues, mais je ne veux pas priver de soins un convalescent.

— Je me réjouis de l'apprendre. Mes fonctions me permettent quelques extravagances, comme l'achat récent d'une automobile. Nous pourrions faire une excursion. Est-ce que mercredi après-midi vous conviendrait ?

— Si vous pensez pouvoir vous libérer aussi longtemps.

— Oui, je pense que ce sera possible. De plus, je rendrai un fier service à la police de Londres en vous occupant tout un après-midi. Puis-je passer vous prendre à 2 heures ?

— Une automobile devant la porte prouve trop de choses pour tante Mercy. Disons le pont de Putney.

— Bien sûr ! J'attendrai mercredi avec impatience.

C'est ainsi que, trois jours plus tard, j'allai comme convenu chercher Mlle Latimer. Nous nous rendîmes à Box Hill, lieu de pique-nique privilégié des Londoniens, agréablement désert ce jour-là. Nous montâmes sans nous presser sur un des sommets des North Downs, respirant l'air léger de ce début d'été empli du chant des alouettes.

— Je vous remercie de m'avoir conduite ici, dit Mlle Latimer. La vue est superbe.

— J'aimerais pouvoir venir plus souvent, dis-je.

— Mais vous êtes trop occupé ?

— Oui, et privé aussi, jusqu'à présent, de la compagne idéale.

Elle hésita mais n'écarta pas le compliment par quelque mot d'esprit incisif comme elle l'eût fait une semaine plus tôt. Plus tard, dans un salon de thé à Dorking, nous eûmes une discussion sur la grève de la faim suivie par des suffragettes. J'étais sur le point de dire que, avec des gâteaux devant elle, elle était mal placée pour dire quelque chose, mais elle me le fit remarquer la première. Le comique de la situation, la militante *prenant le thé avec le politicien sérieux pendant que des fonctionnaires pouvaient être victimes de nouvelles agressions, nous frappa soudain et nous partîmes d'un grand éclat de rire qui nous valut les regards désapprobateurs des tables voisines. Mais ce jour-là, à Dorking, nous n'avions cure de ces regards-là.*

Lorsque nous rentrâmes à Putney, Mlle Latimer m'invita à faire connaissance avec tante Mercy. Une petite dame alerte, au regard vif, qui ignorait totalement qui j'étais, nous reçut dans la serre, et elle écouta le récit de notre excursion en s'occupant de ses chrysanthèmes. Elle insista pour que sa nièce me fît faire le tour du jardin. Je saisis cette occasion pour inviter Elizabeth à dîner le vendredi suivant. Elle accepta. Ce soir-là, je ne dis pas au revoir à Mlle Latimer mais à Elizabeth, et elle m'appela Edwin et non M. Strafford. Les barrières tombaient.

Mais pas la prudence. De crainte de rencontrer un de mes collègues, je préférais éviter les endroits que je fréquentais habituellement. Je choisis donc d'emmener Elizabeth dans un restaurant où mon frère aimait bien aller lors de ses rares visites dans la capitale, Le Baron, dans Piccadilly. Il faisait beau lorsque je passai prendre Elizabeth à Putney. Une domestique m'ouvrit la porte, et Elizabeth apparut en haut de l'escalier dans une robe de velours bleu. C'est peut-être le plus beau souvenir que je garde d'elle. Un collier de perles enserrait son cou et une broche ornait son corsage. Point n'était besoin d'autre bijou pour rehausser sa beauté. Ses cheveux noirs et brillants étaient remontés en arrière et elle me regardait de ses grands yeux clairs. Je me sentais un homme heureux tandis que nous roulions vers Piccadilly.

Au Baron, je fus reçu comme un roi, le maître d'hôtel étant aussi impressionné par Elizabeth que je l'étais moi-même. Abandonnant nos rivalités d'intérêts à propos du mouvement des suffragettes, nous parlâmes musique, art et littérature, notre histoire différente nous menant à des visions étrangement similaires de l'avenir. Comme nous partagions les mêmes idées, je me surpris à penser que nous pourrions vivre ensemble. Tout semblait si simple à la lueur des bougies, mais au fond de moi je savais que la lumière du jour me rendrait plus réaliste : le ministre de l'Intérieur et la suffragette, ce n'était pas une association viable. Il fallait que l'un ou l'autre abandonnât quelque chose.

Alors, nous abandonnâmes chacun un peu quelque chose. Elizabeth ne pouvait pas renier ses idées, mais en renonçant au militantisme elle pouvait du moins éviter de me mettre dans une position embarrassante. Je ne pouvais pas abandonner mes fonctions de ministre de l'Intérieur, mais je pouvais essayer de convaincre en douceur les membres du gouvernement de la nécessité d'une réforme électorale. Nous fîmes de notre mieux. Et pour le bien l'un de l'autre, nous nous surpassâmes. Nous faisions des excursions et dînions souvent aussi ensemble. Elizabeth me fit aimer l'opéra, et moi, je lui fis découvrir le cricket. Nous en vînmes à nous faire des confidences sur les intrigues au sein du cabinet et le mouvement des suffragettes. Au contact d'Elizabeth, il me semblait que je devenais meilleur et cette plénitude nouvelle atténua la part d'âpreté qu'il y avait dans mon ambition politique. Et dans les récits de ses différends avec Christabel Pankhurst à propos de la tactique militante, je sentais poindre chez Elizabeth quelques-unes des idées que j'avais semées.

Avec le temps, nous devînmes de moins en moins prudents. Cet été-là, un jour où je devais prendre la parole à la Chambre des communes au cours de l'un de ces interminables débats sur le budget, je m'aperçus au milieu de mon discours qu'Elizabeth se trouvait dans la galerie réservée au public et me regardait. Je pense que ce fut sa présence qui m'incita à risquer une plaisanterie (bien accueillie) dont la teneur était que, si la subvention demandée par le ministre des Finances pour le goudronnage des routes était acceptée, beaucoup de gens que la poussière soulevée par mon automobile avait fait tousser lui seraient *reconnaissants, et que parmi ces électeurs potentiels, il se trouverait forcément des femmes et qu'il serait dommage de perdre leurs voix faute de leur avoir donné le droit de vote. C'était en un sens un hommage à Elizabeth qui m'avait dit : « Ne vous prenez jamais au sérieux. Ne prenez au sérieux que ce en quoi vous croyez », parole étonnamment sage dans la bouche d'une si jeune personne.*

Après les débats, je l'invitai au salon de thé réservé aux députés, où elle me fit comprendre par son regard qu'elle m'était reconnaissante de ce que j'avais dit. Nous fûmes rejoints par Lloyd George. Connaissant sa réputation de séducteur, je me sentis légèrement mal à l'aise.

– Pourriez-vous me présenter à votre charmante compagne, Edwin ?

– Mais certainement, Lloyd George. Mademoiselle Latimer, le ministre des Finances.

Ils se serrèrent la main, Lloyd George trouvant moyen de faire les yeux doux à Elizabeth comme il inclinait la tête en souriant. Avec une autre personne qu'Elizabeth, ses manières incorrigibles m'auraient amusé, mais, cette fois, j'en fus irrité. Je n'avais pourtant pas de raison de l'être car Elizabeth le traita presque avec dédain, ce à quoi il n'était pas habitué ; c'était un traitement que seule notre affection croissante pouvait justifier. Mais ce n'était pas un spectacle désagréable pour quelqu'un qui avait souvent vu le Premier ministre se faire tout petit devant son ministre des Finances.

Elizabeth révéla un savoir de la politique qui ne devait rien aux confidences que j'avais pu lui faire et, pour plaisanter, elle dit à un moment que même le thé, en sa compagnie, était libéral (c'était du Earl Grey), ce qui convainquit Lloyd George qu'elle était aussi belle qu'intelligente et, par conséquent, dangereuse. La beauté et l'intelligence, je n'en avais jamais douté, mais le danger, je n'en voyais aucun signe.

L'été se poursuivit ainsi, dans la joie et l'insouciance. Au début du mois d'août, afin de faire plaisir à tante Mercy, Elizabeth et moi l'emmenâmes aux courses pour lesquelles elle avait une véritable passion. Nous passâmes la journée à Goodwood. Tante Mercy fut la seule à gagner un peu d'argent mais, pour ma part, j'avais des visées plus ambitieuses. Pique-niquant sur l'herbe au pied des South Downs, Mercy perdue quelque part dans la foule qui se pressait autour de la tente des paris, je mentionnai l'imminence des vacances parlementaires que j'avais l'habitude de passer à Barrowteign.

– Vous me manquerez pendant votre absence, dit Elizabeth.
– Vous aussi, vous me manquerez. C'est pourquoi je serais très heureux que vous acceptiez de venir avec moi.
– À Barrowteign ?
– Oui. Ne vous inquiétez pas, vous seriez bien entourée. Il y a ma mère, mon frère, sa femme et leur fils. Et je pourrais vous faire connaître les charmes du comté du Devon.
– Et votre maison ancestrale ?
– On ne peut pas vraiment l'appeler ainsi, mais c'est là que se trouvent mes racines. Alors, vous voulez bien ?
– Si vous pensez que je ne serai pas de trop.
– Certainement pas.
– Et si tante Mercy est d'accord.
– Nous le lui demanderons. Je suis sûr qu'elle acceptera.
– Alors, j'aimerais beaucoup venir avec vous.
– Vous n'en avez pas l'air si sûre que ça.
– Si, si. Seulement... Oh, Edwin, parfois j'ai si peur !
– Il n'y a pas de raison. Faites-moi confiance.
Elle promit de me faire confiance. Quant à tante Mercy, qui était rouge d'émotion d'avoir gagné, elle nous donna son accord avec joie. La lettre que j'adressai à ma mère reçut le même accueil enthousiaste et tout fut bientôt arrangé. Elizabeth me fit part des questions que suscitait dans les cercles des suffragettes une aussi longue absence de sa part, sans raisons

précises, mais elle ne revint pas sur sa décision. Dès que mes charges officielles me le permirent, nous nous mîmes en route.

La pendule, derrière moi, sonna 7 heures et m'arracha aux collines du Sussex, presque soixante-dix ans en arrière, pour me ramener à Madère, un soir d'avril. Il commençait maintenant à faire sombre dans le bureau de Strafford. Si je n'avais pas été aussi absorbé par ma lecture, j'aurais allumé, mais la pénombre me parut plus appropriée, masquant la distance entre la promesse de cet été lointain et le bureau d'un vieil homme solitaire, loin de son pays, n'ayant que des photos de ceux qui, un jour, lui furent si chers.

En bas, Tomas fit résonner le gong pour annoncer que le dîner était prêt. J'avais manqué l'apéritif. Le chemin était long entre le monde disparu de Strafford où j'avais passé tout l'après-midi et le moment présent. C'était un déchirement pour moi de refermer le cahier.

Dans le salon, je trouvai Alec qui arrivait de la véranda, Sellick derrière lui.

- Nous nous demandions où tu étais, dit Alec.
- Je suis désolé. Je n'ai pas vu l'heure passer.
- Leo m'a mis au courant de votre accord. Je crois qu'il faut que je te félicite. Tu rejoins la mêlée.
- Merci. J'espère que ce sera une mêlée plus civilisée que celle de Millenium.
- Il y a des chances. Tu as tiré plus que moi de Leo. On dirait qu'il s'est fait une spécialité de venir au secours des intellectuels anglais qui ont la poisse.
- Avec d'aussi belles tournures de phrases, comment Alec ne serait-il pas doué pour le journalisme ? dit Leo avec un grand sourire.
- C'est vrai, dis-je, que nous vous sommes tous les deux redevables, Leo. J'espère que vous ne regretterez pas votre générosité.

— Je suis sûr que non. De plus, ne suis-je pas un véritable tyran ? Je vous ai fait travailler un samedi. Mais même les chercheurs les plus passionnés doivent se nourrir. Si nous passions à table ?

Le dîner fut aussi excellent que la veille : du melon au porto suivi d'un lapin rôti, le tout accompagné d'un dão encore meilleur. Sellick et Alec parlèrent du prochain numéro de la revue. Je ne dis pas grand-chose. J'avais hâte de reprendre ma lecture. À ce moment, le monde de Strafford m'intéressait plus que le mien, et le dîner, même en bonne compagnie, n'y changea rien. Sellick s'aperçut de ma distraction. Pendant qu'il buvait à petites gorgées son malmsey et que je prenais un morceau de fromage, il me le fit remarquer.

— Je pense que vous êtes ailleurs, Martin.

— Vous avez raison, je suis désolé. Ce dîner est excellent.

— Mais vous pensez aux mémoires de Strafford.

— J'en ai peur.

— Ne vous excusez pas. Dans la mesure où je suis votre sponsor, cela ne peut que me faire plaisir. Où en êtes-vous ?

— Strafford va emmener Elizabeth Latimer à Barrowteign.

— Ah oui ! Tout va bien, à ce moment-là.

— Cela ne va pas durer longtemps ?

— Non, mais ne me laissez pas gâcher le plaisir de votre lecture.

— Vous ne le gâcherez pas. De toute façon, la fin sera forcément un peu décevante.

— Pourquoi ?

— Puisque c'est Strafford qui a écrit l'histoire de sa vie, elle est forcément incomplète. Dites-moi, est-il enterré ici ou à Funchal ?

— Il est enterré en Angleterre, dans le village de Dewford, près de Barrowteign, avec les autres membres de sa famille.

— Il n'était pas complètement oublié alors, s'ils ont ramené son corps en Angleterre ?

– Cela n'a pas été nécessaire. Strafford est mort à Barrowteign.
– Vraiment ?
– Oui. J'ai vite établi qu'il n'était pas enterré à Madère. Le consul de Grande-Bretagne a enquêté pour moi à Londres. J'ai appris que Strafford est retourné en Angleterre en 1951, au printemps, et qu'il a habité à Barrowteign chez son neveu.
– De quoi est-il mort ?
– Il a été fauché par un train sur un passage à niveau situé sur le domaine de Barrowteign. C'est tout ce qu'on a pu me dire.
– Je vois.
– Mais comme vous le lirez vous-même, sa mort a une similitude curieuse avec un autre accident rapporté dans ses mémoires. Mais je crois que j'en ai assez dit.

Le sourire de Sellick, à la lueur des bougies, ressemblait à celui du Sphinx. Je compris alors que je n'étais pas le seul à garder secrètes certaines informations. Sellick les distillait au compte-gouttes. Strafford n'avait pas terminé ses jours en exil. Il était mort en Angleterre dans un accident. Qu'était-il allé faire ? Chercher la vérité, quarante ans après ? Revoir une dernière fois Barrowteign ? Ou quelque chose dont Sellick ne voulait pas encore parler ? Pourtant, il m'avait dit que le mystère de la chute de Strafford restait entier. Déjà, je n'en étais plus aussi sûr.

Nous passâmes dans le salon pour prendre le café. Sur une table de jeu, était posée une vieille bouteille de madère.

– Qu'est-ce que c'est ? demanda Alec. Une cuvée spéciale ?
– On ne saurait mieux dire, répondit Sellick. J'ai demandé à Tomas de la sortir pour nous.
– Mais il n'y a pas de verre.
– C'est parce que nous n'allons pas la boire. Pas encore. C'est la récompense, dirons-nous. Regardez. Vous verrez ce que je veux dire.

Alec prit la bouteille et la pencha à la lumière pour mieux voir l'étiquette jaunie.

– C'est incroyable, dit-il. Tout simplement incroyable !
– Qu'est-ce que c'est ? demandai-je en m'approchant de lui.

– Regarde... Leo nous avait caché quelque chose !
C'était du vieux madère... très, très vieux. Une bouteille de 1792 !
– Je suis désolé, Alec, dit Sellick avec un sourire. Malheureusement, à l'époque où vous avez écrit votre article, le moment n'était pas encore venu de vous dire qu'il en restait encore.
– Mais comment... ?
– Un legs du Dr Grabham à l'ancien propriétaire de cette maison que j'ai découvert à la cave.
– Mais hier soir, vous avez dit...
– Que Grabham n'en avait probablement pas laissé. Je sais. C'était l'éventualité la plus probable. En fait, il a laissé quelques bouteilles à Strafford qu'il devait considérer comme l'Anglais le plus distingué et le plus sage de l'île, après lui évidemment, et Strafford a laissé cette bouteille pour moi. Mais je ne pouvais pas vous le dire avant ce soir, parce que je n'avais pas encore convaincu Martin d'élucider pour moi le mystère de Strafford.
– Je ne vois pas très bien le rapport, dis-je.
– Le rapport, reprit Sellick, c'est que nous boirons cette bouteille en l'honneur de Strafford lorsque notre recherche aura abouti. Ce sera la récompense de votre travail. Je vous propose que nous nous réunissions ici tous les trois pour commémorer l'événement en ouvrant la dernière bouteille de l'année 1792. Je suis désolé de ne pas vous l'avoir dit avant, Alec, mais j'espère que vous comprendrez que j'avais une bonne raison.
– Je crois que je n'ai pas le choix, dit Alec. Pourrai-je au moins écrire un article là-dessus après ?
– Bien sûr, dit Sellick. En bon journaliste, vous devriez m'être reconnaissant de vous fournir une suite à votre article.

Nous éclatâmes de rire et nous fêtâmes avec un malmsey plus jeune l'idée de Sellick de rendre cet hommage à Strafford. Avant cela, j'avais un long chemin à faire, mais j'avais la satisfaction de voir que Sellick n'épargnait pas à Alec son petit jeu de cache-cache avec les faits.

– Je pense que vous me devez une partie de billard pour ça, Leo, dit Alec. Cela me donnera l'occasion de me venger.

– À ce jeu, Alec est certain de prendre sa revanche, Martin. Je dois me soumettre. Voulez-vous nous accompagner dans la salle de billard ?

– J'aimerais beaucoup, mais le devoir m'appelle, dis-je en montrant du doigt les mémoires de Strafford que j'avais posés sur une table basse près d'un fauteuil.

– Bien sûr. Nous vous laissons, alors.

Ils prirent leur verre et sortirent. Je n'étais pas mécontent de les voir partir. J'avais eu mon compte de tours de passe-passe pour un soir et me sentais en terrain plus sûr avec les mémoires : les morts ne trichent pas. Tomas m'apporta du café et je m'assis dans le fauteuil qui se trouvait sous un lampadaire. J'ouvris les mémoires et rejoignis Strafford en 1909.

Mémoires
1909-1910

J'ai gardé de cette journée brumeuse de 1909, à la fin du mois d'août, un souvenir plus précis que de nombreuses journées que j'ai passées ici, retiré du monde. J'étais allé chercher Elizabeth à Putney ; pendant que je mettais sa malle dans la voiture, tante Mercy pressait sa nièce d'accepter quelques cadeaux d'adieu et lui souhaitait un bon voyage. Elizabeth portait une cape sur une robe en tweed, et un chapeau noué sous le menton pour se protéger de la fraîcheur de l'air pendant ce long voyage. Au moment de partir, j'actionnai la corne en guise d'adieu, ce qui eut pour effet d'effrayer un cheval tirant une charrette mais réussit aussi, de façon inattendue, à apaiser Elizabeth. Elle m'avoua qu'elle éprouvait une certaine appréhension à l'idée de rencontrer ma famille et que le fait de nous mettre en route pour de bon était pour elle un soulagement.

Nous traversâmes le Surrey et le Hampshire, puis nous nous arrêtâmes à Salisbury pour déjeuner dans un confortable salon de thé près de la cathédrale. La grande pelouse enveloppée d'une brume grise et la flèche du clocher s'élançant vers le ciel rappelèrent à Elizabeth le « Melchester » de Thomas Hardy dans le Wessex, où nous allions entrer. Je fis observer que je trouvais étrange qu'une si jeune femme lise les poèmes d'un homme si vieux et si pessimiste.

– M. Hardy n'est pas un homme si pessimiste que ça, répondit-elle. Il est simplement résigné au sentiment douloureux de perte qui accompagne tout ce que l'on entreprend avec passion.

– C'est une pensée qu'on ne s'attend pas en général à trouver chez des personnes aussi jeunes que vous.

– C'est possible, mais cela ne diminue en rien mon enthousiasme.

Le mouvement décidé de son menton ne permettait pas de mettre en doute ses paroles.

– Je me demande si vous direz toujours la même chose dans trente ans.

Cette remarque fit soudain naître en moi l'espoir de la connaître encore à ce moment-là. Pour ma tranquillité d'esprit, mieux valait que je ne sache pas combien cet espoir était vain et comme elle avait raison.

Nous roulâmes jusqu'à ce que le sol crayeux et vert pâle du comté de Dorset cédât la place à la terre rouge et aux verts plus sombres du comté du Devon. Lorsque nous atteignîmes Exeter, en fin d'après-midi, le soleil brillait comme s'il avait fait beau toute la journée.

– Maintenant, nous entrons dans votre royaume, dit Elizabeth tandis que nous traversions lentement le pont au-dessus de l'Exe.

– Ce n'est pas mon royaume. C'est juste ma circonscription électorale dans laquelle je me rends trop rarement depuis que je suis ministre. C'est aussi là que se trouve ma maison et je suis toujours heureux d'y retourner.
– Votre mère sera très heureuse de vous voir.
– De vous voir aussi, lui dis-je pour la rassurer, en espérant ne pas me tromper.

À la sortie d'Exeter, nous prîmes de petites routes sinueuses où les voitures étaient rares. Après avoir traversé le village de Dewford, situé sur les rives de la Teign, nous pénétrâmes dans le domaine de Barrowteign. La grande maison familiale apparut au milieu des hêtres, aussi familière pour moi qu'elle était étrangère pour Elizabeth.

Ma mère nous accueillit en mettant aussitôt en œuvre son charme et sa gentillesse afin qu'Elizabeth se sente la bienvenue. Nous trouvâmes Robert dans le salon. Il fumait la pipe et ressemblait plus que jamais au châtelain du village, mais il n'avait rien perdu de sa bonne humeur. L'arrivée d'Ambrose, mal assuré sur ses petites jambes, au côté de sa bonne, évita qu'un silence gêné ne s'installe, et au moment où sa mère apparut, il sautait sur les genoux d'Elizabeth pour sa plus grande joie à en croire sa mine réjouie. Florence jeta sur cette scène un regard désapprobateur. Son mécontentement manifeste de se voir imposer une rivale dans une famille sur laquelle elle semblait exercer une domination de plus en plus grande fut la seule fausse note de cet harmonieux retour au foyer.

Sur les activités politiques d'Elizabeth, nous ne fîmes bien entendu aucune allusion, si ce n'est quelques mots à ma mère sur le fait qu'Elizabeth était pour le droit de vote des femmes, ce que ma mère, y étant elle-même plutôt favorable, accueillit avec sympathie tout en nous recommandant de ne pas en parler à Robert qui, selon elle, en aurait été scandalisé. Je compris mieux la prudence de ma mère après avoir fait le tour de la propriété en compagnie de mon frère.

Durant notre promenade, il me fit part de son intention d'augmenter les fermages de façon tellement inconsidérée que je décelai chez lui un durcissement de caractère, imputable à l'âge ou bien au mariage, mais qui me mit mal à l'aise. Il fut terrifié en m'entendant lui confier à demi-mot qu'un conflit avec la Chambre des lords à propos du budget était inévitable et, par la suite, j'évitai de discuter de ces questions avec lui.

Robert, malgré tout, subissait le charme d'Elizabeth tout autant que ma mère, qui devait reconnaître chez elle la vitalité et l'intelligence auxquelles elle aurait pu autrefois prétendre si elle n'avait choisi une réclusion rurale avec mon père. Elles s'entendirent tout de suite très bien : la vieille dame élégante et la jeune fille sensible. Elizabeth voyait comme un reflet de la poésie de Thomas Hardy dans l'âme de ma mère. Ce qui était beaucoup plus que ce qu'elle voyait dans les aquarelles de Florence, qui décoraient les murs de la maison à ma grande irritation. Mais Elizabeth savait mieux que moi montrer quelque admiration pour les œuvres de Florence. Même cela pourtant ne réussit pas à retourner ma belle-sœur en sa faveur.

Un des objectifs principaux de chacun de mes séjours à Barrowteign était de me remémorer tous les événements survenus dans ma circonscription, de rendre visite à tous ceux qui avaient un problème, de leur donner des conseils, et de me montrer. La présence d'Elizabeth à mes côtés me fut d'une grande aide. Sa beauté éblouissait, son esprit rendait les gens bavards, sa grâce avait un effet apaisant sur les quelques tempéraments frondeurs. À sa prière, je jouai dans le dernier match de cricket de la saison, ce qui impressionna les villageois presque autant que les tournées que j'offris après à l'auberge. Je la priai à mon tour de m'accompagner dans les quartiers d'ouvriers carriers, au sud de Barrowteign, et elle admit après cela que les pensions pour les personnes âgées et la loi nationale sur les assurances réclamées par Lloyd George devaient peut-être passer avant la réforme du droit de vote pour les femmes.

Bref, nous avions la même influence bénéfique l'un sur l'autre qu'à Londres. Flowers, mon très efficace agent électoral, alla jusqu'à dire que si Elizabeth était ma femme, cela ne ferait que rehausser ma réputation dans la circonscription.

Ce ne fut pourtant pas le froid calcul de Flowers qui me fit songer au mariage. Cette pensée était née d'une tendre affection qui s'était transformée en un sentiment plus profond. Le mois de septembre s'écoula dans une joie grandissante mêlée d'espoirs. Le beau temps fut avec nous au cours de ces semaines passées à Barrowteign, et j'emmenai souvent Elizabeth se promener sur la lande ou sur la côte, plaisirs qu'elle n'avait pas connus depuis l'enfance. Si loin de Londres et de ma carrière, il était aisé d'oublier les difficultés que soulevait notre relation. Et lorsque j'y réfléchissais, je me disais que c'était un problème aisément surmontable. La seule question importante pour moi était de savoir si Elizabeth voulait bien m'épouser. Je ne doutais pas que, si elle acceptait, le bonheur de mon existence serait assuré.

La Saint-Michel fut, cette année-là, une superbe journée d'automne. À Barrowteign, le ciel arborait un bleu lumineux. Chaque arbre, chaque pierre, était serti d'ombres qui se découpaient nettement sous le soleil. La maison était calme. En ce jour du terme, Robert était parti faire le tour des métayers. Mère l'avait accompagné pour s'assurer que tout allait bien pour ceux dont le bien-être lui avait toujours tenu à cœur, même si tel n'était pas toujours le cas pour son fils. Florence, qui était allée passer quelques jours dans sa famille, à Dartmouth, avait emmené Ambrose avec elle. Elizabeth était impatiente de se promener sous le soleil et aucune obligation ne m'empêchait de satisfaire son désir.

Je roulai jusqu'aux contreforts de la région montagneuse du Dartmoor, entre les vallées de la Teign et de Bovey, et arrêtai la voiture au moment où le chemin devint trop accidenté et escarpé pour aller plus loin. Nous continuâmes à pied. Je portais notre pique-nique dans un sac à dos, en marchant derrière Elizabeth qui avançait à une allure désarmante et s'orientait adroitement à l'aide d'une des cartes de mon frère. C'est ainsi qu'elle nous conduisit à Blackingstone Rock, cette grande nodosité de granit en haut des collines, qui domine Moretonhampstead. J'étais plus essoufflé qu'elle lorsque nous atteignîmes le sommet plat du rocher. Je m'assis pour regarder le paysage. Devant nos yeux, la plaine de Torridge s'étendait jusqu'à la mer qu'il me semblait voir tant le temps était clair. Derrière nous, les tertres du Dartmoor, la partie la plus sauvage. En bas, c'était la vallée de la Teign et on distinguait au loin les toits de Barrowteign. Je contemplais ce spectacle, impressionné et respirant avec peine.

– On voit que vous avez passé trop de temps derrière votre bureau, Edwin.

– Cela se peut, répondis-je, mais c'est moi qui ai porté notre repas sur mon dos et vos jambes sont plus jeunes que les miennes.

Elle lança une feuille de fougère dans ma direction et nous éclatâmes de rire. Le soleil et la chaleur, en cette saison, semblaient aussi immérités que notre bonheur ; mais ils étaient là pour être savourés. Je débouchai la bouteille de cidre que j'avais prise à la cave et nous levâmes nos verres en l'honneur de cette région où j'étais né.

– Dans tout le comté du Devon, dis-je, les moissonneurs vont faire une pause à peu près à la même heure pour boire une rasade de bière.

– Ou se faire du souci pour le prochain terme à cause de l'augmentation des fermages.

– Ne soyez pas si sévère avec Robert, dis-je en devinant la pointe contre lui. C'est un bon propriétaire terrien. Un peu conservateur, je l'admets, et il commence à se prendre trop au sérieux, mais c'est le début de la cinquantaine. Si je suis *essoufflé après un peu d'escalade, cela veut dire que je serai bientôt comme lui.*

– Je suis désolée, je ne voulais pas critiquer Robert. C'est un brave homme. Il lui manque simplement l'intelligence et l'humour de son frère.

– L'humour et l'intelligence sont de votre côté. Florence écraserait n'importe quel homme. Nous ne pouvons pas tous avoir la chance de trouver quelqu'un comme vous.

Elizabeth baissa les yeux et rougit. Je savais que ce n'était pas la comparaison à son avantage avec ma belle-sœur prosaïque qui avait provoqué sa gêne, mais mon allusion au fait qu'elle pourrait un jour être ma femme. Mes paroles avaient révélé le fond de ma pensée. Par respect pour elle, je ne tentai pas de dissimuler le sens de mes paroles.

– Vous avez deviné mes pensées, dis-je. Il y a quatre mois, quand vous avez jeté une brique sur ma fenêtre, j'étais loin de me douter que ce pouvait être un moyen pour trouver le chemin de mon cœur, pourtant c'est ce qui est arrivé et plus encore. Vous m'avez rendu plus heureux que je ne l'étais avant.

– Que de compliments réciproques ! dit Elizabeth, et nous nous mîmes à rire.

Elle contempla un moment le paysage.

– C'est très beau, ici, dit-elle. J'ai passé un mois merveilleux à Barrowteign. Je vous remercie de m'y avoir amenée.

– Je vous remercie d'être venue, répondis-je. Hélas, le temps passe si vite. Nous devrons bientôt rentrer à Londres.

Pendant un moment, nous songeâmes à tout ce que cela impliquait, puis j'exprimai tout haut nos pensées.

– Je suis si habitué à vous voir chaque jour. Cela me paraîtra étrange de vivre autrement. Ce ne sera pas facile.

– Pour moi aussi, ce sera dur.

– Il y a bien sûr une autre solution.

Pendant un moment, Elizabeth ne dit rien, ni moi non plus. Puis je poursuivis.

– Vous pourriez accepter de m'épouser.
– Que dites-vous, Edwin ?
– Je dis, Elizabeth, voulez-vous m'épouser ?
– J'aimerais tant pouvoir dire oui.
– Alors, dites-le.
– Mais votre carrière ?
– Elle ne peut que se trouver facilitée par une femme aussi adorable que vous. Vous avez vu comme vous avez plu tout de suite à mes électeurs.
– Mais à Londres ?
– Le Premier ministre n'est pas un ogre. À mon avis, il ne verra pas de motifs de s'y opposer.
– Pas même mes idées politiques ?
– Non, pas même cela.
– Et votre famille ?
– Mère vous adore.
– Florence, certainement pas.
– C'est plutôt un compliment pour vous.
– Vous semblez avoir réponse à toutes les objections.
– Parce qu'il ne peut y avoir d'objection à ce qui est juste.
– Alors, je dis oui, Edwin, de tout mon cœur, et j'apprendrai à être une épouse obéissante.

Nous échangeâmes un sourire, sachant que l'obéissance ne serait jamais le maître mot dans notre mariage. Je l'attirai près de moi et l'embrassai tandis que le vent poussait ses cheveux sur mon visage.

– Je vous aime, Elizabeth.
– Je vous aime, Edwin.

En cet instant, sur ce haut rocher du comté du Devon, jamais je ne crus autant en la vie. Elle m'avait déjà apporté un poste ministériel, même si je ne voyais plus très bien quels bénéfices en avaient tiré ceux que j'avais entrepris de servir. Et voilà qu'à présent la vie m'offrait Elizabeth et, avec elle, un bonheur qui m'apparaissait accessible et sûr. Assis sur le sommet de

Blackingstone en cet après-midi ensoleillé de septembre, nous nous souriions avec une égale nervosité que faisait naître en nous la certitude de notre amour. Nous étions certains que notre confiance l'un envers l'autre était aussi solide que le granit qui nous portait.

Pourtant, même le granit peut se lézarder, et les premières lézardes apparurent bientôt. Mais ce n'est que bien plus tard que j'appris que Florence, craignant d'être éclipsée dans sa belle-famille et, pis, de voir son nom déshonoré par un mariage malheureux, avait pris sur elle de demander une enquête sur Elizabeth. Notre réticence à parler de certains sujets avait éveillé ses soupçons. Elle avait sans doute voulu s'assurer qu'Elizabeth était une jeune femme comme il faut, selon sa vision personnelle des choses. Mais je peux imaginer avec quelle jubilation horrifiée elle prit connaissance, lors de sa visite à Dartmouth, d'un rapport selon lequel Mlle Latimer, orpheline, était une militante de la Women Social and Political Union qui avait été condamnée au moins trois fois pour trouble de l'ordre public.

À notre retour à Barrowteign, Elizabeth et moi annonçâmes nos fiançailles à ma mère, qui en fut très heureuse. Florence arriva peu après, on ne peut plus satisfaite de savoir son ressentiment justifié. Elle révéla à Robert ce qu'elle avait appris, en l'incitant sans doute à agir au plus vite pour mon bien. Robert, en époux docile qu'il était, se laissa convaincre par sa femme qu'il ne servirait à rien de contester ouvertement ma décision, et il songea alors que le mieux était d'en parler à Flowers, mon très pragmatique agent électoral ; celui-ci, conscient de ses responsabilités envers moi, décida de faire le nécessaire pour sauver une carrière qu'il avait protégée en travaillant dur. Cela prit la forme d'une démarche auprès des mandarins du parti libéral, qui se mirent en mouvement contre deux amoureux avec toute leur redoutable force d'inertie.

De tout cela, je ne savais rien. Pas plus que ma mère ou qu'Elizabeth, qui étaient encore plus proches l'une de l'autre depuis que nous avions annoncé nos fiançailles. Et si Robert avait parfois un air sévère et Florence un ton acide, je n'y vis aucune signification particulière. L'idée d'un mariage au printemps et la reprise imminente du travail parlementaire, dans cet ordre, occupaient toutes mes pensées.

Au milieu du mois d'octobre, au moment où les feuilles des arbres commencèrent à tomber à Barrowteign, nous partîmes pour Londres, ma mère nous suppliant, au moment du départ, de revenir à Noël et de fixer rapidement une date pour le mariage. Deux prières auxquelles nous n'étions pas du tout opposés, loin de là. Le voyage du retour se passa gaiement, le toit remonté pour nous abriter de la fraîcheur de l'automne. Nous traversâmes une campagne sereine en parlant de nous et de l'avenir dans lequel nous étions unis à présent. Mercy avait été prévenue par lettre et elle nous accueillit en exprimant une approbation sans réserve. Au cours du goûter dînatoire à Putney, Elizabeth à mes côtés faisant des projets avec sa tante, je me sentais heureux d'être de retour à Londres.

C'est dans cet état d'esprit et plein d'une énergie nouvelle que je retrouvai mon bureau. Des dépêches m'avaient tenu au courant des événements pendant mon absence, mais j'attendais comme toujours avec impatience le compte rendu très complet de Meres. Entre-temps, je reçus un message me demandant de téléphoner immédiatement au 10 Downing Street: le secrétaire du Premier ministre m'informa que M. Asquith souhaitait me voir dans son bureau à 4 heures de l'après-midi. Il ne voulait pas m'en dire plus.

En attendant l'heure de me rendre chez le Premier ministre, je fus si occupé que c'est avec plus de curiosité que d'appréhension que je me rendis sous un ciel plombé à Downing Street. Le Premier ministre me reçut tout de suite. Il était assis à son bureau, le dos voûté. À sa façon de se tenir, je compris tout de suite qu'il était de mauvaise humeur. Il me demanda de m'asseoir.

– Vous avez passé de bonnes vacances, Edwin ? grommela-t-il.

– Oui, merci, monsieur le Premier ministre.

– Vous vous sentez reposé ?

– Oui, prêt à me battre.

– De la bagarre, je peux vous en assurer. Je suis à peu près sûr que le budget sera voté par la Chambre des communes au début du mois prochain. Mais je sais de source sûre que les lords opposeront leur veto.

– Ils devront en supporter les conséquences.

– Comme nous tous. Il faut s'attendre à une crise constitutionnelle.

– Cela ne peut embarrasser que la Chambre des lords.

– Hélas non. Nous devrons certainement en passer par des élections.

– Si c'est nécessaire, il faut le faire.

Ma perplexité grandissait au fur et à mesure que se poursuivait notre entretien, car nous avions déjà souvent débattu de l'attitude à adopter en cas d'opposition de la Chambre des lords sur le budget. Notre conversation n'apportait rien, alors pourquoi m'avait-il fait venir d'urgence ? Asquith se leva et commença à arpenter la pièce.

– Dans une telle situation, Edwin, nous ne pouvons nous permettre de commettre d'impair. Le peuple doit voir en nous les dépositaires du bon sens face à des aristocrates irresponsables.

– N'est-ce pas l'image que nous donnons ?

– Jusqu'à présent, oui, mais je viens de découvrir que cette image était mise en péril par l'imprudence de l'un de mes ministres.

– Je ne comprends pas.

– Vous allez comprendre. Le chef de file de notre parti m'a fait savoir que, durant votre récent séjour dans le comté du Devon, vous vous êtes fiancé avec une suffragette notoire.

J'en restai coi. Je devais laisser momentanément de côté la question de savoir comment le chef de file avait eu vent de cette information et réagir à ce qui était une intrusion injustifiée dans ma vie privée.

– Est-ce vrai, Edwin ? demanda Asquith en me dévisageant.

– Oui. Mais si vous me permettez, Mlle Latimer n'est pas une suffragette notoire, même si elle a pris fait et cause pour le droit de vote des femmes. Et nous allons nous marier, alors je ne vois pas...

– Qui est au courant ?

– Nos familles respectives et le chef de file du parti à ce qu'il semble, mais...

– Pas la Women Social and Political Union ?

– Certainement pas. Mlle Latimer et moi nous sommes mis d'accord pour ne pas parler de nos projets pendant quelque temps.

– C'est déjà ça !

– Mais où est le problème, monsieur le Premier ministre ?

Asquith se laissa retomber dans son fauteuil en soupirant.

– Edwin, vous m'avez donné depuis le début l'image d'un homme pondéré et perspicace, ni démagogue ni flagorneur. Vous étiez un atout inestimable pour un homme qui se trouve à la tête des affaires ; un conseiller jeune, énergique, impartial, travailleur et intelligent. C'est pourquoi je vous ai promu lorsque j'ai pris mes fonctions de Premier ministre. Je n'arrive pas à comprendre comment vous pouvez être assez naïf pour ne pas voir dans quel pétrin vous nous mettez en voulant épouser une suffragette !

– J'y ai beaucoup réfléchi et je ne vois pas en quoi cela peut poser un problème. Ma vie privée ne concerne que moi. Je n'ai jamais fait secret de mon attachement au droit de vote pour les femmes, même si je veux bien admettre que ce n'est pas la première de nos priorités. Ma fiancée le comprend aussi et elle a renoncé à toute action illégale. Nous sommes libres l'un et l'autre et je ne vois pas pourquoi nous ne pourrions pas nous marier.

– Vous n'êtes pas libre, Edwin. Vous faites partie du gouvernement, et bon nombre de ses partisans déplorent le militantisme des suffragettes et ils vous reprocheront, si vous épousez l'une d'elles, de faire preuve du même comportement irresponsable que nous dénonçons chez les lords. Cela nous ferait beaucoup de tort auprès de nos électeurs, juste au moment où nous devons obtenir le soutien de la population pour faire passer ces réformes sociales que le cabinet ministériel dont vous êtes membre considère comme vitales. Mlle Latimer fait partie d'une association qui a recours à la violence pour promouvoir ses propres intérêts, au détriment de ceux qui ont des besoins plus urgents et moins de ressources. Votre mariage, dans de telles circonstances, est inacceptable.

– Alors, je donnerai ma démission.

Je ne pouvais rien dire d'autre. J'aurais beau discuter, je ne pourrais pas faire changer Asquith d'opinion, et Elizabeth méritait bien ce sacrifice. Je savais aussi au fond de moi que ma démission était la seule carte qui me donnait une chance de remporter la partie, car le Premier ministre ne pouvait se permettre de me perdre au moment où Lloyd George, avec l'appui de Churchill, menaçait de le supplanter. J'étais l'un de ses rares lieutenants sur lesquels il pouvait compter. Et de fait, son visage se décomposa en m'entendant dire cela.

– Edwin, dit-il, j'espère qu'il ne sera pas nécessaire d'en arriver à une telle extrémité. Votre mariage n'est pas possible dans la conjoncture actuelle. Cela ne veut pas dire que des circonstances plus propices ne se présenteront pas. Ce que je vous demande, à vous et à Mlle Latimer, c'est d'attendre et de garder le secret pendant quelque temps.

– Combien de temps ?

– Si tout se passe comme nous l'espérons et que la Chambre des lords refuse le budget le mois prochain, il y aura, probablement au début de l'année prochaine, des élections générales qui, si les résultats nous sont favorables, m'autoriseront à demander au roi la nomination de pairs libéraux en nombre suffisant pour écraser les lords au cas où ils refuseraient toujours une conciliation. Tout devrait être terminé au printemps.

– Je vois.

– Est-ce trop vous demander d'attendre jusque-là ? Quelques mois peuvent suffire pour nous permettre d'empêcher une fois pour toutes la Chambre des lords, composée de pairs héréditaires, de s'opposer aux textes législatifs présentés par un gouvernement démocratiquement élu. C'est un enjeu capital. Accepteriez-vous de voir notre cause affaiblie par une impatience de jeunesse ?

Là encore, il semblait n'y avoir qu'une réponse possible.

– Non, monsieur le Premier ministre, répondis-je. Et si vous avez juste besoin de six mois pour finir ce que nous avons commencé, alors vous pouvez compter sur ma discrétion et sur celle de Mlle Latimer jusque-là. Puis-je avoir votre assurance en retour que nous pourrons après cela donner suite à notre projet ?

– Bien sûr. Je n'ai pas l'intention de me mettre en travers de votre chemin. Tout ce que je vous demande, c'est votre soutien durant les mois à venir qui vont être difficiles.

– C'est entendu.

En quittant Downing Street, j'étais déçu par la prudence excessive d'Asquith, mais je trouvai une consolation à la pensée que j'avais son estime ; il m'en avait donné la preuve en réagissant comme il l'avait fait à l'annonce de ma démission. J'allai directement à Putney et racontai à Elizabeth ce qui venait de se passer.

– *En clair, ce que dit le Premier ministre*, dit-elle calmement, *c'est qu'il ne s'oppose pas à notre mariage mais qu'il nous demande d'attendre que le problème avec la Chambre des lords soit résolu. C'est-à-dire d'attendre le printemps.*
– *Oui.*
– *Et vous le lui avez promis ?*
– *Que pouvais-je faire d'autre, ma chérie ? Nous avions parlé de nous marier au printemps de toute façon. Est-ce si dur de ne pas l'annoncer jusque-là ?*

Elizabeth traversa la pièce pour venir près de moi et me prit la main.
– *Non, Edwin. C'est un petit prix à payer pour que vous restiez ministre, et je ne souhaite pas faire de tort à votre carrière qui pourra vous permettre de réaliser tant de bonnes choses.*

J'étais soulagé.
– *Je suis heureux de vous entendre parler ainsi. Je me suis senti un peu présomptueux de parler en votre nom, tout à l'heure.*
– *À partir de maintenant, nous devons apprendre à parler au nom l'un de l'autre. Mais n'allez pas croire, monsieur Strafford*, dit-elle sur un ton faussement théâtral, *que vous êtes tiré d'affaire pour autant. Le lendemain du jour où la Chambre des lords votera le budget, j'attendrai l'annonce de notre mariage dans le* Times.

Nous éclatâmes de rire et Mercy, à la recherche de sa broderie, nous surprit en train de nous embrasser. Je ne restai pas pour le dîner, laissant à Elizabeth le soin d'expliquer à sa tante la nécessité d'être discrète quelque temps, pendant que, de mon côté, j'écrirais à ma mère pour lui faire la même recommandation.

Le lendemain, il y eut une réunion ministérielle au cours de laquelle Asquith nous fit part de ses prévisions touchant le budget, Lloyd George menaça de démanteler la Chambre des lords, ce qui me conforta dans l'opinion que le Premier ministre aurait besoin de moi à ce moment-là.

Comme Asquith l'avait prévu, le budget voté par la Chambre des communes le 4 novembre fut refusé par la Chambre des lords le 30 novembre. La réaction du gouvernement avait été arrêtée à l'avance : porter le débat devant le pays et s'appuyer sur une nouvelle majorité pour forcer les lords à voter le budget et le Parliament Act qui leur interdisait de s'opposer aux textes législatifs à caractère financier et d'exercer leur droit de veto plus de deux ans sur les autres textes. Asquith se vanta d'avoir obtenu du roi la promesse de coopérer avec le gouvernement en nommant, si nécessaire, une « fournée » de pairs libéraux pour renverser la majorité tory de la Chambre haute. Il ne restait plus qu'à gagner les élections !

J'allai à Barrowteign pour Noël (Elizabeth et Mercy me rejoignirent quelques jours plus tard, par souci de discrétion) et je commençai ma campagne électorale. Toujours par discrétion, Elizabeth se montra peu. L'obligation de rester plus ou moins enfermée lui pesait, mais ma mère et Mercy firent de leur mieux pour la distraire. Robert et Florence étaient allés passer Noël à Dartmouth, ce qui n'était pas pour me déplaire. Bien que j'eusse quelques soupçons, je ne cherchai pas à savoir précisément qui avait averti le chef de file du parti car les élections imminentes accaparaient tout mon temps. De l'issue de ce scrutin dépendaient pour moi beaucoup plus de choses que d'habitude.

Les organisations en faveur du droit de vote pour les femmes facilitèrent la tâche du gouvernement dans son ensemble, et du ministre de l'Intérieur en particulier, en demandant une trêve pendant la campagne électorale dans l'espoir que le nouveau gouvernement les récompenserait. Elizabeth avait soutenu ce mouvement autant qu'elle l'avait pu dans sa section de la Women Social and Political Union, et elle avait été suivie malgré une vive opposition de la part de Christabel Pankhurst.

Les citoyens du Mid-Devon ne me trahirent pas. Je rentrai à Londres avec une majorité élargie, dépassant celle que recueillait habituellement sir William. Mais, dans l'ensemble du pays, nous avions perdu des sièges par rapport aux élections de 1906, alors que (comme je l'avais craint) le parti travailliste profitait de la frustration des électeurs engendrée par notre incapacité à mener les réformes que nous avions promises. Les conservateurs perdirent heureusement beaucoup de voix.

Mais nous l'emportions de justesse et, tout en étant le plus grand parti politique, nous n'avions la majorité qu'avec l'appoint des voix des travaillistes et celles des Irlandais.

Lorsque Elizabeth et moi rentrâmes à Londres (cette fois encore, séparément) au milieu du mois de janvier 1910, nous étions plutôt optimistes. Malgré une victoire relative aux élections, je ne doutais pas que nous pourrions briser le pouvoir des lords. Une fois que ce serait fait, je pourrais penser à mon bonheur, la conscience tranquille, et épouser Elizabeth. À aucun moment je ne doutai que notre amour saurait triompher de tous les obstacles.

Je quittai là Strafford pour aller me coucher. Son salon silencieux et peuplé d'ombres n'était pas le meilleur endroit pour aborder la période de sa vie où il avait vu son avenir prometteur basculer dans le malheur. Au début, j'avais été fasciné par l'enchaînement des faits. À présent, je ressentais une sorte d'angoisse.

Le lendemain matin, une partie de mon malaise avait disparu. Les bruits et la lumière d'une nouvelle journée à Madère suffisaient à remettre les choses à leur place. C'était ridicule de me laisser ensorceler par le destin d'un homme mort depuis longtemps. Je descendis prendre un petit déjeuner avec une insouciance réparatrice.

Alec mangeait un pamplemousse sur la véranda. Je me versai du café et m'assis près de lui.

– Mauvaises nouvelles, Martin, dit Alec entre deux bouchées. Nous rentrons à Funchal.

– Je ne m'attendais pas à rester aussi longtemps de toute façon, mais je n'ai pas terminé la lecture des mémoires.

– Ne t'inquiète pas pour ça. Leo y a pensé. Il m'a demandé d'en faire une copie. Il ne veut pas se séparer de l'original trop longtemps. Dès que je l'aurai fait photocopier, je le lui rendrai.

– Parfait. Quand partons-nous ?

– Le plus tôt sera le mieux. Il faut que je sois à Funchal pour le match de foot de ce soir. En tant que correspondant sportif, je ne peux pas manquer le grand match qui a lieu sur l'île une fois tous les quinze jours. Cela veut dire que nous devons prendre le car. Il n'y en a pas beaucoup le dimanche. Je vais demander à Tomas à quelle heure passe le prochain.

– C'est dommage de partir si vite.

– Oui, mais il n'y a pas moyen de faire autrement, malheureusement. À propos, Leo est dans son bureau et il aimerait que tu passes le voir. Je pense qu'il veut discuter affaires avec toi. Tu sais comme les Sud-Africains sont scrupuleux quand il s'agit d'argent. Tu devrais y aller pendant que je vais chercher Tomas.

Le bureau de Sellick était situé sur le côté est de la cour. C'était une petite pièce, très différente du bureau de Strafford, mais il y faisait agréablement frais, et une fenêtre donnait sur la fontaine.

Sellick pivota dans son fauteuil en serrant une feuille de papier comme s'il s'agissait d'un bien précieux.

– Entrez, Martin, entrez, dit-il quand il me vit. Vous arrivez juste au bon moment. J'écris à mon banquier, ajouta-t-il en brandissant la feuille de papier. Je lui demande de transférer sur votre compte la somme de mille livres pour débuter vos recherches. Quand vous aurez besoin de plus, vous n'aurez qu'à me le faire savoir. Est-ce que cela vous convient ?

Cela me convenait parfaitement. Je le lui assurai et déclinai le nom et l'adresse de mon banquier.

– Merci, Martin. Ce sera fait quand vous rentrerez en Angleterre. Maintenant, dites-moi, où en êtes-vous de votre lecture ?

La transition était un peu brusque, comme si les sordides questions d'argent devaient prendre le moins de temps possible.

– J'ai encore beaucoup à lire, mais Alec m'a dit que je pourrais avoir une photocopie.

– Oui, et il veut rentrer à Funchal aujourd'hui. Alors je vous reverrai quand vous serez arrivé à une conclusion. Mais d'ici là, j'aimerais que vous m'envoyiez régulièrement des comptes rendus.

– C'est entendu. J'ai hâte de commencer. Je pense pouvoir finir les mémoires avant de reprendre mon avion, mercredi. Je m'y mettrai tout de suite.

– Par où commencerez-vous vos recherches ?

– C'est difficile à dire pour le moment. Je déciderai une fois que j'aurai terminé ma lecture. Mais je commencerai sans doute par les archives de l'époque. Puis j'irai voir les survivants.

– Vous êtes seul juge. Faites de votre mieux. Si nous pouvons découvrir quelque chose, Strafford reposera plus en paix.

– Je l'espère.

Il se leva.

– Bonne chance.

Nous échangeâmes une poignée de main.

– Mes pensées seront avec vous.

Il me regarda droit dans les yeux. Aucun sourire n'adoucit le bleu intense de son regard. Non, ce n'était pas un mince travail que celui que j'avais accepté. J'y avais songé comme à une activité distrayante, lucrative et gratifiante, mais jamais encore comme à un engagement solennel, ainsi que l'envisageait manifestement Sellick.

Nous partîmes une heure plus tard, juste à temps pour avoir le car qui, d'après Tomas, devait passer devant la propriété peu avant midi. Sellick nous reconduisit dans la cour, mettant sa main en visière pour se protéger de la lumière aveuglante. Je suivis Alec dans l'allée, mais je m'arrêtai un moment pour dire au revoir à Sellick qui se tenait debout près de la fontaine, souriant. C'est l'image de lui que je conservai le plus longtemps : un vieil homme, petit, soigné, mon bienfaiteur, oubliant pour un temps son esprit calculateur. Je gardai surtout en mémoire l'atmosphère magique de la *quinta*, y repensant comme au lieu où, durant son exil, Strafford chercha dans la solitude de son bureau quelle erreur fatale il avait pu commettre. Là où Strafford s'était arrêté, je prenais le relais.

Deux journées passées dans la relative fraîcheur des hauteurs m'avaient fait oublier le bruit et la lumière aveuglante de la capitale. Nous eûmes juste le temps de déposer les mémoires chez Alec et d'avaler quelque chose avant de partir pour le stade qui se trouvait dans la banlieue ouest. J'aurais préféré rester chez Alec à lire, mais il n'aurait pas accepté.

Il ne voyait sans doute pas pourquoi il aurait à souffrir seul. Maritimo, la première équipe de football de l'île, recevait une équipe portugaise de première division, un match que *La Vie à Madère* ne pouvait pas se permettre de manquer. Le stade en béton de Barreiros était un endroit rêvé pour les lézards qui se chauffaient au soleil et les Madériens qui ne faisaient pas de différence entre le bon et le mauvais football, contrairement aux Anglais, pour qui les joueurs étaient nuls et dépourvus d'imagination.

– C'est toujours pareil, dit Alec comme les joueurs tapaient sans conviction dans le ballon. Je suis désolé pour toi.

– Ce n'est pas ça. Mais il y a un tel contraste avec la *quinta*.

– Oui, il est facile d'avoir une vue romantique de Madère quand on vit là-haut.

Un Madérien pansu, muni d'une bouteille de bière, buta contre Alec en allant s'asseoir.

– Ça, poursuivit Alec, c'est aussi réel, sinon plus, que la vallée de Porto Novo. En tant qu'historien, tu devrais le savoir.

– Cela m'évitera peut-être de trop idéaliser la vie de Strafford à Madère.
– Ne crains rien, Martin. Tu es plus réaliste que moi.
– Suffisamment réaliste, en tout cas, pour m'apercevoir du rôle que tu as joué dans le fait que je me retrouve avec un boulot.
– Je n'y suis pour rien.
Il tendit le cou par-dessus une épaule pour voir le premier tir de la partie.
– C'était l'idée de Leo, ajouta-t-il.
D'après les murmures désapprobateurs, l'avant du Maritimo avait lancé le ballon par-dessus la barre.
– Et puis quoi encore ! Leo n'a pas arrêté de me dire que tu lui avais parlé de moi en termes élogieux. Il semblait ne rien ignorer de ma situation actuelle. Et tu m'avais bien dit dans ta lettre que ma visite vaudrait la peine ?
– Ben oui, je lui ai dit que tu étais un historien compétent au chômage. Je savais qu'il pourrait en déduire que tu étais l'homme qu'il cherchait. Et j'ai pensé que cela ne te déplairait pas. J'ai fait ce que j'ai pu pour aider un ami. Qu'est-ce qu'il y a de mal ?
– Rien. Comprends-moi bien. Je te suis reconnaissant.
Je l'étais réellement. C'était tout ce que je voulais dire.
– Excuse-moi, Martin, je ne voulais pas te faire de reproches. Ce doit être la chaleur.
Il faisait chaud, en effet, et même de plus en plus. Le porteur du ballon, un avant du Maritimo, venait d'être plaqué au sol, et tout le monde, excepté l'arbitre, demandait un penalty. Cris, menaces accompagnaient une grêle de fruits bombardant le terrain.
– L'arbitre aura besoin d'une escorte de police après ça. Une émeute aurait un effet positif sur le tirage de la revue.
Mais Alec fut déçu. Il faisait trop chaud même pour les fans du Maritimo.

Lorsque le match s'enlisa de nouveau dans une douce torpeur, j'abordai la question qui me brûlait les lèvres.

– Je te suis très reconnaissant, crois-moi, de m'avoir aidé à trouver ce travail de recherche qui s'annonce passionnant, et qui est bien payé. Mais il y a quelque chose qui me gêne, et que je ne peux pas me permettre de dire à Leo.

– Tu peux me faire confiance, Martin. Dieu sait que tu pourrais raconter sur moi des choses qui gâteraient peut-être mon image de chevalier du journalisme.

– Ça n'a rien à voir avec ce genre de choses. Non, le problème, c'est que j'ai un lien de parenté avec une des personnes dont Strafford parle dans ses mémoires. Les grands-parents de mon ex-femme, les Couchman, connaissaient Strafford. Ils jouent un rôle important dans sa vie.

– Vraiment? C'est fou!

– C'est plus que fou, c'est terriblement embarrassant. Comment puis-je me présenter comme un chercheur impartial si je dois frapper à la porte de mon ex-belle-famille pour poser des questions délicates sur leur passé?

– Tu ne seras peut-être pas obligé de le faire.

– Je ne sais pas. En tout cas, je me demande si je ne devrais pas en parler à Leo.

– Qu'est-ce qui t'en empêche?

– La crainte qu'il annule son offre.

– Alors n'en parle pas. C'est ton problème, pas le sien. De plus, est-ce que tu n'en tireras pas... des compensations?

– Si tu veux dire par là saisir toutes les occasions pour rendre la vie difficile à la famille d'Helen, j'ai dépassé ça.

– Mais est-ce que cela ne mettra pas un peu de piment dans ta recherche?

Il me sourit et je me pris à lui rendre son sourire. Oui, l'idée de fouiller dans le passé d'une famille qui n'avait jamais caché son mépris pour moi avait un certain attrait. Je les avais déshonorés mais peut-être pas autant qu'on me l'avait fait sentir. Je

n'avais pas cherché à me venger, mais si cela agrémentait ma recherche rémunérée de la vérité, pourquoi m'en priverais-je ?
– La coïncidence est étrange, dis-je enfin.
– Ne te bats pas contre ça. Après tout, si je ne t'avais pas connu, Leo aurait proposé ce travail à quelqu'un d'autre.
– Tu as raison. Et je ne peux pas me permettre de ne pas le prendre.

Là-dessus, mes derniers scrupules s'envolèrent. Ce que j'avais voulu sentir, c'était que je pouvais faire ce travail aussi bien qu'un autre, peut-être mieux. De plus, je désirais connaître la vérité sur Edwin Strafford tout autant que Sellick.

Le lendemain, Alec emporta les mémoires pour les faire photocopier. Disposant d'une matinée de libre, je partis explorer les rues de Funchal. Comme j'aurais pu m'en douter, ce fut une expérience fatigante et insatisfaisante qui ne fit qu'augmenter mon impatience de revenir dans l'Angleterre de 1910.

Je fus heureux de trouver Alec qui m'attendait à la maison.
– Voilà, Martin, dit-il en montrant du doigt une pile de photocopies.

C'était étrange de voir le vieux cahier marbré réduit par le miracle de la technologie moderne à un tas de feuilles blanches.
– Nous en ferons un paquet que tu emporteras avec toi et je rendrai l'original à Leo vendredi.
– Parfait.
– Bon, j'ai rendez-vous avec mon imprimeur à 2 heures et demie. Si je ne suis pas derrière son dos, la revue ne paraîtra pas en temps voulu. Tu veux venir avec moi ?
– Merci, je préfère rester ici. Maintenant que les mémoires sont de retour, dis-je en tapotant la couverture en cuir, je crois que je vais reprendre ma lecture.

Après le déjeuner, Alec partit à son rendez-vous et je m'assis dans le jardin, à l'ombre d'un palmier, sur la chaise pliante la plus confortable que je pus trouver. Les abeilles bourdonnaient dans la chaleur de l'après-midi, mais les hauts murs étouffaient le bruit de Funchal, préservant la paix du jardin et ma concentration.

Mémoires
1910

L'optimisme mesuré avec lequel j'envisageais l'avenir à mon retour de Barrowteign, en janvier 1910, ne dura pas longtemps. Je pensais qu'Elizabeth et moi n'avions plus que quelques mois à vivre séparés. Je me trompais lourdement.

Mon erreur d'appréciation ne résida pas dans les difficultés auxquelles la majorité se trouva confrontée. La nature de la réforme parlementaire et les délicates négociations avec les nationalistes irlandais dont il nous fallait obtenir les voix pour avoir la majorité divisèrent quelque temps les membres du cabinet ministériel, mais ces questions furent finalement assez vite résolues.

C'est le discours prononcé par le Premier ministre devant les Communes, le 21 février, qui me fit prendre conscience de la situation inextricable dans laquelle je me trouvais. Ce discours qui surprit de nombreux membres de notre parti me consterna. Car ce fameux soir, Asquith nous annonça que, loin d'avoir obtenu du roi la promesse qu'il nommerait de nouveaux pairs en nombre suffisant pour renverser la majorité **tory***, il ne le lui avait tout simplement pas demandé. De plus, le roi lui avait dit qu'il ne se sentirait dans l'obligation de prendre une telle mesure qu'au cas où de nouvelles élections seraient prévues. À cette nouvelle, j'avais dû blêmir et chacun aurait pu lire sur mon visage ma consternation si, au même moment, de nombreuses voix ne s'étaient élevées pour exprimer l'étonnement le plus vif. On avait laissé entendre aux députés que le roi avait promis de renverser la majorité de la Chambre haute et voilà qu'on leur demandait à présent de se préparer pour une* nouvelle élection générale, perspective peu réjouissante au vu des derniers résultats. Alors que nombre de députés condamnaient l'imprévoyance d'Asquith, je devais taire une injustice beaucoup plus grande. L'homme qui discourait à côté de moi sur les complexités juridiques et les questions de procédure m'avait trompé. Avait-il oublié la promesse qu'il m'avait faite à l'automne ? Pourquoi m'avoir laissé croire à une issue rapide de la crise alors qu'elle ne faisait que commencer ? Je ne voyais qu'une seule réponse : parce que cela l'arrangeait. L'homme que j'avais considéré comme la dupe de Lloyd George s'était joué de moi.

Je ne me sentis pas le courage d'affronter Asquith ce soir-là. Je préférai rentrer chez moi pour réfléchir aux conséquences que cette nouvelle pouvait avoir sur ma vie et celle d'Elizabeth. Je n'avais pas envie de lui dire quelles déductions on pouvait tirer du discours du Premier ministre : premièrement, que la crise constitutionnelle ne serait pas résolue au printemps, deuxièmement, que notre mariage ne serait possible qu'un certain temps après de nouvelles élections. Nous avions déjà fait preuve de tant d'abnégation, comment nous demander encore de patienter pour une durée indéterminée ? Ma colère contre Asquith m'empêcha de trouver le sommeil. J'arpentai les rues désertes une bonne partie de la nuit et me présentai au 10 Downing Street le lendemain matin de bonne heure, décidé à le voir.

Le Premier ministre, à son habitude, ne fit pas de difficultés pour me recevoir. Je le trouvai seul, en train de prendre son petit déjeuner. Il m'offrit du thé et des toasts, mais je refusai son offre avec brusquerie.

– Asseyez-vous, Edwin, dit-il d'un ton qui se voulait conciliant. Excusez-moi de vous recevoir ainsi, mais après la séance d'hier qui s'est terminée bien tard, je suis étrangement matinal.

– C'est de cette séance que je souhaiterais vous entretenir.

– *C'est ce que je pensais. Ma déclaration a dû vous troubler quelque peu.*
– *C'est le moins qu'on puisse dire, monsieur le Premier ministre. Cela a été un choc. Puis-je vous rappeler que...*
– *À l'automne,* dit-il en me coupant la parole, *nous avons discuté de vos projets de mariage et nous sommes convenus qu'il valait mieux que vous patientiez jusqu'à ce que le conflit avec la Chambre des lords soit réglé.*
– *Et vous m'aviez promis que si nous gagnions les élections, tout serait réglé au printemps, ce qui est impossible à présent.*
– *Je ne vous ai rien promis, Edwin. J'ai exprimé tout haut les espoirs que j'avais. J'espérais que le roi pourrait me garantir...*
– *Mais vous avez dit que vous ne lui aviez même pas demandé.*
– *J'ai dit ça pour ne pas mettre le roi dans une position embarrassante, comme c'est mon devoir. Mais je lui en ai parlé, bien sûr. En décembre, après la dissolution du Parlement. Il a dit qu'il ne pouvait pas nommer de pairs si notre mandat n'était pas confirmé par une seconde élection.*
– *Vous ne m'en avez rien dit.*
– *Comment l'aurais-je pu ? Pensez à l'effet néfaste que cela aurait pu avoir sur le moral de notre parti, sans parler des conséquences sur notre électorat si on avait su alors que deux élections seraient nécessaires.*
– *J'ai dit que vous ne m'en aviez pas parlé.*
– *J'ai jugé que le moment était mal choisi.*
– *Et après les élections ?*
– *J'espérais convaincre le roi de ne pas en passer par de secondes élections. Si nous avions eu une majorité nette, j'aurais pu y parvenir.*

Il mentait, j'en étais sûr. Le roi n'était pas d'un tempérament à changer d'avis sur de tels sujets et Asquith le savait mieux que quiconque. Il m'avait simplement mené en bateau. Que devais-je faire ?

– Je pense que vous auriez pu m'avertir avant votre discours à la Chambre.
– C'était impossible, malheureusement. Les relations entre le chef de la majorité ministérielle et son monarque sont délicates. Ce qu'ils se disent doit rester confidentiel.
– Si vous le dites, monsieur le Premier ministre. La question qui se pose maintenant pour moi est : dans quelle situation cela me met-il ?
– Votre situation n'est pas aussi terrible que vous l'imaginez, Edwin. Laissez-moi vous expliquer. Nous devons présenter le budget devant la Chambre des lords ainsi qu'un projet de loi visant à leur ôter leur droit de veto. Je pense que, par crainte de cette dernière mesure, ils ne s'opposeront pas au budget. Mais ils refuseront de voter un projet de loi leur enlevant une grande partie de leur pouvoir, alors nous porterons de nouveau le débat devant le pays. Si nous gagnons encore une fois, le roi sera obligé de nous soutenir.
– Quand ?
– Il est difficile de donner une date précise. Il faut que les membres du cabinet se mettent d'accord sur les termes du projet de loi de réforme constitutionnelle ; j'espère que vous voudrez bien me prêter assistance. Puis nous devrons nous assurer l'appui des Irlandais et vous savez comme ils peuvent être fuyants. Quelle que soit la forme de la nouvelle législation, je suis sûr que la Chambre des lords la rejettera aussitôt.
– Et alors ?
– Je prononcerai la dissolution de la Chambre en sachant que, cette fois, le succès sera assuré si nous gagnons.
– Je ne vois pas comment tout cela pourrait être réglé avant la fin de l'année.
– Moi non plus.
– Vous modifiez considérablement les termes de notre accord. Je ne suis pas certain que nous pourrons, Mlle Latimer et moi, attendre aussi longtemps.

— Ne dites pas que je modifie quoi que ce soit, Edwin, dites plutôt que nous sommes tous victimes des circonstances. Je ne peux que vous répéter ce que j'ai dit au mois d'octobre : j'ai besoin de votre appui, et le parti et le pays aussi, pour mener à bien une réforme constitutionnelle historique. Est-ce que retarder votre mariage jusqu'à l'année prochaine vous semble vraiment une épreuve insurmontable, à la lumière de ce que je vous ai dit ?

— Je consulterai ma fiancée et déciderai avec elle. Je ne peux pas vous dire autre chose.

— Alors je n'ai plus qu'à espérer que vous preniez la bonne décision. Dans notre intérêt à tous.

Il m'avait pris au piège, il le savait. S'il m'avait déjà trompé une fois, il pouvait recommencer. Pourtant, il y avait du vrai dans ce qu'il disait. Le moment était mal choisi pour un mariage qui pourrait apparaître aux yeux de beaucoup de gens comme un caprice. Ce pour quoi le gouvernement se battait était aussi important pour moi que le suffrage universel pour Elizabeth, et les événements qui s'annonçaient pouvaient servir ces deux causes. Après les élections, un comité de conciliation, composé des représentants de tous les partis, avait entrepris de rédiger un projet de réforme électorale devant permettre à une partie des femmes de voter. Un vaste programme de réformes pouvait être réalisé dans le sillage d'une réforme constitutionnelle limitant le pouvoir des lords. Ni Elizabeth ni moi ne souhaitions diminuer les chances de succès du gouvernement. Et Asquith avait fait appel à mes grands principes et à mon esprit de sacrifice en faisant miroiter les avantages vénaux que pourraient obtenir ceux qui l'épaulaient. Faute de pouvoir me persuader, il cherchait à m'acheter. Cela, ajouté à sa duplicité, enlevait du poids à son argumentation. Pourtant, la réalité était là, indépendante de notre volonté.

Je quittai Downing Street, confondu par la complexité d'une situation qui, sur un rocher du comté du Devon, m'avait paru si

simple. Je pris un taxi pour Putney. Lorsque j'arrivai chez tante Mercy, la pelouse était encore recouverte de givre. Elizabeth se trouvait au salon avec une amie qui, à mon arrivée, s'excusa et se retira. Le visage d'Elizabeth rayonna de joie en me voyant et elle m'embrassa.
– Julia vous aura reconnu, dit-elle. Je croyais que nous devions être prudents.
– Ce matin, même la prudence ne pouvait m'empêcher de venir. Savez-vous ce qu'Asquith a dit au Parlement, hier soir ?
– Non.
– Il a avoué que le roi ne lui avait pas du tout promis de nommer des pairs au cas où la Chambre des lords rejetterait un texte législatif.
– Ce qui veut dire...
– Ce qui veut dire, ma chérie, qu'il va y avoir de nouvelles élections, probablement cet été. Si nous voulons nous marier avant l'automne, nous devrons nous passer de son consentement.
Elizabeth se laissa tomber dans un fauteuil, découragée.
– Oh! Edwin, nous avons déjà attendu si longtemps!
– Oui, je sais, dis-je en m'approchant d'elle. C'est pour cela que je suis venu ici ce matin, pour décider avec vous ce que nous allons faire.
Elle porta sur moi un regard malheureux, et je vis au fond de ses yeux noirs une déception aussi vive que celle que je ressentais moi-même.
– Vous savez que vous épouser est tout ce que je désire. Mais nous ne pouvons pas briser votre carrière pour autant.
– Pourquoi pas, si ma carrière doit nous empêcher de nous marier ?
– Mais ce n'est pas le cas. Pas encore.
– Peut-être pas. Mais combien de temps pouvons-nous attendre ? Même en venant ici, ce matin, j'ai pris un risque. Dois-je prendre des risques pour me trouver avec vous ?

– *Je ne veux pas que vous preniez de risques. Laissez-moi réfléchir un instant. La Chambre des lords votera peut-être la réforme constitutionnelle.*

– *On ne peut pas compter là-dessus.*

– *Attendons au moins de voir, puis nous déciderons.*

Elizabeth avait raison. Je protestai bien encore un peu mais finis par me ranger à son avis. C'était étrange que la jeune fille dût recommander la patience à l'homme plus âgé. Nous résolûmes d'attendre jusqu'à l'automne, en convenant toutefois que tout autre délai serait intolérable. J'étais prêt ce jour-là à abandonner une carrière brillante pour un avenir radieux avec Elizabeth, mais elle m'en empêcha et je l'en remerciai. Avec le recul, comme je regrette de m'être laissé convaincre! Mais comment aurions-nous pu deviner que la voie de la raison allait nous séparer?

L'esprit agité, je retrouvai mon bureau et tous les apanages du rang ministériel dont mon désir s'accommodait si mal. Ce n'était pas facile d'attendre la venue d'événements sur lesquels je n'avais aucun contrôle, mais je m'efforçais de différer la réalisation de tout ce qui comptait pour moi. Et nous réussissions malgré tout à nous voir, Elizabeth et moi, le hasard, avec un peu d'aide, faisant bien les choses, et nous remplissions nos lettres de nos espoirs secrets.

Le mois de mars passa, puis avril. La promesse du **Home Rule** devant conduire à l'autonomie de l'Irlande nous avait acquis le soutien des Irlandais, et le projet de réforme parlementaire avait été accepté par le cabinet. Le budget de Lloyd George, qui était à l'origine de la crise, fut voté par la Chambre des lords le 28 avril 1910. La vraie bataille allait commencer.

En fin d'après-midi, la plupart des ministres se rassemblèrent au 11 Downing Street pour fêter avec le ministre des Finances l'adoption du budget, au cours d'un dîner dans ses appartements. Ce fut une réunion animée, presque exubérante, et je fis de mon mieux pour montrer la même humeur enjouée, sans beaucoup de succès, je dois dire. *Asquith avait bon moral malgré son air fatigué, et Lloyd George et Churchill prévoyaient, dans l'euphorie de l'alcool et la fumée des cigares, une élection triomphale au cours de l'été, suivie d'une victoire éclatante sur les lords. Je m'efforçai de partager leur confiance. À un moment donné, Asquith me glissa discrètement à l'oreille : « Ils ont raison, Edwin. À l'automne, tout sera réglé. » Je ne demandais qu'à le croire, et ce soir-là, en la compagnie de gens aussi talentueux, j'y parvins.*

Comment blâmer Asquith des caprices du sort ? Le 6 mai, le roi Édouard VII mourut soudainement. Pendant les dix jours de deuil national qui suivirent, nous comprîmes que sa promesse de nommer des pairs disparaissait avec lui. Pour moi, c'était l'effondrement de mes plus chers espoirs : un mariage à l'automne n'était plus envisageable. Je ne me sentais pas le courage de supporter un nouveau délai et je pensais qu'Elizabeth ne le supporterait pas non plus.

Le lendemain des funérailles du roi, cérémonie interminable au cours de laquelle je fus obligé de tenir mon rang, je me retrouvai à midi devant Palm House, dans les jardins de Kew, en même temps qu'Elizabeth. Nous déambulâmes parmi les plantes tropicales, échangeant apparemment des propos anodins mais discutant en réalité de l'angoissante situation qui était la nôtre.

– Cela donne à réfléchir, dis-je, qu'une personne comme moi censée disposer de grands pouvoirs soit à ce point à la merci des autres. À présent, ma chère Elizabeth, nous devons nous incliner devant le roi.

– Je préférerais m'incliner devant vous, Edwin.

– Et moi devant vous, Elizabeth. Mais nous ne savons pas quelle sera sa décision.

– À quel sujet ?

– La nomination de nouveaux pairs. S'il était plus souple que son père, il pourrait accepter sans réclamer de nouvelles élections.

– Ce serait merveilleux.

– Oui, il n'y aurait plus d'objections à notre mariage. Mais il n'est pas lié par les promesses de son père. Il peut adopter une attitude plus dure. Nous ne pouvons qu'attendre sa réaction.

Attendre, toujours attendre, nous en avions assez. Cette attente nous minait. Pourtant, c'est avec le pas léger des amoureux remplis d'espoir que nous quittâmes l'humidité chaude de la serre et traversâmes la pelouse d'un pas nonchalant, main dans la main, à l'insu des regards curieux.

Le 27 mai, nous prîmes le risque de dîner au Baron pour fêter l'anniversaire de notre premier rendez-vous. Cet événement lointain nous paraissait empreint d'une grande simplicité à côté des complexités de la politique au milieu desquelles nous nous trouvions pris au piège. Une fois de plus, il fallait attendre.

Le roi George V ne tarda pas à faire connaître sa position. Au début du mois de juin, il examina avec les chefs des deux grands partis les modalités d'un accord sur une réforme constitutionnelle qui permettrait d'éviter un conflit ouvert avec la Chambre des lords. De cela, je restai dans l'ignorance jusqu'à une réunion ministérielle, le 6 juin. Le Premier ministre fut très clair : le roi ne se sentait pas lié par la promesse de son père de créer de nouveaux pairs. Ce qu'il voulait, c'était une résolution de la crise sans conflit. Dans ce but, il demandait aux chefs des partis de se réunir pour mettre au point les termes d'un accord satisfaisant pour tous. Asquith trouvait l'idée bonne, et, à ma grande surprise, Lloyd George aussi. Voyant dans ce retournement de situation un obstacle supplémentaire à mon mariage, je protestai avec force. Nous ne devions pas, déclarai-je, nous laisser entraîner dans des négociations interminables, et je cherchai des yeux Churchill, qui avait été jusque-là le plus ardent partisan d'une dissolution de la Chambre, dans l'espoir *d'avoir son soutien. Mais il ne dit rien, malgré les regards significatifs qu'il échangea avec Lloyd George. Les autres mêlèrent leurs voix au serment de loyauté à la Couronne prononcé par Asquith. Je prêchais dans le désert.*

Asquith me demanda de rester après la réunion, avec Lloyd George et le marquis de Crewe (de la Chambre des lords). Maîtrisant ma colère, je fus obligé d'écouter les flatteries que nous adressa le Premier ministre avant de nous annoncer qu'il voyait en nous les députés les plus aptes à représenter le parti libéral à la conférence sur la réforme constitutionnelle. Il y aurait quatre députés conservateurs, un député du parti travailliste et un député du parti nationaliste irlandais.

La première réunion eut lieu au 10 Downing Street, le 16 juin. Asquith et Balfour échangèrent des banalités sur un ton grandiloquent, les pairs de la majorité tory proférèrent des menaces et les députés du parti travailliste et des Irlandais se manifestèrent âprement. Lors d'un rendez-vous à Hyde Park avec Elizabeth, le dimanche suivant, ma parole la plus optimiste fut de lui assurer que j'allais résister encore un peu avant que nous prenions les choses en main.

La conférence se réunit de nouveau le 20 juin. Il y eut de longues discussions sur les mérites et les inconvénients des commissions mixtes, de la durée quinquennale des législatures et de la dérogation du droit de veto sur certains textes législatifs, mais on ne nota aucun signe d'un quelconque progrès sur l'un de ces points. Le spectacle de dix personnes aux visages graves autour d'une table, qui faisaient davantage usage de leur salive que de leur bonne volonté, me rendait chaque fois plus déprimé et plus silencieux. Les invectives du député irlandais contre les pairs conservateurs mirent fin aux débats.

Comme s'il avait pitié de mon air abattu au moment où je m'en allais, Lloyd George m'invita à venir discuter avec lui en privé, au 11 Downing Street. À l'heure du thé, il m'offrit un

whisky dont j'avais grand besoin et nous donnâmes libre cours à notre exaspération contre la conférence.
— On peut être sûr, dit-il, que cela va durer des mois.
— Je ne crois pas que je pourrai le supporter.
Il ignorait que mon impatience s'expliquait en partie par des raisons personnelles.
— Vous devriez quand même essayer, Edwin. Il peut en sortir de bonnes choses.
— Je l'espère, pour tout le monde.
— Je veux dire, de bonnes choses pour vous, pour moi.
Je dressai l'oreille.
— Je ne vois pas comment, dis-je.
— Réfléchissez, Edwin. Que veut le roi avec cette conférence ?
— Éviter un conflit ouvert entre les deux Chambres.
— Mais de quelle façon ?
— En amenant les députés de la majorité et ceux de l'opposition à trouver un accord.
— Tout juste. Ce qu'il a en tête, c'est une coalition.
— Il n'a pas été question de ça.
— Non, mais cela viendra. C'est la seule issue. Comment les tories consentiraient-ils dans le cas contraire à voter un texte législatif venant des libéraux ? Leur entrée au gouvernement sera leur récompense.
Ses propos expliquaient sa soudaine conversion aux vertus de la négociation.
— C'est pour cette raison que vous avez soutenu la conférence ?
— J'y pensais un peu, dit-il après une hésitation.
— Mais quels avantages pourrions-nous en tirer personnellement ? demandai-je, décidé soudain à jouer son jeu.
— Mais c'est évident ! Une coalition est impossible avec le gouvernement actuel. Les conservateurs ne l'accepteraient jamais. C'est l'occasion pour des hommes jeunes et brillants,

de la majorité et de l'opposition, de se débarrasser des dogmes des partis et de s'unir pour le bien de la nation.
– Et pour notre bien personnel ?
– Pourquoi pas ? Pourquoi refuser une occasion magnifique si l'histoire nous en offre une ? J'ai déjà sondé Balfour sur ses sentiments.
– De quelle façon ?
– Je lui ai glissé quelques mots à ce sujet et l'idée lui plaît. Nous laisserions tomber certaines réformes pour appliquer celles qui font l'unanimité entre les partis.
– Par exemple ?
– Par exemple, le droit de vote pour les femmes. Pour une certaine catégorie de femmes en tout cas. Ou encore, une solution fédérale au problème irlandais.

J'imaginai tout à coup ce brillant orateur gallois à la tête (ou presque) d'un gouvernement composé d'hommes brillants, enfin débarrassé de la tutelle d'Asquith qui mettait un frein à ses ambitions personnelles, salué comme un héros par les suffragettes, les nationalistes irlandais et tous les groupes de mécontents. Je n'avais plus devant moi qu'un homme avide de pouvoir voyant en moi un conjuré potentiel.

– Cela ne prendra pas. Le droit de vote pour quelques femmes de la classe dirigeante serait plus catastrophique encore que l'absence de droit de vote. Quant à une Irlande fédérale, il se peut que vous arriviez à persuader Balfour, mais jamais son parti ne le suivra dans cette voie. Et si vous évincez Asquith, vous briserez le parti libéral.

Il se pencha en avant, les yeux brillant sous ses sourcils fournis.
– Est-ce si grave ?
Cette fois, il allait trop loin.
– Oui, répondis-je. Pour ma part, je suis attaché à mon parti et je ne souhaite pas le voir couler sur le récif d'une coalition inutile.

– *Pas tant que ça, Edwin.*
– *Sa seule utilité, autant que je puisse en juger, est de servir votre carrière.*
– *Et la vôtre, si vous le voulez.*
– *Ni l'une ni l'autre ne valent une telle duplicité.*

Lloyd George eut un petit rire de dérision et marcha à grands pas jusqu'à la fenêtre.

– *On n'arrive à rien sans se salir un peu les mains.*
– *Alors il est peut-être préférable de n'arriver à rien.*

Il se retourna.

– *Vous me décevez beaucoup, Edwin.*

Je me levai.

– *Vous aussi, vous me décevez beaucoup, Lloyd George.*

Il s'était mépris sur mon compte. Sa contrariété venait autant du fait qu'il avait dévoilé ses intentions à quelqu'un qui pouvait contrecarrer ses projets qu'à son erreur de jugement.

J'allais partir quand Lloyd George m'arrêta à la porte.

– *Restez un moment, Edwin*, dit-il avec un sourire mielleux. *Nous n'allons pas nous brouiller pour des choses aussi futiles.*

– *Pas si futiles que ça, à ce que je peux voir.*

– *Si vous n'êtes pas avec nous, vous êtes contre nous*, dit-il sur un ton où perçait à présent une menace.

– *Tout ce que vous avez à faire est de ne pas m'impliquer dans vos histoires.*

Là-dessus, je partis. Mais l'emploi par Lloyd George de ce « nous » ne m'avait pas échappé. Il était clair qu'il m'avait impliqué plus que de raison. Je descendis Downing Street, plus triste que furieux à l'idée que des ministres responsables cherchaient à exploiter pour leur propre intérêt cette crise constitutionnelle à laquelle nous nous disions si attachés. Ma tristesse redoublait à la pensée que, en cherchant la meilleure conduite à tenir pour protéger ma carrière, j'avais mis en péril ce qui m'était le plus cher, mon amour pour Elizabeth. Il était temps que je lui accorde enfin la priorité qu'il méritait.

Le lendemain après-midi, je me rendis à Putney en voiture. Elizabeth et Mercy prenaient le thé dans le jardin. Mercy trouva bientôt quelques roses à tailler et nous laissa seuls. Je me souviendrai toujours de la tendre sérénité d'Elizabeth en cet après-midi étouffant de la plus longue journée de 1910. Étendue dans son fauteuil sous un parasol, un regard doré au-dessus d'une robe crème, elle chercha à m'amener à la réponse juste. Son calme dans l'adversité faisait partie de sa beauté.

– Je suis mal placée pour vous donner des conseils, Edwin, dit-elle. Mais n'est-ce pas votre devoir d'informer M. Asquith des intentions de son ministre des Finances ?

– Vous avez raison, ma chérie. Mais je ne désire pas semer la discorde. Et il n'y a pas que des choses négatives dans ce qu'il a dit.

– Pour lui seulement.

– D'autres peuvent en bénéficier. Peut-être même votre Women Social and Political Union.

– Il n'y a rien de démocratique dans le fait de donner le droit de vote à quelques femmes aristocrates ayant dépassé la cinquantaine, qui votent conservateur.

– À l'exception peut-être de tante Mercy ? Elizabeth sourit.

– Vous avez raison, ajoutai-je. C'est ce que j'ai dit à Lloyd George. Mais pour lui, c'est devenu une sorte de monnaie d'échange dans ses transactions avec Balfour. Je suis consterné à l'idée qu'aucune de ces questions ne semble compter réellement pour lui, sinon comme un moyen d'arriver à ses fins, c'est-à-dire de devenir Premier ministre.

– Edwin, je suis ravie que cela vous consterne. Je crains pourtant que d'autres ne le voient pas de la même façon que vous. Je pense en particulier à quelques responsables de la Women Social and Political Union.

– Vraiment ?

– Oui. Vous vous souvenez de Julia Lambourne ? Vous l'avez rencontrée ici, une fois.
– Oui, je me souviens.
– Eh bien, elle m'a dit récemment que Christabel Pankhurst soutient en secret ce projet de réforme électorale. C'est pour cela que la trêve qu'elle avait conclue pour les élections a été prolongée. Je me sens plus proche de Sylvia Pankhurst, à présent, mais c'est toujours Christabel qui dirige. Et ce que vous venez de dire concorde avec ce que j'ai entendu récemment.
– Qu'avez-vous entendu ?
– D'après Julia, un ministre aurait dit à Christabel que si nous acceptions ce projet de réforme électorale comme une mesure provisoire et cessions de manifester, nous aurions tout ce que nous voulions, un peu plus tard. Mais que se passera-t-il si...
– Ce ministre, c'était Lloyd George ?
– Oui, je crois.
– Mais Lloyd George ne peut faire de telles promesses !
– Si, s'il n'a pas l'intention de les tenir. D'après ce que vous dites, il est tout à fait capable de tromper Christabel pour apparaître comme le pacificateur du mouvement des suffragettes.
– Vous avez raison. Elizabeth, ma décision est prise. Je vais aller voir le Premier ministre et je lui dirai ce qu'il en est de sa précieuse conférence sur la réforme constitutionnelle. En remerciement de ma loyauté, il donnera son accord à notre mariage.
– Je prie le ciel que vous réussissiez.
– Sinon, nous nous marierons quand même et tant pis pour les conséquences ! Si vous voulez encore de moi.

Elizabeth se leva légèrement de son fauteuil et m'embrassa.

– Bien sûr que je veux encore de vous, Edwin. Si vous voulez toujours m'épouser.
– C'est mon vœu le plus cher, ma chérie.

Elizabeth s'agenouilla près de moi, le visage soudain grave.

– Nous pourrions avoir d'autres sujets d'inquiétude, dit-elle.
– Quoi donc ?
– Malgré toute notre discrétion, je crains que quelques militantes du mouvement féministe soient au courant de notre relation, peut-être même Christabel.
– Qu'est-ce qui vous fait penser cela ?
– Eh bien, Julia est adorable mais elle parle trop. Je suis sûre qu'elle aura laissé échapper qu'elle vous avait vu ici parce qu'on m'a posé toutes sortes de questions bizarres ces derniers temps.
– Ne craignez rien. D'une façon ou d'une autre, nous n'aurons bientôt plus rien à cacher.

Cela me paraissait tellement certain avec Elizabeth qui, agenouillée devant moi sur la pelouse, sous le cerisier en fleur, m'insufflait sa force et son amour. J'étais loin de me douter que ce que nous pouvions imaginer de pis n'était rien par rapport à ce qui nous attendait.

Le lendemain matin, je téléphonai au secrétaire d'Asquith et pris rendez-vous avec le Premier ministre dans son bureau à la Chambre des communes, à 5 heures le même jour. Je montai l'escalier au moment où Big Ben sonnait le premier coup de 5 heures.

Le Premier ministre leva vers moi un regard las et un visage impassible.

– Que puis-je pour vous, Edwin ? demanda-t-il d'une voix qui m'aurait semblé acerbe s'il n'avait été si fatigué.

– C'est à propos de la conférence sur la réforme constitutionnelle, monsieur le Premier ministre.

– Asseyez-vous, je vous en prie. J'imagine qu'elle ne se passe pas aussi bien ni aussi rapidement que vous l'espériez. Hélas, on n'y peut rien !

– Comme je l'ai dit au Conseil des ministres, je ne crois pas que cette conférence résoudra nos problèmes.

– Je sais aussi que c'est un coup pour vos ambitions personnelles, Edwin. Si c'est ce qui motive votre visite, dit-il dans une sorte de torpeur, je n'ai rien à vous offrir.
– Ce n'est pas pour cela que je suis venu. Ce qui m'amène ici, ce sont mes doutes sur l'utilité de la conférence bien que je fasse de mon mieux pour qu'elle aboutisse.
– Comme nous tous.
– Ce n'est pas mon avis. J'ai appris récemment qu'un membre de notre délégation poursuivait des visées scissionnistes à la faveur de négociations avec les conservateurs.
– Vous seriez aimable d'être plus clair.
– Des négociations secrètes ont commencé, qui ont pour objectif de renverser le gouvernement actuel et de le remplacer par une coalition dans laquelle ledit membre de la délégation jouerait un rôle de premier plan et dont vous, ainsi que quelques autres, seriez exclus.
– Et vous accusez un des membres de notre délégation de mener ces négociations clandestines ?
– Oui.
– Et de qui s'agit-il ?
– Du ministre des Finances.
– Je vois, dit-il.
Il y eut un moment de silence, puis je repris :
– Après la séance de lundi, Lloyd George m'a demandé si cela m'intéresserait de faire partie de la coalition et si je voulais bien coopérer avec lui et Balfour, et les soutenir contre vous, le moment venu.
– Et qu'avez-vous répondu ?
– J'ai refusé. Il m'a semblé de mon devoir de vous prévenir.
– Je vous en remercie.
– J'ai pensé que vous souhaiteriez peut-être...
– Je vous en prie, arrêtons là. Je pense que vous en avez assez dit.
– Qu'allons-nous faire ?

– Rien, dit-il, l'inertie de son corps venant corroborer sa réponse.

– Je ne comprends pas, monsieur le Premier ministre.

– Très bien, alors je vais spécifier ce que j'avais espéré vous épargner, dit-il en faisant un effort visible sur lui-même. Pourquoi vous croirais-je sur parole ? Il n'y aurait rien d'étonnant à ce que Lloyd George se soit engagé dans cette voie. Je le connais depuis assez longtemps pour savoir que ce ne sont pas les scrupules qui l'étouffent. Mais je dois prendre en considération le fait que vous êtes opposé à cette conférence. Je vous ai nommé membre de notre délégation parce que je pensais que, en tant que ministre de l'Intérieur, vous aviez le droit de prendre part aux discussions portant sur une réforme constitutionnelle. Mais je sais que, pour des raisons personnelles, vous vous sentez frustré par cette méthode et que vous pouvez, par conséquent, avoir intérêt à me faire douter de la vertu des discussions et à m'inciter à appeler à des élections pour prendre de vitesse les intrigues de couloir que vous me rapportez à présent. Vous devez vous dire qu'après des élections votre mariage serait possible dans la mesure où le scandale qu'il pourrait provoquer serait dissipé au moment où vous devriez vous présenter de nouveau devant vos électeurs.

– Vous pouvez penser ce que vous voulez, monsieur le Premier ministre, mais je ne vois rien de scandaleux dans mes projets de mariage avec Mlle Latimer. Pour ce qui est de la conférence sur la réforme constitutionnelle, je n'ai jamais caché que je trouvais que c'était une perte de temps, mais elle prend aujourd'hui l'allure d'une conjuration. Si vous préférez ignorer la menace qui pèse sur vous, c'est votre droit. Je vous conseille pourtant de prendre cette menace plus au sérieux. Quant à moi, vous vous trompez si vous pensez que ce sont des desseins déshonorants qui motivent ma démarche. J'ai toujours cherché à agir honnêtement. Vous avouez avoir des doutes sur la probité de l'un de vos collègues. Ces doutes sont de nature à handicaper l'efficacité du gouvernement. Par conséquent, il me faut reconsidérer mon rôle à l'intérieur de ce gouvernement.

Je me levai pour partir, mais Asquith leva la main dans un geste qui se voulait conciliant.

– Restez un moment, Edwin. Les mots ont peut-être dépassé ma pensée. Il n'était pas dans mes intentions de mettre en cause votre loyauté. J'avoue qu'il y a eu tant de duplicité de la part des uns et des autres depuis les élections que je me méfie parfois des personnes les plus dignes de confiance. J'ose espérer que vous comprendrez pourquoi je ne peux pas me permettre de prendre des mesures uniquement en fonction de ce que vous me dites. Pour ce qui est de vos responsabilités dans le gouvernement, je ne saurais trop vous conseiller de continuer à les assumer. Nous avons besoin de vos talents tout autant que de votre franchise. Je n'ai malheureusement aucune compensation à vous offrir dans les circonstances actuelles. Restez si vous le voulez, partez si vous le devez. Mais ne me demandez pas pour rester quelque chose que je ne peux vous donner.

– Je vous remercie pour ces paroles.

Je me levai une seconde fois.

– J'essaierai d'agir pour le mieux, ajoutai-je.

Asquith se leva aussi.

– Réfléchissez bien, Edwin. Mais souvenez-vous que nous avons besoin de gens comme vous.

Spontanément, je lui serrai la main puis je partis. Il avait fini par faire preuve à mon égard de sentiments décents, mais cela avait paru lui coûter plus d'efforts que la première fois. Il me faisait l'effet d'un brave homme qui s'était desséché sous le poids des responsabilités, d'un brillant avocat usé pour avoir rabâché trop d'arguments douteux au service de causes auxquelles il ne croyait qu'à moitié. Il ne m'avait pas menti, il avait dénaturé les faits. Il ne m'avait rien promis, il m'avait seulement donné de faux espoirs.

Je me dirigeai vers les quais et marchai vers l'ouest en longeant la Tamise. J'avais besoin d'air pour m'éclaircir les idées. L'indécision d'Asquith m'attristait dans la mesure où cela démontrait à quel point il avait peu de prise sur les événements. Si j'étais en colère, c'était uniquement contre moi-même. Je m'en voulais de m'être laissé abuser par ses pieux espoirs. Il avait peut-être cru à ce que je lui avais dit sur Lloyd George, mais je savais qu'il ne ferait rien. Il choisirait d'ignorer ce qui se tramait jusqu'à ce qu'une crise le mette au pied du mur. Elizabeth et moi n'étions pas en mesure d'imposer une crise, ce qui ne nous laissait qu'un recours.

À Battersea Bridge, j'abandonnai les quais pour rentrer chez moi où je savais que je trouverais la solitude qui m'aiderait à prendre une décision. Les Prideaux s'étaient rendus chez leur fille, à Bideford, dans le comté du Devon. Il ne se trouvait donc personne pour ouvrir à la silhouette que je vis devant ma porte en remontant la rue. Tout à coup, les battements de mon cœur s'accélérèrent. J'avais reconnu Elizabeth, ma bien-aimée. Elle était sobrement vêtue de gris, comme le jour où elle était venue avec une brique dissimulée dans son sac à main, et elle regardait autour d'elle, l'air aussi anxieux que ce jour-là. En me voyant, elle sourit et me fit un signe de sa main gantée. Je la rejoignis à la porte et lui volai un baiser.

– Vous êtes un effronté, monsieur Strafford, de m'embrasser dans la rue, dit-elle en riant.

– Ne puis-je embrasser ma fiancée ?

– Bien sûr. Mais vous savez bien que...

– Nous avons accepté de nous montrer prudents dans nos démonstrations d'affection. Mais cette épreuve touche à sa fin, Elizabeth. Venez, je vais vous expliquer.

Je la fis entrer dans le salon, pris sa cape et, en l'accrochant, lui expliquai pourquoi les Prideaux étaient absents. Elle me donna à son tour la raison de sa présence sur le seuil de ma

maison, bien que je n'aie pas cherché d'explication à une si heureuse surprise.
— Je suis venue vous voir parce que je me demandais si je vous avais bien conseillé hier.
— N'en doutez pas, dis-je. Nous nous sommes acquittés de nos obligations d'une façon exemplaire. Si seulement les autres avaient fait la même chose !
— Le Premier ministre, par exemple ?
— Oui, dis-je, en la priant de s'asseoir sur le canapé près de moi. Je viens de le voir.
— Que s'est-il passé ?
— Je lui ai parlé de la proposition que Lloyd George m'a faite et je lui ai dit que ses tractations entraîneraient un échec de la conférence.
— Qu'a-t-il dit ?
— Il a dit qu'il ne pouvait pas agir en se fondant sur des rumeurs, même si elles étaient justifiées, ce dont il n'était pas tout à fait convaincu, car il pensait que mon intérêt était de saper la conférence. Je me suis révolté contre de tels propos et il s'est rétracté, mais pas avec une conviction suffisante pour m'empêcher de prendre une décision.
— Laquelle ?
— Démissionner. Et vous épouser le plus tôt possible.
Un grand sourire éclaira le visage d'Elizabeth.
— Oh ! Edwin, je ne sais pas s'il faut rire ou pleurer. Vous épouser est mon souhait le plus cher, mais pas aux dépens de votre carrière.
Je la pris par la main.
— Elizabeth, ma carrière n'est pas si importante que cela, surtout dans un gouvernement corrompu. Nous avons déjà attendu trop longtemps.
— Mais...
— Il n'y a pas de mais, ma chérie. Nous avons fait le serment de nous aimer, l'année dernière, à la Saint-Michel. Cet

engagement devrait être honoré, à présent. Je n'aurais jamais dû abuser à ce point de votre patience. Ce jour dont Asquith parlait, ce fameux jour où il serait prêt à supporter l'embarras de notre union, ne viendra jamais. Il trouvera toujours une bonne raison pour le différer. Qu'il se débrouille avec Lloyd George. Je vais les abandonner à leurs stratégies et m'employer à vous rendre heureuse.
– *Vous êtes sûr ?*
– Aussi sûr que je vous aime.
Je l'attirai vers moi et l'embrassai.
– *Épousez-moi, Elizabeth.*
– *De tout mon cœur, Edwin.*
– Le plus tôt sera le mieux, à présent. Demain, j'irai donner ma démission et je demanderai une dispense de bans.
– *Si vous sacrifiez votre carrière, je démissionnerai de la Women Social and Political Union et couperai tous les liens avec les militantes du droit de vote pour les femmes.*
– Je ne vous le demande pas.
– *Permettez-moi de faire ce petit sacrifice, bien modeste à côté du vôtre.*
– Très bien.
– *Que ferez-vous sans la politique ?*
– Je resterai député encore un moment et réfléchirai à ce que je peux faire. Les affaires, le journalisme, qui sait ? Que notre vie soit une grande aventure à partir du jour de notre mariage !
Je remplis deux verres de sherry, n'ayant pas trouvé mieux, et nous bûmes à notre bonheur enfin assuré, nous communiquant une gaieté nerveuse libératrice. Savoir que notre longue attente allait prendre fin, c'était la certitude de jours meilleurs. Nous nous tenions par le bras, debout près de la fenêtre, observant les quelques passants qui ignoraient notre joie, puis nous nous regardâmes.
– *Personne ne pourra nous reprocher, au vu de notre position, l'inconvenance de notre union, puisque nous aurons abandonné*

ces positions pour prendre une voie qui nous rendra beaucoup plus heureux.
– Comme tout bon politicien, Edwin, vous êtes très convaincant.
– Mais contrairement à de nombreux politiciens, Elizabeth, moi, vous pouvez me croire.

Nous entrechoquâmes nos verres et nous bûmes dans les rayons du soleil couchant se déployant en éventail sur le nouveau carreau de la fenêtre, puis nous échangeâmes un baiser et revînmes nous asseoir sur le canapé.
– Un verre de sherry dans une maison vidée de ses domestiques n'est pas une bonne façon de fêter notre décision. Êtes-vous libre ce soir, mademoiselle Latimer ? Je vous invite à dîner.
– Je suis toujours libre pour accompagner mon futur mari, mais je ne suis pas habillée pour sortir.
– Si je peux abandonner une conférence, vous pouvez peut-être, pour un soir, faire fi des conventions ?

Et c'est ce qu'elle fit, bien sûr. Nous appelâmes un fiacre pour nous rendre au Baron où nous attendait « notre table ». Elizabeth portait des vêtements moins somptueux qu'à l'habitude, mais elle était plus belle que jamais, et ses yeux ne quittaient pas les miens pendant que nous buvions, mangions et parlions de notre vie commune avec une sorte de soulagement fiévreux. Pour une fois, nous laissions de côté le parti libéral et le mouvement des suffragettes pour ne songer qu'à nous-mêmes. Les longs mois d'attente anxieuse étaient derrière nous et nous découvrions tout le plaisir d'être ensemble que nous nous étions si longtemps refusé. La belle jeune fille qui allait bientôt devenir ma femme partageait ma joie avec toute l'ardeur que je pouvais souhaiter.

Nous quittâmes le Baron vers 10 heures. J'appelai un fiacre pour ramener Elizabeth à Putney, chez sa tante.
– Quel dommage, dis-je lorsque le fiacre s'arrêta, que nos maisons soient séparées l'une de l'autre.

– Je n'ai plus vraiment l'impression qu'elles le sont, dit Elizabeth.
– Moi non plus. La nuit est douce, aimeriez-vous marcher avec moi jusqu'à ce qui sera bientôt votre maison ? Je pourrai vous ramener à Putney dans ma voiture.
J'avais du mal à me séparer d'elle aussi vite, et je pense qu'Elizabeth ressentait la même chose. C'est ainsi que nous marchâmes à pas lents, bras dessus, bras dessous, le cœur joyeux, à travers les rues résidentielles. À cause de la fraîcheur du crépuscule, je passai avec bonheur mon bras autour de l'épaule d'Elizabeth en songeant avec consternation que nous avions toujours scrupuleusement évité jusque-là pareille intimité. Ma future femme cédait au plaisir de s'abandonner dans mes bras et, quand nous arrivâmes devant ma porte, il me semblait aussi insupportable qu'inutile de nous séparer pour la nuit.
Nous allâmes dans le salon où je remplis nos verres.
– Merci pour cette soirée, dit Elizabeth. Je n'ai jamais été aussi heureuse.
– Et merci à vous, répondis-je. Mais n'oubliez pas que c'est la première d'une longue série. J'ai le sentiment que notre vie commune commence ce soir.
– J'ai le même sentiment, Edwin.
Je ne savais pas bien jusqu'à quel point ma remarque pouvait s'entendre de façon métaphorique, et la réponse d'Elizabeth n'était pas plus claire. Je m'approchai d'elle pour lui donner un verre mais, au lieu de ça, je le posai sur une table et je la pris contre moi.
– Restez avec moi, Elizabeth.
– Pour toujours, Edwin.
– Oui, et cette nuit aussi.
Elle me regarda un moment avant de répondre.
– Je suis à vous.

Je la soulevai dans mes bras et la portai dans ma chambre, au premier, comme si c'était la chose la plus naturelle du monde. Et nous célébrâmes dans la chair notre mariage spirituel. Pour la première fois, nous nous appartenions totalement, inconscients, dans notre félicité, que nous ne vivions pas le début glorieux de notre vie commune mais les dernières minutes.

Lorsque les premiers rayons du soleil glissèrent dans la pièce, je me réveillai avec Elizabeth endormie à mes côtés. Je ne doutai pas un instant qu'un jour radieux se levait pour nous. Je me glissai hors du lit pour aller faire du thé. Lorsque je revins, Elizabeth avait revêtu une de mes robes de chambre et elle était assise dans le lit, confuse et quelque peu gênée, mais pas malheureuse. Je m'assis à côté d'elle avec le plateau.

– Sans les Prideaux, nous devons nous débrouiller tout seuls, dis-je. Vous n'avez pas peur de goûter à mon thé ?

– C'est aussi bien que les Prideaux ne soient pas ici, Edwin. Ils seraient scandalisés.

– Vous avez raison, mais nous n'avons plus à craindre le scandale, ma chérie. Nous en avons fini avec ces angoisses. Lorsque les Prideaux reviendront, nous aurons fixé la date du jour où vous deviendrez officiellement Mme Strafford.

– Je voudrais que ce soit le plus tôt possible, Edwin, dit-elle en me prenant par le bras.

– Bien sûr, ma chérie.

Je persuadai Elizabeth de goûter mon thé mais, avant d'avoir fini sa tasse, elle commença à se tourmenter au sujet de Mercy qui devait se demander où elle était. Mercy, qui était la plus libérale des tantes, se ferait malgré tout du souci. Aussi nous nous dépêchâmes, notre hâte nous aidant à dissimuler une part de notre gêne. Je laissai Elizabeth s'habiller et m'occupai au rez-de-chaussée.

Lorsque nous fûmes prêts à partir, seul le regard expressif d'Elizabeth pouvait donner à penser qu'elle était différente de la jeune fille vêtue de gris qui était venue chez moi la veille.

– J'appelle un fiacre pour vous ramener à Putney, dis-je. J'irai à pied au ministère de l'Intérieur et...

– Quand vous reverrai-je ?

– Très bientôt. Il y a un Conseil des ministres à 11 heures. Je vais y aller et je donnerai ma lettre de démission à Asquith. Après, je viendrai vous chercher à Putney et nous irons au tribunal pour demander une dispense de bans.

– Venez le plus vite possible. Le temps me paraîtra infiniment long.

– Vous vous faites du souci pour Mercy ?

– Oui, je n'aime pas la savoir inquiète. Mon retour l'apaisera.

– Alors dépêchons-nous.

Nous sortîmes et je hélai un fiacre. Elizabeth s'attardait près de la porte d'entrée.

– Vous n'êtes pas impatiente de rentrer à Putney ?

– Si, mais je ne sais pas pourquoi, cette séparation me fait peur.

– Nous ne serons séparés que très peu de temps, je vous le promets. Le temps que je règle ma situation à Downing Street et que vous rassuriez votre tante. Dans quelques heures à peine nous serons de nouveau réunis.

– Oui, je suis désolée d'être si sotte.

– Ma chérie, je vous adore. Venez maintenant et n'oubliez pas que je vous aimerai toute ma vie.

Nous nous embrassâmes aussi longtemps qu'il était possible sous le regard d'un cocher, puis Elizabeth monta sur le siège et le fiacre s'éloigna dans Mallard Street. J'agitai la main jusqu'à ce qu'il eût disparu.

– Pensez à moi cet après-midi, criai-je.

D'assez loin déjà, j'entendis sa voix familière dire « oui », ce « oui » que je pensais entendre bientôt dans un cadre plus cérémonieux mais que je n'entendrais jamais.

Je rentrai chez moi pour rassembler dans un sac les documents officiels qui étaient en ma possession, puis je partis au ministère de l'Intérieur. Je trouvai Meres, toujours efficace, ne se doutant pas que ma seule tâche ce matin-là consistait à écrire une lettre. Cela ne me prit pas longtemps, une phrase suffisant pour notifier ma démission. Je scellai l'enveloppe et, avec elle, mon destin, et marchai d'un pas vif vers le 10 Downing Street pour rejoindre les autres ministres.

Le Conseil des ministres fut sans intérêt. Je ne dis rien, pas même lors de la discussion sur un projet de loi donnant le droit de vote aux femmes propriétaires. Je ne fus pas surpris d'entendre Lloyd George se prononcer en faveur d'une seconde lecture, ni de l'acquiescement d'Asquith. Je sacrifiai une dernière fois au rite du vote, mais je fus minoritaire.

Comme la réunion se terminait, je pris Asquith à part et lui tendis ma lettre.

– Je vous serais obligé, monsieur le Premier ministre, dès que vous aurez une minute, de bien vouloir lire ceci.

– Bien sûr, Edwin, bien sûr, marmonna Asquith, mais son attention était attirée par une conversation avec le ministre des Affaires étrangères.

Je me retirai discrètement, content que les choses se passent aussi facilement.

Je déjeunai à la Chambre des communes puis descendis vers les quais. Il faisait si beau cet après-midi-là que je décidai de longer la Tamise jusqu'à Putney.

J'arrivai vers 4 heures chez tante Mercy et frappai à la porte, m'attendant à ce que ce soit Elizabeth qui vienne m'ouvrir. Mais ce fut la silhouette trapue et menaçante d'un étranger qui se dressa devant moi.

– Vous désirez ? dit-il, l'air mauvais.

– Je ne crois pas vous connaître, monsieur. Je m'appelle Strafford. Je viens voir la jeune fille de la maison.
– Mlle Latimer n'est pas ici.
– Ah bon ! Alors peut-être pourrais-je voir sa tante ?
– Elle a demandé à ce qu'on ne la dérange pas.
– À qui ai-je l'honneur de parler ?
– À un ami de la famille.
– Pas depuis longtemps, il me semble, car je n'ai jamais eu le plaisir de vous rencontrer. Veuillez avoir l'obligeance de me laisser passer.

Son ton m'agaçait, mais ce fut cette réception glaciale dans une maison où j'avais toujours été si chaleureusement accueilli qui me fit perdre patience. L'homme ne s'écarta pas pour me laisser le passage et j'aurais peut-être tenté une entrée en force si, à cet instant, Mercy, l'air bouleversé, n'était apparue dans l'entrée et ne lui avait demandé de me laisser entrer.

– Que se passe-t-il, Mercy ?

Le sourire habituel de Mercy avait disparu.

– Comment osez-vous venir ici ? dit-elle d'une voix sévère que j'entendais pour la première fois. N'avez-vous pas déjà fait assez de mal ?

– Je ne comprends pas.

– Vous comprenez très bien, jeune homme. Si mon frère était encore vivant, il saurait comment traiter quelqu'un de votre espèce. Les choses étant ce qu'elles sont, tout ce que je peux faire est de vous refuser à jamais mon hospitalité dont vous avez si bassement abusé.

Ce ne pouvait pas être cette chère vieille tante Mercy qui me parlait ainsi ; j'avais dû me tromper de porte et tomber dans un cauchemar qui n'avait rien à voir avec mon histoire. Il n'y avait qu'une issue possible.

– Où est Elizabeth ?

– Elle est là-haut avec Julia, brisée. Vous deviez bien savoir que c'est ce qui arriverait quand elle découvrirait qui vous êtes.

– Mais que voulez-vous dire ?
– Je dis que l'homme que je respectais et que ma nièce aimait n'est qu'une canaille et un imposteur.

L'homme debout près de la porte était venu se planter derrière moi.

– Je le fais sortir, mademoiselle Latimer ?
– Je pense que cela vaudrait mieux... à moins qu'il ne s'en aille de son plein gré.
– Mais Mercy, c'est de la folie. Je ne veux pas partir d'ici tant que je n'aurai pas vu Elizabeth. Vous a-t-elle parlé de nos intentions ?
– Ses intentions, ses espoirs sont anéantis. Les vôtres sont trop indignes pour qu'on en parle.

Le jeune homme posa une main sur mon épaule. Je lançai un dernier appel à la raison, autant pour moi-même que pour ceux qui m'entouraient.

– Rappelez ce rustre avant que je ne lui fasse mal. Je veux voir ma fiancée.

L'homme me saisit par le col. C'en était trop. Je me retournai et lui envoyai un coup de poing dans lequel je laissai exploser ma rage. Frappé au menton, il chancela en arrière et atterrit dans une glace fixée au mur de l'entrée. Il s'écroula par terre au milieu des morceaux de verre brisé. Mercy poussa un cri. Mon accès de violence n'avait fait qu'empirer le cauchemar dans lequel je me débattais.

– Arrêtez !

C'était Elizabeth, parlant du haut de l'escalier. Je levai les yeux, m'attendant à voir celle que j'aimais, calme et radieuse, ne doutant pas que, d'un mot, elle m'arracherait à cette folie. Elle portait la même robe grise que le matin mais, à part cela, elle était méconnaissable. Son visage était dur, gonflé par les larmes. Elle tremblait et sanglotait tout en parlant.

– Edwin, vous m'avez perdue. Pourquoi venir ici remuer le couteau dans la plaie ?

Je courus au pied de l'escalier et levai vers elle un regard implorant.
– Quelle plaie, Elizabeth ? Pour l'amour de Dieu, dites-moi en quoi je vous ai offensée.

Elle saisit la rampe pour se soutenir.
– C'est trop me demander que d'exprimer toute l'étendue de votre fourberie. Vous cherchez à la nier en feignant l'ignorance.

Une jeune femme s'approcha d'Elizabeth. Je reconnus, pour l'avoir déjà vue une fois, Julia Lambourne. Apercevant derrière moi l'homme qui soignait sa lèvre fendue, elle poussa un cri et descendit précipitamment l'escalier pour lui prêter secours. Je continuai à regarder Elizabeth, cherchant dans ses yeux la confiance que j'avais perdue sans savoir comment.

– Elizabeth, de quoi m'accusez-vous ? Je n'ai pas manqué à ma parole. Aujourd'hui même, j'ai porté ma démission au Premier ministre par respect pour vous. Que s'est-il passé ?

– Je me souviens de ce que vous avez signifié pour moi. Je sais à présent que vous m'avez trompée. On ne peut pas échapper à la vérité, Edwin. Elle vous a démasqué, mais trop tard pour me sauver du déshonneur. Si mes supplications peuvent ne pas vous laisser insensible, alors allez-vous-en et n'essayez plus jamais de me revoir. Un jour, peut-être pourrai-je oublier, même vous pardonner, mais seulement dans la mesure où je n'aurai plus à entendre votre voix ni à voir votre visage qui me furent si chers.

– Elizabeth, ce matin, vous avez accepté de m'épouser.

Elizabeth laissa échapper un cri, se couvrit le visage de ses mains et s'enfuit en courant.

– Monsieur Strafford, je vous en prie, partez, dit Mercy avec peine, derrière moi.

Je me retournai. Julia soutenait l'homme qui, debout, me toisait. Mercy, à côté d'eux, tremblait. C'est Julia qui prit la parole.

– *Monsieur Strafford, vous avez frappé mon frère et vous avez augmenté la détresse d'Elizabeth. Nous serions tous soulagés de vous voir partir.*

Je me tenais dans l'entrée, au milieu de ces visages accusateurs, poignardé par les paroles injustes d'Elizabeth. J'étais happé dans un univers cauchemardesque tandis que le monde sûr dans lequel je me déplaçais la veille s'éloignait hors de ma portée. À chaque démenti, je me donnais l'impression de me rendre un peu plus coupable, à chaque sursaut pour me dégager, je m'enfonçais un peu plus. Un silence pesait au-dessus du groupe immobile. Je sentis que j'allais me mettre à hurler face à tant d'injustice. Pourtant, je marchai calmement vers la porte. Julia et son frère s'écartèrent pour me laisser passer ; je sortis.

À peine avais-je fait cent mètres qu'une affreuse détresse m'envahit. Non loin se dressait l'église où j'avais projeté d'épouser Elizabeth. Avec de telles associations, y pénétrer était au-dessus de mes forces ; alors je m'assis sur un banc au milieu des tombes, et je pleurai. Au bout d'un moment, une femme portant des fleurs passa devant moi. Je fis un effort pour me ressaisir et marchai vers l'est dans des rues qui m'étaient inconnues, allant là où me conduisaient mes pas ; je ne cherchais que le mouvement, comme si je pouvais, en martelant le pavé au milieu d'inconnus, étouffer ma douleur d'avoir été ainsi rejeté.

À Wandsworth, une taverne ouvrait ses portes. Abandonnant mon errance misérable, j'y entrai, espérant trouver dans l'alcool un oubli bienfaisant. Le patron toisa d'un œil méfiant ce client bien habillé et à l'accent distingué qui passait le seuil de son établissement au sol recouvert de sciure de bois. Mon argent l'apaisa. Assis dans un coin, je bus plusieurs bières de suite pendant que la taverne se remplissait lentement avec le soir qui tombait et, à un moment donné, toutes mes sensations, même la souffrance et le sentiment de perte, furent émoussées.

Alors seulement, je pus supporter d'être seul. Je sortis de la taverne et me remis à marcher.

Quelques heures plus tard, je me retrouvai sur Westminster Bridge, avec la masse familière du Parlement devant moi, exclu désormais de l'existence trépidante qu'on y menait, banni de l'amour et de la politique : tout ce pour quoi j'avais vécu jusque-là. Je regardai fixement les eaux troubles de la Tamise coulant au-dessous de moi, tenté un moment de croire que c'était là seulement que je pourrais trouver la fin de ma souffrance.

– Je crois que je vous connais, monsieur, dit une voix derrière moi.

Je tournai le dos au parapet et me retrouvai face à un agent de police.

– Vous êtes bien monsieur Strafford ?
– Je ne suis plus votre ministre, monsieur l'agent.

Je devais sentir l'alcool à plein nez.

– Vous devriez rentrer chez vous, monsieur.
– Oui, mais où est-ce ?
– Où se trouve votre cœur, comme dit le poète, monsieur.
– Voilà pourquoi je suis sur ce pont, monsieur l'agent. Mon cœur est dans la rivière, il coule vers la mer.
– Je vais appeler un fiacre qui vous ramènera chez vous, monsieur.

Il me guida sur les quais et me fit monter dans un fiacre. Mais je réglai le prix de la course avant d'arriver dans Mallard Street pour reprendre mon errance dans la ville.

Finalement, aux premières lueurs de l'aube, je rentrai chez moi, faute d'avoir d'autre endroit où aller. Un laitier faisait sa ronde en sifflant. Il échangea quelques mots avec un facteur qui s'était arrêté devant chez moi.

En ouvrant la porte, je fis bouger une lettre sur le paillasson. Reconnaissant l'écriture d'Elizabeth, je m'en saisis d'une main fiévreuse, l'ouvris précipitamment et parcourus sa lettre dans l'espoir fou que tout n'était pas perdu.

6, Sutler Tenace
Putney
23 juin 1910

Cher monsieur Strafford,

J'écris cette lettre après votre visite aujourd'hui car il semble que vous soyez prêt à vous vanter de m'avoir trompée. Je tiens à ce qu'il n'y ait aucun malentendu : je ne veux plus jamais vous revoir ni entendre parler de vous. Des incidents comme ceux de cet après-midi ne feront qu'augmenter ma détresse et celle de ma chère tante. Rendez-moi ce petit service après toutes vos dissimulations : laissez-moi seule.

Je vous prie d'agréer l'expression de mes sentiments distingués,

Elizabeth Latimer

C'était affreux. Cela ne pouvait pas être vrai, pourtant comment en douter encore après cela ? Elizabeth me rejetait dans les termes les plus durs, me croyant apparemment coupable de quelque forfaiture. J'entrai en vacillant dans mon bureau, pris du papier à lettre et écrivis :

Elizabeth,

En quoi vous ai-je offensée ?

Edwin

Je cachetai la lettre et allai la poster, pressentant déjà qu'elle ne serait jamais ouverte. Je retournai chez moi, transi d'une angoisse mortelle. Je me préparai un café très fort que j'avalai pour essayer d'affronter l'inconcevable avec l'esprit clair ; je regardai avec des yeux vides la rue qui s'éveillait lentement, figé dans ma douleur, ne comprenant toujours pas mais ayant cessé d'être incrédule. Que pouvais-je faire ? Je ne pouvais pas retourner à Putney, mais, ailleurs, la vie n'avait pas de sens pour moi. Je venais de renoncer à ma carrière qui aurait pu me servir de bouée de sauvetage.

Sur ce point, pourtant, je pouvais peut-être encore faire quelque chose, et comme seule l'action apaisait un peu mon angoisse, je me lavai, me rasai, passai des vêtements propres et partis pour Downing Street où j'arrivai peu après 9 heures. Lorsque je demandai à voir le Premier ministre, son secrétaire souleva pour la première fois des objections, mais je n'étais pas d'humeur à me laisser traiter cavalièrement et il parut s'en apercevoir.

Asquith lisait le Times dans son bureau. En me voyant entrer, il me jeta un coup d'œil narquois par-dessus son journal.

– Dire que je suis surpris de vous voir serait un euphémisme.

– Je vous comprends, monsieur le Premier ministre. Puis-je aller directement au fait ?

– Bien sûr !

– Je désire retirer ma démission.

– Si c'est une plaisanterie, elle est de très mauvais goût. On pourra lire demain dans ce journal, dit-il en brandissant le Times, que vous avez donné votre démission pour des raisons personnelles, au grand regret du gouvernement. Vous et moi savons que vous n'avez pas d'autre solution. Alors à quoi jouez-vous en venant me parler de retirer votre démission ?

– Monsieur le Premier ministre, je ne comprends pas de quoi vous parlez. Il y a deux jours, vous m'avez prié de rester.

– Depuis, j'ai appris certaines choses qui me font penser que vous êtes indigne d'être un ministre de la Couronne et même un député.
– Quelles choses ?
– Cela concerne votre projet de mariage avec Mlle Latimer qui vous tenait tant à cœur ces derniers mois. Comment avez-vous pu abuser cette jeune personne comme vous l'avez fait, je l'ignore.
– Comment cela, l'abuser ?
– Par égard pour elle, je n'en parlerai pas.
Était-ce une conspiration ? Devais-je être le seul à ne pas savoir pour quelle raison on voulait me punir ?
– Monsieur le Premier ministre, Dieu m'est témoin...
– N'ajoutez pas un mot de plus, Strafford. Sortez, c'est tout.
– Mais...
– Sortez !
Insister semblait totalement inutile. Je me tournai vers la porte.
– Une dernière chose, Strafford.
Je m'arrêtai mais ne tournai pas la tête vers lui.
– Une demande de votre part pour vous démettre de votre siège à la Chambre des communes sera accueillie favorablement.
Je partis sur ce dernier affront et errai à travers St James Park, portant sur mes épaules toute la misère du monde.

Strafford déchu ! Pour un homme tel que moi qui avait connu pas mal d'échecs dans sa vie, qui avait perdu sa femme, sa fille et sa situation, penser que les riches et les puissants n'étaient pas à l'abri de tels coups du destin était presque une consolation.

À en juger par ma propre expérience, j'avais du mal à croire que Strafford soit aussi innocent qu'il le proclamait. Conspiration ? Vengeance ? Deux éventualités plus séduisantes aux yeux d'un historien qu'une quelconque faute que Strafford n'aurait pas voulu reconnaître, même à lui-même. En historien attiré par le mystère, je désirais découvrir une vérité plus dramatique et, en homme que la vie n'avait pas épargné, j'avais envie de prouver que les châtiments n'étaient pas tous mérités.

Alec revint à la tombée de la nuit et insista pour que je m'arrache à ma lecture et l'accompagne chez des amis à lui, les Thorpe, un couple d'Anglais qui possédait une petite maison dans les environs vallonnés de Funchal. Je le suivis sans enthousiasme mais ne le regrettai pas. Mme Thorpe avait préparé un dîner délicieux et son mari semblait connaître tous ceux qui avaient un nom sur l'île. Je citai le nom de Sellick, et Thorpe en parla comme d'un « brave homme qu'il vaut mieux avoir dans son camp ». Ce qui revenait à dire qu'il était plus prudent de ne pas se le mettre à dos. Thorpe, qui était un important homme d'affaires, devait savoir de quoi il parlait.

Sur le chemin du retour, je demandai à Alec si Thorpe n'aurait pas été intéressé par le financement de la revue.

– J'ai tout de suite pensé à lui, bien sûr, mais il a estimé que ce ne serait pas une affaire rentable. J'ai essayé auprès d'autres riches Anglais mais c'était toujours la même histoire. Seul Leo a accepté de fournir les fonds.

– C'est notre bon parrain à tous les deux, alors ?

– Tu l'as dit, Martin.

Le lendemain, mon dernier matin sur l'île, Alec dut aller à une conférence de presse donnée par l'entraîneur du Maritimo. Je m'installai dans le jardin silencieux et chaud, à l'ombre d'un palmier. Avant de m'envoler pour l'Angleterre, je lus la dernière partie des mémoires de Strafford.

Mémoires
1910-1950

Je ne saurais donner un compte rendu précis des quelques jours qui suivirent le moment terrible où Elizabeth me demanda de ne plus jamais essayer de la voir et le refus d'Asquith de me laisser retirer ma démission. Je me souviens seulement que je rentrai chez moi, sachant que je pourrais y être seul, et que je bus jusqu'à perdre conscience de ce qui venait de m'arriver. L'oubli était sans doute alors pour moi le meilleur des remèdes.

Ma mère et mon frère apprirent la nouvelle de ma démission par les journaux. Ils essayèrent en vain de me joindre, et leur étonnement se transforma bientôt en inquiétude. Vers le milieu de la semaine suivante, Robert vint à Londres avec les Prideaux. Il me raconta plus tard qu'au spectacle de ce qu'il découvrit à Mallard Street, il s'était félicité de ne pas avoir laissé ma mère les accompagner. Ivre, échevelé, débraillé, j'étais devenu une épave, n'ayant qu'une vague ressemblance avec l'homme qu'ils connaissaient.

On appela un médecin et on me mit au lit. Mme Prideaux me donna à manger. On m'interdit l'alcool et on me rendit une apparence humaine. Lorsque j'en fus capable et que je pus le supporter, je racontai à Robert ce qui s'était passé. Il s'étonna de ce que son jeune frère talentueux fut tombé si bas. Quant à moi, la soudaineté avec laquelle mon univers s'était disloqué me plongeait dans un hébétement douloureux. Mais Robert agit sagement en ne manifestant aucune complaisance pour mon abattement morbide. Dès que je fus capable de me tenir sur mes jambes, il m'emmena à Barrowteign.

Là-bas, ma mère et mon frère cherchèrent à me réconforter en organisant toutes sortes de distractions. Même Florence s'efforça de m'être agréable. Mais je ne désirais pas oublier

Elizabeth ni la tragédie de notre séparation. La douleur était tout ce qui me restait de notre amour. Même quand je tentais d'être gai pour faire plaisir à ma mère, cela ne durait pas et ne trompait personne. Je ne cherchais plus l'oubli dans l'alcool, mais je restais muré dans ma solitude misérable, passant les longues journées d'été à arpenter la lande, trouvant dans ce paysage sauvage une tristesse qui s'accordait à mon humeur noire. J'écrivis plusieurs lettres à Elizabeth, espérant contre toute attente une réponse, mais mes lettres me furent retournées l'une après l'autre, sans avoir été ouvertes. Alors je cessai de lui écrire.

Un soir, pendant le dîner, au début du mois de septembre, ma famille manifesta son impatience à ne voir aucune amélioration dans mon état.

– Les Haddow nous ont invités à dîner samedi prochain, annonça ma mère. J'ai dit que nous irions.

– Il ne faut pas compter sur moi, mère, dis-je.

– As-tu un autre engagement, mon chéri ?

– Non. Je préférerais ne pas y aller, voilà tout.

– C'est toujours délicieux chez les Haddow, dit Robert.

– Je n'ai pas très faim.

– Cela vous ferait du bien, dit Florence.

– L'intérêt que vous me portez me touche beaucoup, Florence, mais je survivrai sans cela.

Robert décida de jouer au grand frère.

– Depuis que tu es ici, tu n'as vu personne en dehors de nous, Edwin. Tu ne peux pas faire un effort ?

– J'ai peur que non.

– C'est bien ce que je pensais.

– Que veux-tu dire ?

– Que tu ne veux pas faire l'effort de te remettre de ce qui t'est arrivé. Nous avons tous essayé de t'aider, mais parfois tu donnes l'impression de ne pas vouloir qu'on t'aide.

Mère s'inquiéta de ce brusque accès d'agressivité entre ses deux fils.
— Je t'en prie, Robert.
— Laissez, mère, dis-je. Si c'est ce que Robert pense, il doit le dire. Il a peut-être raison. Mais il n'est pas en mon pouvoir de perdre sans regrets mon mariage et ma carrière.
— Tu es encore député, tu ne dois pas l'oublier, dit Robert avec humeur.
— Pour combien de temps ? Je suis un homme fini.
— Mais pourquoi ?
— J'aimerais le savoir, Robert.
— Vous étiez un homme fini dès le moment où vous avez décidé d'épouser cette femme, dit Florence.
— Pour quelle raison, Florence ? demandai-je en faisant un effort sur moi-même pour rester calme.
Florence ne put résister au plaisir d'enfourcher son dada.
— Je n'arrive pas à comprendre comment un homme dans votre position a pu avoir l'idée d'épouser l'une de ces suffragettes éhontées.
Il y eut un silence pesant pendant lequel le sens de ses paroles s'imprégna dans mon esprit.
— Peut-être pourriez-vous me dire, Florence, ce qui vous fait croire qu'Elizabeth était une suffragette.
— Le niez-vous ?
— Pas du tout. Mais je ne vous l'avais jamais dit.
— Il était évident qu'il y avait quelque chose qui n'allait pas chez elle, alors j'ai fait faire une enquête...
— Florence ! Taisez-vous !
Robert avait parlé avec une autorité inhabituelle qui effraya sa femme.
— Veux-tu m'expliquer à sa place, Robert ?
— Très bien. Florence désirait apaiser ses soupçons sur Mlle Latimer et c'est ce qu'elle a cherché à faire, mais elle a

découvert qu'ils étaient fondés. Elle m'a aussitôt averti de ce qu'elle avait appris.

— Tu ne m'en as pas parlé.

— Ni à moi, dit mère.

— Je ne voulais pas vous inquiéter, mère, et j'ai pensé qu'Edwin pourrait mal interpréter le souci que j'avais de ses intérêts. J'ai consulté M. Flowers, qui s'est chargé de protéger Edwin de son mieux.

Je me levai solennellement.

— Quels que soient les intérêts que tu servais, Robert, tu n'as satisfait que le dépit de Florence. Quelles que soient tes excuses, il était indigne d'aller voir Flowers derrière mon dos. C'est sans doute lui qui a prévenu le chef de file du parti. Si tu t'étais conduit loyalement, je serais aujourd'hui un homme marié et heureux et pas le misérable fou que vous avez fait de moi. Il semble que tout le monde se soit ligué contre moi, même mon propre frère. Je préfère partir que d'en dire davantage.

J'étais déjà à la porte quand ma mère m'appela. Je me retournai pour la regarder.

— Mère, vous n'y êtes pour rien, bien sûr. Mais je ne peux pas rester avec des gens qui m'ont trompé. Je retournerai à Londres demain matin.

C'est ainsi que je partis le lendemain, avant le petit déjeuner, et roulai vers Londres, les dents serrées de rage. Je savais que je ne pourrais trouver le bonheur nulle part. Mais à Londres, du moins, je pouvais être seul avec mon chagrin et plus près d'Elizabeth.

Non que cela m'apportât quelque réconfort. J'allai à Putney à plusieurs reprises, pas pour parler à Elizabeth, mais simplement dans l'espoir de l'apercevoir. Je n'eus pas cette chance. Les volets étaient clos. Finalement, je m'armai de courage et parlai à une voisine qui me dit que les Latimer étaient parties à l'étranger pour plusieurs mois en raison de l'état de santé de Mercy. Elle ne savait pas où.

Je ne pouvais pas agir sur ce front et rien d'autre n'éveillait mon intérêt. Je fis quelques apparitions à la Chambre des communes mais j'étais constamment réprimandé pour mes absences par les chefs de file et, à la mi-octobre, le président de la section locale de mon parti m'écrivit pour connaître mes intentions. Je répondis brièvement que je ne me représenterais pas et que, à moins d'élections prochaines, j'allais prendre les mesures nécessaires pour me démettre de mon siège aux Communes. Il n'y eut pas de réponse, ce qui semblait bien mettre un point final à ma carrière politique.

Vers la fin du mois d'octobre, ma mère vint me voir. Elle me raconta que Robert avait été si bouleversé par mon brusque départ que sa relation avec Florence en avait souffert. Par affection pour ma mère, je me laissai convaincre de retourner à Barrowteign à Noël pour tenter une réconciliation.

Avant cela, plusieurs événements politiques se produisirent. Le 10 novembre, la conférence sur la réforme constitutionnelle tourna court et le bruit d'une coalition larvée se répandit. Ce n'était pas une surprise pour moi après ce que m'avait dit Lloyd George, lequel, semblait-il, avait vu ses espoirs déçus par la base du parti conservateur. C'était le point faible du plan de Lloyd George, et Asquith avait dû être assez perspicace pour le deviner.

Des élections devenaient inévitables. La date en fut fixée au début du mois de décembre. Prévenue par ma lettre d'octobre, la section locale du parti libéral avait trouvé pour me remplacer un candidat respectable, un Londonien qui avait perdu son siège au mois de janvier. Dans un sens, c'était un soulagement car cela m'évitait d'avoir à donner à Asquith la satisfaction de me démettre de mon siège de député. Mais, par ailleurs, j'étais plus désemparé que jamais, car aucune amélioration ne s'était fait sentir dans mon état depuis l'été.

J'allai à Barrowteign à Noël et essayai de faire bonne figure pour les fêtes, mais la trêve conclue avec mon frère me coûtait. J'évitai ouvertement Florence. Le petit Ambrose, lui, semblait s'amuser et ma mère trouvait un réconfort dans l'apparente unité retrouvée mais, pour moi, ce fut une saison amère. Dans notre comté du Devon, les premiers jours du mois de janvier 1911 furent marqués par d'abondantes chutes de neige et des vents violents. À Dewford, on fêta néanmoins le jour de la fête des Rois, le 5 janvier. Robert et Florence, soucieux de représenter la famille, s'y rendirent. Ne souhaitant pas faire le trajet à pied par un si mauvais temps, Robert décida d'aller au village en voiture. Nous les attendions pour minuit, mais nous ne les revîmes jamais. À leur retour, le destin ne leur permit pas d'aller plus loin que le passage à niveau protégeant la voie ferrée de la vallée de la Teign qui traversait la propriété.

Autant qu'on pût en juger en l'absence de témoin, il fut établi qu'une roue de la voiture s'était coincée dans une fondrière recouverte de neige, entre les voies, à un moment où la tempête rendait la visibilité très mauvaise. Le garde-barrière étant sorti pour se porter au secours d'un des moutons dont il avait aussi la charge, il ne se trouvait personne pour aider Robert à dégager la voiture. Cela n'avait pas dû l'inquiéter car il savait qu'à cette heure de la nuit il n'y avait pas de train. Par malheur, une mer houleuse avait inondé les voies à Dawlish et l'express pour Plymouth qui avait pris beaucoup de retard fut dévié par la vallée de la Teign. Conduisant plus vite que la prudence ne l'eût exigé pour essayer de rattraper le temps perdu, le conducteur n'avait aucune chance de voir la voiture de Robert lorsqu'il prit le virage, juste avant le passage à niveau. Il freina beaucoup trop tard et percuta la voiture de plein fouet. Florence, qui était restée à l'intérieur, fut fauchée avec la voiture, et Robert, qui travaillait sans doute à dégager la roue, fut projeté sur le côté.

On me téléphona à la maison où j'étais assis tristement près du feu. Je descendis en toute hâte jusqu'au passage à niveau. Au milieu des tourbillons de neige, je découvris le conducteur et le mécanicien qui examinaient les débris de la voiture propulsée à cinq mètres du lieu de l'impact. Pour Florence, il était trop tard, mais Robert, qui gisait par terre, atrocement blessé, à quelques mètres du passage à niveau, respirait encore. Il était manifeste pourtant qu'il n'avait plus que quelques instants à vivre. Il parut me reconnaître. Il serra ma main, murmura le nom de son fils, puis mourut dans mes bras.

Ce furent des heures cruelles, et la pensée que j'allais devoir prévenir ma mère qui dormait les rendit plus cruelles encore. Au moment où son fils cadet n'était plus que l'ombre de lui-même, elle allait devoir affronter la perte de son aîné. Après que nous eûmes transporté Robert dans la maison, laissant les autres extraire de la voiture déchiquetée le corps de Florence, je me demandai comment lui annoncer cette terrible nouvelle. Finalement, je dis les choses comme elles étaient, et ma mère se mit à sangloter. J'appelai le docteur pour qu'il prît soin d'elle, pendant que je retournais sur les lieux de l'accident afin d'apaiser par le travail ce lancinant regret de ne plus pouvoir jamais rattraper les paroles dures qui avaient été échangées.

Une semaine plus tard, nous allâmes à l'église de Dewford pour enterrer Robert et Florence. Le soleil brillait et commençait à faire fondre la neige. Ma mère était encore sous le choc de cette double tragédie. Quant à moi, j'étais accablé par ce nouveau coup du sort venu d'une direction inattendue.

Pourtant, la vie devait continuer. Il fallait en particulier s'occuper d'Ambrose, et cette responsabilité aida beaucoup ma mère à reprendre le dessus. Comme j'étais le seul fils qui lui restait, je surmontai de mon mieux mon abattement. J'avais toujours aimé mon jeune neveu et cette affection était réciproque, aussi participai-je à l'éducation d'Ambrose avec l'aide de sa bonne, qui nous fut d'un immense secours. En dehors de cela, je m'occupai de nos terres puisque Robert n'était plus là pour le faire. Je vendis ma maison de Londres et m'installai à Barrowteign. L'administration du domaine occupait tout mon temps, me laissant peu de loisir pour ressasser mon chagrin.

Je continuai à fuir la société et la politique, et lorsque la loi sur la réforme constitutionnelle fut finalement votée en août 1911, mettant fin à deux années de luttes entre la Chambre des communes et la Chambre des lords, je n'y prêtai guère attention. Je savais que je ne pourrais jamais devenir un gentilhomme campagnard de la stature de mon frère, mais je faisais preuve d'une certaine efficacité dans ma vie et mon travail à Barrowteign. C'était une bonne thérapie dans ma situation. Les années passèrent. J'étais incapable d'oublier Elizabeth, mais je parvins du moins à vivre sans elle. Je ne réussis pas à devenir un homme heureux, mais cessai d'être un homme totalement désespéré.

Privé d'une vie politique active, je me tenais régulièrement au courant de ce qui se passait par la lecture des journaux. Un matin, au petit déjeuner, je lus avec un sentiment d'ironie désabusée que Churchill, mon successeur au ministère de l'Intérieur, donnait la preuve de son goût pour le théâtre à Sidney Street. Puis je suivis avec tristesse les transactions désespérées de McKenna (son successeur) avec les suffragettes.

Quant à Elizabeth, je ne pus rien apprendre sur elle malgré ma lecture attentive du carnet mondain, où je recherchais un indice susceptible de me donner de ses nouvelles. J'avais décidé de ne pas entreprendre d'autres démarches, et je m'en tins là car la vie à Barrowteign me suffisait désormais. Je fus néanmoins bouleversé le jour où je lus qu'une suffragette s'était tuée en se jetant sous le cheval du roi au derby de 1913, mais dès que j'eus établi son identité, mon esprit retrouva un semblant de paix.

L'été suivant, cette tranquillité d'esprit me fut retirée. Par une cruelle coïncidence, le matin du 22 juin 1914, quatre ans jour pour jour après qu'Elizabeth et moi eûmes fêté si tendrement l'imminence de notre mariage, je lus dans le Times l'annonce suivante :

Le 20 juin, à l'église St Peter, à Putney, a été célébré le mariage de Mlle Elizabeth Latimer (Sutler Terrace Putney) avec le commandant Gerald Couchman (Garrard Court, South Kensington), ancien officier du régiment du comté du Devon.

Je lus l'annonce une deuxième fois, puis une troisième fois. Que faire ? Que dire ? Les mots dansaient devant mes yeux sans changer de signification. Et plus je les regardais fixement, plus ils paraissaient se railler de moi. Elizabeth mariée, c'était une chose (cela me faisait mal, mais je m'y attendais), Elizabeth mariée à Gerald Couchman, c'en était une autre ! Deux figures de mon passé qui avaient une relation commune : moi !

– Que se passe-t-il, Edwin ?

Ma mère, en face de moi, avait remarqué ma pâleur.

– Rien.

Elle ramassa le journal que j'avais laissé tomber et parcourut la page des yeux.

– Oh! Edwin, dit-elle. C'est cela qui te met dans cet état ? Je comprends ce que tu dois ressentir. Mais cela devait arriver un jour.

– Pas avec lui.

– Je n'ai pas fait attention à son nom. Tu le connais ?

– Vous aussi. Regardez mieux.

– Mon Dieu ! Gerald Couchman... Est-ce possible que ce soit ton...

– Oui, mère. C'est mon ami Couch, même si notre cœur nous dit qu'il ne mérite pas ce nom.

– Je ne savais pas qu'ils se connaissaient.

– Moi non plus. Ils ne se connaissaient pas, j'en mettrais ma main au feu. Ils se sont connus après. Mais quand après ? C'est là la question.

– Que veux-tu dire ?

– Je veux dire que c'est étrange qu'ils se soient rencontrés car, à ma connaissance, je suis la seule personne qu'ils connaissent tous les deux. Et un mystère peut donner la clé d'un autre mystère. Je dois aller à Londres tout de suite.

Je me levai et marchai d'un pas vif vers la porte. La voix de ma mère m'arrêta.

– Que feras-tu à Londres ? Pourquoi retourner là-bas après tout ce temps ?

– J'essaierai de découvrir ce que je peux.

Mère comprit qu'il était inutile d'essayer de m'arrêter. Moins d'une heure après, j'étais prêt à partir. Après avoir donné des instructions à notre intendant, je quittai Barrowteign. Cela faisait trois ans et demi que je n'étais pas retourné à Londres, ne fût-ce que quelques jours, pour ne pas me donner l'occasion de pleurer sur moi-même au souvenir de ce que j'avais perdu. Et voilà que, tout à coup, je roulais à toute vitesse dans cette direction, sans idée précise en tête, porté seulement par la conviction nouvelle que mon stoïcisme avait assez duré et que le sentiment d'injustice qui me rongeait pouvait être justifié.

Londres, lorsque j'arrivai en fin d'après-midi, était assoupie sous la chaleur du plein été. Je dépassai à toute allure les charrettes et les fiacres des banlieues tentaculaires, soulevant dans mon sillage des nuages de fumée et des cris de protestation. J'allai directement à Putney. Là, près de l'église où autrefois j'avais pleuré en plein jour mon amour perdu et où, deux jours plus tôt, la femme de mes pensées s'était mariée avec un autre, j'arrêtai la voiture. Je descendis la rue à pas lents vers Sutler Terrace et observai la maison. Tout était comme dans mon souvenir : les pelouses bien entretenues, l'arche couverte de glycine menant au jardin, le heurtoir en cuivre poli sur la porte d'entrée vert foncé qui, quatre ans plus tôt, m'avait été à jamais fermée. Je poussai la grille et remontai l'allée.

Chose étrange, je marquai une pause avant d'arriver à la porte, la première depuis le début de cette course folle qui avait débuté le matin. Je me demandai ce que je dirais si cette porte s'ouvrait pour moi après ces longues années.

Alors que je restais planté là, indécis, j'entendis une voix dans mon dos.

– Vous cherchez quelqu'un ?

C'était cette chère Mercy. Au ton de sa voix, je sus qu'elle ne m'avait pas reconnu. Lorsque je me retournai, son sourire disparut aussitôt.

– J'avais espéré que vous ne nous importuneriez plus, dit-elle d'un air grave.

– J'y étais décidé, Mercy, mais j'ai lu l'annonce dans le Times, ce matin.

– Eh bien, en quoi est-ce si surprenant ?

– Je ne m'attendais pas à connaître le marié.

– Cela vous donne-t-il le droit d'essayer de gâcher leur bonheur ?

– Qui sait ? Où sont-ils ?

– Ils sont partis en voyage de noces, à l'étranger. Ne me demandez pas où car je ne vous le dirai pas.

– Je ne tiens pas à le savoir.

– Alors pourquoi êtes-vous venu ?

– Pour découvrir comment et pourquoi ils se sont rencontrés.

– Edwin (c'était une sorte de triomphe qu'elle m'appelle par mon prénom), cela n'a rien à voir avec vous. Ils se sont rencontrés peu après votre... après la rupture de vos fiançailles. Gerald connaissait les Lambourne qui l'ont présenté à Elizabeth. Il a su lui redonner goût à la vie. Que vous vous connaissiez est une simple coïncidence.

– A-t-il parlé de l'époque où nous étions ensemble en Afrique du Sud ?

Mercy ne dit rien, mais une lueur de colère fusa dans son regard. Elle passa devant moi, très droite, et marcha jusqu'à la porte.

– Il vous en a parlé ? dis-je.

– Il en a dit le moins possible sur vous. Vous avoir connu n'était pas une recommandation. Mais nous ne lui en avons pas tenu rigueur.

Elle ouvrit la porte et entra.

– Vous a-t-il parlé de ce qu'il a fait à Colenso ?

Mercy me jeta un regard glacial, puis referma la porte derrière elle. Il n'y avait plus rien à faire ni à dire. Je redescendis l'allée. Quelle bêtise, me dis-je, d'avoir essayé de dénigrer le comportement de Couch pendant la guerre alors que la seule chose contre laquelle je voulais me révolter était qu'il ait profité de mon malheur. C'était incompréhensible mais indéniable.

Je traversai lentement Putney Bridge, entrai dans Fulham en direction de Garrard Court, au sud de Kensington Road, un grand immeuble près de Sloane Square. Le liftier me donna le numéro de Couch mais me prévint qu'il était absent pour « cause de lune de miel ». En effet, personne ne répondit.

Je pris alors une chambre dans un hôtel, non loin de là, et passai tristement la soirée au bar à faire le point. J'avais obéi à une impulsion en venant dans la capitale mais mon voyage était un échec. Sans une confrontation avec Elizabeth (ce dont je ne me sentais pas la force) ou avec Couch, je n'avais aucun espoir de découvrir dans quelles circonstances ils s'étaient rencontrés ni par conséquent si leur rencontre pouvait avoir un rapport avec ma disgrâce. En toute logique, j'aurais dû abandonner mais il me suffisait de penser à Elizabeth pour savoir que je ne renoncerais jamais.

C'est ainsi que, le lendemain matin, je me rendis à Rotherhithe, le quartier insalubre où résidait Palfrey, un détective privé dont la police de Londres utilisait de temps en temps *les services à l'époque où j'étais ministre de l'Intérieur. Je n'avais jamais vu Palfrey, ni son bureau, mais ni l'un ni l'autre ne me donnèrent envie de rester plus longtemps que nécessaire pour lui demander de surveiller discrètement les Couchman à leur retour à Londres. Palfrey était un homme peu engageant, mais son dossier inspirait confiance et je laissai l'affaire entre ses mains capables et moites.*

Je me sentais sali d'avoir recours à de tels procédés, mais c'était préférable à rien. Je quittai Londres dans la matinée, dégoûté de moi-même et en plein désarroi, partant dans la seule direction possible : Barrowteign. Ma mère fut soulagée de me voir de retour si tôt. Je lui dis que j'avais vu Mercy mais n'avais rien appris et préférais laisser là mes recherches. Je ne parlai pas de Palfrey.

Sachant qu'Elizabeth et Couch ne devaient pas rentrer chez eux avant la fin du mois de juillet, je ne m'attendais pas à avoir des nouvelles de Palfrey avant la mi-août. Mais, au milieu de l'été, j'eus comme tout le monde d'autres préoccupations. Cinq jours après mon retour de Londres, un archiduc autrichien était assassiné à Sarajevo, dans les lointains Balkans, et, pendant le mois de juillet, des ultimatums de plus en plus agressifs furent échangés entre les grandes puissances de l'Europe, nous entraînant inexorablement au seuil d'une guerre mondiale.

Mon engagement volontaire se trouva accéléré par le fait que, depuis mon départ d'Afrique du Sud, j'étais resté officier de réserve. Au début, en tant que jeune député, j'avais trouvé là une manne inespérée car nous ne recevions, à cette époque, aucun appointement, et lorsque je fus ministre, je ne vis aucune raison de rompre ce lien.

Le matin du 4 août, au moment où je lisais dans le journal que nous serions en guerre avec l'Allemagne avant la fin de la journée, à moins que l'armée allemande, faisant marche sur la France, ne viole pas la neutralité de la Belgique, je reçus une note du ministère de la Guerre annonçant que les réservistes allaient être mobilisés, et que je devais rejoindre mon régiment à Exeter le lendemain à midi.

Ayant senti venir le vent durant les semaines précédentes, je fus moins surpris que ma mère. Malgré l'accablement qui la saisit, je savais que je laissais Barrowteign et le petit Ambrose en bonnes mains. Le lendemain matin, la guerre fut officiellement déclarée. J'étais prêt à partir. Mère, prévoyant la fin des hostilités vers Noël, s'était rassérénée. Je gardais pour moi mes prévisions moins optimistes, pourtant très en deçà de l'atroce réalité des quatre années suivantes qui chassa Elizabeth de mes pensées.

Ma connaissance du monde politique ne m'avait pas mieux préparé que les volontaires inexpérimentés à deviner ce qui nous attendait lorsque nous nous mîmes joyeusement en route pour la France au cours de l'été 1914. Le régiment avait bon moral, convaincu qu'il était de la justesse de notre cause et de la force de notre armée aguerrie en Afrique du Sud et largement de taille pour lutter contre les Allemands. Nous ne manquions pas de résolution et le sentiment d'unité était contagieux, mais je me sentais immunisé. Je crus pourtant à ce que nous disaient les stratèges – que la défaite de l'ennemi était certaine –, pensant qu'ils connaissaient leur affaire. Sir Edouard Grey, mon ancien et estimé collègue, n'avait-il pas dit que les conséquences de la guerre seraient à peine plus dures que les conséquences de la paix ?

La vérité ne fut pas longue à apparaître. La bataille de Mons, à la fin du mois d'août (dans laquelle notre régiment se lança avec conviction et enthousiasme), fut le début et la fin de la guerre à laquelle nous nous étions attendus. Les pertes en vies humaines étaient lourdes et n'étaient compensées par aucune avancée. La bataille ne fit qu'arrêter momentanément les Allemands dans leur marche sur Paris et on creusa des tranchées, de chaque côté d'une ligne nord-est, au nord de la France.

Dans cette guerre de position qui commençait, à quoi servait notre cavalerie, malgré tous ses succès en Afrique du Sud? C'était la ruine de notre stratégie. Attaché pendant la bataille de Mons à l'état-major du commandant en chef, sir John French, je fus ensuite promu capitaine et je pris le commandement d'une section sur le front. J'étais aux premières loges pour observer les méthodes des Français lorsqu'ils prenaient des tranchées extrêmement bien défendues. Ils lançaient l'infanterie et l'artillerie à l'assaut des fils de fer barbelés dans l'espoir d'ouvrir une brèche qui permettrait à la cavalerie de passer. Cela arrivait parfois, et un saillant était fait dans la ligne des tranchées allemandes. Mais un saillant étant exposé sur trois côtés, il était pratiquement impossible à défendre et voué à être encerclé et, finalement, étranglé.

Poursuivre une telle tactique n'était pas seulement inutile, mais criminel. À trop vouloir modifier le rapport des forces, on sacrifiait l'armée régulière. French fut remplacé par Haig, dont l'action fut encore plus catastrophique. Car, tandis que French espérait stupidement ramener la guerre de tranchées à un type de guerre qu'il pouvait gagner, Haig estimait au contraire qu'il fallait la poursuivre jusqu'à ce que les Allemands n'aient plus la force de se battre.

Cette stratégie condamnait les combattants à une mort quasi certaine pour une victoire lointaine, trop chèrement payée. Pourtant, la plupart des soldats n'en avaient pas conscience. Vers la fin de 1914, presque tous ceux de mon régiment avaient été décimés ou blessés et remplacés par de jeunes recrues pleines d'enthousiasme qui se retrouvèrent en train de marcher vers un tombeau boueux, sans raison précise.

Je fus vite écœuré de commander des avancées suicidaires sur le front, mais je continuai à le faire parce que refuser demandait un courage moral que je n'avais pas. J'aurais été accusé de lâcheté (et probablement fusillé), et je me serais senti également coupable de trahison envers mes compagnons d'armes souffrant au combat. Je m'obstinai donc, mais avec un désintérêt grandissant pour mon sort. Je dois peut-être mon salut à cette indifférence qui me préserva de l'impétuosité et de la panique, fatales l'une et l'autre. Je ne remportai pas de médailles mais acquis la réputation de commander à des survivants qui me remerciaient avec dévouement d'être encore en vie, chaque fois qu'on procédait à l'appel. Nous combattions pour nous-mêmes, pas pour les généraux qui décidaient de nos assauts sur les canons ennemis en dégustant du bordeaux, à l'abri dans de lointains châteaux, ni pour la population anglaise qui ne savait rien et ne comprenait rien. Personnellement, je ne me battais pas pour les politiciens qui s'entre-déchiraient. Comme je l'appris plus tard, les coalitions qui se firent et se défirent à Westminster pendant la guerre n'étaient qu'un prolongement de la lutte pour le pouvoir entre Asquith et Lloyd George. Ce fut finalement Lloyd George qui l'emporta. Quant à nous autres, soldats infortunés, nous avions établi une sorte de fraternité avec nos adversaires. La chose la plus sensée que nous fîmes, à la fin de la première année de guerre, fut de poser les armes et de fêter Noël avec les Allemands entre les lignes de démarcation, mais on nous avertit que tous ceux qui esquisseraient le moindre geste de fraternisation avec l'ennemi seraient passés par les armes pour conduite contraire à la morale, comme si tuer et être tué sans raison n'était pas contraire à la morale! Au milieu de cette folie meurtrière, j'appris quelque chose qui m'avait échappé lorsque j'étais politicien: on ne peut diriger convenablement ceux dont on n'a pas partagé les souffrances.

Puis ce fut 1915, et un second Noël. La guerre continuait. Tant d'horreurs avaient eu raison de l'optimisme de ceux qui n'avaient pas encore été tués. Plus personne n'espérait en finir un jour. Pour moi, cela s'acheva au milieu de la pire des folies: la bataille de la Somme, qui dura de juillet à novembre 1916. Je fus exposé à plusieurs doses de gaz moutarde et, début septembre, je reçus un éclat d'obus dans la jambe. Je fus évacué et passai l'automne allongé dans une maison de repos près de Brighton, où ma mère vint me voir tous les jours.

Juste avant Noël, je reçus la visite de Winston Churchill. Je l'avais rencontré un peu plus tôt cette année-là, en traversant Armentières. Il servait alors comme colonel dans le Royal Scots Fusiliers. Il était venu en France après l'expédition désastreuse des Dardanelles, dont il avait été l'instigateur. Il était de retour en Angleterre pour redorer son blason politique mais n'avait rien perdu de son sourire angélique d'homme qui prend tout à la légère, que ce fût dans les tranchées ou au Conseil des ministres. Nous nous étions rencontrés pour la première fois, seize ans plus tôt, sur le bateau qui nous conduisait en Afrique du Sud, et comme il était le seul de mes anciens collègues politiques à s'intéresser à mon sort, je fus heureux de le voir. Il était assis près de mon lit, le visage rayonnant, discourant sur le monde en général et sur la guerre.

– Après notre rencontre en France, je me suis demandé ce que vous étiez devenu, dit-il. Puis j'ai appris que vous étiez ici et voilà, je suis venu.

– C'est gentil à vous de me rendre visite, Winston. Ma jambe ne va pas trop mal. On m'a dit que je pourrai marcher pour le nouvel an. Je boiterai juste un peu. Et vous, que devenez-vous ?

Il se pencha vers moi et me glissa sur le ton de la confidence :

– Je suis de retour à Westminster. Le vent semble de nouveau souffler en ma faveur maintenant que Lloyd George est au 10 Downing Street.

– J'ai lu ça, oui. Alors Asquith est finalement éliminé ?

– Oui, et bon débarras ! Il n'a jamais eu le courage d'affronter la guerre. C'était le meilleur moyen de la perdre. Lloyd George ne laissera rien lui barrer la route. J'ai de grands espoirs.

– Pour lui ou pour vous ?

– Pour nous deux, répondit-il avec un grand sourire.

Je lui souhaitai bonne chance, sincèrement. Un homme qui avait un tel goût pour la vie le méritait. Si la guerre avait chassé mon amertume, une profonde tristesse m'habitait encore, et c'est ce qui me poussa à lui demander une faveur avant qu'il ne parte.

– Puis-je faire quelque chose pour vous, Edwin ?

– Peut-être, oui. Juste avant la guerre, j'ai confié un travail à quelqu'un dont je suis resté sans nouvelles.

– Quelle sorte de travail ?

– Une enquête confidentielle que Palfrey devait faire pour moi. Vous vous souvenez de lui ? Il ne m'a jamais envoyé de rapport, ce qui n'est pas son style. Je lui ai écrit le mois dernier, mais il ne m'a pas répondu. Il se peut qu'il ait déménagé. Pourriez-vous essayer de savoir ce qu'il est devenu ?

– Je ferai ce que je peux, Edwin. Je pourrai en parler aux gens que je connais au ministère de l'Intérieur. Je vous dirai ce que j'ai appris.

– Je vous en serai reconnaissant.

Mais Churchill ne me donna jamais de nouvelles de Palfrey. Je retournai en France en mars 1917, j'oubliai cette histoire d'enquête et fus nommé chef d'escadron mais confiné, à cause d'une jambe boiteuse et de poumons suspects, à des tâches administratives assommantes à l'état-major du régiment. Au mois de mai, j'appris que Churchill avait reçu la récompense qu'il attendait de Lloyd George : le poste de ministre de l'Armement. Quelques semaines après, j'étais chargé, avec le grade de colonel, de la répartition des armes dans notre secteur du front. Churchill m'envoya un mot de félicitations et j'en conclus que je lui devais ma nouvelle affectation. Je m'étonnai après cela qu'il ne m'ait rien dit sur Palfrey. Il avait sans doute d'autres préoccupations plus importantes. J'avais beaucoup à faire et trouvais une sorte de satisfaction amère à faire en sorte que les hommes, s'ils étaient obligés de se battre, puissent au moins être armés convenablement.

Le Secret d'Edwin Strafford

C'est ainsi que je passai les dix-huit derniers mois de la Première Guerre mondiale. Au mois de novembre 1918, l'armistice entérina la reconnaissance réciproque de l'absolue inutilité de nouveaux massacres. Ceux d'entre nous qui avaient eu assez de chance pour survivre n'éprouvèrent aucune allégresse à l'annonce de la victoire, seulement un profond soulagement. Ce que nous fêtâmes, ce fut le retour à la vie. Dans la plupart des cas, cela signifiait le retour dans un foyer, la reprise d'une vie de famille. Pendant les quatre années de guerre, j'avais oublié à quel point j'étais seul.

À la fin de l'automne 1918, Barrowteign accueillit pourtant avec chaleur son fils handicapé, mais plus chanceux que d'autres. Ma mère, au comble de la joie que j'aie survécu, n'en demandait pas plus. Pendant un temps, je ne cherchai rien d'autre moi-même. M'asseoir dans la maison familiale, marcher dans le village où j'étais né, escorter ma mère à l'église, ces petites joies de la vie quotidienne versaient un baume sur les plaies de mon âme. Et je m'en contentai pendant que je récupérais mes forces.

Le pauvre petit Ambrose avait attrapé la grippe infectieuse qui emporta au cours de cet hiver-là tant de gens affaiblis par la guerre. Désireux de hâter sa guérison et de m'occuper, je lui construisis un château fort pour Noël. C'était une tâche dans laquelle je pouvais m'absorber tout entier et trouver une certaine tranquillité d'esprit. Sa joie, lorsqu'il le découvrit sous le sapin de Noël, me récompensa de mes efforts. J'avais mis de nombreuses heures à le dessiner, puis à le construire, et je dus passer encore plus de temps à lui en montrer tous les secrets : l'ouverture du pont-levis, l'emplacement des portes secrètes, la façon de faire entrer un petit soldat à l'intérieur du donjon... Tout cela m'évita d'avoir à satisfaire sa curiosité sur mes aventures à la guerre, que je souhaitais oublier.

— Robert Goddard —

Ce Noël, jouant avec Ambrose sous l'œil attendri de mère, j'étais un homme remis sur pied, mais pour faire quoi ? J'avais recollé quelques morceaux épars de ma vie, mais je savais qu'il manquerait toujours des pièces. Je me mis à repenser à Elizabeth, quoique moins intensément qu'auparavant. Je me souvins de l'enquête que j'avais confiée à Palfrey. J'avais peut-être décidé de ne pas réveiller les vieux démons mais, à vrai dire, peu de choses me distrayaient de mes pensées morbides.

Il me suffit de lire la liste des distinctions honorifiques conférées par le roi à l'occasion de la nouvelle année pour me jeter de nouveau dans l'action. Cherchant dans le Times des noms que je connaissais, je reçus un choc en pleine poitrine en lisant : « Parmi les industriels honorés, Gerald Couchman, fabricant d'armes, a été fait chevalier en reconnaissance de la production exceptionnelle de son usine pendant les quatre années écoulées et de sa contribution à l'effort de guerre durant cette période. »

Ainsi donc, Gerald Couchman, le lâche de Colenso, marié à la femme que je n'avais cessé d'aimer, avait passé quatre années très lucratives à fabriquer des armes de guerre, pendant que je vivais un calvaire dans les tranchées de Flandre, servant une cause en laquelle je ne croyais pas et n'ayant obtenu pour toute récompense que d'avoir échappé à la mort ! C'en était trop.

Je ne dis rien à ma mère et ne lui laissai pas deviner ce que je ressentais. Je lui annonçai simplement que j'irais le lendemain à Londres pour deux ou trois jours, afin de régler quelques affaires.

Le premier matin de 1919, la pénurie de carburant de l'après-guerre immobilisant ma vieille voiture, j'attendais dans la gare de Dewford déserte et glacée, enveloppé dans mon pardessus, le train qui m'emmènerait à Exeter d'où je prendrais l'express pour Londres. Je ne cessais de me demander s'il était sage de remuer une nouvelle fois les cendres de mon passé, mais pouvais-je vivre avec toutes ces questions qui demeuraient sans réponse et continuaient à me tourmenter ? : Pourquoi Elizabeth m'avait-elle rejeté ? Pourquoi avait-elle épousé Gerald Couchman ? En quoi avais-je offensé la femme que j'aimais ?

Après Dewford, le train traversa le passage à niveau où mon frère avait trouvé la mort huit ans plus tôt. Au moins sa mort était-elle purement accidentelle. Ma disgrâce semblait être la conséquence d'une force plus malveillante qui dissimulait ses mobiles. À Londres, j'espérais les découvrir.

Dès mon arrivée, je me rendis dans le bureau de Palfrey à Rotherhithe. C'était la même maison miteuse sous l'arche d'un viaduc, près des docks. Il n'y avait personne. Les métros passaient dans un bruit de ferraille au-dessus de ma tête et il tombait de la neige fondue. C'était un endroit gris et humide, un après-midi de nouvel an d'un froid mortel. Mais j'attendis Palfrey, qui finirait bien par rentrer dans sa tanière. Je posai la main sur son épaule lorsqu'il tourna la clé dans la porte.

– Monsieur Palfrey, vous vous souvenez de moi ?

– Pas vraiment, non.

Il me fit entrer dans son bureau que le froid dehors rendait moins sordide. Il ne l'aurait peut-être pas fait s'il m'avait reconnu tout de suite, car sa peau se plomba lorsque je me présentai et parlai de l'enquête que je lui avais confiée.

– Mais c'était avant la guerre, monsieur.

– Et alors ?

– Je ne pensais pas que je vous reverrais, monsieur. Tellement de choses ont changé depuis.

– Pas mon intérêt pour sir Gerald et lady Couchman.

– Sir Gerald ?

– Vous ne savez pas qu'il a été fait chevalier ?

– Non, monsieur, mais cela ne me surprend pas.

– Pourquoi ?

– C'est un homme qui a des relations, comme vous.

– Mes relations, c'est du passé. Et les vôtres ? Est-ce que le ministère de l'Intérieur fait toujours appel à vos services ?
– Nous travaillons ensemble quand c'est nécessaire. C'est la même chose que lorsque vous y étiez, monsieur.
– Eh bien, et notre affaire, monsieur Palfrey ? Je vous ai payé pour obtenir des informations. Il y a quatre ans et demi de ça, mais cela ne change rien.
– Je n'ai rien à vous dire, monsieur. Vous pouvez reprendre l'argent que vous m'avez donné.
– Pour quelle raison ?
– Mon enquête n'a rien donné.
– Comment ça ?
– Je vous rends votre argent, monsieur, dit-il en posant les mains sur une caisse, et comme ça, nous sommes quittes.
– Avant même le début de l'enquête ?
– Oui, dit-il, et après m'avoir lancé un regard éloquent, il ajouta : Avant même le début de l'enquête.

Il avait fourré quelques billets sales dans ma main. La moiteur de ses paumes s'était communiquée aux billets. Palfrey était un homme qui avait peur. Désespérant d'en tirer quelque chose, je me dirigeai vers la porte.

– Une dernière chose, monsieur Palfrey, dis-je au moment de sortir, comme si cela me revenait brusquement. Vous devez connaître M. Churchill, un de mes successeurs ?
– Oui, monsieur.
– Est-il venu, lui ou quelqu'un d'autre, vous poser des questions de ma part sur cette enquête ?
– Non, monsieur.
– Il y a deux ans environ.
– Non, jamais, monsieur.

Il mentait. Je le sentais. Mais je savais aussi qu'insister ne servait à rien. Je fis tomber les billets de ma main, le laissant se baisser pour les ramasser. La conviction qu'il me mentait me donna une jubilation étrange : pour la première fois, j'avais la preuve qu'il y avait dans ma disgrâce autre chose qu'une fatalité ; c'était l'œuvre d'une volonté humaine s'acharnant après moi. Pour un soldat, surtout après la guerre que je venais de faire, c'était une consolation de savoir que l'ennemi existait réellement.

Je passai la nuit dans un hôtel près de Leicester Square pour mettre au point une stratégie. Je n'avais pas besoin de Palfrey pour le renseignement que je cherchais. Je trouvai dans l'annuaire l'adresse des usines Couchman à Woolwich, et l'adresse personnelle de Gerald V. Couchman à Hampstead. Mais je n'avais pas l'intention d'affronter Couch dans l'un ou l'autre de ses repaires sans approfondir au préalable la question non résolue du silence de Palfrey. Rétrospectivement, je trouvai suspecte la visite pleine de sollicitude de Winston Churchill lors de mon hospitalisation. Je lui avais demandé de me donner des nouvelles de Palfrey, mais tout ce que j'avais reçu de lui était une nouvelle affectation.

En conséquence, le lendemain matin, je téléphonai au ministère de la Guerre, et on me passa Churchill après que j'eus répété plusieurs fois mon nom. C'était la période des vacances parlementaires ; disposant par conséquent d'un peu plus de temps qu'à l'ordinaire, il se dit ravi de déjeuner avec moi. En fait, je ne l'avais jamais vu refuser une invitation à déjeuner, aussi occupé fût-il. Son appétit et son ambition ne connaissaient pas de limites. Pour être juste, son sentiment d'humanité non plus, et c'est là-dessus que je comptais.

Chez Gaspard, sur le Strand, convenait mieux aux gourmands qu'aux gourmets, et je n'étais ni l'un ni l'autre, mais Churchill attaqua le repas avec un bel appétit, me laissant, entre les plats, poser les questions que je voulais.

– Nous avons eu de la chance, Winston, d'avoir survécu à l'été de 1916.

– C'est vrai, Edwin. Mais cela me fait encore plus plaisir de vous revoir. Il vous a fallu encore supporter deux ans de cette chose immonde.

– Presque dix-huit mois. Mais j'ai été affecté à un poste intéressant et plus sûr. J'ai toujours pensé que vous y étiez pour quelque chose.

– Peut-être bien, dit-il avec un grand sourire, puis il redevint sérieux. Mais ne vous méprenez pas. Les mouvements de munitions étaient d'une importance capitale à ce stade de la guerre. Nous avions besoin de gens pondérés et fiables comme vous.

– Je vous remercie.

– Mais c'est la vérité. Les gens oublient vite que mon ministère et ceux qui l'ont servi ont contribué à écourter la guerre.

– On le leur rappelle, Winston. J'ai lu dans le journal, il y a quelques jours, qu'un de vos fournisseurs avait été fait chevalier.

– C'était mérité, certainement.

– Votre affirmation me rassure parce que, moi, j'en doute.

– Que voulez-vous dire ?

– J'étais avec Gerald Couchman en Afrique du Sud. Vous l'avez peut-être rencontré là-bas.

– Je ne pense pas. Mais que voulez-vous dire ?

– Gerald Couchman nommé chevalier, cela me fait froid dans le dos.

La fourchette de Churchill se figea entre son assiette et sa bouche.

– Couchman est un brave homme. Ce n'est pas votre genre de calomnier les gens.

– Je m'aigris peut-être en vieillissant.

– Vous êtes plus jeune que moi.

Il avait raison. Il prenait de plus en plus d'embonpoint alors que la guerre m'avait obligé à garder la ligne, mais cela ne m'empêchait pas de me sentir plus vieux que lui.

– Les états de service de Couchman durant la guerre des Boers ne sont pas ceux d'un chevalier, et il se pourrait bien que sa carrière commerciale ne supporte pas un examen minutieux.
– C'est du dénigrement, Edwin. Couchman a été mon meilleur fournisseur. Il en a fait assez pour rattraper ses défaillances présumées dans le passé. Il vaut mieux oublier, parfois, vous savez.
– Vous déploriez tout à l'heure que les gens aient la mémoire courte.
– Je parlais de la guerre que nous venons de gagner. Ceux qui ont fait leur devoir méritent une récompense. Les femmes qui ont travaillé dans les usines nous ont fait oublier celles qui lançaient des briques et des bombes. Nous allons leur donner le droit de vote. La femme de Couchman, elle-même...
– Oui ?

Mon interruption rendit Churchill méfiant. Il poursuivit plus lentement :
– On m'a dit qu'elle avait été admirable comme infirmière volontaire. Elle mérite d'être décorée tout autant que son mari. C'est tout.

Cette mention d'Elizabeth me fit l'effet d'une douche froide. Mais j'étais résolu à insister.
– Je retire ce que j'ai dit. Mais à propos de mémoire, vous rappelez-vous ce que je vous avais demandé quand vous êtes venu me voir à l'hôpital ?
– Non.
– Vous avez accepté de prendre contact avec Palfrey, l'un des détectives qui travaillaient pour le ministère de l'Intérieur, pour savoir où en était l'enquête que je lui avais confiée.
– Je regrette, Edwin, je ne m'en souviens pas. Il se peut que j'aie oublié. C'était une époque si mouvementée !
– Alors, vous n'avez pas contacté Palfrey ?
– Non, ça, je ne l'aurais pas oublié. Cela a dû me sortir de la tête. Le pays était en ébullition à ce moment-là.

– Ne trouvez-vous pas étrange que Palfrey ait oublié lui aussi ?
– Pas vraiment. La guerre a pu affecter même des gens comme Palfrey.
– Moi, je trouve cela étonnant. Palfrey a la réputation de bien faire son travail.
– Il est vrai que les hommes comme lui défendent d'ordinaire leurs intérêts avec zèle.
– Oui.

Un silence s'installa entre nous, et j'annonçai qu'il me fallait prendre congé. Je réglai l'addition et me levai. Churchill s'attardait avec son café et ses cigares, l'air blessé et perplexe. Il me dit adieu sans se lever.

– Adieu, Winston, dis-je en enfilant mon pardessus. J'espère que je ne vous ai pas gâché votre repas. Je trouve très intéressante votre idée du devoir qui compenserait des fautes anciennes, ou supposées telles.
– Je suis heureux de l'entendre.
– Je me demande pourquoi une telle règle ne peut s'appliquer dans mon cas.

Je partis avant qu'il ait eu le temps de répondre. Ses silences avaient été plus révélateurs que ses paroles. Chez un homme habituellement si loquace, c'était pour le moins surprenant. Le fait qu'il dise avoir oublié ma demande concernant Palfrey, ajouté au refus de ce dernier d'accepter une tâche qu'il aurait en temps normal exécutée avec zèle, faisait penser à une conspiration. Si j'en avais su autant avant la guerre, je me serais déchaîné. À présent, je ne savais comment retrouver mon chemin à travers les trous d'obus de mon passé. Seule la réaction des uns et des autres me disait qu'il y avait une piste à suivre.

Cela me conduisit le lendemain matin à Woolwich, à l'usine d'armement de Couchman. C'était un grand bâtiment en brique, arrondi sur le dessus comme le dos d'une baleine et cerné de hauts murs projetant leur ombre sur une construction plus petite abritant des bureaux, vers laquelle je portai mon attention. J'étais arrivé de très bonne heure, sous une pluie battante, et je m'étais mêlé aux ouvriers qui, à l'aube, avaient franchi les grilles d'un pas lourd quand avait retenti le mugissement d'une sirène. Je fis le tour de l'usine qui, derrière, donnait sur des voies de chargement. Puis je revins vers les grilles et commençai ma ronde dans l'attente du directeur général.

Il arriva à 10 heures. La pluie s'était arrêtée en son honneur, et l'usine en pleine activité bourdonnait comme une ruche. Il entra au volant d'une majestueuse Bentley bleue, sans faire attention à l'homme en pardessus qui se tenait près de l'entrée, les yeux fixés sur lui. Il descendit de sa voiture d'un mouvement souple et alerte. Tiré à quatre épingles, les cheveux lissés, les dents serrées sur un fume-cigarette, écharpe et gants blancs, l'air assuré, il gravit en quelques enjambées les marches qui menaient au bâtiment administratif. C'était étrange de le revoir après tant d'années. Il n'avait pas vraiment changé, mais je ne pourrais plus jamais le regarder de la même façon depuis qu'il m'avait pris ce que j'avais de plus cher. L'hédoniste insouciant était devenu un homme cossu. En cet instant, je le détestai de tout mon être à cause de sa réussite dans tous les domaines où j'avais échoué. Il avait connu les honneurs, non la disgrâce ; la guerre l'avait enrichi, elle m'avait appauvri. Il partageait sa vie avec Elizabeth, je me nourrissais de chimères.

Nous avions le même âge, mais Couch avait monté les marches en bondissant comme un homme jeune et sûr de lui. Il n'y avait pas que mon boitillement qui sapait mon énergie. Mais je n'étais pas encore un homme fini. Au moment où il atteignait la porte, je l'appelai.

– Couch !

Il s'arrêta net, puis se retourna lentement. La perplexité se lisait dans son regard.

– Cela fait des années qu'on ne m'a pas appelé comme ça, dit-il. Est-ce que nous nous connaissons ?

J'avançai jusqu'au bas de l'escalier.

– Oui.

J'ôtai mon chapeau, un geste ni amical ni respectueux, juste pour l'aider à retrouver la mémoire, et, levant les yeux, je le regardai sans sourire. Il perdit une partie de son assurance. Oui, il me connaissait.

Je le rejoignis en haut des marches.

– J'aimerais échanger quelques mots avec toi, Couch.

– Soit. Allons dans mon bureau.

En disant cela, il se ressaisit quelque peu. Il passa devant moi pour me montrer le chemin. L'entrée était sombre mais richement décorée ; un canapé et des fauteuils en cuir, des plantes vertes au pied d'un large escalier. À droite, derrière un comptoir, une jeune fille à l'air sérieux et portant des lunettes était perchée devant un standard téléphonique. Dans le fond, se trouvait une porte. Par l'un des battants resté ouvert, on apercevait une grande salle où s'affairaient des employés de bureau et des sténographes.

– Bonjour, monsieur, euh, sir Gerald, dit la jeune fille avec les lunettes.

Couch, sans répondre, me fit signe de le suivre dans l'escalier. Du coin de l'œil, je vis la jeune fille faire la moue. En haut, nous allâmes directement dans le bureau d'une secrétaire.

– Qu'on ne me dérange pas, Dorothy, dit Couch à la femme assise derrière une table, interloquée par la brusquerie du ton.

Puis nous entrâmes dans son bureau et il referma la porte derrière nous.

C'était une grande pièce claire avec un épais tapis et des peintures à l'huile représentant de vieux messieurs à favoris. Sur un mur, se trouvaient plusieurs diplômes d'excellence technique encadrés et une carte du monde. Les fenêtres derrière le bureau de Couch donnaient sur les voies de chargement.

Au-delà, on apercevait les silhouettes des grues et des portiques à signaux sur les quais de marchandises bordant la Tamise.
– Assieds-toi, Edwin, dit Couch. Tu as l'air d'en avoir besoin.
Je m'assis dans un fauteuil en cuir placé devant son bureau.
– Ma jambe se raidit quand je reste debout un peu trop longtemps, dis-je.
– Une blessure de guerre ?
– Oui. La Somme.
– Je suis désolé. Tu m'attends depuis longtemps ?
– Quelques heures.
– Tu dois avoir quelque chose d'important à me dire, alors.

J'avais eu du mal à contenir ma colère pendant cet échange de fausses politesses, et sa dernière remarque me fit sortir de mes gonds.
– Oui, j'ai quelque chose d'important à te dire, Couch. Tu as brisé ma vie.
– Est-ce nécessaire d'être aussi mélodramatique, vieux ?

Un ancien combattant éclopé avait un avantage sur un contemporain ramolli par le succès : une force nerveuse que la colère à cet instant décupla. Je me levai, tendis le bras par-dessus son bureau et, le saisissant par le col de son veston à fines rayures, le soulevai de son fauteuil.
– Il y a de quoi être mélodramatique... vieux, dans certaines circonstances.

Là-dessus, je le laissai retomber sur son séant. Il semblait effrayé par cette démonstration de force.
– Très bien, dit-il en hâte. Cartes sur table. Que veux-tu de moi ?
– Une explication.
– À quoi cela sert-il ? J'ai réussi. Pas toi. Une question de chance, c'est tout.
– Parle-moi d'Elizabeth.
– Tout était fini entre Elizabeth et toi quand je l'ai rencontrée.

– Comment l'as-tu rencontrée ?
– Par des amis communs. Les Lambourne. J'ai courtisé Elizabeth parce que j'ai compris que c'était une femme qui serait bonne pour moi. J'ai eu la chance de la convaincre de m'épouser.
– C'était quand ?
– Nous nous sommes rencontrés pour la première fois, voyons, à la fin de 1910 ou au début de 1911. Je ne me souviens plus très bien.
– Étrange, non ?
– Je n'ai jamais été très fort avec les dates, dit-il avec un petit sourire qu'il réprima très vite.
– Tu t'es marié le 20 juin 1914.
– Oui, ça, je m'en souviens très bien.
– Bon. Et tout ça ? dis-je en indiquant d'un geste de la main le bureau et l'usine derrière.
– La chance, là aussi. Mon père est mort un an avant notre mariage. Nous ne nous voyions plus, mais il m'a laissé malgré tout un beau pécule. Elizabeth m'avait appris à ne pas dilapider mon argent, alors j'ai investi une partie de mon héritage dans cette affaire. J'ai racheté la part d'un certain Pound, qui fabriquait des fusées de feu d'artifice. J'ai beaucoup investi dans le matériel : nouvelles machines pour obus et d'autres du même genre. Il s'est trouvé que c'était juste le bon moment.
– La guerre a donc été une aubaine pour toi.
Il perçut le sarcasme.
– Oui. Mais il fallait bien que quelqu'un fasse le sale boulot et nous l'avons bien fait. J'ai soumissionné à toutes les adjudications et j'ai décroché tous les contrats. Lorsque Lloyd George a activé la production, je me suis agrandi. Nous avons respecté les délais prescrits et produit des armes fiables. Les militaires m'ont remercié pour ma contribution à l'effort de guerre.
– Ne t'attends pas à recevoir mes félicitations.

– Je ne m'y attends pas. Mais ne pense pas que je vais m'excuser d'avoir réussi. Je sais quel enfer cela a dû être pour toi en France, mais j'ai travaillé dur ici pour avoir tout ça. J'ai traversé aussi des moments difficiles. Rappelle-toi, tu as quitté l'Afrique du Sud pour préparer les élections en Angleterre alors que moi, je suis resté prisonnier d'une guerre qui s'est prolongée deux longues années !

– Estime-toi heureux de savoir pourquoi la chance a tourné pour toi, Couch. Ce qui m'est arrivé reste pour moi un mystère. Raconte-moi ce que tu as fait en Afrique du Sud.

– Ce n'était pas comme à Colenso, si c'est à ça que tu penses. Kitchener a fait enfermer toute la population dans des camps de concentration que nous étions chargés de surveiller sous les balles de francs-tireurs qui nous tiraient dessus. Quand ça a été fini, j'ai été muté aux Indes et, là-bas, j'ai bu, la passion du jeu m'a repris, et j'ai joué aussi au polo. Quand j'en ai eu assez, j'ai démissionné et je suis rentré en Angleterre.

– Et puis ?

– Puis j'ai rencontré Elizabeth. C'est la meilleure chose qui me soit jamais arrivée.

J'agrippai les bras du fauteuil pour me contenir.

– Pour moi aussi, ce fut la meilleure chose de ma vie.

– Alors, tu n'aurais pas dû la laisser partir.

– Je ne l'ai pas laissée partir. Tu dois le savoir.

– Pas du tout. Elizabeth ne m'a jamais dit pourquoi tu avais rompu avec elle et je n'ai jamais insisté. C'est une chose dont elle ne veut pas parler. Un souvenir pénible qui a plus de chances de guérir tout seul.

Soudain, je me surpris à remettre en question ma colère contre lui. Que je fusse jaloux de sa réussite, c'était indéniable. Qu'il eût gagné ce que j'avais perdu, l'amour d'Elizabeth, cela m'était insupportable. Mais pouvais-je encore lui reprocher que le sentiment de l'honneur et le courage lui aient fait défaut par le passé ? Elizabeth avait pu avoir sur lui une influence bénéfique.

Il restait pourtant dans cette histoire des points obscurs et j'étais tenaillé par le besoin de les éclaircir. C'était tout ce qui me restait : découvrir la raison de ma disgrâce. Couch ne savait peut-être rien. Il était peut-être l'heureux bénéficiaire du malentendu entre Elizabeth et moi. Il avait toujours profité du malheur des autres. Pourtant, quelqu'un savait quelque chose, car on avait empêché Palfrey de suivre la piste pouvant me conduire à une réponse. Mais qui et pourquoi ? Quelqu'un savait mais personne ne disait rien. Surtout Gerald Couchman, assis en face de moi dans son somptueux bureau de directeur général avec un air de chien battu, et pourtant j'étais prêt à jurer qu'il se moquait secrètement de moi.

– Pourquoi ne pas laisser tomber, Edwin ? dit-il. Pourquoi ne pas vivre ta vie et nous laisser tranquilles ?

Je ne répondis pas. Ma vie, on me l'avait prise, il y avait bien longtemps. La seule autre personne qui pouvait peut-être m'en dire davantage était celle que je redoutais le plus de rencontrer. Mais avant, je n'en avais pas tout à fait fini avec Couch.

– Je ne peux pas m'empêcher de remarquer, dis-je, que tu as servi d'anciens collègues, Lloyd George, Churchill, et qu'ils te l'ont bien rendu.

– Les deux ministres de l'Armement, Edwin.

– Lloyd George est Premier ministre, à présent. Et on dit qu'il suffit de bien le payer pour avoir une décoration. Qu'est-ce que tu as donné pour le titre de chevalier ?

Couch s'emporta :

– Ça suffit. Tu n'as pas le droit de m'insulter.

– Est-ce que des tas de gens ne seraient pas surpris d'apprendre qu'un chevalier de la Couronne s'est conduit à Colenso comme tu l'as fait ?

– Économise ta salive, Edwin. Personne ne croirait jamais tes insinuations perfides.

– *Ce ne sont pas des insinuations, c'est la vérité.*
Couch se leva et marcha jusqu'à la fenêtre. Il regarda l'activité dans la cour au-dessous de lui. Puis il se retourna.
– *Nous sommes ce que nous sommes, Edwin. Mais aussi surprenant que cela puisse te paraître, je suis meilleur qu'avant. J'emploie des centaines de personnes et je gagne beaucoup d'argent, mais ce n'est pas ce que j'entends par meilleur. Vois-tu, j'ai une femme adorable et un fils...*
– *Un fils ?*
– *Oui. Il est né l'été dernier. Ma femme et mon fils m'ont donné un foyer, mais aussi des responsabilités. Je ne suis plus le jeune propre-à-rien que tu as connu, ni le lâche que tu penses que je suis. Je ne regrette pas d'avoir réussi là où tu as échoué avec Elizabeth, mais ça ne m'empêche pas d'être désolé pour toi. Beaucoup de gens sont rentrés de la guerre très démunis. Si je peux faire quelque chose pour toi, sur le plan matériel, je serai heureux de...*
Je me levai de mon fauteuil et le regardai droit dans les yeux.
– *La charité est la dernière chose que je veux de toi. Je vais te dire le fond de ma pensée, tu en feras ce que tu veux. Je ne sais pas pourquoi Elizabeth a rompu ses fiançailles et peut-être ne le saurai-je jamais. Mais si j'apprends un jour que tu as joué un rôle dans notre séparation, je te tuerai. Tu as ma parole de gentleman.*
Le pensais-je vraiment ? Je ne sais pas. Dans le feu de ma colère, je suppose que je devais le penser. En tout cas, le teint blême de Couch m'apprit qu'il n'en doutait pas un instant.
– *Juste après ton mariage*, poursuivis-je, *j'ai engagé un détective privé pour enquêter sur toi, mais quelqu'un de haut placé y a mis le holà. Comme je n'avais parlé de cette démarche qu'à une seule personne, c'est elle que je soupçonne. Il se trouve que c'était l'un de ces ministres de l'Armement que tu as servis si fidèlement pendant la guerre. Même si je ne peux rien prouver,*

j'ai le sentiment que de telles coïncidences ont quelque chose de suspect. Tu es peut-être innocent, mais cela m'étonnerait.

– Je t'ai dit que j'avais changé.

– Pas tant que ça.

Je marchai vers la porte.

– Edwin, dit-il, réfléchis à ma proposition quand tu seras calmé.

Je marquai une pause. Il vint à côté de moi et ajouta en confidence :

– Ne laisse pas passer une bonne occasion. Après tout, dans le passé, tu ne t'es pas gêné.

– Que veux-tu dire ?

– Il faut regarder les choses en face, vieux. Je n'ai pas épousé une vierge.

Avant que le dessin de sa bouche ait eu le temps de s'élargir en un sourire intolérable, mon poing partit. Le coup l'atteignit au menton et l'envoya rouler sur son épais tapis turc.

– C'est faux, tu n'es pas meilleur qu'avant, dis-je. Tu es même pire que je ne le pensais.

Je tournai les talons et sortis en claquant la porte, croisai le regard curieux de la secrétaire et me dépêchai de quitter le bâtiment.

La résidence des Couchman à Hampstead était une grande maison à pignons construite à l'écart de la route, au milieu d'un terrain boisé. En une autre saison, je n'aurais pas pu apercevoir grand-chose derrière les grilles en fer forgé et l'allée qui faisait une courbe. Mais la première fois que j'y allai, l'après-midi du jour où j'avais vu Couch, ce que je vis à travers les branches nues des arbres ne me donna pas beaucoup de renseignements. Je m'attardai sur le tapis de bruyère bordant la route, à la hauteur de la maison. N'ayant pas le courage d'entrer, j'attendis tout l'après-midi une occasion propice qui ne se présenta pas. Un vagabond tourna autour du banc sur lequel je m'étais assis en me lorgnant du coin de l'œil. Le soleil déclina lentement et rien d'autre ne se passa jusqu'au moment où la Bentley de Couch remonta l'allée. Il était temps que je me retire.

Le samedi, il faisait beau et froid. La bruyère était encore recouverte de givre lorsque j'arrivai à Hampstead au milieu de la matinée. J'allai jusqu'à mon poste d'observation en m'obligeant à marcher d'un pas nonchalant. La guerre m'avait appris à être patient dans les longs intervalles entre les assauts, et à savourer les accalmies. De la guerre, j'avais aussi hérité une toux épuisante que l'air froid n'arrangeait pas et qui me rendait moins discret que je ne l'aurais souhaité. Je n'en restai pas moins à mon poste jusque dans l'après-midi. À ce moment-là, le soleil était plus fort et, bien emmitouflé sur un banc, je pouvais presque avoir l'impression qu'il faisait chaud. J'avais dû m'absorber dans mes rêveries, ou peut-être même m'assoupir car, à un moment donné, j'aperçus dans l'allée une femme qui poussait un landau. Lorsqu'elle arriva à la grille, je compris que ce n'était pas une bonne d'enfant, mais Elizabeth en personne.

Je n'avais pas revu Elizabeth depuis ce jour terrible où elle m'avait rejeté de sa vie, en juin 1910. Comme elle traversait la route, je remarquai que le temps n'avait pas eu prise sur elle. Elle avait gardé la même silhouette élégante. Vêtue d'un manteau noir bordé de fourrure et d'une capuche, c'était une jeune femme fière de montrer son fils à une petite partie du monde. Elle s'engagea dans un chemin sinueux qui la fit s'éloigner de l'endroit où j'étais assis, puis elle revint en décrivant un cercle en contre-haut de la route. Elizabeth ne jeta pas un coup d'œil vers la sombre silhouette sur le banc.

Lorsqu'elle se trouva loin de moi, je quittai mon poste et gravis en toute hâte la pente derrière le banc jusqu'à une rangée d'arbres bordant le chemin par lequel Elizabeth allait forcément revenir, et j'attendis, appuyé contre un arbre. J'allumai une cigarette pour calmer ma nervosité, car si mon cœur cognait à grands coups dans ma poitrine, ce n'était pas uniquement à cause de l'effort que j'avais fourni dans l'air froid avec une jambe et des poumons en mauvais état.

Lorsqu'elle vint vers moi, Elizabeth distrayait l'occupant du landau en remuant les doigts. Puis elle leva les yeux et me regarda. Je la regardai aussi, admirant son beau visage qui m'avait si souvent hanté pendant huit ans et demi. Bien que je fusse devenu un homme grisonnant, au visage sévère, elle me reconnut tout de suite mais ne dit rien. Notre silence bouleversé était plus silencieux que l'air autour de nous.

– Vous ne fumiez pas, dit-elle enfin d'une voix aussi blanche qu'elle.

– Beaucoup de choses ont changé, dis-je.

Je marchai jusqu'au landau et jetai un coup d'œil à l'intérieur. Un bébé fixa sur moi ses grands yeux. J'étais comme hypnotisé par son regard innocent, sachant qu'en d'autres circonstances il aurait pu être mon fils. Puis je remarquai les mains d'Elizabeth crispées sur la barre du landau.

– Comment s'appelle-t-il ?

– Henry.

Je me sentais étrangement frustré par le calme avec lequel nous nous parlions, comme si des récriminations eussent été préférables à cette indifférence glaciale. J'étais mal préparé à accepter que nous ne fussions l'un pour l'autre ni des amis ni des ennemis, mais juste des étrangers.

– Vous ne semblez pas surprise de me voir.

– Gerald m'a dit ce qui s'est passé hier. Je craignais que vous ne soyez pas satisfait tant que vous ne m'auriez pas rencontrée, bien que je ne voie pas ce que vous pouvez espérer y gagner.

– La vérité.

– Vous la connaissez. Vous m'avez cruellement trompée.

– Je n'ai jamais fait une chose pareille.

– Je me suis remise peu à peu, avec l'aide de Gerald, et, en devenant sa femme puis la mère d'Henry, j'ai commencé une nouvelle vie. Je ne vous veux pas de mal, mais je vous en prie, comme je vous en ai prié autrefois, laissez-moi, laissez-nous. Est-ce trop demander ?

— Je vous laisserai quand vous m'aurez dit la vérité.

— Je ne peux rien vous dire que vous ne sachiez déjà.

— Si. Tout ce que je vous demande est de me dire en quoi je vous ai trompée.

Elizabeth rougit et fit mine de s'en aller, mais je posai la main sur la capote du landau.

— Elizabeth, je vous en prie, dis-je d'un ton suppliant. Pour l'amour de Dieu !

Elle posa alors sur moi un regard de mépris. Je m'étais attendu à de la colère ou à de la douleur, mais pas à voir dans ses yeux que je n'étais pour elle qu'un être méprisable. Cela me fit mal. J'eus envie de fuir pour mettre fin à mon agonie. Mais cette agonie, je le savais, ne pourrait prendre fin tant que je n'aurais pas éclairci cette méprise.

— Voulez-vous m'écouter ?

— Dites ce que vous avez à dire.

— Je vous aime, Elizabeth. Je vous aime depuis que je vous ai rencontrée et vous le savez. J'ai tout risqué pour vous et j'ai tout perdu, vous y compris. Je ne vous ai jamais trompée, en aucune manière. Je suis allé à Putney aussitôt après avoir démissionné de mon poste de ministre de l'Intérieur. J'ai été reçu comme... comme un criminel à qui on refusait de dire son crime. J'ai toujours la même impression. C'est trop dur à supporter. Je vous en prie, dites-moi ce que j'ai fait de mal.

— Vous avez fini ?

— Pas tout à fait. Avez-vous une idée de ce que j'ai ressenti en lisant dans le journal que vous aviez épousé Gerald Couchman ? Pourquoi lui, entre tous ?

— N'essayez pas de rabaisser Gerald à mes yeux. Vous n'y parviendrez pas et cela ne fera qu'accroître mon dégoût pour la façon dont vous vous êtes conduit.

– *Elizabeth, je vous ai perdue, j'ai perdu ma carrière, à cause de quelque malentendu horrible qu'on ne m'a jamais donné la chance d'éclaircir.*
– *Il n'y a pas de malentendu.*
– *Je vous implore. Pensez que l'on a pu vous abuser.*

Il était étrange qu'en cet instant je choisisse les mots de Cromwell pour formuler une dernière prière. Ces paroles vinrent sur mes lèvres naturellement, dans une tentative désespérée pour semer le doute dans l'esprit hostile auquel je m'adressais. Et, l'espace d'un instant, son regard se voila, une ombre passa sur son visage. Mais je gâchai ce léger avantage en essayant de l'exploiter d'une façon maladroite.

– *Gerald vous a-t-il parlé de sa conduite à la bataille de Colenso ?*

Elizabeth me regarda avec pitié.

– *Pensez-vous que ce soit comparable ?* dit-elle doucement. *Gerald n'est peut-être pas un homme parfait, mais c'est un homme brave et honnête. Colenso a été une des premières choses dont il m'a parlé. Il y a une grande confiance entre nous, pas des mensonges. Maintenant, laissez-moi partir.*

Je lâchai le landau et Elizabeth passa devant moi. Je restai planté là, ne sachant plus quoi dire, désespéré par cet échange en pure perte. Les paroles d'Elizabeth résonnaient dans ma tête : « *Pensez-vous que ce soit comparable ?* »

– *Comparable à quoi ?* criai-je.

Elle tourna la tête vers moi.

– *Laissez-nous tranquilles, Edwin. Je n'ai rien de plus à vous dire. Je peux vous pardonner, si c'est ce que vous voulez, mais pas oublier. Allez en paix et laissez-nous en paix.*

À ces mots, elle poursuivit sa route. Je ne la suivis pas. Je sentais au caractère définitif de ses paroles que je ne la reverrais jamais, que je n'éluciderais pas le mystère de ma disgrâce et, par conséquent, ne trouverais jamais la paix qu'elle me souhaitait. L'élégante silhouette vêtue de noir s'éloigna sur le chemin et se mêla bientôt aux autres promeneurs, sortant pour toujours de mon univers en miettes, sans un regard en arrière. Je restai debout sur le chemin, impuissant, la regardant partir, dépouillé de tout, y compris du plus léger espoir. N'oublie jamais, me dis-je, fixe dans ta mémoire ce jour de janvier où tu regardas une dernière fois la femme de ta vie disparaître au loin dans le crépuscule froid et humide qui montait furtivement du cœur de Londres.

Le dimanche, je restai dans ma chambre d'hôtel, décidant qu'il valait mieux, dans l'état d'abattement où j'étais, épargner ma compagnie aux autres clients. Je marchai de long en large, regardai par la fenêtre, fumai plus qu'il n'aurait été souhaitable, et échangeai quelques mots avec la serveuse qui m'apporta mon repas.

Je voulais profiter de cet isolement pour chasser de mon esprit la pensée obsédante d'Elizabeth. J'y parvins dans une certaine mesure. Notre entrevue à Hampstead Heath m'avait appris que je n'avais aucun espoir de la reconquérir. Après cela, mon désir obstiné de savoir pourquoi risquait de devenir morbide. Le lundi, je résolus de ne plus y penser. C'était le jour de la fête des Rois, le huitième anniversaire de la mort de mon frère. Je ne devais pas laisser ma mère seule en proie à des idées noires. Je décidai de rentrer dans le comté du Devon.

Je l'aurais fait si une lettre que je trouvai à la réception de l'hôtel n'avait modifié mes projets. C'était une enveloppe cachetée apportée par un courrier. Dans ma précipitation, je déchirai l'enveloppe. C'était un mot de la main de Lloyd George, le Premier ministre, me demandant de passer le voir le jour même. Que pouvait-il bien me vouloir ? Ma résolution de quitter Londres ne résista pas à un tel appât. J'étais à Downing Street moins d'une heure plus tard, trouvant étrange d'entrer au numéro 10 occupé par un nouveau locataire. L'atmosphère aussi avait changé. Le calme qui régnait du temps d'Asquith *avait disparu. Des employés et des secrétaires se hâtaient le long des couloirs où s'empilaient des dossiers et des cartons d'emballage. Mlle Stevenson, qui m'escorta, m'expliqua que la plus grande partie du personnel serait à Paris dans moins d'une semaine pour assister Lloyd George à la conférence de la Paix. J'exprimai alors mon étonnement qu'il ait dans ces conditions le temps de me recevoir.*

– Il voulait absolument vous voir avant de partir, dit-elle d'un air joyeux.

– Je suis flatté, dis-je sèchement.

Une secrétaire affairée sortit du bureau du Premier ministre. Mlle Stevenson m'introduisit puis repartit aussitôt, me laissant seul avec Lloyd George. Nous nous dévisageâmes avec circonspection. Les années et le succès avaient fait de lui un autre homme. Ses cheveux étaient devenus gris, son visage était plus marqué. Il devait noter de son côté que les années et les échecs m'avaient fait aussi quelques faveurs. Il se leva et me serra la main.

– Asseyez-vous, Edwin, asseyez-vous, dit-il en approchant un fauteuil. Ça fait longtemps.

– De longues années.

– Pendant lesquelles beaucoup de choses ont changé. Mais vous, que devenez-vous ?

– La guerre a occupé presque tout mon temps.

– Bien sûr, bien sûr. Comment ça s'est passé pour vous ?

– Mieux que pour beaucoup d'autres. Je suis toujours en vie.

– J'en suis heureux. Dieu sait s'il y a eu des morts. Si seulement... enfin, c'est fini, maintenant. Il faut nous tourner vers l'avenir, n'est-ce pas ?

– C'est plus facile à dire qu'à faire.

– Pas si on a un but. Nous partons à Paris à la fin de la semaine, et j'ai bien l'intention de faire en sorte que cette paix nous préserve à jamais d'une guerre comme celle que nous venons de connaître.

— *De bons sentiments. Je vous souhaite bonne chance.*
Le regard de Lloyd George se fixa sur le buvard devant lui. Il changea de ton.
— *Winston m'a dit qu'il vous a vu jeudi dernier. Il m'a dit aussi que vous n'aviez pas l'air heureux.*
— *C'est le moins qu'on puisse dire.*
— *Ni très bien portant.*
— *C'est un peu exagéré. Je suis mieux loti que nombre d'anciens soldats qui n'ont pas mes moyens. J'ai une jambe raide et un poumon mal en point, mais je survivrai.*
— *Les hivers anglais et le brouillard de Londres ne sont pas vraiment recommandés pour vos poumons.*
— *Non, sans doute, mais je n'ai pas l'intention de venir souvent à Londres.*
— *Un climat plus sec vous serait sans doute plus favorable.*
— *Peut-être.*
— *J'ai une proposition à vous faire. Cela peut vous intéresser. Notre consulat à Madère est vacant en ce moment. J'ai pensé à vous.*
— *Je ne crois pas...*
Il leva la main avec un sourire pour m'arrêter.
— *Ne dites pas « non » trop vite. C'est une île superbe, réputée pour les effets bénéfiques de son climat sur les affections pulmonaires. Et ce n'est pas vraiment une sinécure. La situation au Portugal est chaotique et peut à tout moment avoir des répercussions sur les territoires d'outre-mer. Il y a une importante communauté britannique à Madère et nous voulons veiller sur elle. Les hommes capables, sur lesquels on peut compter, ne sont pas légion pour ce genre de mission. Vous pourriez exercer vos talents et profiter de l'occasion pour vous soigner. Ce n'est pas à dédaigner.*

J'hésitai à répondre. Je ne savais rien de la situation politique au Portugal, ni du climat de Madère. Cela me paraissait étrange qu'il soit, lui, si bien informé. Car je ne crus pas un instant que la communauté britannique d'une île lointaine de l'Atlantique lui tînt autant à cœur qu'il le prétendait. Je pouvais seulement conclure que ce poste était, de son point de vue, fait pour moi. En d'autres termes, Lloyd George voulait que j'aille là-bas. Était-ce simplement parce que Churchill lui avait fait de moi une description pathétique et qu'il voulait aider un vieil ami ? J'en doutais. L'autre possibilité était que ma curiosité les embarrassait et qu'ils préféraient m'éloigner. Cette dernière hypothèse concordait mieux avec ce que j'avais appris, ou plutôt n'avais pas réussi à apprendre. Mais à quoi me servaient mes doutes ? Si j'avais voulu les éclaircir, c'était uniquement pour pouvoir reconquérir le cœur d'Elizabeth, et cela, je savais à présent que c'était une chose impossible. Quant à la scène politique, je n'avais pas plus de chances. Les hommes ne reviennent pas des ténèbres dans lesquelles j'étais tombé.

Quelles que fussent ses raisons, Lloyd George m'offrait une niche confortable où je pourrais me reposer, récupérer, oublier mon passé et jouir du confort colonial. Deux jours plus tôt, je lui aurais jeté sa proposition en pleine figure, j'aurais remis en question ses motifs, réclamé une explication. Je serais reparti sans avoir rien obtenu. Je ne pouvais plus me le permettre. Je me sentais vieux, las. J'avais envie de repos et de changement. Madère pouvait me donner l'un et l'autre. J'étais tenté de dire oui. Ma raison me disait que c'était la seule chose à faire maintenant que mon cœur s'était retiré de la bataille.

Pourtant, c'était un grand pas à franchir, au sens propre comme au figuré, et mon instinct politique me commandait de ne pas m'engager tout de suite. Je ne souhaitais pas être agressif avec Lloyd George, mais je ne voulais pas flatter sa vanité en acceptant trop vite.

– C'est très loin mais je reconnais qu'il y a des avantages. Je voudrais un peu de temps pour réfléchir.

— *Vous n'avez pas beaucoup de temps, Edwin. Il faut que je sois fixé avant mon départ pour Paris.*
— *Je vous ferai connaître ma réponse avant la fin de la semaine.*
— *Très bien.*
— *C'est gentil à vous d'avoir pensé à moi.*
— *Avec tout le travail que j'ai ici, vous avez de la chance que je n'aie pas pris ce poste pour moi.*

J'eus un rire forcé. Je savais, et il ne l'ignorait pas, qu'il avait toujours voulu être Premier ministre. À Paris, il ferait ses débuts sur la scène internationale. Asquith n'avait pas été jeté par-dessus bord pour gagner la guerre mais pour permettre à Lloyd George d'entrer à Downing Street. De la part d'un homme réputé donner des honneurs au plus offrant, l'offre inconditionnelle d'un poste agréable était fondamentalement suspecte.

Mlle Stevenson entra alors pour rappeler à Lloyd George qu'il avait un rendez-vous avec le ministre des Finances à 11 heures. J'en profitai pour me retirer, les laissant penchés au-dessus d'un épais dossier. En quittant le 10 Downing Street pour la dernière fois, je croisai Bonar Law, le ministre des Finances, au visage de prédateur ; sa hâte ne pouvait expliquer à elle seule l'air inexpressif avec lequel il reçut mon sourire. J'étais devenu invisible à ses yeux, alors qu'autrefois nous assistions ensemble aux Conseils des ministres.

Cette pensée me poursuivit tout le temps que je marchai vers la gare de Paddington, où je pris le train pour Exeter. J'étais seul dans le compartiment et je regardais le paysage hivernal en cherchant à me faire à l'idée que j'étais quelqu'un d'insignifiant. Je n'étais plus ni ministre, ni député, ni soldat. Il ne me restait plus rien, hormis, si je le voulais, un poste obscur où je trouverais une paix décente.

Ma décision était pour ainsi dire prise lorsque j'arrivai à Barrowteign. Mais ma mère était si heureuse que je sois de retour, surtout en ce triste jour anniversaire, que j'attendis le lendemain pour lui parler de Madère. L'argument médical eut raison de ses réticences car, même si j'allais lui manquer beaucoup, elle se ferait moins de souci pour moi que si je restais à Barrowteign à tousser toute la journée.

Ce fut donc décidé. Le mercredi matin, je téléphonai à Downing Street pour dire que j'acceptais, et le jour où le Premier ministre et son entourage partirent pour Paris, je reçus une lettre officielle du ministère des Affaires étrangères à laquelle je répondis par retour du courrier pour confirmer mon accord. Ma mère se résignait à mon départ en pensant déjà aux vacances qu'elle prendrait à Madère chez son fils, le consul, tandis qu'Ambrose, qui allait entrer au célèbre collège de Marlborough, passait son temps le nez plongé dans les atlas et les encyclopédies, devenant beaucoup plus savant sur Madère que le consul, son oncle.

À la fin du mois de janvier, ma mère m'accompagna à Southampton où je devais embarquer pour Lisbonne. J'étais à la fois triste de la quitter et heureux de partir. C'était la rupture que je m'étais promise. Comme le bateau s'éloignait en glissant sur les eaux grises de la Solent en ce froid après-midi, je dis adieu à mon passé, à ma maison. Elizabeth avait raison : la solitude et une vie paisible étaient les seules choses qui me restaient.

Le poste de consul à Madère était, bien sûr, au contraire de ce que Lloyd George m'avait assuré, une sinécure. En dehors de difficultés passagères lorsqu'un groupe de dissidents venus du continent prit le contrôle de l'île (ou s'imagina le prendre), en 1931, le consul de Sa Majesté à Madère n'avait ni de lourdes responsabilités, ni beaucoup de travail.

Je découvris rapidement que si Madère appartenait officiellement au Portugal, c'était sur bien des points une colonie britannique. À Funchal, la capitale, il y avait un gouverneur *et une garnison avec lesquels je devais entretenir de bonnes relations, et une forte population portugaise vis-à-vis de laquelle je n'avais pas un grand rôle à jouer. Je nouai des liens plus profonds avec la communauté britannique, relativement importante. Certains étaient venus pour le climat (comme moi, dans un sens), d'autres avaient débarqué des navires câbliers et n'étaient jamais repartis. Les Blandy dominaient la production du madère. Les autres familles étaient dans la culture des bananes, de la canne à sucre ou encore de la vigne. Il y avait aussi des retraités. Ils menaient une vie luxueuse dans des* quintas *éclaboussées de soleil, dispersées le long de la côte sud-est de l'île, et passaient leurs journées à boire du thé à l'hôtel Reid's ou à s'imbiber de gin au Country Club de Funchal, à discourir sur les maux de Madère et les maux plus grands encore de leur vieille patrie.*

En tant que consul, tout ce que j'avais à faire était de répondre à leurs requêtes administratives peu nombreuses, ce qui était facile, et de supporter leurs préjugés au cours des réceptions, ce qui l'était moins. En contrepartie, j'avais une très agréable maison de fonction dans les collines dominant Funchal et le port, un secrétaire efficace qui me déchargeait de la plupart des tâches au consulat, et beaucoup de temps libre pour profiter du soleil et me détendre. Je me fis des amis parmi les esprits éclairés de mes compatriotes, et un peu plus parmi la population portugaise après que j'eus maîtrisé le portugais. Mes excursions pédestres me firent découvrir l'arrière-pays doté d'une végétation exubérante plantée par la nature et moissonnée par l'homme. Je connus bientôt l'île parfaitement et je me mis à l'aimer.

Je n'en devins pas pour autant un homme heureux. Mes longues promenades sur le Paul da Serra, plateau marécageux au centre de l'île qui me faisait penser au paysage du Dartmoor, étaient aussi des moments de profonde mélancolie. Mes regrets et mon chagrin se trouvaient submergés par ma vie quotidienne à Madère, mais ils n'étaient pas noyés. À chaque fois que je touchais le fond, je les retrouvais intacts.

Chaque été, mère venait me voir avec Ambrose et nous passions quelques joyeuses semaines ensemble. Chaque année, mère était un peu plus frêle et Ambrose un peu plus fort. Un jour, elle n'eut plus la force de faire le voyage et, en 1930, je retournai en Angleterre pour la première fois depuis mon installation à Madère pour aller à son enterrement. Ambrose est venu deux ou trois fois depuis ; à part lui, tout le monde dans ma patrie m'a oublié comme je l'avais souhaité. Pour mon rôle de médiateur dans la répression du soulèvement à Madère au printemps de 1931, le ministre des Affaires étrangères me remercia dans un discours au Parlement. Je me demande combien de députés, en l'écoutant, prirent conscience que le consul dont il était question avait été autrefois l'un d'entre eux.

Parmi les résidents britanniques, se trouvait l'original Dr Michael C. Grabham pour qui je me pris d'une amitié profonde. J'allais lui rendre visite régulièrement dans la maison qu'il habitait avec sa femme Mary, près de Camacha, un village au nord-est de Funchal, au cœur d'une région d'oseraies. Grabham, qui exerçait comme médecin et avait eu le bon sens d'épouser un membre de la famille Blandy, faisait preuve d'un peu moins de bon sens en collectionnant les horloges sur une île où le temps comptait si peu. Il avait fait construire une tour dans le village pour y installer une horloge de sa paroisse natale dans le Lancashire, et il avait fait faire un terrain de cricket sur la place du village.

Lorsque Grabham mourut en 1935, il me laissa une horloge de parquet que j'avais souvent admirée chez lui et qui orne à présent mon bureau. Il me légua aussi son amour pour Camacha et sa vallée plantée de pommiers en fleur et de saules, une Angleterre en miniature, sans les associations que la vraie a pour moi. Avec l'héritage de ma mère, j'achetai la Quinta do Porto Novo, une propriété délicieuse qui fut mise en vente dans cette région et, à partir de ce jour, je pris la résolution de ne plus jamais retourner en Angleterre. Je n'ai pas regretté une seule fois cette décision.

L'heure de la retraite sonna pour moi en 1941. La Seconde Guerre mondiale avait commencé. Le Portugal était resté neutre, mais les ressources diplomatiques s'amenuisaient. L'ambassadeur à Lisbonne me demanda si je voulais rester pendant la durée des hostilités et je sentis que c'était le moins que je puisse faire. Dans l'ensemble, je restai à l'écart de la guerre, à l'exception des lettres d'Ambrose dans lesquelles il me racontait sa vie sous les drapeaux. Quand tout fut fini, à l'été 1945, il vint me voir et nous comparâmes nos expériences de deux guerres très différentes. Il me parla aussi de la quasi-faillite du domaine de Barrowteign et de son intention de le céder à la Caisse nationale des monuments historiques et des sites. Même si j'avais eu assez d'argent pour sauver le domaine de la faillite, ce qui n'était pas le cas, je pense que j'aurais trouvé l'idée bonne.

Mon successeur n'arriva qu'en mars 1946, un mois avant mon soixante-dixième anniversaire. Après avoir exercé pendant vingt-sept ans les fonctions de consul, j'étais heureux de me retirer à la Quinta do Porto Novo. Cette propriété que j'avais découverte à l'occasion de mes visites chez les Grabham m'avait paru être l'endroit idéal pour passer les dernières années de ma vie à surveiller la cave viticole, le potager et une petite pommeraie me rappelant l'Angleterre.

Aussi négligeables qu'eussent été mes tâches consulaires, elles m'avaient donné l'habitude de travailler à un bureau, habitude que je ne pus me résoudre à abandonner complètement. J'eus alors l'idée d'écrire cette chronique d'une vie inaccomplie pour occuper les jours de pluie sur la vallée fertile de Porto Novo. Pourtant, de façon étrange, au moment de m'atteler à cette tâche, une réticence m'empêcha de mettre par écrit mon histoire, convaincu subitement qu'un tel exercice ne servirait à rien, certainement pas en tout cas à la paix de mon âme. Ce projet resta donc à l'état d'ébauche, attendant simplement, comme la suite le démontra, le moment de prendre corps.

En 1950, le chef de l'opposition de Sa Majesté, M. Winston Churchill, choisit de fêter la nouvelle année à Madère. Je ne me trouvai pas parmi la foule impatiente qui s'était rassemblée le matin sur le port pour l'accueillir, malgré une invitation pour la réception officielle. Je préférais rester à Camacha. Mais je fus invité à prendre le thé avec lui à l'hôtel Reid's où il était descendu, et je considérai qu'il eût été grossier de refuser.

Je trouvai Churchill sur le balcon, à l'abri du soleil de l'après-midi, le regard fixé de l'autre côté du port, au-delà des palmiers dont les feuilles s'agitaient paresseusement dans le jardin de l'hôtel. Un panama et des papiers étaient posés sur la table devant lui. Il avait un énorme cigare à la bouche. C'était un tableau soporifique, mais lorsque Churchill tourna son regard vers moi, je sus qu'il avait toujours cette intelligence pénétrante dont j'avais gardé le souvenir. Depuis notre dernière rencontre, il avait touché le fond (congédié comme germanophobe entre les deux guerres), puis il était monté au sommet du pouvoir et des honneurs (Premier ministre et sauveur de son pays pendant la guerre), mais ce jour-là, au Reid's, il avait l'air d'un vieil homme heureux, souriant de quelque blague secrète.

– Asseyez-vous, Edwin, dit-il. Vous ne pouvez pas savoir à quel point je suis heureux de vous revoir. Cela fait si longtemps...

– Plus de trente ans, dis-je en m'asseyant en face de lui et en me demandant s'il avait gardé en mémoire les circonstances exactes de notre dernière rencontre.

Maintenant que j'étais arrivé, des serveurs s'affairaient autour de nous pour servir le thé.

— Clemmie explore la ville. Cela lui épargnera notre causerie sur le passé. Vous avez l'air en forme, je dois dire. Madère vous a réussi.

— Madère réussit à tout le monde, surtout à un consul surpayé qui n'est pas débordé de travail. Vous avez l'air aussi très en forme. Comment se sent-on à la tête d'un parti ?

— Entre nous, c'est très désagréable dans l'opposition. J'ai hâte qu'il y ait des élections pour pouvoir retourner à Downing Street.

— C'est votre place. Il y a eu parfois des divergences entre nous, Winston, mais, croyez-en quelqu'un qui est resté dans ce trou tranquille pendant la guerre, vous avez fait un sacré travail. Le pays vous doit Downing Street.

— Merci, Edwin, c'est gentil de dire ça.

— Mais je dois faire une réserve.

— Je sais, le fait qu'on a fait de moi un vieux **tory**.

— C'est plutôt dur à digérer. Je me souviens du jour où vous avez cessé d'être un jeune **tory**.

— Le temps nous joue de ces tours. Mais je ne m'attendais pas à faire les frais d'une de ces ironies du sort ici. Figurez-vous qu'on nous a donné la suite de Lloyd George.

— Ce n'est pas étonnant. Il est venu ici avec sa femme en... oh, ce doit être en 1925.

— Vous avez appris qu'il a fini par épouser Mlle Stevenson, à l'âge de 80 ans ?

Cette nouvelle toucha chez moi une corde sensible. Ce vieux charlatan de Lloyd George avait été plus que gâté dans la vie. Premier ministre et anobli avant sa mort, il avait survécu à d'innombrables scandales de divorce et épousé la secrétaire avec qui il avait trompé sa femme. Moi qui n'avais rien souhaité de plus qu'épouser la femme de mon choix, ce que nous étions tous deux libres de faire, je m'étais vu refuser une carrière politique et le bonheur conjugal. Lorsque Lloyd George, Churchill et moi participions au Conseil des ministres présidé par Asquith, quarante ans plus tôt, qui aurait pu deviner qu'ils connaîtraient la célébrité et la gloire alors que me serait réservé l'échec le plus cuisant ?

Il était trop tard pour en vouloir à Churchill de ses succès ou de mes échecs. Il se peut qu'il ait deviné à un tremblement de mes paupières que la mention de Lloyd George et de Frances Stevenson était indélicate étant donné mon histoire, mais il était excusable d'avoir oublié. Il y avait en dehors de cela un grand nombre de sujets inoffensifs dont nous pouvions parler : ses anecdotes à propos des grands de ce monde pendant la guerre, les miennes sur le petit monde de Madère, nos souvenirs du temps d'Édouard VII. Il me parla de son désir de peindre la côte à Camara de Lobos. Je l'invitai à venir dîner chez moi avec Clementine, à la Quinta do Porto Novo, avant leur départ. Il accepta.

En fait, ce dîner n'eut jamais lieu. La nouvelle qu'Attlee avait dissous le Parlement arriva d'Angleterre. L'élection que Churchill appelait de ses vœux était imminente. Il rentra en Angleterre par hydravion dès que le temps le permit.

Ce fut cette percée ouverte dans mes ténèbres qui m'incita à rouvrir ce cahier. Nous n'avions pas parlé de Couchman. Nous n'avions pas parlé du passé qui comptait vraiment pour moi ni du rôle que Churchill avait pu y jouer. Nous n'avions même pas évoqué les raisons pour lesquelles il avait voulu que je vienne à Madère, à supposer que ce ne fût pas l'idée de Lloyd George. Nous aurions peut-être abordé ces questions après quelques verres de vin de Malvoisie à la Quinta do Porto Novo. Je ne le saurai jamais. Toujours est-il que je me sentis floué par son départ précipité et que l'idée me revint d'écrire l'histoire de ma vie. Je pensais que cela pourrait m'aider à découvrir quelque défaut de caractère justifiant mon destin.

C'est l'automne à présent, et l'hiver approche. J'avais tort comme cela m'est arrivé si souvent. Il n'y a pas de leçon à tirer, sinon qu'on ne peut jamais tout expliquer dans la vie. Il ne m'a pas été permis de dévoiler l'injustice dont j'ai été victime.

Où êtes-vous, Elizabeth ? Songez-vous quelquefois à moi ? Si oui, que vous dites-vous ? Que s'est-il réellement passé ? Je chercherai toujours la vérité que vous m'avez refusée. La tragédie de ma vie est que je ne la connaîtrai sans doute jamais.

E. G. Strafford,
Quinta do Porto Novo,
Madère,
octobre 1950.

2

Le ciel au-dessus de Gatwick était d'un gris insipide. Le quai sur lequel j'attendais le train pour Londres exhalait une odeur de voies ferrées et d'asphalte. Madère se trouvait tout à coup à plus de trois mille kilomètres et l'Angleterre, en cet après-midi d'avril, était mon pays, pour le meilleur et pour le pire. Mais avec un boulot en poche, je pouvais affronter la réalité avec une certaine sérénité.

J'arrivai chez Jerry, à Greenwich, à temps pour préparer le dîner avant son retour du bureau. Pour le distraire, je lui racontai des anecdotes sur la vie à Madère et sur Alec, mais il fut incapable de cacher son soulagement lorsque je me mis à parler de mon travail.

– C'est tout à fait quelque chose pour toi, Martin.

– Tu as raison, Jerry. Le rêve de tout historien. Mais cela veut dire que je vais devoir me déplacer pas mal pour explorer toutes les pistes. Ça risque de durer un petit bout de temps. Tu ne me verras pas beaucoup.

– Tu veux utiliser la maison comme pied-à-terre ?

– Si cela ne te dérange pas. Ça m'arrangerait de pouvoir laisser mes affaires ici.

– D'accord.

J'avais ouvert une bouteille de madère et Jerry avait bu plus qu'à l'habitude. Ma requête tombait à point nommé.

– Par où vas-tu commencer tes recherches ? ajouta-t-il comme pour se rassurer.

– Il faut d'abord que je prenne quelques notes sur les mémoires de Strafford, puis j'irai voir les personnes dont il parle, du moins celles qui vivent encore. Et je ferai certainement un tour à Cambridge, pour piocher tout ce que je peux dans les bibliothèques et faire appel aux lumières d'esprits éclairés.

J'étais très excité de parler de mon enquête sur le secret de Strafford et je brûlais d'impatience de commencer. La première étape allait de soi. C'était un retour sur mon passé pour vérifier mes liens avec les Couchman et, par conséquent, avec Elizabeth.

Il était tard, vraiment tard, lorsque, après un digestif bien tassé, je me décidai à téléphoner à mon ex-femme.

– Shaftesbury 4757.
– Allô, Helen, c'est moi.
– Martin ! Comment vas-tu ? dit-elle, sur la défensive.
– Bien. Comment va Laura ?
– Nerveuse. Aurais-tu oublié qu'elle rentre à l'école la semaine prochaine ?
– Non, bien sûr.

J'avais totalement oublié, évidemment. Pourtant, l'anniversaire de ses 5 ans au mois de février aurait dû me le rappeler.

– C'est pour ça que je t'appelle. Est-ce que je pourrais passer la voir avant ?
– C'est-à-dire ?

L'appréhension s'était figée en certitude : son ex-mari, le seul point noir dans son paysage social, allait resurgir.

– Demain, par exemple ?

J'étais impatient de commencer mes recherches, et cette visite était le prétexte qu'il me fallait. Après une pause interminable et un froissement de papier dans l'appareil (les pages d'un agenda qu'elle devait tourner), j'entendis :

– Très bien. Nous ne faisons rien demain après-midi. Tu peux passer vers 2 heures.
– Parfait.
– Je dois me dépêcher, Martin. Alors à demain. Au revoir.

Elle avait raccroché. Je ne m'attendais pas à ce que la conversation soit aussi brève, mais cela ne me surprit pas outre mesure. Helen n'avait jamais fait beaucoup d'efforts pour me faciliter la vie, pas plus avant qu'après notre séparation. Elle était loin de se douter que j'avais trouvé par hasard un moyen de lui compliquer l'existence, à un point dont je n'avais pas moi-même idée.

J'arrivai à Shaftesbury avec deux heures d'avance, après avoir pris deux trains et un autocar. Je n'étais jamais venu pour d'autre raison que pour voir ma fille (une tolérance de mon ex-femme) et, à chaque fois, toute la ville, du haut de sa colline, me donnait l'impression de me reprocher ma venue, Gold Hill et la vallée verdoyante conspirant derrière un brouillard sinistre.

Ayant du temps à perdre, j'allai boire un verre au pub The Ship Inn dans Bleke Street, ce que je faisais d'habitude en revenant d'Archdene et non avant de m'y rendre. Mais aujourd'hui, cela m'était égal qu'Helen devine que j'avais bu. De plus, il y avait dans ce pub une bonne atmosphère. Je m'assis donc près du bar et bus plusieurs demis en compagnie d'un vendeur de tracteurs très loquace de Yeovil.

Au troisième verre, je me rappelai qu'Elizabeth avait lu beaucoup de poèmes de Thomas Hardy ; je rendais involontairement hommage au poète en commençant mes recherches dans ce « Shaston » qu'il avait si bien décrit. À vrai dire, je n'avais pas lu ses poèmes, seulement quelques romans ; mais les vers que Strafford avait notés me trottaient dans la tête : « Oui, enfin, me voici revenu sur les lieux que tu hantes. » Je n'en étais pas encore là, mais je suivais du moins la piste qui devait m'y conduire.

Je quittai donc le pub à 2 heures et descendis Tout Hill. Archdene était la dernière des quatre maisons aux murs en torchis adossées à la colline sur laquelle était construite la ville de Shaftesbury. C'était aussi la plus jolie ; elle ressemblait à un meuble ancien bien astiqué. Cela n'avait rien d'étonnant si l'on songe que le nouveau mari d'Helen, Ralph Corbett, chinait dans les marchés du Wessex. Je devais reconnaître qu'il avait bon goût ; Archdene en était la preuve. C'était une vieille chaumière, certes, mais restaurée à grands frais, avec un garage discrètement enterré à flanc de colline, à l'abri des regards, pour ne pas défigurer ce tableau d'une autre époque. La maison aurait pu être photographiée en couverture de *Country's Houses*, et sans doute l'avait-elle été. Aucun père n'aurait pu trouver à redire au fait que sa fille soit élevée dans un tel décor, surtout en l'absence d'une autre alternative. Ce qui ne m'empêchait pas de trouver à redire.

Je sonnai. Pas de réponse. Regardant autour de moi, je notai avec soulagement que la Range Rover de Ralph n'était pas dans le garage. Puis je vis Helen dans le haut du jardin, penchée au-dessus d'un carré de légumes. Ses cheveux tirés en arrière lui donnaient un visage sévère. Elle portait un pull-over, un jean et des bottes de caoutchouc, le parfait gentilhomme campagnard, version femme. Je ne l'appelai pas (je n'aurais pas su quoi dire), mais remontai l'allée dans sa direction. Les crocus et les jonquilles ornaient le jardin de rocaille autour de la luxuriante pelouse en terrasses, et le potager, au-dessus, paraissait bien entretenu. L'influence de Ralph était très nette. Helen n'avait jamais été une jardinière-née ; mais, en raison de son tempérament malléable, elle s'était parfaitement adaptée à son nouveau rôle.

Elle m'entendit venir et leva les yeux avec un léger froncement des sourcils. Bien qu'elle ne fût pas surprise de me voir, il n'y avait pas l'ombre d'un sourire sur son visage.

– Bonjour, dis-je, essoufflé par ma courte ascension.

– Bonjour, Martin. Laura n'est pas là, dit-elle, devançant ma question. Hier, quand nous nous sommes mis d'accord pour 2 heures, j'ai oublié qu'elle restait à la garderie jusqu'à 3 heures. On les prépare pour l'entrée à l'école.

– Ce n'est pas grave, puisque je suis en retard.

– Il y a une bonne ambiance au pub?

C'était sa façon de me dire qu'il était manifeste que j'avais bu.

– Bonne. Shaftesbury est bien nantie dans ce domaine.

– Je ne sais pas. C'est à peine si nous avons mis les pieds dans un pub.

– Manque de temps, j'imagine, avec tout ce jardin à entretenir.

– À cette époque de l'année, il y a en effet beaucoup à faire. Viens prendre un café à la maison, dit-elle après une pause.

Elle se garda pourtant d'ajouter: «Un café, ça te dessoûlera.»

Une toute petite victoire.

Nous marchâmes jusqu'à la maison qui, sur le derrière, avait été agrandie par Ralph, et nous entrâmes dans la cuisine: dalles; meubles en pin; fourneau de cuisine à l'ancienne flambant neuf dans le large ventre de la cheminée; couteaux Sabatier et casseroles Le Creuset suspendus comme des objets d'art; café servi dans une tasse de Dunoon.

– Je dois aller chercher Laura dans une demi-heure, dit Helen. Tu veux venir avec moi ou tu préfères attendre ici?

– C'est loin?

– Au coin de la rue.

– J'irai avec toi.

– Je suis désolée qu'elle ne soit pas là.

Ce qu'elle voulait dire en vérité, c'est qu'elle était désolée d'être toute seule pour me recevoir. Mais moi, ça m'arrangeait.

– Ce n'est pas grave. Cela nous donne l'occasion de bavarder. Comment va ta famille?

– Tu veux dire mes parents?

– Oui.

– Ils vont bien. Pourquoi me demandes-tu ça?

– Simple curiosité. Je ne leur ai jamais voulu de mal.

– Ils seraient contents de t'entendre.

J'ignorai la pique et poursuivis avant qu'elle puisse m'en lancer d'autres.

– Et ta grand-mère?

– Elle est en pleine forme.
– Magnifique. Je l'aimais bien.
– Tu ne l'as rencontrée qu'une fois.
Nouvelle accusation insidieuse.
– Oui, c'est vrai.
Je passai sur le lieu où s'était faite cette rencontre. Ce n'était pas le moment de rappeler à Helen le jour de notre mariage.
– Mais je me souviens que c'était quelqu'un d'impressionnant.
– C'est toujours vrai.
– Quel âge a-t-elle maintenant ?
– 87 ans ou 88, je ne sais pas exactement.
– Et elle se porte toujours bien ?
– Elle se portait comme un charme la dernière fois que je l'ai vue.
– Où vit-elle à présent ?
– Chez elle, à Miston. Pourquoi me demandes-tu ça ?
– Où est-ce ?
– Dans le Sussex. Mais pourquoi veux-tu le savoir ?
– Simple curiosité.
– Tu ne me feras pas croire ça. Tu n'as jamais montré beaucoup d'intérêt pour ma famille. De l'hostilité, de l'indifférence, ça oui, mais de l'intérêt, non.
– Les historiens s'intéressent toujours au passé.
Cette demi-vérité universelle était une tentative pour faire baisser la tension. Je ne voulais pas qu'on en vienne aux insultes.
Helen posa brutalement sa tasse.
– Tu deviens un peu pompeux, Martin, tu ne trouves pas ?
Puis, remarquant qu'elle avait renversé un peu de café sur la table, elle jura discrètement et alla chercher une éponge.
– Tu exerces l'histoire, maintenant ?
– Si on veut.
C'était vrai en un sens, mais Helen n'aurait pas compris. Elle avait parlé de l'histoire sur un ton sarcastique, comme si

on pouvait l'exercer comme la médecine ou le droit ; elle savait pourtant que ce n'était pas comparable.

– Je fais une recherche sur l'histoire des suffragettes. Ta grand-mère est la seule personne de mon entourage qui ait bien connu cette époque et qui pourrait me donner un témoignage vécu.

– Tu ne connais pas ma grand-mère.

Elle me déniait même cela.

– Et je ne peux pas croire que tu fasses une recherche sur quoi que ce soit, ajouta-t-elle.

– Pourquoi ? C'est un sujet intéressant.

– Peut-être. Mais quand je dis que je ne te crois pas, je veux dire qu'à mon avis tu mens.

– Pourquoi mentirais-je ?

– Je ne sais pas. Mais je ne te crois pas.

Je ne pouvais pas lui en vouloir, elle avait de bonnes raisons de ne pas croire ce que je disais.

– Et je ne veux pas que tu ailles ennuyer grand-maman.

– J'essaierai de ne pas l'ennuyer.

L'horloge ancienne en cuivre poli sonna le quart.

– Il est temps d'aller chercher Laura.

Elle empila les tasses dans l'évier en faisant assez de bruit pour que je comprenne qu'elle était en colère, ce que j'avais voulu éviter.

Elle enfila un anorak et se dirigea vers la porte. Je la suivis. Nous marchâmes en silence, d'un pas rapide, dans la rue qui suivait la courbe de la colline, et nous arrivâmes devant la cour d'une petite école victorienne. Dans une annexe, nous trouvâmes Laura en train de bavarder au milieu d'un petit groupe d'enfants qui attendaient qu'on vienne les chercher.

Laura parut surprise de me voir. Elle me salua avec une froideur puérile qui m'ôta l'envie de l'embrasser ou de la prendre dans mes bras. J'en fus réduit à un timide « bonjour ». Pour être honnête, je n'avais jamais été à l'aise avec elle, ni elle avec moi. Notre relation avait quelque chose d'emprunté. J'avais toujours l'impression d'être au mieux une sorte de grand-oncle. Nous revînmes donc à Archdene en parlant de la garderie (qu'elle aimait) et de la « vraie » école (où elle se disait impatiente d'aller). Helen marchait devant en bavardant avec une voisine et son fils roux, évitant ainsi d'avoir à me présenter. Ils s'arrêtèrent au portail pour finir leur conversation pendant que j'entrais avec Laura. Elle s'assit sur un tabouret dans l'entrée et commença à défaire la boucle de ses sandales. Mon regard tomba sur le grand répertoire qui se trouvait près du téléphone. Je savais qu'on pouvait compter sur Helen pour le tenir à jour. Je le feuilletai, cherchant dans les G pour grand-maman : Quarterleigh, Miston, Sussex Ouest. Téléphone : Midhurst 5376.

À ce moment-là, je remarquai les yeux de Laura, grands comme des soucoupes, fixés sur moi, suivant chacun de mes mouvements, plus intéressée par ce que je faisais que par les boucles trop raides de ses nouvelles sandales.

– Qu'est-ce que tu écris, Martin ? demanda-t-elle.

(Helen l'avait habituée à ne pas dire papa dès son plus jeune âge.)

– Une adresse.

– L'adresse de qui ?

– L'adresse de ton arrière-grand-mère. Grand-maman Couchman.

– J'aime bien grand-maman Couchman, dit-elle en souriant.

C'était la première fois qu'elle souriait depuis que nous étions allés la chercher. Ce sourire et les boutons d'or sur sa robe m'émurent soudain. Pourquoi ma propre fille était-elle une étrangère pour moi ? Je connaissais la réponse, mais cela ne m'avançait pas.

– Je l'aime aussi. Je crois que je vais aller lui rendre visite.

Helen entra.

– Tu devrais déjà avoir enlevé tes sandales, dit-elle, de mauvaise humeur à cause de moi.

Laura fit une nouvelle tentative, mais elle n'était pas à ce qu'elle faisait.
– Martin va aller voir grand-maman Couchman.
Helen me jeta un regard de côté mais continua à parler à Laura.
– Ne t'occupe pas de ça pour le moment. Voyons ces sandales. Elle se baissa et les défit elle-même.
– Maintenant, va dans la cuisine. Je vais te faire un peu de thé. C'est vrai ? demanda-t-elle aussitôt que sa fille fut partie.
C'était plus une accusation qu'une question.
– Oui, j'y pense sérieusement.
– Pour lui poser des questions sur les suffragettes ?
– Oui.
– Je ne te crois pas. Il y a autre chose.
– Qu'est-ce qui te fait penser ça ?
– Je ne sais pas. Mais j'en suis sûre.
– Si tu le dis.
J'étais fatigué de me montrer conciliant, mais j'aurais dû faire un effort.
– Je ne veux pas que tu ailles ennuyer ma grand-mère.
– Je ne l'ennuierai pas.
– Nous avions convenu que tu laisserais ma famille tranquille, tu te souviens ?
Je n'avais pas oublié, mais c'était une convention que je ne pouvais plus me permettre de respecter.
– Ce sur quoi nous étions d'accord, c'est que je pourrais voir Laura chaque fois que je le souhaiterais. Je n'ai pas abusé, n'est-ce pas ?
– Non, mais c'est parce que tu ne t'intéresses pas à elle.
– Qu'est-ce que tu en sais ?
– Je te connais.
Cela devenait une vraie salade.
– Écoute-moi, dit-elle.

Et je l'écoutai parce qu'elle pouvait encore me donner des ordres, ce qui expliquait en partie pourquoi je la détestais.

– Laisse grand-maman et le reste de ma famille tranquilles, sinon je t'empêcherai de voir Laura. C'est ce que tu veux ?

– Bien sûr que non. Cette discussion ne nous mènera nulle part, Helen. Il faut que je m'en aille.

C'était apparemment la meilleure chose à faire.

– Je vais dire au revoir à Laura.

Je n'attendis pas sa permission.

Laura était aussi surprise de me voir partir qu'elle l'avait été de me voir arriver. C'était pénible à entendre, mais Helen n'était pas loin de la vérité quand elle disait que je ne m'intéressais pas à ma fille. Je m'y intéressais, mais pas assez. Je savais que j'étais venu uniquement pour apprendre ce que je pourrais sur lady Couchman. Le reste était un prétexte, je ne pouvais le nier. Mon départ précipité persuaderait Helen qu'elle avait raison de se méfier.

Une petite pluie cinglante tombait à présent. Je suivis les ruelles qui décrivaient une large courbe autour du pied de Castel Hill et remontai la rue pavée de Gold Hill, d'où l'on avait un beau panorama sur Cranborne Chase sous son linceul de nuages. J'étais impatient d'être à mille lieues d'ici mais, dans High Street, j'attendis longtemps le car qui allait à la gare de Gillingham. Un garçon et une fille en uniforme attendaient avec moi, ils s'embrassaient et riaient sottement. Ce spectacle me mit mal à l'aise, mais je ne pouvais pas m'empêcher de les regarder. Puis le garçon alla jusqu'à une boutique toute proche, laissant la fille à l'arrêt du car. Elle avait des cheveux auburn qui retombaient sur le col de son imperméable, les traits d'une beauté hautaine, mais elle mastiquait du chewing-gum et accepta avec empressement les cigarettes que le garçon rapporta. Je fus soulagé lorsque le car arriva. Ils s'installèrent à l'arrière et je pris place à l'avant, mon sac de voyage, plein de secrets, sur mes genoux.

Dans le train qui me ramenait à Londres, je me demandais ce que j'allais faire maintenant. L'Elizabeth de Strafford était vivante et en bonne santé, et j'avais son adresse. C'était là que je devais aller. Mais j'hésitais. Je ne me sentais pas prêt. Lorsque le train s'arrêta à la gare de Salisbury, je descendis sur une impulsion et marchai jusqu'à la cathédrale. La pluie avait cessé et un soleil pâle éclairait maintenant la pierre gothique tendrement patinée. Il n'y avait qu'un salon de thé d'où l'on voyait bien la place, un établissement démodé et exigu, plein de bancs à haut dossier et d'alcôves. De petits groupes volubiles de citadines occupaient de petites tables en bois surchargées de théières, de présentoirs à gâteaux et de napperons en dentelle blanche. Je bus un café près de la fenêtre, regardant la forme gracieuse de la cathédrale éclaboussée de soleil, déformée par les carreaux à boudines.

C'était là que Strafford et Elizabeth avaient dû faire une halte entre Londres et Barrowteign, lorsque tout allait bien et qu'ils pouvaient discuter de la poésie de Thomas Hardy et se sourire au-dessus de leur tasse de thé. C'était fou d'être assis au même endroit, presque soixante-dix ans après. Si peu de choses avaient changé. Du moins, en apparence. Car, en fait, des changements, il y en avait eu beaucoup, pour eux, pour moi, et pas des plus heureux. En quittant le salon de thé, j'allai m'asseoir sur un banc devant une pelouse et regardai la lumière décliner sur la majestueuse cathédrale. Puis je repris à pas lents le chemin de la gare, mais je ne me sentais pas d'humeur à supporter l'ennui d'un voyage en train. Sellick me payait bien, et je passais justement devant un hôtel qui invitait à entrer. Je pris donc une chambre pour la nuit et terminai la soirée à goûter la bière locale. Je bus trop, bien sûr, mais cela ne m'empêcha pas de me réveiller avec une idée lumineuse. C'est ainsi que, par une journée chaude et brumeuse, je me retrouvai devant la bibliothèque à l'ouverture des portes.

Je demandai à consulter le *Dictionary of National Biography*. Dans le supplément couvrant les décès entre 1951 et 1960, je trouvai ce que je cherchais. Sellick m'avait dit que cela ne lui avait pas appris grand-chose. Il avait raison. Un ancien ministre de l'Intérieur aurait eu droit à une notice plus consistante.

« STRAFFORD, Edwin (1876-1951), politicien, né à Barrowteign dans le comté du Devon, le 20 avril 1876, deuxième fils de George Strafford, colonel dans l'armée des Indes. A fait ses études à Marlborough puis au Trinity College, Cambridge... »

Cela continuait dans la même veine. Après les mémoires de Strafford, c'était ennuyeux comme la pluie.

« Lorsque Asquith devint Premier ministre en 1908, il persuada Herbert Gladstone de quitter ses fonctions de ministre de l'Intérieur, et il nomma à sa place Strafford : une reconnaissance rapide pour un jeune député plein de promesses. »

On sait, on sait.

« Soit que cette brusque ascension lui fût montée à la tête, soit qu'il eût trouvé ses responsabilités trop lourdes (un manque d'imagination qui avait tout pour me déplaire et que Strafford n'aurait pas appréciée), toujours est-il qu'il donna sa démission deux ans plus tard, peu de temps après le début de la conférence sur la réforme constitutionnelle dont le but était de résoudre... »

Et sa démission dans tout ça ? « Le motif de sa démission n'a toujours pas été éclairci. On suppose qu'il ne croyait pas en la réforme constitutionnelle pour régler les dissensions entre la Chambre des communes et la Chambre haute et qu'il incita Asquith à prendre des mesures extrêmes. Il pensait peut-être que d'autres ministres le suivraient, mais il se trompa. Il commit probablement l'erreur habituelle des jeunes ambitieux de se croire irremplaçables. Il dut vite déchanter. Son déclin fut aussi rapide que l'avait été son ascension, et fait songer à celui de lord Randolph Churchill, qui démissionna de son poste de ministre des Finances en 1887. Leur démission n'eut pas l'effet escompté. Comme lord Randolph Churchill, Strafford tomba dans l'oubli et fit le désespoir de ses amis et de ses collègues. » Quelles preuves l'auteur avait-il pour affirmer cela ? Il ne portait pas Strafford dans son cœur, c'était clair. « Il quitta le Parlement lors des élections générales de décembre 1910 et alla vivre dans le comté du Devon. En 1914, il partit en France avec son régiment. Pendant la guerre, il ne se distingua pas particulièrement. » Une petite phrase assassine qui me fit bouillir de colère. « À la fin des hostilités, il fut nommé consul à Madère, poste qu'il occupa de 1919 à 1946. Son habileté dans l'affaire des insurgés de Lisbonne qui tentèrent de prendre l'île en 1931 lui valut les remerciements du gouvernement de MacDonald. Mais étant donné l'obscurité de son poste, et son éloignement, il fut vite oublié de ses concitoyens. » L'auteur semblait prendre un certain plaisir à insister sur ce point. « Strafford demeura à Madère après sa retraite, mais ce fut lors d'un séjour chez son neveu à Barrowteign qu'il trouva la mort. Il fut fauché par un train sur un passage à niveau dans les premières heures du 5 juin 1951. Il est enterré, non loin de là, dans le petit village de Dewford. » Rien sur le fait que le frère de Strafford était, par une bizarrerie du sort, mort dans des circonstances similaires, quarante ans plus tôt. Alors que je cherchais à éclaircir le secret de Strafford, quelque plumitif avait torché cette notice biographique sans même soupçonner l'existence du moindre mystère. Je m'armai de courage pour lire les dernières lignes.

« Il était peut-être inévitable que certains des jeunes gens promus par Asquith n'aient pas eu l'étoffe de grands hommes d'État. Ce fut le cas de Strafford et, malheureusement pour lui, nombre de ses contemporains furent des hommes de talent, en particulier Lloyd George et Winston Churchill, dont les carrières brillantes contrastent avec son rapide déclin. » La bibliographie était pratiquement inexistante : *The Times*, 6 juin 1951, source privée, connaissances personnelles. Qui avait écrit ce tissu de calomnies, doublé d'une ignorance crasse ? Trois initiales,

M. E. B., protégeaient l'anonymat du coupable. Je feuilletai la liste des collaborateurs pour trouver son nom.

M. E. B. : Marcus Everard Baxter. Je marquai un temps d'arrêt sous l'effet de la surprise. Marcus Baxter était mon directeur de thèse à Cambridge ! Un historien alcoolique et un raseur qui avait connu son heure de gloire. C'était un spécialiste de la politique au XXe siècle. Son jugement faisait autorité. Marcus Baxter se faisant les dents avec le *Dictionary of National Biography* passe encore, mais s'il voulait se prétendre juge et juré dans le procès d'un homme innocent, je serais l'avocat de la défense. Si je pouvais jeter le discrédit sur sa biographie de Strafford, ce serait toujours ça de pris.

Le ton condescendant de Baxter me redonna l'énergie nécessaire pour aller voir Elizabeth, la seule survivante qui pouvait savoir quelque chose. Après une nuit à Londres, je me mis en route pour Miston.

J'aimai le peu de choses que je vis de Chichester, ce petit évêché vivant dans la gloire de sa prospérité passée, au pied des collines boisées des South Downs, dans le Sussex. Mais je n'avais pas le temps de m'y attarder. Je pris un taxi, car les autocars traversant les Downs en direction du nord étaient rares. Comme nous longions l'hippodrome de Goodwood, le chauffeur, un homme loquace à la mâchoire carrée, me dit que ses courses l'emmenaient rarement plus loin.

– Je m'en doute, dis-je, l'esprit ailleurs.

Je songeais à la vieille dame à Miston. Pensait-elle encore parfois à la jeune fille qu'elle était à Goodwood ?

– Vous n'êtes pas joueur, monsieur ?

– Je ne joue pas aux courses, en tout cas, répondis-je.

– Quel village avez-vous dit ?

– Miston. Vous connaissez ?

– Je sais où ça se trouve. Un endroit tranquille, de l'autre côté des collines. Quelle est l'adresse ?

– Laissez-moi dans le centre. Je trouverai mon chemin.

Je ne voulais pas que les roues de son taxi écrasent le gravier d'une allée tranquille. Je voulais arriver dans le calme et à mon heure.

Nous franchîmes le sommet des Downs sous le soleil. Les pentes tranquilles des collines étaient recouvertes d'un épais tapis vert parsemé de brebis avec leurs agneaux.

Au-dessous de nous, la flèche en bois d'une petite église s'élevait au-dessus des toits de chaume. En arrivant au bas de la colline, un panneau indiquait : MISTON – PRIÈRE DE RALENTIR. Le chauffeur n'en fit rien, bien sûr. Il pila net devant le monument aux morts, au centre du village.

Je payai le prix de la course et regardai autour de moi. Il y avait une petite poste de l'autre côté de la rue, fermée pendant l'heure du déjeuner. Un peu plus loin, un bourdonnement sortait d'un pub, un solide pub anglais, carré, accueillant, comme je les aime, plein de plaisirs champêtres simples, mais, à en juger par les deux hommes en costumes rayés qui en sortaient et se glissaient dans une voiture de fonction, la clientèle n'était pas très couleur locale. Comme la plupart des villages anglais, Miston ne pouvait plus vivre en autarcie. Je me retournai pour regarder le monument aux morts : sur une pierre en forme de cairn au-dessous d'une croix celtique, étaient inscrits les noms des jeunes gens du village qui « donnèrent leur vie afin que d'autres puissent vivre en paix ». Je me demandai ce qu'ils auraient pensé des hommes d'affaires qui portaient sur leur note de frais un déjeuner copieux au Royal Oak. Puis je pensai qu'un pub était un bon endroit pour chercher son chemin.

On m'indiqua comment aller à Quarterleigh et, après plusieurs demis, j'empruntai une rue étroite qui sentait le moisi, passai devant la terrasse du bâtiment en bois d'un hospice, et arrivai à l'église, une construction en silex sans prétention derrière des haies d'ifs. Des colombes roucoulaient dans les chevrons de la flèche en bois, et des lapins se dispersèrent en entendant le loquet de la porte du vieux cimetière.

C'était dommage de les déranger, mais le serveur avait été catégorique : « Le plus rapide est de traverser le cimetière, vous tomberez dans Croxon Lane. Quarterleigh est la maison qui se trouve juste après le presbytère. »

Un chemin conduisait à la porte de l'église et un autre traversait le cimetière vers un portillon logé dans la haie. Je me dirigeai dans cette direction en promenant mon regard sur les tombes. Certaines étaient envahies par les mauvaises herbes, d'autres penchaient d'un côté, d'autres encore, plus récentes, étaient bien entretenues. Cela me semblait à la fois étrange et approprié d'approcher d'Elizabeth par ce vieux chemin silencieux. Tout à coup, je m'arrêtai net. Au bord du chemin, se trouvait une pierre tombale en marbre blanc portant cette inscription : « Gerald Victor Couchman, chevalier, colonel (régiment du comté du Devon), mort le 26 septembre 1954, à l'âge de 78 ans. Que son âme repose en paix. » L'une de mes proies reposait donc dans un cimetière du Sussex. Sir Gerald Couchman reposait-il vraiment en paix ? Peut-être pas, s'il savait que j'étais en train de remuer les cendres de son passé. Il y avait un espace libre sur la pierre pour un autre nom, celui de sa veuve, mais rien n'était encore inscrit. Pressant le pas, je franchis le portillon.

À partir de là, la route décrivait une courbe au pied des collines. De l'autre côté, le sol descendait en pente douce jusqu'au ruisseau qui traversait Miston. Je passai devant l'entrée du presbytère et continuai jusqu'à l'allée suivante. Gravier neuf, portail en bois blanc aux battants ouverts entre des buissons de forsythias très jaunes sous le soleil de l'après-midi. Le jardin était fermé par un muret, mais un jardin de rocaille, entouré d'aubretias et de rosiers blancs et surmonté de sapins miniatures, m'empêchait de voir la maison.

Devant le portail, j'hésitai. C'était la première fois que je venais ici et je n'avais rencontré Elizabeth qu'à une seule occasion, très brièvement, lors de mon mariage. Jusqu'à ce jour, elle s'était confondue dans mon esprit avec les autres Couchman, hostiles et soupçonneux envers moi. Mais, à présent, je pensais à elle comme au grand amour de Strafford, à la femme mystérieuse de son passé tragique. Autrefois un symbole, aujourd'hui une ombre. Mais qui était cette femme ? Je commençai à remonter prudemment l'allée qui menait à la maison en contournant une large pelouse. Quarterleigh était une chaumière à colombages parfaitement entretenue : murs en torchis peints en rose tendre, fenêtres à petits carreaux et bacs à fleurs, volutes de fumée montant de la cheminée, cerceaux de chèvrefeuille grimpant au-dessus de la porte. On ne pouvait imaginer tableau plus serein, plus confiant. Mais pourquoi une vieille dame s'attendrait-elle à un brusque retour de son passé au milieu d'un doux après-midi de printemps ?

Ce ne fut pas Elizabeth qui vint ouvrir. La porte s'ouvrit trop vite, trop brusquement. Je fus surpris, mais pas très longtemps. J'avais l'explication devant moi. Henry Couchman, mon célèbre ex-beau-père, n'avait rien perdu de son tempérament explosif depuis la dernière fois que je l'avais vu. C'était au tribunal, trois ans plus tôt, pour mon divorce. Il me regardait avec dédain. Je lus ce jour-là un avertissement dans son regard noir. Le regard et l'expression n'avaient pas changé. C'était un homme riche et vertueux dévisageant de haut l'intrus déshonoré.

Henry se taisait. C'était un de ses grands atouts. Son silence à la Chambre des députés l'avait aidé à grimper les échelons du parti conservateur. Il avait été nommé sous-secrétaire d'État dans le cabinet de Heath, disposait encore d'une forte majorité dans sa circonscription et ne faisait pas bon accueil aux mauvais sujets. Une fois bannis de la famille, ils n'étaient pas censés remontrer le bout de leur nez.

Je rompis le silence.

– Je viens voir lady Couchman. Je ne m'attendais pas à vous trouver ici.

– Je m'en doute, mon gars.

Henry avait toujours ce même ton condescendant. Mais si, autrefois, j'étais dans mes petits souliers, je possédais maintenant sur lui un avantage qu'il ignorait : l'image d'un beau-père arrogant qui, un jour, lorsqu'il était bébé, dans son landau, fixait ses yeux sur Strafford sans comprendre.

– Elle est chez elle ?

– Pas pour vous, dit-il avec un sourire de supériorité.

Strafford s'est trompé, me dis-je, tu n'aurais jamais pu être son fils.

– Cela veut dire qu'elle est ici ?

– Non, elle est partie pour quelques jours.

– Où ça ?

– Pourquoi voulez-vous le savoir ?

– Je voulais lui parler, c'est tout.

– Écoutez, Martin.

Henry gonfla la poitrine comme à chaque fois qu'il s'apprêtait à faire un sermon.

– Ma mère ne vous connaît pas et ne tient pas à vous connaître. Ceux qui parmi nous vous connaissent préféreraient ne pas vous connaître. Il n'est pas question que je vous laisse importuner une vieille femme. Quand j'ai appris que vous alliez venir ici...

– C'est Helen qui vous l'a dit ?

– Bien sûr.

J'aurais dû m'en douter. Je pouvais entendre l'accent filial avec lequel elle avait fait part à son père de ses inquiétudes pour sa grand-mère, qui camouflaient sa haine pour moi. Si seulement j'avais joué plus fin à Shaftesbury. Si seulement j'avais été plus sobre. Mais cela aurait été au-dessus de mes forces, et maintenant le mal était fait.

Elizabeth s'était volatilisée, et Henry jouait les chiens de garde. Mais pourquoi ?

— Je me demande bien pourquoi Helen tolère vos visites. Si j'étais Ralph...

— Vous n'êtes pas Ralph.

À vrai dire, je n'avais pas remarqué de grande différence entre eux, sinon qu'Henry avait plus de poids parce qu'il était plus riche.

— Bon Dieu, Martin, votre droit de visite en ce qui concerne ma petite-fille n'est peut-être pas mon affaire, mais la tranquillité de ma mère, ça me regarde. Elle n'a pas besoin qu'un minable vienne fouiner dans ses affaires.

— Quelles affaires ?

La question le déconcerta. Il se mit à parler haut, dans le style de son parti politique.

— Comment ça, quelles affaires ? Mais il s'agit... Comment dire ?

Puis il se reprit :

— Nous ne savons pas ce que vous manigancez, Martin, et nous ne voulons pas le savoir.

J'essayai d'exploiter mon léger avantage.

— Je souhaitais parler à votre mère du passé, de l'époque des suffragettes. Cela m'intéresse en tant qu'historien.

Henry eut un ricanement méprisant.

— Cela pourrait l'intéresser aussi, ajoutai-je. Ce que je ne comprends pas, c'est pourquoi cela vous ennuie à ce point.

La flamme dans son regard d'acier vacilla.

— Ça ne m'ennuie pas du tout, mon gars, dit-il.

Je n'avais pourtant jamais senti aussi nettement combien ça l'embarrassait.

— Si, il y a quelque chose qui vous tracasse, Henry, assez pour que vous fassiez disparaître votre mère et que vous m'attendiez ici.

— Vous attendre, il ne manquerait plus que ça !

Son teint vira au rouge vif.

– Si je suis venu ici, c'est pour rattraper du travail en retard, dans le calme et le silence.

Il essayait de justifier sa présence, maintenant.

– J'ai mieux à faire qu'à...

– Vous avez une drôle de façon de le montrer.

– Écoutez-moi, mon gars, dit-il en s'avançant vers moi d'un air menaçant.

– Non. C'est vous qui allez m'écouter. Que savez-vous d'Edwin Strafford?

Il s'arrêta net.

– Qui ça?

– Edwin Strafford. Un ami de votre père et de votre mère, à des moments différents.

– Jamais entendu parler.

– Vraiment? Un ministre sous le gouvernement d'Asquith. Il est impossible que vous n'ayez pas entendu parler de lui.

– Pourquoi?

– C'est ce que j'aimerais savoir.

– Vous parlez par énigmes.

– Je veux bien l'admettre, mais c'est parce que j'essaie de déchiffrer une énigme. Edwin Strafford et votre mère ont été fiancés autrefois.

– Et alors?

– Vous le connaissez donc?

– Je n'ai pas dit ça. Ma mère a eu beaucoup d'admirateurs dans sa jeunesse.

– Celui-là a combattu avec votre père en Afrique du Sud, et plus tard votre mère a rompu ses fiançailles avec lui.

Henry se rapprocha, si près qu'il me souffla sur le visage son haleine empestant le whisky.

– Je ne sais pas à quel petit jeu vous jouez, mais je vous conseille d'arrêter.

Je connaissais assez Henry pour savoir qu'il était temps d'adopter un profil bas. Mais obéissant à une intuition, je décidai de lancer une sonde dans une autre direction.

– Ce n'est qu'un travail de recherche innocent, Henry. Il n'y a aucune raison de vous donner mauvaise conscience. Edwin Strafford est mort il y a vingt-six ans. Vous l'avez rencontré une fois, je crois?

Henry ne pouvait pas se souvenir de la rencontre que j'avais à l'esprit. Pourtant, il réagit comme s'il s'en souvenait. Ou pensait-il à une autre rencontre?

– Mauvaise conscience? Mais qu'est-ce que vous essayez d'insinuer, bon Dieu? Et je n'ai jamais rencontré ce Strafford.

– Ce n'est pas mon avis.

– Je n'ai rien à vous dire, Radford. Allez-vous-en, vous n'avez rien à faire sur ma propriété.

– Très bien. Je m'en vais. Pour le moment.

Je fis demi-tour et m'avançai dans l'allée de la façon la plus désinvolte possible. Ce n'était pas le moment de faire remarquer à Henry que ce n'était pas sa propriété, mais celle de sa mère. À moins qu'il n'ait voulu parler d'une autre sorte de propriété: le passé, un secret de famille, une rencontre que j'ignorais. Je l'entendis claquer la porte derrière moi.

Je traversai de nouveau le cimetière et passai devant la tombe de Couchman. Ayant survécu de trois ans à Strafford, il était encore en vie lorsque son vieil ami était rentré en Angleterre en 1951 et avait trouvé la mort. S'étaient-ils revus? Henry l'avait-il rencontré à ce moment-là?

De retour dans le village, je suivis un sentier qui aboutissait au ruisseau. Poursuivant mon chemin le long de la berge, je me retrouvai bientôt dans un champ tapissé de boutons d'or et de pâquerettes. L'église se trouvait en face de moi, de l'autre côté du ruisseau. Je franchis un échalier pour entrer dans un bois et me frayai un chemin à travers les fougères et les jacinthes des bois et, bientôt, je me trouvai juste derrière Quarterleigh. À l'abri sous le couvert des arbres d'où tombait une lumière mouchetée, j'étais aux premières loges. Le jardin, derrière la maison, descendait jusqu'à l'autre rive. Une serre était construite sur le derrière de la maison, avec un espace pavé devant. On apercevait le garage et le capot de la Jaguar d'Henry qui dépassait par les portes ouvertes et, de l'autre côté, une grande véranda et un jardin potager disposé en terrasses. Le reste du jardin, formé d'un gazon luxuriant et de parterres de fleurs entre des haies de rhododendrons, descendait en pente douce jusqu'au ruisseau. Là, les têtes jaunes des jonquilles se mêlaient aux roseaux ondoyant sous le vent.

Je restai à la même place une quinzaine de minutes. Puis je commençai à avoir froid et à m'ennuyer et, pensant qu'Henry ne sortirait pas, j'abandonnai mon poste d'observation. Comme je franchissais l'échalier pour sortir du bois, un point lumineux accrocha mon regard. Cela venait d'une fenêtre du premier étage. Tournant la tête, je crus voir disparaître une silhouette et j'imaginai aussitôt que ce devait être Henry qui m'observait à travers des jumelles. Si c'était bien lui, il savait que je l'avais surveillé. Mais je savais aussi quelque chose : l'homme qui m'avait chassé de chez lui comme un malpropre et qui avait pu me surprendre en train d'espionner avait peur. La question était de savoir pourquoi.

Je retournai au Royal Oak et pris une chambre pour la nuit. Ce soir-là, je m'assis au bar, bus de la bière et jouai aux fléchettes avec les gens du pays. Je laissai échapper à plusieurs reprises le nom de Couchman, sans grand résultat. On savait qu'une riche veuve habitait à Quarterleigh, mais c'était tout. Elle n'était ni une recluse solitaire excentrique, ni une célébrité locale. Le patron me parla de sir Gerald lorsque je racontai que j'avais vu sa tombe comme d'un homme qui parlait bien, amateur de whisky, qui venait régulièrement au bar et donnait de bons pourboires.

Je dormis profondément et, à mon réveil, j'avais les idées claires et un plan précis en tête. Puisque Elizabeth était pour le moment hors de ma portée, ma seule piste était la virulence avec laquelle Henry avait nié avoir rencontré Strafford. S'il l'avait rencontré à l'âge adulte, cela ne pouvait être qu'au printemps de 1951, au moment où Strafford se trouvait en Angleterre. Il s'était rendu chez son neveu dans le comté du Devon et il était mort. C'était là-bas que je devais aller pour prendre le puzzle par un autre bout.

Pendant un week-end à Londres dénué d'intérêt, je fis un premier rapport écrit pour Sellick, une tâche qui fut loin d'être aussi simple que ça. Je devais lui dire où j'en étais de mes recherches, en lui cachant que, pour les Couchman, j'étais un indésirable, et que j'avais mis Henry Couchman hors de lui sans même lui poser de questions indiscrètes. J'écrivis tout de même qu'à mon avis Henry savait quelque chose, ce que j'espérais découvrir dans le comté du Devon.

3

Le lundi après-midi, je me mis en route pour Exeter. Je pouvais prendre mon temps car je m'étais arrangé pour dormir chez des amis. Un peu après Taunton, le train se mit à serpenter à travers des champs d'un vert profond et une terre rouge brique qui me donnèrent à penser que j'étais entré dans la patrie de Strafford. C'était la première fois que je me trouvais dans cette région avec de telles associations en tête, la première fois que j'entendais un chef de gare prononcer Crediton avec l'accent du comté du Devon en songeant que Strafford, le vieux brasseur, était originaire de cette ville. Cela donnait à ce lieu une densité nouvelle. Ce n'était plus seulement l'endroit où j'avais passé quelques week-ends chez mes amis, les Bennett, ce n'était plus seulement un petit évêché de bon ton, situé de part et d'autre de l'Exe, c'était une ville avec un passé et une part de mystère.

À la gare St David, je descendis vers le pont qui enjambait l'Exe. La simple structure en pierre que la voiture de Strafford empruntait autrefois en se rendant à Barrowteign était à présent une grande artère à plusieurs voies. Près du pont, je pris un bus pour rejoindre le quartier neuf, construit à l'ouest de la ville, sur une hauteur. C'était là qu'habitaient les Bennett, dans leur coquette petite maison individuelle, avec un jardin non clos sur le devant, des portes-fenêtres et un garage intégré, une maison conçue pour un couple de banlieusards heureux n'ayant aucun scrupule à mener une existence ordonnée. Ils ne se fâchaient pas quand je les taquinais gentiment sur leur vie casanière, car ils cultivaient cette vertu anglaise démodée : la tolérance. J'avais connu Nick et Hester au moment où ils avaient eux-mêmes fait connaissance, pendant la formation pédagogique. Nick était devenu mon meilleur ami et moi le sien, Alec se trouvant, comme presque toujours durant cette période, à l'étranger. Ce n'est pas par sentimentalisme que nous restâmes amis, mais simplement parce que Nick et Hester ne m'avaient pas laissé tomber après ma sortie de l'Éducation nationale. Et bien qu'ils n'aient rien ignoré des circonstances entourant ma démission, ils ne m'avaient jamais fait la moindre réflexion. Les autres m'avaient tourné le dos ; eux, ils m'avaient invité à passer quelques semaines dans leur maison et aidé à surmonter une des plus mauvaises passes de ma vie. Je n'avais pas oublié leur gentillesse.

Comme j'approchais de la maison, j'aperçus Hester, à genoux sur la pelouse, en train d'arracher quelques mauvaises herbes rebelles à l'aide d'un déplantoir. Sa salopette et ses longs cheveux blonds ruisselant dans son dos la faisaient paraître trop jeune et trop délicate pour cette tâche.

– Elle essaie de se rappeler comment c'était quand il y avait une grande prairie, dis-je en arrivant derrière elle.

Hester sursauta comme un lièvre effarouché. Elle avait le chic pour ne pas entendre les gens venir.

– Hein ! s'écria-t-elle en pivotant sur elle-même et en fixant sur moi ses grands yeux, des yeux qui m'avaient toujours fait regretter de ne pas l'avoir épousée à la place d'Helen. Avoir essayé tout du moins.

– Oh c'est toi ! dit-elle en souriant.

Et son sourire confiant me fit penser une fois de plus qu'Hester méritait quelqu'un de mieux que moi. Elle l'avait d'ailleurs trouvé.

Elle se releva d'un bond et me gratifia d'un baiser sonore.

– Viens à la maison, dit-elle avec une vitalité pétillante. Allons arracher Nick à ses corrections.

À l'intérieur, nous trouvâmes Nick soupirant au-dessus d'une pile de cahiers. Il leva la tête et me sourit d'un air accablé.

– Quatre 14, c'est déjà assez déprimant sans que tu te ramènes, dit-il. Enfin, cela me fait au moins une excuse pour m'arrêter. Alors, quoi de neuf ?

Je lui racontai tout le nouveau, du mieux que je pus, tandis qu'Hester préparait le dîner et que Nick nous servait un bon gin-tonic, en m'assurant que j'avais beaucoup de chance de ne plus enseigner.

– Surtout, dit-il avec enthousiasme, quand on décroche un sujet de recherche pépère. Qu'est-ce que je ne donnerais pas pour pouvoir écrire ma biographie de John Clare (son idée de thèse qu'il n'avait jamais eu le temps de commencer) au lieu de me coltiner ce...

Il montra avec désespoir la pile de cahiers souillés de taches d'encre et avala une nouvelle gorgée de gin au lieu de chercher l'épithète adéquate.

– Mais qu'est-ce qui t'amène par ici ?

– Les parents de Strafford habitaient à Barrowteign, une propriété de la vallée de la Teign qui appartient maintenant à la Caisse des monuments historiques et des sites.

– Qu'est-ce que tu vas chercher là-bas ?

– Tout ce que je peux.

Nick et Hester me souhaitèrent bonne chance au cours de l'excellent dîner qui suivit. Comme Hester le fit remarquer, j'avais l'air en forme et même plutôt gai, alors peu importait que ce soit un emploi temporaire ou non. Elle avait raison. Jusque-là, mon nouveau travail avait fait plus pour moi que je n'avais fait pour lui. Le lendemain, j'aurais l'occasion de rétablir l'équilibre.

Le lendemain matin, Nick me déposa à la station du car en se rendant au collège.

– Amuse-toi bien, cria-t-il lorsque je descendis de voiture. Pense à moi pendant que tu te baladeras dans Barrowteign cet après-midi.

Puis il disparut au milieu d'un nuage de fumée noire.

L'autocar qui gravit péniblement le sommet des collines, à l'ouest d'Exeter, me laissa à Farrants Cross sur la route de Moretonhampstead. Il ne passait par Dewford que le jeudi et on était un mardi. Mais c'était une belle journée de printemps, et cela ne m'ennuyait pas de prendre la petite route déserte qui descendait dans la vallée de la Teign, dans un silence peuplé du seul chant des oiseaux et du bruit de l'eau coulant au milieu des champs. Sur ma gauche, se trouvait un remblai envahi par l'herbe. La carte prêtée par Nick indiquait que c'était une voie de chemin de fer désaffectée : l'ancienne ligne de la vallée de la Teign qui en soixante et quelques années de fonctionnement peu rentable avait tué trois personnes d'une même famille de la région. Qui aurait pu s'en douter à la voir maintenant couverte de ronces, innocente sous le ciel bleu ?

Plus au sud, la vallée s'élargissait. La voie désaffectée n'était plus qu'une cicatrice suivant le cours de la rivière. Puis j'aperçus ce que je cherchais : un bouquet d'arbres dans un parc et, nichés parmi eux, de hauts toits d'ardoise et des murs en grès rouge : Barrowteign, inchangé, attendait ma venue.

La route descendit dans un creux et je perdis de vue la maison. J'arrivai à un carrefour. Un poteau indiquait Dewford à droite. La route de gauche menait à plusieurs hameaux. Sur un panneau à part était écrit : « Caisse nationale des monuments historiques et des sites : DOMAINE DE BARROWTEIGN, ouvert du 1er avril au 31 octobre ». Il fallait prendre aussi à gauche. Je suivis la route indiquée, qui descendait en pente douce entre les champs jusqu'à un vieux pont en pierre. De l'autre côté, la route bifurquait. Un autre panneau des monuments historiques et des sites désignait la voie de gauche, et là, devant moi, je vis une grille flanquée de deux grands piliers. La route se poursuivait au-delà et, sur un nouveau panneau tout frais repeint, je lus : BARROWTEIGN. Il n'y avait pas de haut mur d'enceinte, pas de pavillon de gardien, juste des sapins ombrageant un remblai moussu, avec une clôture neuve. Je m'arrêtai à la poterne, savourant l'instant et le lieu. Au sommet de chacun des deux piliers, un chat-huant de pierre, un petit bouclier entre ses griffes, posait un regard froid sur les visiteurs.

La route déviait brusquement, s'éloignant d'une allée marquée PRIVÉ qui se prolongeait entre deux rangées de tilleuls dont les feuilles vertes étincelant sous le soleil invitaient à la promenade. J'eus l'impression que cela avait dû être l'allée principale, car aucun arbre n'ombrageait la route goudronnée qui faisait un détour en menant vers la maison. Et si je n'avais pas été à pied, je n'aurais certainement pas remarqué le fossé peu profond, pareil à une douve asséchée, que la route traversait un peu plus loin : la voie de chemin de fer coupant autrefois le parc en deux, et privée à présent de ses barrières et de ses rails, son ballast couvert d'herbe, juste un petit moutonnement sous les roues d'une voiture. Mais, chose curieuse, aucune trace d'un passage à niveau ni d'une maison de garde-barrière n'était visible.

La route montait jusqu'à la maison, traversait la cour d'une étable qui servait à présent de parking et s'élargissait pour former un carré couvert de gravier au pied d'un large perron de pierre, lequel montait à une étendue pavée entourant le rez-de-chaussée de la maison derrière une haie d'ifs taillés assez bas. Marquant une pause au bas du perron, je regardai la bâtisse : la façade en grès rouge, grande mais sans prétention, les fenêtres encadrées d'une pierre plus légère, les portes en bois sous une arche à rosace, le chat-huant, de nouveau, placé de façon à donner l'impression qu'il tenait la lanterne au-dessus de la porte, les hautes fenêtres à croisillons du rez-de-chaussée que l'on retrouvait, quoique un peu moins nombreuses, au premier étage et sous le toit en ardoise, des fenêtres en encorbellement. De part et d'autre de la façade, les ailes à pignons étaient dotées de fenêtres en saillie.

Le porche donnait directement sur une grande salle au plafond en bois, sombre malgré les hautes fenêtres, entièrement lambrissée, avec une énorme cheminée en granit et, dans le fond, un large escalier aux marches basses. Il conduisait à un demi-palier, puis se divisait de part et d'autre pour monter à une galerie qui entourait trois côtés de la salle.

Une vieille femme, perchée comme un moineau derrière un bureau près de la cheminée, me vendit un billet et un guide, puis elle me récita son couplet : « Cette salle est une imitation de style victorien de la tradition médiévale ; c'était le lieu où le seigneur recevait ses vassaux. Pour ce qui est de cette maison, c'est dans cette salle que le premier M. Strafford faisait parfois donner des fêtes pour ses ouvriers. L'escalier en teck massif conduit aux chambres à coucher. Dans chaque pièce, vous trouverez un guide qui pourra vous donner d'autres renseignements. »

Je la remerciai et commençai la visite. Un portrait en pied, bien éclairé par la fenêtre juste en face, ornait le mur de l'autre côté de la cheminée. Ainsi c'était donc lui, le fondateur de la famille. Il était bien tel que je l'avais imaginé d'après la description de son petit-fils : corpulent, fier, le visage rouge, portant des vêtements un peu passés, tenant les revers de son habit avec une détermination satisfaite. On pouvait lire sur la petite plaque en cuivre : THOMAS STRAFFORD (1789-1867), mais le tableau en disait beaucoup plus.

Dans une antichambre sombre derrière la grande salle, je trouvai un autre portrait de famille : un personnage alerte, très digne, en uniforme militaire – COLONEL GEORGE STRAFFORD, CROIX DE GUERRE (1819-1904). « Il agrandit le domaine et remeubla la maison à la mort de son père. Gentilhomme campagnard de l'époque victorienne, conseiller municipal et donateur charitable, le colonel Strafford ne fut pas un homme d'affaires. Il vendit de son vivant les intérêts de la famille dans les brasseries. »

Dans la salle à manger : une longue table rectangulaire dressée pour le dîner, une cheminée, une table plus petite pour le petit déjeuner dans une fenêtre en saillie regardant sur le jardin. Un autre portrait, de Robert Strafford celui-là, en tweed et cuissardes, pêchant à la mouche dans les eaux de la Teign. « Robert Strafford (1870-1911) aimait toutes les activités de la campagne : la chasse, la pêche (grâce à ses efforts, la Teign devint une rivière réputée dans les cercles de pêche), l'élevage du bétail (il reçut la médaille d'or de la Royal Agricultural Society en 1906, 1907 et 1909). On peut voir encore dans le parc ses races primées. »

J'entrai ensuite dans la bibliothèque. Les murs étaient couverts de livres reliés en cuir de l'époque victorienne. Il y avait aussi un globe, des chaises et une longue table au centre. Il régnait dans cette pièce une atmosphère plus authentique que celle que l'on trouve généralement dans les musées. J'étais déçu pourtant. Je n'avais trouvé aucun signe de « mon » Strafford. Je pouvais bien sûr l'imaginer travaillant à cette table, mais pourquoi n'y avait-il pas de portrait de lui ? Pourquoi pas de plaque indiquant : « Bureau d'Edwin Strafford » ?

Seul dans la bibliothèque, le guide assis près de la fenêtre avait l'air de s'ennuyer. Je décidai de faire appel à son savoir. C'était un vieux bonhomme aimable avec une fine moustache et l'œil vif, portant un blazer et une cravate d'uniforme.

– Excusez-moi.

– À votre service, monsieur.

– La visite m'a plu mais je me pose des questions sur cette famille.

– Ah oui ?

– Oui. Je suis féru d'histoire et je me souviens qu'il y avait un politicien nommé Strafford au début du siècle. Est-ce qu'il aurait des liens de parenté avec cette famille ?

– Pour sûr que oui. C'était le fils cadet du colonel, si ma mémoire est bonne. Mais une sorte de brebis galeuse, si vous voyez ce que je veux dire, dit-il en clignant de l'œil. Il y a eu un scandale, alors il a dû partir à l'étranger. Il a laissé sa mère le bec dans l'eau car son frère était déjà mort à ce moment-là.

— Je ne me souviens d'aucun scandale le concernant.

— À l'époque, c'était le genre de choses qu'on criait pas sur les toits. En tout cas, le déclin de la famille date de ce moment-là. Quand M. Ambrose, le jeune M. Strafford, a atteint sa majorité, le domaine était en mauvais état. Après la guerre, il l'a cédé à la Caisse des monuments historiques et des sites.

— Et qu'est devenu le jeune M. Strafford ?

— Oh, il vit toujours ici. Enfin pas dans la maison, mais sur la propriété. Évidemment, il est plus tout jeune. On le voit assez souvent. Lodge Cottage est juste au bout de l'allée.

— Je ne l'ai pas vu.

— C'est normal. Lodge Cottage se trouve dans la partie privée de l'ancienne allée. La nouvelle route qui monte ici ne passe pas par là-bas.

— À votre avis, je peux rendre visite à M. Strafford ?

— Pourquoi pas ? Mais vous ne le trouverez pas à cette heure.

— Non ?

— Vous avez plus de chances de le trouver au pub, le Greengage, à Dewford. C'est là qu'il est le plus bavard, si vous voyez ce que je veux dire.

— Je vois, merci. Je crois que je vais y faire un tour.

De retour dans le jardin, je trouvai sans difficulté l'endroit où la route bifurquait et l'écriteau PRIVÉ marquant le début de l'allée menant à Lodge Cottage, mais je décidai de ne pas pousser plus loin. Le guide devait savoir de quoi il parlait et j'avais besoin de boire quelque chose. Je retournai vers le pont, remontai la grande route puis entrai dans le village de Dewford aux maisons dispersées sur un versant de la vallée. Avec ses rues accidentées, pleines d'angles et de tournants étroits, et ses portes cochères boueuses, Dewford n'avait rien du charme désuet de Miston. C'était un village d'ouvriers du comté du Devon. Quant au Greengage, ce n'était pas un endroit pour déjeuners d'affaires avec sa salle obscure, basse de plafond, remplie de fermiers mangeant des petits pâtés et buvant de la bière blonde. Juste pour ne pas faire pareil, je commandai du cidre, et pour me faire entendre malgré le bruit d'une machine à sous, je demandai en criant au patron si Ambrose Strafford était là.

– Il est à Newton, le mardi. Il sera là plutôt ce soir.

J'avalai mon cidre et sortis.

C'était ennuyeux, mais cela me donnait le temps d'explorer Dewford. L'église se trouvait un peu plus haut. Son clocher en pierre émergeait des ifs. Je pénétrai dans le petit cimetière par un porche et ne fus pas long à trouver ce que je cherchais : la concession funéraire de la famille Strafford. Trois générations étaient enterrées là, de la tombe de Thomas Strafford, simple mais démesurée, à celle de Robert Strafford et de sa femme, entourée d'anges en pleurs, sur laquelle on pouvait lire : « Robert Strafford de Barrowteign et Florence Strafford, sa chère épouse, née Florence Hardisty de Dartmouth, emportés tous deux par un tragique accident, le 5 janvier 1911, unis dans la mort comme dans la vie. » À côté de ce monument funéraire grandiloquent, on remarquait à peine une petite pierre tombale portant une brève inscription : « E.G.S. 1876-1951. Qu'il repose en paix. » Rien de plus. Mais il y avait un bouquet de pâquerettes frais dans le vase sculpté dans la pierre. Et c'était un coin tranquille et verdoyant, ensoleillé dans l'après-midi, pas une si mauvaise place, tout compte fait. Je regrettai soudain de ne pas avoir apporté de fleurs. Mon seul hommage à Strafford était ses mémoires que je portais dans le sac à mon épaule et ce que je me proposais d'en faire.

Je passai une heure paisible à me promener autour de l'église, puis redescendis à Barrowteign pour prendre un thé au buffet situé dans l'aile occupée autrefois par les domestiques. Lorsque la maison ferma ses portes, à 6 heures, je suivis l'ancienne allée et arrivai bientôt à Lodge Cottage, niché dans son bosquet de tilleuls, près de la ligne de chemin de fer désaffectée. C'était une petite chaumière blanchie à la chaux, avec un jardinet bien entretenu entouré d'une clôture. La voie ferrée n'était plus qu'un chemin herbu inégal. Du passage à niveau, il ne restait que la barrière à cinq barres qui faisait maintenant partie de l'enceinte du jardin. Une vieille cabane un peu à l'écart de la voie paraissait avoir été convertie en garage. Du côté du passage à niveau où je me trouvais, on pouvait encore voir une grille à même la route, qui permettait le passage des voitures mais pas celui du bétail. Il n'y avait pas de signe de vie dans le cottage, mais je franchis la petite porte et essayai le heurtoir en fer forgé en forme de chouette. Il n'y eut pas de réponse.

Je retournai au Greengage, calme à présent. Il y avait moins de monde. La machine à sous, muette, clignait tristement des yeux dans un coin. Deux hommes jouaient aux fléchettes sans se parler ou à peine. Dans la cheminée, une mince volute de fumée montait d'une petite bûche. Un chien de berger au museau gris, qui était étendu devant l'âtre, dressa l'oreille et ouvrit un œil lorsque j'entrai. Le patron essuyait des verres avec une lenteur appliquée. En me voyant entrer, il se pencha par-dessus le bar et murmura quelque chose à son seul autre client, un vieil homme à cheveux gris, enveloppé dans un volumineux manteau de mouton, qui hocha la tête et fit sortir des ronds de fumée de sa pipe.

Je commandai un demi et savourai la première gorgée. Mon voisin, perché sur un tabouret et le dos appuyé contre un pilier, répandit plus de fumée autour de lui et se tourna pour me regarder. Des favoris blancs prolongeaient ses cheveux gris et sa moustache était jaunie par la fumée de sa pipe. Il avait un nez et des joues d'ivrogne, mais l'éclat de ses yeux chassieux et le dessin de ses rides révélaient qu'il avait le vin gai. Une chope en étain était posée sur le bar devant lui. Mon regard fut attiré par l'emblème gravé sur le côté : le chat-huant des Strafford. Je n'avais plus de doute sur l'identité de mon compagnon.

– Bonsoir, dis-je d'une façon encourageante.

– 'Soir, dit-il.

Il exhala un peu de fumée et je manquai de tousser.

– Ted, ajouta-t-il, m'a dit qu'un jeune gars avait demandé après moi tout à l'heure. Ce serait pas vous par hasard ?

– Je voulais parler à M. Ambrose Strafford.

– C'est moi.

– Je m'en doutais un peu. Je m'appelle Martin Radford. Heureux de vous rencontrer.

Je tendis la main. Il la regarda d'un air perplexe, puis sourit et la serra.

– Puis-je vous offrir quelque chose à boire ?

Il vida la chope.

– C'est pas de refus.

Le patron remplit sa chope de cidre au tonneau qui se trouvait sur le bar.

– Je suis allé à Barrowteign ce matin. C'est un endroit fascinant.

– Heureux que ça vous ait plu.

Il n'en avait pas l'air.

– Cela donne envie de connaître l'histoire de votre famille.

– Tout est dans le guide.

– Il n'y a pas grand-chose sur Edwin Strafford.

– Pourquoi devrait-il y avoir quelque chose ? dit-il en plissant les yeux.

– Ils auraient dû écrire l'histoire sur votre oncle, Ambrose, dit le patron. Ça se serait bien vendu.

– On dirait que Ted meurt d'envie de vous la raconter, cette histoire, dit Ambrose d'un ton sec.

– Non, non, dit Ted avec un grand sourire. Vous la racontez mieux, Ambrose.

– Quelle histoire ? demandai-je.

– Allez, dit Ted à Ambrose. Pourquoi vous lui dites pas ? Je l'ai entendue assez souvent. C'est pas un secret.

Ambrose resserra ses dents sur le tuyau de sa pipe et prit un air buté. Derrière moi, la porte tinta. Deux hommes entrèrent. Ambrose me fit un clin d'œil avec celui que Ted ne pouvait voir de l'endroit où il se trouvait.

– Faut pas qu'on t'empêche de servir tes clients, dit-il.

Ted, froissé, se tourna vers les nouveaux venus.

– Ted parle trop, résuma Ambrose. Mais il dit probablement la même chose de moi. Les gens qui savent ce que je pense, ça ne me gêne pas, si je sais ce qu'ils pensent.

C'était le moment de faire preuve de franchise.

– Je suis étudiant en histoire, monsieur Strafford. Votre oncle a été un politicien célèbre. Je trouve ça curieux qu'on ne dise rien sur lui dans sa maison familiale. Et sur sa tombe, il est juste écrit qu'il est mort en 1951.

– Que voulez-vous de plus ?

– Je ne sais pas. J'espérais que vous au moins vous pourriez m'en dire plus long.

– Très bien, monsieur Radford. Si vous voulez l'Évangile selon Ambrose Strafford, venez vous asseoir au pied du prophète. Il fait plus chaud près de la cheminée.

Il prit sa chope et alla jusqu'à l'endroit où le chien de berger dormait. Le feu était bas. Ambrose se pencha avec précaution, prit une bûche et la cala contre la flamme. L'écorce commença à brûler avec un petit chuintement. Il posa son pied contre la croupe du chien.

– Pousse-toi, Jessie, dit-il.

Le chien s'exécuta docilement. Ambrose s'installa dans un fauteuil à bascule tandis que je m'asseyais sur une chaise en face de lui.

– Ted se plaint que son bois part en fumée, mais il fait frisquet pendant ces soirées de printemps. Vous sentez cette odeur ? (La nouvelle bûche dégageait un parfum délicieux.) C'est du pommier : ça brûle bien. On en utilisait beaucoup à Barrowteign.

– Plus maintenant ?

– On m'en fournit un peu. Mais ça me donne l'impression d'être un vulgaire domestique.

Il regarda fixement le feu, puis sourit.

– Je ne peux pas me plaindre. Ils ont été plutôt généreux. Lorsque je suis rentré après la guerre, Barrowteign tombait en ruine ; on y avait logé des Amerloques qui ont bousillé les pâturages avec leurs chars d'assaut. La Caisse des monuments historiques m'a tiré d'un mauvais pas.

– Votre oncle ne pouvait pas vous aider ? demandai-je d'un air innocent.

– Il était à l'étranger dans le service diplomatique. Il ne savait pas très bien ce qui se passait. Et puis il ne roulait pas sur l'or.

– Un ancien ministre ? dis-je en prenant un air incrédule.

– En ce temps-là, on ne faisait pas fortune en politique, monsieur Radford, surtout si on avait des scrupules comme mon oncle. Et puis cela faisait un sacré bout de temps qu'il avait quitté la politique. Je n'ai pas de souvenir de lui comme député.

– Pourquoi a-t-il quitté le Parlement ?

– Les historiens ne le savent pas ? dit-il avec un sourire.

– Ils savent qu'il s'est démis de ses fonctions de ministre de l'Intérieur et a abandonné son siège de député un peu plus tard, mais ils ignorent pourquoi.

– Tout ce qu'il m'a dit, c'est que sa fiancée avait rompu leurs fiançailles et qu'il avait démissionné car il était trop désespéré pour pouvoir continuer à assumer ses responsabilités.

– Une mesure drastique, non ?

– C'est peut-être l'impression que ça vous donne, mais mon oncle était un homme sensible et intègre. C'est pas comme ces profiteurs qu'on élit de nos jours. Je sais aussi qu'il a voulu retirer sa démission mais qu'on ne l'a pas laissé faire. Ne me demandez pas pourquoi. Je crois qu'il ne le savait pas lui-même. C'est comme si quelqu'un lui en avait voulu, quelqu'un de puissant, quelqu'un dont il ne connaissait pas le nom.

Au lieu de le questionner là-dessus, je lui proposai un autre verre et attendis au bar que Ted me serve. Je tournai la tête vers Ambrose. Enfoncé dans son fauteuil à bascule, il disparaissait derrière la fumée de sa pipe. C'était un vieil original vêtu de tweed et de peau de mouton. D'après les mémoires, il devait avoir 70 ans et le cidre lui donnait bien son âge, mais ses yeux brillaient comme deux phares dans la brume et il avait un réel talent de conteur. Il donnait l'impression d'être une sorte de pot-pourri : gentilhomme alcoolique, paysan, rustre. Je ne pouvais pas lui faire confiance, mais je ne pouvais rien lui refuser non plus. Je sentais qu'il voulait me faire quelque révélation à laquelle il tenait comme à la prunelle de ses yeux, et je devinais un peu de quoi il s'agissait. Je savais peut-être déjà aussi que je lui donnerais à lire en contrepartie les mémoires de son oncle.

– Il y a une ancienne voie de chemin de fer qui traverse le domaine de Barrowteign, reprit-il après une longue lampée de cidre.

– Je sais, dis-je. Je l'ai vue. Elle croise la route qui monte à la maison.

– Vous avez de meilleurs yeux que je pensais, dit-il, l'air impressionné. La voie a été en grande partie détruite. C'est une ligne qui n'a jamais rapporté beaucoup d'argent. On l'a ouverte en 1903, peu de temps avant ma naissance, et on l'a fermée en 1958. Tout juste cinquante-cinq ans d'existence. On en a gaspillé des briques ! Et ces tonnes de terre que les terrassiers ont sué sang et eau à charrier ! Bien sûr, la Great Western Railway avait ses raisons. Il fallait une déviation pour les jours où la ligne côtière était inondée. Dans ce temps-là, on n'annulait pas les trains par mer houleuse comme on fait aujourd'hui. Mais ils ont tracé un itinéraire de délestage sans tenir compte de ce qui était en travers de leur chemin. Vous devez penser que je suis un vieux fou.

– Non, pas du tout.

C'était vrai. Je savais où il voulait en venir.

– Eh bien, en cinquante-cinq ans d'existence, reprit-il, cette voie de chemin de fer a tué trois personnes de ma famille. On a appelé ça des accidents. Des pactes avec la mort, je dirais plutôt. Ou pire. Quel que soit le prix payé à mon grand-père par la Great Western Railway pour traverser sa propriété, c'était pas assez cher payé. Barrowteign est le seul endroit plat dans cette partie de la vallée, alors ils étaient obligés de passer par là. En cas d'imprévu, on faisait partir un express sur cette voie et le seul endroit où il pouvait prendre de la vitesse, c'était Barrowteign. Voilà comment le chemin de fer de la vallée de la Teign a tué mes parents.

Ses yeux s'élargirent tandis qu'il donnait une intonation dramatique à son mince filet de voix. Il s'amusait. J'avais déjà entendu cette histoire avant, et je l'avais lue dans les mémoires, mais Ambrose donnait à cet événement une autre dimension. Cet express, détourné le 5 janvier 1911, fonçant à toute vapeur sur la voiture de Robert, n'était plus seulement un horrible accident, c'était une force maléfique s'acharnant sur la lignée des Strafford. Cet accident, qui fit d'Ambrose un orphelin, morcela la famille. Edwin, le régent frappé en plein cœur, fut incapable de faire cesser la malédiction qui pesait sur eux.

– En 1951, la Caisse des monuments historiques et des sites a repris Barrowteign et m'a installé, par une ironie du sort, dans la maison du garde-barrière devant la voie de chemin de fer où mes parents avaient trouvé la mort. Mon oncle est arrivé un soir au milieu du mois de mai. Je le croyais à Madère. Et tout à coup, il était là, comme tombé du ciel, sur le pas de ma porte. J'étais en train d'allumer ma pipe en me disant que j'aimerais bien monter ici pour boire un verre. La vieille Jessie, la mère de celle-là, n'a pas aboyé. C'était étonnant. J'aurais dû me douter que c'était lui : les cheveux plus blancs que gris, un peu voûté mais encore carré d'épaules. Il avait son pardessus, portait une vieille valise en cuir toute cabossée. Ça faisait six ans que je ne l'avais pas vu mais je ne fus pas surpris de le voir. Il m'a juste dit qu'il était allé à Londres et il m'a demandé si ça ne m'ennuyait pas de l'héberger quelque temps. Évidemment que ça ne m'ennuyait pas. Mais il avait beaucoup changé depuis que je l'avais vu à Madère. La seule chose qu'il voulait, c'était de l'encre, du papier, du calme. Il avait un grand cahier dans sa valise et il passait des heures à gribouiller Dieu sait quoi. Lorsque je lui demandais ce qu'il écrivait, il devenait, comment dire, fuyant. Cela me déroutait parce que je ne l'avais jamais connu ainsi.

Mes oreilles s'étaient dressées. Strafford écrivant dans son cahier ! Il avait pourtant mis un point final à ses mémoires l'année précédente. De quoi pouvait-il s'agir ?

– Dans la journée, c'est à peine s'il sortait. Le plus bizarre, c'est qu'il se promenait à la nuit tombée. Une fois, il est allé à Exeter. Mais il ne voulait pas m'accompagner au village. Je n'y comprenais rien. Ça lui ressemblait tellement peu. Et pourtant, c'était bien lui. La seule différence, c'est que la tristesse que j'avais toujours vue dans son regard était aussi dans son cœur et dans sa voix. C'était comme s'il se cachait sans se soucier d'être découvert. Dieu sait si je l'ai questionné, mais je n'ai rien pu en tirer. Il m'a simplement dit : « C'est juste une visite en passant. Considère-la comme l'adieu d'un vieil homme. » Qu'est-ce que ça pouvait bien vouloir dire ?

– Beaucoup, si l'on en croit ce qui s'est passé ensuite.

– Fichtre oui ! Une semaine après son arrivée, il a eu une visite. En rentrant un après-midi, j'ai aperçu mon oncle dans le jardin, avec un autre homme, un type à peu près du même âge, mais plus frêle, dans un beau manteau en cachemire, alors qu'on était au mois de mai. Ils se disputaient. Non, ce n'est pas le mot juste. Il y avait plutôt entre eux comme un courant glacé qui m'a fait penser à l'hiver. Les vieux ne se disputent pas, sauf quand ils sont soûls, comme moi. Ils n'ont pas assez d'énergie pour ça. Mais ces deux-là, ils avaient envie de s'étriper, ça sautait aux yeux. L'étranger était chauve et rouge de figure. On aurait dit qu'il passait de la supplication à la colère. Mon oncle, lui, était calme comme une statue.

Dès qu'il m'a vu, l'étranger est parti. Il est remonté dans sa voiture, une grande Bentley avec un chauffeur, garée un peu plus haut dans l'allée. Il n'a rien dit. Mais il grommelait entre ses dents. Mon oncle m'a raconté que c'était un touriste qui lui avait demandé son chemin.

Cette nuit-là, nous avons parlé de la famille, de Barrowteign, de mes parents. Il se les rappelait bien, alors que moi je n'avais que quelques vagues souvenirs. Il m'a dit qu'il avait souvent pensé qu'il aurait dû mourir ce jour-là sur le passage à niveau, à la place de mon père, car il n'avait pas, comme lui, une femme, un jeune fils et l'avenir devant lui. Il m'a dit aussi que le peu qu'il avait, il me le laisserait en souvenir. Il m'a laissé sa maison à Madère. Je l'ai vendue. C'est bizarre, mais j'avais eu l'impression, en l'écoutant, qu'il avait à l'esprit une autre sorte de souvenir.

Après ça, il est parti flâner du côté du passage à niveau. Il ressemblait à un épouvantail avec son pardessus qui lui battait les jambes. On aurait dit qu'il montait la garde. Ça m'a rendu nerveux. Et Jessie aussi. Elle s'est réveillée au milieu de la nuit et a aboyé sans raison. Mais est-ce que c'était vraiment sans raison ? Parfois, j'avais l'impression qu'il y avait des traces de pas dans le jardin dans des coins où je n'étais pas allé. Parfois, c'étaient des objets qui changeaient de place, la peinture qui s'écaillait autour des fenêtres. Mais avec une voie ferrée devant chez soi, allez savoir.

En tout cas, dans la nuit qui précéda la mort de mon oncle, il s'est réellement passé quelque chose. Pour me calmer, j'avais bu jusqu'à une heure avancée de la nuit et je m'étais endormi comme une bûche. Si la vieille Jessie a aboyé, je ne l'ai pas entendue. Mais j'ai été réveillé en sursaut par un bruit de verre brisé quelque part dans la maison. Je me suis levé. Mon oncle était dans le salon, habillé et alerte comme s'il n'avait pas dormi.

Il immobilisait un jeune type en lui tordant le bras derrière le dos. Massif, le visage mauvais, à peu près votre âge, mais plus de graisse que de muscle à en juger par la façon dont mon vieil oncle l'avait pris à contre-pied. Il proférait des menaces d'une voix rageuse au moment où je suis entré, mais je ne me rappelle pas exactement quoi. J'étais encore mal réveillé. Je voulais qu'on le conduise à la gendarmerie, mais mon oncle ne voulait pas en entendre parler. Il s'est contenté de le pousser dehors avec mépris en le traitant de «vandale». Et le drôle a décampé sans demander son reste. Mais ce n'était pas un vandale. Parce que des vandales aussi bien habillés que lui, je n'en ai pas rencontrés beaucoup, ni des vandales qui aient le dessous avec des hommes de 75 ans. En plus de ça, les cambriolages sont rares dans le coin. Non, on savait tous les deux qu'il y avait autre chose. Mais mon oncle a gardé le silence, cette fois encore.

Et la nuit suivante, il était fauché par un train sur le passage à niveau. Seulement, après tout ça, comment avaler la thèse de l'accident ?

– Mais si ce n'est pas un accident ?

– C'est un meurtre, jeune homme. Un meurtre prémédité. Aussi évident que le nez en pleine figure.

– Qu'a dit le coroner ?

– Rien. C'était un type qui n'avait pas deux sous de jugeote. Il était incapable de voir plus loin que les problèmes de sécurité sur les passages à niveau non gardés. Les inconnus rôdant à la nuit tombée, les menaces, il n'a pas voulu en tenir compte. On a dit que je buvais trop.

– Il n'y avait pas de preuves ?

– Je ne parle pas de preuves. Je parle de pressentiments, de soupçons, de certitudes. Si j'avais la moindre preuve, on m'aurait écouté.

– Il n'est jamais trop tard.

– Cela fait maintenant vingt-six ans, jeune homme. Ce n'est plus qu'une vieille histoire qu'on se raconte au coin du feu. Une histoire pour divertir les gens de passage.

Cette idée sembla le rendre mélancolique. Je ne pouvais pas lui dire la seule chose qui aurait pu tout changer.

– C'est une histoire fascinante. Je vous crois d'un bout à l'autre.

– C'est gentil de dire ça.

– Non, je vous crois vraiment. Je vous crois parce que cela concorde parfaitement avec certaines informations que je possède. Quelque chose que vous ne savez pas. Quelque chose qui peut constituer une preuve.

Il plissa le front et me fixa de ses yeux aux paupières tombantes.

– Quelles informations ?

– Chaque chose en son temps, dis-je, et me penchant en avant, j'ajoutai : Pourquoi ne pas aller jeter un coup d'œil sur le passage à niveau ? Vous pourriez m'expliquer comment ce présumé accident s'est produit. Je pourrais me rendre compte par moi-même. Puis je vous dirai ce que je sais.

– Ça alors, c'est un de ces retournements de situation comme il y en a dans les romans. C'est moi qui suis censé raconter, pas vous ! dit-il avec un sourire.

Le pub commençait à se remplir. J'avais hâte de poursuivre notre conversation en privé. Et la promesse que je lui avais faite de lui donner des éléments nouveaux semblait l'avoir mis dans la même disposition.

– D'accord, allons-y, dit-il. Il n'y a rien à voir mais je vous montrerai quand même. Puis vous m'apporterez votre obole.

Il s'extirpa du fauteuil à bascule, réveilla doucement Jessie avec la pointe de sa botte, prit sa canne près de la cheminée et, passant devant moi, il sortit en saluant une douzaine de buveurs rougeauds qui semblèrent surpris et même désolés de le voir partir si tôt.

Il faisait noir dehors, et bien qu'on pût voir dans le ciel quelques dernières nuances de bleu, les étoiles brillaient d'un éclat plus vif que dans les villes où j'avais l'habitude de les voir. Je les contemplai avec étonnement.

– C'était la même chose cette nuit-là, dit Ambrose si près de mon oreille que je sursautai. Une nuit de pleine lune silencieuse, avec une lumière blafarde qui permettait de voir aussi bien qu'en plein jour. Ce n'était pas un temps pour les accidents.

Nous reprîmes le chemin par lequel j'étais venu le matin : la rue qui conduisait à la route, puis le vieux pont de pierre. Ambrose ne disait rien, comme si la nuit l'intimidait, lui aussi. Les semelles de ses bottes raclaient le macadam. Son chien trottinait à côté de lui. Quelque part, un renard glapit. C'étaient les seuls bruits dans l'inquiétant silence. On était en 1977, mais on aurait pu être en 1951.

Il y avait pourtant entre ces deux dates une différence de taille : lorsque nous quittâmes la route qui continuait vers Barrowteign pour suivre l'allée menant à Lodge Cottage, nous ne traversâmes pas de voie ferrée, juste une des barrières du passage à niveau jouant à présent un autre rôle.

Avec le bout de sa botte, Ambrose fit voler en l'air un peu de gravier.

– Cette satanée pierraille était déjà là, dit-il. Je m'en suis servi pour l'allée de mon garage. Avec les traverses, j'ai construit un châssis pour les concombres et j'ai fait grimper des clématites autour d'un panneau avertisseur. À part ça, il ne reste pas grand-chose : le portillon, un bout de barrière, la grille pour empêcher le bétail de passer. Ça ne vous dit pas grand-chose, hein ?

– Non, pas vraiment.

Vers le sud, la ligne de chemin de fer apparaissait par endroits le long des tilleuls. Au nord, derrière la masse sombre du garage, on devinait la forme plus sombre d'une tranchée. Me laissant à l'emplacement de l'ancienne voie ferrée, Ambrose traversa le jardin et entra chez lui. Il alluma la lampe qui se trouvait dehors au-dessus de la porte. Cela éclaira un peu mieux la scène.

– Comment ça s'est passé alors ?

Ambrose revint jusqu'à la barrière et s'y appuya.

– Les trains qui venaient d'Exeter, dit-il, accéléraient à hauteur du passage à niveau, au sortir d'une courbe. Ils sifflaient toujours et, de toute façon, on connaissait l'heure du passage des trains. Il n'y avait pas vraiment de danger. Mes parents n'ont pas eu de chance. Leur voiture s'est embourbée sur le passage à niveau à cause de la neige et un express a foncé droit sur eux. Le destin, comme on dit.

– Pas dans le cas de votre oncle ?

– Non. Certains jours, on y voit moins bien que cette nuit-là. Et il n'y avait pas un souffle de vent. Il était là à fumer tranquillement, comme il faisait presque chaque soir. Il aurait dû entendre le train à des kilomètres et, en tout cas, il aurait dû le voir largement à temps.

– Que s'est-il passé ?

– Je n'en sais rien. Le conducteur n'a rien vu de bizarre, juste, au dernier moment, une silhouette tapie sur la voie. Il l'a heurtée à pleine vitesse. La mort a dû être instantanée. C'est une consolation.

Il tira sur sa pipe et la fumée qui s'en échappa me fit songer au train de cette nuit-là, fonçant vers le passage à niveau, Strafford sur la voie, dans l'incapacité de bouger.

– Il n'a peut-être pas entendu. Les personnes âgées sont un peu dures d'oreille.

– Mon oncle entendait très bien. Je crois qu'il ne pouvait pas bouger. À l'enquête, le conducteur a dit qu'il avait vu une autre silhouette près du passage à niveau. Une ombre. Le coroner n'en a pas tenu compte.

– Où étiez-vous à ce moment-là ?

Il ricana.

– J'étais au Greengage. À l'époque, c'était le père de Ted le patron. Il fermait plus tard. Les derniers événements m'avaient secoué, alors je n'étais pas mécontent de rester plus longtemps. Quelle bêtise ! Pendant que j'étais là-bas, quelqu'un, l'ombre que le conducteur a aperçue, a neutralisé mon oncle et l'a jeté sous les roues du train. Enfin, c'est ce que je crois.

– Mais vous n'avez pas de preuves ?

– Pas l'ombre d'une preuve. À moins que vous ne puissiez en laisser tomber une de vos lèvres, dit-il en riant.

– Ce n'est pas impossible, dis-je. Vous pourriez l'appeler la version de votre oncle.

– Alors entrez, jeune homme. Voilà longtemps que j'attends ça.

Je frissonnai dans l'air chaud de la nuit. Je venais de m'engager à lui montrer les mémoires. Ce n'était pas du tout ce que j'avais l'intention de faire en allant le voir au pub. Je voulais être prudent, mais le lieu et l'homme m'avaient séduit. Strafford avait dit autrefois à son neveu qu'il voulait lui laisser le peu qu'il avait pour qu'il se souvienne de lui. Qui étais-je pour décider de lui refuser ça ?

Nous entrâmes dans le cottage. L'entrée au plafond bas sentait le renfermé. Jessie, qui nous avait attendus sur le paillasson, bondit sur ses pattes et nous précéda dans une petite pièce donnant sur le devant de la maison. Une faible lueur éclairait le foyer, et les rideaux tirés laissaient voir une fenêtre en saillie regardant le jardin éclairé par le clair de lune et ce qui autrefois était la voie ferrée. Ambrose alluma un lampadaire et commença à remuer les cendres avec un tisonnier, pendant que je regardais autour de moi.

La pièce était encombrée d'un bric-à-brac recouvert de poussière qui faisait plus songer à un grenier qu'à un salon. Le papier des murs avait depuis longtemps perdu sa couleur originale pour prendre la teinte du tabac d'Ambrose. Dans chaque alcôve, des étagères grimpaient jusqu'au plafond. Plusieurs chaises et caisses à thé débordaient de livres grands et petits, de chemises, de feuilles cartonnées et de feuilles de papier, de cadres vides, de journaux, d'albums et de chemises en carton. Au milieu de tout cela, deux bergères avaient réussi à trouver une place de chaque côté de la cheminée. Il y avait un bureau près du mur, avec de nombreux tiroirs d'où dépassaient des enveloppes oblitérées, des bouts de papier, des morceaux de crayons, des chéquiers vides et plusieurs cure-pipes, au point qu'on n'avait sans doute pas pu fermer l'abattant depuis des mois. Un verre au fond duquel avait séché une petite mare de cidre traînait au milieu des débris. Sur une table pliante, derrière la porte, il y avait un grand poste de radio comme on en faisait autrefois et des morceaux épars de modèles réduits en plastique. Plusieurs maquettes terminées, un Spitfire, un avion biplan et ce qui ressemblait à un navire, étaient placées sur une commode, dans un coin. Des objets indiens, un éléphant en ivoire sculpté, un moulage en cuivre de Kali et divers bibelots et vieux objets au coude à coude se disputaient l'espace avec quelques cactus miteux. Sous la fenêtre, se trouvait un panier rond en osier garni d'une couverture. Jessie y grimpa et nous regarda d'un air perplexe comme pour nous demander la raison d'une telle activité à cette heure de la nuit.

Ambrose avait rajouté quelques brindilles et une bûche sur les cendres et le feu avait fini par reprendre.

– Ça brûle bien maintenant, dit-il, et, se baissant derrière l'un des fauteuils, il ramena une grande bonbonne en terre cuite.

Il retira le bouchon.

– Vous en voulez un verre ? proposa-t-il.

J'avais déjà bu pas mal, mais j'acceptai.

– Asseyez-vous. Faites comme chez vous.

J'enlevai un journal et une de ses pipes qui traînaient sur un des fauteuils criblés de brûlures de cigarette et de taches de nicotine, et je m'assis. Ambrose alla chercher des verres et nous servit généreusement.

– C'est confortable chez vous, dis-je.

– Pas la peine de me baratiner, mon garçon. C'est un putain de dépotoir et vous le savez très bien. Mais Jessie et moi, on a fini par s'y plaire, fit-il avec un petit rire. Et il fait plus chaud que chez Ted.

C'était vrai, un grand feu clair pétillait à présent dans la cheminée.

– Alors, de quoi vous vouliez parler, dehors ?

– C'est là, dis-je en donnant une petite tape sur le sac que j'avais suspendu au bras du fauteuil.

– Qu'est-ce que c'est ?

Je ne fis pas durer plus longtemps le suspense. Je lui parlai des mémoires de Strafford et du nouveau propriétaire de la Quinta do Porto Novo, qui m'avait engagé pour que je découvre le fin mot de l'histoire. Ambrose m'écoutait en silence, en tirant des bouffées de sa pipe, le regard rivé sur le feu. Sans attendre qu'il me le demande, je sortis le cahier du sac et le lui tendis d'un geste où perçait une sorte de respect. Il le regarda, stupéfait.

– Alors, c'est aussi simple que ça ? dit-il. Vous tombez du ciel et vous me tendez le testament de mon oncle sur un plateau ?

– Pas tout à fait. Mon arrivée est, c'est vrai, l'effet du hasard, mais ce cahier, vous auriez pu le trouver vous-même, il y a longtemps. Il vous attendait à la *quinta*.

– C'est peut-être à ça qu'il pensait quand il parlait d'héritage. Je croyais que c'était juste cette vieille maison en pisé à Madère. Je l'ai vendue sans même aller jeter un coup d'œil dessus. Quel imbécile je suis.

Il regarda d'un air dubitatif la couverture du cahier posé sur ses genoux.

– Mais j'y pense. Cela ressemble drôlement au cahier dans lequel il écrivait quand il était ici. Est-ce qu'il l'a renvoyé à Madère avant de mourir ?

– C'est possible, mais ses mémoires se terminent en octobre 1950.

– Hum.

Il feuilleta le cahier.

— Il n'y a pas d'erreur, c'est bien l'écriture de ce pauvre vieux. Pas le même cahier, dites-vous. En tout cas, je n'ai jamais trouvé l'autre, celui dans lequel il gribouillait quand il était ici. J'ai fouillé dans ses affaires. Dieu sait qu'il n'avait pas grand-chose. Je n'ai rien trouvé.

— Alors où est-il passé ?

— Est-ce que je sais ? Il a pu le détruire. Ou peut-être qu'il l'a envoyé à Madère et qu'il s'est perdu. Peut-être aussi que c'est celui-là et qu'il faisait des corrections ou le mettait à jour.

— Peut-être.

Je n'y croyais pas trop. Ambrose farfouilla entre les coussins et le bras de son fauteuil et ramena une vieille paire de lunettes en demi-lune, les percha sur son nez et commença à lire. Je remplis mon verre, comme il m'y invitait, et pensai soudain à Nick et à Hester qui m'attendaient peut-être.

— Vous avez un téléphone ? demandai-je.

Pas de réponse. Ambrose était déjà plongé dans sa lecture.

— Ambrose ! Vous avez un téléphone ?

Il leva les yeux et me regarda d'un air sévère.

— Bien sûr que non. Je n'aime pas les gadgets. Il y a une cabine au village.

— C'est loin.

— Alors n'y allez pas. Laissez-moi lire en paix. Prenez un autre verre.

— Je viens d'en prendre un.

— C'est bien l'ingratitude des jeunes. Prenez un bouquin. C'est pas ça qui manque.

— Ces affaires de votre oncle... dis-je, en suivant ma pensée.

— Il n'y avait pas grand-chose. Des vêtements. Je les ai brûlés. Un livre. Tiens, vous pourriez y jeter un œil. Ça vous ferait peut-être taire.

Il se hissa du fauteuil, navigua avec sûreté jusqu'à l'une des étagères et examina une pile de livres en faisant claquer sa langue.

– Le voici, dit-il en sortant un livre de la pile. C'est tout ce qu'il avait : des poèmes. Les Strafford sont des sentimentaux.

Il me lança le livre puis reprit sa place dans le fauteuil en face de moi, avec les mémoires. Je regardai le livre qu'il avait sorti, un mince volume tout écorné : *Satires de circonstances*, de Thomas Hardy – première édition, 1914. J'aurais dû me douter que Strafford aurait choisi Thomas Hardy comme compagnon de route. Les titres des poèmes étaient en harmonie avec l'atmosphère des mémoires : « Le Départ », « Ta dernière promenade », « Pluie sur une tombe », « Lamentation », « Le Chasseur »... Le titre du poème « Après un voyage » était entouré de rouge et la page marquée. Je le lus en entier. C'était un poème mélancolique, allusif, élégiaque comme les autres. Je n'y vis rien de plus. Ce fut une de mes erreurs.

C'était le matin. Une lumière grise perçait à travers la fenêtre sale. Dans la cheminée, il y avait un tas de cendres blanches. J'étais encore dans le fauteuil, le cou serré dans l'étau d'un horrible torticolis, un mal de dos à peine plus supportable que mon mal de tête, la gorge douloureuse lorsque j'avalais. C'était ma première gueule de bois au cidre. En cherchant à me lever, je donnai un coup de pied dans un verre à moitié plein qui se renversa sur le tapis élimé devant le foyer. Je poussai un juron, ramassai ce qui restait et posai le verre à l'abri sur le manteau de la cheminée. Je fus rassuré de voir que j'y avais mis aussi les *Satires de circonstances*, à un moment ou à un autre de la nuit, probablement pour la même raison. Je vis aussi le cahier relié de Strafford.

Je me frottai les yeux et me raclai la gorge pour me réveiller. Je commençai à retrouver l'usage de mes sens. Une odeur de bacon flottait dans l'air et j'entendais Ambrose siffler faux. Me guidant sur mon ouïe et mon odorat, je sortis de la pièce, traversai l'entrée et gagnai une petite cuisine, basse de plafond, au sol recouvert de dalles. En face de moi, la moitié supérieure d'une porte d'étable était ouverte sur le jardin. À droite, il y avait une table bancale placée sous une fenêtre, et dessus une grande théière avec des tasses et des assiettes, vieilles et ébréchées, une bouteille contenant un peu de lait, un pot de confiture avec un couteau planté dedans comme un soldat de plomb, une motte de beurre bien entamée et une miche de pain entourée de miettes. Jessie mangeait dans un bol près de la porte. Elle s'arrêta pour me regarder. Ambrose était debout près de la cheminée, radieux, un tablier de boucher plein de taches noué sur le ventre, mélangeant du bacon, des œufs et des tomates dans une grande poêle à frire noire encroûtée. Il me glissa un coup d'œil et s'arrêta de siffler.

– Vous n'avez pas bonne mine, dit-il. Un bon *breakfast*, ça vous dirait ?

– Non, merci. Je préférerais du thé, si vous en avez.

– Dans la théière. Servez-vous.

Je me laissai tomber sur une chaise devant la table et me versai un peu de thé dans une grande tasse à motif chinois. Ambrose fit glisser son repas dans une assiette et s'assit en face de moi.

– Le cidre ne vous réussit pas ?

– Manque d'habitude, dis-je entre deux gorgées. Vous, vous avez l'air en forme.

– Ah ! Mais je n'ai pas bu hier soir. J'avais tellement à lire.

– Vous avez fini ?

– Pour sûr que oui que j'ai fini.

Il me lança un regard furieux.

– Je me suis même baladé une heure ou deux à l'aube pendant que vous cuviez votre vin.

– Alors, qu'est-ce que vous en pensez ?

Il versa de très haut le thé dans sa tasse.

– Je nourris d'abord mon estomac, Martin. Je pense après.

Il me fallut donc attendre qu'il eût fini de saucer toute son assiette avec son pain, jeté une tranche de bacon à Jessie, vidé la théière et allumé sa pipe.

— Cela m'a fait un sacré choc, dit-il enfin (il tira une bouffée de sa pipe). J'ai souvent pensé à lui, bien sûr, mais ce n'est pas la même chose. J'avais de lui le souvenir d'un homme froid et réservé. Maintenant, je le vois différemment. C'est un homme de chair et de sang avec une histoire. Une histoire tragique.

— C'est comme s'il était de nouveau vivant.

— Mais cela repose la question de sa mort, mon garçon. On trouve plus de questions que de réponses dans ses mémoires. Ces forces du destin s'acharnant après lui, est-ce que c'était Lloyd George ? Churchill ? Couchman ?

— Je ne sais pas, dis-je.

— Et pourquoi Elizabeth l'a-t-elle laissé tomber ?

— C'est la grande question. Je suis sûr que tout le reste en découle. Mais le lui demander ne nous avancera pas, comme votre oncle en a fait l'expérience.

— Alors quoi ?

— On peut supposer sans beaucoup se tromper qu'il a été discrédité aux yeux de sa fiancée. Cela pouvait profiter à plusieurs personnes.

— À qui ?

— La liste des suspects n'est pas difficile à établir. Il savait que Gerald Couchman était un tricheur et un lâche, ce qui fait de Couchman l'ennemi numéro un. Il a refusé d'entrer dans la conspiration contre Asquith comme le lui avait proposé Lloyd George, ennemi numéro deux. C'est à cause de lui qu'Elizabeth Latimer a abandonné les cercles des suffragettes, ennemi numéro trois. Qui détestait assez la fiancée de votre oncle pour demander sur elle une enquête ? Votre propre mère, ennemi numéro quatre.

— Ma pauvre mère, dit-il songeur. Je ne pouvais pas supporter d'avoir un de ses tableaux ici, vous savez. Je les ai tous laissés là-haut dans la maison. Mais je ne peux pas l'imaginer salissant le nom de son beau-frère.

– Elle voulait à toute force les séparer.

– Oui, mais en noircissant Elizabeth, pas mon oncle. Non, elle n'aurait jamais fait une chose pareille.

– Alors ?

– Mais ces gens qui venaient rôder par ici, qui entraient dans la maison, qui se disputaient avec lui. Puis cet accident qui ressemble à un meurtre. Je ne vois pas ce que cela aurait à voir avec ma pauvre mère ?

– Rien, sans doute. Mais cela n'a rien à voir non plus avec Lloyd George qui est mort en 1945, ni avec les suffragettes.

– Alors ce type, Couchman ?

– Là encore, c'est fort improbable. On pourrait aller jusqu'à dire qu'il avait une dent contre votre oncle. Mais il n'était pas en relation avec lui au moment de ses fiançailles avec Elizabeth. Il n'était même pas en Angleterre.

Nous n'avions pas avancé.

Ambrose tirait des bouffées de sa pipe avec le regard d'un vieil homme blessé. Je ne lui parlai pas de mes liens avec les Couchman ni de ma rencontre avec Henry. J'avais peur qu'il veuille absolument voir Henry et qu'il gâche tout, à supposer que je n'aie pas déjà tout gâché moi-même. Et surtout, je voulais Strafford et son mystère pour moi tout seul. J'étais heureux de soutirer à ce brave vieil Ambrose tout ce que je pouvais, mais le laisser dans l'ombre servait mieux mes projets. La force avec laquelle Henry niait avoir rencontré Strafford s'associait dans mon esprit avec les empreintes de pas à Lodge Cottage en 1951. Mais je voulais en savoir davantage avant d'essayer de le prouver. Mon instinct d'historien, plus le fait qu'Henry était lui-même un homme politique, me faisaient suspecter une conspiration politique contre Strafford et, avant d'aller plus loin, je voulais mettre cette idée à l'épreuve en la confrontant au savoir des historiens de Cambridge. Commençant à regretter d'avoir montré les mémoires à Ambrose, je décidai de ne pas lui en dire davantage. J'aurais dû lui faire confiance comme il m'avait fait confiance. Mais j'en étais incapable.

Après le petit déjeuner, nous allâmes promener Jessie. Barrowteign ouvrait tout juste ses portes. Les premiers visiteurs entraient par petits groupes. Mais le parc était encore silencieux. Nous marchâmes d'un pas tranquille sous les marronniers, regardant le terrain qui montait vers la large façade de la maison. L'herbe était encore couverte de rosée. Le brouillard se levait lentement autour des arbres. Ambrose retourna de sa canne les bogues des marrons de l'année passée et contempla ce qui était autrefois sa maison.

– Je ne vais plus jamais là-haut, dit-il. Trop de mauvais souvenirs, je suppose.

– Est-ce que votre oncle y est allé lorsqu'il est venu chez vous ?

– Je ne m'en souviens pas. (Il téta sa pipe.) Les ouvriers fourmillaient cette année-là, soi-disant pour restaurer. D'après ce que j'ai vu, j'appellerais plutôt ça du maquillage.

Il secoua la tête tristement.

– Il m'a posé beaucoup de questions sur ce qu'ils avaient fait de nos affaires.

– Qu'est-ce qu'ils en ont fait ?

– Ils ont jeté pas mal de choses. Le reste, ils l'ont rangé au grenier. Il y a beaucoup de choses que j'ai oubliées qui se trouvent probablement encore là-haut sous des housses. C'est sans doute le meilleur endroit, ajouta-t-il en soupirant.

Nous nous éloignâmes de la maison, sortîmes de la propriété par un échalier connu d'Ambrose et traversâmes la rivière. Il faisait de plus en plus chaud et nous prenions instinctivement le chemin du Greengage.

– Un petit verre, Martin, dit Ambrose. Voilà ce qu'il vous faut. Moi, j'ai besoin de boire. Mon oncle m'a accompagné au Greengage après la nuit où le type s'est introduit dans le cottage, la veille de sa mort. Il faisait une chaleur caniculaire. C'était le début du mois de juin. Nous étions assis dehors et nous buvions de la bière. J'en avais drôlement besoin après toutes ces émotions. Mon oncle ne trahissait aucun sentiment, mais je pense qu'il en avait bien besoin aussi.

J'entrai dans le pub avec Ambrose et il regarda le petit jardin derrière avec des chaises empilées sur les tables et un air de début de saison.

– Boire a dû le rendre sentimental. Je me souviens qu'il a parlé du château qu'il avait construit pour moi lorsqu'il était rentré chez nous à la fin de la Grande Guerre. Il voulait savoir ce que j'en avais fait. Puis, après un silence, il a ajouté: « C'était quand même un rudement beau château. »

À cette heure matinale, nous étions les seuls clients de Ted. Il essuyait les verres, les levait à la lumière pendant que mon premier cidre de la journée me faisait grimacer et qu'Ambrose faisait de la fumée. Ses yeux étincelaient derrière les vapeurs de tabac et il n'avait pas du tout l'air d'un homme qui venait de passer une nuit blanche. Il était occupé à se rappeler un passé mystérieux, une activité plus réparatrice pour lui que le sommeil.

Mais pas pour Ted.

– Vous rabâchez encore ces histoires, Ambrose ?

– Je ne m'en plains pas, dis-je.

– Vous commenceriez peut-être à vous plaindre si vous les aviez entendues cent fois comme moi.

– Les faits sont les faits, dit Ambrose d'un ton brusque. Je n'ai pas inventé ce cambrioleur. Tu l'as oublié ?

– Non. Je me rappelle que Sprague, le gendarme, est venu et qu'il a demandé à mon vieux père et à moi si des étrangers avaient cherché votre oncle avant le cambriolage. Non, personne n'avait demandé après lui.

– Voyez, Martin, dit Ambrose avec une grimace, Ted veut me tourmenter avec ce qu'il a oublié de dire au coroner. Allez, Ted,

ajouta-t-il sur un ton moqueur, est-ce que quelqu'un a demandé mon oncle après l'effraction ?
– Oui.
– Mais tu n'as pas pensé à le dire à Sprague ?
– C'est que ce n'était pas avant l'effraction comme il l'avait demandé. C'était après.
– Mais c'était avant qu'il meure, n'est-ce pas ? L'après-midi du jour où il est mort pour être précis.
Ted hocha la tête en silence.
– C'est possible.
– C'est ce que tu m'avais dit, Ted, mais c'était après l'enquête. C'était trop tard.
– Ça ne prouve rien, si ?
– Non, dit Ambrose avec un soupir.

Non, ça ne prouvait rien. Quels éléments avions-nous ? Strafford se cachant dans le comté du Devon. Un inconnu ou des inconnus cherchant sa trace. Strafford tué dans un accident bizarre. Un vieux neveu imbibé de cidre croyant à un complot. Par respect pour Strafford, je devais aussi y croire mais j'avais besoin de preuves et Ambrose ne pouvait pas me les donner.

Je téléphonai à Hester du Greengage, la rassurai sur mon compte et lui dis que je serais de retour dans la soirée.

Ambrose se proposa gentiment de me conduire en voiture à Exeter. Nous retournâmes à pied au cottage, je pris les mémoires et nous grimpâmes dans sa vieille Morris Minor toute rouillée. Jessie sauta à l'arrière, et nous partîmes à toute allure sur la route qui remontait la vallée. Ambrose me parlait tout en conduisant, il fumait et tournait sans arrêt la tête vers moi pour insister sur tel ou tel point, ce qui me rendait terriblement nerveux. Il n'eut pas de mal à m'arracher la promesse de lui envoyer une copie des mémoires et de le tenir au courant de mes recherches.

En approchant d'Exeter, il me posa des questions sur Sellick auxquelles je répondis d'une façon évasive.

– C'est quelqu'un qui est assez riche pour se payer le luxe d'avoir la solution d'une énigme historique.

Ambrose me dit qu'il avait du mal à croire que ce soit aussi simple. Je n'étais pas de son avis. Il ne connaissait pas Sellick, mais je n'étais pas d'humeur à lui parler de lui.

– Qu'est-ce qu'il y a maintenant sur votre agenda ? demanda Ambrose lorsqu'il arrêta la voiture dans l'impasse des Bennett, leur coquette petite maison me semblant tout à coup à des milliers de kilomètres de Barrowteign.

– Cambridge. Pour découvrir ce que les historiens disent de tout ça.

– Continue à creuser, mon gars. Crois-moi, il y a quelque chose à déterrer.

– C'est ce que je pense aussi, dis-je en prenant mon sac. Eh bien, merci pour tout.

– De rien !

Il sourit et me donna une solide poignée de main, puis il me gratifia d'un de ses clins d'œil attachants.

– Moi aussi je vais continuer à creuser, crois-moi. Bon sang, ensemble, je crois qu'on arrivera à quelque chose !

– Je vous écrirai, c'est promis.

Hester et Nick furent assez gentils pour ne pas me reprocher de leur avoir fait faux bond et je les divertis en leur faisant le récit de mes dernières vingt-quatre heures en compagnie d'Ambrose. Le lendemain, j'allai à la bibliothèque consulter les vieux journaux locaux pour trouver un compte rendu de l'accident.

Il y avait quelques lignes dans un journal daté du 5 juin 1951, et un compte rendu de l'enquête, deux semaines plus tard. Ainsi qu'Ambrose l'avait dit, il était beaucoup question des problèmes de sécurité sur le passage à niveau de Barrowteign, la mort de Strafford étant considérée comme accidentelle. Quant à la mention, faite après coup par le conducteur, d'une silhouette s'enfuyant au moment de l'accident, le coroner demanda au jury de garder à l'esprit que le conducteur se trouvait dans un état de choc après la collision. Cela revenait à leur demander de ne pas tenir compte de son témoignage, ce qu'ils firent. Le coroner émit l'hypothèse que le vieil homme, surpris par l'arrivée soudaine d'un train, avait pu trébucher ou se prendre le pied entre les rails en voulant se hâter de partir. Les jurés conclurent donc à une mort accidentelle. Une petite phrase résumait le témoignage d'Ambrose, prouvant le peu de cas qu'on en avait fait. Il ne l'avait toujours pas digéré. Le vendredi, je retournai à Londres. J'aurais voulu aller à Cambridge tout de suite mais l'université ne pouvait m'offrir de chambre avant le lundi. J'écrivis un nouveau rapport pour Sellick, faisant état de la conviction d'Ambrose qu'il s'agissait d'un acte criminel. C'était un rapport précis et honnête. Je me sentais plus confiant à présent, plus maître de la situation. J'étais loin de me douter que ma tranquillité d'esprit était pur aveuglement.

4

Je regardai par la fenêtre d'un train cahotant et crasseux l'enchevêtrement des voies de garage abandonnées que l'on traverse au sortir de la gare de Liverpool Street. Le soleil qui brillait sur cet océan de rouille faisait naître un sentiment de désolation. Mais c'était pour moi un tableau familier, le point de départ de mes trajets autrefois réguliers à Cambridge. Je me rappelai, comme à chaque fois, l'émotion qui m'avait saisi à la vue de la campagne hostile de l'Essex, lors de mon premier voyage, douze ans plus tôt. Cette ville aux plaisirs étrangers dans les plaines marécageuses du Norfolk m'avait d'abord intimidé, puis séduit, et si, par la suite, j'avais été désabusé, elle exerçait toujours sur moi une sorte de fascination et je me réjouissais secrètement d'avoir, grâce à Sellick, l'occasion d'y retourner. Malgré toutes mes critiques et mes réserves, Cambridge m'avait donné trois années formidables. C'était une ville narcissique, arrogante, et plus encore, mais était-ce pis que ce que j'étais devenu ?

Princes' Hall, éminence grise prise en sandwich entre Corpus Christi College et Pembroke College, avait toujours été un monde en soi. Ce n'était pas différent dans la fraîcheur de cette fin d'après-midi où de petits nuages ronds voilaient le soleil, au moment où je payais le chauffeur du taxi et regardais à travers les grilles noires et dorées, surmontées de flèches, avec la même défiance que ces bâtiments avaient toujours semblé me réserver : la façade, la cour pavée ornée de gazon, les cloîtres de la période Tudor d'un côté, un hall victorien de l'autre, une chapelle gothique au bout. « Pour l'histoire, c'est très bien », m'avaient dit ceux qui m'avaient conseillé d'y faire mes études, et ils avaient eu raison, pour un certain style d'histoire, axée sur le savoir, dénuée d'imagination et d'humanisme.

Le lendemain matin, je me rendis de bonne heure à la bibliothèque de l'université, un édifice imposant situé sur la rive gauche de la Cam, doté d'une flèche pour rivaliser avec la cathédrale de Salisbury mais dédié à une autre sorte de religion : la bibliomanie. Les écrits de tous les politiciens de quelque importance à l'époque de Strafford se trouvaient rassemblés aux archives. J'attendis qu'on me les communique dans l'immense salle de lecture bondée d'étudiants préparant dans le silence leur dernier examen de licence, et je me sentis tout fier en pensant combien ma tâche était plus subtile. En fait, cette partie de ma recherche s'avéra infructueuse. Presque tous les collègues de cabinet de Strafford avaient laissé quelque testament à la postérité – mémoires, lettres, journaux, autobiographies –, mais, après les avoir passés au crible toute une journée, je n'en avais rien tiré, sinon davantage de respect pour Strafford, l'écrivain et l'homme.

La pauvreté des références était suspecte en soi. L'hypothèse de Baxter selon laquelle Strafford avait donné sa démission pour pousser Asquith à des élections anticipées ne s'appuyait sur aucune preuve. Je me consolai avec un petit pain aux raisins dans le salon de thé de la bibliothèque en songeant que j'avais trouvé le défaut de la cuirasse sur cette vieille peau de Marcus Baxter, le grand historien.

Je choisis d'aller lui rendre visite chez lui, un peu avant l'heure du dîner. Il habitait une pièce spacieuse éclairée par trois fenêtres, au-dessus d'un porche, à gauche de la chapelle. La chance était avec moi. Après un coup frappé à la porte, sa voix rauque retentit :

– Entrez ! brailla-t-il.

On disait de Baxter qu'il entrait moins dans une pièce qu'il ne l'envahissait. Et lorsqu'il était dans une pièce, il l'occupait moins qu'il ne l'infestait. Il donnait le spectacle d'un composé étrange de misérabilisme et de superbe, d'équivoque et de probité. Un arôme que j'associai à son caractère contrariant et hautain – ou était-ce une odeur ? – flottait dans la pièce et me rappela immédiatement les nombreuses visites que je lui avais faites par le passé, plus déférentes que celle-ci. Il y avait aussi dans l'air le fumet des vieux livres, du bon whisky, des oignons pourris et des cigarettes bon marché. Il avait toujours ce même air de vieux taureau qui se souvient du printemps lorsqu'il leva les yeux pour regarder son visiteur. Il criait d'une voix âpre dans une machine à dicter, assis sur une chaise, alors que la méridienne tapissée de velours, près de la fenêtre, d'où il aurait pu avoir une belle vue sur la cour, était couverte de piles de livres et de papiers et que le fauteuil en bois pivotant derrière le bureau encombré était vide. La pièce était tout entière abandonnée aux livres et aux papiers. Un petit buste de Cromwell sur un piédestal dans un coin et un meuble contenant des bouteilles de whisky pur malt dans un autre constituaient les seuls éléments de décoration. À moins d'y inclure Baxter lui-même : sa courte silhouette trapue, la peau tannée, le regard d'un boxeur professionnel, un peignoir de bain bleu par-dessus ses vêtements, une cigarette à forte teneur en goudron au coin de la bouche, un début de calvitie, mais toujours cette pousse de cheveux en V sur le front, gris à présent, qui donnait une expression diabolique à sa figure chiffonnée.

– Qu'est-ce que c'est ? cria-t-il.

– Martin Radford. Vous vous souvenez de moi ?

Baxter avait peut-être eu l'intention de sourire, mais l'effort pour garder sa cigarette à sa place lui avait donné un air méchant.

– Naturellement, mon garçon. Promotion de 67.

Sa mémoire était intacte, comme j'aurais pu m'en douter.

– Alors, qu'avez-vous déniché ?
– L'enseignement, si on peut dire.
– La meilleure chose pour vous et pour l'enseignement. Prenez un verre.
À son habitude, il ne fit pas un geste pour aller en chercher un, aussi je me servis moi-même.
– Quelle excuse avez-vous pour venir ici ? Vous savez que je n'ai jamais encouragé cette habitude.
– Pourquoi ? demandai-je en remplissant son verre et en essayant de ne pas être trop sec.
– Parce que, mon garçon, ceux qui reviennent pour me dire qu'ils ont réussi sont en général ceux que j'estimais le moins.
Il ne consentit à ôter sa cigarette de sa bouche que pour avaler un peu de whisky.
– Ça tombe bien, dis-je en faisant un peu de place sur la méridienne pour m'asseoir. Je ne vous parlerai pas de mes réussites car je n'ai pas spécialement réussi.
– Alors je ne vous dirai pas ce que je pensais de vous.
– Et vous ? Comment vont vos livres ?
– J'ai une biographie de Bonar Law en train.
– Bonar Law, ce n'était pas quelqu'un d'un peu terne ?
– Justement ! Je ne veux pas mélanger la politique et les échos mondains. Est-ce qu'il buvait ? Est-ce qu'il préférait les femmes ou les jeunes garçons ? Qui s'intéresse à ça ? Non, ce serait plutôt du genre : « A-t-il créé un problème irlandais pour enfoncer les libéraux ? »
– Je fais un peu de recherche moi aussi en ce moment.
Il manqua de s'étrangler avec son whisky.
– Mieux vaut tard que jamais.
– C'est pour ça que je suis ici. J'ai vu que vous étiez passé avant moi.
– À propos de qui ? demanda Baxter comme si je l'avais insulté.

— Edwin Strafford. Ministre de l'Intérieur sous Asquith. Vous avez écrit quelques lignes sur lui dans le *Dictionary of National Biography*.

Baxter eut un large sourire.

— Radford, ce doit être la première fois que vous lisez quelque chose que j'ai écrit. Je parie que vous avez été impressionné.

J'ignorai le sarcasme.

— La longueur de l'article, ça peut passer, dis-je en attaquant à mon tour, mais les conclusions sont discutables.

J'aurais pu être Baxter commentant un travail que je lui aurais rendu.

— Comme vous y allez ! Et d'abord, quelles preuves avez-vous pour avancer ça ?

— La question est plutôt : quelles sont vos preuves ? Est-ce que vous vous souvenez de la façon dont vous expliquez la soudaine démission de Strafford en 1910 ?

Baxter lança une main comme pour attraper une mouche imaginaire.

— Bien sûr. Strafford voulait être un politicien aux mains propres. Quand il a pris conscience que ce n'était pas possible, il a essayé de faire pression sur Asquith pour qu'il appelle à des élections et laisse tomber la conférence sur la réforme constitutionnelle. À mon avis, il considérait tout compromis comme sordide. Il était trop *gentleman* pour s'impliquer dans ces histoires. Trop borné pour comprendre que sa démission ne servirait à rien. Pas de base politique, pas de plomb dans la cervelle.

— Mais comment savez-vous que c'est pour cela qu'il a donné sa démission ?

— Pour quelle autre raison sinon ? C'est l'acte intempestif d'un dilettante. Cela cadre parfaitement.

— C'est plutôt ce qu'on appelle avoir un préjugé contre quelqu'un.

— Alors, quelle est votre version ?

— J'ai la preuve qu'il a donné sa démission pour pouvoir épouser une suffragette.

Baxter leva les bras en l'air et partit d'un gros rire.

— Et Bonar Law était Jack l'Éventreur. J'espère que vous ne resterez pas dans l'enseignement.

J'essayai de rester calme.

— Je crois que ma preuve est beaucoup plus convaincante que la vôtre.

— J'en doute. On peut savoir ce que c'est ?

— Les mémoires que Strafford a écrits et qui ont été découverts récemment à Madère parmi ses papiers.

Un document historique original avait toujours été pour Baxter une mine d'or, aussi, malgré ses ricanements, l'étincelle du chercheur d'or brilla dans ses yeux.

— Ça peut être intéressant. Mais ne commettez pas la vieille erreur de croire ce qu'un politicien dit de lui.

— Dans ce cas précis, j'y crois. Il raconte qu'il a voulu retirer sa démission aussitôt après l'avoir donnée mais qu'Asquith s'y est opposé. Vous en parlez dans votre article pour le *Dictionary of National Biography*.

— Oui, j'en ai entendu parler mais cela ne fait que confirmer ce que je pense de lui. Il s'est dégonflé dès qu'il a compris combien il était isolé. Asquith n'avait pas envie de le reprendre après ça. Si votre histoire de mariage avec une suffragette avait quelque fondement, pourquoi son ardeur se serait-elle refroidie aussi vite ?

— Elle a rompu ses fiançailles.

— Pourquoi Asquith ne l'a-t-il pas repris ?

— C'est ce que j'essaie de découvrir. Ma thèse est qu'un ou plusieurs de ses collègues ont cherché à le déshonorer.

— Qui et pourquoi ?

— Lloyd George est le plus suspect. Il a voulu entraîner Strafford dans une coalition avec Balfour pour supplanter Asquith.

– Quand ?
– En juin 1910. Juste avant qu'il donne sa démission.
– Votre chronologie est boiteuse. Lloyd George a évoqué en effet la possibilité d'une coalition avec Balfour en 1910, mais pas avant l'automne.
– Alors, soit Lloyd George mentait quand il en a parlé à Strafford, soit nous n'avons pas su voir qu'il caressait cette idée depuis un certain temps déjà.
– Ou Strafford vous mène en bateau.
– Je ne pense pas.
– Bon. Puisque vous êtes là, est-ce que vous voulez venir au réfectoire avec moi ?

Il se leva, jeta sa robe de chambre sur le dossier d'une chaise, ramassa une toge tachée et élimée pendue à la porte et l'enfila avec peine. J'acceptai volontiers et le suivis dans la cour. Le soleil de la fin d'après-midi brillait sur les pavés détrempés par une averse, et des silhouettes en toge, répondant à la cloche du dîner, commençaient à arriver par petits groupes.

Baxter me donna alors une première preuve de son intérêt pour ce que j'avais dit.

– Pourquoi Lloyd George aurait-il eu besoin de déshonorer Strafford ? demanda-t-il comme s'il réfléchissait tout haut. Simplement parce que Strafford avait refusé d'entamer des négociations avec Balfour ?

– Parce que Strafford en savait assez pour discréditer Lloyd George aux yeux du parti et saboter les négociations avant même qu'elles commencent. Ma conviction est que Lloyd George redoutait suffisamment la jeunesse et les capacités de Strafford pour vouloir sa tête s'il ne pouvait pas l'avoir dans son camp.

Baxter s'arrêta net et pinça les lèvres.

– Votre version a tout le charme d'un vêtement trop court sur une belle femme, Radford – accrocheur mais pas pratique. Premièrement, vérifiez l'authenticité de votre source – laissez

des experts y jeter un œil. Deuxièmement, penchez-vous quelques mois sur tous les documents disponibles concernant cette période. Troisièmement, présentez vos arguments. Puis revenez me voir.
– Je n'ai pas le temps de faire tout ça.
– Alors vous n'avez pas le temps d'être historien.
Je me mordis les lèvres. Nous entrâmes dans le réfectoire. À la table des professeurs, Baxter reçut un accueil jovial. Il me présenta brièvement, de façon presque inaudible. En face de nous, un corps étiolé, enveloppé dans les plis d'une toge trop grande, souleva une main mourante en signe de bienvenue.
– Marcus, dit-il d'une voix geignarde, excusable uniquement en raison de son grand âge, que vous soyez venu une fois de plus parmi nous justifie que je me risque à goûter le pâté de lapin du chef.
– Arrêtez de déconner, Stephen, répliqua Baxter. Radford, je vous présente Stephen Lamzed, notre historien d'art le plus réputé. Nous sommes allés le chercher dans une autre époque.
– Enchanté, dis-je en observant une distance prudente.
– Moi de même.
Du moins fit-il l'effort de le paraître. Son visage encadré de longs cheveux argentés était une mosaïque de rides que j'aurais pu prendre pour quelque peinture d'un vieux maître, avant qu'il n'humecte ses lèvres avec une longue langue étroite de lézard attrapant les insectes dans le désert.
– Marcus, il y avait longtemps que vous n'aviez pas amené de compagnie à notre table. À quoi devons-nous ce plaisir ?
Baxter eut un petit sourire.
– Radford enquête sur les suffragettes.
Lamzed vérifiait la propreté de ses couverts.
– J'avoue que l'étude de ces femmes vitupérant contre les hommes ne m'attire pas, mais c'est très en vogue ces derniers temps. La faculté d'histoire est d'ailleurs le foyer des causes féministes, n'est-ce pas, Marcus ?

Baxter leva les sourcils au-dessus de paupières mi-closes.
— Certainement pas !
— On me régale pourtant chaque jour d'anecdotes sur la dame brune de Darwin. La sirène de Sidgwick ne nourrit-elle pas les conversations dans les chambrées de Cambridge ? Et n'est-elle pas une spécialiste des suffragettes ?
— De qui voulez-vous parler ? demandai-je.
Baxter rompit un petit pain en deux.
— Il veut dire qu'il y a des assistantes qui sont plus belles à regarder que moi, et une en particulier qui a un nombreux auditoire du simple fait qu'elle est une femme et qu'elle a moins de 50 ans.
Les rides de Lamzed s'ordonnèrent en un sourire.
— Marcus, vous vous sous-estimez. Mais il est vrai que si les admirateurs de Mlle Randall ont moins de notoriété que les vôtres, ils sont plus nombreux et plus enthousiastes.
Baxter, les mâchoires contractées, rendit à Lamzed son sourire.
— Mlle Eve Randall, dit-il en mangeant bruyamment sa soupe entre chaque phrase, est membre résidant du collège de Darwin. Elle a donné une série de conférences au premier trimestre sur l'agitation politique à l'époque du roi Édouard VII. Elles ont été bien accueillies à ce que j'ai entendu dire.
— Vous n'êtes pas allé l'écouter ?
— Je donne un cours sur l'impérialisme à la même heure. Stephen pourra vous donner nos indices d'écoute respectifs.
Lamzed approuva d'une inclination de tête.
— En tout cas, elle donne six autres conférences ce trimestre.
— La pression de la demande populaire, dit Lamzed avec un soupir.
— À votre avis, est-ce que cela vaut la peine que j'aille l'écouter une fois ? demandai-je à Baxter.
Il laissa tomber sa cuillère dans l'assiette creuse, à présent vide, et commença à se curer les dents.

– Pourquoi pas ? Si vous voulez vraiment étudier Strafford sous l'angle des suffragettes, vous pouvez en parler à Mlle Randall. Mais je ne crois pas qu'elle apprécie beaucoup les théories fleur bleue. Elle voit les suffragettes comme des amazones asexuées.

Lamzed regarda d'un air soupçonneux un bout d'asperge qu'il avait pêché dans sa soupe.

– Mercredi à 10 heures, dit-il. Si vous voulez être sûr d'avoir une place, arrivez en avance.

Je décidai d'y aller. Ce qui était, même si j'étais pardonnable de ne pas le savoir, une nouvelle erreur.

L'avenue Sidgwick, le lendemain matin, à 10 heures : une journée ordinaire avec des étudiants éparpillés autour des blockhaus austères et gris de la faculté des lettres. Lorsque j'étais étudiant, ils étaient neufs ; c'était le triomphe de l'architecture sans cœur des années soixante. Mais l'ensemble avait mal vieilli : le béton était taché, les façades écaillées, les ventilateurs souffreteux. Assis à l'extérieur de la cafétéria, j'observai un moment le mouvement de foule entre la conférence de 9 heures et celle de 10 heures, puis je pris place au bout de la file d'attente qui s'était formée.

Je m'assis au fond de la salle et regardai autour de moi, d'abord avec timidité, puis avec curiosité, les étudiants échangeant leurs impressions sur la conférence de la semaine précédente, ouvrant bruyamment leurs classeurs dans leur excès d'enthousiasme. Ils paraissaient plus jeunes et plus sérieux que je ne m'y attendais. Garçons boutonneux et filles bas-bleus.

En tout cas, il n'y avait aucun doute sur le caractère respectueux du « Chut ! » qui se propagea dans l'assistance quelques instants plus tard. Une longue silhouette élégante pénétra dans la salle par une porte latérale et marcha d'un pas vif, mais sans précipitation, jusqu'au lutrin : Eve Randall, belle et grave dans une robe citron sous une toge académique, était debout face à son auditoire. Elle ne souriait pas. Son entrée était comme une fenêtre que l'on ouvre dans une pièce étouffante et qui laisse passer un air un peu vif. Elle avait cette distinction qui fait que l'on retient son souffle, et de beaux cheveux noirs et lustrés, bouclant sur ses épaules. Le regard étincelant et le menton décidé révélaient pourtant que la chatte avait des griffes. Nul besoin pourtant de les sortir : elle tenait l'auditoire en son pouvoir.

Elle parla durant quarante-cinq minutes, avec aisance, sans notes, présentant les arguments à l'appui de sa thèse dans un enchaînement captivant qui suscitait une adhésion totale. Sa voix et le style de son exposé provoquaient le même effet qu'un apéritif glacé, ils ouvraient l'appétit. Mais nous restâmes sur notre faim. Déjà, la conférence était terminée. Le contenu de l'exposé ne m'avait pas appris grand-chose. Elle voyait les suffragettes comme des pionnières de la démocratie, réagissant contre des situations inacceptables dans un état de droit. Qu'elle ne m'ait pas convaincu était sans importance. La fascination qu'elle avait exercée sur nous tous ne tenait pas à la logique de son raisonnement, mais à sa beauté lointaine, à son style, à son magnétisme. « L'abnégation de ces jeunes femmes et les humiliations dont elles furent victimes nous donnent la mesure de l'incapacité croissante de la machine politique sous Édouard VII à résoudre ses problèmes. Les suffragettes ont fait sortir les femmes britanniques d'un jardin victorien entouré de murs pour les placer devant cette réalité pas toujours agréable mais stimulante : la conscience qu'une transformation de la société devait obligatoirement passer par un effort soutenu et l'union des forces. » Elle termina ainsi en nous donnant rendez-vous la semaine suivante. Je ne crois pas que j'étais le seul à regretter qu'elle s'arrête là.

Des étudiants, des filles pour la plupart, se pressèrent autour de leur idole pour lui poser des questions. J'attendis mon tour. Je voulais lui parler seul à seule. Je m'assis dehors sur un banc pendant que retombait l'agitation accompagnant le changement de professeur. Cinq minutes plus tard, la silhouette que j'attendais sortit par une petite porte. Elle avait une jolie démarche que j'avais déjà remarquée lorsqu'elle était arrivée pour donner sa conférence. Elle traversa d'un pas décidé l'arène pavée en direction de la bibliothèque d'histoire, une affreuse proue de briques et de verre, la plus grande folie de l'architecture moderne.

J'y étais allé assez souvent dans le passé pour deviner qu'Eve Randall avait dû se voir attribuer l'une des petites pièces des étages supérieurs et, pendant qu'elle montait par l'ascenseur, je cherchai son nom sur un tableau, puis, l'ayant trouvé, je me rendis à son bureau en empruntant l'escalier.

La porte était ouverte. Une toge était posée sur une chaise derrière le bureau en bois et en acier. L'occupante des lieux, debout près de la fenêtre, regardait les tourelles en brique rouge du Selwyn College. Une bouilloire électrique commençait à siffler dans un coin. Je frappai à la porte. Elle se retourna pour me regarder.

Elle avait passé un cardigan noir sur sa robe, ce qui atténuait son air professoral mais pas son allure décidée. Je lui donnai à peu près mon âge, sans mes cheveux gris ni ma nervosité. Elle avait l'air d'une femme qui a trouvé le juste équilibre entre la jeunesse et la maturité, le tempérament et la beauté, la féminité et le professionnalisme. Le résultat était une aisance parfaite que j'avais remarquée de loin dans l'amphithéâtre et pouvais à présent admirer de près. Sous les sages vêtements qu'elle avait choisis pour faire son cours, je devinai immédiatement des courbes autrement voluptueuses. Elle tourna la tête, et ses cheveux bougèrent avec une liberté de mouvement presque délibérée. Cette fois encore, pas de sourire, comme si un regard insistant devait devancer toute forme de courtoisie.

– Mademoiselle Randall ?
– Oui.

De la vapeur s'échappait de la bouilloire à ma gauche.

– Voulez-vous que j'éteigne ? demandai-je.
– S'il vous plaît.
J'allai éteindre le réchaud.
– J'ai assisté à votre conférence. Je suis venu vous dire que cela m'a beaucoup plu.
– Je vous remercie.
– On a déjà dû vous le dire. Je crois que cette série de conférences a beaucoup de succès.
– C'est la première fois que vous venez ? Je ne crois pas vous avoir déjà vu.
– Oui, c'est la première fois que je viens vous écouter.
– Vous êtes étudiant ? demanda-t-elle d'un air incertain.
– Non.
Son expression devint méfiante.
– J'ai fait mes études universitaires à Princes' Hall, dis-je en espérant que cela serait plus rassurant. Je m'appelle Martin Radford.
Elle me dévisagea un moment en silence. J'eus l'impression qu'elle allait me dire que je n'avais rien à faire là et me demander de sortir. Au lieu de ça, elle sourit de façon déconcertante, avec une sorte de délectation. Puis son sourire s'élargit en quelque chose de plus amical et je me sentis aussitôt à l'aise.
– J'étais en train de faire du café. Vous en voulez ?
J'acceptai et remis la bouilloire sur le feu. Elle traversa la pièce et sortit deux tasses.
– Asseyez-vous.
– Merci.
Elle revint sur ses pas et s'assit à son bureau. Je pris la seule chaise qui restait. Face à Mlle Randall qui se découpait contre la lumière, je grimaçai un peu à cause du soleil. Je la soupçonnai d'avoir choisi la disposition des meubles de façon à avoir toujours cet avantage sur ses visiteurs.
– Portez-vous un intérêt particulier au mouvement des suffragettes, monsieur Radford ?

– Je fais une recherche sur un sujet qui a un rapport avec la cause des suffragettes.
– Vraiment ? Nous faisons la même chose alors.
– Pas tout à fait. Je crois que vous préparez un livre sur ce sujet ?
– Oui, c'est exact.
– Je ne fais rien de ce genre.
Je bus une gorgée de café.
– Le mouvement des suffragettes ne constitue qu'une partie de ma recherche. Mais en tant que spécialiste, cela pourrait vous intéresser.
– Vous me flattez, monsieur Radford. J'ai recueilli beaucoup d'informations sur les suffragettes mais je ne me prends pas pour autant pour une spécialiste.
– Beaucoup de gens vous considèrent comme telle pourtant. Que savez-vous sur Edwin Strafford ?
– Ministre de l'Intérieur de 1908 à 1910. Un modéré. S'il n'avait pas donné sa démission, McKenna n'aurait jamais pu présenter sa loi ordonnant la mise en liberté provisoire des prisonniers observant une grève de la faim. Le gouvernement aurait su mieux faire face à la situation.
– Elizabeth Latimer ?
Elle répéta le nom et réfléchit un moment avant de répondre.
– Elle faisait partie du groupe de Putney. Elizabeth Latimer, Miriam Fane, Julia Lambourne et les jumelles Simey étaient des admiratrices de Christabel Pankhurst. De 1906 à 1908 environ, on les appelait les Cinq Furies dans les cercles des suffragettes, à cause de leurs actions téméraires. En 1911, au moment où Christabel a repris sa politique militante après une trêve avec le gouvernement, Julia Lambourne et Elizabeth Latimer étaient passées dans le camp modéré et elles ne firent plus parler d'elles.
J'étais décontenancé. Je m'étais habitué à voir Strafford cité dans des livres et des documents d'archives, mais c'était nouveau pour moi d'entendre parler par des historiens

d'Elizabeth, l'Elizabeth de Strafford, l'Elizabeth que j'étais allé voir dans le Sussex.
— Je ne me rendais pas compte qu'elle était aussi connue.
— Elle n'était pas très connue. Mais j'ai tellement étudié la question qu'il y a peu de suffragettes ayant eu une activité militante dont le nom me soit inconnu.
— Y avait-il un lien entre Strafford et Elizabeth Latimer ?
Elle but pour la première fois une gorgée de son café.
— Quelle sorte de lien ?
Alors, je lui parlai des mémoires de Strafford, de ses fiançailles rompues, de sa carrière brisée. Lorsque j'eus terminé, Eve ne dit rien. Dans le silence qui s'était installé, la sonnerie d'un minuteur derrière moi me fit sursauter.
— Je suis désolée, dit-elle sans bouger, je dois aller à une séance de travaux pratiques. Mais les mémoires de Strafford m'intéressent. Vous pourriez me les montrer ?
— J'espérais que vous accepteriez d'y jeter un coup d'œil.
— Ça me plairait beaucoup. Pouvez-vous les apporter chez moi au Darwin College, demain après-midi ? Nous pourrions discuter plus longuement.
Elle m'indiqua le numéro de son appartement et nous nous donnâmes rendez-vous à 2 heures. Cela s'était mieux passé que je ne l'avais espéré. Eve Randall avait mordu à l'hameçon, et moi, j'étais déjà fou d'elle. Mais j'avais assez de bon sens pour ne pas gâcher mes chances en m'incrustant. Je me levai pour partir.
— Vous êtes professeur ? dit-elle.
La question me surprit.
— Je l'ai été. Pourquoi ?
— Que peut-on faire d'autre avec l'histoire ? C'est une question que je me suis souvent posée.
— Pas grand-chose... à moins de trouver un boulot comme le mien maintenant.
— Une question de chance, alors ?
— Oui.

Vous avoir rencontrée, c'est aussi une chance, ajoutai-je en mon for intérieur. Je pensais à Eve en retournant vers Princes' Hall. Et plus je pensais à elle, plus j'étais heureux de la revoir le lendemain.

Le Darwin College est une petite institution discrète, réservée aux diplômés, juste derrière Mill Pool, et séparée de Silver Street par de hauts murs décourageant les curieux. Lorsque j'étais étudiant, je trouvais que cet endroit avait la suffisance des nouveaux riches. En fait, c'était la première fois que j'en franchissais le seuil, découvrais ses mouillages à l'abri des regards indiscrets derrière un îlot boisé et foulais ses pelouses immaculées sous les sycomores et les saules pleureurs.

L'appartement d'Eve Randall se trouvait au premier étage de la partie la plus ancienne du collège en brique rouge. Je montai l'escalier, un classeur rouge contenant une photocopie des mémoires à la main, et avec le sentiment absurde d'aller passer un examen pour lequel j'étais mal préparé.

Eve me reçut dans une pièce haute de plafond dont les fenêtres donnaient sur le jardin et la rivière. La pièce baignait dans une lumière douce qui s'harmonisait aux teintes pastel. Même les jonquilles disposées dans un vase sur la bibliothèque semblaient avoir été choisies pour leurs pétales pâles. Il y avait un épais tapis en laine, un papier peint discret. Une grande reproduction des *Baigneurs à Asnières* de Seurat ornait un mur. À l'extrémité de la pièce, un rideau était tiré pour abriter du soleil un clavecin en bois de pin. L'ensemble était un peu froid mais contenait une promesse de douceur.

Contrairement à la veille, Eve s'était parfumée. Un parfum léger, qu'on parvenait à peine à distinguer de celui des fleurs, mais qui m'amena à penser, comme elle se tenait debout près de moi, que c'était un privilège d'être admis chez elle. Et cette fois, elle n'avait pas cherché à donner d'elle une apparence formelle. Dans ses nu-pieds, son jean d'un blanc éblouissant et son chemisier bleu ciel, on aurait pu la prendre pour une de ses étudiantes, si ce n'était la qualité particulière de sa beauté. Elle n'était pas maquillée et ne portait pas de bijou, ses cheveux tombaient librement sur ses épaules, mais son regard pénétrant et le sourire qui se dessinait sur ses lèvres ajoutaient à sa beauté naturelle l'attrait du mystère.

Elle m'invita à m'asseoir sur le large canapé vert pâle en m'appelant par mon prénom, sur un ton qui suggérait de m'offrir davantage que le bonheur de sa seule présence, puis elle versa du thé au citron dans des tasses chinoises.

– Alors, Martin, parlez-moi des mémoires de Strafford.

Pendant que je m'exécutais, Eve buvait son thé à petites gorgées, m'écoutant avec une grande attention. Étaient-ce les mémoires ou ma personne qu'elle évaluait ? Les deux, me sembla-t-il, aussi ne parlai-je pas seulement au nom de Strafford. Je plaidai aussi la cause de Martin Radford qui avait été si rarement entendu.

– Ce que Strafford ne sut jamais, dis-je, et ce que j'essaie de découvrir, c'est la raison de sa disgrâce. Jusqu'ici, je n'ai que des soupçons. Peut-être pourrez-vous m'apporter des preuves.

– Des preuves de quoi ?

– D'une conspiration. Certains membres du gouvernement et certaines responsables du mouvement des suffragettes voulaient séparer Strafford et Elizabeth Latimer et discréditer Strafford par la même occasion.

– Pour quelle raison ?

– Parce que Strafford constituait un obstacle à l'ambition de Lloyd George. Parce que Strafford privait Christabel Pankhurst d'une militante de choix. Parce qu'il fallait éviter que le mouvement des suffragettes soit tourné en ridicule. Parce qu'il fallait favoriser une alliance dont les objectifs étaient pour Lloyd George le poste de Premier ministre et pour les suffragettes le droit de vote pour les femmes, en remerciement de leur soutien.

Un papillon entra par la fenêtre ouverte. Une barque quitta son mouillage et glissa au fil du courant. Dans la pièce, Eve exerçait son don pour le silence et l'immobilité pendant que j'attendais sa réponse.

– Cela ne cadre pas du tout avec ce que je sais des suffragettes, de leurs motivations et de leur stratégie, dit-elle finalement.

Elle fit une pause comme si elle pesait ses mots.

– Ce qui ne veut pas dire que ce soit inconcevable. Dans la mesure où j'envisage une étude la plus complète possible de l'histoire des suffragettes, il serait idiot de ma part de refuser de prendre en compte un point de vue qui s'oppose à mes conclusions préliminaires.

Après le coup de grâce, c'était le sursis.

– J'aimerais lire les mémoires. Ensuite, je vous dirai ce que j'en pense.

Au moment où je lui tendis les mémoires, je songeai que je les avais montrés à Ambrose avec beaucoup de réticence alors que j'étais heureux de les remettre entre les mains d'une presque inconnue, non pas parce qu'elle était mieux placée pour en faire un meilleur usage, mais parce que c'était un moyen de l'impressionner. Les mémoires de Strafford étaient mon visa pour profiter de sa présence.

– Je vous les rendrai dans vingt-quatre heures, dit-elle.

– Gardez-les aussi longtemps que vous le jugerez nécessaire.

– Ça suffira.

C'était la spécialiste qui avait parlé.

– Nous pouvons peut-être déjeuner ensemble demain pour en discuter, dis-je.

Un autre silence éloquent suivit. Eve savait donner du sens à la parole ou à l'action la plus triviale.

– C'est une bonne idée... Avez-vous une voiture ?

– Pas à Cambridge. (Pas plus qu'ailleurs.)

– Alors c'est moi qui passerai vous prendre à midi, à Princes' Hall.

Elle avait pris l'initiative et j'étais heureux de me soumettre. J'acceptai et me levai pour partir.

– C'est joli chez vous, dis-je en m'arrêtant près de la porte.
– Oui, c'est bien rénové.
– C'est si clair. Et vous aimez le pointillisme ? dis-je en montrant le Seurat.
– J'admire leur plaisir. L'art est un antidote à l'histoire.
– De quelle manière ?
Elle sourit presque pour la première fois.
– Les historiens ont besoin qu'on leur rappelle de temps en temps que jouir des plaisirs du passé – écouter la musique de Haendel jouée sur un clavecin ou voir ces baigneurs à Asnières comme Seurat les a vus –, c'est comprendre à quel point l'histoire manque de vie.
– Vous trouverez peut-être que les mémoires redonnent vie à l'histoire.
– On verra.
Oui, me dis-je, on verra. Je me pris à sourire en marchant dans Silver Street pour rejoindre le collège cet après-midi-là. J'avais l'impression que la chance me souriait enfin.

De bonne heure le lendemain, je me postai devant Princes' Hall, appuyé contre le portail, l'air le plus nonchalant possible. Dix minutes plus tard, une MG argentée s'arrêtait dans un grondement sourd et Eve m'invitait à monter. Il faisait frais et beau et le toit était baissé. Les cheveux d'Eve et l'écharpe blanche autour de son cou avaient été dérangés par le vent. Elle portait des lunettes noires, un pull bleu marine et un pantalon blanc comme si elle allait faire de la voile. Je découvrais un troisième aspect de sa personnalité. J'avais vu la professionnelle à l'aise, puis la séductrice au repos. À présent, j'avais devant moi la femme d'action fortunée.

Eve roula vite mais avec assurance vers un village au sud de Cambridge. Pendant le trajet, j'essayai d'amener la conversation sur les mémoires mais elle ne cessait de me poser des questions sur Princes' Hall. Ce n'est qu'une fois assis au soleil et partageant une assiette anglaise dans le jardin d'un pub sur la place d'un village plantée de quelques ormes, une église romane devant nous, que je pus la questionner sur ce sujet.

– Alors, qu'en pensez-vous ? demandai-je en sirotant ma bière.

– C'est une belle journée.

– Je veux parler des mémoires.

– Je sais.

Elle sourit.

Son sourire compensait toutes les taquineries.

– C'est un document fascinant. Surtout pour moi. Je me suis principalement intéressée aux écrivains femmes de cette période. Le livre que j'écris est très proche du point de vue des suffragettes. Strafford s'écarterait plutôt de mon sujet. Mais l'originalité et l'intensité de son récit le rendent passionnant.

– Et que pensez-vous de ma théorie ?

– C'est une hypothèse.

Enfin un esprit ouvert, me dis-je. Mais bien sûr, notre intérêt réciproque pour les mémoires n'était pas désintéressé. Eve y voyait un matériau de choix pour son livre. Quant à moi, tout ce qui pouvait me rapprocher d'Eve m'arrangeait.

– Une hypothèse, pas davantage ?

– À ce stade, non. Mais nous pouvons essayer de la vérifier.

– Comment ?

– Ce qu'il nous faut, c'est une preuve. J'ai eu accès à une grande quantité de documents sur cette période. Il est nécessaire de les examiner une nouvelle fois très minutieusement en cherchant plus particulièrement des indices accréditant la thèse de la disgrâce de Strafford.

– Alors vous pensez vraiment que ça vaut la peine d'essayer ?

– Oui.

– Eh bien, fêtons ça.

Au moment où nous choquions nos verres, je pensai, comme en trinquant avec Sellick, à Helen et à mon mariage. Assis à côté d'Eve par un bel après-midi ensoleillé, je me sentais pour la première fois depuis longtemps pleinement heureux d'être débarrassé de cette partie de mon passé, tant j'étais convaincu de faire à présent quelque chose d'infiniment plus passionnant. Je n'avais pas été assez méticuleux pour faire un bon chercheur. Eve montra vite qu'elle ne souffrait pas du même handicap. Elle me donna une longue liste, tapée à la machine, d'autobiographies, de journaux, de mémoires, de revues et de quotidiens qui devaient constituer la base de notre enquête. Je devais les passer au crible, à la bibliothèque de l'université et dans d'autres bibliothèques, pour trouver un lien, aussi ténu soit-il, corroborant ma thèse de la disgrâce de Strafford. Il s'agissait de sources qu'Eve avait déjà étudiées, mais notre seul espoir de trouver quelque chose était de les examiner une nouvelle fois. Aussi était-ce une tâche à laquelle j'étais heureux de m'atteler.

– J'éplucherai tous les matériaux que j'ai chez moi, dit Eve au retour, tandis que nous filions vers Cambridge, mais j'ai un tel travail actuellement que je suis obligée de vous laisser presque tout faire.

– C'est normal.

– Pas vraiment. Je ne suis pas complètement désintéressée, vous savez.

– Vous pensez à votre livre ?

– Je me suis engagée à le finir pour Noël. Si votre théorie tient le coup, cela pourrait être un scoop ! Je devrais parler à mon éditeur d'un coauteur.

– Quelques mots de remerciement dans la préface suffiraient, dis-je, et nous éclatâmes de rire. À moins que vous ne m'accordiez une avance ?

– Quelle sorte d'avance ?

L'inflexion de sa voix jouait avec l'idée que mon jeu de mots pouvait être intentionnel, comme c'était en effet le cas.

– Que diriez-vous d'une promenade en bateau, dimanche ? C'est le 1er mai, les bibliothèques seront fermées. Je pourrais profiter de ce jour de repos pour essayer de me rappeler comment on fait avancer une barque à l'aide d'une perche.

Le silence qui suivit mit mes nerfs à rude épreuve.

– Je comprends très bien, dis-je, que vous soyez très occupée le week-end.

Nous nous arrêtâmes au premier feu rouge dans Cambridge.

– Laissez-moi décider toute seule, Martin. J'aimerais bien faire une promenade en barque. Cambridge est une communauté très fermée, comme vous devez le savoir, toujours à l'affût des derniers ragots. Cela fait du bien de rencontrer quelqu'un de l'extérieur.

Je regagnai ma chambre à Princes' Hall avec les mémoires et la liste des ouvrages à consulter, éprouvant, cela me frappa, ce que Strafford avait dû éprouver à la perspective d'un rendez-vous dans Hyde Park avec Elizabeth, un dimanche, soixante-huit ans plus tôt : la joie frémissante de jouer avec le feu.

Le dimanche du 1er mai avait un fragile éclat printanier. Il faisait plus beau que je ne l'avais espéré. À l'heure où je me rendis au Darwin College, la ville était encore enveloppée du silence et de la fraîcheur de la nuit. Je m'arrêtai près de Mill Pool et regardai en amont. La rivière était calme, déserte, idéale pour canoter : une activité désuète, un rien romantique, pouvant servir mes desseins.

Eve, toute vêtue de blanc, portait une jupe plissée qui descendait au-dessous des genoux, un chemisier à col montant et manches à godets. Elle avait des lunettes de soleil et un grand chapeau de paille. Nous marchâmes jusqu'à Scudamore's Yard où je louai un bateau pour la journée.

Nous remontâmes lentement la Granta, en laissant Coe Fen sur notre gauche. Je me concentrai pour faire une belle démonstration de ma technique tandis que, allongée sur un coussin, Eve me demandait comment s'était passé mon premier jour à la bibliothèque.

– Ça n'a rien donné.

– Soyez patient. La recherche demande du temps.
– C'est ce que Baxter m'a dit.
– Est-ce que vous voulez parler de Marcus Baxter ?
– Oui.

Et après un silence pendant lequel j'arrachai la perche à la boue, j'ajoutai :
– C'était mon directeur de recherche.
– Un personnage éminent de l'université.
– Il dit beaucoup de bien de vous.
– C'est très flatteur.
– Baxter n'est pas un flatteur. Un compliment de sa part est forcément mérité. Vous êtes en train de devenir une vedette, Eve. Les belles historiennes sont rares. Comment vous y êtes-vous prise ?

Elle se mit à rire.
– Belle, pas spécialement. Mon sexe, c'est un accident de parcours. Quant à ma profession, le fait d'être une femme constitue un handicap, c'est vrai. J'ai voulu faire ce métier justement parce que c'était presque impossible.
– Alors vous écrivez un livre sur les suffragettes pour le plaisir ?
– Oui, en un sens. J'ai peut-être aussi le désir de m'acquitter d'une dette envers des femmes qui ont dû se battre encore plus que moi pour y arriver. Mais l'historien ne peut se permettre d'être idéaliste. Les suffragettes n'étaient pas parfaites. Elles ont commis des erreurs.
– Par exemple ?
– Elles ont trop souvent négligé d'exploiter leurs avantages naturels.

Je baissai la tête *in extremis* pour passer sous Crusoe Bridge.
– Vous pensez qu'elles auraient dû battre des cils au lieu de porter des bannières ?

Eve tendit le doigt vers un colvert.

– Nous en connaissons au moins une, n'est-ce pas, qui a réussi à influencer un ministre de la Couronne ?

– Vous croyez qu'elle a agi par calcul ?

– Il ne faut jamais se fier aux apparences, Martin. Strafford l'a découvert à ses dépens. Nous avons tous des motifs secrets.

– Ah oui ?

– Moi, par exemple, je ne m'intéresse pas seulement à la façon dont Strafford a été évincé. Je veux aussi me faire un nom comme écrivain. Et votre mystérieux sponsor ? Que cherche-t-il dans cette histoire ?

– Leo Sellick est juste un homme riche qui se passe un caprice. Je n'ai pas de raison de m'en plaindre. Pour ce qui est de mes motivations les plus secrètes, je suis prêt à les avouer.

– Quelles sont-elles ?

– Faire des promenades en barque avec vous.

Eve eut un sourire séraphique. Elle s'installa confortablement sur le coussin et baissa le chapeau sur ses yeux.

– Réveillez-moi à Grantchester. Aller aussi loin à la perche pourrait peut-être remettre en cause vos motifs. Et attention aux leurres.

Je ris, mais Eve avait raison. L'époque où je pratiquais régulièrement ce genre de sport était trop loin derrière moi pour que nous puissions pousser jusqu'à Byron's Pool, comme je l'avais prévu. J'arrêtai la barque le long d'un vieux débarcadère en bordure d'un champ. Le clocher de l'église romane de Grantchester dépassait derrière un rideau d'arbres, non loin, et je réussis à convaincre Eve de rejoindre la route à travers champs et d'aller à pied jusqu'au village. Nous atteignîmes le Red Lion peu avant midi et nous déjeunâmes dehors sur une table en treillis métallique.

– Comment va l'intrépide marin ? demanda Eve avec un sourire tandis que j'avalais ma bière.

– Temporairement démotivé. Cela fait sept ans que je n'avais pas fait ce genre d'exercice.

— L'année où vous avez eu votre diplôme ?
— Oui, je me souviens d'être venu ici le matin après un bal. C'était à la mi-juin : il faisait une chaleur terrible.
— Et qui vous accompagnait à cette époque ?
— C'est une question insidieuse.
— Pardonnez à une historienne sa curiosité.
— Celle qui m'accompagnait ce jour-là est devenue ma femme, et plus tard, mon ex-femme.
— Je suis désolée.
— Ce n'est pas la peine parce que je ne regrette rien.

C'était vrai. Mais ce fut la dernière vérité que je dévoilai dans notre conversation, qui glissa ensuite sur la carrière d'Eve à l'université et mon expérience de professeur dans l'enseignement secondaire. C'était un sujet inévitable mais qui me mettait beaucoup plus mal à l'aise que la question de mon mariage. Ce fut facile, trop facile peut-être de présenter mon divorce et ma démission comme des décisions raisonnées, un défi à l'ennui et à l'indifférence, une déclaration d'indépendance. Ce discours préparé à l'avance était un camouflage élaboré de longue date, pour dissimuler une vérité qui ne pouvait que me rabaisser aux yeux des autres et de moi-même.

— Vous voyez, dis-je, je n'ai pas fait grand-chose en sept ans, depuis que j'ai quitté Cambridge.
— Plus que vous ne le pensez. Je trouve ça très impressionnant qu'on abandonne une carrière pour de bonnes raisons.
— Je n'avais pas le choix, parce que je suis entré dans ce métier pour de mauvaises raisons. Je suis sûr que ce n'est pas votre cas.
— Non, je ne le pense pas, dit-elle d'une voix ferme. Cela aurait pu m'arriver. Lorsque j'ai été diplômée de Durnham, j'ai obtenu une bourse pour faire un doctorat à Berkeley, en Californie. Je ne suis pas allée jusqu'au bout. Mon livre reprend ce que je voulais faire à ce moment-là. Mais à l'époque, je n'étais pas prête. Un éditeur de San Francisco m'a persuadée de devenir son assistante. Lorsque je me suis aperçue qu'il voulait de moi

un engagement trop personnel à mon goût, je suis rentrée en Angleterre. Ce n'est que plus tard que j'ai fait une maîtrise à Manchester et convaincu le Darwin College que j'étais la femme qu'ils voulaient. Maintenant qu'ils m'ont donné un poste d'assistante, la vie est belle.

Oui, la vie était belle. Après le déjeuner, nous retournâmes d'un pas tranquille jusqu'à la rivière, anticipant paresseusement le plaisir du voyage du retour plus détendu. J'éloignai la barque de la berge et l'orientai en direction de Cambridge. C'était plus facile en descendant le courant, mais la vie me semblait belle pour d'autres raisons. Le large horizon des plaines marécageuses du Norfolk symbolisait l'air frais qui était entré dans ma vie. Et Eve Randall, plongée dans la contemplation de l'eau, me donnait des ailes lorsqu'elle levait les yeux et que son regard rencontrait le mien.

Nous ne nous revîmes que le mercredi après-midi : j'allai au Darwin College en sortant de la bibliothèque de l'université pour mettre Eve au courant de mes recherches. Un étudiant barbu en tee-shirt sortait de chez elle lorsque j'entrai. Eve s'était habillée sobrement pour le contrôle qui venait d'avoir lieu : pull-over mauve en angora sur une jupe pourpre, les cheveux tirés en un chignon, très maîtresse d'école, avec une sensualité étouffée qui me donna envie de défaire son chignon et d'embrasser la moue de ses lèvres lorsqu'elle me dit d'une voix faussement sévère :

– Vous désertez la bibliothèque avant l'heure de la fermeture, monsieur Radford ?

Je me contentai d'un petit sourire satisfait.

– Je vois double à force d'avoir lu des caractères trop petits. Au début du siècle, les journaux utilisaient des caractères microscopiques.

– Je sais, Martin, dit-elle avec un sourire. Ils avaient plus de choses à dire que maintenant.

– Pas sur Edwin Strafford en tout cas.

– Un autre échec ?
– J'ai peur que oui.

Elle fit du thé tandis que je m'asseyais sur le divan et regardais par la fenêtre la rivière, me rappelant avec délice notre sortie trois jours plus tôt et cherchant l'occasion d'en proposer une autre.

Eve revint avec le thé.

– Je suis heureuse que vous soyez passé, dit-elle en posant le plateau. Je vous aurais fait signe aujourd'hui de toute façon.

– Ah oui ? Merci.

Je pris la tasse de ses mains.

– Je vais à Londres demain. Je rentrerai vendredi. Je dois voir mon éditeur et j'ai pensé que je pourrais profiter de l'occasion pour examiner une nouvelle fois les archives Kendrick.

– Les quoi ?

– Julia Lambourne était une des Cinq Furies. Elle est morte il y a trois ans. Elle avait épousé un certain M. Kendrick. Elle a légué au Birkbeck College une grande partie de sa correspondance et des documents divers se rapportant au mouvement des suffragettes. L'ensemble n'a pas encore été très bien évalué, mais j'y ai jeté un coup d'œil l'année dernière pour mon livre. J'aimerais y retourner.

Je me redressai si brusquement que je renversai un peu de thé dans ma soucoupe.

– Eve, vous auriez dû m'en parler avant. Julia Lambourne était très proche d'Elizabeth Latimer. C'est son frère qui voulait empêcher Strafford d'entrer chez sa tante Mercy quand il est venu à Putney au moment de la rupture. On doit sûrement pouvoir trouver quelque chose.

Eve buvait tranquillement son thé.

– Ne vous énervez pas trop, Martin. Je ne me souviens de rien qui puisse nous aider. Mais cela vaut la peine de vérifier, c'est certain.

– Et si je venais avec vous ?

– Je crois, dit Eve après un silence, qu'il serait plus efficace que vous restiez ici. Il ne faut pas gaspiller nos efforts.

Faire un voyage à Londres avec Eve comportait bien d'autres avantages, mais son ton convaincu me dissuada d'insister.

– De plus, le professeur Davis à Birkbeck a une attitude très protectrice envers les archives. Avec moi, il n'y a pas de problème parce qu'il me connaît, mais...

– Vous avez raison ! Je monterai la garde ici.

– Le suspense ne durera pas très longtemps. Je rentrerai vendredi soir.

Je saisis ma chance.

– Et si nous dînions ensemble, vendredi ? Vous pourriez me raconter ce que feu Mme Kendrick a ou n'a pas laissé pour nous.

Eve posa sa tasse et sourit.

– C'est une idée merveilleuse, Martin. Je serai heureuse de dîner dans un endroit tranquille après le tumulte de Londres.

Après le thé, elle descendit avec moi dans le jardin et nous prîmes le chemin qui menait à Silver Street.

– Je ne vous ai pas assez remercié pour notre promenade en barque, dimanche, dit-elle. J'ai passé une journée délicieuse.

– Vous m'en voyez ravi. Moi aussi. Pendant que vous serez à Londres, je devrai m'habituer à être de nouveau seul.

Nous nous arrêtâmes au portail.

– Je ne serai pas absente longtemps.

Et disant cela, elle se pencha en avant et m'embrassa légèrement, mais suffisamment longtemps pour imprimer dans mon esprit réceptif le sentiment que je pouvais espérer davantage.

– Pendant mon absence, faites attention à vous. À vendredi.

– Je vous appellerai vers 7 heures.

Elle leva la main pour me faire signe, avant de disparaître derrière un contrefort couvert de lierre. C'était Eve, partir vite et me laisser songeur, trop occupé d'elle et pas assez des archives Kendrick.

La journée de jeudi, en l'absence d'Eve, fut moins sombre que je ne l'avais craint. J'envoyai un nouveau rapport à Sellick, bien qu'il n'y eût pas grand-chose à dire, puis, muni de la liste des ouvrages à consulter, je partis à la bibliothèque de l'université pour une nouvelle journée studieuse. Je pris place à une petite table dans la salle de lecture caverneuse avec *The Women's Victory and After*, de Dame Millicent Fawcett, et j'essayai de me concentrer.

Au bout d'une heure, comme je me demandais si j'allais faire une pause pour prendre un café, l'atmosphère silencieuse et confinée fut déchirée par un juron retentissant et le fracas d'une douzaine de livres dégringolant par terre. Je me retournai en sursaut, en même temps que plusieurs autres personnes à l'air réprobateur, et je découvris Marcus Baxter, accroupi, le teint cramoisi, cherchant à tâtons à récupérer ses livres et grommelant entre ses dents. Il s'arrêta un instant pour jeter sa serviette sur une chaise avec brusquerie, comme s'il la jugeait responsable de sa maladresse, et, levant les yeux, il rencontra mon regard.

— Radford, s'écria-t-il d'une voix grinçante. Ne restez pas là à bayer aux corneilles. Donnez-moi plutôt un coup de main.

Ce que je fis, bien sûr, avec un air volontairement dédaigneux pour l'agacer. Nous empilâmes les livres sur la table.

— Qu'est-ce que vous faites là ? dit Baxter en me lançant un regard hargneux.

— Je suis vos conseils. Je consacre du temps aux documents sur Strafford.

— Vous avez découvert quelque chose ?

— Pas encore.

Il eut un sourire forcé.

— Alors c'est que vous ne cherchez pas où il faut, comme d'habitude. J'ai trouvé quelque chose l'autre jour, que vous auriez pu trouver vous-même si vous étiez un peu plus consciencieux.

J'eus l'impression que son agressivité était d'autant plus forte que je venais d'être témoin de son embarras.
– Qu'est-ce que c'est ?
Il ferma sa serviette.
– Je vais fumer une cigarette. Venez, je vous dirai de quoi il s'agit.

Nous descendîmes au salon de thé, où le café et les cigarettes adoucirent un peu l'humeur de Baxter.
– Avez-vous cherché dans Hobhouse ? demanda-t-il.

Je compris qu'il voulait parler de Charles Hobhouse, ministre des Finances et plus tard chancelier du duché de Lancaster sous Asquith.
– J'ai lu *Le Cabinet d'Asquith*, si c'est de ça dont vous voulez parler.
– Non. Ça, ce sont des extraits de son journal. Je veux parler de la version inédite.
– Alors non.
– Typique.

Il écrasa sa cigarette dans sa soucoupe.
– Eh bien, mon garçon, si vous l'aviez fait, vous auriez vu ceci.

Il fouilla dans sa serviette pleine à craquer.
– Après notre conversation de la semaine dernière, j'ai pensé qu'il faudrait vérifier la chronologie des conversations secrètes de Lloyd George avec Balfour en 1910. Je me suis souvenu que Hobhouse en parlait dans son journal.
– Plus en détail que dans *Le Cabinet d'Asquith* ?
– Je vous l'ai déjà dit, Radford, on ne peut pas se permettre de faire des impasses. Ah voilà !

Il extirpa un morceau de papier de son fatras et me le tendit. C'était la photocopie d'un manuscrit.
– C'est le journal de Hobhouse au mois d'octobre 1910. Regardez à lundi 17.

Je lus à haute voix. « Conversation troublante avec Birrell dans l'après-midi. Il m'a dit que Lloyd George et Balfour se rencontraient depuis quelque temps en secret, au sujet de la conférence sur la réforme constitutionnelle. Birrell m'a fait entendre qu'ils voulaient former un gouvernement de coalition pour introduire des réformes convenues à l'avance, d'une portée limitée. Lloyd George n'a pas caché à Birrell qu'il voulait être le Premier ministre d'un tel gouvernement. D'autres en paieraient le prix. Asquith devait être "mis au vert" et Churchill "écarté" parce que les conservateurs "ne le supporteraient à aucun prix". Quant à l'opposition au sein du parti, Lloyd George l'avait dédaignée. "Ceux qui le désirent peuvent suivre le chemin de Strafford", a-t-il dit. Qu'est-ce que cela veut dire ? Birrell qui a remplacé Strafford en juin comme délégué du parti à la conférence sur la réforme constitutionnelle ne le sait pas non plus, à moins qu'il n'y ait eu dans la démission de Strafford quelque chose que nous ignorons. »

– « À moins qu'il n'y ait eu dans la démission de Strafford quelque chose que nous ignorons », répéta Baxter. N'est-ce pas ce que vous cherchiez ?

– C'est exactement ce que je cherche, en effet. C'est merveilleux.

– Ne vous emballez pas ! Ce n'est qu'une rumeur, une rumeur propagée par des contemporains, certes, et consignée par écrit, mais seulement une rumeur. Ce n'est pas grand-chose.

– Si. C'est un nouveau témoignage de quelqu'un ayant entendu Lloyd George déclarer que Strafford a été délibérément démis de ses fonctions.

– Pas tout à fait. C'est quelqu'un citant quelqu'un d'autre citant Lloyd George... un peu mince j'en ai peur.

– Mais...

– Et Lloyd George pouvait avoir envie de tâter le terrain. Il a peut-être suggéré que Strafford avait été poussé à démissionner pour impressionner son interlocuteur.

– Mais ajouté au récit de Strafford...

– Cela prend la forme d'une hypothèse séduisante. Travaillez, Radford, et vous pourrez peut-être obtenir quelque chose.

Le vieux tyran avait parlé.

– C'est ce que je vais faire. Je peux garder ceci ? demandai-je en montrant la copie.

– Certainement, mon garçon. Considérez-le comme un symbole de mon intégrité professionnelle.

Il sourit et, pour une fois, je souris avec lui.

Cet après-midi-là, je décidai de quitter la bibliothèque de bonne heure. Après la révélation de Baxter, il me semblait inutile de m'attarder plus longtemps. J'avais abandonné Fawcett pour la version complète du journal de Hobhouse mais n'avais trouvé sur Strafford rien de comparable à ce que Baxter m'avait donné. J'avais un peu de mal à admettre que j'avais dû dépendre de lui pour trouver la bonne direction mais, au fond, cela me faisait plaisir qu'il ait jugé bon de me lancer des miettes.

Je désirais avant tout apporter en vainqueur ma trouvaille à Eve, lui prouver que ma thèse était solide et, par conséquent, moi aussi. Comme elle habitait mes pensées et que j'étais à la bibliothèque, ce fut par pure curiosité que je cherchai son nom dans le livret de l'étudiant. Je ne me doutais pas du choc que j'allais avoir. Sous « Darwin College », je lus : Mlle E. Randall, maître ès lettres (assistante, bourse de recherche de la fondation Couchman). Bourse de recherche de la fondation Couchman ? Qu'est-ce que cela voulait dire ? Je me reportai fièvreusement à la section sur les dotations.

« BOURSES DE RECHERCHE COUCHMAN : Le poste de chercheuse attachée à l'université a été créé en 1955 selon les dernières volontés de feu sir Gerald Couchman, qui souhaitait faciliter l'accès aux femmes ayant les qualifications requises à la recherche et à l'enseignement dans les sciences humaines dans l'un des collèges de troisième cycle de l'université. Les membres du conseil d'université (le président d'université, l'exécuteur testamentaire de feu sir Gerald et le principal du collège dans lequel réside la titulaire du poste) nomment chaque année la titulaire de la bourse de recherche et ont liberté de la renommer quand ils le jugent souhaitable. » Suivait la liste des chercheuses attachées à l'université depuis 1955. Venait en dernier « Mlle E. Randall, maître ès lettres, 1976 ».

Pourquoi ne m'en avait-elle pas parlé ? Cette question résonna dans ma tête comme un signal d'alarme.

Il ne pouvait y avoir d'erreur. Eve devait son poste aux Couchman. À force d'y penser, je me rappelai vaguement avoir entendu dire que les Couchman avaient exercé leur générosité de cette façon. Un nouvel exemple de cette supériorité ostentatoire qui m'agaçait tant lorsque j'étais marié avec Helen. Mais ce n'était alors qu'une irritation passagère, tandis qu'à présent je souffrais un véritable tourment, moins parce que Eve avait un lien avec eux que parce qu'elle ne m'en avait pas parlé. En toute justice, elle aurait dû le faire.

Je descendis jusqu'à la rivière et remontai à pied les pelouses de Cambridge derrière les collèges. Après tout, me dis-je, je n'avais pas non plus mis Eve au courant de mes liens avec les Couchman. J'avais trop peur qu'elle ne me croie pas capable d'être objectif. Eve craignait-elle que je pense la même chose d'elle ? Si c'était le cas, nous nous trouvions dans une situation absurde.

Je franchis le portail du King's College et traversai le pont en direction de la chapelle, trop absorbé dans mes pensées pour apprécier ce sommet de l'architecture gothique. Après le choc et le désarroi, vint l'incertitude. Que devais-je faire ? Croire à l'intégrité d'Eve ? Si elle n'en possédait pas plus que moi, j'étais perdu. Mais tout ne parlait-il pas en sa faveur ? Elle avait trop de charme, elle était trop belle pour que je puisse la juger d'après ma propre échelle de valeurs. J'avais tort, me dis-je en passant d'un pas lourd devant Old Schools et en tournant dans Senate

House Passage, c'était ridicule de penser qu'elle m'avait trompé. Pourquoi Eve aurait-elle dû me dire quelque chose qui, à proprement parler, ne me concernait pas ? Et surtout, de quel droit mettais-je en doute son impartialité, moi qui lui avais caché quelque chose qui pouvait jeter le doute sur ma propre impartialité ? Mais elle avait dit, avec raison, que personne n'était totalement désintéressé. Était-ce une façon de m'avertir que je ne devais pas trop attendre d'elle ? Dans ce cas, il était temps de tenir compte de cet avertissement. Une conclusion qui préservait l'espoir.

Je bus beaucoup ce soir-là, mon remède habituel pour atténuer des tensions trop fortes. Je souhaitais le retour d'Eve à Cambridge en me torturant l'esprit pour savoir si je devais lui parler des Couchman.

Après une mauvaise nuit, je passai la matinée à arpenter Great Court dans Trinity College (le collège où Strafford avait fait ses études), absorbé dans mes pensées. Je bus quelques verres supplémentaires à l'heure du déjeuner, puis je me promenai dans les jardins botaniques pour essayer de penser à autre chose, sans résultat, et enfin je pris la direction de la gare. J'aperçus la MG d'Eve sur le parking et décidai d'attendre sur le quai, sachant que, tôt ou tard, elle descendrait d'un train en provenance de Londres.

Plusieurs trains arrivèrent puis repartirent, rejetant à chaque fois un flot de visages morts qui s'écoulait lentement devant moi. Dans l'intervalle, assis sur un banc, je me demandai en regardant l'activité dans les cours de marchandises ce que je dirais à Eve lorsque je la verrais.

En voyant un autre train s'avancer sur la longue ligne droite avant la gare, je sus que c'était celui qu'Eve avait pris, et, aussi étonnant que cela puisse paraître, je sus aussi avec certitude de quel compartiment de première classe elle allait descendre de son pas élégant. Au même instant, je réalisai que je ne lui parlerais pas de la fondation Couchman. Car, en l'apercevant parmi la foule avec ses lunettes noires, son tailleur-pantalon crème, dans la gare soudain pleine d'animation, elle m'apparut comme un être supérieur et une femme extrêmement désirable. En la voyant, il ne me resta qu'une certitude : j'étais prêt à la suivre jusqu'au bout du monde.

– Martin, dit-elle avec un sourire qui illumina son visage, quelle bonne surprise !

Le petit baiser de bienvenue était loin d'être désinvolte.

– C'est bien d'être de retour et de vous voir ici.

Je pris son sac en lui rendant son sourire.

– C'est bien que vous soyez revenue, dis-je en marchant vers le portillon, tous mes doutes envolés. J'avais hâte de vous revoir. J'ai des choses à vous apprendre.

– Moi aussi. Nous pouvons échanger nos nouvelles pendant le dîner.

– D'accord.

Elle me dit que le voyage l'avait fatiguée et me demanda si je voulais bien conduire jusqu'au Darwin College. La dextérité avec laquelle je pilotais la MG dans les rues de la ville me surprit moi-même. Je me demandais si, parmi les étudiants que nous croisions, certains reconnaissaient le professeur de leurs rêves dans la voiture de sport conduite par un étranger. J'avais très envie qu'ils la reconnaissent. J'avais réservé une table chez Shades, dans King's Parade, parce que c'était petit, calme et généralement vide, même le vendredi soir. Nous y allâmes à pied dans le silence du soir qui tombait, Eve en tailleur noir sur un corsage en soie blanc, le col fermé par une broche en argent, très élégante, son bras passé autour du mien, parlant tout en marchant du contraste entre Cambridge et Londres, jouant avec l'idée des révélations que nous devions nous faire.

Ce jeu se prolongea pendant l'apéritif et l'entrée : une friture. Lorsque le vin rouge accompagnant mon steak et son escalope de veau arriva, nous en vînmes à la question brûlante.

– Dès que je vous ai vu à la gare, dit-elle, la flamme de la bougie scintillant sur sa broche, j'ai compris que vous mouriez d'envie de me dire quelque chose.

– Vous ne rentrez pas non plus les mains vides, d'après ce que vous m'avez dit.

– C'est vrai.

– Alors, priorité aux dames.

– Est-ce que les femmes n'ont pas le droit de choisir ? Je choisis de vous écouter d'abord.

– Très bien, dis-je avec un sourire. Mais je dois avouer que c'est à Baxter que je dois d'avoir trouvé quelque chose.

– Vraiment ? dit-elle en levant les sourcils.

– Oui. Dans le journal de Charles Hobhouse. Une petite phrase équivoque de Lloyd George sur la démission de Strafford. (Je pris la photocopie dans ma poche et la lui tendis.) Regardez au 17 octobre 1910.

Eve pinça les lèvres, lut le passage que je lui indiquais, puis but un peu de vin.

– Qu'en pense Baxter ? demanda-t-elle, moins impressionnée que je ne l'avais espéré.

Je me carrai dans ma chaise.

– Vous connaissez Baxter. Il faut avoir des dépositions écrites sous serment et signées pour qu'il vous autorise à tirer des conclusions, sauf pour les siennes bien sûr. Enfin, il dit que c'est encore un peu léger. Mais si on y ajoute les mémoires qu'il n'a pas lus, est-ce que cela n'accrédite pas la thèse selon laquelle Lloyd George était résolu à avoir la tête de Strafford ?

– Pas de lien avec les suffragettes, apparemment.

– Pas encore. Mais ce n'est qu'un début.

– Oui, dit-elle avec un sourire rassurant. Vous avez fait du bon travail, Martin. Nous pourrions considérer qu'il s'agit d'une découverte capitale sans...

– Sans quoi ?

— Sans ce que j'ai trouvé à Birkbeck, dans les archives Kendrick. Parmi l'énorme quantité de papiers, de documents, de notes, de lettres, j'ai trouvé la réponse. C'est si simple que cela n'aurait pas dû me surprendre.

J'avais du mal à y croire. Est-ce que la vérité allait m'être servie sur un plateau en supplément au menu ? La grande prêtresse allait rendre son oracle. Quelle serait mon offrande ?

— Eh bien, quel est le mot de l'énigme ? demandai-je.

— Elizabeth Latimer ne pouvait pas épouser Strafford tout simplement parce qu'il était déjà marié.

— Hein ?

J'eus l'impression que j'allais tomber de ma chaise.

— Il était marié. Parmi les papiers qui se trouvent dans les archives Kendrick, j'ai trouvé l'extrait d'acte de mariage de Strafford, datant de l'époque où il se trouvait en Afrique du Sud. Il a épousé, et évidemment abandonné, une Hollandaise de là-bas.

— Vous en êtes sûre ?

— J'ai apporté l'extrait d'acte de mariage, dit-elle en tirant de son sac une enveloppe qu'elle posa sur la table entre nous.

Je soulevai le rabat et sortis la mince feuille froissée et jaunie, et la tins devant la bougie.

Il n'y avait pas d'erreur. Enregistré pour la postérité de l'écriture irrégulière de quelque officier boer de l'état civil, je lus : « Le 8 septembre 1900, Edwin George Strafford, 24 ans, et Caroline Amelia Van der Merwe, 21 ans, ont été unis par les liens du mariage à Port Edward, Natal. »

— Je ne sais pas quoi dire.

— Vous n'y croyez pas ? demanda-t-elle.

— Et vous ?

— L'extrait d'acte de mariage a l'air tout ce qu'il y a de plus authentique, Martin. Je suis la première désolée de voir mes soupçons confirmés.

— Vous soupçonniez quelque chose dans ce goût-là ?

– Quelque chose dans ce goût-là, oui. En tout cas, un dénouement décevant. Il y avait beaucoup de chances que Strafford se soit discrédité d'une façon ou d'une autre.
– Mais Eve, les mémoires ! Cela ne concorde pas avec ce que Strafford a écrit.
– Oui, c'est vrai. Mais malheureusement, il ne serait pas le premier, surtout parmi les gens célèbres, à enjoliver son passé. Strafford n'a pas menti, il a simplement occulté la seule vérité qu'il ne voulait pas s'avouer.
– Mais comment cela a-t-il pu rester ignoré ?
– J'y ai pensé dans le train. Ce document était en la possession de Julia Lambourne. C'est elle et son frère qui se trouvaient à Putney pour protéger Elizabeth au moment de la rupture, vous vous rappelez ? On peut par conséquent en déduire que Julia avait appris que Strafford était marié et qu'elle l'a dit à Elizabeth pour la sauver de la bigamie. Julia a sans doute voulu vérifier les références de Strafford lorsqu'elle a compris qu'il fréquentait assidûment son amie. Devant l'énormité de sa découverte, elle a peut-être hésité à en parler, mais elle ne pouvait plus lui cacher la vérité à partir du moment où Elizabeth avait cédé à Strafford. Quant à rendre cette information publique, c'était hors de question. Disgracier Strafford, c'était perdre la réputation d'Elizabeth. L'adultère était à cette époque un stigmate social. Et les suffragettes n'avaient rien à gagner à ce que le public apprenne qu'une de leurs principales militantes réclamant le droit de vote prenait du bon temps avec un ministre. Tout le monde avait intérêt à enterrer la vérité, y compris Strafford.

Le serveur vint enlever nos assiettes. Je n'avais plus faim pour le dessert. Nous commandâmes deux cafés.

– Je ne suis toujours pas convaincu, dis-je. Je n'arrive pas à croire que Strafford soit fourbe au point de falsifier la vérité.
– Une erreur de jeunesse ne fait pas de Strafford un mauvais homme. Cela ne veut pas dire qu'il n'aimait pas Elizabeth ni que leur rupture ne l'a pas profondément affecté. Cela ne veut

pas dire non plus que votre théorie est fausse. Si Lloyd George voulait réellement l'éliminer et qu'il ait appris, je ne sais comment, la raison pour laquelle Elizabeth avait rompu ses fiançailles, il a pu convaincre Asquith de la nécessité de se débarrasser de Strafford.

– Mais d'après ce que dit Hobhouse, le départ de Strafford paraît beaucoup plus calculé.

– Une impression que Lloyd George voulait peut-être donner pour mettre en garde d'autres opposants éventuels. Il brandissait la chute de Strafford comme une menace.

– Je ne sais pas, Eve. Je croyais connaître Strafford. Je croyais connaître le fond de sa pensée. Je dois réfléchir à tout ça, à tête reposée.

Eve étendit le bras et effleura ma main.

– Prenez le temps qu'il faut.

Je pris sa main dans la mienne.

– Ensuite, nous déciderons de ce qu'il convient de faire.

En quittant le restaurant, nous traversâmes le King's College, et en passant devant la sombre silhouette de la chapelle, nous reparlâmes de Strafford.

– Je sais ce que nous devrions faire de cette découverte, Martin, dit Eve, mais c'est à vous de décider. Vous voulez laisser tomber ou voulez-vous que nous continuions ensemble ?

– Comment pouvons-nous continuer ?

– Ça dépend de vous.

– Pas de vous ?

– Disons de nous deux.

– Bien.

– Dimanche dernier, c'était formidable.

– Oui.

– Alors, recommençons dimanche prochain. Je vous emmènerai en voiture quelque part où nous pourrons pique-niquer s'il fait beau.

– Ça ne me déplairait pas.

– Cela vous laisse du temps pour réfléchir. Dimanche, vous me direz ce que, selon vous, nous devrions faire. Révéler la vérité sur Strafford, soixante-dix ans après, ou la laisser enterrée.

Main dans la main, nous traversâmes le pont qui menait vers Queen's Road, nous promettant en silence de rendre justice à Strafford comme il l'avait demandé, une tâche moins noble tout à coup que je ne l'avais imaginé.

Eve nous avait donné, à Strafford et à moi, un jour de grâce. Un jour sombre et pluvieux. Des nuages gris ardoise couraient dans le ciel de Cambridge. La seule chose qui pouvait m'aider à prendre une décision était de relire les mémoires. C'est ce que je fis, entre les quatre murs de ma chambre obscure à Princes' Hall. Je les relus d'un bout à l'autre avec une grande attention, sans compassion, comme un examinateur sévère cherchant à repérer les inconsistances, les inexactitudes, les révélations involontaires.

L'extrait d'acte de mariage, surgi du passé et d'un pays lointain, me fit m'intéresser particulièrement à la période fatidique du mois de septembre 1900.

« En traversant Le Cap à la fin du mois d'août, je tombai sur Couch et lui confiai que je ne pourrais me rendre chez les Van der Merwe... Couch se proposa de prendre ma place à Durban... C'est ainsi que j'arrivai en Angleterre avec juste une semaine devant moi pour mener ma campagne électorale. »

Les élections cette année-là avaient eu lieu le 4 octobre. Cela situait le retour de Strafford en Angleterre autour du 27 septembre. Le voyage en bateau depuis l'Afrique du Sud ? Disons deux semaines. Strafford avait donc quitté Le Cap vers le 13 septembre. Bon sang ! Il avait eu le temps d'épouser Mlle Van der Merwe à Port Edward, le 8 septembre.

« Couch se proposa de prendre ma place à Durban. » Durban, pas Port Edward. Couch avait-il vraiment offert à Strafford de le remplacer ? C'était peu probable. Mais alors, pourquoi en parler ? Strafford avait peut-être eu besoin de se construire cet alibi pour se persuader lui-même qu'il n'avait pas pu réellement commettre la folie d'épouser la fille des Van der Merwe, pour faire sortir de sa mémoire cette frasque de jeunesse en Afrique du Sud en se disant qu'après tant d'années cette histoire ne le concernait plus. Et pourtant, cette folie avait bien eu lieu. La signature droite et déliée, apposée sur l'extrait d'acte de mariage, se retrouvait à la fin des mémoires presque inchangée malgré les cinquante ans de distance qui les séparaient.

J'arpentai ma petite chambre, regardant par la fenêtre d'un œil noir le mur du Pembroke College fouetté par la pluie. Qui était cette fille, Strafford ? me demandais-je. Une pauvre et jolie fille que tu voulais oublier ? As-tu pensé qu'Elizabeth n'aurait pas dû te rejeter à cause d'une bêtise de soldat ? « C'était dans un autre pays, et d'ailleurs, elle est morte. » Mais était-elle morte, vraiment ?

Un peu plus tard, je ressentis une profonde colère contre Strafford. J'avais l'impression qu'il m'avait trompé. Elizabeth avait dû ressentir la même chose. Je sortis pour noyer dans l'alcool le soir qui tombait. Je traînai dans les bars et les pubs, l'alcool exacerbant mon ressentiment. La volonté des Couchman à me tenir éloigné d'Elizabeth, à me dissuader de rouvrir une vieille blessure devenait plus compréhensible. C'était même délicat de leur part de réagir ainsi.

Cela me donna à réfléchir. Je ne connaissais pas Elizabeth, mais son fils et sa petite-fille, je ne les connaissais que trop bien. Ce n'était pas la délicatesse qui les étouffait. Ils étaient plutôt attachés aux convenances. Et lorsque je fus soûl, je me mis à penser à Ambrose et aux mystérieux et inquiétants visiteurs de Lodge Cottage, pendant le printemps où Strafford était venu habiter chez lui. Qui pouvait avoir peur d'un vieil homme déshonoré ? Personne. Cela confirma mon sentiment qu'il y avait quelque chose de bizarre dans cette version de l'histoire, présentée par quelqu'un dont l'objectivité était tout aussi contestable que la mienne. Une question qui n'avait pas été soulevée la veille.

Je rentrai précipitamment à Princes' Hall et relus une nouvelle fois le passage sur l'Afrique du Sud. « Couch me proposa de prendre ma place à Durban. » Couch, le lâche, le tricheur. Couch était-il allé à Durban ? Ils étaient peut-être allés tous les deux à Port Edward. Qui étaient les témoins des mariés ? Je m'en voulais de ne pas avoir fait attention à leurs noms. Mais si Couchman était au courant de ce mariage, peut-être était-ce lui qui avait trahi Strafford, averti Julia Lambourne, et même Lloyd George, puis, sans scrupule, lui avait volé sa fiancée réduite au désespoir. Cela expliquerait pourquoi il avait peur de Strafford, pourquoi il avait essayé d'acheter son silence, pourquoi, peut-être, il avait fini par le tuer. Et Henry ? Avait-il trempé sa patte rondelette dans le sale petit meurtre d'un vieil homme sans défense ?

J'avais donné rendez-vous à Eve dans Fen Causeway à midi. Un terrain neutre me paraissait approprié au moment où nous devions décider de faire équipe ou de continuer chacun de notre côté. Je traversai Coe Fen pour rejoindre le lieu du rendez-vous, respirant profondément pour essayer de clarifier mes idées. La pluie de la veille avait nettoyé et rafraîchi Cambridge. Les seules vapeurs qui restaient étaient celles de mon cerveau imprégné de l'image d'Eve. J'avais rêvé d'elle en séductrice nubile, et ce rêve m'obsédait. Pourtant, dans la réalité, Eve était une femme très intelligente, donnant juste assez pour que je désire davantage, sans rien dévoiler de son mystère.

Dans ce mystère entrait pour une part la nature de son lien avec les Couchman. Elle m'avait montré un extrait d'acte de mariage comme on sort un lapin d'un chapeau. C'était commode, incontestable. Dans un moment de lucidité, je m'interrogeai là-dessus. Si Eve faisait simplement ce que lui disaient de faire les Couchman, que pouvait-il y avoir de mieux qu'un petit morceau de papier, pareil à un chèque en blanc, pour acheter mon silence ?

Si Eve agissait pour le compte des Couchman, elle allait tenter de me réduire à l'inaction. Il faudrait laisser les morts enterrer les morts. Strafford et son ami Couchman (ou son ennemi) devraient reposer en paix, avec tous leurs secrets et leurs trahisons. Mais ce ne pouvait pas être le choix délibéré d'un historien, pas celui, en tout cas, de la jeune universitaire dynamique qui voulait se faire un nom. Alors, que choisirait-elle, et moi, que déciderais-je ?

Dès que je vis la forme basse et rutilante de la MG argentée venir vers moi le long de Fen Causeway, je sus que peu importait la voie choisie par Eve. J'étais prêt à la suivre n'importe où.

Nous prîmes la route de Colchester jusqu'aux collines de Gog Magog, puis nous nous promenâmes sur les pentes boisées, jusqu'à ce que nous trouvions un coin ensoleillé pour étendre un plaid sur l'herbe rendue humide par la pluie de samedi. Eve avait apporté du poulet froid, de la salade verte et du vin blanc froid pour contribuer à mon bien-être. Au cas où cela n'aurait pas été suffisant, il y avait au loin un match de cricket et, bien sûr, la présence d'Eve à mes côtés. Elle portait le jean blanc et le chemisier bleu qu'elle avait mis lors de ma première visite au Darwin College, dix jours plus tôt. Dix jours seulement ? Assis près d'elle à flanc de coteau, il me semblait que cela faisait beaucoup plus longtemps, comme si elle avait toujours fait partie de ma vie.

– Alors, vous avez pris une décision, Martin ? demanda-t-elle.

– Oui, si on veut.

J'improvisais pour donner à Eve ce qu'elle attendait. Tout ce que je pensais n'était pas bon à dire.

– Je peux dire à Sellick que la répudiation de Strafford s'explique par le fait qu'il était déjà marié, mais je ne suis pas du tout sûr qu'il se contente de cette explication.

– Pourquoi ?

Je ne pouvais parler à Eve des allégations d'Ambrose, ce qui serait revenu à pointer un doigt accusateur vers les Couchman à qui elle devait sa position de membre résident de l'université. Cela aurait mis une ombre dans notre relation que je voulais sans nuage.

– Parce qu'à mon avis, dis-je enfin, il aurait payé cher pour une conclusion décevante.

– C'est le risque qu'il a pris.

– Oui. Mais vous avez laissé entendre que nous n'étions pas forcés d'en rester là. Nous pouvons continuer à creuser.

– Ce n'est pas vraiment ce que j'avais à l'esprit.

– Ah bon ? Mais alors, que voulez-vous faire ?

– Ce que je voulais dire, c'est que vous pourriez mettre un terme à votre collaboration avec Sellick en utilisant l'extrait d'acte de mariage. Mais nous pouvons aussi l'utiliser pour nous.

La dernière phrase avait des vibrations silencieuses.

Je regardai Eve d'un air dubitatif.

– Comment ça ?

– Je vous ai dit que je n'étais pas totalement désintéressée, Martin. Vous savez que j'écris un livre sur les suffragettes. Je ne veux pas que ce soit un travail trop universitaire. Un intérêt humain apporterait un souffle plus dramatique.

– Quelle sorte d'intérêt humain ? demandai-je, mais je commençais à comprendre où elle voulait en venir.

– Une jeune fille idéaliste lutte pour ses idées. Elle est séduite par un politicien charmant et intelligent, qui semble être convaincu de la justesse de la cause des suffragettes. Mais il ne prend pas de mesures pratiques pour répondre à leurs demandes et, dès le départ, il a trahi la confiance de la jeune fille en lui cachant qu'il était marié. Une petite histoire symbolisant les difficultés auxquelles étaient confrontées les suffragettes. On leur a constamment répété de laisser la politique aux personnes du sexe opposé, plus sages qu'elles, et elles découvrent que les hommes politiques sont incapables de gérer leurs affaires, et encore moins celles du pays. Avec un sujet pareil, notre succès est assuré.

– Notre ?

– Bien sûr, Martin, ce que je vous propose, c'est une association.

Une association de criminels, pensai-je, avec Strafford dans le rôle de la victime. Mais une association avec Eve était trop séduisante pour être rejetée purement et simplement. Aussi, tout ce que je pouvais faire était de gagner du temps.

– Qu'en penserait Strafford ?

– Rien de bien, j'en ai peur.

Elle s'accouda plus près de moi sur la couverture.

– Nous avons la preuve qu'il a trahi la confiance d'Elizabeth, Martin. En tant qu'historiens, pouvons-nous fermer les yeux ?

– Non, sans doute.

Oh ! pourquoi n'es-tu pas ici, Strafford, pour m'empêcher de te condamner ? Je n'arrive pas à me souvenir de toi ni de tes mémoires lorsque cette femme est si près de moi.

– Le prolongement logique de tout ça, dit Eve, est d'exploiter les mémoires de Strafford pour notre livre.

Notre livre !

– Mais que dirons-nous à Sellick ?

– Rien, pour le moment. Il ne s'attend pas à recevoir tout de suite quelque chose de définitif. Jusque-là, il n'a pas besoin de savoir que nous partons dans une autre direction, n'est-ce pas ?

Ainsi, tout doucement, sous un soleil printanier, tandis que le vin blanc flattait mon palais et que l'effleurement fugitif de sa peau achevait de me griser, Eve me menait sur la voie qu'elle avait choisie. Je trahissais qui ? Sellick, Strafford, ou moi ? Je nous trahissais tous les trois, mais Sellick était loin, Strafford était mort, et moi j'étais prêt à échanger n'importe quoi pour une association de quelque nature que ce soit avec Eve. Je me penchai en avant et l'embrassai avec abandon.

Eve s'écarta avec une brusquerie feinte.

– Me cachez-vous quelque secret dans le genre de celui de Strafford, Martin ?

– Non, excepté un mauvais mariage et un divorce bénéfique.

– Dans ce cas, vous n'avez pas de souci à vous faire.

Après le pique-nique, nous nous promenâmes main dans la main. Eve me montra du doigt quelques spécimens peu communs d'orchidées, et je l'écoutai moins par désir d'en savoir plus sur les fleurs exotiques que pour entendre sa voix.

Prêtait-elle une trop grande attention aux fleurs, ou m'intéressais-je trop à sa personne ? Quelle qu'en fût la raison, nous ne vîmes pas les lourds nuages noirs arrivant de l'ouest et fûmes surpris par la pluie. Nous rejoignîmes la voiture en courant sous une pluie torrentielle, trempés jusqu'aux os. Le jean et le chemisier d'Eve, dégoulinant d'eau, lui collaient au corps. Il n'y avait plus qu'à rentrer directement à Cambridge.

Eve me déposa à Princes' Hall où je me changeai rapidement. Puis je retournai à pied au Darwin College sous le soleil qui brillait à présent comme par esprit de contradiction. Je franchis le portail de Silver Street et suivis le chemin de gravier, passai devant la pelouse où la pluie avait accroché des perles transparentes et levai les yeux vers l'appartement d'Eve. Au même moment, un rideau s'écarta et elle apparut, enveloppée dans une serviette de bain jaune, ses cheveux mouillés retombant sur ses épaules dans un mouvement naturel plein de séduction. Elle m'aperçut, mais au lieu de tirer le rideau elle sourit et me fit un signe amical de la main.

Lorsque j'arrivai chez elle, elle portait un kimono. Elle m'accueillit avec un baiser formel un peu humide. Elle sentait l'huile pour le bain et le soleil printanier. Je la trouvai plus séduisante que jamais.

– J'ai fait du café, dit-elle. Servez-vous pendant que je m'habille.

Je m'avançai vers une petite table près de la fenêtre où elle avait mis le café, remplis une tasse et m'assis pour le déguster dans un fauteuil baignant dans une tache de lumière aqueuse.

Sur la table, près de la cafetière, se trouvaient une chemise et quelques papiers, parmi lesquels l'enveloppe qui avait contenu l'extrait d'acte de mariage et, dessous, plusieurs photocopies. J'en pris une et l'examinai plus calmement que le soir où Eve m'avait montré l'original pour la première fois. Le nom et la signature de Strafford s'y trouvaient obstinément inscrits, ainsi que le nom et la signature de Caroline Van der Merwe, tous les deux unis par les liens du mariage par un pasteur de l'Église réformée hollandaise à la chapelle de Veltenschrude, à Port Edward, Natal, en présence de... zut! personne dont j'avais entendu parler, pas de fantôme familier comme Couchman, juste deux noms qui ne me disaient rien. Pas un seul Van der Merwe, ce qui était bizarre. Comment se faisait-il qu'aucun membre de la famille de Caroline n'ait assisté à ce qui est le plus grand événement dans la vie d'une jeune fille? Je regardai les adresses. Celle de Strafford était: caserne Culemborg, Le Cap; celle de Mlle Van der Merwe: avenue de l'Océan, Durban. Je pris un atlas dans la bibliothèque d'Eve. Port Edward était juste un point sur la carte de l'Afrique du Sud, à environ cent cinquante kilomètres au sud de Durban, une longue route pour aller à un mariage. En l'absence de membres de la famille, cela prenait des airs de fugue. Ou d'enlèvement.

Eve revint dans la pièce, vêtue d'un jean et d'un sweater.

— Vous cherchez une piste? demanda-t-elle en me voyant avec l'atlas.

Je lui parlai de mes suppositions. Elle se baissa au-dessus de la table et versa du café.

— Mais même si vous aviez raison, Martin, dit-elle, est-ce si important?

Sa question me choqua et elle s'en aperçut.

— Laissez-moi vous expliquer.

Elle s'assit sur le divan près de moi.

– Pour ce que nous voulons faire, ce qui compte, ce sont les conséquences du mariage de Strafford en Afrique du Sud, pas les circonstances de son mariage. Ses mémoires nous donnent sa version très subjective des faits. Mais les autres, quelle est leur version ?

– À qui pensez-vous ?

– À Julia Lambourne, par exemple. Il est peut-être possible de trouver dans ses papiers comment et pourquoi elle est entrée en possession de cette preuve.

Elle avala une gorgée de café.

– Et puis il y a Elizabeth. Vous savez, je suppose, qu'elle vit toujours.

– Oui.

C'était la première fois que nous parlions des Couchman vivants, et j'espérai qu'Eve allait me parler du lien qu'elle avait avec eux. Mais elle ne le fit pas.

– Alors, quelle est la prochaine étape ?

– Voir ce qu'on peut trouver d'autre dans les archives Kendrick. Puis s'attaquer à lady Couchman.

À ce moment, j'imaginai Elizabeth, l'Elizabeth des mémoires, devenue une gracieuse vieille dame, servant le thé et du gâteau de Savoie dans son salon à Quarterleigh, sans se douter que nous discutions ici, à Cambridge, de son passé et que d'anciennes blessures menaçaient de la faire souffrir de nouveau.

– J'irai demain à Birkbeck.

– Vous voulez que je vous accompagne ?

– Non, il vaut mieux que vous continuiez vos lectures, Martin. Je veux que nous en sachions autant l'un que l'autre sur les suffragettes avant d'annoncer officiellement notre collaboration. Je ne serai pas absente longtemps. Normalement, je devrais être de retour pour mon cours de mercredi.

– Parfait.

J'étais loin de trouver cet arrangement parfait, mais j'étais déjà en train de me dire que je profiterais de ce laps de temps pour vérifier l'authenticité de l'extrait d'acte de mariage, au lieu de me demander comment je pouvais être certain qu'elle allait vraiment à Londres pour examiner les archives Kendrick, alors que moi-même j'avais décidé de faire autre chose que ce qui était prévu. Mais la promesse séduisante d'une collaboration dans le domaine littéraire m'enlevait tout esprit critique.

Le lendemain matin, j'accompagnai Eve à la gare, puis je revins à pas lents à Princes' Hall en réfléchissant à la manière d'en savoir plus sur les Van der Merwe. Comme je franchissais le portail pour entrer dans First Court, un des gardiens sortit précipitamment de la loge.

– Monsieur Radford, dit-il, j'ai un message pour vous. J'allais justement le porter dans votre chambre.

– Merci, dis-je, légèrement surpris.

Je ne m'attendais pas à recevoir du courrier ici. En fait, ce n'était pas une lettre mais un message téléphonique noté par le gardien. Je me mis à le lire en traversant la cour et m'arrêtai net lorsque j'en compris le sens : « Monsieur Radford, veuillez appeler Alec Fowler au 01-836-2387. C'est urgent. »

Un numéro à Londres. Que faisait Alec en Angleterre ? J'eus l'impression tout à coup que des siècles s'étaient écoulés depuis que je l'avais vu à Madère. Il ne m'avait pas dit qu'il pourrait venir si vite. Et qu'y avait-il de si urgent ? Alec m'avait habitué dans le passé à ces brusques réapparitions. Il me téléphonait quand je m'y attendais le moins et m'invitait à boire un verre en souvenir du bon vieux temps, aussi cela n'aurait-il pas dû me surprendre, mais ce message reçu par une matinée maussade dans l'enceinte grise de Princes' Hall me mit mal à l'aise. Cette arrivée inopinée d'Alec, juste au moment où Eve et moi avions décidé de tenir Sellick en haleine pendant que nous suivrions une autre direction, me semblait une coïncidence de mauvais augure.

Je téléphonai de l'une des cabines réservées aux étudiants. C'était un hôtel dans Drury Lane. On me passa la chambre d'Alec, et il répondit aussitôt.

– Heureux de t'entendre, Martin, dit-il d'un ton inhabituel d'homme d'affaires. Ça avance ?

– Lentement, mais sûrement. Mais que fais-tu à Londres ? Tu ne m'avais pas dit que tu allais venir.

– Les affaires, mon vieux. Une relation de Leo, un milliardaire qui vend du soleil et qui pourrait être intéressé par la revue. Je dois lui passer de la pommade, le persuader de signer quelques chèques pour que Leo n'ait pas à supporter toutes les pertes. J'ai pensé que je pourrais en profiter pour te voir. Ça n'a pas été facile de te joindre. Jerry s'est montré encore moins coopératif que d'habitude, mais j'ai fini par retrouver ta trace.

– Tu es là pour combien de temps ?

– Quelques jours. Mais j'ai un emploi du temps très chargé. Tu pourrais venir à Londres boire un verre ?

– D'accord. Dans la soirée ?

Tout compte fait, rencontrer Alec en l'absence d'Eve, cela tombait plutôt bien. J'aurais redouté, si elle avait été là, qu'il laisse échapper quelque chose à propos de mon mariage avec une Couchman, et puis, surtout, je voulais garder Eve pour moi tout seul.

Nous nous donnâmes rendez-vous dans Clerkenwell Road, entre Liverpool Street et Drury Lane, dans un pub sombre avec des cloisons en verre dépoli et des alcôves enfumées. J'arrivai à 1 heure de l'après-midi sous un crachin très londonien. Je trouvai Alec au bar, buvant une bière anglaise et dévorant un quotidien avec l'avidité d'un homme sortant d'une période de jeûne. Perché sur un tabouret, bronzé, il me gratifia d'un sourire radieux qui fit passer un souffle d'air frais dans l'atmosphère confinée du pub. Après les salutations des retrouvailles, nous nous repliâmes vers une table.

– À ta santé ! dis-je en goûtant ma bière. Alors, qu'est-ce que ça fait de revenir en Angleterre ?

– Ça n'a pas changé, la bière est formidable, le temps horrible. Et toi, où en es-tu de tes recherches ?

– Je te l'ai dit au téléphone, ça avance lentement mais sûrement.

– Cela fait un mois maintenant que tu as commencé.

– Leo a dû recevoir trois rapports.

– Oui. Le dernier est arrivé juste avant mon départ. D'après ce que tu écris, tu as effarouché les Couchman mais tu n'as rien déniché dans les archives.

– C'est à peu près ça.

– Rien de concluant ?

– J'ai bien peur que non. Mais ne prends pas cet air désolé. C'est un travail qui demande de la patience.

– Et ce neveu de Strafford que tu es allé dénicher dans le comté du Devon ?

– Ambrose ? Un vrai bijou. De la variété des diamants bruts. Il est convaincu que son oncle a été assassiné.

– Ah oui ? Par qui ?

– C'est la question à cent mille francs, à moins que Leo soit prêt à donner plus. Strafford a été jeté sous un train en 1951. Par qui ? Gerald Couchman, son fils, le contre-espionnage, Winston Churchill ? On n'a que l'embarras du choix.

– Le KGB ?

– Tu vois le tableau ! Mais, sans rire, cet accident sent mauvais. Je crois qu'Ambrose a raison. J'aurai une idée plus précise lorsque nous aurons parlé avec lady Couchman. Son témoignage est capital.

– Nous ?

Je m'étais trahi, mais cela ne me parut pas très grave.

– Oui, à Cambridge j'ai donné envie à une spécialiste du mouvement des suffragettes d'unir ses efforts aux miens.

– Je la connais ?

– Non, je ne pense pas. Elle s'appelle Eve Randall. Membre résident au Darwin Collège.
– Âge, mensurations, mariée, célibataire, dans cet ordre s'il te plaît.
– Parfaite à tout point de vue, Alec, si tu tiens vraiment à le savoir.
– Ainsi, votre collaboration pourrait dépasser le cadre des mémoires de Strafford ?
– C'est une sommité dans son domaine, dis-je en jouant au naïf.
– Mais d'aucune aide dans l'affaire dont tu t'occupes ?
– Je n'ai pas dit ça. Elle a trouvé...
– Quoi ?
– Une preuve qu'il faut vérifier mais qui pourrait bien être ce que nous cherchons.
– Tu as dit tout à l'heure que tu n'avais rien trouvé de nouveau.
– Nous ne voulons pas faire naître de faux espoirs.
– Écoute, Martin, moi, ce n'est pas mon affaire, mais je trouve qu'il y a beaucoup de « nous » dans ce que tu dis. Tu es très lié avec cette nana ?
– Eve écrit un livre sur les suffragettes. Nous avons trouvé que ce serait une bonne idée de conjuguer nos talents.
– Je comprends maintenant pourquoi tu as l'air si heureux de travailler pour Leo.
– Et pourquoi à ton avis ?
– Parce qu'il te donne l'occasion de fréquenter une belle universitaire. Moi, à Madère, tout ce que j'ai, c'est des marchandes de fleurs ou de poisson.
– Peut-être, dis-je avec un sourire penaud. Mais pourquoi est-ce que Leo s'en plaindrait, s'il y trouve son compte ?
– En quoi peut-il y trouver son compte ?
– Je te l'ai dit. Eve a déniché quelque chose.
– Quoi ?

Soudain, mes réticences s'envolaient, j'étais sur le point de vendre la mèche. La langue déliée par l'alcool ? Sans doute. Le besoin de prouver que j'étais à la hauteur de la tâche que Sellick m'avait donnée ? Certainement. Piqué au vif, je voulais prouver que je n'avais pas perdu de temps.

– Il y a de fortes chances pour que le grand mystère de Leo se réduise à une tragi-comédie. Elizabeth a rompu ses fiançailles avec Strafford parce qu'il était déjà marié.

– Tu en as la preuve ?

– Eve a trouvé l'extrait d'acte de mariage.

Alec émit un léger sifflement.

– Je ne pense pas que ce soit le genre de découverte que Leo espérait, dit-il.

– Moi non plus. C'est pourquoi je ne lui dis rien tant que le tableau n'est pas complet. Je préférerais que tu ne lui en parles pas pour le moment.

– Ma parole de scout.

J'aurais dû m'en tenir là, mais l'envie d'en dire plus fut la plus forte.

– C'est vraiment une histoire très édifiante, dis-je, et je lui donnai un aperçu de la façon dont on pouvait l'exploiter pour l'intégrer au livre d'Eve.

Alec devina tout de suite que c'était son idée à elle. Il eut un petit rire.

– Voilà, dis-je, tu sais tout. Leo paie bien mais Eve est plus belle.

– Commandons autre chose, dit Alec, et buvons à celle des deux associations qui te plaît le plus.

J'acceptai avec joie. Nous bûmes jusqu'à la fermeture du pub et, à 3 heures du matin, nous prîmes le chemin de Liverpool Street où je devais reprendre un train pour Cambridge. Nous attendîmes au buffet en buvant un café sirupeux servi par une Antillaise bien en chair. Je triomphais secrètement en comparant ma situation à celle d'Alec. Pour une fois, c'était moi que le sort avantageait. Alec n'avait fait aucune allusion à la revue, aucune allusion au fait que *La Vie à Madère* pourrait lui ouvrir les portes des grands quotidiens nationaux, alors que les mémoires de Strafford m'avaient apporté Eve et conduit au seuil d'un avenir prometteur. Je pense qu'Alec devait en souffrir et pester intérieurement autant que je me réjouissais, même s'il n'en parlait pas.

– Combien de temps laisseras-tu Leo dans l'incertitude? demanda-t-il en remuant son café d'un air distrait.

– Pas plus que nécessaire. Dès que nous aurons réuni toutes les preuves et entendu la version de lady Couchman, nous serons prêts.

– Et Ambrose Strafford?

– On ne saura peut-être jamais la vérité sur cette histoire d'accident mais, au moins pour Ambrose, j'aimerais savoir ce qui s'est réellement passé la nuit où son oncle est mort. Là aussi, le témoignage de la vieille dame sera décisif.

Une voix noyée dans un grésillement annonça le train pour Bishop's Stortford, Cambridge, Ely et King's Lynn. Nous bûmes notre café jusqu'à la dernière goutte et rejoignîmes la queue devant le portillon, criant la fin de notre conversation pour pouvoir nous entendre malgré le bruit qui régnait dans la gare, les annonces dans les haut-parleurs et les coups de sifflet.

– Bonne chance, Martin, dit Alec en me donnant une tape sur l'épaule.

– Merci, et toi, bonne chance avec le roi du tourisme.

– Oui, j'en ai besoin. On se téléphone!

Il me fit signe de la main lorsque je montai dans le train, puis je le vis traverser la foule vers la sortie de son pas élastique. Un vieil ami. Un bon copain. Et quelque chose d'autre que ni lui ni moi ne méritions ou, du moins, pas de la façon dont cela se produisit.

Le lendemain, je téléphonai à la Maison de l'Afrique du Sud. On ne put rien me dire sur les Van der Merwe, mais on me conseilla de m'adresser au conservateur des actes de l'état civil à Pretoria, ce qui ne m'était pas d'un grand secours.

J'eus plus de chance à la bibliothèque de l'université, où on me dénicha deux vieux annuaires de téléphone de Durban datant de l'époque où le Natal était une colonie britannique. Dans un exemplaire de 1897, je trouvai ce que je cherchais : l'adresse des Van der Merwe, avenue de l'Océan. Une simple suite de noms, Van der Merwe J. G., Mme O. C., J. I., P. J., Mlle C. A. Dans l'autre annuaire édité huit ans après, aucun Van der Merwe n'apparaissait avenue de l'Océan. C'était désespérant. Où étaient-ils allés? Qu'étaient-ils devenus? Qu'était devenue Mlle C. A. Van der Merwe, épouse Strafford? Le vieil annuaire poussiéreux n'avait pas la réponse.

Eve revint le mercredi. Elle laissa un message pour moi à Princes' Hall, une invitation à dîner au Darwin College pour «entendre les dernières nouvelles». L'invitation avait pour moi bien d'autres attraits, et je m'y rendis le cœur joyeux.

La salle à manger du Darwin College était petite, intime et moderne. En l'absence des étudiants, l'atmosphère y était feutrée et cultivée. Eve, sa toge par-dessus une robe rose, était resplendissante. Le personnel la servait avec une déférence et une attention particulières auxquelles les autres n'avaient pas droit, et les assistants, assis à notre table, buvaient ses paroles. On jetait des regards perplexes sur moi, l'étranger, le cavalier mystérieux de leur énigmatique collègue. Je faisais des envieux et cela me flattait, mais je n'avais pas l'impression de comprendre mieux qu'eux cette femme mystérieuse, au contraire.

Pendant le dîner, nous n'échangeâmes que de menus propos, attendant d'être chez elle pour discuter sérieusement. C'était une nuit chaude et humide. Nous ouvrîmes les fenêtres pour laisser entrer l'air, et nous allâmes nous asseoir à côté pour boire du calvados avec notre café.

— J'ai épluché tous les documents des archives, dit Eve en soupirant au souvenir du travail que cela lui avait demandé.

— Et ?

— Eh bien, c'était nécessaire pour trouver ce que j'ai trouvé.

— Qu'est-ce que vous avez trouvé ?

— C'est dans la chemise sur le bureau. Vous y verrez des photocopies des deux seuls documents, en dehors de l'extrait d'acte de mariage, qui peuvent nous aider.

J'allai chercher la chemise et en sortis les photocopies de deux lettres écrites à la main et adressées, bien sûr, à Julia Lambourne. La première ne portait pas d'adresse. Elle était datée du 21 juin 1910.

Julia,

Je suis soulagée de savoir que tu te sens capable de faire quelque chose à propos de la question qui nous préoccupe. Nous ne devons pas hésiter à faire notre devoir, aussi désagréable soit-il, si c'est pour la bonne cause. Annie te portera le document demain. Il vaudrait mieux ne pas le laisser en possession d'Elizabeth. Garde-le en lieu sûr car nous pourrons en avoir besoin par la suite.

C.H.P.

Je regardai Eve.

— C.H.P. sont les initiales de Christabel Pankhurst, me dit-elle. Annie est certainement Anne Kenney, son bras droit. Quant au document, qu'est-ce que cela peut être, sinon l'extrait d'acte de mariage ?

— Sans doute. Les dates concordent. Mais cela voudrait dire que ce n'est pas Julia qui a trouvé la preuve du mariage de Strafford.

— Elle a peut-être demandé à d'autres de faire des recherches à sa place. Mais regardez la seconde lettre.

Hôtel des Sommets,
Saint-Moritz,
Suisse.
Le 18 septembre 1910

Ma chère Julia,

Je me suis sentie si coupable de ne pas t'écrire. Je te prie de bien vouloir me pardonner. En tout cas, voici les dernières nouvelles. Je t'écris sur la terrasse de l'hôtel, avec en toile de fond les sommets enneigés.

L'air que l'on respire ici est totalement différent de celui de Londres, comme tu peux t'en douter. Je le trouve émollient au point que, certains jours, je n'arrive pas à faire autre chose que m'asseoir au soleil, écouter les clochettes et lire. Zola est devenu mon écrivain favori, il perçoit avec tant de perspicacité les défauts de nos sociétés.

Contrairement à moi, tante Mercy se sent revigorée par le climat. Elle parcourt infatigablement les prairies alpines et elle s'est prise de passion pour l'histoire naturelle, tellement plus exotique ici qu'à Putney. Pour avoir l'esprit tranquille, je ne la laisse jamais partir si elle n'est pas accompagnée d'un guide.

La fatigue n'est pas la seule raison qui m'empêche de suivre ma tante. En arrivant à Zurich à la fin du mois d'août, qui avons-nous rencontré à notre hôtel ? Gerald Couchman. Cet homme charmant à qui tu m'as présentée cet été, à un moment où j'étais incapable de me comporter civilement avec quiconque. Il avait promis que nos chemins se croiseraient ici, et il avait raison. Il est dans notre hôtel depuis une semaine à présent. Il se montre un compagnon charmant, prévenant et amusant, suffisamment conscient de ma détresse récente pour éviter d'aborder ce sujet sans donner l'impression de sous-estimer son importance pour moi. Hier soir, au dîner, il m'a demandé si nous pourrions supporter sa compagnie lorsque nous irons à Venise à la fin du mois. Bien que j'aie pu paraître moins ravie à cette perspective que ma tante, entre nous, je t'avoue que cela fut tout le contraire.

Gerald a le don de me permettre, au moins plusieurs heures de suite, d'oublier mes ennuis passés. N'omets pas d'adresser mes remerciements à Miriam, aux jumelles et à ton frère pour leur soutien et leur assistance au moment où j'en avais le plus besoin. Et à toutes les militantes, et à toi en particulier, je souhaite bonne chance. Il me semble lorsque j'y réfléchis calmement que s'il y a une leçon à tirer de ma triste expérience, c'est que nous devons chercher la victoire en comptant sur nos propres moyens et nulle part ailleurs. Il se peut que Christabel ait conclu un accord avec ceux qui ont le plus de chances de conduire les réformes nécessaires, mais c'est le genre d'intrigue dans laquelle, je suis désolée de le dire, je n'ai aucune confiance.

Mais cela ne doit pas, chère Julia, affecter notre amitié. Je me sens déjà beaucoup mieux qu'avant mon départ d'Angleterre et, à notre retour, j'espère que tu ne me trouveras pas trop différente de celle que j'étais avant, jamais totalement guérie, je le crains, mais d'attaque et, en vérité, déjà impatiente de bavarder avec une vieille amie.

Bien amicalement.

Elizabeth

C'était étrange, et dérangeant, de passer de la vision de Strafford et de sa version des faits à la perception d'Elizabeth.

Je lisais entre les lignes. La preuve de l'indignité de Strafford remise à l'amie d'Elizabeth par... Christabel Pankhurst, laquelle avait conclu un « accord décisif » avec... Lloyd George ? La révocation de Strafford était-elle une des clauses de l'accord ? Elizabeth avait-elle conscience de tous les enjeux de ces intrigues dans lesquelles elle disait ne pas avoir confiance ?

Un autre point important : Elizabeth disait que Julia Lambourne l'avait présentée à Couchman au cours de l'été. Je me souvins que Strafford, dans ses mémoires, rapportait que Couchman lui avait assuré n'avoir rencontré Elizabeth qu'après qu'elle eut rompu ses fiançailles. Bien que cela concordât strictement avec ce qu'écrivait Elizabeth à Julia, la proximité des deux événements me paraissait tout à coup suspecte.

– Eh bien, dit Eve dont la voix rejoignit le fil de mes pensées, qu'en pensez-vous ?

– Cela corrobore nos théories respectives. Les quelques lignes de Christabel suggèrent qu'elle a conclu un marché avec Lloyd George. Elizabeth, dans sa lettre, tire la morale de l'histoire : les suffragettes auraient été plus avisées de défendre leurs droits au lieu d'essayer de convaincre les politiciens de leur faire des concessions.

Cette dernière remarque était un avantage que j'accordais à Eve.

– Est-ce que ces deux théories ne sont pas fondamentalement la même chose ? demanda Eve.

– Vous trouvez ? Elizabeth était opposée à tout compromis. Et elle a eu raison, d'ailleurs.

– Comment cela ?

– Eh bien, s'il est vrai que Christabel a conclu un marché avec Lloyd George et qu'elle lui a apporté, selon les clauses de leur marché, un moyen de disgracier Strafford, elle s'est fait gruger parce que Lloyd George n'a pas donné le droit de vote aux femmes.

– Nous n'avons pas la preuve qu'ils aient passé ce genre de marché. On peut juste supposer que Julia a prévenu Christabel de la relation qui se nouait entre Strafford et Elizabeth et que Christabel a prévenu Julia de la duperie de Strafford. On peut aussi supposer que cela arrangeait Lloyd George que Strafford quitte ses fonctions ministérielles, mais on ne peut pas affirmer qu'il y a eu un accord formel entre Christabel et lui à ce sujet.
– Pourtant, Elizabeth, dans sa lettre, parle bien d'un...
– D'une entente, rien de plus. Christabel a pu en effet négocier avec Lloyd George. Après tout, c'est lui qui a fini par leur accorder ce qu'elles demandaient.
– Pas avant 1918.
– C'est vrai, mais les faveurs politiques doivent se gagner. Ce n'est pas un jeu d'enfant. Rappelez-vous, j'ai souvent reproché aux suffragettes de n'avoir pas exploité leurs avantages.
– Je me souviens.
– C'est une critique qui ne s'applique peut-être pas à Christabel. Elle n'aurait jamais fait confiance à un politicien. Cela a été l'erreur d'Elizabeth.
– Pourtant...
– Je pense... dit Eve.

Elle se leva avec autorité, alla à la fenêtre et, le dos tourné vers moi, elle poursuivit :
– Je pense que nous devrions concentrer notre attention sur cet aspect du problème.

Elle avait parlé d'une voix calme et modulée mais qui n'admettait pas la contradiction. Rien que son attitude, debout, les jambes légèrement écartées, une main sur les hanches, sa silhouette souple se découpant sur la nuit, paraissait faire de cette question une affaire réglée.
– Si nous voulons que notre approche commune soit couronnée de succès, ajouta-t-elle.

En clair, je devais accepter ses conditions si je voulais travailler avec elle ou profiter de sa présence. Lorsqu'elle se retourna vers moi, la façon dont je réagis me rappela qu'une telle intimité était mon principal objectif.

– Ce serait dommage de gâcher nos chances, dit-elle.

– Je suis d'accord avec vous.

– Bien, dit Eve avec un sourire que j'avais gagné comme on gagne une faveur politique. Alors, vous serez content de savoir que nous avons rendez-vous avec mon éditeur, vendredi, pour le mettre au courant du nouveau format de mon livre, et vous présenter. Après ça, nous serons prêts pour affronter Elizabeth.

Voilà. Nous venions de conclure implicitement un marché, comme cela s'était peut-être passé entre Lloyd George et Christabel Pankhurst. L'enjeu, cette fois, était mon désir pour Eve. On me laissait entendre qu'il pourrait être satisfait. Le prix à payer restait inchangé : le nom et la tête de Strafford sur un plateau, ou plutôt dans un bouquin. « Laissez-moi m'occuper de lui, disait Eve, et vous arriverez peut-être à vos fins avec moi. »

Nos regards et nos paroles esquivaient la réalité du choix que nous faisions, mais elle n'en était pas moins aussi palpable que la nuit.

Lorsque je m'en allai, Eve descendit avec moi dans le jardin. Je la sentais plus distante que les derniers jours et cela me déroutait. Nous nous dirigeâmes à pas lents vers la Cam et nous contemplâmes la surface de l'eau, lisse comme un miroir. Le silence de la nuit était profond. Eve me prit par le bras et me conduisit sur un débarcadère en contrebas. Assis sous les saules pleureurs, nous écoutâmes le bruit de l'eau contre les étais. Un bourdonnement s'élevait du collège vide mais illuminé, de l'autre côté de la rivière, tandis qu'un peu plus bas un canard noctambule lançait des coin-coin plaintifs.

– Après notre voyage à Londres, vendredi, dit Eve, je pense que nous aurons mérité une petite détente.

– Je suis cent pour cent pour.

– J'ai une amie qui a une maison dans la région de Norfolk, près des lacs. Elle m'a dit que je pouvais y passer quand je voulais car elle n'y va jamais en dehors des vacances. Nous pourrions partir vendredi soir et rester là-bas jusqu'à lundi, le temps de faire le point, et naviguer un peu sur son voilier. Bref, on pourrait passer deux jours agréables.

– Magnifique !

– La maison est très plaisante, tout en bois et en chaume avec un jardin qui descend jusqu'à la rivière, un mouillage privé et un petit canot.

– J'aimerais déjà y être, dis-je avec un sourire.

– Le travail vient avant le plaisir, Martin. Nous devons d'abord aller à Londres.

– À vendredi alors, dis-je en me penchant pour l'embrasser.

Elle garda mon visage près du sien.

– À vendredi, dit-elle.

Nous nous levâmes et nous traversâmes la pelouse dans l'autre sens, en direction du portail.

– Je passerai vous prendre à Princes' Hall à 9 heures.

– Bien. Je vous attendrai.

Nous échangeâmes un autre baiser à la grille, puis je descendis Silver Street. La nuit et le Darwin College engloutirent Eve, mais la laissèrent entière et rayonnante dans ma mémoire. Elle avait, grâce à son invitation, atténué le coup porté à mon ego de chercheur. L'idée de passer un week-end seul avec elle rendait tout à coup cette blessure narcissique très supportable.

Le jeudi 12 mai n'était qu'une autre journée, vingt-quatre heures me séparant d'une perspective délicieuse. Il faisait frais, je me souviens, et humide. C'était un interlude, une attente annihilant toute réflexion approfondie. Mais il se peut que les révélations arrivent quand on s'y attend le moins, et que les résolutions se prennent quand elles ne paraissent pas nécessaires. En tout cas, c'est ainsi que cela se passa pour moi.

Confiné dans ma chambre par une pluie tenace et un ennui naissant, alors qu'Eve me croyait en train de lire à la bibliothèque de l'université, je commençai à me poser des questions. Le cahier contenant les mémoires de Strafford, à l'autre bout de la pièce, semblait me regarder dans un mutisme accusateur. Soit l'extrait d'acte de mariage était un faux, soit les mémoires de Strafford étaient un tissu de mensonges. Deux hypothèses fort improbables. Et s'ils étaient tous les deux authentiques ? Cela paraissait impossible, bien sûr, mais si c'était pourtant le cas ? Tout prendrait alors un sens. Si la confession de Strafford était sincère, il était normal que sa disgrâce fût pour lui incompréhensible. Si l'extrait d'acte de mariage était authentique, il était normal qu'Elizabeth ne voulût plus entendre parler de lui. J'avais cherché à démontrer que l'un des deux était forcément faux. Et si j'essayais de prouver qu'ils étaient tous deux authentiques ? Je ne savais pas encore comment je pouvais m'y prendre, mais j'étais sûr que ce ne serait pas en tentant d'obtenir la collaboration d'Elizabeth à un livre écrit à la gloire des suffragettes, assaisonné de psychologie facile, aux dépens de Strafford. C'est ce que ma belle universitaire, je le savais, avait à l'esprit : un traité académique transformé en best-seller et parodiant les mémoires de Strafford. Si j'avais accepté les conditions dictées par Eve, c'était uniquement pour ses beaux yeux. Si nous allions chez son éditeur le lendemain, c'était certainement pour lui donner l'autorisation d'utiliser les mémoires. En récompense, Eve m'offrait un week-end avec elle à Norfolk. C'était terrifiant de penser que je pouvais me satisfaire de ce marché.

Loin d'Eve, en regardant par la fenêtre la pluie qui lavait les dalles de Princes' Hall, loin du mouvement de ses cheveux et du timbre de sa voix, je pouvais juger son idée pour ce qu'elle était et la rejeter. Trouverais-je le courage de lui en parler, le lendemain ? Tout ce que je savais de moi m'incitait à penser le contraire.

Eve ayant dit qu'elle passerait me prendre à 9 heures, je fis en sorte d'être au Darwin College à 8 heures et demie. Les femmes de ménage étaient encore dans l'escalier mais, à l'étage d'Eve, tout était tranquille, et lorsque je frappai, j'entendis son « Entrez ! », prononcé d'une voix douce mais distincte.

Elle était assise au clavecin, à l'extrémité du salon, tournée vers la porte comme si elle venait de s'arrêter de jouer, bien que je n'aie pas entendu de musique en arrivant. Elle portait une jupe droite et un pull fin, noirs l'un et l'autre, les cheveux tirés en chignon, ce qui lui donnait un air sévère contrastant avec le bois pâle du clavecin. Elle ne sourit pas, ne bougea pas. Elle se contenta de fixer sur moi un de ces regards pénétrants et impérieux dont elle avait le secret et qui, à présent, me clouait sur le seuil.

– Que faites-vous ici, Martin ?

Sa question sonna comme un défi et elle parla d'un ton tranchant, dénué de la chaleur qu'elle manifestait d'habitude à mon égard. Sa voix provoqua une cassure dans l'air matinal, le cristallisa.

– Il fallait que je vienne, répondis-je en devinant que j'allais bredouiller. Je pense que... que notre collaboration n'est pas vraiment une bonne chose.

Eve ne dit rien, elle me laissa m'enfoncer.

– Je continue à penser que Strafford a été traité de façon injuste... il mérite que l'enquête soit menée le plus loin possible.

– Que voulez-vous dire exactement ? demanda-t-elle avec une impatience qui ne présageait rien de bon.

J'allai à la fenêtre pour respirer un peu d'air frais, surpris de ma propre confusion, pris au piège de ma soi-disant résolution.

– Je veux dire... que je ne suis pas prêt à renoncer aux mémoires pour votre approche.

Je regardai Eve à travers un rayon de soleil qui entrait à l'oblique par la fenêtre. Elle leva un sourcil comme pour me demander de préciser ce que j'entendais par son approche, et je me dépêchai d'étouffer toute ambiguïté.

– Je veux dire qu'avant... de nous engager... avant de voir votre éditeur... nous devrions nous donner un peu plus de temps pour réfléchir.

– Ma décision est prise.

Le pressentiment, à la limite de la nausée, que sa décision ne concernait ni Strafford ni le livre qu'elle voulait écrire mais ce qu'il y avait entre nous, le jeu subtil autour d'une offre d'amour, au centre de toutes nos discussions, et que cette décision allait dans une direction que je redoutais, me fit avancer d'un pas pour mieux la voir et entama ma résolution.

– Tout ce que je dis, Eve, c'est que j'aimerais donner à Strafford le bénéfice du doute... nous ne devons pas avoir de préjugés... ensemble, nous pouvons..

Je me penchai en avant pour lui prendre la main et trouver dans le contact de sa peau un espoir, un réconfort. Mais Eve bondit sur ses pieds et s'écarta de moi, laissant le couvercle du clavecin retomber avec un bruit qui retentit comme un coup de tonnerre. Elle me dévisagea d'un œil noir.

– Ne me touchez pas, dit-elle.

Je me figeai sur place, atterré, moins par la dureté de ses paroles que par la répulsion que je voyais frémir au fond de son regard. Que voulait-elle dire ? Mon esprit s'efforçait en vain de trouver une réponse. Et pendant que je me débattais intérieurement comme un grimpeur qui doit trouver très vite une prise sur une paroi lisse et à pic, elle prit de nouveau la parole d'une voix trouble.

– Je laisse à Strafford le bénéfice du doute, Martin. Il a au moins la décence d'être mort. Mais dans votre cas, il n'y a aucun doute, n'est-ce pas ?

Mon cas ? Un ricanement résonna quelque part au fond de moi. J'eus l'impression de tomber au fond d'un gouffre. Je me souvins d'un rêve dans lequel je courais de toutes mes forces pour faire tomber un nain difforme qui gloussait dans mon dos. En entendant le bruit sourd de sa chute, je me sentais léger, léger. Je m'arrêtais, libre enfin, et je prenais une profonde respiration. À ce moment-là, je sentais sa main, pareille à une griffe, agripper mon épaule et je respirais son haleine fétide lorsqu'il soufflait à mon oreille : « Tu pensais m'avoir semé, Martin ? Tu peux courir tant que tu veux... je serai toujours là. »

J'avais dû fermer les yeux un instant pour arrêter la sensation de chute dans un puits sans fond. Il y eut un bruit de papier froissé et, quand je rouvris les yeux, Eve avait jeté de vieux journaux sur le tabouret du clavecin.

– Cessez de vous en faire pour le passé de Strafford, dit-elle. Occupez-vous plutôt du vôtre. Pouvez-vous me redire pourquoi vous avez quitté l'enseignement ? Pourquoi votre mariage a été un échec ? Ou l'humble chercheur en quête de la vérité préfère-t-il fermer les yeux quand il s'agit de lui ?

Je me penchai au-dessus du tabouret et ramassai le journal au-dessus de la pile. Je le reconnus tout de suite : *The Kentish Courier*, 6 juin 1973, première page, au milieu et à droite, un article sur trois colonnes avec en gros titres : LE PROFESSEUR D'HISTOIRE ENSEIGNAIT AUTRE CHOSE QUE L'HISTOIRE : DÉTOURNEMENT DE MINEURE AU LYCÉE D'AXBOROUGH, et, au-dessous, LES PARENTS OUTRAGÉS CRIENT LEUR COLÈRE. « Tom Campion, P-DG d'une entreprise de transports routiers à Axborough, a exprimé hier sa colère devant le traitement indulgent dont bénéficie M. Martin Radford, momentanément suspendu de son poste de professeur d'histoire après avoir avoué qu'il avait profité des cours particuliers pour avoir des relations sexuelles avec son élève, Jane Campion, 17 ans. La jeune fille, qui suit à présent un traitement psychiatrique, est "trop brisée", selon les propres mots de son père, pour passer les épreuves du bac la semaine prochaine. M. Radford, 15 Gales Crescent, Axborough, 26 ans, marié et père d'une petite fille, n'a pas voulu faire de commentaires, mais M. Campion, 44 ans, nous a dit son indignation. "Il est inacceptable, a-t-il dit, que cet homme ait le droit de rester chez lui et continue à recevoir son traitement après ce qu'il a fait à ma fille. Il devrait être traduit en justice." Un porte-parole de la police a déclaré hier : "M. Campion est venu nous voir, mais sa fille, qui a 17 ans, n'est plus considérée comme une mineure. C'est une affaire entre M. Radford et ses employeurs." Le proviseur du lycée, M. Hugh Wilmott, a simplement déclaré hier que le cas de M. Radford avait été soumis au recteur d'académie et qu'il avait été suspendu jusqu'à ce qu'une décision soit prise. Il espérait que Jane pourrait... »

Je ne voulais pas en lire plus, d'ailleurs je connaissais l'article par cœur. L'autre journal était le journal du dimanche, qui avait persuadé la jeune fille « brisée » de vendre à bon prix son histoire pour faire saliver ses lecteurs pendant qu'ils mangeraient leurs œufs au bacon. Ce qui avait été une histoire privée, une passion irrésistible, devenait de la pornographie dans la presse à sensation. Jane, avec son petit air sage et son regard éperdu face aux objectifs, affinait son image de victime violée tandis que Radford, l'auteur du crime, ne pouvait raconter à personne qu'être suspendu était pire que d'être pendu et ne pouvait arrêter la débauche de châtiment moral. Quelque part dans cet article, je savais que je trouverais : L'ENSEIGNANT SUSPENDU EST QUITTÉ PAR SA FEMME, avec des citations d'Helen drapée dans sa dignité offensée : « Je ne peux pas rester, surtout avec ma fille, avec un homme qui s'est conduit comme mon mari l'a fait. » Il était plus douteux que je trouve le petit paragraphe mentionnant ma démission après la longue agonie d'une commission d'enquête.

Je laissai tomber le journal et levai les yeux pour regarder Eve.

– C'était il y a longtemps, dis-je sans conviction. Ces journaux ont une façon de raconter les choses qui les rendent pires que la réalité.

– Comment feriez-vous pour que ça sonne mieux ?

– Je ne sais pas.

Je me levai et m'essuyai nerveusement les mains sur mon pantalon.

– C'est pour ça que je ne pouvais pas... vous dire.

– C'est pour ça que vous avez menti.

– Si vous voulez.

– Eh bien non, je ne veux pas. Je ne suis pas une petite adolescente que vous pouvez séduire puis jeter.

– Je n'ai jamais pensé ça.

– Vous pensiez que vous pouviez m'avoir avec un mensonge aussi gros que celui de Strafford. Si nous étions partis ensemble ce week-end, vous auriez peut-être réussi. Mais plus maintenant. Parce que je n'ai pas besoin de vous ni de Strafford.

– Peut-être que moi... j'ai besoin de vous.

La répulsion que je lui inspirais de façon visible se changea en mépris. Il n'y avait aucune indulgence dans son regard.

– Dommage, Martin, mais un violeur au chômage ne m'intéresse pas. Partez et emportez vos petits fantasmes pathétiques.

Je ne pouvais rien faire d'autre. J'allai à la porte. Mais je pouvais encore dire quelque chose. Je me retournai sur le seuil.

– J'ai menti, Eve, parce que j'avais peur que vous réagissiez comme vous le faites en apprenant mon... erreur.

– C'est comme ça que vous appelez ça ?

– Je n'essaie pas de nier quoi que ce soit. Mais n'aurai-je jamais le droit d'oublier ?

– Est-ce que Jane Campion peut oublier ?

– J'espère que oui.

– Mais vous n'en savez rien.

– Non.

Eve passa derrière le clavecin, de sorte que le tabouret avec sa charge de journaux accusateurs se trouva entre nous.

– Ça ne vous intéresse pas. Vous ne voulez pas assumer les conséquences de votre acte. Ce que vous voulez, c'est prendre votre plaisir, briser une vie et partir, libre.

– Cela ne s'est pas passé comme ça.

– C'est vous qui le dites. Ça ne m'étonne pas que vous preniez la défense de Strafford. Il a fait la même chose. Je ne veux rien à voir avec vous !

Je sortis la seule carte qui me restait.

– Je ne suis pas seul à avoir caché quelque chose. Vous ne m'avez jamais dit que vous travailliez pour les Couchman.

À présent, le mépris d'Eve était presque de la lassitude.

– Ce n'est pas un jeu, Martin. Essayez de comprendre que ce que j'ai appris sur vous rend intolérable l'idée de travailler avec vous. S'il vous plaît, partez maintenant, et ne revenez pas.

– Comment avez-vous su ?

– Un ami qui me veut du bien m'a mise au courant de votre petit secret peu reluisant, et je lui en suis reconnaissante.

Elle marcha lentement vers le téléphone qui se trouvait sur la bibliothèque.

– Si vous ne partez pas, je vais demander qu'on vous fasse sortir.

Je la regardai, incrédule. Je comprenais qu'elle ait eu un choc en apprenant la vérité sur moi. J'avais menti, oui, et pis, mais était-ce une raison pour me congédier ainsi ? Toute l'attitude d'Eve, chacun de ses gestes, de ses regards me disaient que mon châtiment était mérité et que si je m'attardais, elle aurait plaisir à me voir expulsé par les gardiens parce que les hommes avilis n'avaient pas le droit à la dignité.

Je me souviens d'avoir songé que si j'avais été Strafford, je serais peut-être resté pour argumenter et me défendre, mais la méconnaissance de son crime lui avait donné une énergie que je n'avais pas. C'est la vérité autant que la voix menaçante d'Eve qui me poussa à battre en retraite dans l'escalier.

Où pourras-tu échapper à toi-même ? Je me l'étais souvent demandé depuis 1973, peut-être même avant, sans le savoir. Après le scandale, la publicité et la disgrâce, j'avais même pensé au suicide. Mais si j'avais eu assez de force pour cela, je n'aurais jamais été assez faible pour tomber amoureux de Jane.

Vendredi noir à Cambridge. Je marchai dans Silver Street, assommé, ne sachant que faire ni où aller. Je traversai Sheep's Green vers le sud et longeai la Granta où, treize jours plus tôt, je glissais sur l'eau avec Eve, où, treize jours plus tôt, nous flirtions, le sourire aux lèvres, passant le temps, avec nos mensonges, à préparer l'amère rupture qui venait de se produire.

5

Je passai une nuit blanche à regarder par la fenêtre le néant tangible de la nuit, ne voulant ni n'osant dormir par crainte de rêver. Je savais qu'il existait une cause honorable qui ne m'offrait ni l'extase dont j'avais rêvé avec Eve, ni la respectabilité que j'avais un jour perdue : Strafford. Eve avait fait pour moi ce qui était au-dessus de mes forces, elle m'avait forcé à choisir.

Le lendemain matin, dans le train qui me conduisait vers Londres, je me posai une question plus prosaïque mais douloureuse. Qui était allé voir Eve pour me desservir ? Quelle était cette personne qui lui voulait du bien et à laquelle elle était reconnaissante ? Et d'abord, pourquoi aller raconter tout ça à Eve ? À qui cela pouvait-il profiter ? J'écartai l'hypothèse de l'amoureux jaloux. S'il y en avait eu un, ce que rien ne m'avait laissé supposer, comment aurait-il pu connaître cette histoire ? Peu de gens se souvenaient des gros titres d'un journal à sensation quatre ans plus tard.

Il n'y avait pas trente-six solutions. La seule personne à qui j'avais parlé de mes projets avec Eve était Alec, mon loyal et fidèle ami. Il était tombé du ciel, m'avait questionné, avait pu deviner le peu que je ne lui disais pas, et il était le seul à savoir ce qui s'était passé à Axborough en 1973 parce que je le lui avais dit, à l'époque, et redit à plusieurs reprises lorsque j'étais ivre et que j'avais besoin d'expliquer à quelqu'un, autant qu'à moi-même, ce que cette histoire avait représenté pour moi. Qui d'autre aurait su où dénicher cette prose qui s'étendait complaisamment sur ma disgrâce et où trouver la femme qui, quatre ans après, serait aussi choquée que si cela s'était produit la veille ?

C'était la seule réponse plausible, mais c'était incompréhensible. Je croyais bien connaître Alec. Ce n'était pas son style, ce coup par-derrière. Et encore récemment, il avait montré sa générosité en me trouvant ce travail avec Sellick.

Le train fit une halte à Bishop's Stortford, mais le rythme de mes pensées s'accélérait. D'après ce que je lui avais dit au pub, Alec avait pu conclure que j'allais laisser tomber Sellick et utiliser les mémoires pour mon propre compte, en particulier pour me rapprocher d'Eve. Il ne savait pas que j'avais changé d'avis après. Je me rappelai notre conversation, l'alcool amenant les confidences.

« Je ne crois pas que ce soit le genre de découverte que Leo attende », avait dit Alec.

« Je préférerais que tu ne lui en parles pas pour le moment », avais-je dit.

Et Alec me l'avait promis. Il s'était plaint d'être le garçon de courses de Sellick et avait plus tard ajouté :

« Ne t'inquiète pas, Martin, ce n'est pas mon affaire. »

Et si c'était faux ? Et s'il avait parlé de son asservissement lucratif à Sellick sur le mode de la dérision dans le seul but de me mettre en confiance et de me faire parler ? Et si c'était Sellick qui l'avait envoyé pour voir où j'en étais ? Et si Alec lui avait tout répété et que Sellick lui ait dit qu'il fallait mettre un terme à mon flirt avec Eve pour que je reparte dans le droit chemin ? Alec avait les moyens de faire ce que son maître lui demandait, c'était douloureux mais efficace.

Dès que j'arrivai à Londres, je me précipitai dans une cabine téléphonique et appelai Alec à son hôtel.

– M. Fowler est parti hier matin, monsieur... Non, il n'a pas laissé d'adresse... Je crois qu'il a dit qu'il quittait le pays.

Rentré précipitamment à Madère après avoir fait son boulot ! Bon sang, Alec, me dis-je, si tu m'as fait ce coup-là... tu ne vaux pas mieux que moi. Mais pourquoi ?

Il m'en avait fallu du temps. La colère que je n'avais pas ressentie à Axborough lorsqu'on m'avait dénoncé, la colère que j'avais été incapable de ressentir au nom de Strafford, je la sentais, à présent, monter et bouillonner en moi, cette colère, cet emportement furieux contre les Couchman, à l'idée de tout ce qu'ils m'avaient fait et de tout ce qu'ils représentaient : une morale hypocrite décrétant que les gens comme Strafford et moi n'avaient pas le droit de réussir ni d'être heureux. Avec l'aide de Strafford, j'allais leur prouver qu'ils se trompaient. Il était temps de dissiper les malentendus. Je devais aller voir Elizabeth, le seul témoin qui n'avait pas encore été entendu, avant qu'Eve ne me devance ou qu'Henry ne l'expédie de nouveau je ne sais où. Elle avait vécu trop longtemps pour éviter une dernière rencontre avec son passé.

Je fus soulagé de découvrir que Jerry était parti pour le week-end, et de pouvoir être seul. Je me sentais épuisé et décidai de passer la nuit chez lui. Je pensai même, et cette idée me fit sourire, à écrire un nouveau rapport à Sellick. Mais il n'y aurait plus de rapport. Je ne travaillais plus pour Sellick.

C'était étrange de penser que je repartais de zéro, comme si ce qui s'était passé jusque-là n'avait été qu'une simple répétition et que, cette fois, les pistolets étaient chargés. La gare de Victoria. Chichester. Puis un taxi pour Miston où j'arrivai le soir. Une chambre au Royal Oak pour la nuit, avec l'impression désagréable d'agir sournoisement. Nerveux à la pensée du lendemain. J'avais attendu longtemps (mais Strafford beaucoup plus encore) pour avoir une conversation avec cette femme qui s'obstinait à vivre, la seule qui gardait un pied dans chaque camp. Mon existence partagée entre la réalité d'une chambre d'auberge, où le plancher résonnait du rire des villageois buvant après l'heure de la fermeture, et celle, à peine croyable, d'un monde très éloigné, inscrit dans la mémoire et sur les pages d'un cahier relié en cuir. Une nouvelle veille. Un nouveau jour. Un rendez-vous que je ne pouvais pas manquer.

Je m'obligeai à attendre une heure décente. Malgré cela, il n'était pas encore 9 heures lorsque je quittai le Royal Oak. C'était une belle matinée de printemps, étonnamment douce, égayée par le gazouillis des oiseaux. Une camionnette des postes était garée près du bureau de poste en bas de la rue. En face, un boucher serré dans un tablier rayé disposait la viande dans sa vitrine. De vieilles dames, vêtues comme en hiver, avançaient à petits pas, des paniers à provisions en osier à leur bras et un scottish-terrier au bout d'une laisse.

Les fleurs du jardin étaient un peu plus épanouies qu'un mois plus tôt mais, à part cela, Quarterleigh n'avait pas changé. Je reconnus le portail blanc, les forsythias, l'allée de gravier et la maison aux murs rose pâle, émergeant d'un pli de terrain des collines du Sussex, la porte ornée de chèvrefeuille.

Ce ne fut pas Elizabeth qui vint m'ouvrir, ni Henry, mais une petite femme ronde et guillerette aux joues rouges, dans une robe d'intérieur à fleurs. Elle sourit par habitude, malgré l'heure matinale et le fait qu'elle ne me connaissait pas.

– Est-ce que lady Couchman est chez elle ?

– Oui, mais elle prend son petit déjeuner. C'est un peu tôt pour rendre visite aux gens.

– Vous avez raison. Je suis désolé. Mais si elle pouvait m'accorder un moment, je lui en serais très reconnaissant.

– Je vais aller voir.

Elle s'éloigna d'un pas pesant dans le couloir, puis s'arrêta et fit demi-tour.

– Qui dois-je annoncer ?

– Martin Radford. Elle se souviendra peut-être de moi.

La femme en robe d'intérieur revint un moment plus tard.

– Mme Couchman (pas de lady, ici, semblait-il) dit que vous pouvez entrer, si vous nous acceptez comme nous sommes.
– Oui, bien sûr.

Je la suivis dans le couloir, bas de plafond, et entrai à sa suite dans une pièce dont les deux fenêtres donnaient sur le jardin, de sorte que l'occupante des lieux avait pu me voir arriver.

Elizabeth était assise sur une chaise, à l'extrémité d'une table anglaise. Je la reconnus tout de suite, moins d'après le souvenir de notre brève rencontre à mon mariage, sept ans plus tôt, que d'après l'image que je m'en étais fait ensuite par personnes interposées.

Elle avait 88 ans, mais en paraissait à peine 70 dans son corsage amidonné et sa dignité poudrée.

Ses cheveux étaient plus courts, blancs comme neige à présent et coupés simplement. Les rides de son visage donnaient à sa beauté fanée un charme fragile. Le dessin de sa bouche, moins assuré, avait gagné une humilité charmeuse. Mais le temps n'avait pas eu raison de son beau port de tête et, en m'approchant, je retrouvai dans le regard d'Elizabeth cet éclat qui m'avait frappé sur la photo que j'avais vue à Madère. Si j'avais été Strafford, je l'aurais aimée encore.

– Martin, dit-elle. Comme je suis contente de vous revoir.

Un accueil aussi gentil me dérouta.

– Lady Couchman... je suis surpris que vous vous souveniez de moi.

– Mais bien sûr que je me souviens de vous, mon cher. Que peuvent bien faire les vieilles femmes comme moi hormis se souvenir ? Voulez-vous un peu de thé, quelques toasts ? Vous venez de loin ?

Je tombai des nues. J'avais envie de lui demander si elle ne me prenait pas pour quelque neveu bien-aimé.

– Dora, pourriez-vous apporter un peu d'eau pour le thé ?

Dora sortit en se dandinant. Un chat noir et blanc me fixa d'un œil mauvais avant de me laisser de mauvaise grâce sa place.

– Pas de toasts, merci, dis-je. Je viens de prendre un petit déjeuner au Royal Oak.
– Vraiment ? C'est confortable, je crois. Qu'est-ce qui vous amène dans ce coin perdu ?
– Vous.
– Je suis flattée qu'un jeune homme s'intéresse à cette vieille chose que je suis.
– Je suis déjà venu il y a un mois, mais vous étiez absente. C'est votre fils qui m'a reçu.
– C'est curieux, il ne m'en a pas parlé.
– Nous ne sommes pas en très bons termes depuis qu'Helen et moi sommes séparés.
– Je suis navrée de l'apprendre.
– En fait, je ne pense pas être en bons termes avec qui que ce soit de votre famille.
– Eh bien, cette rencontre vous montre que vous avez tort, jeune homme.

Dora revint avec l'eau chaude sur un plateau, elle en versa dans la théière puis ressortit en fredonnant.

– Dora est tellement adorable. Je ne sais pas ce que je ferais sans elle.
– Elle habite ici ?
– Non. Elle vient quelques heures le matin et l'après-midi pour s'occuper de ce que je suis trop vieille pour faire moi-même.
– Vous n'avez pas l'air si vieille que ça.

Elle sourit.

– Martin, si j'avais cinquante ans de moins, je penserais que vous essayez de me tourner la tête.
– C'est un peu vrai. Ou, plus exactement, je voudrais vous ramener un peu plus de cinquante ans en arrière.
– Seigneur ! Si loin ?
– Oui, je le crains.

— Ce n'est pas la peine. La réminiscence est l'une des rares choses qui me restent.

— Le passé n'est pas toujours agréable. Voyez pour moi, par exemple.

— Mon cher, je suis peut-être vieille, mais je ne me laisse pas prendre à tout ce qu'on me raconte. Vous avez eu vos problèmes, je crois, comme Helen, et, bien sûr, je suis désolée pour elle parce que c'est ma petite-fille. Mais vous ne devez pas me juger d'après mon fils. Henry a bon cœur comme son père, mais il s'emporte facilement. Pour ma part, j'essaie de juger les gens uniquement d'après ce que je sais d'eux personnellement.

Je sentis que si j'attendais plus longtemps, je ne serais pas capable de dire quoi que ce soit à cette adorable vieille dame, alors je lançai tout à trac :

— Est-ce ainsi que vous avez jugé Edwin Strafford ?

Elle me regarda comme si elle avait vu passer un fantôme.

— Edwin ? Que savez-vous d'Edwin ?

— Plus que vous, je pense. Je sais que vous avez rompu vos fiançailles avec lui. Je sais qu'après votre rupture sa vie a été finie. Je crois savoir ce que vous représentiez pour lui et ce qu'il a souffert en vous perdant.

Elle se cala contre le dossier de sa chaise.

— Martin, vous me faites peur. Je n'ai pas l'habitude de recevoir des chocs pareils.

— Je sais. Je suis désolé.

Je me levai et m'approchai d'elle.

— Ça va aller ?

— Oui, oui, dit-elle. Ça va aller. Mais que voulez-vous dire ?

— Aimeriez-vous vous asseoir dans un fauteuil ?

— Oui, cela vaudrait peut-être mieux.

Je l'aidai à se lever.

— Merci. Je peux y arriver toute seule.

Elle s'affaissa dans un fauteuil près de la cheminée et se ressaisit.

– Je m'oublie. Reprenez un peu de thé, Martin.
– Non merci, pas pour l'instant.
– Alors, continuez. Je ne comprends pas ce que vous racontez.

Je m'assis en face d'elle, sur le bord de mon fauteuil.

– Elizabeth, dis-je, l'appelant par son prénom comme si cela allait de soi, j'ai en ma possession la photocopie des mémoires écrits par Edwin Strafford pendant sa retraite à Madère. C'est un récit détaillé de sa vie et surtout de la période où il vous a connue. Il prétend n'avoir jamais compris pourquoi vous aviez rompu vos fiançailles. Je sais que vous avez appris qu'il était déjà marié. Mais Strafford n'en parle pas, comme s'il ne savait même pas qu'il était marié. J'ai apporté les mémoires.

Je montrai mon sac que j'avais laissé à côté de sa chaise.

– Il doit y avoir une erreur.

C'était un espoir plus qu'une certitude.

– Oui, certainement. C'est ce que j'essaie de découvrir. Aimeriez-vous jeter un coup d'œil aux mémoires de Strafford?

Sans attendre sa réponse, je sortis de mon sac les mémoires de Strafford et les lui tendis. Qui mieux qu'elle méritait de les recevoir? Après tout, ils avaient été écrits pour elle. Elizabeth tint la liasse de feuilles entre ses mains, comme elle l'aurait fait d'une œuvre d'un peintre célèbre dont elle aurait ignoré l'existence jusque-là: délicatement, avec une appréhension nerveuse.

– Martin, mon cher, vous devez comprendre que... c'est tout à fait inattendu pour moi.

– Oui, je comprends. Ce cahier a été découvert par l'homme qui a acheté la maison de Strafford à Madère. Il m'a engagé pour étudier l'histoire de Strafford.

– Et c'est ce qui vous a mené jusqu'ici?

– Oui, et cela n'a pas l'air du goût de votre fils, si j'en crois sa réaction en me voyant ici.

Elizabeth eut un sourire triste.

– Ce cher Henry voulait sans doute essayer de me protéger. Mes fiançailles avec Edwin sont pour moi un souvenir moins pénible qu'autrefois, cependant. Si mon cher mari vivait encore, il jetterait probablement ces feuilles au feu. Mais moi, hélas, j'ai toujours été trop curieuse.

– Il est aussi question de feu votre mari dans ce manuscrit.

– Puisque vous l'avez lu, qu'avez-vous appris d'autre ?

– Pourquoi ne pas le lire vous-même ?

– Oui, dit-elle avec un mouvement résolu du menton, je crois que ce serait aussi bien.

Elle ouvrit la chemise avec précaution.

– Cela risque d'être un peu long, à ce que je vois. Pouvez-vous me le laisser ?

– Une fois que vous aurez commencé, je crois que vous ne voudrez plus vous arrêter.

– Ne vous inquiétez pas, Martin, dit-elle avec un petit sourire moqueur. Il sera en sécurité avec moi. Je ne suis pas mon mari, ni mon fils. Mais les vieilles femmes manquent d'endurance. Je vous propose de revenir un peu plus tard. Nous pourrions en discuter ensemble.

Je n'avais pas le choix.

– Bien. Vers 7 heures, par exemple ?

– Parfait.

– Je vous laisse, alors.

Je me levai pour partir.

– Vous pourrez retrouver seul votre chemin ? Dora devient irritable quand je l'appelle trop souvent.

Je lui assurai que ce n'était pas la peine que Dora me reconduise et me dirigeai vers la porte.

– Martin ! dit-elle. Je vous remercie de m'avoir apporté ceci.

Elizabeth était la première à me remercier. Sa courtoisie me touchait.

– Avant de vous en aller, pourriez-vous me donner mes lunettes qui se trouvent sur la table ?

En les prenant, je vis le chat qui, confortablement installé dans le fauteuil qu'il avait reconquis, me regardait de haut.

– C'est bien l'écriture d'Edwin, dit Elizabeth une fois qu'elle eut juché les minuscules lunettes cerclées d'or sur son nez. Quelle impression étrange de la revoir après tant d'années. Je me demandai si elle avait gardé les lettres de Strafford, mais je ne lui posai pas la question.
– Je vous laisse à votre lecture.
– Merci, mon cher.

En m'éloignant dans l'allée, je me sentais légèrement frustré. Elizabeth était une charmante vieille dame accueillante. Sa maison n'était pas une forteresse. Il n'y avait pas de trace d'amertume chez elle ni envers Strafford qui l'avait fait souffrir, ni envers moi qui venais le lui rappeler. Tout avait été ridiculement facile.

Je pris un chemin qui montait dans les collines, puis je revins à temps pour déjeuner au Royal Oak. Je suivis ensuite, nerveux et mal à l'aise, le sentier qui longeait le ruisseau jusqu'au bois d'où j'avais espionné Henry. Dora était rentrée chez elle, et Quarterleigh paraissait endormi. Je m'attendais plus ou moins à voir la voiture d'Henry dans le garage, mais non. Il ne viendrait pas ce jour-là.

Il ne me restait plus qu'à m'allonger sur le lit dans ma chambre d'hôtel et à attendre le soir.

Une colombe roucoulait dans le jardin de Quarterleigh. Dora était de retour. Elle déposait des bouteilles de lait vides sur le pas de la porte comme je remontais l'allée.

– Mme Couchman a dit que vous la trouverez dans la serre.

Elle me montra le chemin. La serre se trouvait derrière la maison, devant une pelouse qui descendait en pente douce jusqu'au ruisseau où flottaient parmi les roseaux de petits nuages de moucherons. La pièce conservait la chaleur de l'après-midi. Des tapis recouvraient le sol en pierre et des plantes vertes exsudaient une odeur de moisi. Elizabeth reposait sur des coussins dans une chaise longue, le chat sur ses genoux, les mémoires dans leur chemise sur un tabouret à côté d'elle.

– Bonsoir, Martin, dit-elle.

– Bonsoir.

Regardant par la fenêtre, j'ajoutai :

– Vos jonquilles sont sur le déclin ?

– Ainsi va toute chose, mon cher. Je vous en prie, asseyez-vous.

J'enlevai un numéro de *Sussex Life* posé sur une chaise pliante à côté de sa chaise longue et m'assis, les deux sièges étant disposés de façon à voir le jardin et non en vis-à-vis.

– Vous avez une belle maison, dis-je.

– Je me sens en paix, ici. Je ne recherche rien d'autre, maintenant. Il est clair, hélas, qu'Edwin n'a jamais trouvé ce bien précieux.

– Vous avez lu les mémoires, alors ?

– Oui. Je vois double et j'ai un peu mal à la tête, mais je suis heureuse d'avoir lu ce qu'Edwin avait à dire.

– Et qu'en pensez-vous ?

– C'est une question à laquelle il n'est pas facile de répondre. C'est, comment dire ? troublant. On a envie de le croire sur parole comme la parole de Dieu. Mais je sais que c'est impossible. Cela me choque un peu que notre histoire soit racontée en détail, de façon si personnelle, et que ce récit ait été lu par un jeune homme comme vous, et de savoir que vous n'ignorez pas à quel point je l'ai aimé et ce que j'ai ressenti en apprenant qu'il m'avait trahie.

– Je comprends.

– Je ne suis pas sûre que vous compreniez vraiment. Vous m'avez dit tout à l'heure que vous saviez pourquoi j'ai brisé mes fiançailles avec Edwin. Comment l'avez-vous découvert ?

– C'est... une collègue... qui a trouvé l'extrait d'acte de mariage de Strafford dans les papiers que Julia Lambourne, Mme Kendrick, a légués au Birkbeck College à Londres.

– Ah ! C'est donc là qu'il a atterri. Je me le suis demandé parfois.
– Pouvez-vous m'en dire plus ?
– Non, je ne pense pas. Voyez-vous, Martin, il me faut un peu de temps pour me faire à tout ça.
– Oui, je comprends, mais...
– Vous êtes impatient d'avoir des réponses. Je comprends cela aussi. Avez-vous l'extrait d'acte de mariage ?
– Pas ici. Mais je l'ai vu. Il n'y a pas de doute. Strafford a bien épousé Mlle Van der Merwe, en 1900, en Afrique du Sud.

Elizabeth se rembrunit.

– Oui. Mais on ne s'en douterait pas à lire ceci, n'est-ce pas ? dit-elle en baissant la tête vers les mémoires.
– Non. C'est le problème.
– Martin, mon cher, j'ai une proposition à vous faire. Que diriez-vous de passer quelques jours, ici ? Je suis sûre que le Royal Oak est un endroit charmant, mais si vous logiez dans cette maison, vous seriez certain que les mémoires sont en sûreté (elle sourit), et moi, je pourrais essayer de répondre à quelques-unes de vos questions dans un délai raisonnable pour une vieille dame.
– C'est très gentil à vous. Je trouve que c'est une idée formidable.

J'étais impatient de connaître le fond de sa pensée, mais je ne voulais pas tout compromettre en la pressant trop.

– Alors, je vais demander à Dora de faire un lit dans la chambre d'amis pendant que vous allez chercher vos affaires.
– J'y vais tout de suite.
– Avant, j'ai une question à vous poser. Quel est cet homme qui vous a engagé ? Qu'est-ce qu'il cherche dans cette histoire ?
– Leo Sellick ? Il est hôtelier à Madère, il a acheté la maison de Strafford quand elle a été mise en vente. Il a été fasciné par la lecture des mémoires, et il me paie pour satisfaire sa curiosité. Je ne lui ai pas encore parlé du mariage secret de Strafford.

– Je vois. Il y a donc tant de gens qui sont curieux de connaître mon passé ?
– C'est inévitable.
– Pas en ce qui concerne ma vie privée.

Elle avait raison, mais on ne pouvait pas ignorer les mémoires, pas plus que le mariage de Strafford. Non qu'Elizabeth me donnât l'impression de vouloir les ignorer. Je crois que je lui avais apporté les mémoires au bon moment, quand elle n'avait plus rien à perdre.

Lorsque je revins du Royal Oak, Elizabeth était déjà montée se coucher. Dora me montra ma chambre, puis elle me laissa. Je me mis à ranger mes affaires avec un curieux sentiment de bien-être. Il y avait un grand lit de plumes, une grande armoire en bois plein, un lavabo derrière la porte, une fenêtre donnant sur le jardin.

À l'instar d'Elizabeth, je me sentais en paix à Quarterleigh. C'était le genre de maison de campagne douillette comme un nid. Même les craquements du bois étaient réconfortants. Je dormis mieux que cela ne m'était arrivé depuis longtemps.

– Bonjour, Martin.

Elizabeth m'accueillit avec un joli sourire, devant la table mise pour le petit déjeuner.

– C'est une journée délicieuse.

Le soleil, en effet, était déjà chaud à travers la fenêtre encore embuée.

– Vous savez conduire, Martin ?
– Euh... oui.
– Mon médecin est un homme adorable, mais c'est aussi un terrible enquiquineur, il ne veut pas que je conduise. Ma voiture, du coup, a peu d'occasions de sortir, alors je me demandais si vous voudriez bien nous emmener dans les collines.
– Avec plaisir.

– Magnifique. Je sens que j'ai besoin de respirer un peu d'air frais. Là-haut, nous pourrons bavarder librement.

Dora fut étonnée d'apprendre que nous partions faire un tour en voiture. Au mouvement de sa mâchoire, on devinait qu'elle n'appréciait pas les changements que mon arrivée avait provoqués dans ses habitudes.

Elizabeth arriva dans une robe bleu foncé sous un imperméable blanc, une canne à la main, humant l'air frais de sous un chapeau de paille à larges bords. Malgré toute sa fragilité, elle ressemblait à une dame chargée d'une grande mission.

Sur l'instruction d'Elizabeth, je me dirigeai vers le nord-ouest, en direction de Harting Hill, une des collines les plus abruptes des South Downs. Nous garâmes la voiture au sommet et marchâmes à pas lents vers l'est en suivant le chemin qui reliait les sommets entre eux. Il faisait beau et frais, l'herbe était ferme sous nos pieds, le vent portait jusqu'à nous le chant des alouettes et le bêlement des agneaux. Des versants couverts d'ifs descendaient jusqu'à la plaine de la vallée Rother. Nous avions le chemin pour nous seuls.

– Lorsque Julia m'a dit qu'Edwin était marié, dit Elizabeth en marchant lentement au rythme de sa respiration, j'ai refusé de la croire. Elle m'attendait à Putney avec ma tante, le matin... où j'avais passé la nuit chez Edwin.

– Cela devait être le 23 juin 1910 ?

– La date a-t-elle tant d'importance ?

– Oui, peut-être.

– Vous pourrez vérifier dans les mémoires. Il ne leur fallut pas longtemps pour comprendre d'où je venais. Je m'attendais à ce qu'elles soient choquées, mais je n'avais pas imaginé qu'elles seraient horrifiées à ce point. Voyez-vous, Julia était plutôt une libre penseuse... et ma tante, la plus indulgente des tantes. J'ai essayé de les apaiser en leur annonçant qu'Edwin et moi allions nous marier tout de suite. Mais cela n'a fait qu'augmenter leur consternation. Julia avait déjà appris à ma tante ce qu'elle savait. Quand elle m'a dit qu'Edwin était déjà marié, j'ai refusé de la croire. Cela s'opposait à tout ce que je savais d'Edwin. Je ne pouvais pas y croire.

— Qu'est-ce qui vous a fait changer d'avis ?

— L'extrait d'acte de mariage. Julia ne voulait pas me le montrer, mais elle l'a fait quand elle a compris que je ne la croirais jamais. Quand j'ai vu l'extrait d'acte de mariage, j'ai eu tout à coup l'impression que tout s'expliquait.

— De quelle façon ?

— Cela faisait neuf mois qu'Edwin trouvait de bonnes raisons pour repousser la date de notre mariage, des raisons d'ordre politique, toujours indépendantes de sa volonté. C'est ainsi du moins qu'il présentait les choses. Mais j'ai pensé tout à coup qu'il avait pu me tromper dès le début en me liant à lui par une promesse qu'il ne pouvait pas tenir... jusqu'à ce qu'il soit arrivé à ses fins.

— Il n'y avait pas d'autre preuve ?

— Si. Le frère de Julia, Archie, avait rencontré un officier du régiment d'Edwin qui affirmait qu'Edwin s'était marié en Afrique du Sud.

— Qui était ce jeune officier ?

— Vous ne devinez pas ?

— Gerald Couchman ?

— Oui, Martin. Mais je n'ai rencontré Gerald que plus tard. Au début, il ne m'intéressait pas, je ne l'aimais pas, seulement...

— Il a su faire preuve d'un charme irrésistible lors de votre séjour en Suisse et en Italie.

Elizabeth s'arrêta net.

— Comment savez-vous cela ?

— Une des lettres que vous avez adressées à Julia se trouve aussi dans les archives Kendrick. Dans cette lettre, vous parlez de l'arrivée de Gerald à Saint-Moritz.

— Je vois.

Elle sourit.

– C'est déroutant que vous sachiez autant de choses sur moi.
– Est-ce que votre mari vous a beaucoup parlé de Strafford ?
– Non. Il savait que c'était un sujet qu'il valait mieux ne pas aborder.
– Pensez-vous que ce soit lui qui ait fourni l'extrait d'acte de mariage ?
– Non. Je pense plutôt que c'est Julia qui l'a trouvé.
– Cela vous surprendrait-il d'apprendre que Christabel Pankhurst l'a donné à Julia ?
– Pas vraiment. Christabel n'avait pas dû approuver ma relation avec Edwin. Ce devait être une sorte de trahison pour elle.

Je lui parlai alors de l'accord passé entre Christabel et Lloyd George, mais je me gardai de laisser entendre que Couchman avait pu y être impliqué.

– Ce que vous dites est possible, Martin. Malheureusement, cela prouve uniquement que certaines personnes voulaient trouver quelque renseignement qu'elles pouvaient utiliser contre Edwin et qu'il était assez faible pour le leur donner.
– Est-ce que la lecture des mémoires vous a appris quelque chose que vous ne saviez pas ?
– Très peu de choses.
– Sur votre mari, par exemple ?

Nous nous arrêtâmes à la hauteur d'un poteau indicateur dans le vallon, au-dessous de Beacon Hill. Elizabeth posa sur moi un regard franc.

– Gerald n'a jamais caché les fautes qu'il a commises, que ce soit à Cambridge, à Colenso ou ailleurs. C'est son honnêteté qui m'a attirée vers lui. Il m'a fait la cour longtemps, puis nous nous sommes mariés et notre mariage a été heureux.
– Je suis content de l'apprendre.

Nous fîmes demi-tour et repartîmes en sens inverse.

– C'est la grande différence entre Gerald et Edwin, dit Elizabeth. Un mariage précipité en Afrique du Sud n'est pas pire qu'un manque de courage au cours d'une bataille. Mais Edwin a essayé de cacher sa faute, alors que Gerald me l'a avouée. Ils ont été récompensés en conséquence. Gerald était un homme imparfait, peut-être, mais un homme bon et aimant que je suis fière d'avoir épousé.

— Croyez-vous que Strafford ait cherché dans ses mémoires à dissimuler la vérité ?

— Tout le laisse à penser. Et pourtant, il y a quelque chose qui ne colle pas. S'il avait à se justifier, c'était l'occasion ou jamais. Alors comment peut-on ne pas tenir compte de ce qu'il dit ?

— On ne peut pas. C'est pour cela que je suis ici.

Nous allâmes en voiture à l'auberge The Maple, à Buriton, et nous nous assîmes à une table, sous un parasol. Je bus de la bière et Elizabeth un sherry. À nous voir tous les deux, on aurait pu croire que je sortais une vieille tante célibataire, si ce n'était la gravité de notre conversation.

— Il y a une question que je dois vous poser.

— Allez-y, mon cher.

— Strafford s'est beaucoup tourmenté à propos de la rupture de vos fiançailles qu'il n'a jamais pu s'expliquer. Nous pensons qu'il a préféré se voiler la face car la vérité lui était trop insupportable. Ce que je voudrais savoir, c'est pourquoi vous l'avez laissé dans le doute alors que vous auriez pu lui montrer la preuve de sa trahison envers vous, ou du moins lui en parler.

— Je ne croyais pas qu'Edwin avait des doutes à ce sujet. Je pensais qu'il n'avait jamais eu réellement l'intention de m'épouser. En répétant qu'il voulait m'épouser, il ne faisait que prolonger mon tourment. Je me sentais terriblement malheureuse, pas en état de discuter de quoi que ce soit avec lui. Je voulais juste qu'il me laisse seule.

— Mais pourquoi ne pas lui dire ?...

— Il y avait une autre raison. Julia m'avait fait promettre de ne pas en parler, ou le moins possible. Cela n'était pas une promesse difficile à tenir, car je n'avais pas envie d'en parler du tout.

De retour à Quarterleigh pour le thé. Nous étions assis sur des chaises de jardin au bord du ruisseau.

– Vous vous souvenez du neveu de Strafford, Ambrose ? demandai-je.

– Oui, bien sûr, dit Elizabeth avec un sourire. C'était un petit garçon adorable. Mais ses parents ne savaient que penser de moi l'été que j'ai passé à Barrowteign avec Edwin, en 1909. J'ai appris en lisant les mémoires que Florence Strafford se méfiait encore plus de moi que je ne le pensais. Mais Ambrose, lui, était d'un naturel confiant, comme le sont les enfants. Il m'a fait bon accueil.

– Vous n'avez jamais songé à retourner à Barrowteign ?

– Non.

– Si vous l'aviez fait, vous auriez pu voir Ambrose. Il vit toujours là-bas, tout près, en tout cas. Je suis allé lui rendre visite le mois dernier. C'est le dernier des Strafford. Un vieil homme, maintenant, bien sûr, un peu trop porté sur le cidre et qui vit dans le passé. Mais un hôte généreux.

– Mon Dieu ! dit Elizabeth en secouant la tête. Cet enfant adorable déjà un vieil homme ? Cela paraît si incroyable. Comment va-t-il ?

– Aussi bien que possible, compte tenu de son goût pour l'alcool et son âge. Mais... je l'ai trouvé préoccupé.

– Préoccupé par quoi ?

– Des doutes, des soupçons, des questions sans réponse.

– Comme son oncle ?

– Non, à propos de son oncle. Que savez-vous à propos de la mort de Strafford ?

– C'était dans le journal. Un accident de train près de Barrowteign. C'est Gerald qui me l'a signalé. Je pense qu'il était secrètement soulagé. Quant à moi, j'étais triste mais pas excessivement surprise. J'étais heureuse qu'on ait parlé d'un accident, mais j'avais ma propre idée.

— Un suicide ?

— Appelez ça comme vous voulez. Je pense qu'Edwin est juste sorti de la vie.

— Ce n'est pas l'avis d'Ambrose. Il ne pense pas non plus que c'était un accident.

— Alors quoi ?

— Un meurtre.

Le cadre (le murmure du ruisseau, la pelouse verte, le soleil léger) aseptisa le mot et je m'en réjouis. Je ne voulais pas hanter cette vieille dame de sinistres visions, mais simplement parler de façon nette, sans équivoque.

Elizabeth but une gorgée de thé.

— Vraiment ? Racontez-moi, dit-elle sans beaucoup d'enthousiasme, plutôt de l'air de quelqu'un qui fait son devoir.

Alors je lui racontai tout ce qu'Ambrose m'avait dit. Strafford arrivant un jour à Barrowteign au printemps de 1951, son comportement étrange, ses visiteurs non identifiés, la nuit de sa mort.

— Et Ambrose a une idée de l'identité de ces... visiteurs ?

— Non.

— Et vous ?

— Le seul indice que nous possédons, ce sont les mémoires que Strafford nous a laissés. Qui pouvait avoir envie ou besoin de menacer un vieil homme rentrant d'exil ?

Elizabeth ne répondit pas.

— Vous avez dit, ajoutai-je, que votre mari avait été soulagé en apprenant que Strafford était mort.

— C'est exact. Mais, dit-elle après un moment de réflexion, à votre avis, Martin, pourquoi Edwin est-il revenu en Angleterre ?

— Je ne sais pas. Cela faisait sept mois qu'il avait terminé ses mémoires et il ne semblait pas avoir l'intention de retourner en Angleterre.
— S'est-il produit quelque chose qui l'aurait décidé à revenir ?
— Comment savoir ?
— C'est impossible, en effet.

Elizabeth resta la plus gracieuse et la plus attentionnée des hôtesses. Pendant le dîner, elle me demanda si j'avais vu Laura récemment, en évitant toute allusion à ce qui avait entraîné ma disgrâce au sein de sa famille. Mais elle paraissait plus nerveuse, comme si elle se préparait, à son corps défendant, à me faire quelque révélation plus importante que tout ce que nous avions dit jusque-là.

Plus tard, comme nous étions assis dans des fauteuils devant la grande cheminée du salon, elle insista pour que je prenne un digestif, bien qu'elle-même se contentât d'un café. Alors, seulement, elle put en venir au fait par le biais d'une question apparemment anodine.

— Quand ai-je rencontré Edwin pour la dernière fois, Martin ?
— Pourquoi cette question ?
— J'aimerais que vous me le disiez.
— Eh bien, Strafford l'a noté dans ses mémoires : Hampstead Heath, janvier 1919.
— Je crains que non. J'aurais dû vous en parler avant mais cela ne me paraissait pas vraiment utile. Maintenant, à cause des soupçons d'Ambrose, il faut que je vous le dise. La dernière fois que j'ai vu Edwin, c'était un mois avant sa mort, au début du mois de mai 1951.

J'avais surpris Elizabeth et voilà que c'était elle, à présent, qui me surprenait. Peu à peu, nous nous rapprochions de la vérité. Et pourtant, nous étions encore loin de nous douter de ce qu'elle était réellement.

– Au début des mémoires, dit-elle d'une voix voilée, il y a un poème de Thomas Hardy. Chaque fois que je le lis, je pense à Edwin ce jour-là. Vous trouverez dans la bibliothèque derrière vous un recueil de poèmes de Hardy. Pourriez-vous aller le chercher ? C'est dans les *Poèmes de 1912-1913* et le titre est « Après un voyage ».

Je trouvai la page et commençai à lire.

– « J'ai fini par voir un fantôme muet... »

– Non, dit-elle doucement, la strophe suivante.

– « Oui, enfin me voici revenu sur les lieux que tu hantes.
Pour te retrouver, j'ai traversé les années et les scènes mortes.
Que trouves-tu, à présent, à dire de notre passé,
Scruté au travers de l'espace obscur où tu m'as manqué ? »

– Arrêtez ! dit Elizabeth d'une voix presque douloureuse. Ces quatre vers sont si évocateurs, ils ressemblent tant à Edwin. Nous aimions tous les deux Thomas Hardy et Edwin savait que je reconnaîtrais cette strophe. C'est le moyen qu'il a utilisé pour s'annoncer.

– Comment ça ?

– Lorsque Gerald a pris sa retraite en 1945, nous avons donné la maison de Hampstead à Henry. Il venait de se marier, et cela nous semblait naturel qu'il puisse y vivre avec sa famille comme nous l'avions fait. C'est à cette époque que nous avons acheté ce cottage. Mais Gerald s'est occupé de la société jusqu'à la fin, et il logeait chez Henry à chaque fois qu'il allait là-bas. C'est pendant une de ses absences qu'Edwin est venu un jour. J'étais seule ici avec Rose, la gouvernante que nous avions avant Dora.

Je ne me rappelle plus la date exacte, je sais seulement que c'était un jour de semaine, au début du mois de mai. En 1951. Rose vint me trouver pour me dire qu'en revenant du village où elle était allée faire des courses, un homme l'avait arrêtée devant le portail et lui avait demandé de me remettre un mot. Il avait insisté pour qu'elle me le remette en mains propres et avait ajouté que si je désirais lui parler, je le trouverais dans le cimetière jusqu'à 6 heures.

Je lus sur son billet la strophe de Hardy que vous venez de lire.

Ce n'était pas signé, mais je reconnus l'écriture, et la description que je demandai à Rose me fit songer à Edwin devenu vieux. Il avait parcouru un long chemin et le temps avait pansé mes blessures. Aussi n'avais-je pas l'intention de lui refuser une entrevue. Je m'obligeai pourtant à attendre 5 heures passées pour aller au cimetière.

Il bruinait. Je vis quelqu'un qui s'abritait sous le porche du cimetière. Je sus immédiatement que c'était Edwin. Il avait la même silhouette imposante, un peu voûtée par l'âge, la tête rentrée dans les épaules, les mains enfoncées dans les poches de son pardessus. Il était de dos et ne se retourna qu'au moment où je l'appelai.

« Ainsi, vous êtes venue », dit-il.

Je hochai simplement la tête.

« Merci », dit-il.

Je lui dis que ce n'était pas la peine de me remercier et lui demandai comment il allait. Il me répondit qu'il allait bien, mais s'il avait l'air, en effet, en assez bonne santé, il y avait chez lui une lassitude que son âge ne justifiait pas. Il s'excusa d'avoir employé ce stratagème pour me faire sortir de chez moi. Il parlait d'une façon courtoise mais distante, comme s'il n'arrivait pas vraiment à croire que nous bavardions ensemble. Puis je posai la seule question que je pouvais poser :

« Pourquoi êtes-vous venu, Edwin ?

– Pour vous voir, encore une fois.

– Mais pourquoi maintenant ? »

Au lieu de me répondre, il m'a demandé comment la vie me traitait. Je lui ai dit que j'étais heureuse, ce qui était vrai. Mais je n'ai pas réussi à le faire parler de lui. Il s'est contenté de dire qu'il n'y avait rien à dire de sa vie. En revanche, il m'a posé des questions sur moi, sur ma famille, sur tout ce que j'avais fait depuis mon mariage avec Gerald. Il m'a écoutée sans ricaner ni protester, comme il l'aurait fait avant, hochant parfois la tête, l'air songeur, me posant toujours davantage de questions, gentiment. Cela ne m'ennuyait pas de lui répondre. J'avais surmonté ma vieille douleur et je pouvais lui parler avec calme. Cela ressemblait étrangement à une interview, comme si Edwin cherchait à se faire une idée de ma vie, mais, sur le moment, je n'ai même pas trouvé cela bizarre.

– Pourquoi aurait-ce été bizarre ?

– Je ne sais pas. Edwin n'a jamais été un homme très expansif, excepté dans des circonstances dramatiques, mais, ce jour-là, il était plus réservé que jamais, prenant un peu l'attitude d'un parrain attentif mais effacé. J'ai pensé que cela pouvait être une forme de contrition, aussi n'ai-je pas insisté pour le faire parler. Puis nous avons fait le tour du village. Edwin m'a posé des questions sur son histoire et il a voulu savoir pourquoi nous avions choisi de venir nous installer là. Des propos anodins, en apparence.

– Pourquoi « en apparence » ?

– Je veux dire qu'Edwin, avec ses questions, me donnait l'impression de chercher patiemment à découvrir quelque chose, et je l'ai laissé faire car il n'y avait rien contre quoi je puisse m'insurger. Il n'a pas soulevé la grande question, et j'étais d'une certaine façon si soulagée qu'il ne soit plus en train de nourrir quelque ressentiment que j'étais heureuse de parler de tout le reste. Puis il m'a dit : « J'ai vu votre fils. » J'ai trouvé ça étrange.

« Je sais, ai-je répondu. La dernière fois que nous nous sommes vus. »

J'ai eu peur qu'il ne veuille revenir sur un passé douloureux, mais non.

Il m'a demandé alors si je pensais qu'il ressemblait à son père. J'ai répondu que je le croyais, en effet, et que cela m'avait toujours fait plaisir de noter cette ressemblance. Il n'a rien ajouté.

Puis je lui ai demandé comment il était venu et il m'a dit qu'il avait marché depuis la gare. À cette époque, la gare la plus proche était à Singleton, à six kilomètres, une longue marche pour un homme âgé, aussi lui ai-je proposé de le ramener en voiture.

En route, Edwin sembla vouloir se décider à parler de ce qui l'avait poussé à venir. Mais il a attendu pour cela que nous ayons traversé Singleton, presque le dernier moment, cela devait beaucoup lui coûter.

« Si j'ai voulu vous voir, me dit-il, presque à mi-voix, c'était pour savoir si je vous aimais encore. »

Puis, sans attendre ma réponse, il a ajouté : « L'ennui, c'est que je vous aime encore. »

J'arrêtai la voiture devant la gare. Il n'y avait personne, ce soir-là. Nous étions seuls. J'étais déconcertée par sa déclaration, inquiète à l'idée qu'une fois encore nous n'allions pas nous séparer amicalement.

Mais il m'a rassurée tout de suite. Il m'a dit de ne pas m'inquiéter.

« Je pars en paix, a-t-il dit.

– Edwin, ai-je dit, je suis désolée.

– Ce n'est pas la peine, a-t-il répondu, ce n'était pas de votre faute. »

C'était une sorte d'aveu de sa culpabilité.

« C'est tout ce que je peux trouver à dire de notre passé, ai-je dit.

– Alors, n'ajoutons rien. »

À ces mots, il est descendu de la voiture et il a marché d'un pas tranquille jusqu'à la gare. Arrivé à la porte, il s'est arrêté, s'est retourné, a ôté son chapeau pour me saluer, puis il a disparu.

– Qu'est-ce que vous avez fait ?

– Je suis partie. Il ne semblait pas vouloir que j'attende le train, et j'avais l'impression que c'était mieux ainsi. Ses adieux revêtaient le caractère d'une réconciliation. Quarante ans après que je lui eus offert le pardon, il semblait enfin l'accepter. J'étais heureuse d'avoir fait la paix avec Edwin, et heureuse que nous nous soyons rencontrés encore une fois.

Lorsque Gerald est rentré de Londres, je lui ai dit qu'Edwin était venu me voir. Je ne voulais pas le lui cacher et si j'avais essayé de le faire, Rose aurait pu laisser échapper qu'un homme était venu. Gerald était furieux contre Edwin, mais je lui ai expliqué qu'il n'avait pas de raison de l'être. Son retour en Angleterre le rendait malgré tout malheureux, c'est pourquoi il sembla soulagé quand, un mois plus tard environ, il apprit sa mort.

À ce moment-là, j'ai eu l'impression de comprendre vraiment pourquoi Edwin était venu me voir. Pour apporter la paix à son esprit et au mien avant de choisir délibérément, j'en suis sûre, une sortie digne de ce monde.

Bien que je n'aie jamais, excepté pendant un temps très court, perdu toute affection pour lui (car on garde certainement toujours un peu d'affection envers quelqu'un que l'on a aimé), c'est seulement à ce moment-là, au bout de quarante ans, que j'ai retrouvé le respect que j'avais autrefois pour lui.

C'était une théorie séduisante en accord avec l'atmosphère de la rencontre qu'Elizabeth venait de décrire et, en tant qu'unique témoin de l'état d'esprit de Strafford à cette époque, son témoignage n'était pas négligeable, même si cela s'opposait à la théorie d'une conspiration soutenue par Ambrose. Seuls la « colère » et le « soulagement » de Gerald Couchman auxquels Elizabeth avait fait allusion pouvaient aller dans le sens de ce que disait Ambrose. Deux points qui méritaient d'être approfondis.

– Entre la visite de Strafford et sa mort, est-ce que votre mari s'est absenté pour ses affaires ? demandai-je.

– C'est possible, mon cher, mais je ne peux pas m'en souvenir précisément. Pourquoi me demandez-vous ça ?

– Comme vous avez dit qu'il était furieux contre Strafford, je me demandais s'il n'avait pas essayé de le voir.
– C'est très improbable.
– Mais pas impossible ?
– Non, c'est vrai. Rien n'est impossible, mais je ne crois pas qu'il l'aurait fait sans m'en parler. Entre Gerald et moi, il y avait un pacte implicite de franchise. De la même façon que je n'ai pas hésité à lui parler de la visite d'Edwin, il ne m'aurait pas, de son côté, caché quelque chose. De plus, je suis sûre que Gerald aurait tout fait pour éviter une telle rencontre.

Je n'insistai pas davantage. Je ne voulais pas accuser Gerald ni Henry Couchman d'avoir menacé Strafford, alors que pour Elizabeth, qui était la veuve de Gerald et la mère d'Henry, c'était une chose impensable. À ses yeux, ils étaient au-dessus de tout soupçon et elle avait de bonnes raisons pour le croire : elle les connaissait depuis plus longtemps et beaucoup mieux qu'Ambrose et moi. Les préjugés, ce n'était pas ce qui manquait parmi nous tous. Les preuves étaient plus difficiles à trouver. Cette nuit-là, je restai étendu sur mon lit, repassant dans mon esprit tout ce qu'Elizabeth avait dit, et réfléchissant aux questions que son témoignage soulevait.

Qu'avait-il bien pu se passer entre le mois d'octobre 1950 et le mois de mai 1951 qui avait poussé Strafford à revenir en Angleterre ? Était-il allé voir d'autres personnes en dehors d'Elizabeth et d'Ambrose ? Et dans ce cas, qui et pourquoi ? Sa mort était-elle un accident, un suicide ou un assassinat ? Seul Strafford pouvait me donner la bonne réponse.

Le lendemain, au petit déjeuner, je posai à Elizabeth une question qui me tracassait :
– J'ai vu que votre mari avait fondé une bourse de recherche à Cambridge ?
Elizabeth sourit et commença à beurrer son toast.

– Vous ne voyez pas cela d'un bon œil ? Je pense que c'est une des meilleures idées de Gerald. Il tenait absolument à faire un don sous une forme ou une autre à son vieux collège. Créer un poste de membre résident de l'université lui a paru plus efficace qu'un don en espèces à la caisse du collège. J'ai pensé que ce pourrait être l'occasion de soutenir les femmes qui voulaient faire de la recherche, et Gerald a accepté avec plaisir ma proposition. Je me souviens qu'il m'a plaisantée à ce sujet : « Quand on a été suffragette, on le reste toute sa vie », m'a-t-il dit. Il avait raison, je suppose, mais quand je pense à toutes les chercheuses attachées à l'université, qui ont eu un poste grâce à la fondation Couchman créée par Gerald et qui sont pour certaines devenues des autorités, je me sens fière de lui. C'est une heureuse façon de préserver sa mémoire.

– Tout à fait.

– Comment l'avez-vous appris ?

– L'actuelle bénéficiaire de la fondation Couchman travaille sur l'époque d'Édouard VII. Je suis allé la voir à Cambridge pour savoir ce qu'elle pensait de Strafford.

Le regard d'Elizabeth s'éclaira.

– Ah, alors vous avez rencontré Mlle Randall ?

– Oui, dis-je, surpris par l'enthousiasme avec lequel elle m'avait posé cette question.

– C'est Henry qui s'occupe de la fondation. J'ai été ravie quand il m'a dit que la nouvelle assistante faisait une recherche sur une période de l'histoire qui me tient tant à cœur.

J'eus un pincement au cœur. Elizabeth ne se doutait pas de la manière dont Eve avait envisagé d'exploiter sa vie sentimentale.

– C'est Mlle Randall qui a découvert l'extrait d'acte de mariage dans les archives Kendrick.

– Vraiment ? C'est une jeune femme pleine d'initiative.

Il n'y avait aucune inflexion sarcastique dans sa remarque.

– Certainement. Je crois qu'elle aimerait vous demander de lui parler de votre expérience de suffragette. Et savoir ce que vous avez ressenti à être la dupe de Strafford et un symbole de la condition féminine à l'époque d'Édouard VII.

— J'espère qu'elle le fera. C'est étrange, et plutôt amusant, de vivre assez longtemps pour voir sa jeunesse entrer dans l'Histoire avec un grand H.

Elle resta pensive un moment.

— Dites-moi, Martin, avez-vous déjà pensé à vous remarier ?

— Qui voudrait de moi ?

— Vous vous sous-estimez, mon cher.

— Je ne pense pas. Tôt ou tard, elles seraient obligées de découvrir mon passé.

Cela ne m'ennuyait pas d'évoquer mon secret honteux. Elizabeth était au courant et sa démonstration de franchise en méritait bien une autre.

— Le passé peut devenir un fardeau si on le laisse faire, Martin. Je crois que c'est ce qu'Edwin a découvert.

— Mais comment peut-on empêcher le passé de devenir un fardeau ?

— Chacun doit trouver la réponse la mieux adaptée à son histoire. Nous sommes obligés de vivre avec le passé, mais nous ne sommes pas obligés de nous enfermer dedans.

— C'est difficile, quand on continue à vous demander des comptes sur ce qu'on a fait.

— Il faut s'arranger pour être quitte.

Elizabeth avait raison. Mais comment ? Dans mon cas, c'était sûrement irrémédiable. Dans le cas de Strafford, peut-être moins. Je me consolai en me disant que je pouvais encore alléger son fardeau. Et je pensai inévitablement au mien : Jane Campion ; à ce qu'il m'avait déjà coûté : Helen, Laura, un foyer, une carrière, et maintenant Eve. Puis, pour la première fois, je songeai à Jane. J'avais dit à Eve que Jane allait bien. En réalité, je n'avais pas la moindre idée de ce qu'il était advenu d'elle depuis 1973. Lorsqu'elle était partie à Londres cet été-là, elle était définitivement sortie de ma vie. Une fois le mystère de Strafford élucidé, peut-être chercherais-je à savoir ce qu'elle était devenue, peut-être aurais-je avec elle cette discussion dépassionnée que je m'étais promise autrefois, peut-être chercherais-je, comme Strafford, une sorte d'expiation.

Une fois le mystère de Strafford élucidé ? Je n'avais pas encore regardé si avant. C'était un problème si vaste, si complexe. Je ne voyais pas vraiment comment je pourrais réussir à démêler un jour cet écheveau de toute une vie. Je n'étais même pas sûr d'en avoir le désir. Deux mois auparavant, je n'avais jamais entendu parler d'Edwin Strafford. Mais à présent, qu'aurais-je fait sans lui ?

Elizabeth m'accorda quelques jours de grâce, le temps que je me remette du coup qu'Eve m'avait porté et de faire provision de soupçons. Mais pendant que je flânais et parlais avec Elizabeth de la vie énigmatique de Strafford, vivant au rythme du paresseux vrombissement des abeilles et du mouvement lent de la pendule ancestrale, une force indépendante de notre volonté gagnait de la vitesse et menaçait notre paix.

Il n'y eut pas de coup de tonnerre annonciateur, pas de signe prémonitoire dans l'air, juste la vie bien réglée d'un village du Sussex. Le jeudi soir, Elizabeth se rendit chez les Sayer pour sa partie de bridge hebdomadaire et, une fois que Dora eut quitté la maison, je restai seul pour réfléchir à ce que j'allais faire. Même le chat, qui me considérait comme un intrus, avait préféré disparaître.

Je décidai finalement d'écrire un nouveau rapport à Sellick. S'il avait envoyé Alec pour savoir où j'en étais et lui avait demandé de faire en sorte qu'Eve se détache de moi, il était idiot de le laisser croire que je le savais ou que je pouvais en être affecté. Je lui parlai de l'extrait d'acte de mariage qu'Eve avait trouvé sans faire allusion à elle et résumai les souvenirs d'Elizabeth avec toute l'amabilité dont j'étais capable. Je terminai prosaïquement en lui demandant de m'envoyer de l'argent.

Rester à Quarterleigh m'avait permis de remettre les choses à leur juste place : si Sellick voulait s'octroyer le privilège de s'immiscer dans ma vie, il devait en payer le prix.

Je venais de terminer mon rapport et je me demandais à quelle heure Elizabeth allait rentrer, lorsque la sonnerie du téléphone retentit. Je répondis sans réfléchir, et je le regrettai aussitôt. C'était Henry.

– Martin ! Mais qu'est-ce que vous fichez là ?

– Je suis venu voir votre mère.

– Je vous avais dit de la laisser tranquille.

– Elle ne se plaint pas.

– Passez-la-moi.

– Je ne peux pas vous la passer. Elle est à sa partie de bridge.

Il y eut un silence à l'autre bout du fil, puis :

– Écoutez-moi, Martin. Je veux que vous quittiez cette maison immédiatement. Sinon je vous jetterai moi-même dehors.

Je me sentais assez sûr de moi pour le provoquer.

– Pourquoi n'avez-vous pas dit à votre mère que je voulais la voir ?

– Espèce de petit arriviste. Si vous ne partez pas tout de suite, vous le regretterez.

Je raccrochai. Cela ne servait à rien de s'insulter. Nous l'avions fait trop souvent par le passé. Une question me travaillait : qu'est-ce qui l'ennuyait à ce point ? Il avait de bonnes raisons pour ne pas me porter dans son cœur, mais pourquoi se montrer si protecteur à l'égard d'Elizabeth quand il était manifeste qu'elle n'en éprouvait pas le besoin et ne le lui demandait pas ? Henry, dans le rôle du fils dévoué, n'était pas très convaincant. J'attendis le petit déjeuner, le lendemain matin, pour parler à Elizabeth du coup de téléphone d'Henry.

– Je regrette de ne pas avoir pu lui parler. Mais il sait bien que je joue au bridge le jeudi.

– Je pense que vous ne tarderez pas à le voir.

– Ah, il vous a dit qu'il allait venir me rendre visite ?

— Elizabeth, votre fils me déteste...
— Mais non.
— Si, il me déteste et c'est compréhensible. Il y a un mois, il m'a dit de ne pas chercher à vous voir. Alors il était furieux de me trouver ici, hier soir. Je suis sûr qu'il va venir me jeter dehors.
— Personne ne vous jettera dehors, Martin, puisque vous êtes mon hôte. Mais je suis sûre que vous vous trompez.
— Nous verrons.

Nous n'eûmes pas longtemps à attendre. Après le petit déjeuner, j'allai au village poster ma lettre à Sellick. À mon retour, la Jaguar d'Henry était garée dans l'allée. Il avait dû partir de Londres de très bonne heure. Ça sentait l'affolement.

Je les trouvai dans le salon. Elizabeth avait forcé Henry à s'asseoir devant un petit déjeuner, mais il ne semblait pas vouloir y toucher. Au moment où j'entrai, il lui disait sur un ton véhément qu'elle devrait mieux choisir ses invités. Je vis tout de suite que la présence de sa mère empêchait Henry de donner libre cours à sa fureur et de me couvrir d'invectives. Mais l'effort qu'il faisait pour se contrôler lui donnait un teint bilieux qui ne présageait rien de bon.

— Il paraît que vous êtes ici depuis plusieurs jours.
— En effet.
— C'est quelques jours de trop.
— Henry, dit Elizabeth, c'est moi qui ai invité Martin à rester quelques jours. Ne puis-je recevoir qui je veux chez moi ?
— Bien sûr que si, mère, mais cet homme a déshonoré ma fille. Votre petite-fille. Notre famille ne peut avoir pour lui que du mépris.
— Tu parles au nom d'Helen, Henry, mais je ne pense pas l'offenser en donnant l'hospitalité à Martin.
— J'ai été offensé, est-ce que ça ne compte pas ?
— Bien sûr. Mais je t'en prie, conduisons-nous comme des êtres civilisés.

– C'est justement parce qu'il ne s'est pas conduit comme un être civilisé, dit-il en me montrant du doigt, que je ne supporte pas que ce pique-assiette vive à vos crochets.
– Henry, s'il te plaît...
– Attendez, je ne veux pas causer d'ennuis, dis-je. Je m'en vais. D'ailleurs, nous avons fait le tour, ajoutai-je exprès à l'intention d'Henry, de toutes les questions qui m'intéressaient. Elizabeth, je vous suis très reconnaissant des informations que vous m'avez données.

Henry devint livide. Le visage décomposé, il se retourna vers Elizabeth.

– Que lui avez-vous raconté, mère?
– Martin fait une étude historique sur Edwin Strafford, un politicien de l'époque d'Édouard VII, et un ami de ton père. Je l'ai juste un peu aidé avec mes souvenirs.
– Bon Dieu, mais comment pouvez-vous être aussi stupide? Vous ne voyez pas...

Elizabeth se leva de sa chaise et le fit taire d'un regard.

– Ne jure pas dans cette maison, Henry, et ne me parle pas sur ce ton. Lorsque tu seras redevenu raisonnable, tu me trouveras dans le jardin, si tu souhaites me parler. Excusez-moi, Martin.

Sur ce, elle sortit.

Henry se remit de l'humiliation qu'il venait de subir. Il se tourna vers moi, prêt à me couvrir d'un flot d'injures. Je décidai de prendre les devants.

– Où étiez-vous, Henry, dans la nuit du 4 juin 1951? Ou même dans la nuit du 3 juin?
– De quoi voulez-vous parler?
– Vous m'avez dit que vous n'aviez jamais vu Edwin Strafford. Mais est-ce que, par hasard, vous ne l'auriez pas rencontré à ces dates-là, dans le comté du Devon?

Il se rapprocha, me dévisagea et serra les mâchoires.

– Je ne sais pas ce que vous avez fait dire à ma mère, Radford...
– Juste ce que vous vouliez que je ne sache pas.

– Vous allez trop loin.
– Vous ne croyez pas que c'est vous qui allez trop loin ?
– Je vous conseille de vous expliquer, et vite !

Le politicien chevronné savait d'instinct essayer d'impressionner l'adversaire.

– Très bien. Votre hostilité envers moi, que votre mère ne partage pas, s'explique par le fait que, contrairement à elle, vous avez quelque chose à cacher. Ce qu'elle m'a dit m'a aidé à trouver quelques morceaux du puzzle que je suis en train de reconstituer. Il semblerait que vous soyez impliqué dans un complot politique qui s'est terminé par la mort présumée accidentelle d'Edwin Strafford.

Je pensais qu'il pouvait être utile de surenchérir dans le bluff.

– Je vous préviens...
– Au mois de juin 1951, continuai-je, Strafford logeait chez son neveu, dans le comté du Devon. J'ai parlé avec ce dernier. Il se rappelle que des gens se sont introduits chez lui et qu'ils ont menacé son oncle. Son témoignage démolit la thèse selon laquelle la mort de Strafford serait due à un accident.

Bougeant plus vite que je ne m'y attendais, Henry me saisit à la gorge. Je bondis en arrière et me cognai contre le chambranle de la porte. Il se retrouva avec le nœud de ma cravate dans la main, le poing serré. Je pouvais sentir son bras trembler.

– Écoutez, dit-il entre ses dents, si vous croyez vraiment qu'une petite ordure de votre espèce peut menacer impunément quelqu'un dans ma position, vous vous mettez le doigt dans l'œil ! Si vous voulez faire le malin, je n'aurai aucun mal à vous empêcher de voir Laura. La police peut surveiller d'un peu plus près votre sale petite vie puante si je le demande. Je ne manque pas de moyens pour faire pression sur vous. Vous comprenez ?

– Je comprends que ce n'est pas moi qui vous fais peur, mais la vérité.

Je me vengeais de tous les affronts qu'il m'avait infligés pendant des années, tout en me disant qu'il fallait calmer le jeu, car je ne l'avais encore jamais vu en colère au point de se montrer violent. Je songeai qu'il aurait très bien pu tuer Strafford dans un accès de rage.

– Vous êtes fou, ma parole, dit-il.

– Qui est-ce qui se conduit comme un fou ici, vous ou moi ?

Il se troubla et desserra son étreinte, mais sa main restait sur le nœud de ma cravate comme s'il ne pouvait se résoudre à le lâcher. Nous bluffions tous les deux, chacun devinant ce que l'autre cherchait à deviner, chacun révélant à la fois trop et trop peu, pour savoir avec certitude ce que l'autre savait.

– Je sais pourquoi vous croyez pouvoir avoir prise sur moi, Radford. C'est à cause des scribouillages qu'a laissés derrière lui ce salaud de Strafford.

Pour le plaisir de me dire qu'il connaissait l'existence des mémoires et n'ignorait rien de leur contenu, Henry me révélait qu'il avait effectivement rencontré Strafford. C'était un rude coup qui prouvait qu'Eve avait parlé du document à ses sponsors. Mais cela m'aurait fait encore plus mal de l'apprendre plus tôt. D'une certaine façon, j'étais soulagé de savoir qu'elle m'avait trahi. Cela rendait ma propre disgrâce moins horrible. La question était de savoir si elle avait prévenu Henry avant ou après ce qu'elle avait appris sur mon passé. Pour moi, cela faisait une différence.

– Ce n'était qu'un début, ajoutai-je. Depuis, j'ai découvert un tas d'autres choses. Vous êtes dans le bain jusqu'au cou.

– Moi, je ne suis dans rien du tout. Je suis un membre du Parlement. Un homme respecté et influent. Mais vous, qui êtes-vous ? Un minable. Un petit prof qui ne pouvait pas s'empêcher de tripoter les filles de sa classe, et qui cherche à assouvir sa rancune contre ma famille en s'appuyant sur les affirmations contestables d'un manuscrit douteux. Qui pourrait prendre au sérieux vos accusations ?

– Vous êtes dans le bain, Henry. Vous allez prendre mes accusations au sérieux parce que vous savez que c'est la vérité. Vous ne vous êtes pas gêné pour clamer sur les toits que je n'étais pas digne d'Helen. Je n'aurai pas de scrupules à dire à vos électeurs que vous êtes indigne de les représenter au Parlement.

– Sortez de cette maison, Radford. Vous regretterez ce que vous avez dit, surtout si vous continuez vos charades.

– Très bien, je m'en vais, mais ce ne sont pas des charades. Vous n'en seriez pas si effrayé. Autre chose, êtes-vous vraiment sûr qu'Eve Randall ne divulguera pas le contenu des mémoires ?

Henry parut sonné, comme si je l'avais déséquilibré.

– Qu'est-ce que vous voulez dire ?

– Juste ça. Pouvez-vous vous fier à elle ? Une bourse, ce n'est pas mal, mais les mémoires, si elle sait les utiliser, peuvent la rendre célèbre.

À voir son expression, Henry n'avait pas songé à ça.

– Débarrassez le plancher, Radford. Que je ne vous revoie plus dans ma famille.

– Je vais vous donner satisfaction, pour le moment.

Je montai au premier et rassemblai rapidement mes affaires.

J'entendais la voix mauvaise d'Henry, mais, par la fenêtre, je voyais Elizabeth tailler calmement un rosier dans le jardin, apparemment décidée à ne pas se laisser troubler par la démonstration de grossièreté de son fils. Je descendis avec mon sac et allai la rejoindre dans la serre.

– Je m'en vais, dis-je. Je ne veux pas créer des problèmes en m'attardant davantage.

Elizabeth posa son sécateur.

– Comme vous voulez, mon cher. Mais en ce qui me concerne, vous pouvez rester aussi longtemps que vous le désirez.

– Je crois qu'il est préférable que je parte.

– Bon, mais alors n'hésitez pas à revenir me voir. Votre visite m'a fait très plaisir.

Elle se pencha en avant et déposa un baiser sur ma joue

– Mes vœux vous accompagnent

Elizabeth avait conservé sa sérénité... Strafford avait parlé de « son calme dans l'adversité qui faisait partie de sa beauté ». Soixante-sept ans plus tard, elle avait troqué sa longue robe crème et son parasol contre un tablier de jardinage et une jupe écossaise, mais son calme était intact, et sa beauté réelle pour qui était un peu attentif. Parmi tous les impondérables, je savais que ses vœux pour moi et le monde en général seraient toujours sincères.

Je retournai à Londres, n'ayant d'autre endroit où aller. Je ne savais pas encore ce que j'allais faire. Henry était inquiet, c'était clair. Mais je ne pouvais rien prouver et il le savait. J'avais vu tous les témoins, épluché tous les documents, suivi toutes les pistes. Au bout du compte, je n'avais que des soupçons, rien que je puisse porter devant un tribunal.

Je fermai la porte d'entrée derrière moi, laissai tomber mon sac dans le couloir, et l'atmosphère familière de la maison, légèrement réprobatrice, m'enveloppa : j'étais de retour avec rien d'autre à montrer que mon absence.

C'est alors qu'arriva un message d'une autre planète. Jerry avait griffonné un mot à la hâte pour me dire qu'il s'absentait et qu'il avait laissé quelques lettres sur la table. Parmi les circulaires et les prospectus, une lettre se différenciait des autres. C'était une grande enveloppe, sur laquelle mon adresse était écrite à la main à l'encre noire, d'une grande écriture. Sur le cachet, je lus : Newton Abbot, 16 mai. Six jours plus tôt. Je déchirai l'enveloppe. C'était Ambrose.

Martin,

Un vieux type comme moi ne devrait pas s'embêter à retrouver la trace d'un jeune freluquet dans votre genre. Vos amis d'Exeter ne savent pas où vous êtes passé.

Ils m'ont donné cette adresse, où j'espère que cette lettre vous trouvera bientôt.

Accrochez-vous à votre chapeau, mon gars. Ce cahier dans lequel mon oncle écrivait quand il était chez moi en 1951, et qu'on croyait perdu ou renvoyé à Madère, eh bien, il n'est jamais parti d'ici. Je l'ai trouvé après votre départ. Edwin y raconte tout ce qu'il a fait quand il est revenu cette année-là et pour quelles raisons. Cela ne dit pas comment il est mort mais, bon sang, ça en dit assez long sur tout ce qu'on voulait savoir. Il y en a qui ne dormiraient plus sur leurs deux oreilles s'ils savaient ce qu'il y a dedans.

Pas de nom, pas de démon. Venez vite lire la suite des mémoires et osez me dire après ça que mes soupçons ne sont pas fondés. Je suis sûr maintenant qu'il a été assassiné, et vous en serez aussi sûr que moi quand vous aurez lu ce que j'ai lu.

Salut mon pote.

Ambrose Strafford

P.-S.: Le vieux bougre avait déniché une sacrée bonne cachette. C'est grâce à vous si je l'ai trouvée, alors vous méritez une part du butin. Et quel butin!

Martin, ça fait vingt-six ans que je cherchais ce filon. Les Couchman ne vont pas être à la fête. Écrivez-moi vite. Nous tiendrons un conseil de guerre.

A.S.

J'entrai lentement dans le salon avec la lettre, m'assis et la relus attentivement. Pour une fois, Ambrose ne semblait pas exagérer la portée de sa découverte. « Le cahier dans lequel Strafford écrivait. » Nous nous étions demandé ce qu'il était devenu, mais nous n'avions jamais imaginé que cela pouvait être une postface aux mémoires. Et voilà qu'Ambrose m'annonçait qu'il l'avait trouvé. Et après l'avoir lu, il se sentait conforté dans son interprétation. Pourquoi? Il ne le disait pas, excepté une allusion aux Couchman. Ambrose était trop vieux renard pour confier un secret dans une lettre. Ce qui m'échappait, c'est comment je l'avais aidé à trouver la cachette choisie par Strafford.

Je brûlais d'impatience de lire la postface, de la tenir entre mes mains, de la dévorer pour savoir ce que Strafford avait à nous dire. J'avais envie de me mettre immédiatement en route pour Dewford. Je trouverais peut-être encore Ambrose au Greengage. Je pourrais le ramener à Lodge Cottage et, assis au milieu du bric-à-brac de son salon, nous boirions du cidre pour fêter notre trouvaille. L'alliance de la postface et des mémoires, c'était Henry mis au pied du mur, le mystère de la disgrâce de Strafford enfin éclairci, une perspective excitante.

C'était rageant de ne pas pouvoir appeler Ambrose à cause de sa méfiance de vieil homme pour les inventions modernes.

Faute de mieux, je choisis la solution du télégramme : AI REÇU VOTRE LETTRE STOP. NOUVELLE FORMIDABLE STOP. SERAI LÀ DEMAIN STOP. PRENEZ GARDE À VOUS STOP. C'était un retard irritant, mais pas dramatique. Cela me donnait l'occasion de savourer une perspective délicieuse. Comment aurais-je pu deviner qu'un jour de plus était un jour de trop ?

J'étais allé faire quelques courses rapides pour acheter l'indispensable qui, comme toujours, manquait chez Jerry, et, à mon retour, je ne fis pas particulièrement attention à la Porsche rouge garée devant la maison, jusqu'à ce que son conducteur en descendît.

C'était Timothy Couchman, le frère aîné d'Helen, en blazer noir et pantalon crème, le col de sa chemise négligemment ouvert. Il rejeta en arrière une mèche de cheveux et souffla paresseusement dans l'air la fumée de sa cigarette.

– Salut, Martin, dit-il, avec un sourire mielleux et d'un ton ironique, en s'avançant vers moi dans un bruit d'étoffes luxueuses, de boutons de manchette en or et de chaussures à semelle de cuir.

De tous les Couchman, Timothy était celui qu'instinctivement je détestais le plus. Il avait été beau à une époque et possédait un charme inné. Mais je n'avais jamais supporté son habitude de donner des ordres, son ostentation, sa façon de se croire supérieur aux autres, sa qualité de chevalier d'industrie aristocrate. C'était un parasite qui se prenait pour un rapace. Il avait perdu de son air raffiné : sa peau claire avait pris un teint cireux, les joues creuses s'étaient épaissies. Dieu sait combien d'affaires louches avaient suivi celles dont j'avais entendu parler.

Suffisamment en tout cas pour qu'il continue à vivre sur un grand pied. Son sourire éclatant, censé lui donner un air engageant, découvrait seulement de grandes dents.

– Qu'est-ce que tu veux ? demandai-je sans me soucier d'être poli.

J'étais sûr que sa visite avait quelque chose à voir avec mon séjour à Miston. Il avait tout du garçon de courses de son père.

– Martin, ça me fait plaisir de te voir après tout ce temps.

Timothy n'était pas quelqu'un à se laisser rebuter par un mauvais accueil.

– Je n'en dirai pas autant. Qu'est-ce que tu veux ?

– On pourrait peut-être entrer et bavarder un moment ?

– Pourquoi ?

– J'ai une proposition à te faire. Je crois que ça peut t'intéresser.

Si Henry m'envoyait son fils pour me mettre entre les mains un marché qu'il ne voulait pas me proposer lui-même, mieux valait savoir ce dont il s'agissait.

– Oui, mais fais vite. Je suis pressé.

– On est tous pressés, mon vieux.

Il me suivit jusqu'à la porte. J'ouvris et le fis entrer dans le salon. Il promena un regard suffisant autour de lui, puis s'assit sans attendre que je l'y invite.

— Pour la banlieue, c'est pas trop mal. Je ne savais pas que tu avais les moyens de t'offrir ça.

— Je ne les ai pas, dis-je, le laissant en penser ce qu'il voulait.

Il fit tomber la cendre de sa cigarette dans le foyer du radiateur électrique. J'allai chercher un cendrier dans un placard et le plaçai ostensiblement près de son fauteuil, puis je m'assis en face de lui.

— Si tu en venais au fait, je ne t'ai pas invité à t'incruster.

— Je crois que tu es allé importuner ma grand-mère, Martin, dit-il en tirant lentement une bouffée de sa cigarette.

— Pas du tout. Je m'entends mieux avec elle qu'avec le reste de ta famille. Cela n'a importuné que ton père.

Il écrasa lentement sa cigarette dans le cendrier que j'avais apporté.

— Mon père se méfie de tes manigances. Si tu continues à fourrer le nez dans ce qui ne te regarde pas, tu dois t'attendre, dit-il, l'air sérieux, à ce que ton droit de visite pour ta fille soit remis en cause.

— Ton père m'a déjà fait cette menace.

— Ce n'est pas une menace. Comment pourrions-nous t'autoriser à la voir si ton comportement devient aussi... instable ?

— Vous pouvez toujours essayer, mais ça ne marchera pas. Qu'est-ce que tu connais à cette histoire ?

— Tout ce qu'il y a à savoir, mon vieux. Il n'y a pas de secrets dans ma famille.

Il eut un sourire un rien ironique et alluma une autre cigarette.

— Qu'est-ce qui vous gêne, alors ?

— Rien.

— Alors pourquoi es-tu ici ?

Il étendit ses mains.

— Cartes sur table, Martin, dit-il. Nous n'avons pas envie que tes inquisitions irrationnelles nous créent des problèmes. Papa a pensé que je pourrais plus facilement m'entendre avec toi, puisque nous sommes tous les deux de la même génération. Je suis prêt à t'aider dans la mesure de mes moyens.

— Je n'ai pas besoin de ton aide.

— Ne réponds pas si vite. Je veux parler d'une aide financière.

C'était donc ça : un pot-de-vin. Je me demandai quelle somme les Couchman étaient prêts à donner pour acheter mon silence.

— Je t'écoute.

— C'est encore assez vague dans mon esprit, mais si nous pouvions t'aider à t'établir d'une façon, disons, plus satisfaisante, tu n'aurais pas besoin de te ridiculiser avec cette histoire de recherche.

— Tu veux parler d'un capital ?

— Quelque chose comme ça, dit-il en hochant la tête d'un air éloquent.

— Combien ?

— De combien as-tu besoin ?

Il était temps de voir jusqu'où il pouvait aller.

— L'homme pour qui je travaille me donne dix mille livres.

— Je vois.

Il écrasa une autre cigarette.

— Évidemment, nous ferions en sorte que tu n'y perdes pas.

— Naturellement.

Je me levai et marchai jusqu'à la fenêtre. Il faisait noir dehors.

— Henry est encore plus bête que je ne pensais de t'envoyer ici pour me proposer un vulgaire pot-de-vin. Ça ne m'intéresse pas.

Timothy se retourna pour me regarder.

— Ça ne te va pas de faire la morale. Et ce n'est pas très convaincant.

– Je sais que c'est difficile pour toi de comprendre que tout le monde n'est pas à vendre.
– Quand il s'agit d'articles défraîchis, oui un peu. Tu ne faisais pas la fine bouche à propos de l'offre de Mlle Randall.
Je commis l'erreur de me mettre en colère.
– Qu'est-ce que tu veux dire ?
– Je veux dire que Mlle Randall prend nos intérêts à cœur et qu'elle aurait pu t'acheter ton petit manuscrit écorné pour un prix très avantageux.
– Qu'est-ce qui l'en a empêchée ?
J'eus soudain à l'esprit la scène où Couchman offre un pot-de-vin à Strafford venu le voir dans son usine. Couchman lui avait aussi offert un pot-de-vin avant de le provoquer de la même façon au sujet d'une femme.
– Elle a dû estimer que, quel que soit le prix, c'était encore trop cher payé en ce qui te concernait. Et qui pouvait deviner que tu deviendrais aussi empoisonnant ?
– Es-tu certain que Mlle Randall n'a pas autant envie que moi de connaître la vérité ?
– Tout à fait sûr. Eve sait parfaitement qu'elle sert mieux ses intérêts en restant à la fondation Couchman qu'en écrivant un livre avec un écervelé comme toi.
Il me faisait savoir qu'il était au mieux avec Eve, et qu'elle lui avait parlé de nos projets. La sonnerie du téléphone me fit différer ma réponse.
Je sortis en hâte pour aller répondre. J'avais Nick Bennett au bout du fil.
– Martin ! J'ai essayé de t'avoir toute la journée.
– Qu'est-ce qui se passe ?
– C'est à cause de ton ami un peu farfelu, Ambrose Strafford.
– Eh bien ?
– Il est venu chez nous, il y a une semaine. Il voulait absolument te voir. Nous lui avons donné ton adresse.

– Oui, je sais. Il m'a écrit.

– Il est revenu aujourd'hui. Il était encore plus nerveux. Il a dit qu'il fallait qu'il te parle de toute urgence.

– Pourquoi ?

– Il ne nous l'a pas dit. À mon avis, il avait bu. Il divaguait. Il parlait de menaces, d'étrangers, de forces noires et je ne sais quoi encore. Il a dit qu'il était en danger et qu'il fallait qu'il te voie, que c'était une question de vie ou de mort.

C'était Ambrose tout craché.

– Il n'a pas été plus précis ?

– Non, et comme Hester le trouvait un peu encombrant, je n'ai pas insisté.

– Est-ce que tu sais s'il avait reçu mon télégramme ?

– Oui, il l'avait dans sa poche, tout froissé. Il l'a sorti pour me le montrer et il m'a dit que si je te parlais avant lui, je devais te dire qu'il essaierait de faire attention à lui mais que ce ne serait pas facile. J'ai essayé de te téléphoner pendant qu'il était ici, mais tu n'étais pas là. Il a dit qu'il allait « faire le guet à Barrowteign ». Puis il est parti.

– Il n'a rien dit d'autre ?

– Si, en montant dans sa voiture, il a dit : « Dites à Martin que nous autres, les Strafford, nos souvenirs nous comblent. » Qu'est-ce que ça veut dire ?

– Je ne sais pas, Nick. Je ne sais pas ce que ça veut dire. Mais cela m'inquiète. Ambrose est un peu excentrique, mais il n'est pas cinglé. S'il se sent en danger, c'est qu'il a de bonnes raisons pour ça. J'aurais dû aller là-bas tout de suite.

Ou ne pas m'éterniser à Miston, ajoutai-je à part moi.

– Que vas-tu faire ?

– Aller là-bas en quatrième vitesse.

– Tu veux venir chez nous cette nuit ?

– Je n'aurai jamais un train à cette heure-ci. Je prendrai le premier train demain matin et j'irai directement à Dewford. Est-ce que je pourrai passer chez vous après ?

– Bien sûr.

– Alors, je vous appellerai de Dewford. Merci de m'avoir prévenu, Nick. Comme dit Ambrose, c'est peut-être une question de vie ou de mort.

C'est à Strafford que je pensais en disant cela, sans me douter que cette phrase aurait des résonances que ni Ambrose ni moi ne soupçonnions.

Après de telles nouvelles, je souhaitais que Timothy s'en aille le plus vite possible. Je le trouvai appuyé contre la cheminée, le pied sur le garde-feu, soufflant la fumée de sa cigarette vers le plafond, l'air si désinvolte que je fus certain qu'il avait écouté ma conversation.

– Des soucis, vieux ? dit-il.

– Mon seul souci est que tu débarrasses le plancher.

– C'est facile.

Du coude, il se repoussa du manteau de la cheminée et passa devant moi pour aller vers la porte.

– Si tu retrouves la raison, Martin, appelle-moi. Sinon, ne dis pas qu'on ne t'a pas prévenu.

– Je ne t'appellerai pas.

– Dommage. Si jamais tu changes d'avis, je te laisse ma carte.

Un réflexe de représentant consciencieux. Timothy sortit et je claquai la porte derrière lui. Je retournai au salon et trouvai sa carte posée contre la pendule sur la cheminée : Timothy H. Couchman, conseil commercial, Padua Court 4, Berkeley Street, London W1. Au moment où j'entendis vrombir le moteur de sa Porsche, je déchirai la carte en quatre et jetai les morceaux dans la corbeille à papier.

Puis mon regard balaya le manteau de la cheminée jusqu'à l'endroit où j'avais posé, sous une chope, la lettre d'Ambrose. Je la pris et la relus une nouvelle fois, retrouvant le ton assuré et virulent, les allusions à son désir de venger la mort de son oncle, à une disgrâce des Couchman. Mais rien de précis. Il avait parlé à Nick de menaces et d'étrangers. Est-ce qu'il voulait parler de ceux qui avaient menacé Strafford autrefois ? Ou faisait-il allusion à autre chose ? Il fallait que je sache.

6

Je ne dormis pas de la nuit. À l'aube, je me rendis à la gare de Paddington et montai dans le premier train pour Exeter où j'arrivai juste un peu après 9 heures. Là, je pris un taxi pour Dewford.

Il faisait frais et humide, et la route de la vallée de la Teign était déserte à cette heure matinale. Le taxi ne mit pas longtemps. Je regardai défiler les champs que j'avais longés à pied quatre semaines plus tôt, suivis des yeux l'ancienne voie ferrée faisant comme une balafre au milieu des prairies souvent inondées. Au croisement, je dis au chauffeur de tourner à gauche. Nous arrivâmes au vieux pont en pierre qui enjambait la rivière. Un ruban rouge fluorescent courait tout le long du parapet de droite, et une camionnette noire était stationnée de l'autre côté. Je vis aussi une bande de ruban rouge tendue entre des poteaux de bois le long de la rivière, et une silhouette trapue en manteau blanc et bottes de caoutchouc qui s'éloignait du bord de l'eau à travers les jeunes arbres qui descendaient jusqu'à la rivière. Je songeai vaguement à un accident de la route, mais le pont ne paraissait pas endommagé.

Je payai le taxi à l'entrée de Barrowteign, passai entre les deux colonnes surmontées de leur chat-huant et, après le portail, suivis le chemin qui, sous les tilleuls, conduisait à Lodge Cottage. C'était une matinée ordinaire à la campagne, rassurante et sereine. J'imaginai Ambrose humant l'air à la porte de sa cuisine, allumant sa pipe et faisant frire des œufs dans sa poêle, sifflant Jessie d'une note discordante et se demandant quand ce petit freluquet de Radford allait arriver. Il n'avait plus longtemps à attendre.

La première chose que je vis en approchant de l'ancien passage à niveau, ce fut une voiture de police en stationnement près du garage. Ambrose devait avoir invité le gendarme à partager son petit déjeuner, mais toutes les fenêtres étaient fermées et il n'y avait pas d'odeur de bacon dans l'air. Je poussai la porte du jardin, m'attendant à entendre Jessie aboyer, mais tout était silencieux. La porte d'entrée était ouverte. Je pénétrai à l'intérieur.

– Ambrose !

J'entendis du bruit dans la pièce de devant, des pas lourds, puis un grand gaillard de gendarme se dressa dans l'embrasure de la porte. Il avait une allure rurale mais une carrure impressionnante.

– Je peux savoir qui vous êtes ? demanda-t-il avec une politesse suspicieuse.

J'en restai tout interdit. La grande carcasse de cet homme semblait avoir envahi toute la maison, et surtout l'entrée.

– Je suis un ami d'Ambrose Strafford. Il est là ?

– Quand avez-vous vu M. Strafford pour la dernière fois ?

– Il y a environ un mois.

– Je vois... vous n'êtes pas d'ici.

– Non.

– Quand êtes-vous arrivé ?

– J'arrive à l'instant.

– Je n'ai pas entendu de voiture.

– Non. Je suis venu en taxi. Il m'a déposé à l'entrée. Mais...

– C'est une drôle d'heure pour rendre visite aux gens.

– J'avais hâte de voir Ambrose.

– Pourquoi ?

Ma première surprise passée, je commençai à m'énerver.

– Vous ne croyez pas que c'est mon affaire, monsieur l'agent ?

L'agent hocha la tête.

– En temps normal, oui. Mais...
– Mais quoi ?
– J'enquête sur la mort d'un homme, alors...
– Quel homme ? demandai-je, soudain saisi d'angoisse.
– Ambrose Strafford.
– Hein ?
– Il s'est noyé dans la rivière, hier soir. Il a dû tomber du pont en revenant du Greengage. On pense qu'il devait être soûl.

Pendant un moment, je perdis l'usage de la parole. Ambrose noyé ? Ce n'était pas possible ! Mais un gendarme imperturbable ne plaisante pas.

– Hier soir ?
– Oui, je crois bien. C'est un ouvrier qui travaille sur le domaine qui a trouvé son corps empêtré dans des racines d'arbres au bord du ruisseau, près du pont.

Il était trop tard. Trop tard de quelques heures. Ambrose en vie, robuste, buvant tout son content au Greengage, puis mort noyé, forme flottant dans l'eau près de la rive. C'était horrible. Mais un accident après tous ces présages, tous ces avertissements ? C'était impossible.

– Comment savez-vous que cela s'est passé comme ça ?
– On n'en sait rien, monsieur, du moins pas tant qu'on n'aura pas les résultats de l'autopsie. Mais ça me paraît évident. Ambrose était très porté sur le cidre, il a dû boire plus que d'habitude hier soir et tomber dans la rivière. Il n'y a pas beaucoup d'eau sous le pont, alors il devait être complètement soûl. Sauf que...

– Sauf que quoi ?
– Sauf qu'il n'y a pas longtemps, il a parlé d'étrangers et il a dit qu'il se sentait menacé.

Je n'arrivais pas à croire que tous mes espoirs pouvaient se trouver anéantis par un grotesque accident. Ambrose avait bu. D'accord ! Mais il buvait tous les soirs et il n'était encore jamais tombé dans la rivière. J'éprouvais ce qu'il avait dû éprouver à la mort de son oncle. Des familles entières ne pouvaient être sujettes aux accidents. En revanche, on pouvait pousser des vieillards par-dessus un pont ou sous un train. Mon corps fut parcouru par un frisson glacé. Si je n'avais pas été aussi aveugle, ni aussi stupide, j'aurais dû prévoir que cela arriverait. N'était-ce pas inscrit dans la tragédie de Strafford ? La mort d'Ambrose devenait tout à coup logique et cela la rendait encore plus terrible.

– Pourquoi ne l'avez-vous pas écouté ? dis-je au gendarme, criant presque de désespoir. Vous ne voyez donc pas que ce n'est pas un accident ?

L'agent resta imperturbable.

– Non, je ne vois pas. Mais ce n'est pas mon travail. Mon travail est d'interroger les étrangers qui se présentent chez le défunt à la première heure, sans bonne raison.

– Vous pouvez m'interroger. Mais je n'étais pas un étranger pour Ambrose.

– Pour le village, vous êtes un étranger, monsieur.

– Je m'appelle Martin Radford. Je suis venu ici, juste après Pâques, pour faire des recherches sur l'histoire de Barrowteign. J'ai rencontré Ambrose et il m'a dit tout ce qu'il savait. Je suis revenu sur sa demande.

– Pourquoi ?

Je décidai de garder ça pour moi.

– Je ne le saurai jamais maintenant.

– Je crois que je devrais noter votre déposition.

Je n'avais pas de raison de faire d'objection. Nous allâmes dans la cuisine et nous prîmes place de chaque côté de la table où, un matin, j'avais déjeuné en compagnie d'Ambrose. Des couteaux et des assiettes s'y trouvaient encore, au milieu de miettes de pain et de petits morceaux de tabac. Un torchon pendait dans un coin. La vieille poêle incrustée reposait sur le fourneau avec sa pellicule de gras et l'évier était encombré de vaisselle sale. Je n'arrivais pas à croire que ce désordre sympathique appartenant au dernier des Strafford ait perdu son maître.

L'agent sortit un carnet de sa poche et nota laborieusement le récit que je lui fis de ma rencontre avec Ambrose. Je lui racontai l'accident mystérieux de Strafford en 1951, et insistai sur le fait qu'Ambrose et moi pensions que ce n'était pas un accident. Je dis qu'à mon avis ces deux morts devaient avoir la même cause, mais je n'allai pas plus loin. J'avais beau être bouleversé par la perte d'Ambrose, je savais que je ne devais pas porter d'accusations que je ne pouvais prouver. Je ne dis rien sur les Couchman, gardai le silence sur les mémoires et la postface. C'était mon devoir d'attester qu'Ambrose n'était pas un vieil ivrogne écervelé qui s'était noyé, mais je savais que je ne modifierais pas leur jugement.

– Et, d'après vous, le propriétaire du Greengage peut confirmer ce que vous dites ?

– Oui, en partie.

– C'est bon, je vérifierai. Après ça, je ferai taper à la machine votre déposition. L'inspecteur voudra peut-être vous voir. Où serez-vous dans les jours qui viennent ?

Je lui donnai l'adresse des Bennett à Exeter.

– Très bien, monsieur, on vous tiendra au courant.

– C'est tout ?

– Qu'est-ce que vous voulez d'autre ?

– Ambrose a dit qu'il avait reçu des menaces. Puis il meurt dans des circonstances mystérieuses. Ne faudrait-il pas...

L'agent se leva massivement de sa chaise.

– Cette histoire n'a rien de bien mystérieux. Si vous racontez ça, les gens penseront que vous êtes aussi cinglé que le vieil Ambrose.

Je me levai aussi.

– Très bien. Je m'en vais, dis-je en me dirigeant vers l'entrée. Vous avez trouvé quelque chose ici ?

– Rien qui puisse vous intéresser, monsieur.

– Je vois.

Mais je ne voyais pas et lui non plus. Où était la postface ? Je ne pouvais pas le demander à cet homme, qui d'ailleurs ne me l'aurait pas dit s'il l'avait trouvée. Il n'aurait pas compris de quoi je lui parlais, ni ma terrible déception de trouver ce cottage déserté après qu'une lettre pétillante de vie eut suscité en moi tant d'espoirs. Je sortis, humant l'air matinal changé par la nouvelle de la mort d'Ambrose, pensant que les hommes âgés qui boivent trop sont un danger pour eux-mêmes, mais j'entendais en moi une voix éraillée : « Les laisse pas t'avoir. Tu crois vraiment que cela peut se produire deux fois ? » La foudre ne tombe jamais deux fois au même endroit, me dis-je en regardant le terre-plein de l'ancienne voie de chemin de fer et en me rappelant le prélude d'un autre accident. Je ne laisserai pas Ambrose mourir pour rien. Je revins dans l'allée principale et me hâtai vers le pont.

Je m'appuyai pesamment contre le parapet, partagé entre des sentiments contradictoires : tristesse à la pensée de la mort d'Ambrose ; et jubilation, en dépit de ce que cela pouvait avoir de choquant en de telles circonstances, à voir que quelque chose s'était enfin passé. Mon enquête avait commencé à porter ses fruits, aussi amers fussent-ils. Mais Ambrose disparu, les réponses étaient plus inaccessibles que jamais.

Inconsolable, je remontai vers le carrefour puis entrai dans le village. La place était tranquille. Malgré l'heure indue, je me rendis au Greengage, pensant que Ted m'apprendrait du nouveau.

Le pub semblait désert, mais j'entendis du bruit dans la cour, et je fis le tour. Ted était en train de remplir des caisses devant la porte ouverte de la cave. Il leva les yeux et me fit un signe de tête.

– J'ai appris pour Ambrose, dis-je.

– Sale histoire, grommela Ted. J'ai parlé de vous à la police.

– Pourquoi ?

– Parce que le vieux disait que des étrangers lui cherchaient des ennuis. C'était pas nouveau d'ailleurs, vous le savez bien. Je leur ai parlé de vous parce que vous êtes un étranger ici.

Il jeta une caisse vide sur la pile et s'y appuya.

– Je pouvais pas faire moins.

Je comprenais ce qu'il voulait dire. Ted, à sa manière un peu fruste, avait fait pour Ambrose tout ce qu'il avait pu, et cela ne le gênait pas de me dire qu'il avait parlé de moi comme d'un étranger suspect. Pour lui, qu'étais-je d'autre, après tout ?

– Ambrose n'avait pas peur de moi.

– Non, je ne crois pas.

– Mais il avait peur de quelqu'un d'autre.

– Peut-être.

– On pourrait aller à l'intérieur pour causer un peu ?

– D'accord.

Il me fit entrer dans le pub par la porte de derrière. Il faisait sombre à l'intérieur, et les chaises étaient retournées sur les tables. Il en posa deux par terre, puis, sans un mot, tira deux pintes de cidre du tonneau auquel Ambrose avait dû boire la veille et les posa entre nous.

– À la santé de ce pauvre vieux, dit-il, et il but à longs traits.

Je bus une gorgée.

– J'étais venu pour le voir.

– Je sais. Il m'avait dit que vous alliez venir. Il lui tardait de vous voir.

– Je regrette de ne pas être venu plus tôt. Que s'est-il passé ?

– Je sais pas. Hier, il était pas différent des autres jours. C'est George Ash, notre gendarme, qui m'a réveillé il y a quelques heures. Ils avaient trouvé Ambrose dans la rivière et George voulait savoir s'il était passé ici avant. Il avait Jessie avec lui. On garde le chien pour le moment.

– J'ai rencontré Ash au cottage. Il pense qu'Ambrose était ivre, qu'il est tombé dans la rivière et s'est noyé.

Ted fit entendre un grognement.

— C'est ce que je me serais dit moi aussi, mais Ambrose était pas tombé de la dernière pluie, et il sirotait du cidre depuis toujours, ça l'empêchait pas de pouvoir rentrer chez lui les yeux bandés. Il avait pas bu plus que d'habitude hier soir, et en plus de ça...

— Oui ?

— Vous savez toutes ces bêtises qu'il racontait sur son oncle, les étrangers qui auraient été responsables de sa mort ?

— Oui.

— Bon, ben, c'est bizarre, mais hier soir, m'est avis qu'il avait l'air inquiet. Il a demandé si je me rappelais avoir vu un type qui était venu déjeuner et qui s'était assis tout seul dans un coin. Il voulait savoir si je l'avais déjà vu. Bien sûr que non. Les gens entrent et sortent comme dans un moulin, surtout le week-end. Ils viennent une fois et puis on les revoit plus. C'est ce que j'ai dit à Ambrose, mais il a insisté. Il m'a dit que ce type l'espionnait, qu'il l'avait vu tourner autour du cottage dans la journée et qu'il était sûr de l'avoir déjà vu.

— Est-ce qu'il était là hier soir ?

— Je me rappelle pas.

Qui était-ce, Ambrose ? Aurais-tu reconnu une des ombres de ton passé ? J'aurais donné beaucoup pour le savoir, mais Ambrose était mort et Ted ne se rappelait pas.

— Dites-moi, dis-je en avalant une gorgée de cidre, est-ce qu'Ambrose vous a dit qu'il avait trouvé quelque chose récemment ?

— Non, juste qu'il était impatient de vous voir.

— Il n'a pas dit pourquoi ?

— Non. Et vous, vous savez pas ?

— Non. Je pense qu'il a découvert quelque chose, mais je ne sais pas quoi.

Ted vida son verre.

— M'est avis que vous saurez jamais, à supposer qu'il y ait quelque chose à savoir.

Je terminai aussi mon cidre et me levai.

– À votre avis, il avait trop d'imagination ou c'était plus sérieux ?

Ted porta nos verres sur le bar.

– Moi, j'ai les pieds sur terre, dit-il. J'étais le premier à refroidir son enthousiasme quand il se lançait dans ses histoires sur son oncle.

Il revint et déverrouilla la porte d'entrée.

– Mais, ajouta-t-il en se frottant le menton, son père et son oncle, et puis lui, maintenant, qui trouvent la mort dans des accidents bizarres, ça fait beaucoup !

Il ouvrit la porte.

– C'est ce que je pense aussi, dis-je en sortant dans la rue. Merci d'avoir causé avec moi et merci pour le cidre.

– Le cidre, c'était pour Ambrose, dit-il. Je lui devais une tournée. Causer, c'est toujours gratuit. Revenez quand vous voulez. Ça va être plus calme maintenant que ce vieux bavard sera plus là à me tanner.

J'arrivai chez les Bennett vers l'heure du déjeuner, plus tôt que prévu. Hester fut surprise de me voir et davantage encore en apprenant pourquoi j'étais déjà de retour. Elle me fit asseoir dans sa cuisine moderne et rutilante, à mille lieues du palais encrassé d'Ambrose, et me fit du café en écoutant le récit des événements dramatiques de la matinée.

– C'est incroyable, dit-elle quand j'eus fini. Il était tellement plein de vitalité quand il est venu nous voir.

– Nick a dit que tu n'étais pas très contente de l'avoir ici.

Hester eut un sourire gêné.

– C'est vrai. Il était horriblement soûl. Je l'ai pris pour un clochard.

– Ce n'était pas tout à fait ça.

– Non.

Elle avala son café.

— Cela a dû te faire un choc. Que vas-tu faire ?
— Je ne sais pas.

Je ne le savais pas davantage, trois heures plus tard, lorsque Nick rentra de l'école. Je lui racontai ce qui s'était passé et, pendant le dîner, Nick et Hester m'écoutèrent penser tout haut. Ambrose était-il tombé ou l'avait-on poussé ? Même question pour son oncle. L'idée d'une conspiration était-elle le fruit de leur imagination ou bien les « forces obscures » d'Ambrose existaient-elles réellement ? Ambrose, dans sa lettre, avait mis en cause les Couchman, alors n'était-ce pas une coïncidence étrange qu'il tombe d'un pont juste avant de pouvoir me dire ce qu'il savait ?

Je me rappelai soudain que Timothy était resté seul dans le salon pendant que j'étais au téléphone avec Nick. S'il avait vu la lettre d'Ambrose, il avait eu le temps de la lire. Ce n'était pas la discrétion qui l'étouffait. Et il avait laissé sa carte de visite sur la cheminée, juste à l'endroit où j'avais posé la lettre. Oui, il y avait toutes les chances qu'il l'ait lue. De là à affirmer qu'il avait foncé dans le comté du Devon au volant de sa Porsche le soir même pour se débarrasser d'Ambrose... ? Non. C'était un expédient trop direct pour son esprit tortueux, et pourquoi aurait-il fait ça ?

J'allai me coucher après avoir ingurgité une bonne dose de whisky, complètement découragé : finalement, l'éventualité la plus probable était qu'Ambrose, grisé par des visions de vengeance autant que par le cidre du Greengage, était tout simplement tombé du pont comme le gendarme l'avait dit, et qu'il était mort noyé. S'il portait sa trouvaille sur lui, tous nos espoirs étaient littéralement à l'eau, emportés vers la mer par les eaux de la Teign. La victoire que naïvement nous avions crue si proche était plus que jamais hors de portée.

Le lendemain de bonne heure, je pris un car pour Dewford. J'étais le seul passager, libre de suivre le cours de mes réflexions le long de la route cahotante. Une couche de poussière était sans doute déjà retombée sur le drame de la mort d'Ambrose, étiquetée comme noyade d'un vieux poivrot ; il était aussi une personnalité locale, mais pouvait-on s'attendre à autre chose de sa part ? J'étais sûr que le gendarme Ash avait abandonné sa ronde autour de Lodge Cottage pour s'intéresser aux problèmes de harcèlement des moutons par les chiens. J'aurai donc la voie libre pour essayer de trouver quelque chose.

En effet, le ruban sur le pont avait disparu. La Teign coulait, on avait enlevé le corps, la preuve était faite, le livre refermé. Ou prêt à se rouvrir si je pouvais trouver la suite des mémoires de Strafford.

Je franchis le portail et tentai ma chance à la porte du cottage. Elle était fermée. Ash avait fait son devoir. En me dirigeant vers l'arrière de la maison, je manquai de tomber sur une vieille brouette contenant un panier rempli de fleurs fanées. Ambrose les avait-il cueillies récemment ou les avait-il oubliées ? C'était difficile à dire. La porte de la cuisine était solidement verrouillée de l'intérieur. J'avais l'impression de me glisser insensiblement dans la peau d'un cambrioleur et ce d'autant plus que, si je voulais entrer, il allait me falloir forcer l'accès.

Mais ce ne fut pas nécessaire. En faisant le tour de la maison, je vis qu'une des fenêtres de la cuisine était grande ouverte. Le battant pendait et je remarquai même que le châssis en bois était entamé, comme si quelqu'un avait forcé la fenêtre avec une pince-monseigneur.

Je jetai un coup d'œil à l'intérieur. Au lieu du fouillis familier auquel je m'attendais, j'aperçus un chaos épouvantable. Les placards étaient béants, les tiroirs tirés, leur contenu éparpillé sur le sol. Quelqu'un était passé avant moi. La police ? Ils auraient eu la décence de tout remettre en place. Alors qui ?

Je réussis à me hisser par la fenêtre en montant sur un vieux seau retourné et je pris pied sur l'égouttoir à côté de l'évier, puis je me laissai tomber dans la pièce. Dans le silence et l'odeur de moisi, la fierté outragée du cottage s'agrippait à moi. C'était déjà une maison abandonnée, et mon intrusion rendait cet abandon encore plus sensible. Une maison silencieuse, sans écho, à la manière d'un tombeau.

M'armant de courage, je pénétrai dans la pièce de devant. Les rideaux étaient tirés, l'obscurité inquiétante. Je me hâtai de les ouvrir. Les ombres épaisses m'avaient laissé pressentir ce que la lumière du jour révéla : on avait infligé à cette pièce le même traitement qu'à la cuisine et, parce qu'elle était dans mon souvenir plus étroitement liée à Ambrose, cela me révolta davantage. Les meubles étaient dépouillés de leurs cargaisons de livres, de papiers, de paquets, de maquettes, de pipes et de chemises cartonnées : tout le fatras d'un vieil homme avait été jeté par terre, cruellement disséqué, sans raison apparente. Sous la table, un des modèles réduits d'Ambrose, un biplan de la Première Guerre mondiale construit avec amour, gisait à terre comme un papillon de nuit, l'une de ses ailes irrémédiablement brisée. Les rideaux des fenêtres s'étaient pris dans les épines d'un cactus arraché de son pot, la terre répandue sur le tapis. J'en aurais pleuré.

Mais je ne pleurai pas. D'une certaine façon, je n'étais pas moins un intrus que celui ou ceux qui avaient fait ça. Comme moi, ils avaient cherché quelque chose de précis, malgré tous les signes de vandalisme et de destruction gratuite. Je me tournai comme ils avaient dû le faire vers le vieux bureau, à côté du mur. Ce n'était plus le capharnaüm qu'Ambrose en avait fait. Il était vide. Un des fauteuils avait été tourné vers le bureau pour recevoir son contenu. J'imaginai quelqu'un debout, près du bureau, jetant après les avoir examinés les objets qui ne l'intéressaient pas.

J'avais espéré que mon exploration serait discrète et respectueuse. Mais c'était impossible dans ce champ de bataille. Je devrais procéder à une fouille avilissante, chercher dans le tas avec l'espoir de gagner le gros lot. Quelque chose pourtant me disait que je ne trouverais rien. Si Ambrose avait caché dans cette pièce ce que je cherchais, ce qui était peu probable, étant donné toutes les précautions qu'il avait prises, d'autres avaient dû s'en emparer avant moi.

Cette besogne infâme me prit toute la matinée. Je fouillai toutes les pièces. En vain. J'imaginais que le cahier sur lequel Strafford avait écrit sa postface devait ressembler à celui des mémoires, un volume épais relié en cuir. Il n'était donc pas difficile à trouver pourvu que l'on cherche au bon endroit, mais les bonnes cachettes ne manquaient pas. Si Lodge Cottage était une petite maison, elle était aussi pleine de coins et de recoins, et l'ingéniosité d'Ambrose avait pu lui souffler de nombreuses idées de cachettes. Mon seul espoir était que celui qui était passé avant moi et qui était manifestement pressé soit reparti les mains vides.

J'abandonnai à midi, bredouille, découragé, honteux d'avoir dû fouiller dans les affaires personnelles d'Ambrose. Je n'emportai que la première édition des poèmes de Thomas Hardy, qui avait appartenu à Strafford (*Satires de circonstances*), que je trouvai dans la pièce de devant. Sans doute considéré comme un objet négligeable, il avait été jeté à terre et ses pages étaient chiffonnées. Ce livre signifiait beaucoup pour Strafford, et pour moi, surtout après avoir parlé avec Elizabeth de sa dernière rencontre avec Edwin et de l'usage qu'il avait fait de la seconde strophe du poème « Après un voyage ». J'avais la certitude qu'Ambrose aurait bien voulu que je le garde en souvenir et j'espérai que son oncle aurait lui aussi été d'accord. J'étais content de sauver ce livre du chaos et de l'emporter pour le mettre en sécurité. Mais je n'avais pas trouvé ce que je voulais réellement, la postface des mémoires.

Dans le village, je demandai le chemin de la gendarmerie et trouvai un cottage aux murs blanchis avec un toit en ardoise, un jardin bien entretenu, et du lierre au-dessus du panneau bleu GENDARMERIE DU COMTÉ DU DEVON ET DE CORNOUAILLES, le minuscule bureau installé dans un prolongement de la maison. Je jetai un coup d'œil par la porte en verre armé : la pièce était nue et vide – une table, trois chaises. Je sonnai plusieurs fois. Ce fut la porte du cottage qui s'ouvrit dans un grincement. Ash émergea, respirant bruyamment, il sentait la graisse de rognon et la sauce au jus de viande. Il tapota sa cravate d'uniforme pour en faire tomber les reliefs de son déjeuner.

– Monsieur Radford ?
– Oui. Est-ce que je peux vous parler ?
– Venez dans mon bureau.

Il me fit entrer et se laissa tomber sur une des chaises, débordant de côté et d'autre de façon inconfortable.

– Par curiosité, je suis passé ce matin à Lodge Cottage. La maison a été cambriolée.

– Cambriolée ? dit Ash en fronçant les sourcils.
– Oui. On a forcé une fenêtre de la cuisine. D'après ce que j'ai pu voir, tout a été saccagé.

Ash se leva et marcha jusqu'à la fenêtre.

– Des vandales.
– Par ici ?
– Il y a un tas de casseurs dans le coin dont les pères travaillent aux carrières de Trusham. Ça vaut pas mieux que les durs de la ville, vous pouvez me croire.

– Ça ne ressemble pas à du vandalisme.
– Alors c'est quoi ? dit Ash en me regardant avec une irritation de campagnard.

– C'est plutôt un cambriolage. Un cambriolage pour prendre quelque chose de précis.

Il porta sur moi le regard d'un homme de la campagne, lent à se mettre en colère. Je savais ce qu'il pensait. Encore un original comme Ambrose. Pourquoi est-ce qu'il ne peut pas me laisser mettre ça sur le compte de fortes têtes et oublier ces stupidités qui ont germé dans la tête du vieux ?

– J'irai voir, monsieur Radford, et je ferai fermer soigneusement la maison. Je ferai part aussi de votre... opinion dans mon rapport à mon supérieur. Il voudra peut-être vous voir. C'est tout ce que je peux faire.
– Je vois. Eh bien, merci quand même.
Il m'accompagna jusqu'à la porte.
– Prévenez-moi s'il y a une enquête, dis-je.
– Il y en aura une, monsieur. Elle commence jeudi. Mais elle sera suspendue le jour de l'enterrement.
– Quand a-t-il lieu ?
– Lundi.
– Je serai convoqué pour l'enquête ?
– Cela dépend du coroner, monsieur. Mais j'en doute.

C'était tout vu. Dans cette affaire, tout parlait en faveur d'une mort accidentelle et mes allusions venaient comme un cheveu sur la soupe.

– Mais vous inquiétez pas. Quelqu'un de la gendarmerie d'Exeter vous apportera une copie de votre déclaration à signer. Pour que le coroner soit au courant.

Il eut un sourire pour me rassurer.

J'arrivai au Greengage juste un peu avant la fermeture et je racontai tout à Ted. Sa réaction me déçut. Il était d'accord avec Ash pour penser que c'était probablement l'œuvre d'une bande de voyous. Une journée avait suffi à entamer sa conviction qu'il y avait quelque chose de louche dans la mort d'Ambrose. Ash était venu le voir. Il lui avait posé quelques questions sur Ambrose et sur moi et lui avait laissé entendre que l'affaire était pour ainsi dire classée. Il y avait fort à parier que Ted, lorsque le coroner l'interrogerait, ne dirait rien qui puisse mettre en cause l'interprétation officielle. Au moment où je partais, longtemps après les autres clients, il m'avoua ce qui le tracassait.

– Ce qui m'ennuie, c'est que si je commence à parler au tribunal d'étrangers sur la trace d'Ambrose et toutes ces histoires, on me croira pas, on pensera que je suis aussi toqué que lui. Il faut que je pense à mon commerce.

Oui, bien sûr, Ted tenait à son commerce, Ash à la bonne réputation de son secteur, et Ambrose était considéré par tous comme un vieil original imbibé d'alcool. Et moi ? Je n'étais qu'un jeune prétentieux, mal situé, étudiant l'histoire des Strafford et cherchant à tout prix du mystère là où il n'y en avait pas.

Je retournai à Exeter, furieux contre tout le monde, y compris contre moi-même. Que pouvais-je faire ? Rien, sinon infliger aux Bennett ma mauvaise humeur et attendre la suite des événements.

Le mercredi, un gendarme d'Exeter vint chez les Bennett avec ma déposition, brève et précise. Je la signai, pensant qu'il valait mieux éviter pour le moment de faire d'autres déclarations intempestives.

Lorsque Nick rentra de l'école dans l'après-midi, je lui demandai de me conduire à Dewford pour jeter un coup d'œil sur le cottage. Des ouvriers de la Société pour la préservation des sites et des monuments clouaient des planches devant les fenêtres. Le contremaître m'expliqua que c'était une mesure temporaire. D'après ce qu'il savait, le cottage reviendrait à la Caisse nationale des monuments historiques et des sites. Il était question de le restaurer et de le faire visiter à la saison prochaine comme une authentique maison de garde-barrière. On parlait aussi de poser des rails et d'installer de nouvelles barrières. Une voie de chemin de fer désaffectée après des années de service puis abandonnée à la curiosité des touristes ! Pourquoi pas ? C'était une séquence du XXe siècle qui avait enveloppé l'histoire des Strafford.

Je ne voulais pas retourner au Greengage, aussi laissai-je Nick me conduire dans un pub qu'il connaissait – The Nobody Inn, à Doddiscombsleigh, sur une hauteur à l'est de Barrowteign. Il faisait chaud, et nous nous assîmes dans le jardin qui se remplit progressivement de l'*intelligentsia* d'Exeter en blue-jean que Ted n'avait pas le temps de fréquenter.

– Que puis-je faire, Nick ? Ce cahier, Ambrose l'avait entre les mains. Comment le retrouver ?

– Je crois que c'est sans espoir. Tu as bien cherché dans la maison ?

– Toute la matinée. Je n'ai rien trouvé.

– Déjà volé ?

– Ce n'est pas sûr. Ambrose a peut-être déniché une bonne cachette. Mais où ?

– Sous les lattes du parquet ? Dans le jardin ?

– Peut-être, mais je ne peux quand même pas faire des trous partout.

– Non. Pas maintenant, en tout cas. Il faut d'abord voir comment tourne l'enquête.

– C'est tout vu.

– Est-ce que le coroner va nous convoquer ?

– Je n'ai pas dit qu'Ambrose était allé te voir et je n'en parlerai pas. Je commence à penser qu'il vaut mieux que je ne fasse pas de déclarations que je ne peux pas prouver.

Le vide qui avait suivi la mort d'Ambrose et la fouille de sa maison menaçait de me plonger dans un profond découragement, mais j'avais le sentiment qu'il allait se passer quelque chose, qu'il suffisait d'attendre un peu, et que moins j'en dirais, mieux cela vaudrait. Ce n'était que par la ruse que je pourrais débusquer la vérité.

Cela ne m'empêcha pas d'assister à l'ouverture de l'enquête à Exeter, le lendemain matin. Seul dans la galerie réservée au public, j'écoutai Ash présenter brièvement l'affaire. Le coroner délivra un permis d'inhumer puis renvoya l'affaire à huitaine.

Nick et Hester partirent pour le week-end sous prétexte d'aller rendre visite aux parents d'Hester à Tewkesbury. Je ne leur en aurais pas voulu de me dire qu'ils avaient envie d'être un peu sans moi. Je bus dans le pub local, fis plusieurs fois le tour de la maison et écrivis un nouveau rapport à Sellick, dans lequel je lui parlai de la mort mystérieuse d'Ambrose mais pas de la postface. Pourquoi faire naître de faux espoirs ? Et depuis ma dernière rencontre avec Alec, j'avais décidé de ne lui dire que le strict minimum. Je lui annoncerais l'existence de la postface uniquement lorsque je serais prêt, si je l'étais un jour.

L'enterrement eut lieu le lundi. Je pris un car de bonne heure et attendis à l'église que le cortège arrive. C'était une matinée blafarde, avec des traînées de nuages gris dans le bleu délavé du ciel. Un vent frais soufflait.

Le cortège funèbre, s'il méritait ce nom, arriva. Un homme tiré à quatre épingles, en costume de tweed et à l'allure toute militaire, se présenta :

– Knox, de la Société pour la préservation des sites et des monuments, administrateur de Barrowteign. Il faut bien faire acte de présence !

Je me serais bien passé de sa bonne humeur. Suivait Ted. Le patron du Greengage essayait de prendre un air solennel, mais il paraissait mal à l'aise et tripotait un col raide qu'il n'avait pas l'habitude de porter. Et enfin le pasteur : le visage terreux, l'air désapprobateur, se hâtant sans nécessité. C'était tout. Ni serviteur ni foule d'amis et de parents affligés. Et dans ce cortège, seules deux personnes étaient venues de leur plein gré.

Le fourgon mortuaire arriva à 11 heures. Knox tint à me dire que c'était la Caisse nationale des monuments historiques et des sites qui avait payé les pompes funèbres. Le service fut bref et, par moments, confus. Nous sortîmes ensuite à la queue leu leu derrière le cercueil pour nous rendre dans le cimetière. Un trou avait été creusé près du monument funèbre orné d'anges en pleurs de Robert et Florence Strafford. La butte de terre s'était déversée en partie sur la petite pierre tombale portant l'inscription E.G.S., mais personne ne sembla y faire attention. La cérémonie fut expédiée avec une précipitation horrible, sous un soleil capricieux. Nous avions jeté nos poignées de terre du comté du Devon sur le cercueil d'Ambrose, le pasteur nous avait remerciés sans conviction et nous étions sortis par le porche du cimetière.

Ted, l'air affecté, dit qu'il devait être rentré au Greengage pour le coup de feu de midi, et il partit en hâte. Knox, avide de trouver un interlocuteur, m'offrit de me déposer à Farrants Cross.

– Vous connaissiez le vieil Ambrose depuis longtemps ? me demanda-t-il à la sortie du village, heureux de pouvoir enfin bavarder.

– Non, mais je l'aimais bien.

– Un sacré personnage ! Et très susceptible.

– Oui.

– Je me souviens de la dernière fois que je l'ai vu.

– Quand était-ce ?

– Ça doit être le jour où il est tombé du pont. Hier, ça faisait tout juste une semaine.

– Qu'est-ce qui s'est passé ? demandai-je d'un air faussement désinvolte.

– Eh bien, c'était un dimanche. C'est toujours la journée la plus chargée à Barrowteign. J'étais venu pour donner un coup de main. Il avait mal choisi son moment, le pauvre bougre.

– Que s'est-il passé ?

– Il est arrivé dans mon bureau au milieu de l'après-midi, à l'heure de la cohue.

– Et alors ?

– Alors, il m'a demandé une clé. Il voulait visiter la partie de la maison qui n'est pas ouverte au public. Demandé, notez bien, pas prié.

– Il devait penser qu'il était chez lui et qu'il n'aurait pas dû avoir à demander.

– Peut-être. En tout cas, c'était lui tout craché, parlant haut sans montrer la moindre considération. Mais quand je lui ai donné sa clé, il est devenu aussi doux qu'un agneau, me remerciant à n'en plus finir. Il voulait même me donner un pourboire comme à un domestique.

Son visage se rembrunit à ce souvenir, puis il sourit.

– Je lui ai proposé de donner son pourboire à la Caisse nationale des monuments historiques et des sites.

– Il l'a fait ?

– Je ne crois pas. Entre nous, je ne pense pas qu'il avait beaucoup d'estime pour la Caisse. Mais nous, on l'aimait bien. C'était notre excentrique célèbre.

Knox arrêta la voiture. Nous étions arrivés à Farrants Cross.

– Merci de m'avoir conduit jusqu'ici, dis-je en descendant. À propos, quelle clé voulait-il ? Quelle partie de la maison voulait-il visiter ? Je pensais qu'il n'aimait pas retourner là-bas.

– C'est vrai, dit-il, comme si cela lui donnait à réfléchir, puis il ajouta : Quelle clé dites-vous ? Celle du grenier. Le pauvre vieux voulait probablement aller chercher quelque chose.

Je vacillai sur mes jambes.

– Heureux de vous avoir rencontré, dis-je. À bientôt !

– Au revoir !

Bouleversé, je fis un signe de la main en guise d'adieu au moment où Knox démarrait ; je savais pourquoi Ambrose voulait à tout prix monter dans le grenier, ce fameux dimanche après-midi. Ce n'était pas pour aller y chercher quelque chose mais pour trouver une cachette. La postface m'attendait quelque part à Barrowteign.

J'aurais voulu m'élancer derrière la voiture de Knox, lui crier d'arrêter et de m'emmener là-bas. Mais je me rappelai que je devais rester discret.

Le lendemain matin, j'eus beau m'obliger à ne pas partir trop tôt, j'arrivai à Barrowteign avec les premiers visiteurs. Je remontai l'allée déserte, passai devant la grille qui conduisait à Lodge Cottage à travers les tilleuls, franchis la tranchée qui marquait l'emplacement de l'ancienne voie de chemin de fer et montai le talus vers la large façade en pierre de Barrowteign.

Le guide dans le hall d'entrée était la femme que j'avais déjà vue. Je déclarai avoir rendez-vous avec M. Knox.

« Le général Knox », corrigea-t-elle. Elle me dit de prendre l'escalier de service jusqu'au deuxième étage, où se trouvaient les bureaux administratifs. Les plafonds étaient plus bas qu'au rez-de-chaussée, les couloirs plus étroits, le papier peint plus simple. Je dépassai d'un pas assuré le bureau d'une secrétaire où une dactylo tapait à la machine et arrivai à une porte sur laquelle je lus : GÉNÉRAL L. W. KNOX – ADMINISTRATEUR. Je frappai et entrai.

Quoi qu'il ait été en train de faire, Knox ne parut pas ennuyé d'être interrompu. Debout à la fenêtre d'où l'on avait une belle vue sur le jardin, il se retourna vers moi et sourit.

— Ça, c'est une surprise ! dit-il en venant vers moi et en me donnant une poignée de main énergique. Monsieur Radford, n'est-ce pas ?

— Oui. Nous nous sommes rencontrés hier.

— Asseyez-vous. Que puis-je pour vous ?

Je m'assis dans le fauteuil en cuir et regardai le beau bureau ancien de Knox. Il avait dû piocher dans le mobilier de la maison pour meubler agréablement la pièce. Une pendule au-dessus de la bibliothèque, deux peintures de l'école flamande dans un cadre doré, un grand encrier ouvragé sur le bureau. Barrowteign était une planque confortable pour le général Knox.

— J'ai pensé que je devrais visiter la maison pendant que je me trouve dans la région, dis-je, omettant de dire que j'étais déjà venu une fois.

– C'est une excellente idée. Je peux vous faire visiter moi-même, c'est plutôt calme en ce moment.
– C'est très gentil. Mais ce n'est pas nécessaire. Je voulais juste vous dire bonjour.
Knox était déjà debout.
– Si, si. C'est le moins que je puisse faire. C'est moins triste qu'hier, hein ? Venez.
Il se dirigea vers la porte. En le suivant, je remarquai à gauche de la porte un panneau en bois muni d'une vingtaine de crochets auxquels était suspendu un assortiment de clés, certaines vieilles et manifestement peu utilisées, d'autres brillant de l'éclat du neuf. Celle que je cherchais devait se trouver dans le lot.

Knox me conduisit dans le couloir, laissant la porte de son bureau ouverte avec une insouciance qui me réchauffa le cœur. Nous descendîmes dans le hall où il commença sa visite guidée. La répétition ne m'ennuyait pas et je jouai le rôle du novice impressionné, souriant à chacun de ses mots d'esprit laborieux et essayant de me montrer admiratif devant son érudition.

La visite terminée, j'insistai pour lui offrir à boire dans le restaurant situé dans l'aile autrefois réservée aux domestiques. Nous déjeunâmes et je payai le vin et les cognacs qui suivirent notre repas. Knox était heureux. Je commençai alors à diriger la conversation dans la direction qui m'intéressait.

– C'est une maison fascinante, dis-je.
– C'est certainement une de nos propriétés les plus variées.
– C'est étrange mais, dans ces vieilles maisons, ce ne sont jamais les salles ouvertes au public qui m'attirent le plus.
– Non ?
– C'est plutôt les coins cachés.
– Qu'est-ce que vous voulez dire ?
– Par exemple, l'aile des domestiques qui, ici, a été très joliment aménagée en restaurant ; les salles de bains avec leurs grandes baignoires dans lesquelles on pourrait baigner un

éléphant ; les cuisines avec leurs casseroles en cuivre et leurs grandes tables en bois.
— Ah oui, je vois, vous aimez les surprises, hein ?
— Quel dommage que vous ne puissiez ouvrir au public davantage de pièces pour montrer ce genre de choses.
— Nous envisageons d'arranger l'écurie, l'année prochaine.
— Vraiment ?
— À part ça, je ne pense pas que nous ayons négligé quelque chose.
— Et dans les étages supérieurs ?
— Il faut bien garder un peu de place pour les bureaux administratifs, dit-il avec un sourire.
— Bien sûr. Et au-dessus ?
— C'est le grenier, c'est tout.
— Rien d'intéressant ?
— Non. Il n'y a que des vieilleries. Je ne crois pas qu'on ait fait un inventaire complet de ce qui s'y trouve, mais tout ce qui a de la valeur est exposé. Entre nous soit dit, maintenant que le vieil Ambrose est parti, on va probablement jeter tout ce fatras pour utiliser l'espace plus efficacement.
— Cela doit être un endroit fascinant.
Knox eut un petit rire.
— Ce n'est pas mon avis. C'est un nid à poussière, pas autre chose.
— Je vous l'ai dit, c'est ce genre d'endroit qui m'attire.
— Personne ne va jamais là-haut.
Je ne lui rappelai pas qu'Ambrose y était allé récemment.
— C'est dommage.
— Si vous tenez vraiment à jeter un coup d'œil, il n'y a pas de problème. Je peux vous y emmener, mais vous serez déçu.
— En tout cas, je ne pourrai pas dire que vous ne m'avez pas prévenu, dis-je. Vous voulez un autre cognac avant de monter ?
— C'est pas de refus.

Mis de belle humeur, il accepta de remonter dans son bureau chercher la clé. Une grande vieille clé en cuivre pendue au crochet numéro douze.

Au bout du couloir sur lequel donnait son bureau, Knox tira le verrou d'une solide porte lambrissée, l'ouvrit puis tourna un bouton électrique qui illumina un étroit escalier en spirale. Il passa devant moi, trébucha sur une marche et arriva à une autre porte qui s'ouvrit sur les ténèbres. Il tâtonna et trouva un autre bouton qui éclaira l'intérieur du grenier.

On entendait le bruit d'un réservoir à eau gouttant quelque part. Des planches de bois entassées contre un mur, une vieille commode. Pour le reste, des caisses à thé, des boîtes d'oranges et des seaux, de la poussière et partout des toiles d'araignées.

Un passage entre les débris menait à une porte située à l'extrémité de la mansarde. C'était le grenier proprement dit, faiblement éclairé par les fenêtres largement espacées. Autant que je pus en juger, il faisait toute la longueur de la maison, et il était cloisonné par de minces panneaux mais les portes ouvertes permettaient de voir d'un bout à l'autre. Je comprenais pourquoi Knox ne voyait là que des « vieilleries » : elles étaient empilées en tas désordonnés montant parfois jusqu'au toit pentu, ou bloquant le passage. Des chaises posées sur des tables, de vieilles commodes, de vieux meubles de rangement, des cadres en bois, des boîtes, des baignoires, des tonneaux, des bouteilles. Et des piles de livres aux couvertures abîmées qui avaient dégringolé par terre ; dans un coin, un énorme miroir sur pied, brisé, au cadre doré ; un monceau de vieux parapluies et de cannes, un ancien phonographe ; un pot de peinture renversé sur le plancher.

Je me promenai parmi ces restes d'une famille, partagé entre un désespoir profond et un espoir irrationnel. C'était le lieu idéal pour cacher quelque chose, mais comment trouver un objet au milieu de ce gigantesque fouillis ? C'était encore dix fois plus difficile que dans le cottage d'Ambrose.

Ambrose ! Comme il aurait ri de me voir traîner Knox dans un fouillis poussiéreux que son esprit administratif détestait. Qu'avait-il dit à Nick ? « Dites à Martin que nous autres, les Strafford, nos souvenirs nous comblent. » Ce n'était pas, comme je l'avais cru, une allusion au rayonnement passé de leur famille, mais la dernière blague d'un vieil excentrique que je n'avais pas comprise sur le moment. Et maintenant, je me trouvais sur son ordre dans les combles de la maison de ses ancêtres.

Mais qu'y voir ? Tout et rien. Cela me fit rire.

– C'est plutôt désespérant, pas vrai ? dit Knox en se méprenant sur la raison de mon hilarité.

– Oui.

Nous passâmes dans une autre partie du grenier. Comme dans la première pièce, c'était un débordement de richesses.

Sous chaque couche de poussière, derrière chaque boîte, pouvait se trouver la réponse. Mais par où commencer ? Une vieille batte de cricket était appuyée dans un coin contre un panier d'osier. Strafford avait-il réussi à battre l'attaque de l'équipe du village avec ? Non, c'était une batte d'enfant. Peut-être avait-il appris à Ambrose à s'en servir à son retour de la Première Guerre mondiale.

Sur le dessus du panier, il y avait une corbeille à papier en métal toute rouillée. À l'intérieur, un pied de lampe sans abatjour ni ampoule et une vieille bouteille ayant servi de bougeoir dont le goulot était recouvert de cire. Sur l'étiquette jaunie collée de travers, je lus : PALE-ALE STRAFFORD DE L'EMPIRE BRITANNIQUE – LE MEILLEUR PALE-ALE DE L'OUEST. La bière blonde de cette bouteille, qui devait avoir plus de cent ans, venait sans doute des brasseries de Crediton avant que les Strafford abandonnent cet humble commerce.

Derrière le panier, dans l'angle d'une solive, mon regard se posa alors sur quelque chose que je reconnus tout de suite : un château fort d'un peu plus d'un mètre de large avec quatre tourelles garnies de créneaux, un donjon, des meurtrières, des fenêtres cintrées et un pont-levis. Les portes en bois étaient peintes en vert, les murs étaient recouverts d'un papier imitant la pierre de taille, les remparts crénelés soigneusement découpés à la scie. Un travail qui avait fait la joie de son créateur et d'un petit garçon que j'avais connu vieux.

Une toile d'araignée pendait juste au-dessus. La couche de poussière autour du château n'était pas régulière et, oui, je pouvais distinguer des traces de doigts sur le pont-levis. Une porte de la tourelle était ouverte, retenue par ses charnières en cuir. L'intérieur était sombre mais assez vaste pour ce que je cherchais. Le pont-levis faisait environ soixante centimètres, la hauteur du château. Un cahier d'un format usuel pouvait loger à l'intérieur. Je mourais d'envie de m'en assurer. Quelle meilleure cachette que ce cadeau de Noël de 1918 fabriqué pour Ambrose avec amour par son oncle, qui essayait d'oublier la folie meurtrière de la guerre !

Ma confiance s'accrut au souvenir de ce qu'Ambrose avait écrit dans sa lettre : « Le vieux bougre avait déniché une sacrée bonne cachette. C'est grâce à vous si je l'ai trouvée. » Pourquoi moi ? Mais oui, j'y étais ! Pendant que nous prenions un verre au Greengage, il s'était rappelé que son oncle, la dernière fois qu'ils avaient bu là ensemble en 1951, avait parlé du château. Ce dont Strafford s'était souvenu, Ambrose avait fini par se le rappeler et, finalement, moi aussi. J'avais sous les yeux la cachette idéale, suggérée à mots couverts. Les traces de doigts d'Ambrose dans la poussière étaient là pour me le confirmer.

La présence perplexe de Knox à mes côtés me retint.

– Vous avez vu quelque chose ? demanda-t-il, remarquant que j'étais perdu dans la contemplation de ce qui n'était pour lui pas différent du reste.

– Non, non, répondis-je instinctivement.

Je ne pouvais pas me permettre de le laisser supposer que j'avais trouvé quelque chose de valeur. En conservateur zélé, il aurait mis aussitôt la main dessus. Une fois encore, il fallait ruser. Tout près du but, je devais m'en éloigner calmement et revenir plus tard, seul.

– Vous aviez raison. Il n'y a que des nids à poussière.

– Vous en avez vu assez?

– Oui.

J'en avais vu assez pour savoir que j'étais sur la bonne piste.

Knox était heureux de partir. Pour lui, le grenier était un espace dont il fallait fermer la porte à double tour, une clé pendue à un tableau verni. Il insista pour que je prenne une tasse de thé dans son bureau, et se laissa tomber avec soulagement dans son fauteuil comme un homme heureux de se retrouver dans son élément.

Knox me raconta comment il avait renforcé l'administration du domaine, pendant que je lorgnais une clé en cuivre en regrettant de ne pas lui avoir fait boire suffisamment de cognac pour qu'il oublie de fermer la porte du grenier.

Je partis à regret, laissant Knox croire que j'avais du mal à m'arracher à sa compagnie.

– Cela m'a fait plaisir de vous voir.

– Moi aussi, général Knox. Merci pour la visite.

– De rien. Revenez me voir à chaque fois que vous passerez dans le coin.

– Merci. Je n'y manquerai pas.

– La prochaine fois, on ne s'occupera pas de ce fichu grenier, hein?

– Bonne idée.

Je descendis l'escalier sombre qui menait dans le hall. La vieille dame était encore à son bureau et tendait des brochures aux visiteurs qui entraient.

– J'espère que cela vous a plu, dit-elle gaiement.

– Oui, beaucoup. Le général Knox est un homme très chaleureux.

– Oui, c'est un homme charmant. Un vrai *gentleman*.

– Je lui ai dit que je repasserai peut-être. Quel est le meilleur moment pour le voir ?
– Le week-end, pendant les heures d'ouverture. Le général Knox est un homme très ponctuel... excepté le mercredi après-midi, c'est vrai. Il est toujours absent le mercredi après-midi, à cause de son golf.
– Je m'en souviendrai, merci bien.

Il n'y avait pas de danger que j'oublie ce qu'elle m'avait dit. On était mardi après-midi. Je n'avais que vingt-quatre heures à attendre. Knox aurait déserté son poste et la clé du grenier serait à ma disposition.

Le lendemain, je choisis l'heure du déjeuner pour me rendre à Barrowteign, c'était sans doute l'heure la plus calme dans les bureaux. Je suivis l'itinéraire de la visite jusqu'à l'escalier de service puis montai au deuxième étage. Le couloir était silencieux, ni machine à écrire ni sonnerie de téléphone. La secrétaire était à l'évidence partie déjeuner et Knox serait absent tout l'après-midi.

Je marchai lentement jusqu'à son bureau en essayant de ne pas faire craquer le plancher. Le soleil coulait à flots par la fenêtre. Le rire d'un enfant monta du jardin au-dessous. Sur le tableau, près de la porte, la clé numéro douze était pendue à sa place.

Rien de plus simple que de tendre le bras et de l'enlever de son crochet. Je savais que je ne craignais rien si je revenais avant la fin de la journée. Knox ne m'avait-il pas dit que personne ne montait jamais au grenier ? C'est pourtant le cœur cognant à grands coups que j'enfilai le couloir en direction de la porte qui me séparait du but. Ce n'était pas la peur du voleur qui opère en plein jour qui m'habitait, mais l'appréhension de trouver ce que j'avais tant désiré et cherché. La postface. J'y avais pensé. J'en avais rêvé. J'avais imaginé le matin même dans le car tous les éléments nouveaux qu'elle pouvait contenir. L'approche d'une certitude était soudain intimidante.

Je refermai avec soin la porte du grenier derrière moi, tournai la clé dans la serrure et montai les marches jusqu'à la première pièce dépourvue de fenêtres. Plus loin, des faisceaux lumineux retenant la poussière trouaient la pénombre du grenier. Je me faufilai fébrilement à travers toutes ces vieilleries. À l'abri, dans la niche formée par l'angle d'une solive, j'aperçus le château.

Je m'accroupis devant comme Ambrose avait dû le faire et essayai avec mille précautions de baisser le pont-levis. Il ne bougea pas. J'hésitai à tirer plus fort. Puis je compris comment il fonctionnait : une manivelle rouillée était enfoncée dans le mur du porche. Elle tourna en grinçant et le pont attaché par un cordon s'abaissa brusquement.

À l'intérieur, une grille en bois formée d'allumettes représentait la herse. Et, dans l'autre mur du porche, se trouvait une deuxième manivelle, plus petite. Mais celle-là était cassée. Elle pendait le long du mur, le cordon auquel elle était reliée ayant dû rendre l'âme des années auparavant, à moins qu'Ambrose, dans sa précipitation, ne l'ait rompu quelques jours plus tôt.

D'un doigt, je soulevai la herse et, à genoux, je regardai par l'étroite ouverture. On y voyait mal mais je pouvais néanmoins distinguer quelque chose. Une sorte de paquet. Je tendis ma main libre. Cela avait la forme et la consistance d'un livre emballé dans une matière cireuse au toucher, le tout attaché par une ficelle. J'amenai délicatement le paquet vers moi. Les pointes de la herse rendirent l'opération délicate, mais après quelques efforts, il était entre mes mains.

C'était un paquet enveloppé dans une toile cirée et solidement ficelé. Je m'en voulus de ne pas avoir apporté de canif, m'exhortai à la patience et, petit à petit, je réussis à desserrer le nœud. La ficelle se défit enfin. Je dépliai la toile puis une couche de papier kraft froissé et découvris le cahier.

Cela aurait pu être les mémoires. C'était le même genre de cahier, épais, relié en cuir, du papier ministre, comme on en trouvait peut-être dans le service consulaire. À la différence des mémoires, la plupart des pages étaient vierges, mais le premier quart du cahier était recouvert de cette écriture ronde caractéristique tracée à l'encre noire qui ne laissa aucun doute dans mon esprit. Strafford avait laissé sa marque. Juste au moment où je redoutais de ne plus jamais entendre sa voix, le voilà qui s'apprêtait à me parler comme lui seul savait le faire.

Un bruit dans le grenier me fit sursauter et je refermai brusquement le cahier, faisant s'envoler un nuage de poussière. Je me mis à tousser en maudissant ma nervosité. Ce n'était qu'une souris filant entre les cartons d'emballage. Après tout, j'avais refermé la porte à clé derrière moi. Mais je me sentais vulnérable dans ce labyrinthe de chevrons poussiéreux. J'avais besoin d'air et de lumière pour étudier ma découverte. J'étais trop impatient pour attendre d'être rentré à Exeter, mais je ne pouvais pas rester où j'étais.

Je laissai l'emballage et la ficelle près du château et m'approchai d'une fenêtre : une imposte sale laissant entrer dans le grenier un rayon jauni. Derrière se trouvait une gouttière entourée d'un parapet en brique et, au-delà, le ciel bleu. La gouttière était large et sèche, le beau temps engageant. L'imposte s'ouvrait au centre. Je tirai de toutes mes forces les petits loquets vers le bas et poussai sur les deux carreaux. Ils restèrent bloqués un moment puis pivotèrent.

La lumière entra à flots dans le grenier avec le chant des oiseaux. Je passai la tête à l'extérieur et regardai d'un côté et de l'autre. Il faisait chaud entre le parapet et le toit. C'était exactement le petit coin tranquille et clair que je cherchais. Je tirai une vieille ottomane et, m'en servant comme d'un marchepied, je me hissai à travers l'imposte.

Du parapet, on avait une vue imprenable sur le jardin. Quelques petites silhouettes bougeaient entre les fontaines et les haies taillées. À l'est, s'élevaient les contreforts de la chaîne des Haldon. Une délicate brume de chaleur enveloppait ce tableau champêtre. Quatre générations de Strafford avaient pu contempler avec satisfaction le vert luxuriant de la campagne anglaise qui se déroulait à mes pieds telle une tapisserie. Mais les Strafford n'étaient plus et des étrangers arpentaient leurs jardins. L'un d'eux était même perché sur le toit de leur maison.

J'aime à penser pourtant que je n'étais pas tout à fait un étranger, Strafford. Tu aurais pu tomber sur pire que moi. Par exemple, sur celui qui avait saccagé le cottage d'Ambrose. Mais c'était moi, les pieds calés sur le parapet de brique, le dos contre le toit en ardoise chauffé par le soleil qu'un architecte avait dessiné pour ton grand-père cent cinquante ans plus tôt en fonction de la hauteur des précipitations en hiver, dans le comté du Devon. J'avais trois heures devant moi avant d'avoir besoin de m'inquiéter de la façon dont je sortirais de là. Au faîte de la maison de tes ancêtres, j'ouvris le cahier contenant la suite de tes mémoires et, ce faisant, la porte d'un passé encore capable de confondre le présent.

Postface

Je ne croyais pas que nous reparlerions si vite ensemble, le destin et moi. Je pensais que la conclusion de mes mémoires ne laissait place à aucune suite et n'en méritait pas.

Comment se produisit cette coupure dans mon humble exil à Madère ? Ce fut soudain et violent, comme un coup de tonnerre par un après-midi humide. Ce jour-là, un brouillard tenace envahissait la vallée de Porto Novo. C'était la veille de mon soixante-quinzième anniversaire. Moi qui avais vécu jusqu'à un âge où rien, me semblait-il, ne pourrait plus me surprendre, j'allais découvrir que le destin m'avait réservé pour la fin le plus grand choc de ma vie.

Après le déjeuner, j'étais assis sur la véranda. Tomas avait enlevé le plateau avec le café, et la lecture du **Times** *du samedi de la semaine précédente ne m'avait pas empêché de m'assoupir dans mon fauteuil. Autrefois, j'aurais repensé à* l'éditorial ou fait une promenade autour de la propriété pour oublier les inepties que j'avais lues dans le rapport parlementaire. À présent, je m'endormais et oubliais plus facilement.

Je me souviens que, l'espace d'un instant, je crus qu'il s'agissait d'un rêve (et peut-être avais-je réellement rêvé) de l'époque où j'étais en Afrique du Sud. Il me semblait entendre une voix avec l'accent de là-bas. Ce ne fut pas l'accent qui me fit un choc, mais bien plutôt ce que cette voix disait.

— Réveille-toi, vieil homme !

Le ton était cassant et cela faisait très longtemps que l'on ne m'avait pas donné d'ordre.

J'ouvris les yeux et me raidis dans mon fauteuil. Un homme que je n'avais jamais vu, ce qui en soi était inhabituel dans la vallée de Porto Novo, était appuyé contre la balustrade de la véranda. Petit, maigre, la cinquantaine, des cheveux gris, mais musclé et bronzé, quoique ce ne fût pas, pensais-je, sous l'effet du soleil de Madère, il portait des vêtements luxueux mais avait l'air d'un bandit, un regard bleu perçant où dansait une lueur maniaque. Mais peut-être n'aurais-je pas tiré de conclusions si hâtives s'il n'avait tenu dans sa main droite un revolver braqué sur moi.

— Vous êtes bien Edwin Strafford ? demanda-t-il.

— Oui, dis-je en essayant de rester calme. Et vous, qui êtes-vous ?

— On m'appelle Leo Sellick.

— Je ne crois pas vous connaître, monsieur Sellick.

— En effet, vous ne me connaissez pas.

— Alors que puis-je pour vous ?

— Dites-moi d'abord si vous reconnaissez ce revolver.

— Pourquoi le reconnaîtrais-je ?

— Parce qu'il vous appartient.

— Je ne possède pas d'arme.

— Vous en possédiez une autrefois.

— Je ne pense pas... sauf dans l'armée.

— Oui, justement, dans l'armée.
— Monsieur Sellick, voilà plus de trente ans que j'ai quitté l'armée.
— Et vous avez perdu ce revolver, il y a plus de cinquante ans.
— Vous devez faire erreur.
— Absolument pas. Vous êtes bien Edwin Strafford ?
— Oui.
— Moi, que Dieu me pardonne, je suis votre fils.

À ce moment, je crus avoir affaire à un fou. Un homme armé soutenant qu'il était mon fils ne pouvait avoir toute sa raison. Pourtant, le fait même qu'il fût armé m'obligeait à le ménager un tant soit peu. Et une curiosité étrange me poussait à en savoir plus. Peut-être était-elle due aussi au plaisir qu'éprouvait le vieux retraité tranquille que j'étais à sortir de la routine au prix de quelques émotions.

— Je n'ai pas de fils, dis-je, espérant le ramener à la raison.
— Vous avez devant vous l'homme qui pensait ne pas avoir de père... jusqu'à cet instant.
— Monsieur Sellick, mes domestiques peuvent arriver d'un moment à l'autre et ils prendront peur s'ils voient que vous êtes armé. Pourquoi ne pas vous asseoir et ranger cette arme ? Je préférerais qu'il n'y ait pas d'accident.
— Il n'y aura pas d'accident, Strafford. Si je décide de vous tuer, ce sera de sang-froid.

Il monta lentement les marches menant à la véranda et s'assit sur la chaise en face de moi, où il se sentit évidemment dans une position dominante. Il tenait dans la main gauche un panama qu'il posa sur le revolver que serrait son autre main. Je tentai pendant ce temps de me faire une opinion sur lui. Il ressemblait un peu à ces propriétaires de ranch que j'avais rencontrés en Afrique du Sud : maigre, robuste et brusque, avec un regard d'aigle qui voyait jusqu'au bout de la steppe. Au moment de la guerre des Boers, il avait fallu les surveiller car ils pouvaient tuer un homme aussi facilement et instinctivement qu'une hyène.

— Qu'est-ce qui vous a conduit jusqu'ici, monsieur Sellick ?
— Un morceau de papier. Regardez vous-même.

Il lâcha le chapeau, enfonça la main dans la poche de sa veste et en sortit une feuille pliée qu'il jeta sur mes genoux. C'était un extrait d'acte de naissance, et je devinai que c'était le sien. Mais rien ne me permettait d'en être sûr. Ce document, malgré son apparente authenticité, ne me disait pas grand-chose. Ce n'était pour moi qu'une suite confuse de noms sans rapport les uns avec les autres. Un Sud-Africain à l'air mauvais était entré dans ma vie sans crier gare et il me mettait sous le nez un document contredisant tout ce que je savais de moi-même. Je restai un moment confondu par cette fausse preuve.

«Date de naissance : 21 juin 1901 — Lieu de naissance : hôpital de Geldoorp, Pietermaritzburg, Natal — Prénom : Leo — Nom et prénoms du père : Strafford, Edwin George — Nom et prénoms de la mère : Van der Merwe, Caroline Amelia — Grade ou profession du père : officier de l'armée — Signature, description et résidence de l'informateur : F. H. Sellick, médecin accoucheur, hôpital de Geldoorp, Pietermaritzburg — Date : 24 juin 1901.»

C'était une coïncidence pour le moins étrange. Un officier britannique en Afrique du Sud portant le même nom que moi avait eu un enfant là-bas. Sellick était victime d'un quiproquo. Mais cet extrait de naissance était-il bien le sien ? Et que voulait-il de moi ?

— Est-ce votre extrait d'acte de naissance ? demandai-je enfin.
— Oui.
— Pourtant vous vous nommez Sellick, comme le médecin qui a assisté à votre naissance.
— Juste.
— Alors expliquez-moi, je vous en prie.

– *C'est vous qui devriez me donner des explications. Mais avant, je vais vous raconter une petite histoire. La partie que vous ignorez. C'est bien mon extrait d'acte de naissance. Mais je ne l'ai eu entre les mains que cette année. J'ai été élevé dans la province du Cap, en Afrique du Sud, par un propriétaire de ranch qui s'appelait Daniel Sellick. Il avait une belle propriété dans le Grand Karroo. Quand j'étais enfant, je pensais qu'il était mon père et sa femme, ma mère. Le jour de mon vingt et unième anniversaire, ils m'ont dit la vérité, une partie en tout cas.*

Ma vraie mère, m'ont-ils dit, était morte en me mettant au monde. Le médecin présent à l'accouchement était mon oncle, Frank Sellick. Sachant que la femme de son frère ne pouvait avoir d'enfant et bouleversé de ne pouvoir sauver ma mère, il les a persuadés de m'adopter.

Mon oncle était mort lorsque mes parents adoptifs m'ont raconté cette histoire. Il avait beau être médecin, l'épidémie de grippe de 1918 l'emporta. Par conséquent, je n'ai pas pu connaître sa version des faits. Ma mère s'appelait Caroline Van der Merwe. Elle habitait à Durban. En 1900, à l'automne, elle épousa un officier britannique. Il l'abandonna presque aussitôt après. À ce moment-là, elle découvrit qu'elle était enceinte. Porter un enfant d'un officier britannique était très mal vu à cette époque, au Natal. Quand les patriotes de Botha envahirent la province en février 1901, une troupe de pillards égorgea les Van der Merwe, considérés comme des collaborateurs.

– *Oui, ce fut une période cruelle.*

Sellick me jeta un regard venimeux.

– *Vous êtes assis là avec votre air suffisant, sans avoir la moindre idée de toutes les souffrances que vous avez causées.*

– *Je ne suis pas responsable des souffrances que vous m'attribuez, monsieur Sellick. Les gens et les événements dont vous parlez me sont inconnus.*

– Épargnez-moi vos dénégations. Écoutez encore un peu. Ma mère, qui était enceinte, fut épargnée. Les hommes qui se battaient étaient superstitieux, comme vous devez le savoir, même si, par une ironie du sort, c'était un officier britannique qui l'avait mise dans cet état. Mais, témoin du massacre de ses parents et de ses frères, elle perdit la raison. Dieu sait combien elle a souffert. Elle fut internée à l'asile psychiatrique de Pietermaritzburg et on m'a dit qu'elle était morte en me mettant au monde, au mois de juin de la même année.

Cette tragédie ne me toucha pas outre mesure et, comme tous les jeunes gens, j'oubliai vite. La terre était bonne pour nous sur le Karroo, et nous étions heureux. Lorsque mon père adoptif est décédé en 1938, j'ai hérité de la propriété. Elle a prospéré et, maintenant que je suis presque à la retraite, un exploitant s'en occupe pour moi. Je ne m'attendais pas à avoir d'autres mauvaises surprises dans ma vie.

Mais il y a trois mois, j'ai reçu une lettre d'un avocat de mon oncle à Pietermaritzburg. Mon oncle lui avait tout révélé mais avait demandé que les faits ne me soient divulgués qu'après la mort de ma mère.

– Mais ne m'avez-vous pas dit qu'elle était morte au moment de votre naissance ?

– Non, monsieur Strafford. Vous ne pourrez pas la rayer si facilement de votre conscience. Après ma naissance, elle est restée à l'asile de Pietermaritzburg. Pauvre démente abandonnée et oubliée de tous. Elle est morte au mois de décembre dernier. Parmi ses maigres biens, se trouvaient cet extrait de naissance et, dans un vieux coffre en fer-blanc, ce revolver avec son étui et son baudrier portant l'estampille de l'armée britannique. C'est l'arme d'un officier, votre arme.

– Non, monsieur Sellick. Ce n'est pas la mienne. Je ne suis pas votre père. J'ai servi en Afrique du Sud, c'est vrai, mais je n'ai jamais rencontré de Mlle... Van der Merwe de... Durban.

J'avais hésité parce que, au moment où je prononçais ce nom, il me parut familier sans pour autant me faire penser à quelqu'un que je connaissais. Mais Sellick interpréta mal mon hésitation.

– Votre voix vous trahit, Strafford. Dans votre précipitation à abandonner ma mère à son sort, vous avez oublié cette arme et elle l'a conservée puisque c'était le seul souvenir qui lui restait de son mari, mis à part une alliance bon marché. Mais ne vous inquiétez pas. J'ai fait vérifier le revolver par le meilleur armurier du Cap. Il fonctionne à merveille.

– Je n'en doute pas.

– Je voudrais ajouter quelque chose. Je voudrais vous dire ce qu'on ressent quand on apprend que sa mère est morte dans un asile de fous sans connaître son fils. Peut-être que mon oncle m'aurait dit où elle était s'il avait vécu plus longtemps. Ce n'est pas à lui que je peux reprocher de n'avoir pas connu ma mère, pas plus que je ne peux lui reprocher sa folie ou sa tragédie. Non, tout cela fut l'œuvre du jeune officier britannique impétueux qui l'épousa puis la laissa à la merci d'une bande de sauvages sanguinaires.

– C'est possible. Mais je ne suis pas cet homme.

– J'ai mis du temps à retrouver votre trace et je suis sûr de moi, Strafford. Mon extrait d'acte de naissance, c'était peu de chose pour trouver une piste mais mon oncle avait dit que les Van der Merwe étaient une famille de Durban, aussi me suis-je rendu là-bas. Je n'ai trouvé aucune trace de ce mariage dans les registres de l'état civil à l'automne de 1900.

– Je n'étais même pas en Afrique du Sud à l'automne 1900.

– Quand êtes-vous parti ?

– Eh bien... vers le milieu du mois de septembre, je pense.

– Enfin, la vérité ! Je vous félicite. Mon avocat a parcouru tout le Natal à la recherche d'un acte de mariage. Il a fini par le trouver. Il semblerait que vous ayez enlevé ma mère pour vous marier à Port Edward, dans le sud du Natal.

– Monsieur Sellick, je ne comprends pas où vous voulez en venir.

– J'ai obtenu une copie de l'extrait d'acte de mariage porté sur le registre de l'état civil de Port Edward. Je l'ai ici.

Il me lança un autre morceau de papier que j'examinai. Pas plus que l'autre, je ne l'avais vu auparavant, bien que mon nom y figurât et qu'il y eût même, cette fois, ma signature. Je le regardai sans comprendre.

« Date du mariage : 8 septembre 1900 – Nom, prénoms : Strafford, Edwin George. Âge : 24 ans – Situation : célibataire – Grade ou profession : sous-lieutenant dans l'armée britannique – Résidence : caserne de Culemborg, Le Cap. »

Chose curieuse, c'était ma signature. Je comprenais que cela puisse abuser d'autres que moi. Mais cette signature était fausse. Pendant que je contemplais ce document, des souvenirs et des associations me venaient à l'esprit. Sa colère contre son père était compréhensible, mais je n'étais pas l'homme qu'il cherchait. Pourtant, je commençais à pressentir qui cela pouvait être et tremblais d'excitation à la pensée que j'allais peut-être enfin avoir la clé du mystère de ma vie.

– Vous pouvez trembler, Strafford.

Je ne pouvais espérer lui faire comprendre la dimension de la perfidie qu'il avait découverte sans le savoir. En voyant l'adresse de Caroline Van der Merwe, avenue de l'Océan, Durban, le passé me revint tout à coup en mémoire. C'était l'adresse où j'aurais dû me rendre à l'automne en 1900 pour poursuivre ma mission diplomatique dans la communauté hollandaise si l'annonce d'élections générales en Angleterre n'avait précipité mon retour. Qui avait pris ma place à Durban ? Qui avait imité à la perfection l'écriture de son vieil ami d'université ? Qui avait eu le culot de se marier sous un faux nom, mais pas le cran de charger dans une bataille ? La réponse à ces trois questions était : mon vieil ami, Gerald Couchman.

Sellick me parlait encore.

– J'ai vite découvert quel régiment occupait la caserne de Culemborg en septembre 1900 : celui du comté du Devon. L'archiviste du régiment à Exeter m'a donné les informations qu'il possédait sur vous, sur votre carrière politique et militaire, et votre adresse.

Quoi de mieux que la preuve que j'étais déjà marié pour détruire la confiance qu'Elizabeth avait en moi et lui faire croire que je n'étais qu'un vil séducteur, un homme sans foi ni loi ? Qui avait le plus profité de la rupture de mes fiançailles avec Elizabeth si ce n'était l'homme qui avait fini par l'épouser ? Qui était mieux placé que lui pour fournir la preuve apocryphe de mon infamie ?

– J'ai préparé cette rencontre, poursuivait Sellick, par une étude minutieuse de votre vie, Strafford. Vous semblez vous être fait une spécialité des actes lâches. Vous abandonnez votre femme, puis la politique, puis votre famille dans le comté du Devon. Et maintenant, vous végétez ici. Que ressentez-vous quand vous regardez en arrière ? De la satisfaction ou du dégoût ?

– Ni l'un ni l'autre, monsieur Sellick.

Comment lui expliquer que nous étions tous les deux les dupes du même homme ? C'est à peine si je voyais le visage de Sellick occupé à me dévisager. Dans mon esprit, il n'y avait plus que sir Gerald Couchman, marchand d'armes, époux heureux, père fier, joueur, lâche, charlatan, imposteur et bigame, qui avait ruiné ma vie et trahi la femme que j'aimais.

– Ce que je ressens, c'est le besoin de me justifier.

Sellick me foudroya du regard.

– Vous justifier ? Vous ne pouvez pas m'échapper, Strafford. J'ai la preuve que vous avez causé la ruine d'une honnête femme, la preuve de votre négligence coupable, de votre mépris de la morale...

Je me levai vivement de mon fauteuil. Il parut un instant décontenancé.

— Ménagez vos forces, monsieur Sellick. Vous avez toute ma sympathie, mais vous vous trompez d'homme.

Sellick bondit sur ses pieds et braqua le revolver sur moi.

— Je devrais vous tuer maintenant, Strafford. Vous n'avez même pas la décence d'exprimer des regrets.

Je me rassis. Je compris que je ne pourrais pas me débarrasser facilement de Sellick. Je n'avais aucun espoir de le convaincre de ma bonne foi. C'était une histoire si incroyable. Mais comment le calmer ? Je ne lui devais rien, mais son père, quel que fût son nom, oui, et pour cette raison j'aurais dû peut-être me montrer plus franc avec lui. Mais j'étais un vieil homme, soudain impatient d'en finir avec un interrogatoire fatigant et de mettre au pied du mur celui qui avait usurpé mon identité. C'est pourquoi je n'avais d'autre solution que de temporiser.

— Monsieur Sellick, ne pouvez-vous concevoir un instant qu'il y a peut-être un malentendu ?

Il secoua la tête.

— Il n'y a pas de malentendu. Vous êtes bien l'homme que je cherchais. Rendez-moi mes papiers.

— Les voilà, dis-je en les lui donnant. Que voulez-vous de moi ?

Il eut un sourire cruel, un sourire de négrier, qui n'était pas sans rappeler son ascendance.

— Ce que je veux de vous, Strafford, c'est l'aveu public de vos torts, un témoignage détaillé de la façon ignominieuse dont vous vous êtes conduit à l'égard de ma mère.

C'était à l'évidence le châtiment qui lui apportait la plus grande satisfaction.

— Pensez-vous que cela intéressera quelqu'un ?

— Les journaux de Londres se passionneront pour la conduite d'un ancien ministre pendant la guerre, et la communauté britannique à Madère se passionnera pour le passé de son ancien consul.

— *Assurément. Et je n'ai pas d'autre choix que de me soumettre.*

— *Exact. Je me passerai de votre accord, si c'est nécessaire.*

— *Je vois. Alors, comment souhaitez-vous procéder ?*

— *J'ai rendez-vous avec un journaliste à 7 heures ce soir, à mon hôtel. Je vous y attendrai. Si vous refusez de faire votre confession, je ruinerai lentement votre réputation, celle de votre famille et de votre régiment, puis...*

— *Je vous en prie, tenons-nous-en là. Je coopérerai.*

— *J'étais à peu près sûr que vous n'auriez pas le cran de refuser. Traquer quelqu'un comme vous est décevant au fond.*

J'eus un haussement d'épaules et pris stoïquement un air penaud à son intention tandis que je réfléchissais très vite à la manière dont je pourrais échapper aux griffes de ce Sud-Africain agressif à qui je voulais laisser croire qu'il me tenait à sa merci.

Sellick glissa le revolver dans la poche de sa veste. Il me regarda comme si j'étais un animal aux abois.

— *Je vous laisse donc... père, pour mettre de l'ordre dans vos pensées. Je suis descendu à l'hôtel Reid's. Je vous y attends à 7 heures précises.*

— *J'y serai.*

— *Cela vaut mieux pour vous.*

Il descendit lestement les marches de la véranda et disparut au coin de la maison.

Quelques instants après, je pris le même chemin. De l'angle de la maison, j'aperçus Sellick qui était arrivé au portail et montait dans une voiture. La portière claqua et la voiture s'éloigna dans un nuage de poussière en direction de Funchal.

Tomas, anxieux, m'attendait sur la véranda.

— *Senhor Strafford, dit-il, j'étais inquiet à votre sujet, et inquiet au sujet de votre... visiteur. Il ne s'est pas présenté à la porte... et en partant il n'avait pas l'air content.*

— On ne peut pas toujours être content dans la vie, Tomas, même dans la vallée de Porto Novo. Voulez-vous sortir la voiture ? Une affaire urgente m'appelle à Funchal.

Je regrettais la nécessité où j'étais d'agir comme je le fis, pourtant je n'hésitai pas un instant. Ce qui m'attendait en Angleterre, où je savais maintenant que je devais retourner, était d'une certaine façon prédéterminé dès le moment où Couch, car j'étais certain que c'était lui, avait apposé sa signature au bas d'un acte de mariage, cinquante ans auparavant, en Afrique du Sud. Mais je ne partais pas à l'assaut de la vérité qui m'avait été si longtemps refusée dans un esprit de vengeance. Trop d'années s'étaient écoulées. C'est plutôt avec une sorte de curiosité détachée que je me lançai dans l'acte suprême de ma vie : je voulais me prouver que j'existais encore, mettre à l'épreuve mon amour pour Elizabeth et faire toute la vérité sur ce qui m'était arrivé, si cela était encore possible.

Neutraliser Sellick n'était qu'un détail préliminaire. Mais il me fallait recourir aux faveurs de vieux amis et user de mon influence là où elle n'aurait pas dû avoir à s'exercer, ce qui était très désagréable.

J'allai directement au bureau central de la police à Funchal, où le préfet de police, Carlos Garrido, m'accueillit chaleureusement. En 1931, au moment de la révolution, j'avais empêché les autorités de Lisbonne de le prendre comme bouc émissaire et, depuis, nous étions amis. Garrido n'était pas homme à oublier une gentillesse, et précisément j'en avais maintenant une à lui demander.

— Carlos, je vais droit au but. Je veux que vous arrêtiez un homme.

— Holà ! comme vous y allez, Edwin ! Quand vous étiez consul, vous ne vouliez pas que j'arrête les gens. Et maintenant... bon, qui est-ce ?

— Leo Sellick, un Sud-Africain qui est descendu au Reid's.

– Qu'a fait le senhor Sellick ?
– Il m'a menacé. Avec un revolver.
– Je ne permets pas qu'on menace mes amis, Edwin. Le senhor Sellick va entendre parler de moi.
– Attendez. Ce n'est pas aussi simple que ça. Il est vrai qu'il m'a menacé et qu'il a un revolver. Mais son arme est une antiquité. Et je ne veux pas témoigner contre lui. Je veux juste qu'il soit immobilisé quelque temps.
– Combien de temps ?
– Quelques semaines. Je dois aller en Angleterre et je ne veux pas que Sellick me suive.
– C'est faisable. Irrégularités de passeport, menaces. Je peux l'arrêter. Je vous donne, disons, un mois. Puis je le laisserai sortir, sauf si vous m'apportez quelque chose de plus consistant.
– Je ne crois pas. Mais comme les Anglais s'occupent des affaires consulaires des Sud-Africains, je m'arrangerai pour que mon successeur fasse preuve de mauvaise volonté au cas où Sellick déposerait une plainte. Je vous suis très reconnaissant, et je regrette d'avoir à vous demander cela.
– Je le fais volontiers en souvenir du passé, Edwin, mais ne me demandez rien d'autre.
– Juste une dernière chose. Le revolver appartient à... un ami à moi... qui habite en Angleterre. J'aimerais le lui rendre.
Garrido étendit les bras dans un geste théâtral.
– Et vous voulez aussi enlever la pièce à conviction ! Venez ici demain. Je verrai ce que je peux faire pour vous.
Je le remerciai et partis. Ma visite suivante fut pour Brown, le consul britannique, dans sa maison de fonction située à flanc de colline et surplombant Funchal, où j'avais habité moi-même avant lui. Brown était un homme accommodant, et il accepta de jouer son rôle. Avec Garrido et lui, j'avais un mois devant moi, le délai qu'ils m'avaient donné. Je retournai à la Quinta do Porto Novo, satisfait de ma besogne, mais impatient d'en venir à ce qui occupait toutes mes pensées.

Mes soupçons ne se portaient pas uniquement sur Couch et le rôle qu'il avait joué dans la rupture de mes fiançailles avec Elizabeth. Je m'attendais à des révélations plus sordides encore. Je passai la nuit à me remémorer les événements de 1909 et 1910, cherchant à qui avait pu profiter mon expulsion de la scène politique. Lloyd George, pour commencer, puis les suffragettes. On avait pu utiliser la preuve de ma supposée trahison à l'égard d'Elizabeth pour me présenter à Asquith comme un séducteur sans scrupule dont il valait mieux se débarrasser. Couch, l'opportuniste, avait-il vendu à bon prix l'instrument de ma disgrâce ? En effet, j'en savais beaucoup trop sur les projets de Lloyd George pour sa tranquillité d'esprit.

Mais Lloyd George, mort depuis six ans, était hors de ma portée, alors que l'homme sur qui retombaient tous mes soupçons, Gerald Couchman, vivait encore, était marié à Elizabeth et avait été fait chevalier du royaume. C'était lui qui méritait mon attention immédiate.

J'avais oublié l'un des inconvénients de la vieillesse : le manque de résistance. Le lendemain, le soleil brillait. C'était le 20 avril, mon soixante-quinzième anniversaire. La vallée de Porto Novo était une copie parfaite de l'Angleterre au printemps. Les cerisiers en fleur m'invitaient à rester. Tomas servit le petit déjeuner sur la véranda et apporta mes cartes d'anniversaire sur un plateau en argent, en y ajoutant ses félicitations personnelles. Ne fallait-il pas être fou pour s'arracher à cette sérénité ?

Une sorte de folie s'était bien emparée de moi, une force irrésistible me poussait à reconstituer la trame dispersée de ma vie finissante, une nervosité anglo-saxonne prenant le pas sur la langueur latine. Et surtout, il y avait en moi ce qui me faisait examiner fébrilement mes cartes de vœux, chaque année depuis trente ans, le jour de mon anniversaire et à Noël, le désir pathétique de reconnaître l'écriture d'Elizabeth. J'étais chaque fois déçu.

Je retournai à Funchal, dans le bureau de Garrido, décidé à remonter le fil jusqu'à sa source.

– Nous avons mis le senhor Sellick en garde à vue, annonça Garrido. Il était avec un journaliste quand nous l'avons arrêté. Maintenant, il proteste très fort. Le journaliste le fera peut-être aussi. Vous m'avez mis dans une situation difficile, Edwin.

– Je sais. J'en suis désolé et je vous remercie.

– De nada. Et si je le dis, c'est que je le pense. Voici ce que vous m'avez demandé.

Il ouvrit un tiroir, prit le revolver dans son étui et l'attacha à un baudrier. Du cuir usé se dégageait encore l'odeur des dépôts de munitions d'Aldershot.

– Merci, Carlos. Je n'oublierai pas.

– Le senhor Sellick non plus. Vous voulez le voir ? Il a parlé de vous. C'était pas très gentil.

– Non, retenez-le seulement aussi longtemps que vous pouvez.

– Je vous l'ai dit, Edwin, un mois. Vous avez jusqu'au 20 mai.

– Alors, je dois faire vite.

– Avant, je crois que je devrais vous donner autre chose. On l'a trouvé dans les affaires du senhor Sellick... dans sa chambre.

Il sortit un papier de sa poche. Je compris tout de suite de quoi il s'agissait.

– Il me semble que cela vous appartient. C'est l'acte de votre mariage.

Je le lui pris des mains.

– Je ne savais pas que vous étiez marié.

– Ça fait longtemps, Carlos, dis-je avec un sourire. J'étais un autre homme alors.

Je le remerciai une nouvelle fois, glissai le revolver et le baudrier dans un sac et me préparai à partir. Il m'arrêta à la porte.

– Edwin... je vous connais bien. Cela doit être quelque chose... de très spécial.
– Oui. On peut dire ça.
– C'est ce que je pensais. C'est pour ça que je veux vous aider. Bonne chance pour tout... mon ami.
– Adeus, Carlos.

Je réglai les détails de mon départ le plus vite possible, mais ce ne fut que le lundi suivant que je pris l'hydravion pour l'Angleterre. C'était le 23 avril, le jour de la Saint-George, une date appropriée pour mon premier retour au pays depuis la mort de ma mère, vingt et un ans plus tôt. Je n'avais pas prévenu Ambrose de mon arrivée. Malgré mon désir d'aller immédiatement à Barrowteign pour le voir, je savais que je devais d'abord me rendre à Londres pour y apprendre ce que je pouvais.

Pendant les quelques jours précédant mon départ de Madère, j'avais eu le temps d'établir un plan. La principale difficulté était qu'un grand nombre de personnes qui auraient pu m'apporter des éléments d'information étaient mortes. J'avais appris le décès de mes anciens collègues politiques dans la rubrique nécrologique du Times. Avant de quitter la propriété, j'avais inspecté une vieille photographie du cabinet d'Asquith, en 1908. Sur les vingt hommes qui en faisaient partie, deux seulement étaient encore en vie. Winston Churchill, et moi.

Mais dans l'esprit de beaucoup, il ne devait en rester qu'un, car Churchill était à présent chef de l'opposition et il avait de grandes chances de devenir à nouveau Premier ministre aux prochaines élections, alors que j'avais plongé dans des ténèbres sans retour possible, du moins jusqu'à ce jour. À cause du rôle qu'il avait pu jouer dans l'intimidation de Palfrey, le détective privé, je le tenais pour suspect. Nous avions plaisanté et échangé des anecdotes pendant sa visite à Madère en 1950, mais c'était avant que Sellick me fît entrevoir une partie de la vérité. D'autres que moi devraient aussi ouvrir les yeux.

L'hydravion arriva à Southampton par un temps froid et humide. J'avais oublié cela. Madère m'avait gâté dans mes vieux jours et ne m'avait pas préparé à affronter cette grisaille avec laquelle l'Angleterre m'accueillait.

Je pris un train pour Londres, descendis dans un hôtel que je connaissais près de Leicester Square (mais qui en fait avait été reconstruit après les bombardements) et me mis au courant de la situation de l'Angleterre en 1951. Je dévorai les journaux et, réprimant une toux épuisante qui me donnait l'impression d'être aussi ennuyeux et terne que le temps, j'assistai à un débat au Parlement. Le gouvernement était travailliste, mais le débat portait sur un mystérieux conflit avec l'Iran qui aurait avantagé Palmerston. Churchill n'était pas à la Chambre.

C'était mon seul point de repère. Je lui écrivis une lettre dans laquelle je lui demandai si nous pouvions nous voir. Sa réponse me parvint à la fin de la semaine. Il m'invitait à lui rendre visite dans la journée du dimanche, à Chartwell, sa maison de campagne dans le Kent. La fade version anglaise du soleil parut, ma toux s'apaisa, et je retrouvai mon dynamisme.

Une voiture m'attendait à la gare de Westerham. Churchill me reçut, seul dans sa bibliothèque.

Il me tendit la main.

– Edwin, je sais que je vous ai fait faux bond en quittant précipitamment Madère l'année dernière, mais je ne pensais pas que vous viendriez me chercher jusqu'ici.

– Moi non plus, Winston. Comment allez-vous ?

– Je crois en la victoire. Ce gouvernement est fini. Disraeli les aurait appelés des volcans éteints. Et maintenant que Bevan a démissionné...

– Excusez-moi, Winston, j'aimerais beaucoup m'asseoir ici et bavarder avec vous, mais je suis pressé. Je n'ai déjà perdu que trop de temps.

Il me fit signe de m'asseoir dans un fauteuil en cuir, devant des étagères chargées de livres qui couvraient le mur jusqu'au plafond.

— Qu'y a-t-il, Edwin ? Qu'est-ce qui peut être si urgent ? Je pensais que nous bavarderions un moment puis rejoindrions Clementine pour le thé. Vous n'êtes jamais venu à Chartwell, n'est-ce pas ? Je pourrais vous faire faire le tour du propriétaire. J'ai acheté cette maison avec mes droits d'auteur pour The World Crisis, vous savez. La plume a plus de pouvoir que l'épée, voyez-vous.

— Très juste.

Je songeai au trait d'encre sur un acte de mariage en Afrique du Sud.

— On peut dire que c'est la calligraphie qui m'a amené ici.

Il alluma un cigare et m'en offrit un, que je refusai.

— Expliquez-vous.

— Vous rendez-vous compte que nous sommes les seuls membres du cabinet d'Asquith à être encore en vie ?

— Il y aurait beaucoup à dire...

— Oui, Winston, beaucoup. Mais pas forcément des choses agréables.

— Pourquoi pas ?

— Parce que je ne sais pas quel rôle vous avez joué dans tout ça. Je veux dire ma démission.

— Edwin, c'était il y a quarante ans. Des mots très durs ont été échangés. À quoi bon...

— À présent, je sais. Avant, je ne savais pas. Mon incrédulité n'était pas feinte. Mais maintenant, je sais pourquoi Asquith a refusé de me garder dans son cabinet.

— Alors, vous en savez plus que moi.

— Quelqu'un a dit à Asquith que j'allais me rendre coupable de bigamie avec une des suffragettes les plus en vue de Londres.

— *Edwin, ce que vous me racontez là est incroyable. Mais que puis-je dire ? Je n'ai jamais su vraiment quelles étaient les raisons de votre démission.*
— *C'est possible, mais Lloyd George, lui, n'ignorait rien et vous étiez son plus fidèle allié à cette époque.*

Le chef de l'opposition n'aimait pas qu'on lui rappelle ses multiples allégeances.

— *Edwin, cela commence à devenir passablement ennuyeux.*
— *Je vous demande encore un peu de patience, Winston. Vous rappelez-vous que vous n'êtes pas allé voir Palfrey, un détective privé, comme vous m'aviez promis de le faire durant la Première Guerre mondiale ?*
— *Franchement non.*
— *Vous ne vous souvenez pas de mon aigreur au cours d'un déjeuner chez Gaspard au mois de janvier 1919 ?*
— *Non, Edwin, je ne m'en souviens pas.*
— *Ni pourquoi Lloyd George m'offrit le poste de consul à Madère peu de temps après ?*
— *Générosité, je suppose.*
— *Générosité ou corruption ?*
— *Corruption ? Non, je ne pense pas.*
— *Ne lui auriez-vous pas rapporté ce que j'avais dit à propos de sir Gerald Couchman ? Cela aurait pu lui donner envie de m'éloigner de l'Angleterre.*
— *Il se peut que j'aie parlé de votre... situation difficile. N'est-ce pas ce à quoi servent les amis ?*
— *Ne me dites pas à quoi servent les amis, Winston. À tramer des complots ? Je crois être en mesure de prouver que sir Gerald Couchman, un bon ami à moi, était un menteur, un fraudeur et un criminel. Je le soupçonne d'avoir fourni à Lloyd George le moyen de me faire partir du gouvernement, ce qui l'arrangeait car j'étais au courant de ses projets de coalition contre Asquith. Je ne vous accuse pas d'avoir été son complice...*
— *Cela vaut mieux.*

— Je pense que vous avez parlé à Lloyd George de mon état d'esprit et que vous lui avez suggéré de me proposer un poste agréable, loin de l'Angleterre, pour m'empêcher de faire pression sur Couchman jusqu'à ce qu'il passe aux aveux.

— En voilà assez !

— Oui, mais sachez que si je dévoile au grand jour quel homme est Couchman, vous serez éclaboussé. À l'approche des élections, cela pourrait être gênant pour vous.

Cette dernière phrase était stupide. C'était un misérable pastiche du chantage de Sellick. Au souvenir de toutes les injustices que j'avais subies, ma colère s'était ranimée et les mots avaient dépassé ma pensée. Churchill avait l'air peiné et fâché. Il ne me restait plus qu'à me retirer.

Mais comme je me levais d'un bond de mon fauteuil, ma jambe droite céda sous mon poids (depuis la Somme, elle ne pouvait pas supporter de brusque tension), et je me retrouvai par terre.

L'instant d'après, Churchill, essoufflé par l'effort qu'il avait fourni pour m'aider à me rasseoir, respirait difficilement, et notre faiblesse physique réciproque nous fit éclater de rire.

— Pour l'amour de Dieu, Edwin, calmez-vous.

— Je suis désolé, Winston. Je ne voulais pas vous offenser, ni rater ma sortie.

— Alors, remettez-vous et prenez un peu de thé.

— Je ne pense pas que je puisse rester.

— Comme vous voulez. Mais n'avez-vous pas dit que nous étions les derniers survivants du premier cabinet d'Asquith ? Nous ne devrions pas nous brouiller.

— Oui, vous avez raison. Je m'en suis pris à vous parce que je ne peux pas m'adresser aux morts.

— Ce n'est pas grave. J'ai les épaules larges. Puisque nous avons atteint tous les deux un âge où rien n'a plus autant d'importance qu'avant, je vais vous dire quelque chose. Je me rappelle que, au moment où vous avez donné votre démission, j'ai eu le vague sentiment que Lloyd George avait eu votre peau. Mais je n'ai jamais su exactement comment. Il se peut que Couchman l'ait aidé. Vous devez être mieux informé que moi là-dessus. Lloyd George a submergé Couchman de commandes de munitions, sans parler du titre de chevalier. Vous vous souvenez de la position de Lloyd George à propos des récompenses. C'était d'une simplicité très galloise.

Quant à Palfrey, il se peut que j'aie oublié, je ne sais plus si j'ai oublié ou non. L'âge ne vaut rien pour la mémoire, vous devez le savoir. C'était une époque troublée et je cherchais à me réhabiliter après l'épisode des Dardanelles. Il est même possible que j'aie fait savoir à Palfrey que nous ne voulions pas qu'il travaille pour vous. Si c'est le cas, je vous prie de m'excuser.

— Ce n'est pas grave, dis-je.

Churchill avait raison. Avec le recul, cela apparaissait comme des broutilles, des compromis nécessaires dans une carrière politique.

— J'ai parlé à Lloyd George de notre petit différend au cours de notre déjeuner chez Gaspard, de l'essentiel du moins. Je suis sûr que c'est la raison pour laquelle il vous a offert le poste de consul à Madère. Cela m'a surpris, je m'en souviens. Il a tout laissé tomber pour arranger ça. Il semblait un peu paniqué, ce qui ne lui ressemblait pas. Pour être honnête, j'ai pensé que ce serait une bonne chose pour vous.

— Vous aviez raison.

— Alors pourquoi revenir ?

— Dans le passé, je réclamais la vérité. À présent, c'est la vérité qui me réclame. Et puis c'est aussi une affaire de cœur.

— Alors suivez votre cœur, Edwin, pas votre tête. Les vieillards sont libres de faire cela.

Nous poursuivîmes ainsi en buvant notre thé puis, à la tombée du jour, nous fîmes une promenade dans le jardin. Churchill me raconta qu'il arpentait ces mêmes pelouses pendant la montée de la menace nazie en 1930, et je lui racontai ce qui s'était passé à Madère en 1931. Je restai pour dîner et pour la nuit. Lorsque je revins à Londres le lendemain matin, Churchill et moi avions fait la paix.

Le moment était venu d'affronter celui avec qui aucune trêve n'était possible.

Le Who's Who donnait deux adresses pour sir Gerald Couchman : une dans le Sussex, l'autre à Hampstead, où j'avais vu Elizabeth pour la dernière fois. Je choisis de me rendre d'abord à son usine d'armement à Woolwich, ou plutôt sur le site de l'usine d'armement car elle n'existait plus, bombardée ou démolie, je ne savais pas. À sa place on construisait des maisons. Sur un panneau, je lus : SOCIÉTÉ IMMOBILIÈRE COUCHMAN. En bon opportuniste, sir Gerald avait su diversifier ses activités.

La veille, pendant le dîner, Churchill m'avait dit que le fils de Couch, Henry Couchman, était un conservateur très en vue et le candidat du parti dans une circonscription de banlieue. Il avait beaucoup de chances d'être élu. Couch avait donc fondé une dynastie prospère, et me revoir, avec tout ce que cela lui rappellerait de moins glorieux, ne lui ferait sans doute pas plaisir.

Le siège principal de l'empire commercial de Couchman était désormais situé dans un immeuble moderne, dans Finsbury Square. Lorsque je demandai à les voir, la réceptionniste me dit que « sir Gerald » et « M. Henry » étaient tous les deux à une réunion du conseil d'administration.

Je m'assis sur un banc non loin de l'immeuble, et j'attendis. Peu après 4 heures, un petit groupe de gens cossus sortit. À une distance de vingt mètres, je reconnus Couch au milieu des autres. Il avait pris de l'embonpoint et son visage était légèrement gonflé. Il portait un pardessus en mohair pour se protéger de la fraîcheur de l'après-midi et fumait un cigare avec la désinvolture des nantis, mais il paraissait faible et mal assuré sur ses jambes. Un homme l'aida à monter dans une voiture. Ce devait être Henry, jeune et râblé, le visage dur. Je l'entendis dire « Hampstead » au chauffeur. Au moment où la voiture me dépassait, je vis Henry penché en avant vers son père pour expliquer quelque chose avec force. Couch regardait par la fenêtre et son regard absent passa sur moi sans me voir.

Je pris sans retard un taxi pour Hampstead. Mais une fois arrivé devant le portail de la maison des Couchman, invisible depuis la route à cause des arbres, j'hésitai. Le soleil avait percé les nuages et la paix qui régnait dans Bishop's Drive, en ce soir printanier, semblait interdire tout éclat.

Maintenant que j'étais placé au pied du mur, je me sentais nerveux. Mon assurance m'abandonnait.

Une femme de ménage répondit à mon coup de sonnette, plus timide que je ne l'aurais voulu.

– Sir Gerald Couchman est-il là ?
– Oui, mais...
– Il faut que je le voie... tout de suite.
– Il vient juste de finir de dîner. Ce n'est pas le...
– Je pense qu'il acceptera de me recevoir si vous lui remettez cette carte.

J'avais écrit sur une carte postale vierge : « Couch, te souviens-tu du mois de septembre 1900 ? Edwin Strafford. »

Elle prit ma carte et revint quelques instants plus tard. Elle me fit entrer dans une pièce dont les portes-fenêtres donnaient sur le jardin obscur. Les rideaux n'étaient pas encore tirés. Un certain désordre régnait dans la pièce qui, en d'autres circonstances, aurait pu m'émouvoir. Il y avait une boîte à musique ouverte, un tricot derrière un des coussins du canapé, un jeu de construction sur le tapis. J'eus l'impression d'être un intrus dans l'intimité d'une famille, et je n'étais pas autre chose.

La porte s'ouvrit. Sir Gerald Couchman se tenait debout devant moi. C'était un septuagénaire au teint terreux, chaussé de pantoufles, portant un cardigan rapiécé et tremblant légèrement en me regardant.

– Que veux-tu ? dit-il d'une voix sourde.

Ce que je voulais ? Soudain, je ne le savais plus. Détruire la vie d'un vieillard ? Essayer de regagner Elizabeth ? Le sentiment de mon impuissance sapait ma détermination. Au lieu de répondre, je lui tendis l'extrait d'acte de mariage.

Il le regarda un moment.

– Que veux-tu ? répéta-t-il.

– Je veux une explication.

Il me rendit l'extrait d'acte de mariage sans un mot.

– Tu reconnais ce document ? demandai-je.

– Non.

– Mais si, tu le reconnais.

– Non.

– Il est daté du 8 septembre 1900. Les noms qui figurent dessus sont Strafford et Van der Merwe. En septembre 1900, je devais aller chez les Van der Merwe à Durban, mais je suis rentré en Angleterre. C'est toi qui es allé à Durban à ma place. Je veux que tu m'expliques ce qui s'est passé là-bas.

– C'était il y a longtemps.

– C'est tout ce que tu trouves à dire ? Es-tu ou n'es-tu pas allé à Durban en septembre 1900 ?

– Je n'ai jamais entendu ce nom de Van der Merwe. Je n'ai jamais accepté de prendre ta place pour quelque mission que ce soit à Durban.

Son mensonge éhonté réveilla ma colère. Je m'avançai vers lui d'un air menaçant. Il recula, manqua de tomber et s'effondra dans un fauteuil. Je le regardai avec surprise. Il avait peur de moi. Cela se lisait dans son regard.

– Sir Gerald, je peux prouver que je n'étais pas à Port Edward à la date indiquée sur ce certificat. Et toi ?

– Non. Mais au bout de cinquante ans, qui peut prouver quoi que ce soit ?

– Est-ce que c'est là-dessus que tu comptes ? Je sais maintenant pourquoi Elizabeth a rompu ses fiançailles. Non content de prendre du bon temps en Afrique du Sud, tu as usurpé mon identité pour épouser une malheureuse jeune fille et tu t'es ensuite servi de l'extrait d'acte de mariage pour me prendre Elizabeth.

– Non.

– Sir Gerald, je crois que si je montrais cela à Elizabeth, elle le reconnaîtrait et admettrait que c'est la soi-disant preuve qui l'a convaincue que je l'avais trompée. Si je peux lui prouver que je ne pouvais pas épouser Caroline Van der Merwe à Port Edward le 8 septembre 1900 parce que j'étais ailleurs, qu'éprouvera-t-elle, à ton avis, à l'égard de celui qui s'y trouvait ?

Il ne dit rien.

– Ce n'est pas ma signature, sir Gerald. Je pense que cela peut être certifié. Même si on ne le peut pas, moi, je peux prouver que j'étais sur le bateau qui allait en Angleterre à cette date-là.

C'était faux : je ne pouvais pas le prouver. Je ne me souvenais pas de la date de mon départ. Je soupçonnais seulement que c'était après le 8.

– Et si, après tout cela, elle pense que tu es seulement le bénéficiaire innocent de celui qui a usurpé mon identité, je peux demander à ta vraie femme de reconnaître en toi le lieutenant Strafford qu'elle a épousé.

Il se couvrit le visage de ses mains et prononça un mot :

– Caroline !

À ce moment, une colère sans nom me submergea, pas pour moi-même, mais pour Elizabeth. Je sortis le baudrier avec son revolver de mon sac et le laissai tomber sur le coussin à côté de lui.

– Je te rapporte de sa part les affaires que tu as oubliées.

Il écarta les doigts et regarda. Il souleva d'une main le baudrier et ploya le cuir. Puis il me regarda d'un air solennel.

– Pourquoi as-tu mis si longtemps, Edwin ? Depuis Colenso, peut-être même depuis Cambridge, j'ai senti qu'un jour tu aurais ma peau. La chance m'a souri si longtemps que j'ai cru que je pourrais peut-être m'en tirer. Pourquoi faut-il que tu aies attendu si longtemps ?

Je m'assis en face de lui.

– Parle-moi de ta chance.

– D'abord, parle-moi de Caroline.

– Elle est morte. L'année dernière, dans un asile psychiatrique.

– Mais tu as dit...

– C'était pour te confondre.

– Salaud ! Sans elle, tu ne peux rien prouver contre moi.

– Je n'ai pas besoin de prouver quoi que ce soit. Je peux faire douter suffisamment Elizabeth pour qu'elle croie que tu es devenu bigame en l'épousant. Je peux...

– Au bout de quarante ans ? Tu ne ferais pas ça à une femme que tu as aimée ?

– Peut-être pas, si tu me dis la vérité, tout de suite, ici même.

– Ici même. Tu sais ce que cela signifie ? C'est la maison de mon fils. Il vit ici avec sa femme et ses deux enfants. Un vieil homme tombé du ciel ne peut pas débarquer un soir et démolir tout ça. Henry a des chances d'être élu au Parlement...

– La vérité, c'est tout ce que je veux. La vérité sur ce revolver, cet extrait d'acte de mariage, sur Elizabeth et sur moi.

– Très bien. Mais je ne peux pas te parler ici. Cela me donne l'impression d'être... sale. Nous pouvons prendre ma voiture et aller quelque part.

– Où tu veux.

– Attends-moi ici.

Il sortit de la pièce et j'entendis chuchoter quelque part dans la maison. Quelques minutes plus tard, il revint, habillé pour sortir.

– Viens.

Il me mena jusqu'à une porte communiquant avec le garage où se trouvait sa Bentley.

Nous démarrâmes en silence et arrivâmes peu après à Parliament Hill. Il s'arrêta au bord de la route et baissa sa fenêtre. Les lumières de Londres brillaient dans la nuit au-dessous de nous. Il alluma une cigarette, la fuma, puis but une goutte au goulot d'une flasque et se mit à raconter sans que j'eusse besoin d'intervenir. Il y avait dans sa confession comme une sorte de soulagement.

– Par une ironie du sort, c'est moi qui ai reçu le titre de chevalier alors que c'est à toi qu'il aurait dû revenir. Tu es un parfait chevalier, trop pur pour qu'il en résulte le bien, le tien et celui des autres. J'ai peine à croire que tu vives encore en 1951. Il aurait mieux valu pour toi que tu meures, un jour en France, et que tu ne reviennes pas.

Parce qu'en 1914, un monde est mort. Et dans celui-ci, tu n'as plus ta place. Tu es totalement déphasé. Ton époque, celle des politiciens amateurs généreux, a disparu depuis longtemps. Je me rappelle ta foi dans le demos. Ta foi dans le débat intellectuel. Déjà dans ce temps-là, c'était de la blague. Maintenant, c'est un anachronisme.

Plus personne n'est libre. Nous avons perdu notre liberté quelque part en route, au profit de ce qu'on appelle sans rire l'État-providence. Je ne me plains pas. J'ai su profiter de toutes les occasions. Quand ils ont voulu s'entre-tuer, je leur ai vendu des armes. Quand ils ont voulu des maisons, j'en ai fait construire. Quand ils ont voulu s'amuser, je leur ai vendu des cinémas. Tu vois, j'ai toujours su quelle carte jouer. Le profit donne du plaisir. Et le plaisir, c'est la vie. L'hédonisme est un métier qui a ses lettres de noblesse. Je suis capable de te vendre une cravate en soie pour aller avec ton cilice.

La liberté ? C'est le bébé que l'on a jeté avec l'eau du bain. En 1939, nous n'aurions pas pu siéger à la Chambre des lords pour débattre de l'engagement de notre pays comme nous l'avions fait quarante ans plus tôt. On nous avait dit ce que nous devions faire. Les Anglais sont devenus les jouets de l'histoire, triomphant dans une guerre mais faisant encore la queue pour des rations de viande, pendant que chaque visage noir dans le monde nous montre du doigt comme des ogres impérialistes.

Je dois faire des salamalecs à des patrons de syndicats à casquette qu'on nomme gouvernement, et, de leur côté, ils doivent se prosterner devant les Américains. Il y a de quoi rire. Ça ressemble tellement à une blague.

Les jouets de l'histoire ? Oui, nous tous. Même moi, surtout moi. Parce que c'est toi, mon histoire. Tu es ma conscience, l'albatros que j'ai cherché pendant des années. J'ai toujours eu une approche simple de la vie. Tu as des problèmes ? Change-les. Tu n'aimes pas le passé ? Falsifie les livres. Réécris ton rôle jusqu'à ce qu'il te convienne. Tu serais surpris de savoir à quel point c'est facile tant qu'il s'agit de bouts de papier et de mémoire. C'est plus difficile quand on a affaire à un gars de ta trempe. Pourquoi n'es-tu pas mort dans la Somme, Edwin ? Tu nous aurais fait à tous une faveur.

L'ennui avec la falsification des faits, c'est que cela devient de plus en plus touffu. Cela commence comme un jeu, puis cela se complique et, à la fin, tout s'embrouille, et on finit par être malheureux. On en arrive, et avec nous tous ceux qui ont cru à ce qu'on avait dit, à vivre le mensonge comme si c'était la vérité.

Quand cela a-t-il commencé ? À Cambridge, je pense. J'étais entouré de jeunes gens élégants, la crème de la jeunesse britannique, et aux cartes j'ai découvert que je pouvais les rouler à tous les coups.

Cela m'amusait de voir jusqu'où je pouvais aller avec des mensonges. Une fois, j'ai fait une erreur d'appréciation et je me suis fait exclure temporairement de l'université mais, finalement, je ne m'en suis pas si mal tiré.

Puis il y a eu l'Afrique du Sud. J'y ai vu une occasion magnifique de m'amuser et de m'enrichir. J'ai eu raison. L'armée m'a comblé sur ce point, même si, pour une bonne part, c'était à son insu. Mais l'armée, c'était aussi le danger. Colenso a été une révélation pour moi. Je veux dire, pourquoi risquer notre vie juste parce que ce fou de Buller l'avait décidé ? Tu sais ce qui s'est passé. J'ai pris la fuite. J'appelle ça du bon sens plus que de la lâcheté.

Mon père m'a tenu la bride haute à Cambridge, financièrement parlant. C'est ce qui me différenciait de vous autres. Je connaissais la valeur de l'argent et de la vie. Vous, vous la preniez très au sérieux, mais vous étiez prêts à arrêter une balle tirée par les Boers sans une seconde d'hésitation. Et pour quoi ? Pour que quelques étrangers mettent la main sur les mines d'or du Transvaal.

Et toi ? Edwin, je vais te dire ce qui m'a toujours agacé chez toi. Comme les autres, tu avais toutes les vertus des gens bien élevés. Mais je ne pouvais pas te duper. Ta foi libérale te faisait une cuirasse qui te protégeait de moi. Après Colenso, ce fut pire. Tu m'avais découvert.

Pourtant, tu me faisais encore confiance parce que c'était la seule chose convenable à faire. Lorsque je t'ai offert de prendre ta place à Durban, tu as simplement dit : « Merci beaucoup », et tu as filé en Angleterre. Mon flair m'avertissait que je ne le regretterais pas. Et mon flair ne m'a pas trompé.

Quand je suis arrivé là-bas, je me suis fait passer pour toi. Les Van der Merwe étaient des gens sérieux et sans défiance. Le vieil homme était magistrat et prédicateur luthérien laïque. Je les impressionnais à un point inimaginable. Ils ont organisé une suite de dîners et de réunions pour que je puisse servir mes flagorneries à la communauté hollandaise. Je les ai presque tous bernés.

Mais lorsque j'ai rencontré la fille de la maison, ce fut une autre histoire. Rembrandt serait mort pour elle. Est-ce parce que je me trouvais dans un pays lointain ou parce qu'elle était loin de la Hollande, le pays de ses ancêtres, je ne sais pas, mais toujours est-il que sa beauté était rehaussée d'un éclat mystique. Elle avait 20 ans, portait toujours des vêtements austères comme l'exigeait son père, mais cela ne faisait qu'attiser mon désir. Rappelle-toi que je n'étais pas un gentleman.

Caroline est tombée amoureuse de moi assez facilement, mais il était impossible de la séduire. Elle voulait se marier, même s'il fallait fuir pour cela la réprobation de son père, mais, hors des liens du mariage, elle ne se serait jamais donnée à moi. Pourquoi pas ? me dis-je. Pourquoi ne pas tenter ma chance ? Abuser de leur hospitalité et usurper ton identité était une façon de te rendre la monnaie de ta pièce : je souillais ta réputation sans tache qui avait fait ressortir ma lâcheté à Colenso.

Je me suis donc enfui avec Caroline Van der Merwe. Nous nous sommes glissés dehors et nous avons galopé à bride abattue jusqu'à une petite gare de chemin de fer. Le lendemain, nous sommes arrivés à Port Edward, le plus loin possible de Durban. J'avais télégraphié pour que toutes les dispositions soient prises, et la cérémonie fut expédiée en moins de deux.

Trois jours plus tard, j'ai abandonné Caroline pendant qu'elle dormait à notre hôtel à Port Edward. Je pensais que les Van der Merwe ne tarderaient pas à nous retrouver, et de plus j'avais eu ce que je voulais. Elle avait un corps de reine, mais elle n'était pas très maligne. Je pris mon sac et partis. Bêtement, j'oubliai mon revolver et mon baudrier à Durban. C'est étrange que cet oubli refasse surface maintenant, si lontemps après.

De retour au Cap, j'ai appris par les journaux que tu étais élu au Parlement et j'ai trouvé que c'était une bonne plaisanterie. Puis la plaisanterie a viré à l'aigre. Loin d'être finie, la guerre s'est éternisée pendant dix-huit longs mois. Vous, les politiciens, vous avez une lourde responsabilité. Quand ce fut terminé, on m'envoya aux Indes et j'ai eu là-bas de bons moments. La vie d'officier y était très agréable avant que l'idée d'indépendance commence à les agiter.

J'ai eu huit bonnes années aux Indes. Puis j'ai traversé une période de malchance. J'ai eu pas mal d'ennuis. On m'a surpris en train de piocher dans les fonds du mess pour rembourser une dette de jeu. Pour sauver l'honneur du régiment, on m'autorisa à démissionner. C'était ce qui pouvait m'arriver de mieux, mais lorsque j'ai débarqué en Angleterre en arrivant de Bombay, je n'avais plus rien. C'était au printemps 1910.

C'est alors que j'ai découvert que tu étais ministre de l'Intérieur. Après dix ans passés à servir le roi et mon pays, j'étais sans ressources, indésirable dans ma patrie, et j'apprenais dans les journaux quel ministre compétent et accompli tu étais. C'était dur à digérer.

Il me vint tout naturellement à l'idée de rétablir mes finances en jouant. Les cartes avaient toujours été mes amies. Mais cette fois, cela ne marcha pas. Un capital insuffisant, je suppose. En tout cas, cela alla de mal en pis et je fus bientôt endetté jusqu'au cou. Ma chance semblait m'avoir bel et bien abandonné.

Je pense que tu aimerais savoir que c'est le désespoir qui m'a amené à songer à l'extrait d'acte de mariage. Il me vint soudain à l'esprit que cette preuve du mariage secret du ministre de l'Intérieur devait valoir quelque chose. Mais de quelle façon ? Tu étais célibataire, cela excluait le chantage. De plus, j'étais sûr que tu m'étriperais si tu me soupçonnais de tremper dans ce genre d'affaires.

Je devais jouer serré. Et la chance me sourit de nouveau. Un type que j'avais connu aux Indes avant l'histoire de la trésorerie du mess arriva un jour dans une maison de jeu que je fréquentais : Archie Lambourne. Une relation que je cultivai au début pour les prêts. Il me dit une fois en passant que sa sœur était une suffragette. Une autre fois, une nuit où il était soûl, il laissa échapper ce que sa sœur lui avait dit : le ministre de l'Intérieur était amoureux d'une suffragette.

Cela me fit réfléchir. Je commençai à m'intéresser davantage aux suffragettes. Comme elles étaient à couteaux tirés avec le gouvernement, que le droit de vote était l'affaire du ministère de l'Intérieur et que je savais que tu fréquentais en secret l'une de leurs militantes, j'acquis la certitude que je pourrais gagner de l'argent avec l'extrait d'acte de mariage. Tu vois, le plaisir et le profit vont ensemble.

Je persuadai donc Archie Lambourne de me présenter à sa sœur.

Et, par son intermédiaire, je fis savoir à Christabel Pankhurst que je détenais un document compromettant pour toi qui l'intéresserait sûrement.

Julia Lambourne arrangea une rencontre. Je racontai à Mlle Pankhurst que j'avais entendu dire que tu étais très lié à une suffragette. Elle était déjà au courant. Je lui expliquai que j'avais servi avec toi en Afrique du Sud, et que j'étais donc bien placé pour savoir que tu étais un homme marié. Je dis que j'en avais la preuve et que je pourrais la lui donner contre une certaine somme d'argent. Je demandai mille livres. La seule condition que je mettais était que tu n'apprennes jamais la source ni la nature de l'information, de peur que tu ne cherches à exercer ta vengeance contre moi. Mlle Pankhurst se montra très réservée. Elle demanda à réfléchir.

Pendant une semaine, je n'entendis pas parler d'elle, puis Anne Kenney me contacta de sa part. Elle me fit savoir que la preuve que je disais posséder intéressait non seulement les suffragettes (par sympathie pour leur sœur trompée), mais également un de tes collègues ou même plusieurs, outrés par ta duplicité.

C'était imprévu. Je m'attendais à une transaction rapide avec les suffragettes, pas à un marché complexe avec des politiciens. Mais je ne pouvais pas me permettre de faire la fine bouche. Une autre rencontre fut arrangée. Cette fois, je devais venir avec la marchandise.

Ce n'était pas le genre de réunion que j'avais imaginé. Mlle Kenney insista pour me bander les yeux dans le fiacre. Nous nous rendîmes dans un hôtel miteux quelque part dans l'East End. Mlle Pankhurst n'était pas venue seule. Lloyd George, entre autres, se trouvait avec elle.

C'était un cocktail un peu explosif. Je crus qu'il y aurait des frictions. Mais non. Lloyd George et Mlle Pankhurst étaient associés. Cela montre que le public ne sait pas le quart de ce qui se passe en coulisse. Ils voulaient faire affaire, obtenir la preuve. Aussi simple que ça. Je devais ne jamais en parler, rayer cette journée de ma mémoire. Je ne demandais que ça.

La date ? Ce fut le jour le plus long de l'année, le 21, si cela t'intéresse. On me posa un tas de questions mais je m'en sortis bien. Je savais bluffer. De plus, je n'avais pas l'impression qu'ils doutaient de l'authenticité du document. Je pense que la question pour eux était plutôt de savoir comment ils allaient l'utiliser.

Tout le monde était d'accord pour que le secret soit gardé. Ils désiraient te discréditer sans que tu saches pourquoi. Je supposai qu'ils ne voulaient pas qu'on apprenne qu'ils avaient trempé dans un complot. Nous convînmes tacitement que le secret était nécessaire pour assurer ma sécurité. Et Mlle Pankhurst dit que la suffragette abusée ne devait pas être exposée à la risée publique.

Plus tard, Elizabeth m'apprit que Mlle Pankhurst avait conclu une trêve avec Lloyd George jusqu'à la fin de la crise constitutionnelle, et qu'il avait été question d'une coalition dirigée par Lloyd George dans laquelle le droit de vote pourrait être accordé aux femmes. En fait, elles n'ont rien obtenu. Lloyd

George a dû lancer un ballon d'essai pour que les suffragettes suspendent leur campagne.

Le sort me fut favorable cet été-là. Les mille livres m'ont porté chance. J'ai gagné aux cartes, aux courses et... je suis tombé amoureux.

J'ai fait la connaissance d'Elizabeth à une soirée que donnait Julia Lambourne dans l'intention, je suppose, de faire reprendre à son amie une vie sociale. Cela se passait à la fin du mois de juillet, dans la maison de son père.

Elizabeth se déplaçait comme un fantôme. Elle était pâle, absente. Julia nous a présentés, mais c'est à peine si Elizabeth a fait attention à moi. Ce soir-là, à la voir si malheureuse, j'ai regretté d'avoir brisé l'élan de sa jeunesse. Cette nuit-là, j'ai commencé à l'aimer.

Plus tard, au cours de l'été, elle est partie à l'étranger avec sa tante. Je les suivis et organisai une rencontre fortuite en Suisse. Nous allâmes ensemble en Italie. À mon retour en Angleterre, j'avais décidé de l'épouser. Il me fallut du temps, non seulement pour la convaincre, mais pour l'arracher au gouffre de sa dépression. Nous l'avions profondément blessée, toi, moi, et les autres. Ses plaies furent longues à cicatriser. Je changeai de mode de vie. J'abandonnai le jeu pour me lancer dans les affaires.

Il se trouva que mon père, que je n'avais pas revu depuis des années, mourut en 1913 en me laissant une somme d'argent qui m'a permis de démarrer une usine d'armement. J'ai senti venir la guerre avant tout le monde, et les armes m'ont paru être un bon investissement. La suite m'a donné raison. Six semaines après mon mariage avec Elizabeth, la guerre a éclaté.

Le commerce des armes me fit renouer des relations avec Lloyd George, qui était alors ministre de l'Armement. Il y avait entre nous une entente tacite née de nos anciennes transactions.

L'argent attire l'argent. Gagner de l'argent devint pour moi une seconde nature. Et pour me remercier d'une généreuse contribution à la caisse de son parti, Lloyd George assura ma position sociale en m'accordant le titre de chevalier. Une bonne blague, n'est-ce pas ? Sir Gerald Couchman. J'en savais sans doute assez sur lui pour qu'il ait intérêt à cultiver mes bonnes grâces. Quand je lui ai dit que tu étais de retour en Angleterre, après la guerre, et que tu me cherchais des ennuis, il t'a trouvé aussi quelque chose.

J'ai redonné le sourire à Elizabeth et elle m'a rendu heureux. Je ne dis pas que j'étais mieux pour elle que toi. Mais ce talent qu'elle a de rendre les gens meilleurs a été davantage sollicité avec moi. Nous avons un fils et des petits-enfants. Nous sommes vieux et sans défense. Nous ne représentons plus vraiment une cible.

Je ne cherche pas à demander grâce. Tu as les moyens de me détruire et ce serait probablement mérité. Mais ne te vante pas d'agir pour sauver l'honneur du régiment ou celui de Caroline Van der Merwe. Ne commets pas l'erreur de croire que la vie est pour chacun une feuille blanche immaculée. Si tu fais ça, tu ne seras pas meilleur que moi.

Couch s'était tu, mais sa voix résonnait encore à mes oreilles, comme un écho grimaçant et railleur que renvoyait le bruissement des ténèbres. Il avait été honnête. Il ne m'avait rien caché des replis obscurs de son âme d'escroc. Pour la première fois peut-être, il avait dit la vérité. Mais comme il aurait été le premier à le faire remarquer, cette vérité n'était pas crédible en regard de la vie respectable qu'il s'était construite de toutes pièces. La vérité n'était que pour nos oreilles. Nous étions assez vieux pour pouvoir la supporter.

L'âge pourtant ne m'empêcha pas d'être surpris, non par le nombre de ses turpitudes, mais par l'absence de réaction de ma part. Alors qu'autrefois je me serais jeté sur lui en exigeant réparation, j'acceptais simplement son invitation à boire au goulot de sa flasque, tremblant juste un peu sous l'air froid qui entrait par la fenêtre.

– Tu ne dis rien, Edwin ?

– Que veux-tu que je dise ?

– Tu pourrais exprimer le dégoût que je t'inspire ou dire que tu ne me crois toujours pas.

– Je te crois. Même toi, tu ne pourrais inventer une histoire pareille. C'est la seule version qui corresponde vraiment aux événements, à tel point que, en l'entendant, j'ai eu l'impression que je la connaissais déjà. Tous les faits concordent avec ce que tu dis.

– Est-ce pour cela que tu m'as demandé la date de ma rencontre avec Lloyd George et Christabel Pankhurst ?

– Oui. La veille du jour où tu les as rencontrés, Lloyd George avait essayé de s'assurer mon soutien dans la conspiration contre Asquith. Comme j'avais refusé, je devenais dangereux pour lui. Si Mlle Pankhurst lui avait déjà parlé de ton offre, il se peut qu'il ait voulu savoir si cette arme lui servirait à m'ôter de son chemin ou à m'attacher à lui. Après que je lui eus dit clairement de quel côté j'étais, il n'a pas hésité à choisir la première solution. Ils ont dû préparer soigneusement leur coup. Ils ont attendu que je donne ma démission, puis ils sont allés montrer la preuve de ma trahison à Elizabeth et, dans le même temps, ils m'ont fait passer pour une crapule aux yeux d'Asquith.

– Tu prends ça avec calme.

– Pas avec calme, avec lenteur. Faisons le point. Tu m'as conseillé de ne pas invoquer de mauvaises raisons, aussi ne le ferai-je pas. Laissons de côté la contrefaçon de ma signature, l'usurpation de mon identité, l'abandon de ta femme. Oublions même le sabotage de ma carrière politique. Parlons plutôt de la question brûlante entre nous : Elizabeth. Tu me l'as prise, Couch. Cela, je ne puis te le pardonner.

– *Edwin, souviens-toi que je n'ai pas rencontré Elizabeth au moment où j'ai vendu l'extrait d'acte de mariage. Je ne l'ai pas vendu pour te la prendre. Elle est arrivée plus tard. Une heureuse coïncidence, peut-on dire.*
– *Mais tu as décidé de l'épouser, alors même que tu étais déjà marié. Te rends-tu compte de ce que cela fait d'elle, de toi et de votre fils ?*
– *Techniquement, je suis un criminel, Elizabeth est ma maîtresse et Henry... un bâtard. Mais les choses n'en viendront pas jusque-là, n'est-ce pas ?*
– *Pourquoi pas ?*
– *À cause d'Elizabeth. Si tu l'aimes encore, tu ne peux pas lui faire une chose pareille. Et si tu ne l'aimes pas, à quoi bon ?*
– *Je pourrais vouloir me venger de toi.*
– *La vengeance n'a plus de sens à notre âge, Edwin. Et l'argent non plus, au cas où il me viendrait à l'esprit de vouloir acheter ton silence. Non, ne nous voilons pas la face. Si tu choisis de te venger, il faut trouver un mot plus approprié que celui de vengeance. Mon crime est trop ancien. Appelle plutôt ça de la méchanceté pure et simple, contraire à toutes les valeurs d'un vrai gentleman.*

Il avait gagné, momentanément. Le joueur avait joué son atout. Il avait rassemblé ses dernières forces pour m'intimider et sauver sa mise. Si j'aimais Elizabeth, je ne chercherais pas à régler de vieux comptes. Si je ne l'aimais pas, quel grief invoquerais-je pour justifier la destruction de sa famille ? Car qui souffrirait le plus ? Certainement pas Couch, mais les complices innocents de son crime. La dérision, toujours en suspens dans la nuit, dans les trous noirs entre les vers luisants des lumières de la ville, me mettait au défi d'ajouter à l'injustice de mon sort la souillure d'une vengeance indigne.

– *Je vais réfléchir à ce que tu as dit, déclarai-je enfin. Puis je prendrai ma décision.*

– *Réfléchir ? répondit Couch, l'air soudain inquiet. Réfléchir à quoi ? Si tu reviens pour me punir, tu peux au moins en finir tout de suite.*

Comme moi, il semblait manquer de résistance.

– *Non, je ne te dois rien. Tu m'as laissé m'interroger pendant quarante ans sur l'énigme de ma vie. Je ne te tirerai pas d'affaire tout de suite. Je vais réfléchir et te laisser méditer.*

– *Combien de temps ?*

– *Je ne sais pas. Aussi longtemps que nécessaire.*

– *Puis ?*

– *Puis, soit je dirai la vérité à Elizabeth et à ta famille, soit je garderai le silence.*

Je le mettais au supplice. Je savais déjà que je ne pourrais pas révéler à Elizabeth toute la vérité sur celui qu'elle croyait son mari. Je descendis de voiture en déclarant qu'il ne devait pas compter sur une absolution facile et rapide de ses péchés. Il me connaissait assez pour deviner quelle serait ma décision. Mais je ne voyais pas de raison de lui épargner les angoisses du doute.

– *Est-ce que je peux te conduire quelque part ?* dit-il par la fenêtre.

– *Non, je vais marcher. J'ai besoin de respirer un peu d'air frais.*

Nous échangeâmes un regard lourd de sens, puis il remonta dans sa voiture et démarra rapidement. Le bruit du moteur de la Bentley s'évanouit dans la nuit.

J'avançai lentement sur la route qui descendait vers le cœur de Londres, dans la direction opposée à celle que Couch avait prise, cherchant à rassembler et à raviver mes souvenirs. Mais malgré mes efforts, ma mémoire me faisait pitoyablement défaut.

Je n'eus pas à m'affliger longtemps de cet état de fait, car j'entendis une voiture qui arrivait derrière moi tout doucement et, bientôt, ses phares projetèrent mon ombre en travers des arbres bordant la route. La voiture ralentit encore et, finalement, avança à la même allure que moi. À en juger par le bruit du moteur, ce n'était pas la Bentley. Me retournant pour en avoir le cœur net, je fus ébloui par les phares. Je continuai de marcher, la voiture sur mes talons.

Au bout d'une trentaine de mètres, je m'arrêtai de nouveau. La voiture s'arrêta aussi. Je me retournai encore une fois et criai pour couvrir le bruit du moteur :

— Qui êtes-vous ?

Le moteur se tut et les phares s'éteignirent. Pendant les quelques secondes qui me furent nécessaires pour accommoder ma vue à l'obscurité, une silhouette descendit du siège du conducteur et vint se placer devant le capot, à côté de moi. C'était un homme solidement bâti, vêtu d'un pardessus dégageant une odeur de cigare.

— Je suis Henry Couchman, dit-il d'une voix basse et menaçante, confirmant ce que j'avais deviné. Et vous, qui êtes-vous ?

— En quoi cela vous regarde ?

— Si un étranger force la porte de ma maison et met mon père dans tous ses états, je crois que cela me regarde.

— Je n'ai pas forcé la porte. C'est votre père qui m'a invité à entrer. Nous sommes de vieux amis. Et je vous le répète : en quoi cela vous regarde-t-il ?

— Et moi je vous demande qui vous êtes.

— Edwin Strafford. Est-ce que ce nom vous dit quelque chose ?

— Pas plus que le nom d'un vagabond. Pourquoi est-ce que cela devrait me dire quelque chose ?

Il me parlait sur un ton qui commençait à m'énerver.

— Parce que je crois, monsieur Couchman, que vous avez des ambitions politiques.

Je sentis sa respiration s'accélérer.

— Je serai sans doute élu au Parlement dans peu de temps. Mais...

– Alors vous feriez bien d'étudier un peu l'histoire politique. J'étais autrefois au gouvernement avec le chef de votre parti.

C'était lui maintenant qui s'énervait.

– Écoutez-moi, Strafford. Vous avez obligé mon père à vous accorder une sorte d'interview. D'abord chez moi, puis ici. Il a été manifestement bouleversé par votre visite et comme il n'est plus un jeune homme, je me fais du souci pour lui. Je veux savoir ce que vous l'avez contraint à vous dire.

J'avais pris la mesure d'Henry plus tôt dans la journée. Bien qu'il ne m'eût rien fait, spontanément, je le trouvais beaucoup plus antipathique que son père.

– C'est une affaire qui ne regarde que nous.

– Vous m'avez dit que vous étiez un vieil ami de mon père, pourtant c'est la première fois que je vous vois.

– Pour votre père, ce n'est pas la première fois.

– Mon père, monsieur Strafford, a beaucoup de visites et mon devoir de fils est de lui éviter les visiteurs malintentionnés. Je vous soupçonne d'être de ceux-là. Alors je vous demande de le laisser tranquille.

À ce moment, je perdis patience.

– Connaissant votre père comme je le connais et après vous avoir rencontré, je crois savoir ce qui vous tracasse, monsieur Couchman : vous avez eu souvent l'occasion de recouvrir ses traces.

– Que voulez-vous dire ?

– Je veux dire que votre père est un homme de moralité douteuse et qu'il pourrait ternir votre image immaculée si vous n'y prenez garde. Ce que vous voulez vraiment savoir, c'est si ce qu'il y a entre votre père et moi peut constituer une menace pour vos aspirations politiques. La réponse est : oui.

Il tendit brusquement le bras et me saisit par le col. Il avait tout d'une brute et un air arrogant qui dénotait un instinct de possession toujours satisfait.

— Vous êtes un zéro, Strafford. Si vous avez l'intention d'exercer un quelconque chantage sur mon père, ou sur moi, sachez que je pourrais...

Ce qu'il ne pouvait faire était de m'agresser impunément. Je me dégageai violemment et reculai d'un pas.

— Monsieur Couchman, le zéro que je suis peut devenir dangereux pour vous. Si j'ai menacé votre père, c'est uniquement avec la vérité. La vérité sur sa conduite en Afrique du Sud et la façon dont il s'y est pris pour casser mes fiançailles avec votre mère.

— De quoi parlez-vous ?

— Je vous suggère de poser la question à votre père.

Craignant d'en avoir déjà trop dit, je tournai les talons et m'éloignai promptement. Mais il n'était pas disposé à se laisser congédier aussi facilement.

— Strafford, cria-t-il. Qui êtes-vous ? D'où venez-vous ?

Je tournai la tête vers lui.

— J'étais l'ami de votre père, monsieur Couchman. J'étais le fiancé de votre mère. Je fais partie d'un passé que beaucoup de gens veulent oublier. Dites à votre père que votre attitude aura une influence sur ma décision. Dites-lui que vous faites naître en moi le désir d'être méchant.

Laissant Couchman momentanément sans voix, je m'éloignai à grands pas. Quelques instants plus tard, j'entendis sa voiture qui faisait demi-tour et, dans un vrombissement, partait dans la direction qu'avait prise son père. Je continuai ma route.

Je passai la journée du lendemain à mon hôtel. Seul à faire les cent pas dans ma chambre, ou assis dans le salon silencieux, perdu dans la contemplation de gravures représentant des chevaux de course, je songeai tristement au passé, quand Elizabeth et moi étions heureux, au moment de nos fiançailles, avant que Couch ne revienne de Bombay et, à mon insu, ne s'évertue à briser ma vie.

Mais bien que je fusse conscient de l'ingéniosité diabolique de Couch, qui avait exploité une folie de jeunesse pour gagner de l'argent et me prendre la femme que je devais épouser, force m'était de reconnaître qu'il n'avait pas tort de dire qu'il était trop tard pour chercher quelque chose d'aussi fruste que la vengeance.

J'en serais resté là sans l'intervention intempestive d'Henry, car si le fils était aussi méprisable, sinon plus, que le père, ma bonne conscience devenait du coup moins exigeante. Mais il me fallait aussi tenir compte d'Elizabeth. C'est à elle surtout que je songeai au cours de cette journée. Prendrais-je le risque de la voir et d'être tenté de lui ouvrir les yeux sur la turpitude de son mari en sachant le mal que la vérité pourrait lui faire ?

À quoi me serais-je finalement résolu ? Je ne le saurais jamais car une visite que je reçus le mercredi matin à mon hôtel décida pour moi.

Levé à l'aube, j'observai par la fenêtre de ma chambre l'activité matinale de la ville : les balayeurs, les voitures de livraison, un laitier, quelques hommes d'affaires pressés. Tout aurait été différent cinquante ans plus tôt, sauf les visages. Les taxis s'étaient substitués aux fiacres, les chapeaux melon et les costumes à fines rayures avaient remplacé les jaquettes et les chapeaux hauts-de-forme mais, à part cela, les gens n'avaient pas changé. Ni la guerre ni les cartes de rationnement, ni le temps ni la mode ne pouvaient empêcher l'humanité d'avoir sa galerie de gredins. Les visages étaient éteints ou expressifs, résolus ou sournois ; ils étaient ceux de héros dérisoires ou d'honnêtes esclaves.

Et tout à coup, fendant cette foule encore mal réveillée, je reconnus à son pardessus, à la contractrice de sa mâchoire, l'impulsif, le vaniteux Henry Couchman. Il jeta un regard de défi sur l'enseigne de l'hôtel puis, d'un bond, gravit les marches du perron. J'avais une visite.

Le temps que l'ascenseur le conduise à mon étage, on frappa à coups redoublés à ma porte. Il n'était pas encore l'heure du petit déjeuner, et déjà je ressentais une grande lassitude.

Il n'attendit pas que je l'invite à entrer. Il passa en trombe devant moi et se planta au milieu de la pièce, le regard mauvais.

– Monsieur Couchman. Que puis-je pour vous ?

– Laisser mon père et ma famille tranquilles. Retourner d'où vous venez.

– C'est-à-dire ?

– À Madère ou n'importe où, pourvu que ce soit loin d'ici. On a acheté votre silence il y a longtemps. Si vous cherchez un petit supplément, ça peut s'arranger. Mais ne soyez pas trop gourmand.

– Vous semblez mieux informé que la dernière fois que nous nous sommes vus.

– Mon père m'a tout dit sur vous, Strafford. À part une chose, mais qui saute aux yeux. Vous êtes un perdant. Vous n'avez rien à faire ici. Je sais que vous ne pouvez rien prouver, mais je suis prêt à payer pour que vous cessiez de nous importuner. Dites-moi votre prix.

Je traversai la pièce jusqu'à la fenêtre, puis me retournai pour le regarder.

– Votre père vous aurait-il laissé entendre que j'étais sensible à la corruption ?

– Je suis ici de mon propre chef et je ne vous offre pas de pot-de-vin, juste une rémunération pour que vous cessiez de tourmenter mon père.

Il fit un pas vers moi et ajouta :

– Pour mettre les points sur les i, si vous refusez de partir gentiment, je serai obligé d'employer la force.

– Et comment vous y prendrez-vous ?

– Je suis un homme très influent, Strafford. Pour le bien de ma famille, de mes affaires et de mon parti, je peux user de cette influence contre vous.
– Je pense que vous en avez dit assez, monsieur Couchman. Intimidation et tentative de corruption font peut-être partie de votre quotidien, mais vous ne m'impressionnez pas. Vous feriez mieux de partir avant que je vous dise des choses désagréables.
J'ouvris la porte mais il ne bougea pas.
– Écoutez, Strafford, si lundi prochain vous n'êtes pas en route pour Madère, vous le regretterez.
Il marcha lentement jusqu'à la porte puis se retourna vers moi.
– Les vieilles personnes peuvent avoir des accidents, si vous voyez ce que je veux dire.
– C'est très clair. Et abject. Je crois que vous avez besoin d'une leçon, monsieur Couchman. Je peux arranger ça. Maintenant, sortez.
Il sortit dans le couloir.
– Si vous n'êtes pas parti lundi, Strafford, vous entendrez parler de moi, dit-il d'une voix hargneuse.
– Non, c'est vous qui entendrez parler de moi, dis-je en lui claquant la porte au nez.
Quelques instants après, je le vis déboucher sur le trottoir au-dessous de ma fenêtre et s'éloigner à grands pas en direction de Piccadilly Circus. Il heurta un passant et, à son attitude, je compris qu'il blâmait l'autre de sa propre maladresse. Je me surpris à me demander ce qu'Elizabeth pensait de son fils. Je ne pouvais nier que Couch avait du charme, mais Henry avait hérité de la présomption et de l'arrogance de son père sans sa réserve ni sa sensibilité. J'aurais eu honte de l'avoir comme parent. Il fallait que je connaisse l'état d'esprit d'Elizabeth.
Car après tout, Elizabeth était le personnage essentiel de cette histoire, tout aussi victime que moi et digne de considération, même si, comme je le croyais, j'avais cessé de l'aimer.

J'avais commencé à soupçonner que la femme que j'aimais était l'Elizabeth de mes souvenirs, pas la femme d'aujourd'hui qui avait quarante ans de plus. Il n'y avait qu'une façon de m'en assurer.

Dans mes bagages, je mis le livre de poèmes de Thomas Hardy que j'avais emporté avec moi, Satires de circonstances (titre approprié s'il en était). C'était Elizabeth qui m'avait fait découvrir Hardy, le poète. Elle lisait un de ses recueils de poésies lors de notre délicieux rendez-vous secret dans Hyde Park, à une époque lointaine depuis longtemps évanouie. Peut-être était-ce pour cette raison que j'étais resté fidèle à l'œuvre de Hardy qui, malgré sa mélancolie profonde, agissait comme un antidote à la vieillesse.

Pourtant, Hardy avait parfois lui-même cédé au désespoir. Je lus attentivement ses Poèmes de 1912-1913 et en trouvai un qui traduisait bien mes sentiments du moment. Dans « Après un voyage », Hardy parlait de son retour sur des lieux hantés par le fantôme de sa femme défunte. Un poème empreint de sa nostalgie du passé. Moi aussi j'étais revenu sur un lieu hanté, mais j'étais le fantôme attendant d'Elizabeth qu'elle chasse mes tourments.

Elizabeth n'était pas à Hampstead. Si je voulais la trouver, je devais tenter ma chance à l'adresse de Couch dans le Sussex (Quarterleigh, Miston). Couch s'était peut-être attardé chez Henry pour avoir une discussion avec lui. Je n'avais pas de temps à perdre. Moins d'une heure après le départ d'Henry, j'étais à la gare de Victoria où je prenais le train pour Chichester.

À Chichester, j'achetai une carte de la région et pris un omnibus pour Singleton, un village dans les South Downs. De là, il ne restait que sept kilomètres jusqu'à Miston. Néanmoins, lorsque je me mis en route, mes semelles semblaient de plomb, et plus j'approchais, plus j'appréhendais d'arriver.

Je gagnai, par un chemin rocailleux, le village dont murs et portails, sous la bruine, ne se différenciaient pas de ceux des autres villages du Sussex, mais comme j'avançais entre ses murs qui se refermaient sur moi avec toute l'indifférence réservée aux étrangers, il me semblait que Miston était quelque chose de plus : un lieu d'expiation, un lieu de rendez-vous où je venais trop tard.

Je demandai mon chemin à la poste et arrivai derrière l'église. Quarterleigh était une belle maison de campagne, un séduisant mélange de chaumière et de manoir, située dans un cadre serein au pied des Downs. On aurait difficilement imaginé tableau plus paisible. Pourtant, un vieil homme de 75 ans se tenait debout devant le portail blanc et n'osait rendre visite à la vieille femme de 62 ans qui habitait là. Je me repliai vers le mur de l'autre côté de la route, consterné de constater que je tremblais de nervosité et qu'une sueur d'angoisse mouillait les paumes de mes mains. Je ne pouvais pas me présenter ainsi à Elizabeth. Que ferais-je si elle descendait l'allée et m'apercevait ?

Par chance, elle ne sortit pas de chez elle. Mais une paysanne rondelette apparut, venant du village, pressant le pas et portant sous le bras un panier plein de provisions. Elle avait l'air d'une gouvernante. Lorsqu'elle fut sur le point de pousser le portail de Quarterleigh, je l'appelai et traversai rapidement la rue pour la rejoindre.

Elle me toisa d'un regard soupçonneux, mais elle acquiesça à ma prière insolite. Oui, elle était chargée du ménage à Quarterleigh, oui, elle voulait bien remettre un mot à sa maîtresse, lady Couchman. J'insistai pour qu'elle le remette en mains propres à Elizabeth qui, si elle voulait me voir, me trouverait dans le cimetière où je l'attendrais jusqu'à 6 heures. Les vers que j'avais recopiés dans le train n'étaient pas signés, mais j'étais sûr qu'elle en reconnaîtrait l'auteur. Ils étaient tirés du poème de Hardy « Après un voyage ». C'était le moyen que j'avais choisi de lui annoncer ma venue, lui laissant le soin de m'accorder ou non une entrevue. Elizabeth saurait lire entre les lignes les questions que je lui posais.

Oui, me voici enfin revenu sur les lieux que tu hantes.
(Est-ce vraiment une surprise de m'entendre à nouveau ?)
Pour te retrouver, j'ai traversé les années et les scènes mortes.
(Je ne t'ai jamais oubliée.)
Que trouves-tu, à présent, à dire de notre passé
(Veux-tu me donner ta bénédiction, parler de ce qui nous a séparés ?)
Scruté au travers de l'espace obscur où tu m'as manqué ?
(Il est vrai que je ne me suis jamais remis de t'avoir perdue.)

Viendrait-elle ? Désirais-je qu'elle vienne ? Je ne le savais pas.
Et puis elle est venue.
– *Edwin !*
C'était sa voix telle que j'en avais gardé le souvenir, le ton insouciant de la jeune fille remplacé par l'inflexion assurée de la maturité. Si elle avait vieilli, alors la vieillesse était belle. Bien sûr, ses cheveux étaient gris, son visage grave, son port majestueux, mais je fus frappé de retrouver, dans son regard posé sur moi, la lueur que j'avais perçue dans les yeux d'une suffragette qui venait de lancer une brique sur ma fenêtre et que j'avais obligée à m'accorder un entretien. Le dessin résolu de sa bouche aurait encore pu devenir une expression moqueuse et elle m'eût ravi d'un sourire, une fois de plus.
– Ainsi vous êtes venue.
Elle hocha la tête avec gravité.
– Merci.
– Ce n'est pas la peine de me remercier. Comment allez-vous ?

— Bien. Je suis désolé d'avoir utilisé ce stratagème pour vous faire venir ici. Cela doit vous paraître un peu trop mélodramatique.
— Pourquoi êtes-vous venu, Edwin ?
— Juste pour vous voir une nouvelle fois.
— Mais pourquoi maintenant ?

Je savais que je ne pouvais lui dire la vérité de but en blanc. Cela aurait été trop cruel. Le temps de la cruauté était passé depuis longtemps, s'il avait existé un jour. Pour me justifier de ma réticence à répondre, je me mis à lui poser des questions sur sa vie. Elle me dit qu'elle était pleinement heureuse, et je le constatai sur son visage. Décourageant toute conversation sur ce que j'avais fait de ma vie, je l'incitai à parler de sa famille. Nous nous trouvions dans le cimetière, à une distance respectueuse l'un de l'autre, conversant poliment comme deux vieilles connaissances qui n'auraient jamais été des intimes. C'était, je suppose, le seul moyen de supporter la tension engendrée par les souvenirs. Mais, derrière mon intérêt courtois, je cherchais à deviner ce que l'annonce de la vérité pourrait lui faire.

Cela me fit un choc de découvrir, à partir de ses réponses à mes questions, qu'elle avait gardé intacte sa foi en la vie. J'avais devant moi une femme heureuse. Elle évita soigneusement toute allusion directe au mouvement des suffragettes et à nos fiançailles, et d'une manière générale à tout ce qui concernait sa vie avant son mariage, mais ses réflexions sur la place des femmes dans la société, son expérience de mère de famille et les légères difficultés à être la femme d'un puissant homme d'affaires laissaient entendre que le confort et la richesse n'avaient pas émoussé sa sensibilité.

Nous fîmes le tour du village, puis, sur ma prière, nous revînmes vers Quarterleigh. Elizabeth accepta sans hésiter, ce qui me confirma qu'elle était seule. Comme elle faisait avec moi le tour de la maison et du jardin, en parfaite harmonie avec sa personnalité, une pensée m'obsédait : était-ce là que nous aurions vécu ensemble si les choses s'étaient passées autrement ? Les choses auraient-elles été ainsi pour nous si nous avions vieilli ensemble ?

À l'intérieur, parmi les objets d'art, se trouvait un secrétaire sur lequel étaient disposées plusieurs photographies dans des cadres dorés. Il y en avait une d'un petit garçon et d'un bébé en train de jouer. Sans doute les petits-enfants d'Elizabeth. Sur une photographie, je reconnus Henry entre sa mère et son père. Il portait une toge d'étudiant et paraissait beaucoup plus jeune que l'homme que j'avais rencontré. Elizabeth vit que j'observais cette photo.

– Elle a été prise le jour de la remise des diplômes, dit-elle. C'est mon fils. En 1939.

– J'ai vu Henry.

Les mots étaient sortis de ma bouche avant que j'aie pu les arrêter. Je n'avais pas eu l'intention de parler de ma rencontre avec lui et j'étais persuadé qu'Henry, de son côté, ne lui en avait pas soufflé mot.

– Bien sûr. La dernière fois que nous nous sommes rencontrés.

J'étais sauvé. Elle croyait que je voulais parler de la fois où j'avais vu Henry bébé à Hampstead Heath, en 1919.

– Pensez-vous qu'il ressemble à son père ?

Ce fut ma seule allusion directe à Couch.

– Oui, je le pense. Cette ressemblance m'a toujours fait plaisir.

Je ne pouvais plus avoir de doute. La foi d'Elizabeth en Couch n'était pas seulement intacte, elle était assez forte pour masquer les défauts de son mari et de son fils. Après avoir été trahie par moi, comme elle l'avait cru, l'idée qu'un autre homme pût la décevoir lui était peut-être insupportable. Dans ce cas, mes révélations auraient l'effet d'un cataclysme, s'il m'était encore possible de le faire. Couch, que le diable l'emporte, avait raison. Comment pourrais-je briser le cœur de la femme que j'aimais, simplement pour sauver ma réputation ?

– Dites-moi, poursuivit-elle, comment êtes-vous venu à Miston ?

Nous étions soulagés tous les deux de revenir à des questions prosaïques.

– Je suis venu à pied depuis la gare de Singleton.

– C'est une longue route, Edwin. Vous voulez bien que je vous raccompagne ?

– Ce serait très gentil.

Elle me laissait entendre qu'il valait mieux que nous nous séparions avant que ma présence ne lui pèse trop. Je pris congé de Quarterleigh sans un regard en arrière, à vrai dire presque avec soulagement.

Le voyage jusqu'à Singleton fut trop court pour me permettre de rassembler mes esprits et de trouver la bonne façon de nous quitter, cette fois pour toujours. Bien que j'eusse résolu de tenir ma langue et de ne pas lui révéler ce que je savais, je voulais qu'elle sût au moins un peu pourquoi j'étais venu.

– Si je suis venu jusqu'ici, dis-je comme nous traversions Singleton, c'était pour savoir si je vous aimais encore.

Et j'ajoutai, avant qu'elle ait pu dire quoi que ce soit :

– Pour mon malheur, oui, je vous aime encore.

Mais mon malheur était son salut. Mon amour pour elle la sauvait d'une vérité trop cruelle. Pour son bien, je n'avais d'autre choix que de la laisser penser le pire de moi. Aussi corrompus que fussent Henry et son père, leur disgrâce ne valait pas le désespoir d'Elizabeth.

Nous nous arrêtâmes devant la gare. Elizabeth gardait le silence comme si ma déclaration la déconcertait. Je cherchai à la rassurer.

– Ne vous tourmentez pas, dis-je. Je pars en paix.

– Edwin, je suis désolée.

Le pardon qu'elle semblait m'accorder me blessa d'autant plus que je savais, à présent, qu'elle n'avait rien à me pardonner.

— Ce n'est pas nécessaire. Ce n'était pas de votre faute.

C'était la parole la plus simple et la plus vraie que je puisse dire.

— C'est tout ce que je trouve à dire de notre passé, dit-elle.

Avec cette allusion au poème de Hardy, elle me renvoya sans le savoir au long supplice de mon silence.

— Alors, restons-en là.

Je ne pouvais m'attarder plus longtemps sans en dire davantage. Je descendis de la voiture et marchai vers la gare. Puis je me retournai et ôtai mon chapeau pour la saluer une dernière fois avant de franchir la porte et la perdre de vue.

Le 7 mai, date à laquelle Henry avait exigé que je sois parti, approchait. Et le 20 mai, Sellick serait de nouveau libre. Une chose était sûre : je ne pouvais pas retourner à Madère. Il me restait une chance d'échapper à Sellick en restant en Angleterre et d'éviter Henry en quittant Londres. Barrowteign m'attirait comme s'il était temps que je rentre chez moi, et que le vieil homme que j'étais se prépare à la mort. Si j'allais m'installer à Barrowteign et me taisais, qui viendrait m'y chercher ? La suite montra que je me trompais.

Le 7 mai, je pris le train pour Exeter et logeai quelques nuits au Royal Clarence, tout près de la cathédrale. Désireux de mettre mes affaires en ordre, j'allai voir l'avocat de notre famille, le vieux Petherson, et rédigeai, comme j'en avais depuis longtemps l'intention, un nouveau testament dans lequel je léguais à Ambrose la totalité de mes biens. Le brave Petherson m'avait parlé de la situation financière de Barrowteign après le rachat du domaine par la Caisse nationale des monuments historiques et des sites, et m'avait fait comprendre qu'Ambrose avait bien besoin d'un legs.

Une semaine après mon arrivée à Exeter (une semaine de randonnées solitaires dans l'estuaire de l'Exe, de promenades mélancoliques autour de la cathédrale et de longs moments de solitude passés à écrire la suite de mes mémoires), je reçus à mon hôtel un message de Petherson. Quelqu'un s'étant présenté comme le secrétaire particulier de M. Henry Couchman avait téléphoné à son bureau pour demander où j'étais. Petherson, d'une discrétion à toute épreuve, ne l'avait pas renseigné mais m'apprenait que Couchman était sur mes traces.

Je quittai donc mon hôtel dans l'après-midi et pris un train pour Dewford. Je n'avais pas prévenu Ambrose de mon arrivée, et lorsque le train passa dans un bruit de ferraille sur le passage à niveau de Lodge Cottage, j'imaginai la surprise qu'il aurait en me voyant.

Lorsque je me présentai à la porte de Lodge Cottage, à la fin de l'après-midi, par un temps humide, la joie d'Ambrose me réchauffa le cœur après un retour amer dans ma patrie. Nous ne nous étions pas revus depuis 1945, lorsqu'il avait habité chez moi à Madère, après la démobilisation, et il avait beaucoup à me raconter sur le rachat de la propriété par la Caisse nationale des monuments historiques et des sites, et la perte de ses illusions sur l'Angleterre.

Même Ambrose avait fini par vieillir, et sa vie solitaire l'avait rendu quelque peu acariâtre. Habitué par le passé à avoir à son service des domestiques ou des ordonnances, il avait laissé son intérieur se détériorer tandis que, par esprit de contradiction, il entretenait superbement son jardin. Il m'avoua qu'il passait une grande partie de son temps au Greengage, le pub du village, et ne comprit pas pourquoi je ne voulais pas l'y accompagner. Je jugeais plus prudent de ne pas me montrer.

Je ne parlai pas à Ambrose de ce que j'avais fait avant d'aller chez lui. Je lui dis simplement que j'étais venu directement de Londres, et il m'invita à rester aussi longtemps que je le souhaitais à Lodge Cottage, tout ce qui nous restait de la propriété de nos ancêtres. Ambrose n'avait que l'injure à la bouche quand il évoquait ceux qu'il appelait «les destructeurs» installés à Barrowteign. Le chaos régnait en effet dans la maison, mais je savais que c'était provisoire et je supportais mieux que lui les rénovations en cours. J'étais dans un état d'esprit où l'abandon de Barrowteign comme maison familiale me paraissait somme toute logique.

Dans les jours qui suivirent, entre ses excursions au Greengage et ses séances de jardinage, Ambrose chercha à savoir ce qui m'avait poussé à quitter Madère. Mais je ne pouvais me permettre de satisfaire sa curiosité. Je m'isolai pour écrire ce cahier. À la nuit tombée, je faisais une promenade et m'efforçais d'être un compagnon agréable afin qu'Ambrose ne se lasse pas de ma compagnie. Il accepta de ne pas parler de ma présence chez lui et je ne pouvais qu'espérer qu'il n'oublie pas sa promesse quand il avait trop bu.

Cette réclusion que je m'imposais à moi-même à Lodge Cottage jetait des ombres de tristesse sur ma vie déjà sombre. J'avais beau m'en défendre, les travaux à Barrowteign me perturbaient, même si j'en étais moins affecté qu'Ambrose. Le passage à niveau où ses parents avaient trouvé la mort, situé juste devant la maison, me donnait aussi des idées noires. Un soir qu'Ambrose était parti au Greengage, je me demandai si la vue quotidienne du passage à niveau, avec tout ce qu'elle pouvait éveiller comme souvenirs malheureux, n'était pas la raison qui l'avait poussé à boire. Moi-même, par les nuits de clair de lune, lorsque je contemplais la masse de Barrowteign se découpant au-dessus de nous, inchangée en apparence mais si transformée à l'intérieur, que j'entendais les chouettes hululer dans les châtaigniers et laissais mon esprit jouer avec l'obscurité qui coulait sur le chemin entre les taches laiteuses du clair de lune, je songeais à la mort. Parfois, j'entendais un sifflement sur les rails à la hauteur du passage à niveau, juste avant que le dernier train ne prenne la courbe d'Exeter, et je me disais, comme je me l'étais souvent dit, que tout le monde aurait été plus heureux si mon frère n'avait pas été tué sur ce passage à niveau quarante ans plus tôt. Ambrose aurait eu un père et Barrowteign un maître, Sellick n'aurait pas eu de piste et Henry Couchman n'aurait rien eu à craindre.

Dix jours s'écoulèrent. Puis il fallut me rendre à l'évidence : Lodge Cottage n'était pas une retraite aussi sûre que j'avais bien voulu le croire. Pendant l'une des absences d'Ambrose, à l'heure du déjeuner, je reçus une visite. Avant que j'aie eu le temps de reculer, il m'aperçut à la fenêtre de la cuisine au moment où il traversait le passage à niveau. C'était sir Gerald Couchman, une silhouette incongrue en vêtement de ville, à pied et loin de chez lui. Je sortis pour aller à sa rencontre car, de façon étrange, je n'avais pas envie de le recevoir à l'intérieur. Il se tenait sur le chemin devant la maison, essoufflé d'avoir marché de la voiture jusque-là, ne sachant pas comment m'aborder.

– Que veux-tu ? demandai-je.

– Dire un mot... au sage, dit-il, le souffle court. Puis-je entrer ?

– Je préférerais rester dehors. Comment m'as-tu trouvé ?

– C'était le seul endroit où tu pouvais aller. Henry pensait que tu étais reparti précipitamment pour Madère, mais pas moi, pas après ta visite à Elizabeth.

– Elle t'en a parlé ?

– Bien sûr.

Il eut un sourire.

– J'allais dire, ajouta-t-il, que nous n'avons pas de secrets l'un pour l'autre.

– Mais ce serait un mensonge, dis-je.

– Oui, mais Elizabeth n'en saura rien. Si tu avais dû le lui dire, tu l'aurais déjà fait. Je l'ai compris.

– Alors pourquoi es-tu ici ?

– *Parce que mon fils n'en est pas sûr. Il te considère comme une véritable menace. L'effrayer comme tu l'as fait a été une erreur.*

– *Que lui as-tu dit ?*

– *Tout. Il ne se serait pas contenté de demi-vérités. De plus, entre nous, c'était plutôt amusant de le remettre à sa place et d'ébranler sa conviction d'être un homme à la réputation inattaquable. J'ai fait beaucoup pour mon fils, mais j'ai été mal récompensé.*

– *Je dirais qu'on a le fils qu'on mérite.*

– *Peut-être. Mais le fait qu'il s'intéresse à notre discussion de l'autre nuit, qu'il nous ait suivis et m'ait posé des questions m'a amené à dire à ce jeune arriviste ce qu'il voulait savoir.*

– *Il est venu me voir après.*

– *Je sais. Et tu lui as fait peur. C'est ma faute, dis-tu, tu as raison. Je ne lui ai que trop bien enseigné la valeur de l'argent. Il croit que tout peut s'acheter. Comme tu n'as pas accepté son pot-de-vin et que tu n'es pas parti comme il te l'a demandé, il pense que tu fais monter les enchères.*

– *Et qui te dit que ce n'est pas ce que je suis en train de faire ?*

– *Fais comme tu veux, Edwin. Le problème, c'est qu'Henry ne se calmera pas tant que cette affaire ne sera pas réglée d'une manière ou d'une autre. Je crois qu'il a sondé la direction du parti.*

– *Dans quel but ?*

– *Pour savoir si le fait que le chef du parti conservateur ait participé à une conspiration contre toi dans sa jeunesse faisait peser une menace sur leurs ambitions électorales.*

– *Quel non-sens ! Je n'ai rien contre Churchill. Les seules ambitions électorales pour lesquelles Henry peut s'inquiéter sont les siennes.*

– *Peut-être, mais Henry et moi avons des amis influents, Edwin. Une menace pour l'un est une menace pour tous. Penses-tu sérieusement que ce que tu agites comme un* drapeau, la possibilité d'une disgrâce publique pour des gens éminents du parti, puisse être toléré indéfiniment ?

– Il se peut que ce soit nécessaire.

– Alors laisse-moi te dire que tu fais une grosse erreur. Crois-moi, je te parle en ami.

Je n'étais pas d'humeur à recevoir un rameau d'olivier d'un tronc aussi pourri. Une allusion à l'amitié était le plus sûr moyen de me mettre en colère.

– Va au diable, sir Gerald. Et dis la même chose de ma part à tes amis influents. Quant à Henry, autant que je puisse en juger, s'inquiéter un peu ne lui fera pas de mal.

– Pourquoi le prendre comme ça, Edwin ? Ce que je te demande est ce qu'il y a de mieux pour tout le monde. Donne-nous l'extrait d'acte de mariage et retourne à Madère.

Je fus tenté, à ce moment, de lui expliquer pourquoi cela n'était pas aussi simple que cela. J'eus envie de lui parler de Sellick et de sa volonté de recevoir un dédommagement. Mais j'avais résolu que me taire était la seule voie honorable qui me restait, aussi ne dis-je rien.

– Non, sir Gerald. Ce que j'ai, je le garde. Et là où je vais, c'est mon affaire. Si Henry essaie de faire pression sur moi, cela ne servira qu'à me faire prendre la décision qu'il ne veut pas que je prenne.

– Tu es idiot.

– Dans la bouche d'un menteur, d'un lâche, d'un bigame, cela est un éloge.

Le combat qu'il menait pour se contrôler était manifeste.

– Très bien. Mais ne dis pas qu'on ne t'a pas prévenu.

Il fit demi-tour et, au moment où il franchissait le portail, croisa Ambrose qui revenait du Greengage. Ils ne s'adressèrent pas la parole, mais Ambrose dévisagea mon visiteur des pieds à la tête, et lorsque nous entendîmes le bruit de la voiture qui s'éloignait dans l'allée, il me demanda qui c'était. Je répondis que c'était un étranger qui avait demandé sa route, mais je ne pense pas qu'Ambrose m'ait cru.

Dans les jours qui suivirent la visite de Couch, rien d'autre ne se passa, mais je ne pouvais négliger l'avertissement qu'il m'avait donné et je cherchais en vain une solution. Il m'était impossible de retourner à Madère comme me le demandait Henry (demande que je jugeais de toute façon inadmissible) sans tomber entre les mains de Sellick. Que pouvais-je faire ? Rien. À partir de ce jour, même si je ne dis rien à Ambrose, il fut évident que quelque chose n'allait pas. Il y avait suffisamment d'indices en dehors de mon attitude. Jessie, la chienne d'Ambrose, était agitée comme si des étrangers rôdaient autour de son territoire. Ambrose lui-même me dit avoir remarqué des empreintes de pas dans le jardin. J'ai dormi la plus grande partie de la journée et monté la garde la nuit sans qu'il s'en doute. Je n'avais pas assez de preuves pour en être absolument sûr, mais suffisamment tout de même pour avoir la certitude que mes craintes, ou la mise en garde de Couch, étaient justifiées.

La nuit dernière, Ambrose est rentré tard du Greengage. Tout était tranquille dans la maison, puis Jessie a été réveillée par un bruit au-dehors et elle a commencé à s'agiter dans son panier. Je l'ai calmée, puis j'ai entendu du bruit à mon tour à la porte de la cuisine, dont le verrou n'était pas poussé car Ambrose ne fermait jamais à clé.

À la différence de l'intrus, je connaissais assez bien le cottage pour aller jusqu'à la cuisine sans faire de bruit. De l'entrée, j'entendis qu'on refermait la porte tout doucement. C'est le moment que je choisis pour prendre par surprise le coupable qui me tournait le dos. Abandonnant la plus élémentaire prudence, je lui fis une clé de bras. Il buta contre la table, faisant tomber un verre qui s'y trouvait, pendant que je le maintenais penché par-dessus la chaise. Dans la pièce inondée par le clair de lune, *je le reconnus tout de suite. Henry, immobilisé mais rageant entre ses dents.*

— Couchman, lui soufflai-je à l'oreille, à quoi jouez-vous ?

— J'aurai cet extrait d'acte de mariage, Strafford, ou je vous aurai. Qu'est-ce que vous préférez ?

Je resserrai mon étreinte.

— Vous n'êtes pas en position de dicter vos conditions. Soyez heureux que je ne vous livre pas à la police. Je vais vous jeter dehors comme le vulgaire voleur que vous êtes.

— Vous ne vous en tirerez pas à si bon compte, Strafford. J'ai des amis qui...

— Taisez-vous. Si vous aviez autant de pouvoir que vous le dites, vous ne vous seriez pas introduit ici la nuit. Vous ne valez pas mieux que votre père, mais vous n'avez pas son envergure. Maintenant, partez.

Je le poussai vers la porte sans tenir compte de ses jurons lorsque je fus ébloui par la lumière. Ambrose avait allumé la lampe à gaz et demandait ce qui se passait. Je lui dis que je mettais un cambrioleur dehors et, encore à moitié endormi, il m'aida à pousser Henry jusqu'à la porte. Puis, retrouvant un peu de lucidité, Ambrose proposa de le livrer à Sprague, le gendarme du village.

— Ce n'est pas la peine, dis-je. C'est juste un pauvre type. Je préfère en finir tout de suite avec lui.

À ces mots, je lâchai Henry qui, heureux de partir, disparut dans la nuit. Mais je savais que je n'en avais pas fini pour autant avec lui.

À l'instant où Ambrose referma la porte et poussa cette fois le verrou, une grande lassitude m'envahit et je me laissai tomber sur une chaise. Je ne sais pas si c'était l'effort que j'avais dû fournir pour maîtriser Henry, ou le désespoir qui me prenait en pensant au destin minuté qui me rapprochait inéluctablement du terme de ma vie, toujours est-il que je me sentis tout à coup très vieux et très las. J'affirmai sans grande conviction à Ambrose que je ne connaissais pas cet homme qui s'était introduit chez nous, ni ce qu'il cherchait. Seule l'expérience des dernières semaines dut le persuader qu'il ne tirerait rien de plus de moi. Il parut blessé par mon refus de me confier à lui et, comme nous étions assis sans mot dire dans la cuisine à boire du thé, pendant que l'aube rampait vers nous à travers champs, je regrettai de ne pouvoir me confier à lui. Mais il valait mieux qu'il ne sût rien. Mon fardeau n'était pas de ceux que l'on partage.

Ce matin-là, j'acceptai d'accompagner Ambrose au Greengage. Nous avions tous deux grand besoin de nous remettre des émotions de la nuit. C'était une journée comme il y en a à Madère, la plus belle depuis mon arrivée au mois d'avril. Il faisait chaud et le soleil brillait, mais ce beau temps après la nuit troublée et troublante ne nous aida pas à nous sentir mieux, au contraire. Ce fut peut-être pour cela qu'Ambrose consentit à abandonner son coin habituel près du bar pour aller dans le jardin. Personnellement, je préférais rester dehors. L'enfermement commençait à me peser.

Et j'avais un autre souci. Après l'intrusion d'Henry à Lodge Cottage, je compris que je devais mettre ce cahier et la preuve qu'il représentait en lieu sûr, au cas où je viendrais à disparaître. Ce matin-là, j'eus l'idée de le cacher dans le château fort que j'avais construit autrefois pour Ambrose. C'était une bonne cachette qu'il pourrait trouver par déduction, en cas de besoin. À la fois pour savoir s'il existait toujours et pour laisser trace d'un indice dans l'esprit d'Ambrose, je lui demandai ce qu'il était advenu du château que j'avais construit pour son Noël de 1918. Il me dit qu'il se trouvait dans le bric-à-brac du grenier, si la Société pour la préservation des sites et des monuments ne l'avait pas retiré lorsqu'elle avait acheté la maison.

À 1 heure, je m'excusai et laissai Ambrose rejoindre les habitués du bar. C'était une mission que je ne pouvais plus différer. Je retournai à Lodge Cottage, glissai l'extrait d'acte de mariage entre deux feuilles de ce cahier, pris de la ficelle et du papier pour l'envelopper et emportai le tout à Barrowteign.

Pendant la pause du déjeuner, entre 1 heure et 2 heures, les ouvriers prenaient un peu de repos dans le parc. La voie était libre. Ce ne fut pas difficile pour moi qui connaissais si bien la maison de monter sans me faire remarquer dans les pièces mansardées sous les combles, abandonnées à la poussière et pleines de souvenirs de famille qui n'intéressaient pas la Caisse nationale des monuments historiques et des sites, et qu'Ambrose ne pouvait prendre chez lui, faute de place.

J'écris ces dernières pages assis près d'une fenêtre, à travers laquelle le soleil éclaire un amoncellement disparate de biens superflus. J'en ai reconnu un grand nombre: des miroirs fêlés qui avaient reflété dans le passé des scènes plus nobles, des vases ébréchés ayant contenu des fleurs fraîches et odorantes, de vieilles malles que mon père utilisait lors de ses voyages. Une âme bienveillante avait déposé dans un coin plusieurs aquarelles insipides ressemblant à celle que j'avais emportée à Madère en souvenir de Florence. Comment ne pas voir dans ces objets recouverts de poussière le symbole du déclin de ma famille, et la chute d'une dynastie!

Lorsque j'aurai mis un point final à ce récit, j'envelopperai ce cahier et je le placerai à l'intérieur du château que j'avais fait pour Ambrose. J'ai le sentiment que je n'ai pas à m'inquiéter de savoir s'il sera ou non découvert un jour et par qui. À ce moment-là, mon étrange héritage deviendra le problème d'un autre. À l'âme infortunée qui tournera peut-être ces pages après moi, je tiens seulement à dire ceci: ne ressentez pour moi aucune pitié. Si vous souhaitez me rendre service, prêtez assistance à Elizabeth au cas où ce serait nécessaire. Si les faits que j'ai rapportés ici sont connus un jour, elle en aura grandement besoin.

Il est temps que je me détache de ce récit, de cette maison, et peut-être de cette vie. Au moment où je refermerai ce cahier, j'aurai fait le tour du cercle qui était déjà tracé lorsque j'aperçus le toit de Barrowteign sous lequel je suis assis maintenant depuis Blackingstone Rock, où Elizabeth accepta de m'épouser, l'après-midi de la Saint-Michel, il y a plus de quarante ans. Au-delà de ce cercle, se déploient les ombres dans lesquelles je m'enfoncerai bientôt, désarmé mais sans peur. C'est à d'autres à présent de décider ce qu'il faut dire de notre passé.

E. G. Strafford,
Barrowteign,
Comté du Devon,
Le 4 juin 1951.

7

Voilà donc quelle était la vérité. Une partie du moins, celle de Strafford. Mais la porte que j'avais poussée ne dissipait pas entièrement le mystère, elle donnait sur un labyrinthe. Sellick m'avait engagé non pour satisfaire sa curiosité, mais pour des motifs plus obscurs, sans se douter que j'apprendrais le rôle qu'il avait joué dans les derniers moments de la vie de Strafford.

Je connaissais maintenant tous les secrets entourant la démission de Strafford. Ou plutôt, je pensais les connaître. Mais la question n'était plus là. La question, à présent, était que ceux qui avaient essayé, dès le début, de stopper mes recherches devaient savoir que je finirais par apprendre tout ça. Comment était mort Strafford? Je dénombrai les hypothèses comme des rangs de laitues dans le potager au-dessous.

Un accident? Pas quelques heures après avoir terminé la suite de ses mémoires!

Un suicide? Ce n'était pas impossible étant donné son état d'esprit. Est-ce à cela qu'il pensait quand il parlait de «fin appropriée»?

Un meurtre? C'était le plus probable. Sinon pourquoi aurait-on voulu m'empêcher de poursuivre mon enquête? Et surtout, pourquoi une telle hostilité de la part d'Henry s'il n'était pas compromis d'une manière ou d'une autre? Il avait pu mobiliser les forces du mécontentement officiel ou faire la besogne lui-même.

Et Sellick ? Il m'avait bien eu. Que cherchait-il au juste ? À réparer ses torts envers Strafford ? À connaître toute la vérité d'une façon détournée ?

Si la mort de Strafford était suspecte, celle d'Ambrose ne l'était pas moins. Timothy Couchman était le seul à connaître l'existence de la postface si, comme je le pensais, il avait lu la lettre d'Ambrose. Un nouvel indice de la culpabilité d'Henry. Mais comment respecter la dernière volonté de Strafford ? Comment protéger Elizabeth en accusant son fils de deux meurtres ?

Quelque chose me revint tout à coup à l'esprit. Je feuilletai avec soin les pages blanches du cahier. L'extrait d'acte de mariage ne s'y trouvait pas. Ambrose l'avait pris. Henry, qui avait raté son coup en 1951, avait peut-être subtilisé le document à Ambrose en 1977.

Je pensai que Strafford avait demandé d'épargner Elizabeth avant qu'Ambrose eût payé de sa vie ses efforts pour défendre la mémoire de son oncle. Sa mort changeait tout. Elizabeth ne pouvait plus rester dans l'ignorance. Il fallait qu'elle sache.

Je fus parcouru d'un frisson. Le temps s'était couvert, mais je n'avais pas froid, peur plutôt. Cela ne faisait plus de doute : Edwin et Ambrose avaient bien été assassinés. Mais, dans ce cas, je devenais à mon tour un témoin gênant. Mon savoir tout neuf me mettait en danger. Si Henry n'était pas capable de tuer, il y avait derrière lui des forces plus puissantes qui pouvaient s'en charger et c'était encore pis. Seul un reste d'incrédulité me sauva de la panique. Je n'arrivais pas vraiment à croire à toutes les implications de mon raisonnement. Je ne savais pas quoi faire, mais j'étais sûr en tout cas que je ne m'arrêterais pas là. J'en avais assez des Couchman qui, après m'avoir rejeté, me couvraient de leur mépris. Ce vieux filou de Couchman était assez perspicace pour deviner que je ne faisais pas tout ça uniquement pour les beaux yeux de Strafford, mais pour compenser ma lâcheté et racheter ma réputation. Ma croisade était celle d'un impie. J'égratignais le texte sacré de l'histoire dans un esprit revanchard, je lançais un défi à ceux qui croyaient ma faiblesse sans limite, je tentais une dernière fois ma chance, moi qui n'avais plus rien à perdre.

Mais je n'agissais ni par amour de la vérité, ni par loyauté ou honnêteté, car la pureté était au-dessus de mes moyens. C'était simplement la meilleure chose que j'aie tentée parce que ce qui restait de mon honneur était en jeu.

Tout à ma lecture, puis absorbé dans mes réflexions, je n'avais pas vu l'heure passer. Il était presque 6 heures et j'étais toujours sur le toit. Je me hâtai de rentrer dans le grenier et remballai le cahier. Puis, le cœur tremblant, je descendis en toute hâte l'escalier. Derrière la porte du grenier, le couloir était désert. Je tournai la clé dans la serrure puis me faufilai sans bruit jusqu'au bureau de Knox: vide. La clé pendait de nouveau à son crochet comme si elle ne l'avait jamais quitté.

La secrétaire de Knox avait dû partir. Personne ne me vit passer par l'escalier de service. La guide dans le hall se préparait à fermer.

– Je ne savais pas qu'il restait encore des visiteurs! dit-elle en me reconduisant jusqu'à la porte.

Elle ne jeta même pas un coup d'œil au paquet que je portais sous le bras, et pourtant j'avais l'impression que quelqu'un allait crier: «Au voleur!»

J'allai jusqu'au village où j'appelai un taxi, car prendre un car était tout à coup au-dessus de mes forces. J'aurais pu aller discuter avec Ted au Greengage de ce qu'il dirait à l'enquête, mais je préférai rentrer à Exeter et m'asseoir tout seul dans un pub où l'on ne me connaissait pas jusqu'à ce qu'il soit assez tard pour rentrer chez les Bennett sans avoir à répondre à leurs questions. En arrivant chez eux, je réussis en effet à m'en tirer par un sourire d'homme préoccupé et allai directement dans ma chambre. Le lendemain matin, je partis de bonne heure pour Exeter.

La salle du tribunal était vide: un clerc, un journaliste qui bâillait, deux gendarmes (l'un des deux était Ash), un homme au teint gris qui se tenait à l'écart, Ted Groves, qui me fit un signe de tête et ne cessait de se racler la gorge, une mouche dont j'observais le vol saccadé près du plafond. La postface se trouvait dans mon sac, là où elle me semblait le plus en sécurité et d'où je pouvais la sortir si je le désirais, mais je savais déjà que je ne le ferais pas.

Un fonctionnaire fit entrer les huit jurés qui prirent place sur leur banc. Puis le coroner arriva par une autre porte, et le collègue d'Ash nous demanda de nous lever.

Le coroner était calme, presque nonchalant. Il avait l'air d'un homme compétent et consciencieux mais pas particulièrement zélé. On appela Ash, qui récita sa tirade. De son commentaire sur « la nuit du 22 », il ressortait qu'Ambrose était un vieux poivrot que l'on avait retrouvé noyé. Puis vint le tour de Ted, plein d'une déférence exagérée envers le coroner. Oui, Ambrose buvait. Oui, il avait bu aussi le 22 mai, comme d'habitude, mais pas plus que d'habitude. Il resta ferme sur ce point, comme pour racheter sa complaisance sur des questions plus délicates. Le coroner insista. Il voulait entendre dire qu'Ambrose était un vieil ivrogne illuminé. C'est du moins l'impression qu'il me donna. Mais Ted était têtu et tenait à sa réputation de patron responsable.

J'eus envie d'intervenir pour crier au coroner que tout ça n'était qu'une farce, qu'il ignorait la moitié des faits, qu'il s'agissait d'un meurtre déguisé en accident. Je voulais agiter le cahier en criant: « La vérité, la voici. Voici les noms des coupables. »

Au même moment, un courant d'air dans mon dos m'apprit que quelqu'un entrait dans la salle du tribunal, quelqu'un qui s'approcha doucement de mon banc et s'assit à côté de moi. Je tournai la tête. Comme je l'avais pressenti, c'était Eve.

Elle ne sourit pas mais ne me regarda pas non plus d'un air sévère. Son regard était franc et direct, appréciatif mais pas méprisant.

C'est à peine si je l'entendis chuchoter dans le silence qui régnait dans le tribunal :

– Bonjour, Martin.

Maintenant qu'elle était parmi nous, il me paraissait absurde que la séance se poursuive plus longtemps. Dédaigneuse du lieu et des circonstances de notre rencontre, Eve, par son regard, me défiait de prétendre qu'elle n'était pour moi qu'une étrangère.

– Que faites-vous ici ? demandai-je.

Ce fut tout ce que je trouvai à dire, et je sentis en disant ces mots que c'était déjà une forme de soumission.

– Je suis venue vous voir, répondit-elle en esquissant, me sembla-t-il, quelque chose qui ressemblait à un sourire.

– Mais...

– Après, dit-elle, en levant la main pour me faire comprendre qu'elle voulait écouter.

Était-ce une réprimande ou une promesse ? Je n'aurais su le dire.

J'assistai à la fin de l'enquête dans un état second. Après Ted, ce fut au tour du pathologiste. Il fit un résumé clinique de son travail : alcoolémie élevée, bleus et contusions dus à une chute ayant entraîné une perte de connaissance, et mort par noyade. Il s'en alla comme il était arrivé, dans le bruissement du manteau blanc qu'il ne portait pas.

Puis le coroner résuma les faits. L'alcool. Une nuit noire. Un accident banal. Les jurés ne se retirèrent même pas pour délibérer. Ils chuchotèrent respectueusement entre eux puis rendirent leur verdict : mort accidentelle. Le coroner fit un bref sermon sur les vieillards qui ont un penchant trop marqué pour la bouteille, une pique à l'adresse de Ted qui n'avait pas voulu l'admettre, et il rassembla ses papiers.

C'était fini. Il n'était pas encore 11 heures et la mort d'Ambrose Strafford était classée. J'étais dégoûté d'avoir cautionné cette farce, écœuré par l'exaltation que provoquait en moi la présence d'Eve, atterré par la relation de cause à effet que je devinais entre les deux.

Nous sortîmes de la salle de tribunal l'un derrière l'autre et nous retrouvâmes sous un soleil accusateur.

– Je suis désolée pour Ambrose, dit Eve.

Je la regardai avec perplexité.

– Pourquoi êtes-vous venue ? demandai-je.

– Je vous l'ai dit. Il faut que nous parlions… si vous le voulez bien.

Je le voulais bien et elle le savait, mais elle me provoquait en me faisant croire qu'elle n'en était pas sûre.

– Il y a beaucoup à dire, ajouta-t-elle.

– Je pensais que vous n'aviez rien à confier à quelqu'un comme moi.

– Vous avez oublié ce que je vous ai dit : il ne faut jamais se fier aux apparences.

Un camion passa en vrombissant sur la route, faisant voler les cheveux d'Eve.

– Je ne l'oublierai plus.

– Maintenant, je ne peux pas rester, Martin. Nous pourrions peut-être nous voir ce soir ?

Torture exquise d'un nouveau contretemps. C'était sûrement voulu. Me faire attendre devait servir à mettre mes nerfs à rude épreuve. Je scrutai son visage pour en avoir la confirmation mais ne vis que cette beauté qui résiste au regard.

– Où ?

– Le pub dans Gandy Street. À 8 heures.

– J'y serai.

– Alors, à tout à l'heure, Martin. Je suis désolée, je dois absolument partir tout de suite.

Et Eve s'en alla, sans rien ajouter. Un départ qui aurait pu paraître un peu brusque sans le souvenir de notre dernière séparation, et je l'aurais peut-être trouvée distante si je n'avais été heureusement surpris de ne pas avoir affaire à son mépris.

Eve arriva en retard. Au moment où je commençais à me demander si elle viendrait, elle apparut à ma table, émergeant de la cohue comme s'il n'y avait qu'elle dans la salle, vêtue simplement d'un jean noir et d'un chemisier, plus discrète que les jeunes beautés trop parfumées qui s'agitaient autour de nous, mais son assurance tranquille imposait l'attention.

Elle s'assit et je lui versai à boire.

– Je suis désolée, je ne croyais pas qu'il y aurait autant de monde, dit-elle en buvant son vin à petites gorgées.

– Ce n'est pas votre faute.

– C'est moi qui ai choisi cet endroit. Je ne connais pas bien Exeter, malheureusement.

– Je pensais même que vous n'y aviez jamais mis les pieds.

– L'occasion s'est présentée du jour au lendemain. Une enseignante au département d'histoire de la faculté d'Exeter est allée à Cambridge comme examinatrice de l'extérieur, et moi je suis venue ici pour faire les cours à sa place.

– C'est étrange de nous retrouver tous les deux à Exeter.

Pour la première fois depuis que nous nous étions revus, elle eut un léger sourire.

– Ce n'est pas une simple coïncidence. J'ai sauté sur l'occasion. Votre colocataire à Londres m'a dit qu'il pensait que vous étiez ici. J'espérais vous y trouver. Puis j'ai entendu parler de la mort d'Ambrose...

– Vous avez parlé à Jerry?

– Oui. Je voulais vous revoir.

– Mais pourquoi ? Lorsque nous nous sommes quittés, la dernière fois, vous n'en aviez aucune envie.

– Je suis sûre que vous savez ce qu'est le regret, Martin.

– J'ai essayé de vous le dire.

– Je sais et je n'ai pas écouté. Je pense maintenant qu'il faut replacer les choses... dans leur contexte.

J'étais tiraillé entre l'envie de protester pour la façon dont elle m'avait traité et le besoin de m'agripper à la perche qu'elle me tendait.

– Et comment voyez-vous les choses maintenant ?

– Je crois que je me suis rendue coupable d'arrogance. Comme nous en étions venus à éprouver l'un pour l'autre un... sentiment profond, je pensais être en droit d'attendre de vous un passé irréprochable.

– Je n'ai jamais dit qu'il était irréprochable. Si j'ai menti, c'est sur les vraies raisons de mon divorce. Je le regrette. Je regrette ce que j'ai fait. Mais je ne peux pas changer le passé.

– Je sais. En tant qu'historienne, je n'aurais pas dû me laisser prendre au ton moralisateur des journaux. J'aurais dû vous permettre de vous expliquer. J'aurais dû vous aider, au lieu de me joindre à la curée.

– Je ne vous en veux pas. Cela a dû être un choc.

– Comme cela a dû être un choc pour vous de découvrir que je devais mon poste à la fondation Couchman.

– Ce n'est pas comparable. Mais vous auriez dû me dire que vous ne pouviez être impartiale.

– Mais je l'étais. Si je ne vous en ai pas parlé, c'est uniquement par peur que vous ne pensiez cela. Je n'ai pas parlé aux Couchman de nos recherches.

– Vraiment ?

J'étais sceptique car je n'avais pas oublié les insinuations d'Henry.

– Je vous assure, dit-elle en y mettant toute sa force de persuasion. Je ne sais pas comment ils ont découvert notre projet mais, dès qu'ils l'ont appris, ils se sont débrouillés pour que je connaisse votre secret.

– Vous voulez dire...

– Vous ne voyez pas qui a pu me le dire ?

– Je pensais...

– C'est votre ex-beau-frère, Timothy Couchman.

Timothy Couchman ! Pas Alec ? Une nouvelle fois, elle me prenait au dépourvu, comme le jour où elle m'avait parlé de l'extrait d'acte de mariage, ou lorsqu'elle était apparue au tribunal. Après mûre réflexion, j'avais conclu à la culpabilité d'Alec. Mais c'était avant d'apprendre le rôle qu'avait joué Sellick dans le passé de Strafford, avant qu'Eve soit revenue vers moi et m'ait laissé entendre que nous pouvions peut-être remonter le cours du temps.

– Il ne voulait pas que nos découvertes risquent de compromettre son grand-père ?

– Naturellement. Et Timothy est assez subtil pour savoir que me menacer de m'enlever mon poste d'assistant n'aurait fait que m'encourager à poursuivre nos recherches. Il a trouvé plus intelligent de me dresser contre vous.

Timothy s'était vanté comme son père de pouvoir compter sur la complicité d'Eve. Mais, après tout, il avait pu bluffer pour m'abuser.

– Plus intelligent... et plus efficace.

– C'est ce qu'il a dû penser.

– Mais pourquoi est-ce que cela n'a pas marché ?

– Parce que vous me manquiez.

Aussi simple, aussi prosaïque, aussi touchant que ça.

– Cambridge était triste sans vous. Ce que j'y avais trouvé ne me suffisait plus. J'éprouvais un sentiment de perte que je ne savais à quoi attribuer. Puis j'ai pris conscience que j'étais amoureuse de vous. C'était vous qui me manquiez. Vos succès, vos échecs, le mystère de votre Strafford et même votre conduite scandaleuse sont tellement plus réels, tellement plus humains que le monde artificiel de Cambridge. J'avais espéré que vous vous sentiriez flatté, Martin, que je vous suive jusqu'ici.

Flatté n'était pas le mot. Lorsque je suivais des yeux le reflet de la bougie sur ses lèvres esquissant parfois un sourire, ou lorsque je lisais comme une promesse dans son regard profond et mystérieux posé sur moi, c'était un désir irrésistible que je ressentais. Je savais que j'étais en son pouvoir et cela m'était égal.

– Qu'allons-nous faire, Eve ? J'aimerais tant que tout soit simple entre nous, que vous puissiez oublier mon passé et que nous puissions oublier Strafford et les Couchman. Mais c'est impossible...

– Parce que c'est aussi un lien entre nous ?

– Et parce que Ambrose est mort. Ce qui n'était qu'un jeu intellectuel a commencé à tuer. La simple spéculation est devenue une réalité impitoyable.

– Comment ça ? D'après ce que j'ai entendu à l'enquête, il s'agit d'un accident. Ambrose est tombé à l'eau parce qu'il faisait très noir et qu'il avait bu.

– Juste après avoir découvert la vérité sur son oncle !

Eve leva les sourcils. Avoir le pouvoir de surprendre cette femme imperturbable me stimula.

– Quelle vérité ?

– Une vérité qui n'a rien à voir avec ce que nous pensions. Une vérité plus étrange, plus subtile que nous ne l'imaginions. Accablante, j'en ai peur, pour votre étude sur les suffragettes.

Elle remplit nos verres vides.

– Ce n'est pas grave, Martin. Dans le contexte de Cambridge, votre dédain pour les interprétations conventionnelles est aussi rafraîchissant que votre personnalité. Tant pis pour mon poste à Cambridge, tant pis pour mon livre. Je peux trouver un autre travail, réécrire le livre. Si je vous ai suivi, c'est aussi à cause de votre étrange concept de la vérité dans l'histoire. Cela m'inspire. Je veux aller de l'avant, à moins que...

— Oui ?
— À moins que la vérité n'ait coulé avec Ambrose. N'est-ce pas ce que vous vouliez dire ?

Imitant son art du silence éloquent, j'avalai plusieurs gorgées de vin. Elle attendait, buvant à petits coups, démontrant par son calme que sa patience durerait plus longtemps que la mienne.

— Non, Eve, la vérité n'a pas été engloutie avec Ambrose. Il a découvert un autre cahier dans lequel son oncle révèle les tenants et les aboutissants de sa disgrâce politique.

— C'est-à-dire ?

Je la mis une nouvelle fois à l'épreuve en ménageant un suspense.

— C'est une longue histoire. Ce n'est pas vraiment l'endroit idéal pour en parler.

— Vous avez sans doute raison. C'est peut-être aussi prématuré. Après tout, il y a beaucoup de choses dont nous devons discuter avant d'aborder les questions d'histoire.

Elle déviait avec élégance la conversation vers quelque chose dont je n'avais pas voulu parler, mais que j'avais néanmoins à l'esprit.

— Ne soyons pas trop pressés, Martin, ajouta-t-elle. Nous devons nous laisser un peu de temps.

— Je vous avais donné tout le temps du monde.

Le temps du monde, c'était l'histoire, notre profession commune. Pour la séduire, j'étais allé jusqu'à lui offrir le passé d'une autre personne.

— Si nous commencions par nous donner une journée ? Je suis libre demain. Nous pourrions aller quelque part et discuter de tout ça.

J'acceptai bien sûr avec enthousiasme, préférant ne pas trop m'interroger sur son changement d'attitude à mon égard. Qu'elle veuille bien me revoir me suffisait. Une journée ensemble, c'était un espace vide qu'elle m'offrait de combler, un doute qu'elle promettait d'apaiser. J'écartai d'un geste impatient tout ce que j'avais appris, l'enchevêtrement de questions et d'incertitudes qui s'amoncelait entre Strafford et moi, quatre dures années d'errance, de tentation en tentation, je balayai tout cela pour le plaisir qu'elle m'offrait, vingt-quatre heures, une journée qui pouvait devenir une scène pour chaque variation sur le thème de sa beauté.

J'échappai aux questions des Bennett et projetai de m'éclipser le lendemain matin, à la première heure. J'avais remis la postface dans son emballage et l'avais rangée dans un endroit discret, préférant ne pas trop penser à Strafford.

Mais j'en savais trop pour l'effacer totalement de ma mémoire, bien conscient que, ouverte ou fermée, c'était de la dynamite. Elle représentait en tout cas une menace réelle pour beaucoup de gens qui en ignoraient le contenu et pour les quelques personnes qui le connaissaient. En être le dépositaire n'était pas une situation de tout repos.

Ce vendredi-là, je l'emportai donc avec moi lorsque je quittai la maison des Bennett. Il faisait beau et si l'air était encore un peu frais, le soleil qui brillait promettait une température plus qu'agréable. Je traversai avec une discrétion inutile le silence domestiqué du lotissement et passai par-dessus la rivière pour aller à la gare St David. Là, un casier à consigne automatique me fournit la cachette idéale. Autant je me sentais vulnérable avec le cahier sous le bras, autant je me sentis sûr de moi avec en poche la clé qui me garantissait que la postface était en sûreté dans un endroit connu de moi seul.

Eve arriva dans sa MG argentée, débouchant de la rue de l'université, tenant d'une main sûre le volant. Cela aurait pu être Cambridge, la première fois qu'elle était passée me prendre à Princes' Hall. Elle portait des lunettes noires, une écharpe en soie, un chemisier bleu ciel et un jean blanc. Elle m'adressa un sourire un peu retenu, qui pouvait marquer la réserve ou au contraire une intimité parfaite ; son sourire m'apparut à la fois comme un défi d'exprimer les doutes que nous avions l'un vis-à-vis de l'autre et une invitation à feindre qu'ils étaient dissipés.

– J'ai pensé que nous pourrions aller à Braunton Burrows, dit-elle d'une voix neutre.

– Comme vous voulez.

– Une botaniste de Darwin, en m'entendant dire que j'allais là-bas, m'a recommandé les orchidées. Et vivre à Cambridge donne très envie de voir la mer.

Comme nous traversions les forêts de pins de la vallée de la Taw, Eve rompit le silence tendu qui s'était installé entre nous.

– Où êtes-vous allé après Cambridge, Martin ?

– À Londres. Pour réfléchir. Puis à Miston, pour secouer ma tristesse. Lady Couchman est un bon antidote à l'apitoiement sur soi-même.

– Ainsi vous l'avez vue ?

Je me souvins du soulagement que j'avais éprouvé en apprenant qu'Eve n'était pas passée avant moi.

– Oui. Elle a confirmé nos soupçons sur Strafford.

– Cela vous a déçu ?

– Pas vraiment. Elle n'a pas de rancune contre Strafford. Elle pense que le remords a pu le pousser au suicide.

– Ce n'est pas votre avis ?

– Plus maintenant. Ce qu'Ambrose a découvert ne va pas dans ce sens.

– Et je suppose que vous voulez me tenir en haleine ?

– Encore un peu, oui.

Nous fîmes une halte dans un pub, à la sortie de Barnstaple. Le jardin donnait sur l'estuaire de la Taw et descendait jusqu'à l'océan en une courbe paresseuse. Tandis que nous étions assis devant nos boissons glacées, il y avait dans l'air que nous respirions autre chose que la chaleur.

— Martin, lorsque nous nous sommes quittés à Cambridge, je ne vous ai pas donné la possibilité de vous expliquer. C'était une erreur.

— Vous voulez que je le fasse maintenant ?

— Seulement si vous en avez envie.

J'essayai. Je dis à Eve plus de choses sur Jane et sur moi que je n'en avais dit à quiconque. Pourtant, j'étais encore loin de la vérité. Jane n'avait pas pu être aussi calculatrice que je l'avais dépeinte. Mais comment pouvais-je expliquer autrement le gaspillage de ce qu'on appelait la respectabilité ? Je ne pouvais pas lui dire à quel point, en fait, j'avais été faible.

— Ce n'est pas, j'en ai peur, dis-je pour conclure, un récit très glorieux. Mais cela n'a rien à voir avec le récit qu'en ont donné les journaux.

— Je peux le comprendre, Martin. Je pense que cela vous a peut-être même rendu meilleur.

— Peut-être.

— Savez-vous ce que cette fille est devenue ?

— Non, pas du tout. J'aurais été très mal reçu si je m'étais aventuré à demander de ses nouvelles. Et...

— Oui ?

— Les adolescents sont plus solides que ne le pensent les adultes. Je suis sûr qu'elle a tout oublié, qu'elle est mariée et qu'elle a deux enfants. Tout le monde a tout fait pour l'aider à oublier. Moi, personne ne m'a permis d'oublier.

— Je vois, dit-elle, le regard perdu au loin dans l'estuaire. Je pense qu'il est peut-être temps d'oublier le passé.

— Et le présent ?

— Vous voulez savoir ce qu'il en est de ma relation avec la fondation Couchman ? Comme je vous l'ai dit, Timothy Couchman a appris les recherches que nous faisions. Comment ? Je n'en ai pas la moindre idée. Mais les murs ont des oreilles à Cambridge. Après notre séparation, je lui ai dit ce que nous avions découvert et j'ai parlé de nos projets. De toute façon, ce n'était plus un secret et je n'avais plus aucune chance de pouvoir utiliser l'histoire de Strafford pour mon livre.

– Il est venu me voir et m'a dit que vous l'aviez tenu régulièrement informé.

– C'est faux. Timothy ment comme il respire. Je n'aurais jamais dû croire tout ce qu'il m'a raconté sur vous, mais c'était un tel choc que j'ai été littéralement assommée. Je n'ai pu faire la part des choses qu'après votre départ, une fois que l'aspect immaculé de Cambridge avait commencé à perdre de son charme à mes yeux. Sans défauts, les gens ne sont pas réels.

– Si vous aimez les défauts, je suis votre homme.

Nous éclatâmes de rire, à l'aise, de nouveau, et heureux d'être ensemble.

Après avoir déjeuné, nous reprîmes la route qui, au-delà de Braunton, traversait la plaine côtière : un paysage étrange et surprenant par comparaison avec l'intérieur des terres vallonné et les champs bordés d'arbustes. Le sable blanc remplaça la terre rouge et les Burrows apparurent, ces dunes ondoyantes couvertes d'herbe se déroulant vers un océan lointain, invisible. La chaleur du sable avait quelque chose d'implacable.

Nous garâmes la voiture le long des dunes. C'était la seule. Et il n'y avait pas de signe de vie animale, pas de bruit pour faire tomber la tension qui montait entre nous sous le soleil brûlant. C'était un lieu vide, qui aurait pu se trouver n'importe où, à n'importe quelle époque.

Cette atmosphère de fin du monde aurait dû m'alerter, mais si Eve avait consenti à m'amener là, cela me suffisait. Elle sourit, savourant la chaleur, puis partit la première comme si elle connaissait le chemin. Dans les combes étouffantes, entre les dunes, elle me montrait du doigt, parmi les tapis de fleurs colorés, des variétés d'orchidées, et se penchait pour m'expliquer les différences de forme et de couleur. Elle semblait retrouver un plaisir d'enfant. Cette soudaine gaieté m'éblouit plus que le soleil.

Derrière une combe, riche en orchidées, nous descendîmes une dune de sable dépourvue d'oyats auxquels nous raccrocher. Nous déboulâmes la pente en nous enfonçant jusqu'aux genoux dans le sable brûlant, et nous atterrîmes au pied de la dune dans les bras l'un de l'autre.

Eve riait en brossant le sable sur ses vêtements.

– Je suis heureuse qu'on se retrouve ici, Martin, dit-elle.

– Nous ne sommes encore jamais venus ici, dis-je, mais, déjà, je n'en étais plus vraiment sûr.

– Je veux dire qu'on soit ici ensemble.

Elle m'embrassa légèrement, puis me tira par la main pour m'aider à me lever et nous continuâmes à marcher, main dans la main.

La mer, lorsque nous la découvrîmes depuis la dernière dune frangée d'herbes, était un miroir sans fin devant un cordon de sable blanc où l'eau venait mourir. La plage qui s'allongeait de chaque côté de nous était noyée sous une brume de chaleur, et la mer, aussi large que le ciel, s'étendait à perte de vue. C'était une plage de rêve : déserte comme si elle avait été réservée à notre usage personnel.

Nous nous assîmes au pied des dunes, absorbant la chaleur du soleil, scrutant l'horizon que seules rompaient la voile d'un bateau et la bosse lointaine de Lundy Island, nous entretenant de Cambridge, de notre enfance, des orchidées et de nous-mêmes : une ouverture légère. Strafford enfin oublié.

Eve s'étendit sur le dos et ferma les yeux pour jouir de la chaleur. J'embrassai ses paupières. Elle sourit imperceptiblement.

– Maintenant que vous êtes revenue, dis-je, je peux vous confier ce que j'allais vous dire ce fameux matin au Darwin College. À côté de vous, l'histoire perd de son importance.

– Ce n'est pas si important que ça, en effet.

– Et pourtant, vous êtes historienne ?

– Je suis aussi une femme.

— Je ne l'oubliais pas.

Je l'embrassai de nouveau.

Comme je m'écartais, elle ouvrit les yeux.

— Je pense que j'ai été trop longtemps loin de vous.

— C'est ce que j'ai pensé après un seul jour, dis-je.

— On verra si vous pensez encore la même chose à la fin de cette journée.

Elle sourit et scruta mon visage comme si elle cherchait quelque chose et quand elle l'eut trouvé, elle ferma de nouveau les yeux et s'étira avec une grâce féline. Comme elle arquait le dos, le bas de son chemisier découvrit une étroite bande de peau au-dessus de la ceinture de son jean, les boutons de son chemisier entre ses seins se tendirent à craquer. Sentant son corps se relâcher lentement sur le sable près de moi, je brûlais d'envie de lui arracher ses vêtements, de la prendre brusquement, de faire flamber le feu que ses paroles et ses regards aguicheurs attisaient en moi. Mais sa langueur étudiée m'en empêcha. Son calme me tint à distance. Elle semblait me dire qu'elle choisirait elle-même le moment, que je devais attendre.

J'attendis en effet, mais sans faire preuve du même sang-froid qu'elle. Je me levai et avançai en direction du rivage, la laissant étendue au pied des dunes. À cette heure la plus chaude de la journée, la plage déserte chatoyait, bordée d'un côté par une presqu'île lointaine, de l'autre, par un horizon d'un bleu outremer. J'avais retiré mes chaussures et la plante des pieds me brûlait, aussi marchai-je sur le sable mouillé, plus ferme et plus frais, ridé par l'eau qui se retirait.

En regardant derrière moi, je vis qu'Eve s'était levée. Elle regardait dans ma direction, mais ne répondit pas lorsque je lui fis signe. Ses yeux fixaient un point plus loin que moi, dans le néant bleu. Lorsque je me retournai vers la mer, quelque chose de blanc attira mon regard. Je me baissai : c'était un os de seiche décoloré. Je le jetai et me relevai.

Il avait dû s'écouler à peine quelques minutes depuis que j'avais regardé derrière moi. Je ne l'entendis pas approcher.

Elle passa devant moi en direction de la mer, sans rien dire, sans me regarder. Elle était nue. C'était Eve telle que je l'avais rêvée, telle que j'avais redouté de l'imaginer : l'équilibre entre la beauté et la plénitude de la sexualité.

Elle ne pouvait pas ignorer l'effet qu'elle produirait sur moi. Cela ne pouvait pas ne pas être délibéré. Ses pieds nus foulant le sable à chacun de ses pas. La contraction élégante des muscles de ses jambes à chacun de ses mouvements. La courbe pâle et arrondie de ses fesses rejoignant ses cheveux sombres qui tombaient sur ses épaules nues. Elle ne pouvait pas ignorer que je ne pourrais pas résister.

Elle avança dans la mer jusqu'à la taille sans changer d'allure. Puis elle plongea dans les vagues, nagea quelques mètres, et se retourna vers moi. Elle secoua ses cheveux mouillés et se remit debout, l'eau ruisselant sur ses épaules et sa poitrine.

– Vous ne venez pas me rejoindre, Martin ? dit-elle avec un sourire.

Partagé entre mon désir pour elle, le rêve qu'elle représentait et la conscience de toutes les conséquences de ce qui allait suivre, je restai un moment immobile. Puis, oubliant toutes les causes perdues pour lesquelles j'aurais dû résister, je commençai à ôter mes vêtements.

Lorsque je courus dans l'eau, moitié par jeu, moitié pour me mettre encore une fois à l'épreuve, elle s'éloigna à la nage vers la rive et je la suivis. Au début, elle me distança puis elle ralentit comme si elle m'autorisait enfin à la rattraper, riant en haletant lorsqu'elle arriva dans l'eau peu profonde où je la rejoignis et la pris dans mes bras, couvrant de baisers et de caresses son corps mouillé. Je sentis la pointe de ses seins durcir contre ma poitrine. Elle mordilla le lobe de mon oreille.

– Alors, l'eau n'était pas trop froide pour vous, Martin ?

— Dieu que vous êtes belle ! Comment ai-je pu avoir la chance de vous rencontrer ?

— Peut-être que vous le méritez.

Nous rejoignîmes le rivage dans un bruit d'eau éclaboussée, et nous avançâmes en trébuchant sur la plage pour tomber à genoux quelques mètres plus loin. La force de mon désir et l'urgence du moment nous empêchaient de continuer. Ses mains glissèrent sur mon corps tandis que j'embrassais son visage, son cou et le bout de ses seins.

Sous le feu de ses caresses, je savais que je ne pourrais pas résister trop longtemps. Le contact de sa peau nue exaspérait mon désir, mais je me sentais d'une nervosité paralysante, ayant conscience, ce qu'elle ne pouvait savoir, que c'était la première fois que je faisais l'amour depuis Jane Campion, quatre ans plus tôt.

— Nous devons arrêter, dis-je. Nous ne pouvons pas faire ça ici sur la plage.

Elle leva les yeux vers moi et sourit. Son doigt glissant sur ma peau me fit tressaillir de délice.

— Nous ne pouvons plus nous arrêter, Martin. Qu'importe l'endroit où nous sommes.

— Mais je n'ai pas dit que je voulais arrêter.

— Alors prenez-moi.

Le plaisir interdit que j'éprouvais avec Jane se trouva transcendé. Eve était tout ce qui dans la femme m'avait été (dans mon esprit) refusé. Pourtant, elle était là, me rendant mes baisers fous, ses bras autour de mon cou, ses jambes serrées autour de mes reins, glissant avec moi sur le sable, et elle gémissait tandis qu'une force impérieuse affolait nos corps. Eve qui m'avait accordé sa confiance puis me l'avait retirée, Eve qui pour me séduire avait joué un jeu subtil, en exploitant tour à tour la vulnérabilité féminine et la distance intellectuelle, Eve qui, à Cambridge, tournait les têtes et subjuguait les esprits, Eve était à moi de la manière la plus simple, la plus exclusive.

J'essayai de me contrôler. Mais les paroles qu'elle me chuchotait à l'oreille, son corps souple et ferme sous moi, nos corps nus exposés sur la plage, tout me précipitait vers une mort délicieuse.

— Eve, je ne peux pas m'arrêter. C'est trop bon d'être avec vous.

— Venez, Martin.

Alors, le feu de ma passion s'embrasa. Puis nos corps restèrent étroitement unis, comme s'ils n'en revenaient pas de ce débordement de passion. Je cherchais à comprendre ce qui venait de se passer. Eve m'avait dévoré.

Épuisés et rassasiés, nous réussîmes tant bien que mal à traverser la plage pour nous mettre à l'abri dans les dunes, et nous nous laissâmes tomber dans un creux, exténués et désorientés. Comme la fin de l'après-midi gorgée de soleil tel un fruit trop mûr succédait à la chaleur sèche du milieu de journée, Eve s'endormit sur mon épaule, un bras en travers de ma poitrine, une jambe enlacée à la mienne, mes côtes calées contre le coussin moelleux de ses seins. À entendre Eve respirer contre moi, à sentir ses membres enlacés aux miens, j'éprouvais un bonheur auquel s'ajoutait la satisfaction triomphante de l'avoir possédée.

De ma main libre, je chassai les grains de sable de sa hanche et de sa cuisse. Mon regard balaya la plage jusqu'à l'océan paresseux où mes vêtements formaient une boule sur le sable. Je me dis que je devrais aller les chercher, mais je m'endormis moi aussi.

Nous revînmes à la réalité dans un pub de campagne, à mi-chemin entre Barnstaple et Exeter. Les gens nous regardaient comme s'ils devinaient à quoi nous avions passé la journée. Eve opposait un sourire désarmant à leurs regards insistants.

— Et maintenant ? dis-je.

Aucune conversation, aucun événement social ne semblait pouvoir être à la mesure de ce que nous venions de vivre. Eve, qui me souriait derrière son verre, les joues rouges de soleil et d'amour, était ma déesse éblouissante dans un paysage en camaïeu.

– La journée n'est pas encore terminée, Martin, et nous nous sommes accordé une journée entière.

– C'est une journée que je n'oublierai jamais. Mais pourquoi devrait-il n'y en avoir qu'une ?

– Cela dépend de vous.

Son sourire évoqua la promesse de quelque chose de plus durable, mais, même alors, je pressentis que cela ne dépendait pas de moi. C'était Eve qui tenait mon sort entre ses mains.

– Si j'avais le choix, cette journée n'aurait pas de fin.

– Cela peut sans doute s'arranger.

J'étais prêt à l'admettre, croyant à la beauté, comme à la sorcellerie, croyant à l'amour (à la foi en l'amour), qui peut transformer la vie. Car les hommes étouffent leur peur du pire sous un optimisme naïf.

Nous traversâmes Exeter en direction de Topsham, petit port pittoresque situé à l'est de l'estuaire de l'Exe. Là, Eve m'expliqua que l'historienne qui la remplaçait à Cambridge lui avait donné la clé de sa maison en l'invitant à y aller aussi souvent qu'elle le désirait. Nous garâmes la voiture dans une petite cour derrière une boutique de poterie et nous enfilâmes une rue étroite bordée d'élégantes demeures de la fin du XVIIIe. C'était un quartier où avaient dû résider autrefois les officiers de marine à la retraite, et où étaient venus s'installer les passionnés de cuisine diététique et les artisans.

La maison du docteur Petra Sutcliffe, de l'université d'Exeter, avec une porte à colonnades un peu trop grandiose, se trouvait au bout d'une rangée de maisons attenantes les unes aux autres, dans la partie ancienne de la rue. La décoration intérieure était tarabiscotée, avec un tissu d'ameublement à motif floral, un mobilier ancien, les œuvres de Jane Austen, de George Eliot et de plusieurs universitaires, toutes des femmes, rangées dans des bibliothèques vitrées et cirées.

D'autres influences contrastaient étrangement avec le goût du docteur Petra Sutcliffe, entre autres l'escalier tournant et les hublots donnant sur l'estuaire qui témoignaient du passage de quelque vétéran de Trafalgar. Quant à l'odeur de café dans la cuisine, au choix des parfums dans la salle de bains, aux dossiers ouverts dans le salon, dispersés négligemment mais avec grâce et une confiance caractéristique, c'était l'œuvre d'Eve.

– Ce cadre commence à me déprimer, dit-elle en me versant un gin.

– Combien de temps devez-vous encore le supporter ?

– Une semaine. Ce serait supportable si...

– Si quoi ?

– Si je vivais avec quelqu'un qui me le fasse oublier.

Elle me tendit le verre et laissa sa main sur la mienne.

– Puis-je me porter volontaire ?

– C'est mon désir le plus cher. Mais nous devrons nous passer de l'approbation de Petra, ajouta-t-elle avec un sourire.

Nous éclatâmes de rire et nous bûmes à notre santé.

Plus tard, nous dînâmes dans un restaurant tranquille situé dans la grand-rue de Topsham. Le bois noir et les bougies convenaient à notre humeur, plus subtile, moins fiévreuse qu'un peu plus tôt dans la journée, mais le vin et les crustacés entretenaient au plus profond de nous l'odeur grisante de la mer et nos cœurs battaient au creux d'une vague chaude, esquivant les courants froids. Les sujets que nous abordâmes étaient d'une certaine manière aussi dangereux qu'un acte charnel. Nos propos, en apparence anodins et naturels, entérinaient une capitulation plus complète que toutes les autres.

– Après ce qui s'est passé, dis-je, je ne veux rien vous cacher. Vous devez savoir tout ce que je sais sur Strafford.

– Je vous écoute, dit-elle.

C'était aussi simple que ça. Tellement simple que j'aurais pu croire que c'était une permission et non un ordre.

Alors, je lui racontai tout. À présent, je me souviens de l'air assez indifférent avec lequel elle m'écouta lui confier ce qui, pour moi, était une révélation de la plus haute importance. Strafford innocent. Couchman bigame. Sellick impliqué. Christabel Pankhurst traître à sa cause. Eve écouta tout cela sans se départir de son calme.

– Votre sponsor n'est pas l'hôte désintéressé que vous pensiez ? dit-elle quand j'eus terminé.

– C'est le moins qu'on puisse dire.

– Le mien n'est pas la victime qu'il a prétendu être.

– J'en ai peur.

– Et Christabel Pankhurst fait partie des conjurés.

– On dirait bien.

Elle sourit.

– En somme, cela arrive comme une bombe pour tout le monde.

– À vous voir, on ne dirait pas.

– Oh, Martin, vous voulez parler de mon livre ? Ce n'est pas important. Il faut oublier les principes féministes et regarder la vérité en face. Je peux être souple. N'est-ce pas une qualité essentielle pour les historiens ?

– Si.

– Alors après ça, vous ne devez pas vous sentir l'obligé de Sellick. Que diriez-vous de vous associer à moi ?

– Une association littéraire ?

– Pas seulement littéraire. Si vous voulez, nous pouvons faire triompher la vérité en tant qu'historiens.

– Cela me plairait.

– J'espérais que vous seriez d'accord. Après tout, c'est vous qui aviez raison à propos de Strafford. Où se trouve le second cahier ?

– En sécurité.

– Chez ces gens, les Bennett ?

– Non, mais en sécurité. Ne vous inquiétez pas. Nous pouvons aller le chercher demain.

– Bien.

Elle fit une pause.

– Qu'est-il arrivé à Strafford et à son neveu, à votre avis ?

– À Strafford, je ne sais pas. Mais si ce n'était pas un meurtre, pourquoi mes recherches mettraient-elles les Couchman aux cent coups ? Quant à Ambrose, qu'il se noie comme par hasard, juste après m'avoir envoyé cette lettre, c'est un peu gros. Timothy était au courant, n'oubliez pas.

– C'est vrai. Mais croyez-vous Timothy capable de tuer quelqu'un ?

– Franchement non. Ni son père. Mais ils y ont été mêlés, j'en suis sûr.

– Alors, que décidons-nous ?

– Vous lisez la postface. On réunit les preuves, puis on publie et vogue la galère.

Ai-je cru à cet itinéraire séduisant que j'ébauchai au dîner ? Ai-je cru qu'Eve y croirait ? Y croire n'était pas vraiment nécessaire. Elle m'avait momentanément empêché de me soucier de ce que je trouverais au bout de la route. Être avec elle était, à ce moment-là, la seule chose qui comptait pour moi. Le mystère de Strafford n'était plus qu'un prétexte, s'il en fallait encore un.

Ce qui se passa, lorsque nous rentrâmes à Book End, ce soir-là, fut un panaché de plaisirs intimes. L'historienne froide comme un glaçon se donna une nouvelle fois au déclassé. La reine qui avait exigé le tribut de la vérité récompensa son docile sujet.

Mais les métaphores laissaient de côté un point crucial. Chacun à notre manière, nous étions tous coupables du délit d'abus de confiance.

Dans ce lit d'emprunt suspendu au-dessus des vieilles rues de Topsham, le rêve que nous vécûmes était différent de celui de la plage. Moins impulsif, plus lourd de sens. En faisant l'amour cette nuit-là, nous passions un contrat plus choquant que le geste le plus osé.

Je savais, bien sûr, que je compromettais Strafford autant que je me compromettais moi-même; mais je ne pouvais pourtant pas savoir quelles en seraient les conséquences.

À l'aube, j'ouvris la fenêtre de la chambre et regardai l'estuaire sortir de la nuit; sous le ciel pommelé, les eaux grises de l'Exe s'élargissaient au contact de la mer. Quelques lumières apparaissaient sur la côte ouest. J'entendais les cris des mouettes tournoyant au-dessus des pontons enfoncés dans la vase, près de la rive. Un matin d'été insipide dans un lieu obscur. Je trouvai entre Topsham et Port Edward une similitude étrange : ils offraient l'un et l'autre un refuge loin de la réalité, un abri dans quelque pli du littoral, un cadre pour des actes qui poursuivraient leurs auteurs plus longtemps qu'ils ne l'imaginaient.

Derrière moi, Eve s'étira, élégante même dans son sommeil, un bras sur le dessus-de-lit, les cheveux déployés en éventail sur l'oreiller dans une pose, mais oui, identique à celle de mon rêve. Eve contenait la merveille d'un jour que je n'avais pas pensé voir. Familier des déceptions, résigné aux échecs, je commençais déjà à m'habituer au sentiment de triomphe. J'avais été attiré par cette femme à la beauté lointaine façonnée par son intelligence pénétrante. J'avais goûté le mystère de sa chair souple devenue mienne contre toute attente.

Eve se retourna, s'étira et sourit, m'apportant la preuve que je ne rêvais pas.

— À quoi pensez-vous ? dit-elle dans un bâillement distingué.

— Je n'aurais jamais osé espérer ce qui m'arrive.

— Et maintenant que c'est arrivé ?

— Maintenant, je cours le risque de devenir un homme heureux.

Eve se leva du lit et s'enveloppa dans un kimono à motif de dragon que je lui avais vu une fois à Cambridge, à des années-lumière de là. Elle traversa la pièce pour me rejoindre à la fenêtre, passa son bras autour de ma taille et suivit mon regard au-delà des toits brillants de rosée.

— Pour vous dire un secret, dit-elle, je m'attendais à ce que nous nous réveillions dans le comté du Norfolk, non pas dans le comté du Devon.

— Je m'y attendais aussi un peu, il n'y a pas si longtemps, dis-je d'un air piteux.

Elle eut un sourire d'ange consolateur.

— Étrange la façon dont les choses peuvent tourner, ajoutai-je.

— Oui, plus étrange qu'on ne le pense.

Sur ces mots énigmatiques, elle alla préparer le café.

Pour le petit déjeuner, Eve fit cuire du jambon et des œufs comme elle avait appris à le faire en Californie. Nous mangeâmes dans la cuisine automatisée du docteur Sutcliffe en dressant des plans pour la journée.

— Je brûle d'impatience de lire la suite des mémoires, dit Eve en buvant son café.

— Je peux aller les chercher ce matin.

— Vous pouvez prendre vos affaires chez les Bennett en passant, si vous voulez rester.

— Vous connaissez la réponse, dis-je avec un sourire.

— Mais ce matin, dit-elle en me rendant mon sourire, ce serait mieux que vous ne soyez pas là.

— J'ai déjà un rival ? dis-je pour plaisanter.

— Le professeur Pollard doit passer à 11 heures pour discuter avec moi de la façon dont ça marche à Exeter. Nous avons pris rendez-vous il y a déjà quelque temps.

— Heureux professeur Pollard.

— Ne vous inquiétez pas. Ce ne sera pas long. Et ce cher professeur doit avoir au moins 60 ans. Pourquoi ne prenez-vous pas ma voiture ? Vous pourriez être de retour pour l'heure du déjeuner.

J'acceptai avec empressement. À 10 heures et demie, j'étais en route. Je repris le cahier de Strafford à la gare, soulagé de le trouver à l'endroit où je l'avais laissé, dans le casier de consigne. Puis j'allai chez les Bennett avec l'intention de prendre ma valise, de les dédommager par quelques piètres excuses et de rentrer à Topsham avec mon butin. Ce ne fut pas aussi simple.

Lorsque Nick vint m'ouvrir, je vis tout de suite qu'il était hors de lui. Chez un homme d'habitude si pondéré, c'était mauvais signe.

– Martin ! Bon sang, où étais-tu passé ?

– Désolé de ne pas avoir téléphoné, Nick. Tu sais ce que c'est.

Non, il ne le savait pas, c'était clair.

– Tu veux savoir ce qui s'est passé ici ? On a été cambriolés, nom de Dieu !

Une nausée me prit. Je sentis les murs tourner autour de moi, le sol se dérober sous mes pieds. D'une phrase, Nick avait fait voler en éclats mon euphorie arrogante.

Nous entrâmes dans la maison. Hester s'évertuait à remettre de l'ordre avec une énergie farouche. Elle n'avait pas l'air heureuse. L'atmosphère habituellement insouciante qui régnait chez eux était bouleversée. Quelque chose avait été profané et, en les regardant, je compris qu'il s'agissait de notre amitié.

– Comment ça s'est passé ? demandai-je.

– En rentrant hier après-midi, dit Nick d'un air sombre, Hester a trouvé la maison sens dessus dessous. Les tiroirs ouverts, leur contenu renversé sur le sol, les placards et les commodes vidés. C'était une pagaille monstre. Elle a travaillé comme une bête pour tout remettre en état.

Il passa son bras autour de sa femme, qui arrêta ce qu'elle était en train de faire et prit une expression douloureuse à ce souvenir.

— C'était terrible, Martin, dit-elle. Vraiment. Pas tellement le bordel que l'idée que quelqu'un avait fouillé partout, touché mes vêtements, nos affaires les plus personnelles. C'est comme si tout était souillé, ajouta-t-elle en frissonnant.

— On vous a pris beaucoup de choses ? demandai-je.

— Rien, dit Nick en me jetant un regard noir. C'est ce qu'il y a de plus bizarre. Ni l'appareil photo, ni la chaîne stéréo, ni les bijoux, ce que prennent en général les voleurs. Même pas l'argent liquide dans la cuisine. Rien. Comme si on avait cherché quelque chose d'autre.

— Quoi ?

Nick s'assit.

— Je ne sais pas, dit-il. Et toi, tu as une idée ?

— Non, bien sûr.

— Nous pensions que tu rentrerais hier soir, dit Hester.

— Je n'ai pas pu téléphoner, excuse-moi. J'étais dans une situation... très spéciale.

— Ici aussi, c'était spécial, dit Nick. Pour te dire la vérité, Martin, je crois que nous n'avons pas été cambriolés, mais fouillés. Comme je l'ai dit à la police, rien de ce qui avait une certaine valeur n'a été pris. À moins qu'il ne manque quelque chose dans tes affaires.

— Je n'avais aucun objet de valeur, dis-je, sur la défensive.

La seule chose de valeur que je possédais était dehors, dans la voiture d'Eve, en sécurité. Pour le moment. Mais Nick avait raison. Leur cambrioleur était venu chercher quelque chose qui m'appartenait : le second cahier de Strafford. C'était évident. La maison des Bennett, comme celle d'Ambrose avant eux, avait été dévastée dans ce but. Le soulagement que j'éprouvais à la pensée d'avoir été assez prévoyant pour cacher la postface dans un casier de consigne fit place à une angoisse sourde. Je n'avais dit qu'à une seule personne que j'avais la postface de Strafford.

— Nous ne sommes pas stupides, dit Nick. Nous sommes censés être tes amis mais, depuis l'enquête, c'est à peine si tu nous as adressé la parole. Et justement hier soir, quand on cambriolait la maison, tu n'es pas rentré. Qu'est-ce que tu en penses ?

— Je suis désolé pour le cambriolage. C'est peut-être de ma faute. On dirait que j'attire ce genre de choses. Mais je ne peux pas vous expliquer pourquoi parce que je n'y comprends rien moi-même. Il faut que je monte dans ma chambre.

— C'est ça, vas-y.

Le ton sarcastique de Nick me suivit dans l'escalier. Ils n'avaient pas mérité ça, tous les deux. Ils avaient le droit d'attendre de moi la vérité. Mais comment aurais-je pu la leur dire ? J'osais à peine la regarder en face.

Je courus au premier. Hester avait apparemment remis ma chambre en ordre. Mes vêtements étaient empilés avec soin sur le lit. Je sortis mon sac. Les mémoires de Strafford s'y trouvaient toujours. Ainsi, il n'y avait plus de doute. Celui qui était venu en savait assez pour faire la différence entre ce cahier et le second. C'était la même personne qui avait fouillé Lodge Cottage, qui avait pu pousser Ambrose dans la Teign, qui savait ce que je n'avais dit qu'à... Eve.

Eve ! La trace de moquerie dans son sourire. Sa duperie révélée au grand jour, plus nue que son corps nu sur la plage. Je cherchai désespérément à chasser le doute qui s'insinuait dans mon esprit. Eve si belle. Si mystérieuse. C'était impossible ! Coïncidence. Malentendu. Oui. Tout ferait l'affaire pour échapper à la vérité désagréable qui planait au-dessus de ma tête.

Je sortis de la maison en courant, laissant Nick et Hester pleins de ressentiment. Je traversai la ville en conduisant comme un fou puis lançai la voiture sur la route de Topsham. Je ne désirais qu'une chose : entendre Eve me dire que mes peurs étaient sans fondement. Il suffirait qu'elle le dise pour que je la croie.

Au moment où je passais à toute allure devant le panneau annonçant Topsham, mon angoisse se calma légèrement.

Voir Eve, entendre sa voix, cela n'était pas suffisant. Je devais réfléchir à mes paroles pour ne pas avoir l'air de formuler une accusation.

Je quittai High Street et me garai dans une ruelle qui descendait vers la rivière. Puis je pris une rue qui rejoignait Book End en faisant un détour pour me donner le temps de réfléchir, de respirer l'air frais qui montait de l'Exe et de chercher une explication qui innocente Eve. S'il y en avait une, je l'aurais trouvée.

Devant moi, sur la gauche, The Passage House Inn se remplissait de clients qui venaient déjeuner. En terrasse, les tables étaient occupées par des groupes joyeux. Mon humeur s'accommodait mal du tintement des verres entrechoqués. J'avais hâte de les dépasser.

Au moment où j'approchais, deux personnes sortirent du restaurant. Je m'arrêtai net. Eve, souriante, détendue, maîtresse d'elle-même, à l'aise, comme toujours. Et à ses côtés, non pas le professeur Pollard aux cheveux blancs, mais Timothy Couchman, soigné, pomponné, portant des lunettes noires et marquant une pause pour écraser une cigarette.

La Porsche rouge était garée un peu plus bas. Ils s'éloignèrent dans sa direction, parlant et riant tout en marchant. Timothy prit Eve par la taille. Elle portait un chemisier jaune, tout simple, et le même jean blanc que la veille, ce qui me fit encore plus mal. Timothy fit glisser sa main le long de ses hanches et lui donna une tape sur les fesses d'un geste désinvolte de propriétaire, pour lui signifier de rester de ce côté-là de la voiture en attendant qu'il lui ouvre la porte de l'intérieur. Cela lui ressemblait de monter le premier. C'était horrible de voir avec quelle facilité Eve acceptait sa familiarité.

Timothy fit le tour de la voiture. Au moment où il allait ouvrir la portière, il m'aperçut. Son visage s'allongea, ses yeux se réduisirent à deux petites fentes, puis il sourit avec une condescendance hideuse. Eve regarda de mon côté. Son visage était un masque impénétrable. J'aurais pu passer ma vie à plonger mon regard dans ses beaux yeux sans y voir autre chose que mon reflet, perdu, déformé et solitaire.

— Martin ! Comment vas-tu ? dit Timothy avec une hypocrisie outrancière. Ça me fait plaisir de te voir !

Eve lui chuchota quelque chose à l'oreille et ses traits se durcirent.

Depuis le soir où j'avais donné à Timothy l'occasion de lire la lettre d'Ambrose, tout cela était prévisible. Timothy se devait de retrouver la postface de Strafford dans laquelle son père était directement mis en cause. Ambrose noyé, sa maison fouillée. Et toujours pas de postface. Par malchance, j'avais mis la main dessus. Il avait fallu m'éloigner et fouiller une autre maison. Nouvel échec. Alors, Timothy avait tenté de me soudoyer en employant un autre moyen auquel il savait que je ne pourrais pas résister.

Je devais partir, fuir la scène de cette rencontre, cette vision de tous les mensonges. Je tournai les talons et m'élançai aussi vite que je pus pour échapper à ce que ma conscience toute neuve me soufflait sur la duplicité des uns et des autres et la ruine de mes illusions. Au même moment, j'entendis Timothy crier : « Radford, arrête ! », mais je ne me retournai pas. Il avait dû comprendre lui aussi que leur plan avait échoué à cause d'une rencontre fortuite, que la satisfaction que pouvait lui donner mon dépit venait trop tôt parce que j'avais encore la postface et qu'on ne pouvait plus me convaincre de la céder, seulement m'y forcer.

J'entendis ses pas résonner sur le macadam derrière moi. Il n'était pas très loin. Mais au moment où nous dépassions le restaurant en courant, plusieurs personnes en sortirent et se dispersèrent dans la rue. J'entendis le bruit d'une collision. Tournant la tête, j'aperçus Timothy, son pantalon crème taché de bière brune, maudissant un jeune homme barbu en jean et tee-shirt qui ne comprenait pas ce qui lui arrivait. Derrière le groupe gesticulant, Eve se tenait debout près de la voiture, nullement décontenancée, les yeux fixés sur moi. Je marquai une pause et, l'espace d'un instant, cherchai désespérément à comprendre le message de son regard : distant, lucide, désappointé. Puis je me remis à courir.

Je retournai à la voiture, la voiture d'Eve, trouvant dans cette ironie une petite consolation. C'était une vengeance mesquine, mais c'était tout ce dont j'étais capable. Je sautai à l'intérieur et fonçai à toute allure sur la route d'Exeter, comme si la vitesse pouvait mettre de la distance entre mes émotions et moi.

Je retournai chez les Bennett. Une visite éclair mais capitale. Je n'étais pas dans le même état d'esprit que lors de notre rencontre tendue un peu plus tôt et ils semblèrent le remarquer. Ils déjeunaient dans la cuisine.

– Nick... Hester, je n'ai pas le temps de vous expliquer. Ça va mal, mais il me reste une chance de tout arranger. Vous avez raison pour le cambriolage. Cela avait un rapport avec moi. Mais ne vous en faites pas. Cela ne se reproduira plus car je m'en vais. Croyez-moi, je suis vraiment désolé de vous avoir causé tous ces ennuis.

– Nous voulons seulement t'aider, Martin, dit Hester.

– Mais d'abord, dit Nick, tu nous dois une explication.

C'était une demande légitime mais je ne pouvais pas la satisfaire.

– Il faut attendre encore un peu. Le moment n'est pas venu.

Je montai en courant au premier étage avant que Nick ait eu le temps de protester et rassemblai mes affaires. Dans un sac avec la postface, je mis les *Satires de circonstances* et, bien sûr, les mémoires de Strafford : des pièces à conviction qui avaient pris pour moi valeur de talisman.

En bas, Nick avait remarqué la voiture garée devant chez lui.

– C'est à qui la MG ? demanda-t-il lorsque je réapparus, prêt à partir.

– À une amie.

– Tu peux m'expliquer ?

— Je t'ai dit que je ne pouvais pas t'expliquer pour le moment, dis-je, à la porte. Je te promets que je le ferai dès que cela sera possible. Il y a trop de choses à régler.

— Martin...

Je ne m'arrêtai pas pour écouter ce qu'il voulait me dire. Je descendis l'allée en courant, lançai mes bagages dans la voiture et passai de l'autre côté.

— Attends, Martin ! cria Nick depuis le chemin. Tout de même, tu peux...

Je claquai la portière et mis le contact. Sur le visage de Nick, qui s'avançait vers moi, se lisait toute sa déception. Elle se transforma en colère quand je démarrai en trombe, me jurant de revenir le plus vite possible pour m'amender, sans me douter que des événements imprévisibles m'en empêcheraient. J'eus une dernière image de Nick dans le rétroviseur : les mains plaquées sur ses hanches, regardant la voiture s'éloigner.

La seule direction possible était l'est, Miston. C'était inévitable depuis le moment où j'avais quitté Topsham, depuis le moment où j'avais compris que je m'étais fait piéger aussi facilement que Strafford. Il était allé consulter Elizabeth. C'est ce que j'allais faire, moi aussi.

Mais à la différence de Strafford, je n'avais pas l'intention d'épargner la vérité à Elizabeth. Ce n'était plus concevable. Trop de gens, y compris moi-même, avaient souffert pour la cause du secret

Dans le soir qui tombait lentement, je lançai la MG à l'assaut de Harting Hill, puis dans la descente des Downs, en direction de Miston. Ce paysage me donna l'impression que je rentrais enfin chez moi après une longue absence, comme si, par un juste retour des choses, je revenais à la source. Quoi qu'il y ait devant moi, je ne pouvais plus retourner en arrière.

8

Non, je ne pouvais plus reculer. Après avoir arrêté la voiture dans l'allée de Quarterleigh et coupé le contact, tandis qu'une douce soirée d'été commençait d'exercer sur moi son charme, j'hésitai, restant assis à ma place, m'efforçant de m'adapter à cette transition brutale, cherchant la meilleure façon de franchir le pas suivant, irrémédiable.

La porte de la maison s'ouvrit, et Dora, enveloppée dans un tablier couvert de farine, mit le nez dehors pour voir qui était là, son air narquois encadré par le cerceau de chèvrefeuille. En me reconnaissant, elle vint vers moi.

– Alors comme ça, vous venez encore nous déranger, pas vrai ? dit-elle sur un ton plutôt gentil auquel elle ne m'avait pas habitué.

– J'en ai bien peur, Dora.

– Alors entrez. Ma maîtresse est là, mais pas M. Henry si vous voyez ce que je veux dire.

– Vous avez bien compris que tout le monde ne me porte pas dans son cœur.

– Si M. Henry ne vous aime pas, c'est que vous pouvez pas être complètement mauvais. C'est pour ça que je vous renvoie pas. D'ailleurs, ma maîtresse m'a jamais demandé une chose pareille.

Sur cette assurance, je la suivis dans la maison et jusque dans la serre. Elizabeth dormait dans sa chaise longue, un métier à broder sur les genoux, un livre posé sur un tabouret à côté d'elle.

Dora lui toucha le coude et elle ouvrit aussitôt les yeux sans sursauter comme si, en fait, elle n'avait pas dormi du tout.

– Oh, Martin, dit-elle, quelle agréable surprise ! Juste au moment où je commençais à croire que vous m'aviez oubliée. Asseyez-vous et racontez-moi ce que vous avez fait. Je suis curieuse de l'apprendre.

– Ce ne sont pas des choses agréables à entendre, dis-je. Êtes-vous sûre que vous ne voulez pas suivre les conseils de votre fils à mon propos ?

Elle eut un sourire indulgent.

– Je suis trop âgée pour changer, Martin. Je me suis toujours fiée à mon propre jugement, pas à celui des autres. Mais pourquoi tant de solennité ? N'oubliez pas que vous m'avez promis de me faire part de toutes vos découvertes.

– Oui, je vous l'ai promis. Mais je ne savais pas ce que je découvrirais.

– Je brûle de l'apprendre.

Je me penchai en avant et elle me regarda avec une vive attention.

– Ce n'est pas si facile à dire. J'ai trouvé un autre manuscrit de Strafford qui relate de façon détaillée tout ce qu'il ne savait pas au moment où il a écrit ses mémoires. Cela n'a rien à voir avec ce que nous pensions. Les révélations qu'il fait sont de nature à vous perturber profondément. Elles mettent en cause... des personnes de votre famille.

– J'aimerais quand même que vous m'en parliez, dit-elle sans sourciller.

– Il faut que vous sachiez que si cela avait dépendu uniquement de Strafford, vous n'auriez jamais rien su. Cette postface contient tout ce qu'il avait décidé de ne pas vous dire lorsqu'il est venu vous voir, juste avant sa mort.

– Je vois, dit-elle sans se départir de son calme.

– Il se peut que sa décision soit la plus sage. Nous pouvons encore la respecter. Nous pouvons laisser le cahier de Strafford dans son emballage, sans l'ouvrir, ou l'enterrer, sans le lire. C'est à vous de décider.

– Mon cher, je pense qu'il n'est plus possible à présent de faire une telle chose, ce n'est pas votre avis ?

– La découverte de ce cahier ne m'a apporté jusqu'à présent que des ennuis.

– Qui l'a découvert ? Vous ?

– Non. Le neveu de Strafford. Celui dont je vous ai parlé. Mais il est mort noyé peu de temps après.

Elizabeth porta la main à sa bouche.

– Mon Dieu, je suis désolée de l'apprendre. Comment est-ce arrivé ?

– Un accident, d'après les conclusions de l'enquête.

– Vous paraissez sceptique.

– Oui. Je suppose que c'est pour cela que je suis ici.

C'était un mensonge, mais je n'avais pas le courage de lui dire la vérité, à savoir que le dépit était un moteur plus puissant que mon intérêt pour Ambrose.

– C'est pour cela aussi, ajoutai-je, qu'à mon avis vous devriez lire maintenant ce que Strafford voulait vous cacher.

Pour quelle raison Elizabeth consentit-elle aussi facilement à lire cet autre écrit de Strafford ? En partie par curiosité, je suppose. Aussi terribles que soient les découvertes qu'elle risquait de faire, elle ne pouvait pas s'empêcher de jeter un coup d'œil à travers la porte dont elle avait ignoré jusque-là l'existence.

J'allai chercher le cahier dans la voiture. Elizabeth était passée au salon où elle m'attendait, assise dans son fauteuil, près de la cheminée. Je m'assis en face d'elle et acceptai le whisky qu'elle m'offrait. Épuisé par le voyage et les derniers événements, c'était tout ce que j'étais capable de faire tandis qu'elle lisait avec lenteur la dernière déposition de Strafford, les yeux rivés sur le texte derrière ses lunettes à monture en or, les lèvres légèrement pincées, dans une concentration qui rendait son visage impénétrable. Dora me demanda si je voulais manger quelque chose avant qu'elle ne rentre chez elle mais je refusai poliment, préférant rester au côté d'Elizabeth, l'adjurant par ma présence de suivre Strafford page après page, jusqu'au bout de son destin. Le chat arriva et s'étira entre nous, surpris par la distraction de sa maîtresse. Je me pris à songer à sir Gerald Couchman, et l'imaginai assis dans le fauteuil que j'occupais à présent, se réchauffant avec le même whisky, songeant combien la chance et l'imposture lui avaient souri en lui donnant pour femme Elizabeth. Comme cela avait dû lui arriver souvent, je plongeai lentement dans une douce torpeur, puis dans un sommeil agité.

– J'ai terminé, Martin.

Je me réveillai en sursaut. Elizabeth m'avait pris par le coude et elle était penchée au-dessus de moi, les yeux cernés de rouge, le regard grave.

– Je crois que vous avez rêvé, mon cher.

Je me redressai dans le fauteuil.

– Je suis désolé. Ai-je dormi longtemps ?

– Environ une heure, je ne sais pas bien, j'ai été absorbée par ma lecture.

– Oui, bien sûr, dis-je en me frottant le front. Alors, qu'en pensez-vous ?

Je remarquai que la nuit était tombée et que le chat avait disparu. Elizabeth s'assit avec un soupir.

– Je ne sais que dire.

Elle était visiblement retournée.

– C'est tout à l'honneur d'Edwin d'avoir voulu me cacher cela, mais vous avez eu raison de me donner la possibilité d'en prendre connaissance.

Je m'efforçai de trouver des paroles de réconfort.

– Comme vous avez eu raison de me dire qu'il ne faut pas laisser le passé devenir un fardeau.

Elle eut un petit sourire.

— Mais ce n'est pas le passé qui est douloureux ici, c'est la vérité.
— Vous pensez donc que c'est la vérité ?
— Oh oui, sans aucun doute.

Elle prit une profonde inspiration comme si elle manquait d'air.

— Si vous voulez bien m'excuser, Martin, je pense que je vais aller me coucher. Il est tard et je dois prendre un peu de repos, si je le peux. Nous reparlerons de tout ça demain matin.
— Comme vous voulez.

Je la regardai se lever et se diriger vers la porte, voûtée par le poids d'une tristesse qui avait pris le pas sur son entrain habituel.

— Elizabeth, dis-je. Ça va aller ?

Elle se tourna et fit un effort pour sourire.

— Ne vous inquiétez pas, mon cher. Une vieille dame doit se recueillir. J'avais perdu l'habitude des déceptions. Et je viens d'apprendre que celui qui m'était le plus proche et le plus cher m'a déçue.
— Je suis désolé.
— Ce n'est pas la peine. Mais soyez ici demain matin. J'aurai peut-être besoin que vous me teniez la main.
— Vous pouvez compter sur moi.
— Bonne nuit donc.

Elle me laissa seul dans le salon à fixer du regard le second cahier de Strafford. Une nuit blanche m'attendait, une faction solitaire pour défendre l'héritage de Strafford et exaucer son dernier vœu : veiller sur Elizabeth. Je promis à Strafford que, cette nuit-là, elle pouvait compter sur moi, que je ferais tout pour ne pas la décevoir comme j'en avais déçu d'autres. C'était une vraie promesse, et qui s'avéra également fort utile.

Un dimanche dans le Sussex. Une petite brise faisait trembler les rhododendrons du jardin ; des nuages blancs se dilataient dans le ciel. Un cottage situé au pied des Downs où une vie ordonnée et paisible semblait dans l'ordre des choses. Pourtant, il y avait dans l'air matinal comme une agitation. Parfois, le vent soufflait en tourbillons, les cloches sonnaient avec une sorte de frénésie. La normalité était traversée de dissonances.

– Voulez-vous venir avec moi à la messe, Martin ?

Il n'y avait pas trace d'ironie dans la voix d'Elizabeth. Elle portait une élégante robe grise et un feutre à larges bords. À son expression, je compris qu'elle avait besoin d'accomplir un rite pour maintenir le chaos à distance.

Nous marchâmes jusqu'à l'église sans échanger une parole, mais nombreux furent ceux qui saluèrent Elizabeth d'un signe de tête auquel il lui fallut répondre. Puis nos voix s'unirent dans les chants et les prières à celles, plus fortes, des riches paysans composant l'assemblée des fidèles.

Au moment où nous sortîmes les uns derrière les autres, Elizabeth fut obligée d'échanger des amabilités avec plusieurs personnes. Il y avait, dans ses réponses affables, quelque chose de contraint, mais je fus le seul à m'en rendre compte. Elle me présenta comme un petit-neveu et, par bonheur, personne ne nous demanda de précisions sur ma famille. Ce n'est que lorsque nous fûmes de nouveau seuls sur le chemin du retour qu'Elizabeth trouva la force de parler d'elle.

– Je suis heureuse que nous soyons allés à la messe. J'avais besoin de me prouver que ma vie n'avait pas été totalement bouleversée.

– C'est l'impression que vous avez eue ?

– Oui, lorsque j'ai lu la postface.

Nous arrivâmes au portail de Quarterleigh.

– Si cela peut vous être de quelque consolation, je ressens un peu la même chose.

Elle serra ma main dans la sienne, froide malgré la chaleur.

– C'est un peu une consolation, mon cher, mais ce n'est pas suffisant, hélas.

– Vous aimeriez en parler ?

– Je pense que c'est nécessaire. Mais d'abord, nous devons faire honneur au repas que nous a préparé Dora. Voilà une chose, j'en suis sûre, qui ne nous décevra pas.

Elle avait raison, mais nous n'avions d'appétit ni l'un ni l'autre. Comme pour m'empêcher de lui poser des questions sur d'autres sujets, Elizabeth m'interrogea sur la mort d'Ambrose. Je lui racontai tout ce que je savais : la certitude qu'avait Ambrose d'être surveillé, la lettre qu'il m'avait adressée et le fait que Timothy avait pu la lire. Je lui dis que je ne croyais pas à la thèse de la mort accidentelle, pas plus en ce qui concernait Ambrose que son oncle. Elizabeth saisit parfaitement où je voulais en venir. Elle devint de plus en plus grave et pensive. Mon aventure avec Eve fut la seule chose dont je ne parlai pas. Je n'étais pas encore prêt à admettre devant quiconque qu'elle m'avait complètement dupé. Je me dis qu'Elizabeth n'avait pas besoin de savoir ça mais, bien sûr, ce n'était pas la véritable raison qui me poussait à passer cet épisode sous silence.

Après le déjeuner, nous allâmes dans le jardin, et nous nous installâmes dans des chaises longues près du ruisseau où Dora vint nous servir le café. Le soleil jouait sur l'eau et les canards barbotaient sur la rive opposée plantée d'arbres. Notre mélancolie plus profonde, imperméable à l'idylle estivale, agissait comme une éclipse : c'était une tache noire en travers du soleil.

– Vous voulez sans doute savoir ce que je ressens maintenant que je sais ce qui s'est passé, dit Elizabeth. C'est gentil à vous de m'avoir laissé le temps, de ne pas m'avoir brusquée.

– Je n'en avais pas le droit.

Elle eut un pauvre sourire.

– La difficulté pour moi, ajouta-t-elle, a été de formuler une réponse.

– Oui, je comprends.

– J'en doute, dit-elle d'une voix dure qui se radoucit aussitôt. Pardonnez-moi. Je ne voulais pas m'en prendre à vous. Il m'a fallu faire un tel effort de... compréhension. Sincèrement, je doute que vous puissiez imaginer ce que cela signifie réellement pour moi. Si j'en crois Edwin, mon mari est un escroc, mon mariage une farce, et ma famille... illégitime. Si j'en crois Edwin, Gerald n'a aucune excuse. Et Henry non plus.

– Et vous croyez Edwin ?

– Oui, Martin, je le crois. Au début, j'ai résisté de toutes mes forces. Comment ne pas résister à la destruction de tout ce à quoi on a cru jusque-là ? Ce qu'Edwin a découvert sur Gerald et Henry, sur certains de ses collègues et de ses amis, est si horrible qu'il m'était impossible de regarder les choses en face. Je ne voulais pas y croire. Mais plus j'avançais dans ma lecture, plus je comprenais qu'il disait vrai, aussi incroyable que cela puisse paraître. À la fin, j'ai su que je ne pourrais jamais faire semblant de croire à une autre vérité que celle-là. Mon malheur est de ne pas l'avoir compris plus tôt. À moins que cela ait été une chance pour moi, comme Edwin le pensait.

– Comment ça ?

– Edwin a peut-être eu raison de me cacher la vérité, il y a vingt-six ans. Même si notre vie commune a été construite sur un mensonge, Gerald et moi avons été heureux ensemble et rien, absolument rien, ne pourra changer cela. Je suis heureuse que Gerald soit mort avant que j'apprenne la vérité et que j'aie eu à lui demander des explications. Il m'a trompée, oui, mais il a été un bon mari, si je peux utiliser ce terme. Il est vrai aussi qu'il s'est mal conduit avec sa femme légitime. C'est ce qu'il y a de pire. Cette femme abandonnée, emprisonnée dans un asile psychiatrique, mourant sans que son mari ait pour elle une pensée, sans même savoir qu'elle lui avait donné un fils.

– Cela du moins, on ne peut pas le lui reprocher, dis-je, désireux d'atténuer la culpabilité de Couch pour apaiser Elizabeth. C'est Strafford qui a décidé de ne pas le lui dire.

– Ainsi, nous ne saurons jamais ce que Gerald aurait fait pour lui s'il avait appris son existence.

— Jamais. Cela restera un mystère. Peut-être est-ce mieux ainsi.

— Peut-être. Mais le fils de Gerald, lui, n'est plus un mystère, n'est-ce pas ? Je suppose que c'est ce même Leo Sellick qui vous a engagé ?

— Oui.

— Voilà un homme qui a été profondément lésé. Nous lui devons quelque chose. Vous l'avez rencontré, vous le connaissez. Que cherche-t-il ?

— Je ne sais pas. La façon la plus simple de le savoir serait de le lui demander. Mais je ne suis pas sûr que je sois prêt à le faire. À dire vrai, Sellick n'a pas joué franc jeu avec moi. Mais en théorie, je reste son employé. C'est une situation désagréable.

Elizabeth se redressa légèrement et posa sa main sur mon bras.

— Mon cher, je comprends. Mais il faut que je sache, et, pour cela, j'ai besoin de vous.

Je me souvins de ma promesse secrète.

— Je ferai tout ce que je peux pour vous aider. C'est un peu ridicule à dire, mais je me sens lié par le dernier vœu de Strafford.

— Ce n'est pas ridicule, dit Elizabeth avec un regard reconnaissant. C'est un soutien dont je ne pourrais me passer en ce moment.

— Que puis-je faire pour vous alors ?

À la perspective de passer à l'action, Elizabeth parut tout à coup rajeunie.

— Deux choses, Martin. Deux choses qui auraient dû être faites il y a longtemps. Je veux connaître la vérité, toute la vérité, débarrassée des mensonges de mon fils. Et je veux réparer, dans la mesure du possible, les torts de Gerald envers son autre fils. C'est le moins que je doive à Edwin.

— Comment comptez-vous vous y prendre ?

– J'ai pensé à inviter M. Sellick ici pour qu'il puisse rencontrer la famille de son père.

C'était une réponse humaine, bienveillante, séduisante et sensée, mais qui ne supportait pas un examen minutieux.

– Pensez-vous qu'il acceptera ? demandai-je.

– Je me suis posé la question. Je me suis demandé en quoi un vieux Sud-Africain fortuné serait intéressé par une réconciliation avec des gens que son père a mieux traités que lui. Mais songez à sa frustration en découvrant qu'Edwin s'était envolé et comme la lecture des mémoires a dû le désorienter. Nous ne savons pas ce qu'il en a pensé ni pourquoi il vous a engagé. Cela s'explique peut-être par un désir bien compréhensible de savoir si Edwin était bien son père. Je pense que M. Sellick mérite le bénéfice du doute.

– Ce sera intéressant de voir s'il accepte votre invitation.

– Eh bien, s'il accepte, je veux connaître la version d'Henry avant de le recevoir. Ce que je propose, c'est d'envoyer une invitation à M. Sellick et d'établir, avec le concours d'Henry, ce qui s'est passé en 1951.

Je me laissai gagner par l'optimisme d'Elizabeth. Dans la soirée, nous rédigeâmes ensemble la lettre pour Sellick : une brève déclaration écrite de ma main pour lui annoncer la mort d'Ambrose et la découverte d'une suite aux mémoires dans laquelle il était question de sa relation avec Strafford, accompagnée d'une invitation d'Elizabeth à venir à Quarterleigh en vue d'une réconciliation.

Une fois la lettre cachetée, nous tombâmes d'accord pour mettre les manuscrits en sûreté dans le coffre-fort d'Elizabeth, un robuste modèle carré avec une combinaison secrète qui se trouvait dans l'ancien bureau de Couch et qui était peu utilisé depuis sa mort. Les mémoires et leur postface rejoignirent des papiers de famille. Avant de refermer le coffre, Elizabeth me montra un sac en velours contenant, me dit-elle, le revolver et le baudrier que Strafford avait rapportés à son mari de la part de

Sellick, en 1951. C'étaient des choses qu'il valait mieux garder sous clé, et quand Elizabeth referma la porte et fit tourner la molette, je me sentis un peu plus rassuré.

Puis, tout en buvant une tasse de cacao, nous établîmes la seconde partie de notre plan. En raison des fêtes pour le vingt-cinquième anniversaire du couronnement de la reine, nous ne pouvions pas poster la lettre de Sellick avant le mercredi. Nous pouvions profiter de ce laps de temps pour sonder Henry.

– Moi, je ne pourrai rien tirer de lui, mon cher, dit Elizabeth. Il me croit incapable de défendre mes intérêts, encore moins les siens. Je crois qu'il vaut mieux que ce soit vous qui lui parliez, si vous voulez bien.

– Je n'en suis pas sûr. Vous savez qu'il n'a pas beaucoup de considération pour moi, avec Helen et tout le reste.

– Justement. C'est pour ça que c'est vous qui devez aller lui parler. Edwin ne s'est pas trompé sur Henry. Il a besoin d'une leçon d'humilité. On n'est jamais trop vieux pour ça.

– Très bien. J'essaierai. Mais ne m'en voulez pas si ça ne marche pas.

– Vous avez toute ma reconnaissance, croyez-moi. Je ne pense pas que je serais capable de parler à mon fils en ce moment, pas après tout ce que j'ai appris sur lui.

– Quand dois-je le voir et où ?

– Le plus tôt possible. Pourquoi pas demain ? Letty m'a dit qu'ils seraient à Londres. Henry doit assister aux cérémonies et aux réceptions qui auront lieu mardi.

– Mais que lui dirai-je ?

– Dites-lui tout ce que vous savez. Dites-lui que j'ai invité Sellick à venir chez moi et que j'ai besoin de savoir quel rôle mon fils a joué dans cette histoire. Dites-lui que vous venez de ma part. Je vous donnerai une lettre dans laquelle je le lui confirmerai. Dites-lui que s'il ne me dit pas la vérité, à moi sa mère, je ne pourrai rien pour le protéger de la colère de M. Sellick.

– Je pense qu'il niera tout.

– Peut-être. Mais il faut lui donner une chance de se racheter.

Je dormis étonnamment bien cette nuit-là et me mis en route le lendemain. Je traversai la paisible campagne du Surrey en direction de Londres. L'âme de Strafford était encore avec moi, pressant vers sa destination l'agent de sa vengeance incertaine, mais dès que j'eus quitté le refuge de Quarterleigh, je retrouvai l'image d'Eve. Pourquoi ne m'avait-elle pas empêché de prendre sa voiture ? Est-ce que Timothy et elle manigançaient autre chose ?

À Londres, malgré la fraîcheur, une foule vêtue de couleurs vives pavoisait dans les rues. Partout, les préparatifs pour la fête du vingt-cinquième anniversaire du couronnement avançaient. Cette ambiance de carnaval me déprima. Le moment me semblait mal choisi pour relancer Henry. Je trouvais que cela avait quelque chose d'indécent, un peu comme d'aller réclamer le remboursement d'une dette un dimanche.

Depuis que ses enfants n'habitaient plus avec lui et que son étoile politique s'était levée sous le gouvernement de Heath, Henry avait emménagé dans une résidence prestigieuse de style Régence, à Oakment Square, tout près de Cheyne Walk, derrière Chelsea Embankment. Il y avait des colombes qui roucoulaient, des jardinières garnies de fleurs et, au centre de la place, une fontaine jouait au-dessous d'une statue de William Pitt. Rien ne bougeait derrière les hautes fenêtres et les larges portes à heurtoir de cuivre.

Ce fut Letty, mon ex-belle-mère, qui vint ouvrir. La jeune fille précoce aux jolies fossettes qui souriait sur ses photos de mariage était devenue une femme corpulente et grisonnante, à l'air perpétuellement inquiet.

Je tentai l'impossible : la mettre en confiance.

– Bonjour, Letty. Comment allez-vous ?

– Que voulez-vous ? dit-elle d'une voix neutre où perçait une appréhension.

– J'aimerais voir Henry, s'il est là.

– Que lui voulez-vous ? dit-elle en commençant à s'affoler.
– Nous avons à parler. Vous a-t-il dit que nous nous sommes vus dernièrement ?
– Bien sûr.

Elle répondit trop vite pour que je puisse en être sûr.
– Entrez. Il travaille dans son bureau.
– Un jour férié ? dis-je pour essayer d'engager une conversation en la suivant dans l'entrée.
– Oui. Il a beaucoup de travail en ce moment.

Au pied de l'escalier, elle hésita.
– Martin, est-ce que vous voulez bien venir ici un instant ?

Elle me fit entrer dans une pièce donnant sur la rue. Une initiative qui ne lui ressemblait pas.

C'était une salle de réception au décor sans caractère qui paraissait ne pas souvent servir. Les rideaux des fenêtres pendaient avec raideur, les fauteuils en cuir capitonnés brillaient comme dans une salle d'exposition. Letty referma sans bruit la porte derrière nous.
– Qu'y a-t-il ? demandai-je.
– Martin, je suis inquiète, comme vous pouvez le voir. Henry ne m'a pas dit qu'il vous avait vu récemment. Je l'ai appris par sa mère. Je n'ai donc aucune idée de ce qui se passe entre vous. Mais ces derniers temps, Henry est très sombre. Il se surmène et, je ne devrais pas vous le dire, il boit trop. Il y a des problèmes à l'usine mais il refuse d'en parler, et Timothy ne l'aide pour ainsi dire pas. Le parti l'accapare énormément. Tous ces débats qui se terminent très tard. Tous ces conseils de guerre à Flood Street. Je me demande ce qui va sortir de tout ça.
– Mais Henry adore ça.
– Plus maintenant. Il s'est replié sur lui-même depuis quelques mois. Ces deux dernières semaines, cela a été encore pire. C'est à peine si je peux lui dire un mot, dit-elle.

Elle se tordait les mains en parlant.
– Qu'est-ce que je peux y faire ?

– Cela a quelque chose à voir avec ce qui vous amène ici, Martin. Je le sais. Ne me dites pas de quoi il s'agit. Je ne veux pas le savoir. Tout ce que je vous demande, c'est de laisser mon mari tranquille.

– C'est impossible, Letty, dis-je, désolé de lui faire cette réponse.

– Vous ne pensez pas que vous avez fait déjà assez de mal à notre famille comme ça ? demanda-t-elle d'un air peiné.

Je ne pouvais rien répondre à ça.

– Puis-je le voir, maintenant ?

– Si vous insistez, dit-elle avec une note de désespoir. Son bureau se trouve au premier étage. Mais vous y êtes déjà allé.

– Oui.

Je me sentis coupable de devoir l'admettre.

– Dites-moi, Letty. Selon vous, Henry n'est pas dans son assiette depuis quelque temps, mais est-ce que cela ne s'est pas aggravé durant les deux dernières semaines ?

– Si.

– Avez-vous l'impression que cela s'est produit après un événement particulier ?

– Non. Il est rentré très abattu de Torquay où il devait donner une conférence sur le commerce et, depuis, ça va de mal en pis. Je suis sûre que vous savez pourquoi.

– Je n'en sais rien, croyez-moi. Combien de temps est-il resté à Torquay ?

– Quelques nuits, c'est tout. Il est rentré il y a quinze jours.

Torquay, quinze jours plus tôt : le 23 mai, le lendemain de la mort d'Ambrose Strafford à Dewford, à quinze kilomètres seulement de l'endroit où Henry donnait une conférence sur le commerce. Une coïncidence curieuse qui me propulsa dans l'escalier !

Dès le début, j'avais eu Henry dans le collimateur. Jamais un faux pas. Jamais à court d'amis bien placés. Jamais le moins du monde gêné par son hypocrisie. En montant au premier étage, je songeai à toutes les raisons que j'avais de le détester. Henry, le défenseur de la probité et de l'économie qui avait fait fructifier ses intérêts à coups de pots-de-vin et de faveurs ; Henry, qui avait hérité une fortune et qui faisait des sermons sur les vertus du travail. Père outragé, heureux de passer sur ses aventures. Politicien prêt à suivre, les yeux fermés, la ligne de son parti, avec la certitude de décrocher sa récompense : entrer au gouvernement. Et maintenant, j'avais la preuve qu'il ne reculait ni devant le mensonge, ni devant la corruption, ni même peut-être devant un meurtre, pour se débarrasser d'un fardeau héréditaire. Pour toutes les façons dont il personnifiait la fausse moralité que j'étais censé avoir offensée, je haïssais Henry Couchman.

Il se tenait debout près de la fenêtre, un verre de whisky entre les mains, dans l'air alourdi par l'odeur de cigare éteint, le bureau jonché de papiers, le regard fixé sur le monde extérieur.

– J'aimerais parler un moment avec vous, Henry, dis-je.

Je pensai qu'il allait me lancer le contenu de son verre à la figure ou essayer de me jeter dehors, mais même son regard manquait de flamme. Il se laissa tomber dans un fauteuil près de la fenêtre.

– Je vous attendais, dit-il, les mâchoires serrées.

– Comment cela ?

Il fixa sur moi ses yeux injectés de sang d'un air las.

– Appelez ça de l'intuition... ou l'expérience. Les gens de votre espèce sont tous les mêmes.

– Puis-je m'asseoir ?

– Si vous voulez.

J'aurais parié qu'il avait bu toute la matinée.

– À ce que je vois, ma femme n'a pas chassé le sale petit débauché qui a déshonoré ma fille.

– C'est votre mère qui m'envoie, dis-je en m'efforçant de garder mon calme.

Il éclata de rire. Un gros éclat de rire forcé dans lequel on décelait l'influence de l'alcool.

– Alors comme ça, elle est de votre côté, cette garce.

– Je ne pense pas que vous ayez le droit de parler ainsi de votre mère, dis-je, incapable cette fois de me contenir.

– Vous ne pensez pas ! dit-il avec un sourire désagréable. Radford, pourquoi ne me dites-vous pas à quel jeu vous jouez ? J'en ai plus qu'assez de vous voir et de vous entendre.

– Si vous m'écoutez, je vous le dirai.

– Je vous écoute. Mais j'ai besoin d'un verre pour encaisser ça.

Il prit une bouteille sur la table roulante derrière son fauteuil et remplit son verre de whisky.

– Dépêchez-vous, sinon vous regretterez le jour où vous m'avez menacé.

– Menacé de quoi ?

– Vous m'emmerdez avec vos jeux de mots, Radford. Une grande gueule, c'est tout ce que vous êtes, sauf avec les écolières. Allez-y avant que je m'énerve.

– Très bien. J'ai trouvé la suite des mémoires, Henry. Le cahier que Strafford avait laissé à Barrowteign et qui a été découvert par son neveu. Votre fils a dû vous en parler.

Je m'interrompis pour lui permettre de répondre, mais il fit pivoter son fauteuil et regarda par la fenêtre.

– Strafford raconte dans ce cahier tout ce qui lui est arrivé depuis le moment où il est revenu en Angleterre, en 1951, jusqu'à la veille de sa mort. Je ne vous apprendrai rien : la bigamie de votre père, l'innocence de Strafford, vos tentatives pour l'acheter, votre intrusion dans la maison de son neveu. Et pourtant vous m'avez dit que vous n'aviez jamais rencontré Strafford, vous l'avez accusé d'être un vil séducteur, et vous avez passé des années à faire la morale aux autres sans savoir vous-même ce qu'est la moralité.

Henry se retourna et me fixa avec indifférence de ses yeux aux paupières tombantes. Il semblait inhabituellement maître de lui.

— Je vous ai demandé d'être bref, Radford. Vous avez terminé ?

— Non. Contrairement à Strafford, j'ai décidé de ne pas laisser votre mère dans l'ignorance de la vraie personnalité de son mari et de son fils. Je lui ai donc apporté le cahier contenant la suite des mémoires. Elle sait tout, maintenant. C'est pour cela qu'elle m'envoie vous voir.

Je me levai et lui tendis la lettre d'Elizabeth.

Il la parcourut rapidement puis la froissa dans sa main.

— Le paternel l'a trop protégée, trop couvée, dans le Sussex, dans son monde blanc comme neige. Elle ne comprend rien à rien, dit-il. Vous avez réussi à berner une vieille femme. Ça, c'est dans vos cordes, n'est-ce pas ?

— Écoutez, Henry. Votre secret est découvert, mais ce n'est pas tout. Il y a autre chose que vous ne savez pas. Il y a autre chose que Strafford n'a pas dit, même à votre père. Il a eu un fils de son premier mariage en Afrique du Sud.

— Vous essayez de me faire marcher, Radford, mais vous ne me ferez pas croire ça.

— Je ne m'appuie pas sur la postface pour le prouver. L'autre fils de votre père, votre demi-frère, est en vie et en parfaite santé. C'est lui qui m'a engagé pour faire des recherches sur le passé de Strafford. Et c'est sa venue à Madère qui a poussé Strafford à retourner voir votre père en 1951. Votre mère veut l'inviter à venir chez elle pour rencontrer la famille qui l'a rejeté.

Henry bondit de son fauteuil.

— Vous mentez !

Il abattit ses mains sur le bureau et se pencha par-dessus avec une expression propre à m'intimider.

— Vous avez inventé cette histoire pour tromper ma mère et noircir le nom de ma famille. Tout cela parce que nous n'avons pas accepté de vous laisser baiser avec cette gamine. Tout ça parce que...

– Fermez-la, Henry.

Mon intervention sèche mais sur un ton égal eut pour effet de le calmer.

– Cela ne sert à rien de vous énerver. La postface existe. Leo Sellick est en vie. Vous êtes fichu. À moins que...

Henry se laissa retomber dans son fauteuil.

– À moins que quoi ?

– À moins que vous ne me disiez ce que, de toute façon, nous finirons par découvrir.

– C'est-à-dire ?

– Le rôle que vous avez joué dans la mort soi-disant accidentelle de Strafford en 1951.

Henry eut un petit sourire narquois déconcertant.

– Vous ne comprenez rien à rien, mon garçon. Pensez-vous vraiment que ce soit aussi simple que ça ? Vous me faites de plus en plus penser à Strafford. Mon père m'a dit une fois que les idiots sont dangereux parce qu'ils ne comprennent pas où se trouve leur intérêt. Quand je pense que je vous ai laissé épouser ma fille.

– Ce n'était pas un cadeau. C'est vrai que j'ai été impressionné, oui, impressionné par votre famille : la richesse, les relations politiques, un titre de chevalier. Mais au fond, ça se réduit à quoi ? Votre père n'était qu'un lâche, un bigame, un homme infatué de sa personne qui a bâti sa vie sur un mensonge. Et vous, Henry Couchman, le magnat de l'industrie, le ministre, le pilier de l'establishment, qui êtes-vous ? Juste le bâtard d'un...

Il fit pivoter son fauteuil, contourna le bureau et m'attrapa par le col de ma chemise. Son visage rouge, déformé par la colère, était tout près du mien. Son bras tremblait tant il serrait fort.

– La ferme, Radford. Vous n'avez pas le droit de me parler comme ça. Je ne sais pas ce qui me retient de...

– Me pousser sous un train ? Me jeter dans une rivière ? Vous pourriez essayer ! C'est votre spécialité, on dirait.

Il dégagea son bras, l'air un moment déconcerté à l'idée des déductions que l'on pouvait tirer de son geste.

– Ainsi, murmura-t-il, vous ne comprenez donc pas !

– Mais pourquoi ne m'expliquez-vous pas ?

Il marcha lentement jusqu'à la fenêtre et parla en gardant le dos tourné.

– Que veut ma mère ?

– Avant de rencontrer Sellick, elle veut savoir la vérité sur ce qui s'est passé entre vous et Strafford.

– Alors elle ne comprend pas plus que vous.

– Si vous attendez l'arrivée de Sellick, il sera trop tard. Croyez-moi, je le connais.

Soudain, il parut céder. Il y avait dans son regard une détresse presque pitoyable.

– Vous savez déjà, non ? Vous voulez juste me forcer à le dire pour me punir d'avoir ruiné votre réputation.

– Oui.

Je forçais un peu les choses.

– Sellick a la preuve que la mort de Strafford n'était pas un accident.

– Mais c'était un accident. Un accident stupide.

Il posa la main sur son front.

– Si vous pouvez en être aussi sûr, c'est que vous deviez être présent.

Sa main glissa jusqu'à sa bouche.

– Ce n'était qu'un vieux poivrot.

Un vieux poivrot ? Je parlais d'Edwin Strafford mais l'aveu d'Henry devait concerner Ambrose. Qu'est-ce que son malentendu pouvait m'apprendre sur la mort de l'un ou de l'autre ? Je n'eus pas le temps d'y réfléchir sur le moment car Henry se mettait à table.

– Vous ne comprenez pas ? S'il ne s'était pas noyé, il serait mort d'une cirrhose du foie de toute façon.

Son regard m'implorait de comprendre qu'une mort obscure ne justifiait pas sa déchéance publique ; il me suppliait de convenir tacitement de la logique de son raisonnement.

– Parlez-moi de cet accident.

– C'était comme tous les accidents, soudain, imprévisible. C'est arrivé avant que je puisse faire quelque chose.

– Le jour où nous nous sommes vus à Miston, vous êtes allé à Torquay sous prétexte de faire une conférence sur le commerce.

– C'était vrai, mais je me suis décidé au dernier moment en comprenant que je pourrais aller jusqu'à Dewford sans que personne ne le sache et jeter un coup d'œil. Vous m'aviez fait peur avec les prétendues accusations de Strafford.

– Vous avez trouvé Ambrose au pub, à Dewford ?

– Oui. Grâce à notre première rencontre en 1951, je l'ai repéré facilement. Mais j'ai fait attention à ce qu'il ne me reconnaisse pas.

– Pas suffisamment. Il vous a reconnu.

Henry hocha la tête.

– Ce n'est pas étonnant, avec ce qui s'était passé quand j'étais rentré cette nuit-là.

– Pourquoi y êtes-vous allé ?

– Parce que Timothy m'a téléphoné à Torquay pour me parler de la lettre qu'Ambrose vous avait envoyée. Je lui ai dit d'acheter votre silence. C'est sa spécialité. Dieu sait qu'il s'y connaît. Nous savions que vous étiez étroitement lié avec cette salope de Randall : Timothy considère qu'il a un droit de cuissage sur les plus beaux spécimens des assistantes de la fondation Couchman, mais ce n'est pas pour ça que je faisais confiance à cette fille, et lui non plus. Il nous semblait préférable de mettre le prix pour en finir.

– Mais ça n'a pas marché.

– Non, et la lettre a tout changé parce que cela voulait dire qu'il existait une preuve. Ce n'étaient plus seulement des rumeurs. Je crois que Timothy n'était pas mécontent de me savoir dans le pétrin jusqu'au cou.

– Alors, qu'avez-vous fait ?

– Je suis retourné à Dewford. Je suis allé au pub pour voir si le vieux y était encore. Je voulais retourner au cottage pour essayer de trouver cette foutue postface.

– Et il était au pub ?

– Oui. Et le pire, c'est qu'il en sortait lorsque je suis arrivé. Nous nous sommes croisés sous la lumière du porche. Il empestait le cidre, mais il était encore assez lucide pour me reconnaître. Il s'est rappelé qu'il m'avait déjà vu dans le pub. Puis il s'est rappelé qu'il m'avait vu en 1951. Alors, il s'est mis à crier, à jurer et à rire comme un dément.

J'ai été pris de panique. Un esclandre en pleine rue était la dernière chose dont j'avais besoin. Alors je me suis éloigné de ce vieux fou. Au début, il m'a suivi, mais il a abandonné assez vite, c'est du moins ce que j'ai cru. J'ai descendu la colline par des petits chemins. Le ciel était d'un noir d'encre et je ne savais plus où j'étais. Je me suis arrêté près d'un pont pour reprendre mon souffle.

Je me suis penché par-dessus le parapet et j'ai regardé l'eau couler en me demandant où j'étais allé me fourrer. Et, à ce moment-là, je l'ai entendu derrière moi, haletant et jurant.

« Comme on se retrouve, Couchman, m'a-t-il dit d'une voix rageuse. Ça fait longtemps que j'attends ce moment. »

Je répondis que je ne le connaissais pas mais il ne m'écouta pas.

« Si, vous me connaissez, dit-il. On s'est déjà rencontrés. Mais je ne savais pas encore que vous alliez tuer mon oncle et saccager ma maison. »

J'en avais assez. J'ai voulu partir, mais il m'a poussé et je me suis retrouvé complètement penché en arrière contre le parapet.

Comme il continuait de me pousser, j'ai rassemblé mes forces pour me dégager et, au milieu de cette lutte dans le noir, il est tombé du pont, mais est-ce moi qui l'ai poussé ou a-t-il basculé tout seul ? Je ne sais pas. Ce qui est sûr, c'est que j'ai été soulagé d'être débarrassé de lui. J'ai cherché à apercevoir son corps dans l'eau, mais la rivière et la nuit l'avaient englouti et j'étais bien content. Je suis parti en courant sans demander mon reste. J'ai retrouvé ma voiture grâce aux lumières de la ville. Les rues étaient désertes. Je suis allé directement à Torquay où j'ai passé la nuit dans un hôtel pour essayer de me remettre et chasser de mon esprit cette scène horrible. Quand je suis revenu ici le lundi, je me sentais en mesure de continuer comme si de rien n'était.

— Letty s'est aperçue de quelque chose ?

— C'est possible. Mais toujours est-il que j'ai essayé d'oublier tout ça. J'ai lu dans les journaux que le vieux était mort et qu'on parlait d'un accident. Ce n'était pas autre chose. À quoi aurait servi de rendre public mon rôle dans cette mort ? À moins que Sellick ne cherche comme vous qu'à se venger bassement.

Son refus de reconnaître sa responsabilité dans la mort d'Ambrose me mettait en colère, mais je me dominai pour le conduire là où je voulais en venir.

— Sellick n'a rien à voir là-dedans.

— Mais vous avez dit...

— J'ai dit qu'il avait la preuve que la mort de Strafford n'était pas un accident. Mais je parlais d'Edwin, pas d'Ambrose.

— Salaud, murmura-t-il.

Il serra les mâchoires et prit une profonde respiration, puis il se leva et brossa sa veste comme pour effacer la trace de l'humiliation qu'il venait de subir. Lorsqu'il parla de nouveau, sa voix avait retrouvé sa force habituelle.

— Maintenant je sais que j'avais raison. Vous ne comprenez vraiment rien, pas plus que ce mystérieux Sellick, s'il existe.

– Il existe, dis-je en faisant un pas en arrière. Vous feriez mieux de le croire.

Henry eut un sourire hautain.

– Mais il n'a pas de preuve, pas de preuve à propos d'Edwin Strafford. Vous savez pour Ambrose maintenant, mais cela ne vous servira à rien. Je nierai tout.

– Niez si ça vous chante, Henry, mais que se passera-t-il si on trouve vos empreintes dans le cottage d'Ambrose où vous avez essayé de trouver la postface après sa mort ?

Il parut sincèrement étonné.

– Vous êtes plus stupide que je ne le pensais, Radford. Vous croyez vraiment que j'aurais été assez bête pour retourner dans les parages de Dewford après cette histoire ?

– Vous y êtes bien retourné après une histoire semblable, il y a vingt-six ans.

– En 1951, les choses étaient différentes, complètement différentes, bien que je ne m'attende pas à ce que votre petit cerveau étroit puisse prendre la mesure de la situation telle qu'elle se présentait à l'époque. C'était une affaire nationale.

– Et personnelle aussi ?

– Oui, dans la mesure où Edwin Strafford m'a fait peur. J'avais beaucoup à perdre, avec le gouvernement d'Attlee en perte de vitesse et un siège de député que je pouvais gagner. Je ne pouvais pas me permettre de laisser Strafford salir mon nom ; mais les autres non plus. En me menaçant, c'est tout le parti qu'il menaçait, car ses allégations mettaient en cause Churchill. Il voulait faire la lumière sur les compromis et les accords sur lesquels est fondée la politique. C'était une menace que nous ne pouvions pas ignorer.

Je me suis affolé quand j'ai eu l'impression que les dirigeants ne prenaient pas au sérieux les menaces d'un vieux fou qui avait été autrefois un homme politique. C'est pourquoi j'ai voulu mettre la main sur l'extrait d'acte de mariage. Strafford m'en a empêché. Mais mon père avait raison, je n'aurais pas dû m'inquiéter. Il a toujours mieux su s'y prendre.

— Alors, qu'est-il arrivé à Strafford ?

Il me regarda, comme s'il était surpris que j'aie encore besoin de poser la question.

— Un expert en la matière a dû s'arranger pour qu'il passe sous un train. Je n'ai pas cherché à savoir. Il a suffi que mon père et moi exercions une pression suffisante dans les milieux adéquats pour qu'on soit débarrassés de lui avant qu'il ait pu embêter tout le monde. En octobre, j'ai été élu député et le parti conservateur a gagné le droit de gouverner. Il n'y a pas eu de scandale.

— La conspiration du silence a continué ?

— Oui. Mais cela ne vous sert à rien de le savoir. Ce sont des forces qui vous dépassent. Si ma mère est assez stupide pour inviter chez elle ce Sud-Africain déshérité, vous devriez essayer de la convaincre de retirer son invitation. Et la convaincre aussi que, en politique, on ne s'amuse plus à agiter des bannières et à faire des grèves de la faim.

— Votre mère ne s'arrêtera plus maintenant.

Il avança de quelques pas et se retourna.

— Et vous, Martin, vous vous arrêterez ? Oublions cette foutaise à propos de ma fille. Vous savez que c'était du vent. Je voulais juste me débarrasser de votre conscience libérale. Peut-être que vous me faisiez déjà penser à Strafford. Mais maintenant, nous n'avons plus besoin de faire semblant de nous aimer ou de nous haïr.

L'homme politique retrouvait son assurance et tentait un dernier coup en misant sur la faiblesse de l'adversaire.

— Mon parti est en passe de gagner les prochaines élections. Ce gouvernement n'a pas pire ennemi que sa mollesse. On m'a promis un portefeuille. Cela donne beaucoup d'influence, beaucoup de pouvoir.

— Que voulez-vous dire ?

– Je veux essayer de vous ramener à la raison. Pour une fois dans votre vie, arrêtez d'être une cloche. Pourquoi laisser les autres rafler tout ce qui est bon dans la vie ? Nous ne pouvons pas nous sentir, et alors ? J'ai appris à vivre avec des tas de gens qui m'étaient antipathiques. Certains sont devenus mes meilleurs amis. Pourquoi vouloir faire comme Strafford ? Je ferai un don pour faire construire un mémorial dans son satané Barrowteign, si vous voulez. Je suis désolé pour son neveu. Peut-être que vous l'aimiez bien et que vous auriez préféré que ce soit moi qui bascule dans la rivière plutôt que lui. Mais avant de risquer de passer par-dessus bord avec moi, réfléchissez, réfléchissez bien.

Il me regarda droit dans les yeux d'une façon étrangement impersonnelle.

– Si vous êtes intéressé, faites-le-moi savoir.

Puis il me tourna le dos et se plongea dans l'étude d'un volumineux dossier qui se trouvait sur son bureau. Je partis sans déranger Letty.

En roulant vers le sud, je repensai fatalement à Eve et à Timothy. Que savaient-ils au juste ? Si ce n'était pas Henry qui avait fouillé Lodge Cottage, cela ne pouvait être que Timothy, peut-être sur la demande d'Eve. Savaient-ils qu'Henry était mêlé à la mort d'Ambrose ? Sans doute pas. Alors que cherchaient-ils ? Cette question me permettait de me raccrocher à quelque chose. Tant que Timothy, Eve et Sellick exerceraient leurs influences respectives, la proposition d'Henry n'aurait pas l'impact suffisant pour s'imposer à moi. Tant que je pourrais penser à d'autres personnes et à d'autres problèmes, je pourrais éviter à mon amour-propre d'affronter la réalité.

Elizabeth m'attendait à Quarterleigh, impatiente de savoir comment s'était passée ma rencontre avec Henry. J'aurais préféré différer un peu mon récit, mais elle n'était pas prête à m'accorder le moindre délai. Je lui donnai malgré tout une version épurée de mon entretien avec son fils, lui cachant en particulier le mépris qu'il avait pour elle et le monde en général.

Je passai également sous silence le fait qu'il était prêt à acheter mon silence contre une puissante gratification, et je ne fis pas mention de son analyse matérialiste de la vie. De telles choses n'étaient pas faites pour les oreilles d'une mère. Je parlai en revanche de son démenti formel à l'accusation d'avoir été mêlé directement à la mort d'Edwin Strafford et de sa confession mêlée de repentir à propos de la mort d'Ambrose Strafford, les présentant, par égard pour Elizabeth, sous un jour favorable.

Cela ne suffit pas à soulager la détresse d'Elizabeth. Henry et son père s'étaient entendus pour la tromper. Il avait autorisé (voire encouragé) l'élimination physique de Strafford. Il avait essayé de dissimuler le rôle qu'il avait joué dans la mort d'Ambrose. Il avait des tas d'excuses, mais aucune ne pouvait lui rendre l'estime d'Elizabeth.

Ce n'est que le lendemain matin, devant un petit déjeuner, qu'Elizabeth formula une réponse. J'avais à peine dormi, car j'avais passé une partie de la nuit à me reprocher d'espérer secrètement qu'Elizabeth mettrait un terme à tout ça, qu'elle détruirait la postface, qu'elle dirait que cela suffisait. La proposition qu'Henry m'avait faite érodait ma détermination. Je ne me sentais pas prêt pour prendre une décision aussi irrévocable que celle de faire venir Sellick. Mais puisque j'avais confié la postface à Elizabeth, les choses étaient littéralement entre ses mains. Si elle décidait de franchir ce pas, je devrais la suivre.

– J'espère que vous serez d'accord, Martin, pour que nous envoyions la lettre à M. Sellick demain, dit-elle en versant du café dans ma tasse. Ce que vous a dit Henry me rassure et m'afflige tout à la fois. Mais cela me donne au moins l'avantage de savoir ce que les membres de ma famille ont à se reprocher. Certaines fautes ont été commises envers M. Sellick, d'autres ne le concernent pas. Je pense en particulier au neveu d'Edwin. Que me conseillez-vous de faire à ce propos ?

Elle avait parlé calmement, mais la vapeur qui montait du café oscillait au rythme du tremblement de sa main.

– À mon corps défendant, rien. L'enquête a conclu à un accident. Cela concorde avec le témoignage d'Henry. Si nous le croyons, pourquoi rouvrir l'affaire ?
– Mais le croyons-nous ?
– Oui, je pense que nous pouvons le croire.

Quelques semaines plus tôt, cela m'aurait écorché le gosier. À présent, j'avalai juste un peu de café pour faire passer le goût de la trahison.

– Cela sonnait vrai, ajoutai-je.
– Et la lettre ?
– Si vous pensez que cela peut être une bonne chose.

La possibilité que ce ne soit pas le cas s'insinua entre nous. Elle se laissa aller en arrière dans son fauteuil.

– Une bonne chose, c'est peut-être beaucoup dire. Mais je garde espoir. Pour le moment, je me propose seulement de faire en sorte que justice soit rendue, dans la mesure du possible, à un homme lésé.

C'était une intention si vertueuse, si louable, si peu réaliste ! Comment pouvait-on léser un caméléon qui utilisait la tromperie et l'illusion comme formes de camouflage ? Sellick avait déjà mobilisé une justice caméléon mais nous n'étions pas capables de nous en apercevoir.

Ce mercredi matin, un matin comme les autres, lorsque je me rendis avec Elizabeth au bureau de poste de Miston pour envoyer la lettre, j'aurais pu me demander où se trouvait la frontière entre le rêve et la réalité. L'atmosphère onirique de cette promenade matinale sous un soleil capricieux ne pouvait nous laisser présager de ses effets, plus implacables qu'aucune réalité. Sur le chemin du retour, nous nous arrêtâmes devant la tombe de Couch pour déposer des fleurs. Un geste à la fois dérisoire et apaisant.

N'espérant pas de réponse avant la semaine suivante, je me résignai aux angoisses de l'attente. Mais au fil des jours, l'attente devint finalement assez légère. Elizabeth et moi, nous puisions un réconfort dans la compagnie l'un de l'autre, et nous passions des journées paisibles, provisoirement à l'abri de toutes les difficultés qui ne tarderaient pas à nous assaillir.

En fait, je ressentis bientôt l'envie de rester toute ma vie à Quarterleigh avec Elizabeth. Son grand âge était reposant et, sa maturité et son discernement aidant, je m'adaptais lentement à notre savoir fraîchement acquis et à sa sagesse. Je compris peu à peu, au cours de nos promenades dans les collines des Downs, à pied ou en voiture, pourquoi elle jugeait nécessaire, à la fin de sa vie, de rouvrir une vieille blessure.

– Parce que, me dit-elle une fois, cette blessure ne peut être rouverte si elle n'a jamais été guérie. C'est une cicatrisation nécessaire.

Seul quelqu'un de très vieux ou de très jeune pouvait montrer autant d'optimisme.

L'attente fut plus courte que nous ne le pensions. Le dimanche soir, la sonnerie du téléphone retentit.

– C'est pour vous, Martin, dit Elizabeth. Un certain Fowler.

Je saisis l'appareil.

– Allô, Alec?

– Oui, Martin, c'est moi.

Il y avait un fond de tristesse dans sa voix, comme s'il ne s'attendait pas à ce que je sois heureux de l'entendre.

– Leo a reçu ta lettre, hier. Il prend l'avion demain. Mais il m'a envoyé en avance pour prendre quelques dispositions.

– Où es-tu?

– Ici, à Miston. Je suis au Royal Oak. Je m'attendais à te rencontrer au bar. On peut se voir pour bavarder?

– J'arrive.

Je raccrochai, expliquai à Elizabeth ce qui se passait et partis aussitôt. Le village et les Downs au-dessus se blottissaient pour attendre la nuit; un soir tranquille succédait à une journée de grand vent. La rue aurait été silencieuse sans une légère agitation dans les arbres autour de l'église, où les oiseaux venaient se percher. Les fleurs que nous avions déposées sur la tombe de Couch dans la journée de mercredi étaient encore fraîches, mais quelque chose d'intangible avait changé dans les abords ordonnés de Miston. Alec m'attendait au bar du Royal Oak : rien ne serait plus jamais pareil.

Je le trouvai dans le bar réservé aux clients de l'hôtel, plus grand que l'autre mais moins fréquenté. Il buvait de la bière anglaise et fumait des cigarettes françaises, dans un coin, près de la grande cheminée. Il sourit et me fit un signe de tête mais resta assis en attendant que je le rejoigne avec mon verre.

– Je ne m'attendais pas à ce que nous nous retrouvions aussi tôt, dit-il.

– Moi non plus.

– La dernière fois qu'on s'est vus, c'était il y a un mois, pas plus.

– J'ai l'impression que cela fait plus longtemps. Tellement de choses se sont passées.

– Pas pour moi. À part, bien sûr, ces deux voyages. Ta lettre a fait l'effet d'une bombe.

– Ça ne m'étonne pas.

Nous nous observions, tentant d'évaluer ce qui restait de notre amitié écornée.

– J'ai fait ce que Sellick m'a demandé, c'est tout.

– Mais la découverte d'un second cahier lui a fait un choc, dit-il avec un sourire hésitant.

– Je suis heureux que quelque chose le surprenne, dis-je, fatigué de bluffer. Depuis quelque temps, j'avais l'impression que Sellick en savait plus sur moi que ce que je lui racontais.

– Que veux-tu dire ? dit-il en souriant, comme s'il ne le savait que trop bien.

– Je veux dire qu'il m'a fait espionner.

Ce n'était encore qu'une supposition, car Eve m'avait donné une autre version de la manière dont elle avait appris mon passé, mais le regard fuyant d'Alec me donnait à penser qu'elle m'avait menti pour une raison ou pour une autre.

– De quelle façon ?

– Pourquoi t'envoyer ici en éclaireur si ce n'est pour essayer de connaître mes intentions ?

– Leo est un vieil homme qui n'a pas l'habitude de voyager, répondit Alec, sur la défensive. Il voulait que je lui réserve une chambre dans un hôtel et que je reconnaisse le terrain. Il n'y a rien de malveillant là-dedans.

– Alec, cela fait dix ans qu'on se connaît. Même si je me suis parfois conduit comme un idiot, ne me traite pas comme tel. Quand nous nous sommes rencontrés à Londres, je t'ai parlé de mes espoirs et de mes projets avec Eve Randall. Tu m'avais promis de ne pas en parler à Leo.

– Je m'en souviens, dit-il dans un murmure.

– Peu de jours après, quelqu'un est allé lui raconter en long et en large pourquoi j'avais quitté l'enseignement. Je...

– C'était moi.

Il me regarda droit dans les yeux avec ce regard franc qui autrefois faisait son charme.

– C'est moi qui l'ai dit à Eve Randall. Je n'ai pas eu beaucoup de mal à te faire dire ce que tu mijotais. Quand j'ai vu cette femme, il m'a été facile de comprendre pourquoi tu voulais abandonner Leo pour elle. En temps normal, je t'aurais souhaité bonne chance.

– Mais...

– Mais je n'ai pas les mains libres. Je suis le garçon de courses de Leo. Ça ne s'appelle pas autrement. Il m'avait envoyé pour voir si tu avançais et, comme Eve semblait t'entraîner vers d'autres horizons, il m'a demandé de mettre fin à ton association avec elle par n'importe quel moyen. Je ne voyais pas d'autre façon.

– Pourquoi, Alec ? Pourquoi te vendre et me pousser dans le vide ?

Il tira sur sa cigarette et regarda un point derrière moi.

– L'argent, vieux. C'est pas plus compliqué que ça. Ma revue, je t'avais dit que c'était mon passeport pour la gloire et les grands journaux nationaux, quelle blague ! Elle s'est vendue à perte dès le premier jour. Sellick m'a laissé m'endetter et lui avec, comme si ce n'était pas grave, puis, soudain, il a retiré ses fonds. À ce moment-là, j'ai découvert qu'il était le propriétaire anonyme du casino où j'avais tué mon ennui en jouant n'importe comment. J'avais perdu de grosses sommes, et, un jour, je me suis réveillé débiteur d'un capitaliste sud-africain.

– Comment l'as-tu remboursé ?

– Je n'en avais pas les moyens. Leo m'a offert de racheter ma dette en travaillant pour lui. Il voulait avoir à sa disposition un intellectuel anglais, libre comme l'air. J'ai fait l'affaire.

– Mais pourquoi ?

– À cause de l'histoire de Strafford, à cause de toi. Cette histoire le turlupinait depuis des années, bien avant que j'entre obligeamment dans sa toile d'araignée. Pourquoi ? Je n'en savais rien et je ne pouvais pas me permettre de me montrer trop curieux. Ce qu'il voulait, c'était être introduit dans les cercles intellectuels anglais. Il pensait que je faisais l'affaire et j'ai essayé de me montrer à la hauteur. Lorsque je lui ai dit que j'avais un ami historien, il était aux anges. Je crois qu'il était déjà au courant de tes liens avec les Couchman. Mais c'est moi, je l'avoue, qui lui ai raconté les circonstances de ta rupture avec ta belle-famille. Cela a paru lui plaire encore davantage. Tu étais disponible et ton hostilité pour les Couchman était connue : deux qualités qui faisaient de toi l'homme idéal.

– Ainsi, ton invitation à Madère était programmée par Sellick.

Alec haussa les épaules en manière d'excuse.

– Plus ou moins. En tout cas, Leo était sûr que tu accepterais sa proposition.

– Il ne s'est pas trompé. Mais pourquoi ? Dans quel but ? Maintenant que tu connais ses liens avec les Strafford, que penses-tu qu'il cherche réellement ?

– Je ne sais pas. Il voulait que tu sois son représentant. Il pensait que tu prendrais fait et cause pour lui. C'est pourquoi Eve représentait une menace si sérieuse. Quels sont ses motifs ? Je l'ignore comme toi. C'était comme s'il savait à l'avance ce que tu allais découvrir. Aucun de tes rapports ne l'a surpris, sauf le dernier.

– Il ne connaissait pas l'existence du deuxième cahier ?

– Absolument pas. Ça a été un coup de tonnerre dans un ciel bleu. Sans parler de l'invitation de la vieille dame.

– Pourquoi a-t-il accepté ?

– Martin, je ne suis pas payé pour résoudre ce genre d'énigme. Je me contente d'écrire des articles alimentaires et sur une célébrité locale toute relative. Je fais ce qu'il me dit. Je n'ai pas à comprendre ni à avoir des états d'âme.

Je le regardai : il avait rapetissé à mes yeux, alors que les épreuves que j'avais traversées m'avaient grandi. Je n'éprouvais pour lui ni colère ni mépris, juste de la pitié.

– Alec, tu n'as jamais eu de scrupules à me fourrer dans ce guêpier ?

Son sourire reflétait une ironie désabusée.

– Une ou deux fois. Lorsque nous nous sommes vus à Londres, j'ai essayé de te mettre en garde. Mais tu n'as pas entendu et je ne pouvais pas prendre le risque d'être plus explicite.

– Cela en dit long sur notre amitié.

– Leo adore mettre les gens en face de leur médiocrité. M'obliger à trahir un ami constituait, à l'intérieur de son grand dessein, un petit plaisir dont il se délectait. Si je te dis que je n'avais pas le choix, ça ne te satisfera pas. Je pourrais dire que je pensais que ce serait un bon boulot pour toi mais, dès le début, j'ai eu un pressentiment. La vérité, c'est que Leo m'a promis, si je le sers bien, d'utiliser son argent et son influence pour me faire entrer dans un grand journal. Il y a eu tellement de faux départs et d'occasions manquées dans ma vie que je n'ai pas pu résister. J'étais prêt à jouer le rôle qu'il avait écrit pour moi. Sur le moment, je n'avais pas conscience de tout ce que cela impliquait. Et après, il était trop tard pour faire marche arrière. Te dénoncer à Eve ? C'est ce qui m'a le plus coûté. Si cela a mis fin à quelque chose de bien, je suis vraiment désolé.

Son aveu tombait au bon moment. Avant d'avoir vu ensemble Eve et Timothy, j'aurais été plus dur avec lui.

– Je ne suis pas sûr que cela ait mis fin à quelque chose de bien, même si c'est l'impression que j'ai eue, un moment. Eve m'a trahi elle aussi.

Alec souleva les sourcils d'un air fataliste.

– Ce doit être l'époque. Il y a eu le siècle des Lumières, à présent, c'est le siècle des Désillusions.

– Peut-être. Mais maintenant que nous jouons franc jeu, dis-moi pourquoi tu es venu.

– Je te l'ai dit, pour reconnaître le terrain.

– C'est tout ?

– Pour quelle autre raison ça pourrait être ?

Je le défiai du regard mais il baissait les yeux. Je ne pouvais pas le croire tout à fait, mais sa franchise avait désamorcé mon incrédulité.

– Je ne sais pas, Alec. Dis-moi comment Leo a réagi à ma lettre.

– Hier matin, il m'a convoqué à la *quinta*, il m'a montré la lettre et m'a demandé de prendre le premier avion et de lui retenir une place pour lundi. Il n'a pas l'habitude de discuter avec moi de ce qu'il fait. Leo aime mieux donner des ordres et qu'on les suive. Il savait manifestement que la lecture de ta lettre m'apprendrait des choses sur lui que j'ignorais, mais cela n'a pas paru le gêner. Pourtant, quelque chose l'ennuyait. Peut-être ton résumé trop vague de la postface. Tu as passé beaucoup de choses sous silence ?

Sa question réveilla aussitôt mes soupçons.
– Leo le saura en temps voulu.
– C'est-à-dire ?
– Lorsqu'il rencontrera lady Couchman et son fils.
– Je dois aller le chercher demain après-midi à l'aéroport de Gatwick. Tu veux que je l'amène ici directement ?
– Oui. Ça ne sert à rien d'attendre plus longtemps. Nous voulons tous une réponse à nos questions.

Pourtant, attendre un peu aurait pu être utile. La dernière fois que j'avais vu Sellick, deux mois auparavant, il avait l'avantage. Avec ce que j'avais appris depuis sur lui, je pouvais renverser les rôles. Mais en buvant de la bière ce soir-là avec Alec, à vingt-quatre heures d'une occasion qui ne se représenterait pas, je ne me sentais pas à la hauteur de la situation et le sentiment de ma médiocrité m'accablait.

– Encore une question, Alec : pourquoi me dire tout ça maintenant ? Rien ne t'y obligeait.
– Tu crois ? Tu n'aurais pas tardé à découvrir que c'était moi qui t'avais dénoncé à Eve, et tu aurais compris que j'étais de mèche avec Sellick. J'ai préféré prendre les devants. En plus, ma soumission a des limites.

Tel était le petit acte d'héroïsme d'Alec : me parler avant d'y être obligé. Ce n'était pas suffisant.

– Comment puis-je être sûr que ce n'est pas Sellick qui t'a demandé de me faire ces révélations, justement maintenant ?
– Tu ne peux avoir aucune certitude, dit-il avant de vider son verre. À ta place, je n'y croirais pas. Cela montre à quel point Leo est doué pour la corruption.

Je le laissai terminer la soirée tout seul. Ce n'était pas dans mes habitudes mais, après ce qu'il m'avait dit, je n'avais pas envie de m'attarder, et il y avait beaucoup de choses à mettre au point. Dans la nuit veloutée, je me hâtai de rentrer à Quarterleigh. Elizabeth, curieuse de connaître les dernières nouvelles, m'attendait.

— Sellick prendra l'avion pour Gatwick demain après-midi, dis-je. Alec ira le chercher et l'amènera ici. J'espère que c'est bien ce que vous vouliez.

— Oui, Martin. Maintenant que je l'ai invité, j'aimerais le rencontrer le plus tôt possible. Et j'espère qu'Henry viendra aussi.

— Je ne pense pas qu'il viendra. Il espérait que vous renonceriez à cette idée.

Elizabeth sourit.

— Je suis sûre qu'il ne s'attendait pas sérieusement à ce que j'y renonce. Je vais l'appeler pour le prier de venir.

Elle alla au téléphone et composa le numéro.

Pendant que j'écoutais le début de sa conversation téléphonique, il me vint un pressentiment : si Sellick savait dès le départ ce que j'allais découvrir, est-ce qu'il n'avait pas aussi prévu cette invitation et la confrontation qui s'ensuivrait ? Si tel était le cas, ce n'était pas nous qui avions l'initiative, mais Sellick.

Elizabeth était tombée sur Letty, mais un changement dans sa voix m'apprit qu'elle avait Henry au bout du fil.

— M. Sellick sera ici demain soir. J'aimerais que tu viennes et que nous dînions ici tous ensemble... Oui, je comprends... Peut-être, nous verrons... Oui, il sera là... Très bien, mon chéri, je t'attends pour 7 heures... Au revoir.

Elle revint près de moi et s'assit.

— Cela a été plus simple que je ne m'y attendais. Il a accepté de venir.

— Facilement ? dis-je, perplexe.

— Non. Il a commencé par dire qu'il était très occupé et qu'il ne voyait pas pourquoi vous seriez là. Mais finalement, il a dit qu'il viendrait. En fait, il m'a semblé plutôt déprimé. Cela ne lui ressemble pas d'être à bout d'arguments. Il avait l'air très las. Il couve peut-être quelque chose, dit-elle en restant un moment songeuse. Une fois qu'il sera là, je ferai en sorte qu'il ne prenne pas les choses trop mal.

Cela ne tournait pas rond. Henry aurait dû s'emporter contre sa mère, refuser d'avoir affaire à Sellick, essayer de récupérer le cahier. Pourquoi cette soumission tout à coup ? Pourquoi ce manque de flamme de la part du grand fulminateur ? J'étais trop occupé à formuler les questions pour faire des rapprochements et trouver les réponses. Elizabeth était satisfaite de le voir venir, et moi je n'avais plus le choix.

Le lendemain matin, je sortis à l'aube et je marchai longtemps pour trouver dans la fatigue physique un moyen d'affronter la journée. Puis je retrouvai Elizabeth dans la serre et nous passâmes l'après-midi à parler du mouvement des suffragettes, bien que nos pensées, pour une fois, soient beaucoup plus tournées vers le présent que vers le passé. Lorsque Dora commença à s'activer pour préparer un dîner, comme on n'en avait pas servi à Quarterleigh depuis longtemps, nous sûmes que la soirée approchait avec son poids d'incertitudes.

Les roues d'un taxi crissèrent sur le gravier de l'allée peu après 7 heures. Depuis le salon, je regardai Alec payer le chauffeur pendant que Sellick, assis à l'arrière, descendait de voiture avec une certaine raideur. Vêtu d'un blazer immaculé orné d'un écusson, d'un pantalon gris, très soigné de sa personne, légèrement emprunté mais totalement maître de lui. Il examina la maison de son regard perçant qui ne trahissait nulle émotion. C'était l'homme dont le savoir et l'intelligence m'avaient conquis à Madère. Mais là-bas, il brillait dans son firmament. Le Sussex rural, boisé et humide, lui allait moins bien. Il avait l'air d'un homme déraciné alors qu'on lisait dans son regard le sentiment d'être en terrain conquis, comme l'héritier présomptif.

Elizabeth alla au-devant de lui pendant que je m'attardais à l'intérieur, observant cette rencontre fixée depuis longtemps par le destin. Elizabeth sourit, dit quelques mots et tendit la main. Sellick inclina la tête et serra la main qu'on lui tendait. Mais je remarquai qu'il ne souriait pas. Sous la moustache rectiligne, ses lèvres n'ébauchèrent pas même l'ombre d'un sourire. Alors, en cet instant, mon cœur se serra douloureusement.

Le petit groupe pénétra dans la maison et me rejoignit dans le salon. Leo me fusilla du regard en entrant dans la pièce et passa sa langue sur sa lèvre inférieure, seule concession à sa nervosité.

– Eh bien, Martin, dit-il, cela me fait plaisir de vous revoir !

Il me serra la main avant que je puisse l'éviter.

– J'espère que vous avez passé un bon moment.

– Je pense avoir fait ce que vous m'avez demandé, Leo.

– Oui, et plus encore.

Il se tourna vers Elizabeth. Vêtue d'une robe longue bleu foncé, le cou orné d'un simple collier de perles, elle était solennelle et digne. Son élégance naturelle dissimulait le tumulte qui devait se faire en elle.

– Je suis certain que vous conviendrez avec moi, lady Couchman, que nous avons tous les deux une dette envers Martin qui a rendu cette rencontre possible.

– Je dois beaucoup à Martin, répondit-elle d'une voix mesurée. Mais je suis sûre qu'il sera le premier à reconnaître que je dois vous remercier avant tout pour avoir accepté mon invitation et être venu de si loin en vue de sceller une réconciliation.

– Cela ne m'a pas beaucoup coûté.

Il y avait à mon goût trop d'électricité dans l'air. Je versai du sherry pour faire diversion et proposai de nous asseoir. Cela ne changea pas grand-chose. Elizabeth essayait de tendre à Sellick une main qu'il n'avait manifestement pas l'intention de serrer. Quant à Alec, il avait l'air mal à l'aise et fuyait soigneusement mon regard.

– Mon fils va arriver, dit Elizabeth. Je vous demanderai de bien vouloir faire preuve d'un peu de patience car, pour lui, c'est forcément une rencontre difficile.

– C'est difficile pour nous tous, lady Couchman. Peu d'hommes ont dû attendre d'avoir mon âge pour rencontrer leur famille.

Bravement, Elizabeth persévéra.

– Il a fallu longtemps, c'est vrai, mais j'ose espérer que vous avez accepté mon invitation dans la même disposition d'esprit que moi ; je pense qu'il n'est jamais trop tard pour réparer une injustice.

– Sur ce point, je partage totalement votre avis. D'ailleurs, selon le droit anglais, il n'y a pas de loi de prescription.

J'intervins pour essayer de prendre Sellick à contre-pied.

– Dites-moi, Leo, pourquoi ne m'aviez-vous pas dit que vous aviez joué un rôle dans la vie de Strafford ? Cela aurait facilité ma tâche.

Il sourit avec une indulgence condescendante.

– En premier lieu, Martin, vous avez accepté les termes de ma proposition. Vous ne pouvez pas me reprocher de vous avoir fait travailler puisque cela vous a permis de gagner de l'argent. En second lieu, je pense que cette information aurait été plus gênante qu'utile. Et évidemment, je ne pensais pas que vous découvririez une suite aux mémoires. Quand serai-je autorisé à en prendre connaissance ?

Dans sa dernière phrase, je perçus une impatience qui ne lui ressemblait pas.

– Je pense qu'il faudrait attendre l'arrivée d'Henry, dit Elizabeth.

Je compris sa répugnance à parler à un hôte aussi intransigeant sur la complicité de son fils dans l'imposture de son mari.

– J'aurais pensé, dit-il lentement, que le fait d'être l'employeur de Martin me donnait un droit de regard sur le fruit de sa recherche.

Je ne pouvais pas laisser passer ça.

– La postface n'est la propriété de personne.

– C'est juste. Mais dans la mesure où Strafford n'a pas de descendants, que sa maison m'appartient et que je détiens déjà un de ses manuscrits, je considère qu'il est normal que la postface me revienne.

Ce fut au tour d'Elizabeth d'essayer de désamorcer la situation.

— À propos de la maison d'Edwin, monsieur Sellick, pourquoi l'avez-vous achetée ?

La réponse arriva, cinglante.

— Parce qu'à l'époque, c'était le seul lien que j'avais avec ce que je croyais être ma famille. Quand j'ai découvert les mémoires, même ce lien s'est révélé illusoire.

Soudain, Elizabeth se leva.

— Si vous voulez bien m'excuser, messieurs, je vais appeler ma belle-fille pour m'assurer que mon fils est en route. Il se peut que nous devions dîner sans lui.

Elle semblait plus soulagée de sortir qu'inquiète pour Henry.

— Je ne suis pas sûr, dis-je, que vous ayez accepté l'invitation d'Elizabeth dans le même esprit qu'elle.

— Pourquoi ne me dites-vous pas ce que vous avez appris dans la postface, Martin ?

— Sa lecture ne vous apprendra rien sur vous que vous ne sachiez déjà.

— Laissez-moi en juger seul. Votre lettre insinuait plus qu'elle ne disait.

— Ce n'était pas intentionnel. Je ne pouvais pas en dire plus sans tirer de conclusions prématurées. Par exemple, votre rencontre avec Strafford en 1951, je suis sûr que vous en parleriez différemment.

Sellick m'observa attentivement. Le front plissé comme s'il essayait de déceler dans mes paroles ce que je ne disais pas.

— En effet, je suis sûr que j'en parlerais différemment.

Mais il n'en dit pas plus. La certitude qu'il n'était pas venu dans le Sussex pour mettre son cœur à nu mais pour s'ériger en juge s'installa entre nous.

Elizabeth revint un moment plus tard, l'air contrarié.

— Henry est parti il y a déjà un moment. Il devrait être ici depuis au moins une heure, dit-elle. Je ne sais pas où il est allé. Nous ferions mieux de commencer sans lui.

Dora s'était surpassée pour une cause perdue. Le repas était un chef-d'œuvre de cuisine du terroir. Personne, malheureusement, n'était d'humeur à l'apprécier. Sellick cachait de moins en moins son animosité au fur et à mesure que la soirée avançait, et Elizabeth supportait ses sarcasmes avec un stoïcisme de martyre. Alec mangeait et buvait, sans mot dire, le visage sombre. Mes interventions étaient impuissantes à détendre l'atmosphère.

Je repensai au repas à Madère deux mois plus tôt, lorsque Sellick m'avait accueilli et séduit. Comme il avait été différent de ce banquet au goût amer dans le Sussex ! J'avais le sentiment que cela n'aurait jamais dû être, que nous n'aurions jamais dû nous trouver réunis tous les quatre ensemble, Elizabeth s'efforçant d'atténuer les torts de son mari, Sellick déterminé à infliger une sévère leçon à tous les Couchman encore en vie, Alec gêné par sa duplicité. Quant à moi, en suivant la piste de Strafford, j'avais perdu les illusions que Sellick avait su si bien exploiter. À présent, je ne voyais en lui qu'un manipulateur. Je le regardai, piquant sa fourchette d'un air soupçonneux dans le gigot d'agneau tendre et savoureux, buvant sans enthousiasme l'excellent bordeaux, et, pour la première fois, je le voyais tel qu'il était. Non pas le retraité cultivé ni le libre-penseur fortuné qui m'avait donné pour mission une recherche historique, mais un esprit pénétrant qui nous regardait nous débattre sous ses yeux comme des paramécies sur une lamelle de verre.

La tension monta encore d'un cran lorsque Elizabeth, toujours digne, mais de plus en plus sur la défensive, chercha des circonstances atténuantes à sir Gerald Couchman.

— Vous devez comprendre, monsieur Sellick, que mon mari, s'il est coupable d'avoir abandonné votre mère, n'a jamais su qu'il abandonnait aussi un fils. Il ne vous a pas abandonné consciemment.

Une lueur glacée passa dans le regard de Sellick.

– Je suppose, lady Couchman, que vous préférez appeler cela un acte inconscient. Ou irréfléchi ? Nous pourrions voir là également un défaut de caractère très répandu parmi les officiers anglais au début du siècle.

– À quoi pensez-vous ? demandai-je.

– Lady Couchman doit bien connaître ce à quoi je fais allusion : l'arrogance des officiers anglais qui supposaient qu'ils pouvaient faire ce que bon leur semblait, sans se sentir aucune obligation envers ceux dont ils bouleversaient les vies. L'empire était votre cour de récréation et, encore aujourd'hui, en Afrique du Sud et ailleurs, nous subissons les conséquences de cette vanité anglo-saxonne.

– Vous m'avez engagé comme historien, Leo, aussi dois-je vous rappeler que vous dénaturez les faits. Comment la communauté afrikaner peut-elle rejeter la responsabilité de l'apartheid sur le dos des...

Sellick posa son verre sur la table avec une force telle que je crus qu'il allait le casser.

– Oubliez vos sympathies libérales, Martin, et concentrez votre attention sur l'enchaînement des causes et des effets. Pourquoi la famille de ma mère a-t-elle été massacrée par les maraudeurs de Botha en 1901 ? Parce qu'elle avait fréquenté un officier anglais qui a utilisé leur sincère intérêt politique pour les tromper et abuser leur fille. Au nom de quel principe ? La vie ? La foi ? La justice ? Rien de tout ça. Juste pour s'amuser, pour prendre un petit plaisir en passant. Ils ont payé ses fredaines amoureuses de leur vie et ma mère y a laissé sa santé mentale. Mais mon père, lui, a-t-il jamais payé ?

Un silence s'installa.

– Non, murmura Elizabeth. La dette m'est revenue.

– Si vous acceptez la dette, dit Sellick, vous devez l'honorer.

– On dirait que vous songez à tout cela depuis longtemps.

– J'y ai songé toute ma vie d'adulte, jeune homme.

– Est-ce que vous saviez que sir Gerald Couchman était votre père bien avant que je vous apprenne l'existence de la postface, avant que vous m'engagiez pour découvrir pourquoi Strafford avait abandonné la scène politique ?

– La certitude est un luxe que je ne peux me permettre que depuis peu. Mais la conviction, oui, cela fait longtemps que je l'ai. En lisant les mémoires, j'ai deviné ce qui s'était passé. J'ai compris que Strafford avait dit vrai et j'en ai conclu qu'il avait voulu me retenir à Madère pour retourner en Angleterre et demander à Couchman de s'expliquer. Mais que s'est-il passé alors, je ne sais pas. Je vous ai bien donné à résoudre un mystère, même si je n'ai pas précisé la question.

– Mais alors, pourquoi n'êtes-vous pas allé demander des comptes à sir Gerald Couchman ?

– Je ne peux pas poursuivre les hommes au-delà de la tombe. Sir Gerald m'a échappé.

– Vous faites exprès de ne pas comprendre !

– Je vous demande pardon ? dit-il avec un mouvement du menton plein de mépris.

À l'arrière-plan, j'entendis la sonnerie du téléphone et Dora qui répondait.

– Je ne parle pas de maintenant. Je parle du moment où vous avez lu les mémoires pour la première fois. Si vous en avez déduit que sir Gerald Couchman était votre père, pourquoi n'êtes-vous pas parti à sa recherche comme vous l'avez fait pour Strafford ?

Dora entra dans la pièce.

– C'est votre belle-fille, madame. Elle dit que c'est urgent.

Elizabeth sortit en hâte. Sellick ne parut pas remarquer son départ. Il continuait à me regarder droit dans les yeux.

– Vous avez l'esprit obtus, Martin. J'ai acheté Quinta do Porto Novo un an après la mort de Strafford, et c'est plusieurs mois après que j'ai découvert et lu ses mémoires. Quand j'ai cherché à retrouver Couchman, il était mort.

— Il vous a fallu trois ans ?
— Que voulez-vous dire ?
— Je ne suis pas sûr, mais il y a quelque chose...

La conversation s'arrêta net au moment où Elizabeth revenait dans la pièce, pâle comme une morte.

— Qu'y a-t-il ? demandai-je.

Alec se leva de sa chaise et voulut la conduire vers un fauteuil, mais elle le repoussa de la main.

— C'était Letty, dit-elle d'une voix égarée, comme dans un mauvais rêve. La police l'a appelée pour lui dire qu'Henry avait eu un accident de voiture en venant ici. Il est mort.

9

Je me tenais à la frontière de la crédulité et de la révélation. Je fis machine arrière, mais pas assez vite, comme si je devais débobiner la séquence de ma vie pour retrouver le fil conduisant à une maison endeuillée dans le Sussex. Mais, même si j'avais été assez rapide, je ne serais pas remonté assez loin.

Lorsque Elizabeth nous annonça le décès d'Henry, ce ne fut pas son visage que je regardai, mais celui de Sellick. L'espace d'un instant, trop vite pour que mon esprit puisse l'analyser, j'aperçus dans ses yeux non pas de la surprise ni même de l'indifférence, mais de la satisfaction, un mouvement imperceptible qui aurait pu être l'ébauche d'un hochement de tête.

La mort déclenche des actes rituels qui empêchent momentanément de trop penser. Le choc de la disparition d'Henry eut sur moi cet effet. Plus que tout, je compatis au malheur d'Elizabeth. Quoi que Henry eût fait, elle n'avait pas mérité de le perdre en essayant d'être juste.

Dora resta toute la nuit dans le salon auprès de sa maîtresse, préparant du thé et l'écoutant parler d'Henry comme aucun de nous ne l'avait connu, enfant, adolescent, puis jeune homme, avant que personne ne puisse dire comment il tournerait. Alec poussa Sellick à partir quand il vit qu'il s'attardait. Pendant que nous attendions le taxi dans le vestibule, seul Sellick paraissait à l'aise.

– C'est très regrettable, dit-il.

– C'est étrange de penser, dis-je sans réfléchir, que, à présent, vous ne rencontrerez jamais votre demi-frère.

– Il est toujours étrange de penser à la mort.

Je le dévisageai soudain avec intérêt, mais il s'était composé un visage qui ne m'apprit rien.

– Qu'allez-vous faire, à présent ?

– Nous sommes au Dolphin and Anchor Hotel, à Chichester, pour une huitaine de jours. Lorsque vous serez disposé à me montrer la postface, faites-moi signe.

J'entendis le taxi qui s'arrêtait devant la maison.

– N'oubliez pas que vous travaillez toujours pour moi, Martin.

Ils étaient partis avant que j'aie pu répliquer. En fait, je ne travaillais plus pour Sellick depuis que j'avais rencontré Eve, et il le savait. Mais comme le taxi s'enfonçait dans l'obscurité, ses paroles me frappèrent. Faisais-je encore, sans en avoir conscience, ce qu'il voulait ?

Le jour se leva. Un jour lugubre. Le médecin d'Elizabeth vint à la maison et il lui prescrivit des somnifères. Elle monta pour se reposer dans sa chambre. Je pris un café dans la cuisine pendant que Dora, qui avait été chargée de passer des coups de fil, s'activait plus que de raison et me donnait les dernières nouvelles.

– C'est une sale histoire, dit-elle. Une sale histoire. M. Henry... enfin bon, vous le connaissiez... Mais c'était un homme important. Et ça y est, il est mort. Je le plains, l'autre.

– Quel autre ?

– Semblerait qu'il y ait eu deux voitures abîmées. M. Henry doublait un camion dans Gibbet Hill, près de Hindhead. Il a heurté une voiture. Personne n'a rien dit, bien sûr, mais c'est clair que c'est la faute de M. Henry. Ça a toujours été une forte tête. Ce M. Sellick, ajouta-t-elle en s'appuyant contre la table à côté de moi, votre ami...

– Ce n'est pas mon ami.

— Hum. Eh bien, je devrais peut-être pas dire ça, mais j'ai comme l'impression qu'il a apporté le mauvais œil sur la maison.

— C'est possible, Dora, c'est possible.

La nouvelle était arrivée trop tard pour les journaux du matin, mais on en avait parlé à la radio. Vers midi, j'ouvris la porte à un journaliste de l'*Evening Argus* de Brighton.

— Comment lady Couchman prend-elle la nouvelle ?

— À votre avis ?

— Vous êtes ?

— Un ami.

— La presse commence à gonfler l'importance de cette histoire. Qu'est-ce que vous en pensez ?

— C'est un tragique accident.

— On parle de suicide.

— Pourquoi ?

— Le conducteur du camion a dit que M. Couchman l'avait doublé en haut d'une côte et dans un virage. Il devait savoir les risques qu'il prenait.

— Tout le monde fait des erreurs.

— Celle-là a coûté la vie à quelqu'un d'autre. La société Couchman perdait des points en Bourse ces derniers temps. Et M. Couchman avait donné sa démission du cabinet fantôme, hier.

— Qu'est-ce que vous dites ?

— Vous ne le saviez pas ? dit-il, surpris.

Je me débarrassai du journaliste et essayai de réfléchir. Une semaine plus tôt, Henry était prêt à se battre comme un lion. La démission et le suicide semblaient à mille lieues de ses pensées. Pourtant, à vingt-cinq kilomètres de Miston ! C'était comme si quelque mystérieux déterminisme l'avait empêché d'arriver. Mais Henry et Sellick, les produits de la vie divisée de leur père, auraient-ils pu se rencontrer sans se détruire ?

L'après-midi, Elizabeth me reçut dans sa chambre, un havre de paix aux teintes pastel, poutres apparentes, rideaux bleu ciel et papier peint crème. Les fenêtres donnaient sur le jardin et le bois, de l'autre côté du ruisseau.

– Où M. Sellick est-il allé, Martin ?
– À Chichester, dans un hôtel.

Elle était assise dans un fauteuil près de la fenêtre. Seules ses mains pétrissant les extrémités en bois des bras du fauteuil trahissaient sa nervosité.

– J'aurais aimé que vous disiez Madère. Je regrette de l'avoir invité ici. Il n'est venu que pour se venger d'une façon ou d'une autre.
– J'en ai peur.

Elle me regarda.

– Ne vous inquiétez pas, Martin. Je ne vous en veux pas. Je ne blâme plus personne.
– Si tout le monde pouvait faire pareil.

Je m'assis en face d'elle, sur le bord du lit.

– Henry n'était pas honnête. Son père non plus. Mais ils ont été bons avec moi.
– Oui, maintenant, je comprends.
– Mais à quel prix, Martin ?
– C'était un accident.
– Je ne le crois pas et je suis sûre que vous ne le croyez pas non plus. Il avait donné sa démission du cabinet fantôme. Pourquoi ? J'aimerais savoir dans quelle disposition d'esprit il a quitté Londres.
– Comment savoir ?
– Letty peut-être.
– Quand allez-vous la voir ?
– Demain. Helen passera la prendre à Oakment Square et elle l'amènera ici. Nous avons décidé qu'Henry devait être enterré à Miston, à côté de son père. Les obsèques auront lieu vendredi.
– Vous voulez que je m'en aille avant leur arrivée ?

— C'est peut-être préférable. Dora m'a dit qu'elle se fera un plaisir de vous tenir au courant de ce qui se passe. Je souhaiterais que vous ne vous éloigniez pas trop.

— C'est promis.

Elle regarda par la fenêtre.

— Ce sera mieux pour Letty de venir ici. À Londres, les journalistes ne la laisseront pas tranquille. La démission d'Henry les a rendus méfiants. Ils ne s'arrêteront pas tant qu'ils n'auront pas prouvé que ce n'était pas un accident. S'ils ont raison, si nous avons raison, alors c'est encore pis parce que Henry a entraîné dans sa mort un innocent.

— Nous ne pouvons en être sûrs.

— Hélas, Martin, ce n'est pas une consolation.

Un besoin d'action me poussa à quitter la maison dans le silence de l'après-midi, dans l'intention de faire un tour avec la MG. En arrivant près de la voiture, garée à côté du garage, je m'arrêtai net. Un papier était glissé sous l'un des essuie-glaces. Je tirai dessus et lus : « Martin. Si vous avez envie de parler, vous me trouverez à l'église. Eve. »

Y était-elle encore ? Quand avait-elle laissé ce mot ? Je partis en courant dans la direction de l'église.

Elle attendait sous le porche du cimetière, adossée à l'un des piliers. Je me souviens d'avoir songé, en approchant, à la rencontre entre Strafford et Elizabeth, au même endroit, à la même heure, des années auparavant.

Lorsque je fus à une dizaine de mètres, Eve se détacha du pilier et tourna le visage vers moi. Elle était toute vêtue de noir. Elle avait un visage sévère, une expression combative.

— Que faites-vous ici ? demandai-je.

— Je viens chercher ce qui m'appartient.

Je lui lançai les clés de la voiture et elle les attrapa au vol.

— Je m'étonne que vous n'ayez pas alerté la police.

— Ah oui ?

— Dans votre mot, vous dites que vous voulez parler.

— Non. Je demandais si vous, vous aviez envie de parler.

— Mettons que oui. L'autre jour, vous m'avez amené à Braunton Burrows afin de permettre à Timothy de s'introduire chez les Bennett et de chercher la postface sans risque d'être dérangé, c'est bien ça ?

— C'est ce que vous pensez ?

— Oui. Puis, quand vous avez compris que la postface ne se trouvait pas chez les Bennett, vous avez fait ce qu'il fallait pour me convaincre de vous la donner. Seulement, je vous ai vue avec Timothy et j'ai compris que je m'étais fait avoir comme un idiot.

— Si j'avais réellement les intentions que vous me prêtez, est-ce que j'aurais pris le risque de me laisser voir en compagnie de Timothy ?

— Alors vous niez ?

— Je n'ai pas à nier quoi que ce soit, Martin. Je ne pense pas que vous sachiez vraiment de quoi vous m'accusez.

— Je vous accuse d'être la propriété de Timothy Couchman depuis le jour où vous avez été choisie comme assistante par la fondation Couchman. Tout ce qui s'est passé à Cambridge, tout votre baratin littéraire, tout votre petit jeu de séduction, c'était de la frime. Tout ce que je vous ai dit, vous l'avez répété. Tout le monde était au courant de ce que je faisais. Vous m'avez mené par le bout du nez.

— Vous n'aviez besoin de personne pour ça. Et ce n'était pas de la frime. Pensez-vous vraiment que ce qui s'est passé sur la plage était du cinéma ? Pensez-vous vraiment que j'aurais joué la comédie à seule fin de couvrir les agissements malhonnêtes de Timothy Couchman ? Hein, dites-moi ! Je serais curieuse de connaître le fond de votre pensée.

Ses yeux et sa voix étaient glacials et tranchaient avec la chaleur oppressante de cette soirée. Avait-elle choisi à dessein ce lieu de rendez-vous pour essayer de me faire entendre quelque chose ? Qui se méprenait sur qui ? Elle restait clouée sur place, mais dans son regard dansaient toutes les éventualités qu'elle n'avait pas l'intention de me faire comprendre.

Je me taisais, ne sachant quoi dire. Finalement, un éclair passa dans ses yeux, comme si elle me notifiait mon congé, et Eve passa devant moi, sans un mot, sans un regard. Je la vis s'éloigner vers la petite porte ; puis elle se retourna une dernière fois.

– J'ai entendu dire qu'il y avait eu un autre accident, dit-elle, puis elle partit.

Je me trouvais encore sous le porche du cimetière, quelques minutes plus tard, lorsque j'entendis le moteur de la MG accélérer dans la montée. Eve était partie. De grosses gouttes de pluie commençaient à tomber.

Helen et Letty étaient attendues à midi, le lendemain. Je fis donc ma valise après le petit déjeuner et suivis Dora jusque chez elle. Elle habitait de l'autre côté du village, une des maisons d'ouvriers, près de la minoterie désaffectée. Dora était veuve de guerre. « M. Bates », comme elle nommait son mari, s'en était allé sur un navire marchand en 1941. Dora vivait seule au 3 Rackenfield et trouvait dans son travail à Quarterleigh un moyen de sortir de chez elle et de se rendre utile. Dora réagissait à toutes les situations, y compris au deuil qui venait de frapper Elizabeth, par une activité intense. Me loger dans la chambre à coucher du fond qui sentait légèrement le moisi était par conséquent pour elle une bénédiction.

Cela signifiait aussi qu'elle pouvait m'informer de ce qui se passait à Quarterleigh. Elle revint après avoir servi le déjeuner, secrètement ravie de m'apprendre que Letty voulait me voir. Non pas Elizabeth comme je m'y attendais, ni même Helen, mais la seule femme dont je n'aurais jamais pensé qu'elle se souvînt de moi, ne fût-ce qu'un instant, en un pareil moment.

Je me rendis aussitôt dans le jardin de Quarterleigh où je trouvai Letty parmi les rhododendrons, effleurant les fleurs du doigt, l'air perdu. Je l'appelai.

– Bonjour, Martin.

Elle eut un pauvre sourire et s'avança d'une démarche heurtée, craintive.

– Dora m'a dit que vous vouliez me voir.

Nous nous dirigeâmes à pas lents vers le ruisseau.

– Elizabeth m'a tout raconté, dit-elle. Pourquoi Henry était si perturbé après cette conférence à Torquay. Pourquoi vous êtes venu le voir la semaine dernière.

Elle s'arrêta et me regarda droit dans les yeux.

– Est-ce que vous vous doutiez de ce qui allait se passer ?

– Non, pas du tout. Lorsque j'ai quitté Henry, la semaine dernière, il était en pleine forme.

Elle se retourna et continua à marcher.

– C'est ce que je pensais. Mais après...

– Quand après ?

– Dimanche soir. Il a reçu un coup de téléphone. Il est sorti tout de suite après. Il a dit qu'il avait rendez-vous à son club. Il est revenu quelques heures plus tard, juste au moment où Elizabeth a appelé. Il n'a pas voulu parler de ce que sa mère lui avait dit, ni de son rendez-vous, il est juste monté dans son bureau et il a travaillé le reste de la nuit. Il a passé presque toute la journée de lundi à la maison.

– Saviez-vous qu'il avait envoyé sa démission ?

– Non. Il ne m'a jamais laissé entendre qu'il en avait l'intention. Quand il est parti dans l'après-midi, je m'attendais à le voir...

Un sanglot l'obligea à s'interrompre, puis elle se ressaisit.

– Avez-vous lu les journaux ce matin ? demanda-t-elle.

– Non.

– Ils font le rapprochement entre sa démission et son accident et laissent penser qu'il s'agit d'un suicide ou pis encore.

– Il ne faut pas croire tout ce qu'on raconte dans les journaux. Elle fixa sur moi ses grands yeux suppliants.
– Ils ont raison. Je le sais et vous aussi. Henry n'aurait jamais pu supporter la disgrâce. La réputation, les apparences, le respect, cela comptait pour lui. Il n'aurait pas pu vivre sans ça.
– Rien de tout ça n'était menacé.
– Peut-être, mais il l'a cru.

Elle marcha vers le bord du ruisseau mais je ne la suivis pas. À l'en croire, quelque chose s'était passé entre la dernière fois où j'avais vu Henry et son accident car, lorsque je l'avais quitté, il avait repris du poil de la bête. Quelque chose avait dû se produire le dimanche pendant que j'étais avec Alec au Royal Oak. Quelque chose qui, dans un virage sans visibilité, l'avait poussé à en finir.

Je retournai au 3 Rackenfield et repassai dans mon esprit tout ce que Letty m'avait dit. Cela faisait une histoire confuse. Je ne croyais pas que la perspective d'une rencontre avec son demi-frère, aussi pénible soit-elle, ait pu conduire Henry au suicide, mais je ne croyais pas non plus à un accident. La vérité m'attendait quelque part, suspendue dans un coin de mon champ de vision, mais dès que je regardais dans la bonne direction, elle se dérobait.

Au petit déjeuner, Dora m'apporta un mot d'Elizabeth : elle me disait qu'elle gardait la chambre mais désirait me voir dans la soirée. Je passai la journée à rêvasser puis, à une heure décente, j'allai à Quarterleigh, où Dora me conduisit à la chambre d'Elizabeth. Elle avait l'air à la fois calme et alerte. Elle me dit qu'elle avait invité toute la famille à se réunir après l'enterrement pour discuter de la question sur laquelle elle avait espéré qu'Henry et Sellick se mettraient d'accord : comment réparer l'injustice sur laquelle sir Gerald avait bâti leur fortune.

– Qu'espérez-vous qu'il sortira de cette réunion ? demandai-je.

– J'espère que nous arriverons à un accord. Mais c'est là où vous intervenez car il me faut votre consentement.

– Pourquoi le mien ?

– Parce que cela concerne la postface et comme c'est vous qui l'avez trouvée, vous avez votre mot à dire sur ce que je me propose d'en faire.

– Elizabeth, je vous l'ai donnée parce que j'ai pensé que Strafford aurait été heureux qu'elle vous revienne. Par conséquent, je respecterai votre décision. Que voulez-vous en faire ?

Elle me regarda droit dans les yeux.

– La détruire.

Ce fut un tel choc pour moi qu'elle dut s'en apercevoir.

– Je sais que cela doit vous paraître sacrilège après toutes les précautions qu'Edwin a prises pour la protéger. Mais j'ai longuement réfléchi. Dans un sens, ce manuscrit est responsable de la mort d'Edwin. S'il n'avait pas existé, Ambrose Strafford serait certainement encore en vie. Et Henry aussi, sans doute. Je ne peux pas croire qu'Edwin accepterait de payer un prix aussi élevé pour défendre son existence.

– Je ne sais pas quoi dire. J'ai fait tant d'efforts pour la trouver...

– Je comprends ce que vous ressentez, Martin. Vous devez avoir l'impression que c'est une lâcheté... que je le fais pour arranger ma famille...

– Je ne vous soupçonne pas d'avoir de tels motifs, Elizabeth. D'autres peut-être. Mais pas vous. Je comprends votre logique. Mais c'est horriblement difficile...

– Oui, je sais, c'est pour cela que je vous en parle maintenant, pour que vous ayez le temps de réfléchir avant que nous nous réunissions.

– Sellick ne sera jamais d'accord.

– J'espère que si. Il se peut qu'il sente qu'il a eu son... content de chair fraîche.

Elle regarda un point devant elle et, pour la première fois depuis que je la connaissais, je vis son visage se durcir.

– S'il ne veut pas, je me passerai peut-être de son accord. Je ne peux pas laisser la vérité détruire ma famille. Nous devons quelque chose à M. Sellick, mais pas tout.

Elle avait raison. Ils ne devaient pas à Sellick autant qu'il était venu chercher.

– Je vous soutiendrai, quelle que soit votre décision.

Elle me saisit la main.

– Merci, Martin. C'est la réponse que j'attendais de vous.

À la vérité, je ne pouvais rien dire d'autre. Je ne pouvais pas faire moins pour elle.

En arrivant dans le vestibule, je tombai sur Helen qui sortait justement du salon.

– Je voudrais te parler, Martin.

– À quel sujet ?

– Au sujet de mon père.

Je la suivis dans le salon.

– Une enquête a été ouverte, ce matin. Elle a été suspendue et reprendra mercredi prochain.

– Et maintenant tu connais tous les éléments ?

– Oui. Et les journalistes savent qu'ils sont sur une piste intéressante. Bon Dieu, quelle honte !

Helen jurait rarement. Ce fut le seul signe sensible de sa détresse.

– Il ne méritait pas de mourir de cette façon. Il se peut que tu ne sois pas de cet avis, ajouta-t-elle en me regardant. Et tu as peut-être raison. Ce que je veux te demander, ce n'est pas pour lui, mais pour moi, pour Laura si tu préfères.

– Et que veux-tu me demander ?

– Je te demande de ne rien dire au sujet de ce document que possède grand-maman, rien qui pourrait faire penser au coroner qu'il s'agit d'un suicide. Si le jury conclut à un suicide, cela voudra dire que mon père est responsable de la mort de l'autre malheureux conducteur. Et les journalistes ne s'arrêteront pas tant qu'ils ne sauront pas tout sur cet homme, Sellick, et sur l'autre mariage de grand-père.

Je fus surpris de mon empressement à la rassurer.

– Ne t'inquiète pas. Je ne dirai rien.

Elle en resta tout interdite.

– Vraiment ?

– Vraiment. Je ne veux pas te faire de mal.

Après la surprise, ce fut la stupéfaction qui se peignit sur sa figure.

– Je pensais que c'était ce que tu cherchais, que c'était pour cela que tu avais accepté ce travail.

– Non, dis-je en secouant lentement la tête. C'est peut-être difficile à croire, mais je cherchais seulement la vérité.

Ce n'était pas totalement vrai, mais pas totalement faux non plus.

– Cela ne m'a pas beaucoup avancé.

– Cela n'a avancé personne.

– C'est ça, la vérité. Il y a déjà longtemps que l'histoire aurait dû me l'apprendre.

Je marchai vers la porte, mais m'arrêtai quand elle reprit la parole :

– Martin, si je t'ai mal jugé, je le regrette.

Je me retournai vers elle.

– Ce n'est pas grave, dis-je, et je partis.

Qu'est-ce qui avait été grave ? Être quelque peu sous-estimé ? Je ne pouvais pas me plaindre. J'avais mal jugé la vie et elle me l'avait bien rendu. Je n'en voulais pas à Helen de m'en avoir voulu. C'est une chose que je n'aurais reprochée à personne.

Sur le chemin du retour, je passai par le cimetière. Un fossoyeur, muni d'une pelle, jetait d'un mouvement régulier l'argile humide sur une bâche goudronnée. Quand il me vit regarder de son côté, il s'arrêta pour me faire un signe de tête. Pour lui, ce n'était qu'une tâche matérielle. Pour moi, ce trou qu'il creusait lentement à côté de la tombe de sir Gerald Couchman laissait prévoir beaucoup plus qu'un simple enterrement.

À Miston, le vendredi 17 juin fut une journée pluvieuse. Les premières lueurs du jour amenèrent des bourrasques accompagnées de crachin, puis le vent se calma, une pluie fine et serrée tomba à l'oblique.

Malgré la rumeur, les milieux officiels avaient bien fait les choses. Des obsèques discrètes auraient signifié qu'ils reconnaissaient la culpabilité d'Henry. Le cortège de limousines noires rutilantes qui entra majestueusement dans le village silencieux, juste avant midi, fut assez long, les couronnes mortuaires assez nombreuses et imposantes, et la douleur exprimée par les visages blafards suffisamment manifeste pour apaiser momentanément les doutes et les questions. Ce qui n'empêcha pas les photographes d'être présents avec leurs appareils photographiques ni les curieux d'écarquiller les yeux. Chacun, au fond, devait pressentir que la solennité du service funèbre n'était qu'une trêve.

La petite église était pleine de gens que, pour la plupart, je ne connaissais pas : les grands manitous du parti et leur entourage, les directeurs des entreprises Couchman, quelques employés fidèles, quelques villageois venus par respect pour Elizabeth. Je pris place à côté de Dora. Elle me toucha le coude et, d'un signe de tête, m'indiqua la lente progression de Sellick vers un banc. Il avait dû se trouver derrière moi, mais je ne l'avais pas remarqué. La pensée qu'il était d'autant plus dangereux que personne ne faisait attention à lui me donna froid dans le dos.

Tandis que les hommes qui portaient le cercueil avançaient vers l'autel, je ne quittai pas Sellick des yeux : sentinelle au regard perçant scrutant les silhouettes vêtues de noir, il échangea un regard éloquent avec Timothy, preuve que ce dernier n'était pas aussi recueilli et contrit qu'il voulait le laisser paraître.

Les personnes de la famille prirent place sur le banc devant nous. Seule Elizabeth se retourna pour nous saluer. Letty avait les yeux baissés, Helen regardait droit devant elle, Ralph promenait ses regards d'antiquaire affable sur les vitraux, et Timothy tripotait ses lèvres comme s'il lui manquait une cigarette. Peut-être avaient-ils espéré que je ne serais pas là.

Pendant le service funèbre, je repensai à l'enterrement d'Ambrose à Dewford, bâclé quelques semaines plus tôt. Quelques semaines ? Tant de choses s'étaient passées depuis. Et, en même temps, tout était si semblable. Encore une fois, il s'était produit un accident tragique aux circonstances mal expliquées. Encore une fois, j'observais un rituel inadapté à l'événement.

Et pourtant, Sellick était là. À quoi pensa-t-il en laissant tomber une lourde poignée de terre humide et froide sur le cercueil ? Que signifiait le frottement énergique de ses mains gantées l'une contre l'autre ? Rien pour ceux qui pleuraient ou s'en allaient. Quelque chose pour ceux qui avaient l'impression d'assister au dernier voyage d'une victime.

Dans le salon de Quarterleigh, on avait apporté des chaises supplémentaires et un buffet froid inutilement copieux, préparé par Dora. Les Couchman, privés d'un des leurs, se trouvaient là, certains assis, d'autres debout, nouant des bribes de conversation, buvant un peu, mangeant du bout des lèvres.

Helen et sa mère, installées sur un canapé près de la cheminée, parlaient pour dire quelque chose de la façon dont la cérémonie leur avait fait oublier un moment sa raison d'être. Ralph et Timothy se tenaient debout près de la fenêtre. Ralph expliquait à Timothy comment reconnaître un faux tableau tandis que ce dernier l'écoutait d'une oreille distraite en remplissant régulièrement son verre de gin. Elizabeth réprimandait doucement Dora d'avoir préparé trop de choses à manger en se souvenant peut-être de circonstances semblables, vingt-trois ans plus tôt. Sellick, à l'autre bout de la pièce, m'observait en silence en jouant avec un petit vase en porcelaine.

Elizabeth avait dû s'absenter car, à un moment donné, je la vis revenir en portant le paquet qui, je le savais, contenait la postface. Elle défit le papier et posa le cahier sur la table basse devant Helen et Letty d'une manière qui attira l'attention de tous.

— Mes chers enfants, dit-elle, vous avez tous rencontré M. Sellick ici présent, et vous savez ce qu'est ce document. Le moment est venu pour nous de décider ce qu'il convient d'en faire. Si j'ai invité M. Sellick ici, c'est dans le but de compenser l'exclusion dont il a souffert de la part de notre famille. Mais, avec la disparition d'Henry, plus personne n'a de responsabilité, même indirecte, dans cet abandon.

Je regardai Letty, effacée, le teint gris. Puis Helen, les mains et les yeux mobiles, ne sachant comment prendre une déclaration aussi franche.

— La mort d'Henry nous a porté un coup dont nous ne nous remettrons que lentement.

Sellick, les yeux pareils à des diamants dans un masque de granit, observait la famille de l'homme qui avait refusé de le reconnaître.

— Pour cette raison, poursuivit Elizabeth, il serait peut-être plus juste de détruire purement et simplement ce document maintenant que seule la mémoire d'Henry peut être noircie par son contenu.

Ralph tripotait quelque chose dans la poche de sa veste pour dissimuler sa gêne. Près de lui, Timothy, nonchalamment appuyé contre l'appui de fenêtre, allumait une cigarette avec une satisfaction manifeste. Elizabeth s'assit dans le fauteuil qui se trouvait derrière elle.

— Voilà, maintenant c'est à vous de décider.

Ceux qui se trouvaient aux extrémités de la pièce se rapprochèrent, les yeux fixés sur le cahier. Timothy s'assit sur une chaise en face de sa sœur en étendant les jambes. Sellick vint se poster près de la cheminée, un bras en travers de la poutre en chêne située au-dessus, comme s'il nous dominait tous. Je me tenais debout derrière le fauteuil d'Elizabeth, et Ralph rejoignit Helen sur le canapé et prit gauchement sa main dans la sienne.

Letty se pencha en avant, le regard rivé sur le cahier.

– Rien ne pourra ramener Henry, dit-elle. Mais c'est comme si ce cahier était responsable de sa mort. Je serais plus tranquille s'il était détruit. Au moins il ne pourrait plus nous attirer d'ennuis.

Je pris la parole.

– Nous ne pouvons pas reprocher à Strafford la manière dont les gens ont réagi à ce qu'il a dit. On ne peut tenir le passé pour responsable de la mort d'Henry, mais plutôt le présent.

– Très épigrammatique, vieux frère, dit Timothy d'une voix traînante. Mais que veux-tu dire exactement ?

– Je veux dire, vieux frère, que l'événement qui a bouleversé Henry au point qu'il se tue dans un accident de voiture a dû se produire quelques heures plus tôt à son club. Qui était la personne qu'il a rencontrée et que lui a-t-elle dit ? Nous ne le savons pas.

Je m'adressais à Timothy, mais je regardais Sellick.

– Nous ne le saurons jamais, dit Helen. Tout cela ne serait pas arrivé sans cette maudite recherche.

Elle me foudroya du regard avant de continuer :

– J'ai perdu mon père. Les journalistes rôdent autour de chez moi. Et maintenant j'apprends que la société va mal.

– Comment ça ? dit Ralph.

La dernière remarque d'Helen pouvait lui donner du souci pour ses propres intérêts.

– Juste un peu de turbulence, dit Timothy. Si nous ne paniquons pas, nous pourrons remonter la pente facilement.

– Nous nous en sortirons, dit Helen, si nous prenons la bonne décision en ce qui concerne ce document. Pourquoi donner à nos ennemis des munitions pour nous tirer dessus ?

– Quels ennemis ? demandai-je.

– Il y a des tas de gens qui adorent ridiculiser ceux qui ont mieux réussi qu'eux.

Elle commençait à parler comme son père.

– Que se passerait-il si ce livre tombait entre leurs mains ? demanda-t-elle.

– Il n'y a pas de danger, ma chérie, dit Elizabeth.

– Tant que ce cahier existe, ce danger existe, répondit Helen.

– Tu penses peut-être à mes mains, dis-je.

– Qui se sent morveux se mouche, dit Helen en se renfonçant dans son fauteuil.

Elle avait déjà oublié les concessions que j'avais faites la veille.

Elizabeth essaya de détendre l'atmosphère en déplaçant le problème.

– Nous ne vous avons pas entendu, monsieur Sellick. Qu'en pensez-vous ?

Sellick ôta son bras de la poutre et le posa sur la cheminée dans un geste d'acteur s'appropriant la scène.

– Eh bien, lady Couchman, je pense que vous ne pourrez pas nier que mes origines constituent bien pour votre famille un sujet de honte ?

C'était une déclaration de guerre explosant au beau milieu d'une simple querelle de famille et, sur le visage de ceux qui y étaient le moins préparés, Helen, Letty et Ralph, le choc était visible. Mais pas sur le visage de Timothy. Derrière la fumée de sa cigarette, il gardait une expression douceureuse. Elizabeth non plus ne se laissa pas troubler, à en juger par la fermeté de ses paroles.

– Non, je ne le nie pas.

– Ni que la postface apporte la preuve de cette honte ?

– Je comprends où vous voulez en venir, monsieur Sellick. Vous pensez que ma famille a tout intérêt à détruire ce qui pourrait être considéré comme une pièce à conviction.

– Si ce cahier est publié, dit Sellick en se penchant d'un geste vif vers la table pour se saisir du document, vous perdrez votre titre, votre famille sa légitimité, et la société Couchman, ajouta-t-il avec un coup d'œil vers Timothy, ne s'en relèvera pas.

Elizabeth regarda calmement cet homme qui se dressait d'un air menaçant au-dessus d'elle en brandissant le cahier de Strafford.

– Vous avez en effet ce pouvoir, monsieur Sellick, dit-elle d'un ton glacial.

Il abaissa lentement le cahier et le reposa sur la table, le plus près possible d'Elizabeth, puis il recula d'un pas.

– J'accepte qu'il soit détruit, dit-il. Je ne désire pas jouir d'un tel pouvoir. Avec la mort d'Henry, il faut mettre un terme à tout ça.

Je le regardai, incrédule. Parlait-il sérieusement ? Que Sellick renonce de plein gré à un moyen de pression aussi formidable, cela contredisait tout ce que je savais des tours et des détours de l'intrigue qu'il avait nouée pour nous amener jusque-là. Cela s'opposait à l'idée que j'en étais venu à me faire de lui. À en juger par le silence qui suivit, les autres devaient avoir la même impression.

Excepté Timothy.

– Vous êtes un *gentleman*, monsieur Sellick, dit-il. Je suis sûr que tout le monde ici apprécie un geste si plein de bon sens.

Elizabeth sortit de sa torpeur.

– Si c'est vraiment ce que vous pensez, monsieur Sellick, je vous suis très reconnaissante de votre générosité. C'est un geste que nous n'avions pas le droit d'exiger de vous, mais je me réjouis que vous vous sentiez capable de le faire.

Le soulagement unanime qui se lisait sur les visages autour de la table se changea vite en autosatisfaction. Pour eux, c'était logique, et, d'une certaine façon, pour Sellick aussi. J'étais le seul à être déconcerté mais, lié par ma promesse à Elizabeth, je ne pouvais pas contester cette décision.

— Vous n'avez pas besoin de me remercier, dit Sellick. Si la perspective de me rencontrer ici, lundi, a pesé un tant soit peu dans l'accident d'Henry, acceptez de voir dans la destruction de ce document le témoignage de mes regrets.

C'était bien tourné et prononcé d'une voix douce, pourtant je trouvai que cela sonnait faux.

Le pouvoir des mots de Sellick résidait moins dans ses expressions mielleuses que dans le désir impatient de son auditoire de le croire. Ils s'empressèrent donc de croire ce qu'il disait, trop vite pour que je puisse mesurer la portée de sa concession, ou faire le rapprochement avec la vague conclusion à laquelle m'avait conduit notre conversation inachevée.

La pluie avait cessé. Le ciel était gris et calme. Le jardin de Quarterleigh était plongé en cette fin d'après-midi dans un silence qui semblait suspendu. Comme s'il s'agissait d'un prolongement secret au rituel des funérailles, le groupe se déplaça jusqu'à l'incinérateur situé derrière la serre. Ralph l'emplit de papier journal froissé, puis il ajouta quelques brindilles. Timothy arrosa le tout d'essence et l'enflamma. Quand les flammes crépitèrent, Elizabeth lui tendit la postface. Elle n'avait sans doute pas le cœur à le faire elle-même ni à me demander de le faire pour elle. Ce fut Timothy, avec une dextérité que son père aurait admirée, qui déchira les pages l'une après l'autre et les jeta au fur et à mesure dans les flammes.

Chacune des pages jetées au feu restait un instant intacte, l'écriture fluide de Strafford se détachant fièrement, sans tache. Puis la marée noire des flammes traversait le papier qui se recroquevillait et dévorait les lettres tracées d'une main ferme. La fumée pleine de particules en suspension descendait vers le ruisseau au bout du jardin, me brûlant les yeux au passage.

Lorsque toutes les pages furent brûlées, Timothy s'apprêta à faire subir le même sort à la couverture. Je posai une main sur son bras pour l'arrêter.

— Cela suffit, dis-je. Ce n'est pas la peine de faire du zèle. Je vais la garder.

— Ce n'est que justice, vieux, répondit-il avec une contraction des muscles du visage. Tu peux la garder comme souvenir. Je ne peux pas te refuser ça. Après toute l'énergie que tu as dépensée pour m'empêcher d'y jeter un coup d'œil, ça me paraît normal.

Je lui pris la couverture des mains.

— Mes efforts ne sont rien comparés aux tiens, dis-je.

— Je ne suis pas sûr de savoir ce que tu veux dire.

— Entrer par effraction dans une propriété privée, par exemple.

— Ce n'est pas mon genre, Martin. Tu dois penser à quelqu'un d'autre.

Je ne répondis pas. Je refermai la couverture et rentrai d'un pas vif dans la maison. Je me moquais tout à coup des misérables machinations de Timothy. La destruction de la postface me rendait très malheureux. C'était comme si, pour la première fois, je pleurais Strafford. Et, comme Strafford, je ne perdis pas de temps une fois que ma décision fut arrêtée. Je quittai Quarterleigh et laissai les Couchman se débrouiller entre eux.

Je passai toute la soirée à boire au Royal Oak et, le lendemain matin, lorsque je me réveillai à Rackenfield, il était déjà tard. Le silence qui régnait dans la maison m'apprit que Dora était sortie. J'allai à la cuisine et préparai du café. Je le bus assis, contemplant le jardin auréolé d'un charme estival et songeant au dénouement auquel nous étions arrivés la veille, à la cautérisation de la blessure des Couchman.

Mais était-ce bien le dénouement ? Cela avait été trop facile pour que je puisse vraiment y croire. La volte-face de Sellick ne laissait pas de me déconcerter ; cela avait désamorcé le conflit avant qu'il y eût la moindre étincelle. Je savais pourquoi les autres s'étaient entendus pour brûler la postface et pourquoi j'avais accepté de ne pas m'y opposer. C'était ma façon de rendre hommage à Strafford, une tentative pour honorer sa dernière volonté. Et pourtant, en faisant cela, je l'avais aussi trahi, le réduisant pour toujours au silence. À cette pensée, mon cœur se serra et je grimaçai de dégoût au souvenir de tout l'alcool que j'avais ingurgité pour essayer d'oublier. Cela ne m'avait pas avancé.

Lorsque Dora revint, elle me traita sans ménagement.

– Vous avez décidé de vous lever à ce que je vois... ça fait des heures que tout le monde est debout à Quarterleigh.

– Ah oui ?

– Vous pouvez y retourner. Helen et Ralph ont ramené Mme Couchman à Londres, M. Timothy est parti je ne sais où et, grâce au ciel, M. Sellick a disparu de la circulation. Tout est comme autrefois.

– Je crois que rien ne sera plus jamais comme autrefois, Dora. Il est temps pour moi de quitter Miston. Je ne retournerai pas à Quarterleigh.

– La maîtresse serait déçue. Elle m'a remis ce mot pour vous.

Elle me tendit une enveloppe et commença à ranger autour de moi. Je pris la lettre et lus :

Quarterleigh, le 17 juin

Mon cher Martin,

Je profite du repos que je prends après une journée éprouvante pour vous écrire ces quelques lignes. Je voudrais vous parler de notre décision concernant la postface d'Edwin et aussi d'autre chose que j'aborderai ensuite.

Croyez-moi, je sais quel déchirement cela a dû être pour vous de laisser brûler le dernier manuscrit d'Edwin. Mais que pouvions-nous faire d'autre ? Après la mort d'Henry (et les circonstances dans lesquelles elle s'est produite), il me semblait que c'était la seule solution. Je comprends comme cela a dû être difficile pour vous d'accepter cette décision. Merci du fond du cœur. Espérons qu'Edwin, et également Gerald et Henry, pourront à présent reposer en paix.

J'aimerais pouvoir en être sûre, mais il me reste une appréhension et seul le temps me dira si elle est fondée ou non. J'espère sincèrement que non.

Ces réserves sont renforcées par ce que m'a dit mon petit-fils. Avant de partir aujourd'hui, il m'a demandé s'il pouvait revenir dimanche pour le thé avec une de ses connaissances dont il ne m'a pas dit le nom, pour discuter de choses et d'autres. Naturellement, je lui ai demandé des détails mais il n'a rien voulu ajouter. Je ne peux pas, en toute honnêteté, dire que Timothy soit un petit-fils aimant. En vérité, de tous ceux qui étaient réunis ici aujourd'hui, c'est celui que je m'attendais le moins à revoir si vite. Ses attentions me laissent sceptique, pour ne pas dire méfiante.

Je me demande si je peux faire appel à votre aide une nouvelle fois. Je me sentirais moins vulnérable si vous étiez ici lorsque Timothy et sa mystérieuse connaissance viendront. Venez si vous le pouvez. Je termine donc en espérant vous voir dimanche si nous ne nous voyons pas d'ici là.

Avec toute mon affection,

Elizabeth

Mon instinct me dit que cette visite de Timothy ne présageait rien de bon pour Elizabeth. Je donnai à Dora un billet à remettre à sa maîtresse dans lequel je l'assurais en quelques mots de ma présence.

Je tuai le temps et mes doutes de la façon habituelle, en buvant plus que de raison. J'étais devenu un familier du Royal Oak, et je dois dire que j'éprouvais une certaine satisfaction à m'asseoir au bar en attendant la suite des événements. Si j'avais seulement réfléchi un peu, les choses auraient peut-être tourné autrement. Mais je restai fidèle à moi-même, tout en sachant que cela pouvait être néfaste.

Le dimanche après-midi, je me réveillai en sursaut à Rackenfield après un nouveau détour par le Royal Oak. Il était un peu plus de 4 heures. J'aurais dû être à Quarterleigh depuis au moins une heure et me dépêchai d'y aller.

La Porsche de Timothy était garée dans l'allée. En entrant dans la maison, j'entendis des voix dans le salon.

Elizabeth, assise dans son fauteuil, leva les yeux vers moi, un soulagement passager éclaira son visage.

– Mais c'est logique... disait Timothy en arpentant le tapis.

Dès qu'il m'aperçut, il s'arrêta net et se rembrunit.

– Qu'est-ce que tu veux ?

– Je suis invité, dis-je. Je crois que toi, tu t'es invité.

Nous nous mesurâmes du regard.

Du fauteuil placé en face d'Elizabeth monta le bruit d'une tasse que l'on repose sur sa soucoupe. Je me retournai. C'était Eve décroisant les jambes avec élégance et se penchant en avant pour placer la tasse et sa soucoupe sur la table basse.

– Salut, Martin, dit-elle.

Je regardai Elizabeth.

– Que font-ils ici ?

– Ils ont été très clairs, Martin. J'aurais aimé que vous soyez là quand ils sont arrivés.

– Je suis désolé d'être en retard.

Timothy fit un pas vers moi.

– Trop bu, vieux ?

Je l'ignorai.

– Ce n'était pas un reproche, poursuivit Elizabeth. Je voulais juste dire que votre présence et vos conseils m'auraient été précieux.

– Tu es bien la seule à penser ça, dit Timothy.

– Eh bien, maintenant, je suis là. Que s'est-il passé ?

– Ils m'ont fait une proposition, dit Elizabeth. Adressé un ultimatum serait plus juste.

Je m'assis dans le fauteuil à côté d'Elizabeth et, pendant qu'elle parlait, je les dévisageai ; le visage suffisant de Timothy, celui d'Eve, imperturbable.

– Ils veulent que j'apporte ma coopération, sous la forme d'une autobiographie, au livre qu'écrit Mlle Randall : une étude sur le mouvement des suffragettes. Mlle Randall s'occupera de la partie historique et du poli littéraire. Je représente pour elle l'exemple type d'une corruption aristocratique des valeurs des suffragettes. C'est bien cela, ma chère ?

Elle avait parlé calmement, mais je percevais le tremblement de son bras.

Eve prit la parole en évitant soigneusement mon regard.

– Il se trouve que je crois à cette interprétation, dit-elle. L'histoire de Strafford en est une illustration parfaite. Il a affaibli votre résolution tout comme Lloyd George a perverti les motifs de Christabel Pankhurst pour favoriser de sordides ambitions politiques.

– C'est aussi le genre de sujet à sensation qui pourra vous faire un nom, dit Elizabeth. Ne faites pas semblant d'être désintéressée.

– Mais vous n'allez quand même pas accepter ! dis-je à Elizabeth.

Elizabeth posa sa main sur la mienne.

– S'il ne tenait qu'à moi, ce serait facile, Martin. Mais Mlle Randall a l'avantage sur moi. Elle a l'appui bienveillant de M. Sellick.

– Et alors ? Puisque la postface n'existe plus...

– Dis-lui, Timothy, dit Elizabeth.

– Si tu y tiens. Mais le mettre au courant ne nous avancera pas. Vois-tu, Martin, il nous tient tous à sa merci. Leo n'est pas un homme vindicatif, mais il ne veut pas rentrer à Madère les mains vides. Il s'engage à financer le projet d'Eve et la publication de son livre si elle parle de l'histoire de mon grand-père. Tu devrais être content. Strafford ne s'en sortira pas si mal.

— Et ce sera la vérité, dit Eve. La vérité sur la façon dont sir Gerald Couchman a exploité son mariage sous un faux nom pour aider Lloyd George à tromper les suffragettes et à briser Strafford. Je ferai un portrait réaliste de la vie politique sous Édouard VII en m'appuyant sur le témoignage de lady Couchman.

— Au moment de la publication de ce livre, dit Elizabeth, Gerald et notre mariage seront tournés en ridicule, le nom de ma famille sera traîné dans la boue et le peu de fierté et d'intimité qui me reste me sera enlevé.

— Alors pourquoi ne les envoyez-vous pas au diable?

Elle regarda durement Timothy.

— Pour une bonne raison, Martin, c'est que je pense qu'ils y sont déjà. Et pour une autre raison que Timothy va vous expliquer.

— C'est ce que je t'ai dit, vieux. Leo nous tient à sa merci. Si nous refusons de faire ce qu'il demande, il dira mercredi à l'enquête qu'il a vu mon père à Londres, il y a une semaine, qu'il l'a accusé d'avoir tué Strafford en 1951 et que papa était tellement rongé par le remords et l'angoisse d'être découvert qu'il s'est tué le lendemain, et a tué en même temps l'autre conducteur. En d'autres termes, il déballera tout notre linge sale.

— C'est vrai?

— Qu'il l'a vu? Bien sûr que c'est vrai. Le personnel du Carlton Club peut le confirmer. Pour le reste, j'ai peur que les actes de papa ne parlent d'eux-mêmes. Si tu étais appelé à témoigner, pourrais-tu nier qu'il t'a parlé de sa responsabilité dans la mort de l'autre Strafford?

— Non, mais...

— Justement. Mais Leo est prêt à ne rien dire et tu feras la même chose. De cette façon, papa ne sera pas compromis. Le seul membre de la famille impliqué sera grand-père.

— Et tu es content avec ça ?

— Je n'ai pas le choix, mon vieux. Je suis le seul responsable de la société à présent. Assurer sa prospérité doit être ma seule préoccupation. Le cours des actions s'est effondré et d'horribles rumeurs circulent. Ça a commencé avant la mort de papa, quand Leo s'est débarrassé d'une grande quantité d'actions. Si nous nous montrons coopératifs, il les rachètera et nous nous redresserons. Sinon, le scandale qui suivra l'enquête nous coulera.

— À mon avis, ce n'est pas tout, dit Elizabeth. Je pense que M. Sellick te récompensera largement de ta peine.

Timothy eut un mouvement d'impatience.

— Comme je te l'ai expliqué, grand-mère, je dois sauver ce que je peux du renom de notre famille. Je ne m'attends pas à ce que tu te plies de gaieté de cœur aux conditions de Leo. Cela ne me plaît pas non plus. Mais tu peux au moins faire l'effort de comprendre.

Je regardai Eve.

— Qu'en pense l'historienne ?

Ses yeux avaient un éclat distant, hautain. Seul le bon goût semblait l'empêcher de sourire.

— Les querelles de famille ne m'intéressent pas. L'histoire, si. Je donne à lady Couchman ma garantie que rien de ce qu'elle me dira ne sera déformé. Mon récit sera scrupuleusement exact.

— Mais accablant ?

— J'ai dit : exact.

— Si Sellick s'intéresse tant que ça à l'histoire, pourquoi a-t-il laissé détruire la postface ?

Timothy sourit.

— Parce que c'est un homme raisonnable. La postface n'est pas essentielle pour l'objectif qu'il s'est fixé.

— Et elle n'est pas nécessaire pour la compréhension de cette période de l'histoire, dit Eve.

Je me tournai vers Elizabeth.

— Qu'allez-vous faire ?

— Je ne sais pas. M. Sellick est assez bon pour me laisser le temps de réfléchir. Il passera pour connaître ma décision, mardi à midi, la veille de l'ouverture de l'enquête

Je regardai les deux autres.

— Comment pouvez-vous faire une chose pareille ? Vous appelez cela de l'histoire ? Moi, j'appelle ça de la prostitution.

Les yeux d'Eve lancèrent des éclairs.

— Vous êtes mal placé pour dénoncer les motifs des autres.

— Tu étais prêt, si je ne m'abuse, à laisser papa acheter ton silence, dit Timothy.

— C'est faux ! dis-je en voulant me lever, mais Elizabeth posa sa main sur mon bras pour me retenir.

— Je vous en prie, Martin, dit-elle. Ne leur donnez pas la satisfaction d'une scène. Faites-les juste partir, si vous voulez bien.

Elizabeth resta dans son fauteuil tandis qu'ils se dirigeaient vers la porte. Eve tourna la tête pour la regarder une dernière fois. Il n'y avait nul apitoiement dans son regard. Timothy s'empressa de sortir, l'air heureux de s'en aller.

Depuis la porte d'entrée, je les regardai marcher jusqu'à la Porsche. Eve attendit à côté de la voiture pendant que Timothy faisait le tour pour aller s'asseoir à la place du chauffeur.

— Vous êtes satisfaite ? demandai-je à Eve. Cela vous plaît de vous acharner sur une vieille femme ?

— Je ne vois pas les choses de cette façon.

Timothy lui ouvrit la portière et elle se baissa pour se glisser à l'intérieur. Il se pencha par-dessus elle pour refermer.

— Tu es surclassé, vieux, dit-il. Pourquoi ne pas le reconnaître ?

La portière claqua et la voiture démarra en faisant crisser le gravier.

Je retournai dans le salon. Elizabeth, toujours à la même place, regardait la cheminée. Je ne pouvais pas dire si elle était calme ou simplement assommée.

— Ça va ? demandai-je.

– Oui, merci. J'aurais dû m'en douter. J'ai été naïve de croire que M. Sellick me laisserait en paix.

Je m'assis en face d'elle.

– Je crains qu'il n'en ait pas l'intention, en effet. Et il a trouvé des associés plus complaisants que moi.

Elle sourit.

– C'est tout à votre honneur, mon cher. Je préfère ne pas parler de mon petit-fils. Quant à Randall, je comprends que les hommes la trouvent fascinante. Mais il y a une froideur chez elle qui me gêne. Je ne la comprends pas.

– Moi non plus.

– Peu importe, dit-elle avec un soupir. M. Sellick va venir mardi à midi et je dois préparer une réponse. Étrange qu'il ait choisi ce jour-là.

– C'est la veille de l'enquête.

– Je veux parler de la date, le 21 juin. Il ne peut pas ignorer la signification de cette date.

– Quelle est-elle ?

– Le 21 juin 1910, c'est le jour où Gerald a rencontré Lloyd George et Christabel Pankhurst pour leur vendre l'extrait d'acte de mariage censé appartenir à Edwin. Une date fatidique s'il en est. On pourrait penser que M. Sellick a l'intention de conclure lui aussi un marché ce jour-là.

– C'est aussi le jour de l'anniversaire de Sellick, dis-je.

– Ah oui, bien sûr. L'anniversaire de M. Sellick, dit-elle, songeuse. De toute évidence, il compte sur un beau cadeau.

– Et vous lui en ferez un ?

– Je ne vois pas ce que je peux faire d'autre.

Que pouvait-elle faire d'autre en effet ? Je passai le reste de l'après-midi puis la soirée avec Elizabeth à parler une nouvelle fois de Strafford et de Couchman, des causes et des effets, du passé et du présent. Qu'est-ce qui était préférable ? Coopérer et donner son passé en pâture à la vindicte populaire ou résister et assister à la mise en pièces de sa vie ? Elle devait faire un choix, mais ses responsabilités vis-à-vis de ses descendants, Letty, Helen, Laura et même Timothy, résolurent la question. C'était aux morts de souffrir. Je passai la nuit à Quarterleigh, une nuit blanche à chercher comment éviter l'inéluctable. Il n'y avait pas de solution. Sellick avait hérité de son père la capacité de piéger les imprudents avec une efficacité redoutable. Mais des questions me troublaient. Pourquoi Sellick avait-il laissé détruire la postface ? Il devait certainement s'y trouver quelque chose qui lui faisait peur. Mais quoi ? Était-il trop tard pour le découvrir ?

Le lendemain matin, je quittai Quarterleigh avant qu'Elizabeth ne soit réveillée. Si je voulais avoir les moyens de négocier avec Sellick, je devais faire vite. Je pris le premier bus pour Chichester.

Au Dolphin and Anchor Hotel, on me dit qu'Alec et Leo étaient partis le samedi pour Londres. Les oiseaux s'étaient envolés.

Inconsolable, je marchai jusqu'à la cathédrale, m'assis sur un banc et contemplai l'élégant clocher. Des choristes répétaient à l'intérieur et leurs voix me parvenaient, étouffées par la pierre. Dehors, les ménagères partaient faire leurs courses et passaient devant moi sans prêter attention à ma silhouette voûtée sur un banc.

C'est alors qu'émergeant de l'angle d'un arc-boutant, les yeux levés pour admirer l'architecture gothique, Eve réapparut dans ma vie. Elle rejeta ses cheveux en arrière pour dégager le col de l'imperméable qu'elle portait ouvert sur une mince robe d'été. Elle serait passée devant moi sans me voir si je ne l'avais appelée, ou du moins est-ce l'impression qu'elle me donna.

– Sellick a décampé, dis-je en allant vers elle.

Elle se retourna et me regarda derrière l'écran de ses lunettes de soleil. Elle ne dit rien. Je m'arrêtai à cinq mètres d'elle environ.

– Il a fichu le camp pendant que vous faites son sale boulot.

– Je ne comprends pas ce que vous dites, Martin.

— Cela montre comment Sellick traite ses... employés. Les gens comme vous et moi. Nous ne sommes que des pions sur l'échiquier.

— Je ne suis le pion de personne, dit-elle.

Sa voix égale et ses lunettes noires étaient des barrières destinées à me tenir à distance.

— Vous devez bien savoir que vous n'êtes qu'un pion. Ce livre...

— Ce livre aura un intérêt historique certain.

— C'est en totale opposition avec ce que vous aviez l'intention de faire au début. Je me souviens que vous l'avez pris de haut lorsque j'ai laissé entendre que Christabel Pankhurst avait été la dupe de Lloyd George.

— J'ai changé d'avis, Martin. Sur beaucoup de choses.

— Y compris sur moi ?

— Non.

Je la regardai. Une absence d'expression délibérée me dissuada de chercher une explication. Je cherchai désespérément une approche différente.

— Cela ne vous ennuie pas, en tant qu'historienne, que Sellick ait laissé détruire la postface ?

— Ce n'est pas mon affaire.

— En tant que femme, cela ne vous gêne pas que Sellick fasse chanter Elizabeth ?

— En envoyant Timothy lui parler, il a évité ça.

— Vous devez savoir que ce n'est pas vrai. Elle redoute sa visite demain.

— Elle n'a pas de raison de s'inquiéter.

— Si, et vous le savez très bien. Pourquoi faites-vous ça ?

— Pour ma carrière. C'est une aspiration honorable, même si vous avez appelé ça de la prostitution.

Je me rapprochai.

— Quel nom voulez-vous que j'emploie quand vous vendez votre corps à Couchman et votre cerveau à Sellick ?

— Ça suffit. Je ne désire pas en entendre davantage.

Elle fit demi-tour et s'éloigna.

Je la saisis par le bras.

— Ce qui s'est passé sur cette plage ne signifiait rien pour vous ?

Elle se raidit et, sentant son bras tendu, je la lâchai. Puis elle se retourna pour me regarder et, lentement, retira ses lunettes noires. Ses yeux étaient comme des vrilles.

— Si, mais pas ce que vous avez cru.

— Lorsque nous nous sommes vus, à l'église de Miston, vous avez nié m'avoir tenu à l'écart pour laisser la voie libre à Timothy.

— Je vous ai dit la vérité. Ce n'était pas aussi simple que ça.

— Alors quoi ?

— Laissez-moi vous poser une question. Vous vous êtes institué le protecteur d'Elizabeth. Mais qu'avez-vous fait vraiment pour elle ? Que ferez-vous pour empêcher Sellick de la forcer à en passer par où il veut ?

Il y eut un long silence, un gouffre au fond duquel m'apparut toute ma médiocrité. Je m'entendis répondre d'une voix sourde :

— Rien.

— Ce que propose Timothy est plus constructif. Il me satisfait, ce dont vous serez toujours incapable.

— Mais lorsque nous sommes allés à Braunton, et après à Topsham, vous ne pouvez pas prétendre...

— Mais si, j'ai fait semblant, d'un bout à l'autre.

Elle remit ses lunettes noires. Je dus la voir traverser la place mais je ne m'en souviens plus. Ce dernier aveu mettait fin à tout ce qu'elle avait représenté pour moi. Mais pourquoi avait-elle fait semblant ? Elle n'avait pas daigné me le dire.

La nuit tomba ce soir-là sur le temps qui nous était imparti pour réfléchir, et nous approchions de l'heure de la confrontation avec Sellick. À Quarterleigh, Elizabeth méditait sur les amères conséquences de son invitation pleine de bonnes intentions. À Rackenfield, comme un ivrogne, je faisais le bilan de mes échecs. Ceux qui m'avaient fait confiance, Ambrose et Elizabeth, avaient souffert. Ceux qui m'avaient trompé, Eve, Timothy et Sellick, allaient triompher. C'était dur à encaisser.

Je ne trouvais aucun moyen d'échapper à ces sombres pensées. Je dormis d'un sommeil agité, qui ne m'apporta aucun apaisement.

– Martin ! Martin ! Réveillez-vous !

C'était Dora.

– Qu'y a-t-il ?

– Il faut vous lever. Je suis inquiète pour ma maîtresse.

Je m'assis dans mon lit et, encore mal réveillé, je regardai le visage anxieux de Dora.

– Bon sang, mais qu'est-ce qui se passe ?

– Je crois qu'elle a l'intention de prendre des mesures... draconiennes.

Je passai un peignoir et la suivis dans la cuisine. Elle me versa du thé pendant que je faisais des efforts pour affronter une journée que j'avais espéré ne jamais voir venir.

– Parlez lentement Dora, que s'est-il passé ?

– Eh bien, toute la journée d'hier, elle était pas dans son assiette. Vous devriez le savoir si vous aviez pas passé votre temps à vous abrutir au Royal Oak. Elle est allée au coffre-fort et elle a sorti quelque chose. Puis elle a dit qu'elle allait chez le capitaine Sayers pour son bridge. Mais le lundi, c'est pas le jour du bridge. C'était pour une autre raison, et je crois bien savoir laquelle.

Elle marqua une pause.

– Et alors ? demandai-je.

– Elle est revenue juste comme j'allais partir. Je lui ai trouvé l'air bizarre. Elle est montée directement dans sa chambre. Sur le palier, je l'ai entendue qui ouvrait et fermait les tiroirs de sa commode.

– Eh bien ?

– Eh bien, c'était pas comme si elle s'était changée ou je sais pas quoi. Elle est ressortie aussitôt après, a fermé la porte à clé derrière elle, ce qu'elle fait jamais, et elle a paru sens dessus dessous de me voir sur le palier. Elle m'a renvoyée à la cuisine comme si j'étais de trop. J'étais sûre que ça cachait quelque chose de louche.

– Mais quoi ?

– Ce matin, j'ai découvert le pot aux roses. Aussitôt après le petit déjeuner, elle a sorti la voiture. Je lui ai rappelé que le docteur lui avait dit de ne plus conduire mais elle a rien voulu savoir. Bref, quand elle a été partie, je suis montée dans sa chambre et j'ai jeté un coup d'œil dans les tiroirs de la commode. C'est là que je l'ai trouvé, caché sous des mouchoirs dans le tiroir du dessus.

– Trouvé quoi ?

Dora me regarda droit dans les yeux.

– Le revolver. Le revolver de sir Gerald. Celui qu'elle gardait sous clé. Le barillet tournait comme si on venait de le huiler... et il était chargé.

– Vous en êtes sûre ?

– Bien sûr que oui, mon grand. M. Bates tirait le gibier. Il m'en a appris assez sur les armes à feu pour que je sache reconnaître quand elles sont prêtes à servir.

– Mais pourquoi le sortir du coffre-fort pour le porter chez Sayers ?

– Parce que le cap'taine Sayers est un fin tireur. Il a du gibier à plumes sur ses terres. Il a même un champ de tir derrière chez lui. C'est une vraie passion. C'est quelqu'un qui peut voir tout de suite si une arme à feu est encore en état de servir.

Je me levai.

– Vous avez une idée de ce qu'elle veut faire ?

— C'est horrible à dire, dit-elle en hochant la tête, mais j'ai bien peur qu'elle supporte pas l'idée de revoir cette brebis galeuse de Sellick.

— Où est le revolver à présent ?

— Où je l'ai trouvé. Il est à elle après tout. Je n'ai pas le droit de le lui prendre.

Je regardai la pendule : presque 9 heures. Il restait trois heures avant que Sellick vienne chercher une capitulation en bonne et due forme. Je devais chasser de mon esprit toutes ces idées noires et fatalistes qui me poursuivaient et me concentrer sur l'enjeu de cette journée, de cette petite tranche de vie.

Je m'habillai et partis en toute hâte vers Quarterleigh. Je sonnai sans obtenir de réponse. Lorsque je regardai à travers le carreau de la porte d'entrée, je ne perçus aucun signe de vie. Anxieux, je fis le tour.

J'entendis alors une voiture qui approchait. Elle tourna dans l'allée. C'était la Sunbeam crème. Elizabeth, un foulard sur la tête, souriait en remontant l'allée. J'ouvris les portes du garage et elle gara la voiture.

— Je ne vous attendais pas si tôt, dit-elle en descendant.

Je souris.

— Je ne supportais pas de ne pas être ici.

— Entrez, vous allez me raconter ça.

Elle passa devant moi avec une résolution fiévreuse qui me mit mal à l'aise.

Je fis du café et nous le bûmes dans le salon pendant que j'essayais de deviner les véritables intentions d'Elizabeth. Elle était calme et semblait totalement maîtresse d'elle-même. « Un regard doré au-dessus d'une robe crème », c'est ainsi que Strafford l'avait décrite le jour le plus long de l'année, soixante-sept ans plus tôt. Mais la vieillesse avait donné à Elizabeth une beauté argentée, fragile, et une veste et une jupe en tweed remplaçaient les volants en vogue à l'époque du roi Édouard VII. On retrouvait pourtant l'Elizabeth d'autrefois, sa fermeté d'âme et sa beauté: elle aurait inspiré à Strafford un profond respect et elle était encore capable de m'émouvoir. Mais ses joues très rouges et son regard qui avait perdu son habituelle sérénité m'inquiétaient.

– Où êtes-vous allée? demandai-je. Je croyais que vous ne conduisiez plus.

– Je suis allée à Harting Hill juste pour me prouver que je pouvais encore conduire. J'ai trouvé cela... grisant.

– Cela vous a fait oublier Sellick?

– Non, mais j'ai les idées plus claires.

– De quelle façon?

Elle eut un sourire à peine forcé.

– Cela m'a fait prendre conscience que nous ne devrions pas nous tracasser pour des problèmes du genre de ceux que M. Sellick peut nous causer, alors qu'il y a tant de beauté dans ce monde.

– Alors, que lui direz-vous?

Elle parut faire un effort pour rassembler ses idées.

– Je lui dirai qu'il peut faire ce qu'il veut. La réputation d'une très vieille dame importe peu, après tout.

Le pensait-elle vraiment? J'aurais été incapable de le dire.

– C'est aussi simple que ça?

– Je le pense, Martin. Ce sera juste une rencontre ennuyeuse. En fait, ce n'est pas vraiment nécessaire que vous soyez là, bien que je vous sois reconnaissante d'être venu. Mais votre présence ne peut que renforcer son sentiment de triomphe.

Je compris qu'elle essayait de se débarrasser de moi.

– Vous avez peut-être raison. J'avoue que je n'ai pas d'autre solution à proposer.

– C'est parce qu'il n'y en a pas.

Il fallait que je trouve un moyen de vérifier l'information que Dora m'avait donnée.

— Dimanche, vous avez parlé de tous les anniversaires qui tombaient aujourd'hui. Je suppose que cela ne rend pas les choses faciles.

— Non, dit-elle avec un soupir. La visite que m'a faite Edwin, à Putney, est l'un des passages des mémoires qui m'ont le plus touchée.

— « Un regard doré au-dessus d'une robe crème. »

— Vous vous en souvenez aussi ?

Cette fois, son sourire n'était pas forcé.

— Savez-vous que j'ai toujours cette robe dans mon armoire ? Une authentique robe d'époque, comme sa propriétaire. J'ai peur de ne plus pouvoir rentrer dedans.

C'était une occasion inespérée.

— J'aimerais beaucoup la voir.

— Je vous la montrerai un jour.

— Pourquoi pas maintenant ?

Elle réfléchit un instant, puis accepta. Elle n'avait pas de raison valable de refuser : nous avions fini notre café, disposions encore de toute la matinée et cela ne tirait pas à conséquence.

Nous montâmes dans sa chambre. Je me tins sur le seuil tandis qu'elle ouvrait la porte d'une armoire et commençait à passer en revue son contenu.

La commode se trouvait à ma droite. Elizabeth me tournait le dos. C'était le moment de saisir ma chance. L'armoire était pleine à craquer de tous les vêtements qu'elle avait le plus aimés au cours de sa longue vie ; la recherche allait prendre du temps.

— J'ai rangé ici toutes les robes que je suis trop vieille pour porter. Je ne peux pas me résoudre à les jeter, dit-elle. Regardez les épaulettes de celle-ci...

J'ouvris doucement le tiroir. À un bout, comme Dora l'avait dit, se trouvaient des mouchoirs. La pile était dérangée.

— Et cette robe de cocktail a tourné quelques têtes en 1920, je peux vous le dire...

J'écartai les mouchoirs. Il était là : plus grand que je ne l'avais imaginé, noir, mat, le revolver d'un officier des forces d'intervention au Natal en 1899. Vieux, peut-être, mais fait pour durer et pour tuer.

Soudain, le silence m'alerta et je levai les yeux. Elizabeth avait cessé de parler et m'observait dans la glace fixée à l'intérieur de la porte. Pendant qu'elle fouillait dans l'armoire, la porte avait tourné lentement sur ses gonds et avait reflété mon image.

– Que faites-vous, Martin ? demanda-t-elle d'un ton égal.

Je soulevai le pistolet. Il n'y avait pas à tergiverser.

– Je cherchais ça. C'est le revolver de votre mari, n'est-ce pas ?

Elle se retourna et me regarda.

– En quoi cela vous regarde-t-il ?

– Je pensais que notre amitié me donnait le droit d'agir dans votre intérêt.

– Et en quoi agissez-vous dans mon intérêt ?

– D'habitude, ce pistolet se trouve dans votre coffre-fort. Vous me l'avez dit vous-même.

– Ne puis-je pas l'en retirer si je le désire ?

– Bien sûr. Mais Dora se fait du souci pour vous, et moi aussi.

– Ainsi, Dora m'a espionnée, hier soir.

Je m'avançai vers elle.

– Ce n'est pas le mot, Elizabeth. Nous voulions juste nous assurer que vous ne projetiez pas de faire des... bêtises.

– Vous pensez que je suis trop vieille pour savoir ce que je fais ?

– Non. Mais un revolver chargé est dangereux...

– Qui a dit qu'il était chargé ?

– C'est facile à voir.

Je manipulai maladroitement l'engin, essayant de l'ouvrir.

– Laissez-moi vous montrer.

Elle fit glisser en arrière le cran de sécurité, me désigna une cartouche logée dans l'alvéole, puis le repoussa.

– C'est vous qui avez besoin d'être protégé contre vous-même, Martin. Il est chargé et il est dangereux mais moi, je sais m'en servir, ce qui n'est pas votre cas manifestement. Ne pensez-vous pas qu'il est plus en sécurité avec moi ?
– Non.
Je le lui pris des mains et le glissai dans la poche de ma veste.
– Je suis désolé, Elizabeth. Je ne peux pas vous laisser vous exposer inutilement sans rien faire.
Elle sourit, marcha jusqu'à la fenêtre et se laissa tomber dans un fauteuil avec un soupir.
– Je sais que vous pensez agir pour le mieux, Martin, aussi fermerai-je les yeux pour cette fois sur votre fourberie pour vous introduire ici. Mais je crois sincèrement que vous devriez me laisser la garde de ce revolver.
– Pourquoi ?
– Pour que je puisse mettre un terme à tout ce (elle regarda dans le jardin)… gâchis.
À cet instant, j'eus la certitude que Dora avait vu juste.
– Il y a trop de gens qui vous aiment pour que je vous laisse faire une chose pareille.
Elle me regarda, l'air surpris.
– Ah, je vois. Vous pensiez… Non, non, vous vous méprenez.
Je me rapprochai d'elle et dis :
– Je comprends ce que vous ressentez. Du moins, je crois le savoir, mais j'avoue que je n'avais pas pensé qu'une personne telle que vous puisse songer au…
– Au suicide ?
Je m'assis sur le large appui de fenêtre et tournai mon visage vers elle.
– Oui, dis-je.
Elle sourit.
– Alors, Martin, vous me connaissez mieux que vous ne le pensez parce que vous avez raison. Jamais je n'ai envisagé le suicide. Et, en tout cas, si j'en arrivais un jour à une telle

extrémité, je choisirais quelque chose de moins salissant qu'un revolver.

Je fronçai les sourcils.

– Je ne comprends pas. N'êtes-vous pas allée chez un certain Sayers pour le faire réviser ?

– Je ne savais pas que Dora me suivait à la trace.

La pensée de Dora transformée en détective nous fit sourire.

– Le capitaine Sayers est un vieil ami à moi. Il a souvent parlé avec intérêt du revolver de Gerald. Il a été ravi d'y jeter un coup d'œil, de vérifier le pointage et de le huiler. Puis il l'a essayé sur des cibles. Il marche remarquablement bien pour son âge.

– Vieil ami ou pas, il n'aurait pas dû vous laisser le rapporter chez vous chargé.

Elle eut un sourire malicieux.

– Il serait le premier d'accord. Je me suis servie toute seule. J'ai pris une demi-douzaine de balles dans la boîte qu'il avait ouverte pour essayer le revolver. Je ne crois pas qu'il le remarquera.

– Mais pourquoi ? Quel intérêt si... ?

Son regard croisa le mien.

– Oui, Martin, vous y êtes. Cette vieille femme que je suis allait ajouter quelque chose de beaucoup plus dramatique qu'un suicide au catalogue des malheurs de sa famille. Je le ferais encore si vous me rendiez ce revolver. Je pense que je saurais m'en servir.

– Vous ne parlez pas sérieusement ?

– Très sérieusement, au contraire. Ne comprenez-vous pas ? Leo Sellick est un homme diabolique, corrompu par le pouvoir qu'il croit avoir sur nous. Et il ne sera jamais satisfait. Il exigera toujours davantage. Il n'y a qu'une seule façon de traiter avec un maître chanteur.

– Eh bien, j'ai peur qu'il vous faille trouver un autre moyen. Je garde ce revolver. Je ne pense pas que le tableau soit aussi sombre.

– Mais si. Depuis dimanche, je me creuse la cervelle pour trouver une échappatoire. Il n'y en a pas. Tant que Sellick vivra, il n'aura qu'un seul but : la ruine de tous les membres de ma famille. Il a les moyens d'y parvenir, et Dieu sait qu'il a de bonnes raisons d'être aussi motivé. Laissez-moi ce revolver.

– Je regrette, Elizabeth, mais je ne peux pas faire ça. Je pense aussi que Sellick cherche à vous embarrasser publiquement, mais je suis sûr que ça n'ira pas plus loin.

En fait, je n'en étais pas du tout certain.

– Vous avez été très secouée dernièrement et vous êtes épuisée nerveusement. Vous avez tendance à perdre le sens des réalités.

Elle s'assit toute droite.

– Ne me traitez pas avec condescendance, Martin, je vous prie. Je ne souffre pas de démence sénile. C'est vous qui perdez le sens des réalités. Je ne peux vous forcer à me rendre ce revolver, mais comprenez que vous me privez du seul moyen dont je dispose pour m'opposer aux exigences de M. Sellick.

J'essayai de l'apaiser.

– Je serai ici quand il arrivera. C'est dur à digérer, mais accepter ses conditions peut lui donner moins de satisfaction que de se bagarrer avec lui.

– Vous ne me laissez pas le choix. J'espère que vous êtes prêt à prendre la responsabilité de ce qui se passera.

– Oui. Dans un sens, j'en porte déjà la responsabilité. Si je n'avais pas accepté le travail de Sellick...

– Il aurait trouvé quelqu'un d'autre.

Cette pensée sembla la calmer.

– Je suis heureuse qu'il vous ait choisi. Je ne pense pas que vous pouviez empêcher quoi que ce soit.

Cela me fit du bien d'entendre Elizabeth le dire, mais j'étais convaincu qu'elle se trompait. Si j'avais consacré plus de temps à Ambrose et moins à Eve, si j'avais empêché Elizabeth d'envoyer l'invitation à Sellick, si... ah! si seulement. Je me croyais si intelligent quand je faisais la cour à Eve tout en étant grassement payé pour découvrir quelques vérités historiques. Mais Sellick avait prévu chacun de mes pas et je m'étais empressé de jouer le rôle qu'il avait écrit pour moi pour parvenir à ses fins : l'humiliation d'une famille orgueilleuse. J'avais été son complice inconscient et aveugle, ignorant que, dans la chute des Couchman, Strafford et moi serions aussi des victimes. « Prêtez assistance à Elizabeth au cas où ce serait nécessaire. » C'était la seule prière que Strafford m'ait adressée. Sur ce point, je pouvais encore tenir ma promesse.

— Vous pourriez me dire, reprit Elizabeth en rompant le silence que j'avais laissé s'installer, que je suis la dernière personne à pouvoir juger M. Sellick. Après tout, je me suis trompée sur Edwin. Et sur Gerald.

— Nous sommes tous coupables de mauvaises appréciations, y compris Sellick.

— Alors, espérons que vous ne vous trompez pas en me prenant mon revolver.

— Sellick ne mérite pas un traitement aussi dramatique.

— Vous croyez ?

Elle fit une pause et tendit légèrement le cou pour regarder dans le jardin.

— À votre avis, que s'est-il passé dans la tête de Gerald quand il a usurpé l'identité d'Edwin à Durban ? J'ai été mariée avec lui pendant quarante ans et pourtant je n'en ai pas la moindre idée.

— Vous avez lu ce qu'il en a dit dans la postface.

— Oui. Et elle n'existe plus, ce qui prouve que M. Sellick n'est peut-être pas aussi diabolique que nous le pensions.

Elizabeth prononça ces paroles sans conviction, et cela m'amena à réfléchir. Oui. Pourquoi Sellick nous avait-il laissé détruire la postface ?

Plus tard, alors que je me promenais dans le jardin, je réfléchis à ça. Elizabeth se reposait pendant que Dora s'affairait, plus détendue depuis que je lui avais assuré que sa maîtresse était désarmée. Jusqu'à midi, il me restait une heure pour retourner dans ma tête une pensée insistante.

Rien ne s'était passé que Sellick n'ait planifié ou prévu, excepté ma découverte de la postface. Sa destruction avait été sa seule concession aux Couchman.

Mais était-ce bien une concession aux Couchman ? Je repensai à la discussion que j'avais eue avec lui, la semaine précédente. Il avait été très vague sur ses faits et gestes au moment de la mort de Strafford et sur les raisons qui l'avaient poussé à ne pas chercher à retrouver sir Gerald. Était-ce une marque d'embarras ? N'aimait-il pas qu'on lui rappelle que Strafford avait réussi à le semer vingt-six ans plus tôt car cela blessait son amour-propre ? Ou y avait-il autre chose ?

Je m'assis au bord du ruisseau et regardai l'eau couler. Quelques poissons glissaient en miroitant parmi les herbes brunes vers un pêcheur qui les attendait patiemment, assis en aval près d'un arbre. Le soleil essayait de percer les nuages. Un rongeur faisait bouger les feuilles dans le bois en face. Le pêcheur était prêt à attendre aussi longtemps que nécessaire pour prendre sa proie. C'est à cet instant que je devinai ce qui avait dû se passer dans cette période lointaine, que je compris enfin ce que Sellick essayait de cacher en menaçant les Couchman d'un scandale. Au même moment, l'horloge de l'église se mit à sonner les douze coups, mettant fin à mes réflexions.

Je contournai la maison. Lorsque j'arrivai sur le devant, l'horloge s'était tue, mais à l'écho du dernier carillon se mêla le bruit d'un moteur de voiture. Je sus que c'était celle de Sellick avant même d'avoir vu le capot de la Daimler bleue dans l'allée, avant même d'avoir vu se peindre sur son visage une satisfaction diabolique au moment où il se pencha en avant pour dire un mot à son chauffeur.

Je m'arrêtai à une courte distance de la voiture et, le visage impassible, sans le moindre geste de salut, je regardai le chauffeur descendre et ouvrir la portière de derrière. Sellick foula le gravier d'un pas léger, dit au chauffeur d'attendre, puis vint vers moi d'un air désinvolte. À Madère, on m'avait montré le retraité bohème, puis j'avais découvert le Sud-Africain sérieux quand il était venu sur l'invitation d'Elizabeth. Une autre facette du personnage apparaissait à présent, avec sa richesse ostentatoire, sa limousine conduite par un laquais, ses habits élégants, sa montre et ses boutons de manchette en or, la marque du pouvoir dans ses traits burinés, son masque d'homme puissant et dangereux.

— Bonjour, Martin, dit-il. Je souhaiterais pouvoir dire que c'est une agréable surprise de vous trouver ici.

Je m'efforçai de rester calme.

— Je suis ici en tant qu'ami de la famille.

Il eut un petit rire glacial.

— Aurais-je donc réussi une sorte de miracle : vous ramener dans le sein de la famille qui vous a rejeté ?

— Peut-être. Mais nous ne sommes pas ici pour parler de ça. Vous pensez avoir gagné et vous avez peut-être raison. Mais j'ai quelques questions à vous poser qui peuvent encore retourner la situation.

— Cela devra attendre. Je suis venu ici pour voir lady Couchman, pas pour discuter avec vous. Cette époque est révolue. Est-elle là ?

Il se tourna sans attendre ma réponse et se dirigea à grands pas vers la porte qui, au même moment, s'ouvrit. Elizabeth se tenait debout sur le seuil, légèrement voûtée, abattue par le motif de cette rencontre, découragée à l'idée qu'il ne lui restait d'autre choix que de négocier avec Sellick.

— Monsieur Sellick, dit-elle, je vois qu'au moins vous êtes ponctuel. Voulez-vous entrer ?

— Avec plaisir, à moins que vous ne souhaitiez discuter de nos affaires dehors.

Elizabeth ne répondit pas. Elle fit simplement demi-tour et le précéda dans le salon. Elle n'offrit à Sellick ni un siège ni un verre, le fixant simplement d'un regard tendu pendant qu'il se dirigeait vers la cheminée. Puis il nous regarda d'un air franchement arrogant, la tête légèrement inclinée, tel un rapace, diverti par notre malaise qui lui assurait qu'il avait gagné.

– Manifestement, vous n'avez pas le sens de l'humour, dit-il. Aussi je vous ferai grâce de mes plaisanteries. Timothy vous a dit quelles sont mes conditions ?

– Oui, dit Elizabeth d'une voix sourde.

– Acceptez-vous de coopérer de façon inconditionnelle à la rédaction du livre de Mlle Randall ?

Elizabeth marcha lentement jusqu'à la fenêtre.

– Avant de vous répondre, monsieur Sellick, j'aimerais vous poser trois questions.

– Je vous écoute. Mais je ne vous garantis pas que j'y répondrai.

– Très bien.

Elizabeth se retourna et le regarda droit dans les yeux.

– D'abord, Timothy affirme qu'il vous apporte son concours à cause de la situation critique dans laquelle se trouve la société Couchman. Est-ce vrai ?

Sellick sourit ; son expression révélait qu'il avait plus de plaisir à répondre qu'à se taire.

– Oui et non, dit-il. Je me suis engagé à investir de nouveau. Mais vous devez savoir que les opérations mercantiles de Timothy vont mal et qu'il a besoin de capitaux pour un tas de raisons. Je le paie bien pour les services qu'il me rend.

– Assez pour le faire renoncer à toute loyauté envers sa famille ? demanda Elizabeth doucement.

– Oui. Vous devez bien sentir que la loyauté qui peut s'acheter ne vaut pas grand-chose. J'en conviens. Je n'ai fait que révéler la vraie nature de votre petit-fils.

– Merci, dit-elle sans trace d'ironie. Voici ma deuxième question : quand vous avez vu Henry à Londres, avez-vous cherché à le pousser au suicide ? Après tout, nous savons maintenant que vous avez menti la première fois que vous êtes venu ici en prétendant que vous ne l'aviez jamais rencontré.

Le visage de Sellick s'épanouit d'horrible façon.

– Je n'ai pas menti, lady Couchman. Je n'ai fait que taire certains faits, ce qui est le droit de chacun.

Il me jeta un coup d'œil comme pour me faire comprendre que la seule différence entre lui et moi, c'était qu'il savait depuis le début ce que j'avais caché, alors que je n'avais jamais deviné avant cet instant ce qu'il m'avait dissimulé.

– En ce qui concerne Henry, et puisque vous me posez la question, autant que vous sachiez ce qui s'est passé.

Il marqua une pause puis ajouta :

– Ce fameux dimanche soir, il a accepté de me retrouver à son club, le Carlton, bastion du parti conservateur.

Au début, il a fait le fanfaron. Je lui ai dit que j'avais l'intention de perdre sa réputation pour me venger du fait que son père m'avait privé de mon nom. Il a eu alors la témérité de me menacer. Il s'est vanté d'avoir assez d'influence pour me réduire au silence ou pire. Il a cité l'exemple de la mort de Strafford en 1951 en me demandant si je voulais subir le même sort.

Je lui ai ri au nez. Il surestimait son influence : un défaut commun à ceux qui héritent d'une fortune et d'une position sociale. Il croyait vraiment que ses amis politiques s'étaient débarrassés de Strafford afin de le protéger. Son système de défense s'est effondré une fois que je l'ai persuadé qu'il se faisait des illusions. Alors, il a compris qu'il ne pourrait pas m'empêcher de traîner son nom dans la boue. Au mieux, il devrait subir la disgrâce publique pour avoir été le complice de la bigamie et de l'imposture de son père. Au pis, comme je l'appris plus tard, il devrait répondre du meurtre d'Ambrose Strafford. L'impact de mes menaces était plus puissant que je ne l'imaginais. Si on pouvait prouver qu'Ambrose avait été tué (étant donné les circonstances, personne ne croirait plus à un accident), on pouvait supposer qu'Edwin avait lui aussi été assassiné.

Ainsi, vous voyez, je n'ai pas cherché à pousser Henry au suicide. J'avais projeté pour lui une honte publique peut-être pire que la mort. La menace reste valable après sa mort si vous refusez de coopérer. Il était simplement un homme plus faible et plus vain que je ne le pensais. Incapable d'affronter ce qui l'attendait, il a pris la porte de sortie des lâches.

Elizabeth marcha en vacillant jusqu'à un fauteuil. Je regardai ses mains saisir fébrilement les accoudoirs quand elle se laissa tomber dedans, abandonnant la scène à Sellick tandis que je restais immobile et silencieux, spectateur impuissant. À la fin, elle prit la parole :

— Tout ce que vous dites sur mon fils est peut-être vrai, monsieur Sellick, mais vous devez comprendre que c'était le seul fils que j'avais.

— Oh oui, je comprends, dit Sellick en s'autorisant pour la première fois un ton violent. C'est vous qui ne comprenez pas. Vous ne voulez toujours pas reconnaître que votre famille est coupable et que vous devez prendre une part de cette responsabilité. Une belle-famille anglaise avec un fils unique favorisé par le sort ! Non, lady Couchman. Ce n'était pas un fils unique. Que faites-vous de l'aîné ? Sir Gerald l'aurait-il oublié ? Vous ne m'avez encore rien donné. J'attends.

Elizabeth leva les yeux et le regarda.

— Vous avez l'intention de tout prendre, n'est-ce pas ? Mon fils, mon petit-fils, ma réputation, tout.

— Je prendrai ce qu'il est juste pour un fils de prendre.

— Alors voici ma troisième question... pourquoi nous avoir laissé brûler la postface ?

— Pour vous montrer que je n'en avais pas besoin. Je peux vous détruire sans l'aide de Strafford.

Il était temps que j'intervienne.

— C'est faux, dis-je en faisant un pas en avant.

Sellick tourna la tête vers moi.

— Ce n'est pas la vraie raison, ajoutai-je.

Pendant une longue minute, les yeux bleus de Sellick me fixèrent avec l'éclat de la glace.

— Vous avez quelque chose à dire, Martin ?

— Oui. C'est ce que j'essayais de vous dire au moment où nous avons appris la mort d'Henry. Il m'a fallu du temps pour faire le rapprochement entre son accident et le fait que vous ayez accepté de laisser détruire la postface, mais maintenant j'y vois clair. Vous avez affirmé qu'au moment où vous avez identifié votre père, à partir de la lecture des mémoires, sir Gerald était déjà mort. Il s'est pourtant écoulé un intervalle de trois ans sur lequel vous avez été très vague, c'est pourquoi je ne vous ai pas cru. Ce que vous venez de dire confirme mes soupçons. J'ai une dernière question à poser. Comment avez-vous persuadé Henry que ce n'étaient pas ses amis politiques qui avaient tué Strafford ?

Une lueur amusée alluma le regard de Sellick.

— Cela ne tenait pas debout.

— Peut-être qu'Henry y croyait. Vous n'aviez qu'une façon de le convaincre du contraire : en lui disant la vérité. En lui disant que c'était vous qui aviez tué Strafford.

Elizabeth nous observa l'un après l'autre, puis son regard se porta sur Sellick.

— Vous avez tué Edwin ?

— Oui.

Il redressa légèrement la tête comme s'il en tirait une juste fierté.

— Je suis libre de vous le dire maintenant que la postface est détruite. Sans elle, il n'y a plus aucune preuve de mon lien avec Strafford. Il y a quelques années, un petit pot-de-vin m'a permis d'obtenir que mon extrait d'acte de naissance, à Pietermaritzburg, soit perdu. Dans la mesure où personne ne peut rien prouver, je ne suis qu'un observateur impartial de l'agonie de la famille Couchman. Je n'ai laissé à Henry aucun doute sur le fait que je forcerais ses maîtres politiques à désavouer sa conduite et à nier toute participation dans la mort de Strafford. En toute logique, cela aurait fait de lui le premier suspect.

Il aurait consenti aussi facilement que le reste d'entre vous à la destruction de la postface pour se débarrasser des charges qu'il y avait contre lui. Il aurait joué mon jeu comme vous l'avez fait. On peut au moins lui reconnaître ça, il a préféré la seule voie qui lui restait.

Dans le récit que je lui ai fait de la mort de Strafford, il a tout de suite reconnu l'accent de la vérité et il a dû prendre conscience que tout porterait à croire que c'était lui qui avait joué mon rôle.

— Et quel rôle avez-vous joué ?

— Rien ne s'oppose plus à ce que vous le sachiez. À vrai dire, je n'avais pas l'intention de vous épargner ça. Après tout, lady Couchman, dit-il en s'inclinant légèrement dans sa direction, mon erreur de jugement et, par conséquent, la mort de Strafford sont l'œuvre de sir Gerald.

À Madère, Strafford a réussi à me semer aisément parce que je ne pouvais deviner qu'il avait compris tout de suite d'après les informations que je lui avais données : le coupable n'était pas lui mais sir Gerald.

Il m'a fait enfermer pendant un mois à Funchal. Comme tous les gentlemen anglais, il avait des fonctionnaires à sa botte. Plus tard, j'ai fait regretter au chef de la police de lui avoir accordé cette faveur. Mais, sur le moment, je ne pensais qu'à Strafford, mon père, comme je le croyais à l'époque, qui m'avait fait jeter en prison pour fuir en Angleterre.

Une fois libre, il m'a fallu deux semaines pour retrouver sa trace à Barrowteign où, croyais-je, il cherchait à échapper à la justice. J'étais résolu à ne lui montrer aucune pitié. Mais, après mon arrestation à cause de lui à Funchal, je m'attendais à ce qu'il me donne du fil à retordre. En fait, ce fut très simple.

Je suis arrivé à Dewford dans l'après-midi du 4 juin. Le patron du pub m'apprit que Strafford demeurait à Lodge Cottage. Il n'avait pas fait mystère de son retour, ce qui m'intrigua un peu, mais je ne m'appesantis pas longtemps sur ce point.

Je suis allé directement à Barrowteign. Il y avait des ouvriers un peu partout et personne ne fit attention à moi. À mi-chemin de l'allée, j'ai aperçu Strafford qui sortait par l'entrée principale de la maison et prenait la direction du cottage. J'ai été surpris, ne m'attendant pas à le voir se promener nonchalamment dans la propriété comme s'il était chez lui. Je sais maintenant que la possibilité de mon retour était loin d'être sa seule préoccupation.

J'ai pris garde à ce qu'il ne me voie pas, j'ai surveillé le cottage et attendu la tombée de la nuit. Après le départ de son neveu, j'étais sûr de le trouver seul.

Strafford m'a évité la complication d'une approche furtive. Il est sorti, a allumé sa pipe, s'est appuyé contre la barrière du passage à niveau et a regardé de part et d'autre de la voie. Je craignais que son neveu ne revienne. Je n'avais pas de temps à perdre.

Je suis sorti de ma cachette et je l'ai pris à partie. Il m'a traité avec mépris, a nié qu'il me devait quoi que ce soit mais admis qu'il avait usé de son influence pour me faire enfermer à Funchal. Son calme, sa détermination à me faire enrager étaient plutôt déconcertants. Mais j'étais plus jeune et moins prudent que maintenant. Son dédain et son arrogance me rendirent violent.

J'y ai souvent repensé depuis, et j'en suis venu à admirer Strafford pour la façon dont il s'est conduit cette nuit-là. Il s'est avancé sur la voie comme pour mettre la barrière entre nous, mais je le soupçonne plutôt d'avoir voulu m'y attirer. Il devait sentir que c'était tout ou rien, lui ou moi. Il avait peu de chances et devait le savoir. C'est ce que j'admire en lui. Un perdant, oui, mais un homme meilleur que l'imposteur que mon père a été.

À ce moment-là, je le haïssais de toutes mes forces et j'étais décidé à ne pas le laisser m'échapper une seconde fois. Je l'ai poursuivi sur la voie. Il m'a saisi à bras-le-corps et a essayé de me faire tomber sur les rails. J'ai entendu le sifflement d'un train et j'ai compris ce qu'il avait en tête. Je me souviens du choc que j'ai eu en pensant que cet homme que je prenais pour un misérable intrigant était capable, même s'il n'avait plus le choix, de faire preuve de courage physique. Non que son courage ait été capable de le sauver. Le rapport de forces m'était favorable, mais ce ne fut pas sans une lutte acharnée car il s'est défendu comme un lion. J'ai réussi finalement à me dégager et l'ai envoyé par terre d'un coup de poing, puis j'ai pris mes jambes à mon cou juste au moment où le train arrivait droit sur nous dans un sifflement strident et en freinant, mais beaucoup trop tard. L'âge a joué contre Strafford.

Je me suis enfui en courant. Strafford était mort, je n'avais pas de doute là-dessus. J'avais prévu une autre fin pour lui, mais il m'avait forcé à le tuer et il s'était débrouillé pour avoir une mort honorable. Il était mort en se battant.

– Pour me sauver, dit Elizabeth dans un souffle.

– Peut-être. Mais il a fait de moi un assassin. Je n'avais pas d'autre solution que de retourner à Madère tout de suite en espérant que personne ne ferait le rapprochement entre mon absence et sa mort. Personne n'y songea. Et le parricide ne semblait pas une façon injuste de venger ma mère. J'étais satisfait.

– Jusqu'à ce que vous trouviez les mémoires ?

– En effet. Lorsque la propriété de Strafford a été mise en vente, j'ai aussitôt décidé de l'acheter. Il y avait là une ironie du sort qui me plaisait. Je n'imaginais pas ce qui m'attendait. C'est lorsque j'ai lu les mémoires que j'ai compris ce que Strafford avait voulu faire. Il ne me fut pas difficile après cela de conclure que j'étais le fils de sir Gerald mais, étant donné les circonstances de la mort de Strafford, je ne pouvais pas venir en Angleterre pour lui demander des comptes sans courir le risque d'être soupçonné de meurtre. C'est pourquoi votre tranquillité d'esprit a été préservée, lady Couchman.

Pour un temps, du moins. L'année dernière, je songeai que Strafford vous avait permis de jouir pendant un quart de siècle d'un bonheur immérité. Sir Gerald était mort couvert d'honneurs immérités. Henry, je l'appris par les journaux, était un conservateur plein d'avenir. Et moi, j'étais inconnu et oublié car, malgré ma réussite matérielle, le sacrifice de Strafford m'empêchait de faire payer aux Couchman leur crime.

Je conçus un plan ingénieux pour résoudre ce problème. Je compris que j'étais assez riche pour provoquer votre chute par personnes interposées. La vie m'a en effet appris (mon père m'a appris, pourrait-on dire) que tous les hommes peuvent s'acheter et la plupart pour une somme modique. Louer des mains pouvait me permettre d'atteindre mon objectif tout en protégeant mon anonymat. Ce fut le rôle de Martin: rassembler assez de preuves au nom de la vérité historique pour vous enterrer tous, sans que j'aie à lever le petit doigt. Et vous avez fait du bon travail, Martin, vraiment. Jusqu'à ce que vous découvriez la postface. C'était une difficulté inattendue. Naturellement, cette découverte m'a causé du souci. Je n'avais pas de moyen de savoir si elle pouvait me compromettre. Je n'avais qu'une solution: venir tout de suite et payer d'audace.

Je me suis d'abord attaqué à Henry, qui était le maillon le plus fragile de la chaîne. Au cours de notre conversation, j'ai compris qu'il n'avait pas vu le document bien qu'il fût manifestement préoccupé de son existence. Je ne risquais rien à lui dire la vérité alors qu'il avait encore plus de raisons que moi de vouloir supprimer cette preuve. Après sa mort, il me suffisait de détruire la postface pour jouir d'une complète liberté de mouvement. Chacun a montré beaucoup de bonne volonté pour me satisfaire.

– Vous avez été très intelligent, monsieur Sellick, dit Elizabeth d'une voix hésitante.

– Merci, dit-il, le visage éclairé d'un large sourire.

– Nous pensions que vous étiez généreux en nous laissant brûler la suite des mémoires de Strafford.

– C'est ce que je voulais que vous pensiez. Timothy a soutenu cette idée comme je le lui avais demandé.

– Et j'ai demandé à Martin de ne pas s'y opposer.

– Oui. Mais vous auriez dû savoir, lady Couchman, qu'en acceptant votre décision Martin ne faisait que suivre mes instructions.

Elizabeth me regarda.

– Martin ?

– Je... je ne sais pas ce qu'il veut dire, balbutiai-je.

Sellick eut un grand sourire.

– Mais si, il le sait. Il est toujours mon employé.

– C'est un mensonge, criai-je. Un de plus.

Sellick se retourna vers Elizabeth.

– Lady Couchman, est-ce que Martin n'a pas fait un excellent travail en créant cette situation ? Vous avez rencontré Mlle Randall, une autre de mes employés, un bonus pour Martin. Vous savez comme il déteste votre famille. Je l'ai payé pour qu'il fasse ce qu'il avait toujours eu envie de faire : se venger de vous.

Mes yeux suivirent son regard vers Elizabeth, prostrée dans son fauteuil, perdue. Que pouvait-elle croire quand, moi-même, je n'étais plus sûr de rien ? Elle me regarda et je vis passer dans ses yeux un doute affreux. Sellick avait raison. Je n'aurais pas mieux fait s'il m'avait payé pour ça. Quel élément pouvait lui permettre de croire que ce n'était pas vrai ? Je restai immobile, sans mot dire.

— Si vous voulez bien m'excuser, dit Sellick, j'ai justement apporté quelque chose pour fêter notre accord. J'en avais fait la promesse à Martin, il y a longtemps.

Il sortit lentement de la pièce et je l'entendis s'adresser au chauffeur.

Durant le bref silence qui s'installa pendant son absence, je bredouillai sans conviction :

— Ce n'est pas vrai, Elizabeth. Je ne travaille plus pour Sellick. Je ne savais pas...

Je m'arrêtai au milieu de ma phrase.

Elizabeth me regardait.

— Comment vous croire, Martin ? À qui puis-je encore me fier ? Est-ce pour cela que vous m'avez pris le revolver ?

Je me laissai tomber dans le fauteuil en face d'elle. Que pouvais-je dire ?

Sellick revint dans la pièce. Le chauffeur qui le suivait portait une caisse en bois. Il la posa sur la table près de la fenêtre puis se retira. Sellick en sortit une bouteille recouverte d'une serviette de table et couchée dans un panier en osier, ainsi que trois verres qu'il aligna sur la table. Il souleva la serviette, essuya les verres l'un après l'autre et les leva à la lumière. Nous regardions, comme hypnotisés.

— C'est mon anniversaire, aujourd'hui, dit-il enfin. Une date que votre famille ne devrait jamais oublier, lady Couchman. Pour célébrer ce jour et votre coopération au livre de Mlle Randall, j'ai apporté cette bouteille.

Il la retira du panier. Je reconnus tout de suite la bouteille de madère 1792 qu'il m'avait promise une fois que j'aurais résolu le mystère de Strafford.

— J'avais pensé que nous la boirions avec Alec, à Quinta do Porto Novo. Mais Alec ne peut être parmi nous et je ne crois pas que nous retournerons jamais à Madère ensemble. Alors je l'ai apportée ici.

Il sortit un canif de sa poche et coupa le plomb au-dessus de la bouteille.

– Le voyage en avion ne lui a peut-être pas réussi et les vins de cette époque sont toujours imprévisibles.

Il replaça la bouteille dans sa corbeille et appliqua un tire-bouchon sur le goulot.

Elizabeth me regarda.

– Qu'est-ce que c'est, Martin ?

– Ma récompense pour avoir mené à bien ma tâche : une bouteille qui se trouvait dans la cave de Strafford : la dernière bouteille au monde d'un madère de 1792.

Je regardai Sellick. Il avait enfoncé le tire-bouchon. À présent, il maintenait d'une main la bouteille contre la corbeille et commençait de l'autre à tirer sur le bouchon. Je vis les muscles de son visage se crisper en même temps qu'il soutenait son effort avec adresse et concentration.

– Ce n'est pas un travail de novice, dit-il d'une voix âpre. Je me suis beaucoup exercé pour ce moment.

Lentement mais sûrement, le bouchon émergea.

– Je pense que ce sera parfait, mes amis. Voilà une occasion unique de goûter le vin qui fut offert à Napoléon.

Il souleva la bouteille avec respect.

– Je n'en veux pas, dit Elizabeth.

– Allons, lady Couchman. Refuser de boire en ce jour mémorable serait grossier. Je ne peux pas croire que la veuve d'un chevalier puisse se conduire ainsi ! J'insiste pour que vous preniez un verre avec moi.

– Je n'en ferai rien.

– Lady Couchman, dit-il en avançant vers elle, la bouteille dans une main, un verre dans l'autre, vous devriez savoir que lorsque j'insiste, j'ai les moyens d'imposer ma volonté. Sur ce point précis, comme sur d'autres à l'avenir, vous devez désormais m'obéir.

Le triomphe le faisait saliver. Elizabeth avait raison. Sa coopération forcée au livre d'Eve ne serait qu'un début. Rien n'arrêterait Sellick. Le vin de Strafford pour célébrer la défaite de Strafford. Elizabeth portant un toast pour célébrer la trahison de son mari. Moi pour boire la coupe jusqu'à la lie. Je l'avais servi de mauvaise grâce mais au-delà de ses espérances.

Sellick fit couler dans le verre l'épais liquide rubis.

– C'est mieux que je ne l'espérais, dit-il. Buvez, lady Couchman. Ou dois-je vous appeler mademoiselle Latimer ?

Les yeux d'Elizabeth flamboyaient plus que le vin quand elle les leva sur lui.

– Vous pouvez toujours essayer, monsieur Sellick, mais je ne boirai pas.

– Vous boirez !

La soudaineté et la violence de son geste me firent tressaillir. Il lança sur Elizabeth le contenu du verre, en aspergeant de liquide cramoisi son visage, son cou et son corsage. Elle cligna des yeux et toussa mais ne bougea pas : elle ne regardait pas Sellick mais moi. Le visage maculé de liquide rouge (cela aurait pu être le sang de Strafford), elle posait sur moi un regard angoissé et accusateur. Elle ne sourcilla même pas lorsque Sellick lança entre nous deux le verre qui alla se briser en mille miettes dans la cheminée.

Je me levai. Sellick retourna chercher un autre verre à la table.

– Je suis sûr que vous, vous ne refuserez pas de boire, Martin. En tant qu'historien, même saisonnier, vous apprécierez un millésime du temps de Napoléon.

Assez ! Qu'avait dit un jour Alec ? « Il suffit d'en avoir marre de se faire marcher dessus. » Que pouvait faire un historien raté qui, pour une fois dans sa vie, ne soit pas feint ? Chercher péniblement, parmi tous les mots écrits, un principe intangible. L'honneur ? La loyauté ? L'humanisme ? Non, quelque chose de beaucoup plus simple : la chose qu'il est juste de faire.

« Être, l'espace d'un instant, un peu moins bête. » Trop difficile, Strafford, trop difficile. Pour moi, formé pour étudier sans parvenir à des conclusions, payé pour agir pour le compte d'un autre, jamais pour moi-même. Mais pour une fois, pour un ami, un vrai, mort depuis longtemps et que je n'avais jamais rencontré, je changeai le cours de l'histoire.

La vérité sans agir, c'était le savoir sans l'honneur, c'était l'histoire sans Strafford.

Cela aurait pu être la main de Strafford, mais en réalité ce fut la mienne, qui sortit le revolver de Couch de la poche de ma veste au moment où Sellick se retourna vers nous. Cela aurait pu être un homme cent fois meilleur mais ce fut moi, personne d'autre, qui soulevai le revolver entre deux mains tremblantes et le braquai sur Sellick alors qu'il savourait sa victoire. Peut-être savait-il que, cette fois, il allait me pousser à bout. Peut-être lui était-il impossible de résister au plaisir de me rappeler que j'avais servi avec bonheur le mal qui existait en lui et en moi. Il fit un pas dans ma direction et sourit. Il sourit et, au même moment, je tirai.

Je ne vis pas Sellick s'affaisser. Ma main commotionnée laissa tomber par terre le revolver. Sellick était étendu sur le dos, un trou noir sur le front, la bouche entrouverte, un sourire figé. Leo Sellick était mort, le bras droit tendu et la main légèrement refermée, près de la bouteille qui se balançait encore, la bouteille de madère de 1792 dont le liquide rouge sang se répandait sur le tapis clair. C'était la dernière bouteille et personne ne la boirait jamais.

10

Pourquoi l'avais-je tué ? C'est tout ce qu'ils voulaient savoir. Mais comment leur expliquer que la vie s'était arrêtée pour moi, à ce moment-là, comme elle s'était arrêtée pour Sellick ? C'est à peine si je me souviens de ce qui s'est passé et à quel moment c'est arrivé. Je sais seulement que quelqu'un a téléphoné à la police pendant qu'Elizabeth me parlait, assise dans le salon que je ne voulais pas quitter tant que le corps de Sellick s'y trouvait. Elle était pâle, mais calme.

Plus tard, beaucoup plus tard, Elizabeth me rapporta des bribes de phrases que j'avais dites dans ce temps suspendu entre l'acte et son flot de conséquences.

– Vous savez pourquoi je l'ai tué ?

– Bien sûr. Avant qu'ils viennent tous, laissez-moi vous dire que c'est la meilleure chose que vous pouviez faire.

– Vous l'avez cru ? Lorsqu'il a dit que je travaillais encore pour lui ?

– Oui. Dieu me pardonne. Il avait le talent de faire croire le pire chez les autres. Un talent diabolique.

Je me souviens de la sirène de la voiture de police déchirant le silence qui était descendu sur la maison et avait fait oublier l'explosion de violence. Je me souviens du baiser qu'Elizabeth me donna sur le front, étrange et réconfortante bénédiction.

– Vous me rappelez de plus en plus Edwin. Cette fois, je ne vous abandonnerai pas.

Je me souviens du soleil disparaissant derrière un nuage et de la silhouette recouverte près de la fenêtre tombant dans l'ombre.

– Pourquoi l'avez-vous tué ?

Un inspecteur aux vêtements froissés et à la voix râpeuse fumait des cigarettes bon marché, assis en face de moi. Chose étrange, il me faisait penser à Marcus Baxter. Il me semblait l'entendre dire entre deux questions : « Radford, vous êtes un idiot. Vous croyez vraiment que ça prouve quelque chose ? »

« Pourquoi l'avez-vous tué ? » ne cessait-il de répéter. Son visage exprimait son étonnement. Il n'arrivait pas à me classer dans une catégorie d'assassin spécifique. Il ne me connaissait pas, ni Sellick non plus, et ne comprenait pas pourquoi j'avais tué un homme le jour de son anniversaire avec le revolver de son père.

À la fin, insatisfait, il m'inculpa en bonne et due forme et me demanda de faire une déposition. Je ne subis aucune pression, aucune coercition. Ma déclaration ne fut ni un déni ni une confession, pas même une explication satisfaisante. « Leo Sellick était le fils illégitime du mari de lady Couchman. Je l'ai tué pour arrêter sa guerre de harcèlement contre la famille Couchman. » En réalité, je m'adressais à Strafford, j'écrivais une lettre à un mort dans la tentative de lui dire que son échec pouvait à présent être considéré comme une victoire, dans la mesure où je m'étais grandi par ce geste. Mais il ne pouvait m'entendre.

Je passai une nuit blanche en cellule. J'étais encore étourdi par l'accalmie qui avait suivi mon passage à l'acte, encore habité d'un sentiment de contentement absurde.

Cet état d'esprit dura toute la matinée. Le 22 juin, le lendemain, s'ouvrit à Guilford l'enquête sur la mort d'Henry. À Chichester, je restai allongé sur ma couchette, attendant les conséquences de mon acte.

Dans l'après-midi, l'inspecteur me fit appeler. On me ramena dans la salle d'interrogatoire. Sur la table se trouvait un épais sac de cellophane contenant le revolver.

— C'est bien ce que vous avez dit, affirma l'inspecteur, l'air pensif. Un revolver chargé datant du début du siècle. Nous avons vérifié. Il est en bon état. Lady Couchman a confirmé que c'était bien celui de son mari.

— Vous l'avez interrogée ?

— Oui, et ça ne m'a pas plus avancé qu'avec vous. Elle parle par énigmes. Mais un meurtre est un meurtre.

Il me regarda un moment.

— Si c'en était un, ajouta-t-il.

— Que voulez-vous dire ? demandai-je.

— Vous êtes bizarre. Vous n'êtes pas un tueur. Mais vous avez quand même tué un homme.

Nous étions encore dans un temps suspendu.

— Vous avez été inculpé. Demain, vous comparaîtrez devant un tribunal. En attendant, vous avez un visiteur, votre avocat.

— Je n'ai pas d'avocat.

— Arrangez-vous avec lui. Son nom est Walter Tremlett. On le connaît bien. C'est certainement l'avocat de lady Couchman.

Il eut un regard entendu.

Qui était cet homme, cet émissaire d'Elizabeth ? Je n'avais pas besoin d'avocat.

— Vous voulez le voir ?

Que pouvais-je faire d'autre ? Il connaissait la réponse.

On me ramena dans ma cellule. Quelques minutes plus tard, Tremlett entrait. Épais, le visage rouge, des lunettes en demi-cercle, le front dégarni, les cheveux poivre et sel, un avocat de campagne en costume de tweed, transpirant dans la chaleur de l'après-midi. Il me tendit sa main moite.

— Enchanté de vous rencontrer, monsieur Radford.

Je m'assis sur ma couchette et il prit place sur la seule chaise, posant sur ses genoux une serviette usagée pleine à craquer.

— Qui vous envoie, monsieur Tremlett ?

— Lady Couchman, comme vous pouvez vous en douter.

— Mais pourquoi ?

– Jeune homme, dans votre situation, on a besoin d'aide.
– Pouvez-vous me dire quelle est ma situation ?
– Vous avez été inculpé d'assassinat, ce qui est passible d'une condamnation à perpétuité, dit-il avec un sourire désarmant. Mais j'imagine que votre question fait référence à autre chose. Je connais assez bien votre situation parce que lady Couchman m'a tout raconté. Vous a-t-on dit ce qui s'est passé à l'enquête ce matin ?
– Non.
– Le jury a conclu à une mort accidentelle comme nous l'avions espéré. Sans M. Sellick, il ne pouvait en être autrement.

La façon dont cet étranger affichait son savoir sur des faits qui me semblaient être ma propriété m'agaçait au plus haut point.

Une fois de plus, il arbora un large sourire innocent.

– Monsieur Radford, je suis ici pour vous aider. Voulez-vous être reconnu coupable de meurtre ?

Depuis que j'avais tué Sellick, je n'avais envisagé que le soulagement que cet acte m'avait apporté, à moi et à d'autres. Il me forçait à regarder en face la question du châtiment légal.

– J'ai fait une déposition dans laquelle je reconnais l'avoir tué. Il est trop tard pour changer.

– J'ai lu votre déclaration. C'est un aveu d'homicide, pas de meurtre. Il s'agit d'une question juridique qui a son importance. Lady Couchman se sent redevable envers vous. Elle m'a demandé de faire le maximum. Avec un bon avocat, je pense qu'il y a une chance de plaider avec succès l'homicide par imprudence et de nous en sortir avec une peine légère.

Je le regardai, perplexe.

– Monsieur Tremlett, j'ai tué un homme de sang-froid. Comment pouvez-vous maquiller ça en autre chose qu'un meurtre ?

Il retira ses lunettes.

– Le meurtre peut devenir homicide involontaire dans plusieurs cas, notamment lorsqu'il répond à une provocation. Je pense que nous sommes en mesure de prouver que le meurtre de M. Sellick est le résultat d'une provocation.

C'était le cas, mais un tribunal aurait à mon avis du mal à l'admettre.

– Vous ne me convainquez pas, alors je ne vois pas comment vous pourriez convaincre le juge et les jurés.

– Je vous demande un peu de patience, jeune homme. Vous ne m'avez pas écouté jusqu'au bout. Une telle plaidoirie s'appuiera sur le fait que M. Sellick s'acharnait sur la famille Couchman et qu'il avait menacé personnellement lady Couchman. Votre acte m'apparaît comme le geste désespéré d'un homme qui est prêt à tout pour défendre une amie. Je pense que les jurés pourraient être amenés à voir les choses de cette façon. Lady Couchman témoignera dans ce sens. J'espère que votre ex-femme voudra bien se laisser persuader de faire la même chose.

– Vous savez beaucoup de choses.

– Lady Couchman m'a dit tout ce que j'avais besoin de savoir, c'est plus prudent.

– Je lui suis reconnaissant d'essayer de m'aider mais je ne pense pas que cela marchera. Des témoignages pourront montrer Sellick sous un jour désagréable, mais ce n'est pas suffisant. Il faudrait prouver qu'il avait un grief contre les Couchman et qu'il essayait de les faire chanter. Mais il n'y a pas de preuve et, sans preuve, je suis perdu. Le seul document dans lequel soit mentionné le lien de Sellick avec les Couchman a été détruit après l'enterrement d'Henry. Elizabeth ne vous l'a pas dit ?

– Si. Mais ce que vous ne savez pas, c'est que lady Couchman est venue me voir la veille de l'enterrement à mon cabinet, ici, à Chichester, et qu'elle m'a confié la garde d'une photocopie de ce document. Je l'ai apportée avec moi.

Était-ce possible ? La postface de Strafford renaissant de ses cendres ! Tremlett extirpa un dossier de sa serviette et me le tendit.

C'était bien une photocopie de la postface. Ainsi, c'était donc vrai ! Le débat angoissant, l'horrible destruction du manuscrit par le feu... Et pendant tout ce temps, une liasse attendait dans le bureau de Tremlett pour nous donner, si besoin était, une deuxième chance.

– Pourquoi a-t-elle fait ça ? demandai-je enfin. Il fallait effacer les traces de la bigamie de sir Gerald.

– C'est ce que vous avez fait. La copie était en sécurité dans mon coffre-fort, à l'insu de tous. Je ne devais la lire que si elle me le demandait, ne la rendre publique qu'en cas de nécessité.

– Mais pourquoi ? Elle n'aurait pas pu...

– Non. Mais d'après ce que je sais et ce que vous devez savoir, pourquoi a-t-elle voulu conserver une copie des mémoires, pourquoi a-t-elle sauvé ces dernières paroles de Strafford : juste pour elle-même ?

Non. Je l'avais sous-estimée. Elizabeth avait réussi l'impossible : rester fidèle aux deux hommes qu'elle avait aimés. Par amour pour Strafford, elle avait sauvé la postface. Par amour pour Couch, elle avait essayé de tuer Sellick. Et maintenant, pour mon bien, elle exhumait les secrets de famille.

– Mais ce n'est qu'une copie !

– Exact. Mais la comparaison avec les mémoires devrait permettre d'authentifier l'écriture de Strafford. S'il le faut, j'irai les chercher à Madère.

Je le regardai droit dans les yeux.

– Vous vous donnez beaucoup de mal.

Il hocha modestement la tête.

– Je suis les instructions qu'on m'a données, monsieur Radford.

Je me levai.

– Je vous suis reconnaissant de vos efforts, mais il y a une chose que vous ne comprenez pas vraiment.

Il cligna des yeux comme un hibou.

– À savoir ?

— Sellick menaçait Elizabeth d'une disgrâce publique. Si nous montrons la postface de Strafford au tribunal, c'est justement ce qui se produira. Et je l'ai tué pour éviter ça.

Il sourit.

— Vous devez penser que je ne suis bon qu'à rédiger des actes de propriété, monsieur Radford, mais, aussi étonnant que cela puisse vous paraître, j'ai pensé à ce problème. Nous éviterions simplement que les faits soient présentés sous la forme choisie par M. Sellick, mais tout serait divulgué et cela reviendrait au même. La plupart des juges pourraient accepter de taire les connotations politiques, ce qui aurait pour effet de diminuer grandement l'intérêt des journalistes mais attirerait inévitablement la presse à sensation.

— Exactement.

— C'est ce que j'ai fait remarquer à lady Couchman car, comme vous, j'ai ses intérêts à cœur. J'ai trouvé la réponse qu'elle m'a faite convaincante et ne pas vouloir en tenir compte serait de votre part idiot et ingrat.

— Vous pouvez essayer de me convaincre.

— Je me bornerai à citer lady Couchman. Elle m'a simplement dit que M. Sellick, quelles que soient ses origines, n'avait pas le droit d'exiger autant d'elle, mais que vous, vous aviez tous les droits, précisément parce que vous n'avez rien demandé.

Le cran et la générosité d'Elizabeth me firent chaud au cœur. Après un moment de silence, Tremlett remit la photocopie de la postface dans sa serviette en cuir et se concentra.

— Réfléchissez, monsieur Radford. Je serai demain au tribunal. Il faudra que vous ayez pris une décision.

Je me levai.

— Je ne peux pas me permettre de m'enfermer dans ma dignité, monsieur Tremlett. Je vous serai reconnaissant de ce que vous ferez pour moi.

— Très bien. Nous essaierons.

– Lorsque vous verrez Elizabeth, dites-lui... que je suis honoré d'avoir son appui. Elle comprendra.

– J'en suis sûr, dit-il en me serrant la main. Je crois que je peux comprendre moi aussi.

Tremlett m'avait offert un moyen de m'en sortir au moment où je m'y attendais le moins. D'une certaine façon, cela ne fit que mettre à rude épreuve mon fragile optimisme au cours de cette longue épreuve qui commençait.

Dans les mois qui suivirent, la salle du tribunal ne fut que la partie la plus formelle et la plus visible de mon procès. Je fis une brève apparition irréelle devant la cour le 23 juin, plaidant l'homicide par imprudence. Mais j'oubliai vite ce moment pendant l'été que je passai en détention préventive dans ma cellule de la prison de Lewes, attendant avec la ferveur d'un homme dépossédé de tout l'ouverture du procès.

Tremlett travailla dur. Il obtint les services d'un bon avocat, Clifford Dane, avocat de la Couronne, un vieil ami d'Henry, et fit le voyage promis jusqu'à Madère. Helen vint me voir une fois pour me donner l'expression guindée de sa gratitude. Je fis un effort sur moi-même pour ne pas lui dire qu'elle n'avait pas à me remercier de quoi que ce soit. Le temps des rancunes était passé. J'étais plus étonné qu'elle par la façon dont les choses avaient tourné. J'insistai pour que Nick et Hester soient mis au courant, et ils furent assez bons pour me donner l'occasion de leur expliquer enfin dans quelle histoire je les avais entraînés.

En dehors de Tremlett, qui venait régulièrement pour me faire des comptes rendus de la situation, je vis surtout Elizabeth. Notre relation ressemblait à ce qu'elle était la première fois que j'étais allé la voir à Quarterleigh, lorsque nous explorions le passé à notre rythme et ignorions la découverte d'Ambrose et ce qui nous attendait. Nous parlâmes moins de ma défense et du rôle actif qu'elle y jouait que de Strafford et de son influence sur nos vies respectives. Nous en étions venus à partager sa mémoire comme si Elizabeth était sa veuve et moi son frère. Nous chérissions chaque souvenir de lui pour toutes les raisons qui avaient empêché Elizabeth de laisser détruire la postface de façon irrémédiable.

Je lui demandai des nouvelles de ceux que je n'avais pas revus, mais elle ne put rien dire. Personne ne savait où était Eve, et Timothy avait disparu en Espagne, abandonnant la société Couchman qui semblait s'être bien redressée sans lui. Quant à Alec, on savait simplement qu'il n'était pas rentré à Madère.

Enfin, à la fin du mois d'octobre, mon procès commença à la cour d'assises de Lewes. Pour moi, ce fut le spectacle de marionnettes le plus étrange qu'il m'ait été donné de voir, à mille lieues des événements que le tribunal était censé examiner, un monde bizarre peuplé d'hommes en perruque et en toge où ce qui comptait réellement – la noblesse de Strafford et les impostures de Couch, la volonté de Sellick de se venger et la dignité d'Elizabeth – avait moins d'importance que les lubies et les stratégies des technocrates de la justice.

– Martin Kenneth Radford, vous êtes accusé d'avoir tué le 21 juin en l'an de grâce 1977, à Miston, dans le comté du Sussex, Leo Sellick, résidant à Madère au Portugal, citoyen de la république d'Afrique du Sud. Plaidez-vous coupable ou non coupable ?

– Non coupable d'assassinat, mais coupable d'homicide par imprudence pour raison de provocation.

Provocation : le mot-clé sur lequel reposait toute la défense de Dane. Pour ma part, j'avais plutôt l'impression que mon salut résidait plus dans la faiblesse de l'accusation que dans la virtuosité de Dane.

Les faits qui m'étaient reprochés furent exposés en détail le deuxième jour. Ils ne furent pas contestés. Cela ne laissait pas à Dane une grande possibilité de manœuvre pour impressionner favorablement les jurés

Je me suis souvent demandé depuis si Dane ne s'était pas entendu secrètement avec Thorndyke, l'avocat général. Leurs désaccords me paraissaient artificiels, leur façon d'aborder les faits convenue, et le fait que Thorndyke ne présenta pas Sellick comme la victime innocente et tragique d'un meurtre idiot, suspect.

Les galeries réservées à la presse et au public se remplirent lorsque la parole fut donnée à l'avocat de la défense, c'est-à-dire à Dane. Il m'avait convaincu (demandé pour être plus précis) de ne pas témoigner moi-même, prétextant que cela aurait un effet désastreux. Je n'avais plus qu'à m'en remettre à son expérience et aux témoins qu'il fit comparaître et qui ne me laissèrent pas tomber.

Elizabeth resta à la barre toute une journée, au cours de laquelle elle émut le juge et fit la conquête des jurés. Quand elle parla du mariage secret de son mari en Afrique du Sud en révélant que le fils né de ce mariage n'était autre que Sellick, tout le tribunal compatit à sa douleur. Le tact dont elle avait fait preuve pour tenter d'effectuer une réconciliation était indéniable. Son courage face aux intentions perverses de Sellick était manifeste. Est-ce que la pression exercée sur leur famille avait pu pousser son fils vers une issue fatale ? Elle admit que ce n'était pas impossible. Aurait-elle tué Sellick elle-même si je lui avais laissé le revolver ? Oui, elle le pensait. Elle n'épargna ni les détails de la trahison de son petit-fils, ni les dernières exigences de Sellick. À la fin de son témoignage, je lus l'approbation sur le visage de certains jurés : ils auraient pu réagir comme moi, il s'était instauré entre nous une sorte de camaraderie.

– Le témoin est à vous, monsieur Thorndyke.

– Pas de questions, monsieur le président.

Pas de questions ? Procéder à l'interrogatoire d'Elizabeth était certes une entreprise risquée, qui pouvait accroître encore la sympathie que le jury avait pour elle. Mais n'était-ce pas une tentative à entreprendre ? Le soupçon grandit dans mon esprit.

Les récusations de Thorndyke avaient beau manquer de vigueur, il nous incombait de fournir les preuves de ce que nous avancions. Les experts en écriture furent appelés à témoigner. Oui, la postface photocopiée avait bien été écrite par l'auteur des mémoires. On accorda un week-end aux jurés pour la lire. Mais seulement des extraits ! Dane, Thorndyke et le juge s'étaient réunis en petit comité et étaient tombés d'accord là-dessus. « Il vaut mieux aller vite », m'avait-on dit. Bien sûr. Mais je ne pouvais pas m'empêcher de soupçonner autre chose.

La carrière de Strafford ne fut pas mentionnée, ni le fait qu'il avait pu être disgracié par ses adversaires politiques. En contrepartie, ce fut du moins mon impression, Thorndyke laissa Elizabeth tranquille et permit à Dane d'amener le jury vers le verdict désiré. Son résumé de l'affaire fut en ce sens une réussite.

– Mesdames et messieurs les jurés, je vous demande de bien considérer les traits les plus marquants de cette affaire hors du commun. D'un côté, le défunt, Leo Sellick : un homme d'affaires sud-africain, âgé, fortuné. Matériellement, il ne manque de rien. Mais sur le plan personnel, il est seul, sans ami, isolé, secret, et de plus en plus obsédé par l'image d'un père qui a abandonné sa mère avant sa naissance, le condamnant à être orphelin. Lorsqu'il retrouve enfin la trace de son père, celui-ci est mort. Il reporte alors sa soif de vengeance contre sa belle-famille.

D'un autre côté, nous avons l'accusé, Martin Radford : un jeune diplômé d'histoire au chômage, engagé par le défunt pour lui apporter une preuve avec laquelle il pourra faire chanter les Couchman. Mon client ignore bien sûr que telle est son intention. Il se lance innocemment dans ce qu'il croit être un simple travail de recherche.

Nous savons d'après le témoignage courageux de lady Couchman quelle était la preuve que cherchait Leo Sellick. Nous savons que cela a pu être un facteur déterminant dans l'accident de voiture de son fils survenu le 13 juin de cette année et dans lequel il a trouvé la mort. Nous savons que, quelques jours après l'accident, Sellick a adressé à lady Couchman un ultimatum : coopérer à un exposé littéraire douteux dans lequel serait raconté en détail le péché de jeunesse de son mari, ou voir sa famille exposée à la disgrâce publique.

Mon client avait toutes les raisons de croire qu'il avait involontairement mis en péril la tranquillité d'une femme qu'il en était venu à admirer. Le 21 juin, dans l'après-midi, il se trouve chez lady Couchman lorsque celle-ci essuie les insultes et les provocations de Sellick, qui va jusqu'à lui lancer un verre de vin à la figure. À ce moment-là, mon client perd le contrôle, comme cela aurait pu arriver à n'importe lequel d'entre nous. Parce qu'il a voulu protéger lady Couchman d'elle-même, uniquement pour cette raison, il a sur lui un revolver chargé. Poussé à bout et dans le feu de l'action, il sort ce revolver et tire, tuant Sellick sur le coup.

Cela, il le confesse volontiers. Mais qualifier son geste de meurtre est, me semble-t-il, une distorsion de la réalité. L'avocat général n'a pas contesté la preuve de la provocation que nous avons apportée devant vous. Un verdict d'homicide par imprudence serait un châtiment suffisant pour un homme qui a déjà beaucoup souffert. Étant donné les circonstances, c'est le seul verdict équitable.

Jusque-là, tout allait bien. Mais le juge n'était pas un juré impressionnable. Toute la semaine, il avait opposé un visage renfrogné au style fleuri des plaidoiries de Dane et grimacé en silence, donnant l'image d'un homme dont les goûts simples étaient profondément heurtés. M. Justice Keppel avait le mot de la fin et il n'avait pas l'intention de s'en priver.

— Mesdames et messieurs les membres du jury, il est de mon devoir de vous rappeler que votre tâche est grave et solennelle. Vous ne devez pas céder à un mouvement émotionnel. Quoi qu'il ait pu être dit contre le défunt, n'oubliez pas qu'il n'était pas là pour se défendre.

Dans cette affaire, il convient de débattre d'un point juridique. Et il m'incombe de vous donner un conseil juridique. L'accusé admet l'homicide par imprudence mais nie le meurtre.

C'est pourquoi je dois attirer votre attention sur les textes de 1951. Le paragraphe concernant l'acte d'homicide dit ceci : « Dans le cas d'une inculpation de meurtre, s'il existe une preuve permettant au jury d'établir que l'accusé a subi une provocation motivant sa perte de contrôle sur lui-même, il revient à l'appréciation du jury de décider si la provocation a été suffisante pour pousser un homme raisonnable à réagir comme il l'a fait. »

La décision est donc entre vos mains. Pourtant, je dois d'abord éclairer d'autres points. La défense a produit une preuve suffisante pour justifier que vous preniez en compte la provocation. Mais j'aurais souhaité, ajouta-t-il avec un coup d'œil appuyé à Thorndyke, un examen plus rigoureux de cette preuve par l'avocat général. L'accusé a tué le défunt dans le feu de l'action, mais n'aurait peut-être pas agi ainsi s'il n'avait pas eu un revolver sur lui. Il ne semble pas qu'il ait porté ce revolver dans une intention criminelle. Tout cela parle en sa faveur.

Un élément joue pourtant contre lui. La jurisprudence nous enseigne que le mode de représailles doit être proportionné à la provocation. Ainsi, les poings répondent aux poings. Dans le cas qui nous intéresse, de simples paroles et un geste agressif vis-à-vis de lady Couchman ont reçu pour réponse une balle. Une telle réponse était-elle proportionnée à la provocation en question ? Je ne le pense pas, mais c'est à vous d'en décider.

Le jury délibéra pendant trois heures. Dane et Tremlett vinrent me voir dans ma cellule pour me rassurer. Dane faisait preuve d'une confiance exubérante.

— Le dernier coup de Keppel ne les ébranlera pas, dit-il. Je les tiens. Nous aurons le bon verdict, monsieur Radford, ne craignez rien.

Tremlett se montra moins optimiste.

— Le juge semble plus hostile que l'avocat général. C'est mauvais signe. N'oubliez pas que, quel que soit le verdict, c'est lui qui prononce la condamnation.

— Et quel est le maximum pour homicide involontaire ?

— Le même que pour meurtre.

Les jurés suivirent Dane. Ils prononcèrent un verdict d'homicide involontaire. Dane me secoua vigoureusement la main. Elizabeth, assise dans l'emplacement réservé au public au-dessus de moi, m'adressa un sourire encourageant. Mais les paroles de Tremlett me restaient à l'esprit. Sous la perruque, le visage de Keppel était un masque. Il suspendit la séance pour réfléchir à la sentence pendant la nuit.

Je comparus à la cour d'assises de Lewes, le mardi 11 octobre, par une journée douce et ensoleillée. Le chant des oiseaux entrait par les hautes fenêtres ouvertes. Les journalistes se pressaient dans la galerie, attendant la décision du juge.

Dane voulut me rassurer.

— Il n'a pas le choix, monsieur Radford, croyez-moi. Une sentence légère : trois ans, quelque chose comme ça. Vous sortirez dans deux ans.

Mais Keppel, sombre et impassible, eut le dernier mot :

— Martin Kenneth Radford, vous avez été déclaré coupable d'homicide involontaire. Le jury, dans sa sagesse, a accepté votre défense en jugeant que ce verdict était plus approprié que le meurtre.

Néanmoins, un homme est mort. Aussi pénible qu'ait été la provocation, aucun homicide ne peut rester impuni. Aussi dur ou brutal qu'on puisse juger un homme, celui qui l'a tué ne saurait avoir d'excuse justifiant une telle conduite. Si cela arrive un jour, notre société – qui s'appuie sur la réparation légale des torts envers autrui – aura perdu la tête. Ce tribunal, je peux vous l'assurer, n'a pas perdu la sienne en dépit de tous les appels du pied d'éminents avocats.

Nous admettons que vous ayez tué Leo Sellick parce qu'il vous avait provoqué. Pour cette raison, et seulement pour cette raison, un verdict d'homicide involontaire et une sentence plus légère sont justifiés. Néanmoins, nous pensons que votre réponse à cette provocation ne peut en aucun cas être jugée proportionnée. Parmi les nombreuses accusations portées contre Leo Sellick, ne figure pas l'homicide. C'est vous qui êtes coupable de ce délit pour lequel nous sommes obligés d'imposer une peine proportionnée. Vous êtes condamné à quinze ans de prison.

Peine proportionnée au délit ? Je voulais lui crier d'arrêter. Je voulais crier : « Vous ne comprenez pas. Leo Sellick a tué mon meilleur ami sur une voie ferrée dans le comté du Devon, il y a vingt-six ans. Ce n'est pas proportionné ? »

Mais je ne dis rien. Le silence s'imposa à moi avec la force muette d'un rêve. Keppel n'aurait pas compris. Nous ne lui avions rien dit de Strafford. C'était juste un nom, une ombre derrière les rayons des projecteurs.

« Peine proportionnée. »

Le moment était déjà passé. Le jeu était joué et perdu. Un gardien de prison me prit par le bras. Dane marmonna : « Nous ferons appel. » Je regardai Elizabeth. Elle secoua la tête comme pour dire qu'elle avait fait de son mieux, mais que ses pauvres forces n'avaient pas suffi. Mais si. La foule des journalistes qui se bousculaient à la sortie disait le contraire.

ÉPILOGUE

Six mois après que Keppel m'eut assené quinze ans de réclusion, la cour d'appel ramena ma peine à dix ans. Dane, qui aurait auparavant crié au scandale devant une telle sentence, salua la nouvelle comme une victoire personnelle. Je suppose qu'il devait penser à sa carrière. Avec la remise de peine maximale, il ne me restait que six ans à faire et j'avais d'assez bonnes chances d'être mis en liberté conditionnelle un peu plus tôt. À l'automne 1979, je fus transféré à Ford Open. Après la sinistre prison de Lewes, cela avait des airs de colonie de vacances. Je me résignai à me tenir à carreau pour le temps qu'il me restait à faire. Ce qui autrefois m'avait paru impensable devint une sorte de routine, puis ce fut tout juste tolérable et enfin ennuyeux. Durant les quatre dernières années que je passai à Ford, l'officier responsable de l'éducation profita de mon expérience d'enseignant pour se décharger sur moi. Faire passer le BEPC à quelques-uns de mes compagnons de prison me donna plus de satisfaction que je n'en avais jamais eu comme professeur à Axborough.

Mes contacts avec l'extérieur s'espacèrent en même temps que ma vie à l'intérieur trouva un équilibre. La grande coupure s'était produite au cours de l'été 1978. Elizabeth, qui m'avait écrit et rendu visite plus souvent qu'aucune autre personne, m'apprit qu'elle avait acheté Quinta do Porto Novo après de longues négociations avec un notaire du Cap.

« Si quelqu'un peut me comprendre, c'est bien vous, m'écrivit-elle de Quarterleigh. Ma vie ici ne pourra plus jamais être pareille après les événements traumatisants de l'année dernière. Je suis heureuse d'être restée et d'avoir fait ce que j'ai pu pour vous avec mes pauvres moyens, mais à présent que l'affaire est réglée, pas à ma satisfaction, hélas, ni à la vôtre, je ressens le besoin d'une coupure. Si j'attends encore, je serai trop vieille pour faire quoi que ce soit. L'année prochaine, j'aurai 90 ans. J'ai résolu d'affronter cet événement qui fait date dans ma vie par un changement radical.

Alors, où serais-je mieux que sous le climat égal de Madère ? Voilà déjà quelque temps que j'y pense. Aujourd'hui, tous les arrangements légaux et financiers sont réglés. M. Tremlett y est allé récemment et il m'a assuré que la propriété était en bon ordre. Dora, Dieu la bénisse, a accepté de m'accompagner, bien que j'appréhende un peu ses réactions avec des domestiques portugais. Nous projetons de partir au début du mois de septembre. J'irai, bien sûr, vous rendre visite plusieurs fois d'ici là. Et quand vous serez libre, j'espère que vous viendrez me voir régulièrement à Madère.

Je me sens mal à l'aise à Quarterleigh depuis que M. Sellick y est mort. Dans la maison où Edwin a trouvé une forme de bonheur, j'espère retrouver la tranquillité d'esprit à laquelle il aspirait si fort pour mon bien. »

Ma surprise fut totale, mais je comprenais la décision d'Elizabeth. Je lui souhaitai d'être heureuse et lui promis de venir à Madère pour son centième anniversaire, puisque je ne pouvais pas être là pour fêter avec elle ses 90 ans. Évidemment, les choses ne se passèrent pas ainsi, mais c'était une idée réconfortante.

Après le départ d'Elizabeth, mes contacts avec elle se limitèrent à une correspondance régulière. Ses volumineuses lettres envoyées par avion parlaient de sa joie à recommencer une nouvelle vie si tard.

« Nous avons laissé le bureau d'Edwin tel qu'il était. Je vous écris assise à sa table. À part cette pièce, vous ne reconnaîtriez pas la maison. L'embellir semble m'avoir donné une nouvelle vitalité [...]. Gabriel (le régisseur) nous promet une belle récolte. J'espère que je pourrai bientôt vous envoyer quelques bouteilles de madère portant l'étiquette de la propriété [...]. Je suis heureuse de pouvoir dire que Tomas et Dora s'entendent bien [...]. Souvent, par cette fenêtre, je regarde la mer et je songe à l'Angleterre, mais sans regret. Je ne pense pas que je reviendrai un jour dans mon pays parce qu'à présent, voyez-vous, c'est ici que je me sens vraiment chez moi [...]. Le temps ne peut effacer les chagrins mais il peut nous aider à en tirer la plus difficile des leçons : même nos erreurs sont enrichissantes. »

Voici ce qu'elle m'écrivait pour son quatre-vingt-quatorzième anniversaire. À ce moment-là, le juge d'application des peines m'avait mis en liberté surveillée. Mais je n'étais pas encore libre d'aller la voir. Avant février 1984, date officielle de ma libération avec la remise de peine maximale, je n'avais pas l'autorisation de quitter le pays.

Tout cela changea en novembre 1983. Un mot arriva de Madère m'apprenant qu'Elizabeth s'était éteinte paisiblement pendant son sommeil à Quinta do Porto Novo. C'était prévisible, bien sûr, mais je me sentais floué, victime d'une bureaucratie insensible qui m'avait privé d'une dernière rencontre méritée avec Elizabeth. Ce choc me fit sortir de l'état hypnotique dans lequel m'avait plongé la vie en prison.

Selon ses dernières volontés, Elizabeth fut enterrée à Madère dans le cimetière attenant à une petite chapelle de la vallée de Porto Novo, juste au-dessous de la propriété. Helen se rendit à l'enterrement de sa grand-mère, bien qu'elle désapprouvât le refus d'Elizabeth d'être enterrée avec son mari à Miston. Cette décision était pourtant moins symbolique qu'Helen ne le supposait : en reposant à Madère, Elizabeth évitait d'avoir à choisir entre les deux hommes qu'elle avait aimés. J'aurais souhaité assister à ses obsèques, mais l'administration ne se laissa pas fléchir.

C'est alors qu'arriva une nouvelle qui éclata comme une bombe. Tremlett était allé à Madère pour régler les affaires d'Elizabeth. Au début du mois de décembre, à son retour, il m'écrivit qu'Elizabeth me léguait par testament Quinta do Porto Novo et deux cent dix mille livres, c'est-à-dire presque tout ce qu'elle possédait.

Je tombai des nues. Helen cria au scandale. J'eus droit à plusieurs coups de fil amers et je reçus même une lettre d'Australie, de l'avocat de Timothy qui n'avait rien reçu et contestait la validité du testament. Comme Tremlett me le fit remarquer, Elizabeth avait pris soin de noter que, plus qu'aucun de ses petits-enfants, j'avais besoin d'aide, cela suffisait à prouver son bon sens, même si une telle idée leur était insupportable. Leurs protestations me laissèrent indifférent. La lettre qu'Elizabeth avait laissée pour moi était plus importante.

« J'ai rendu la propriété de Quinta do Porto Novo heureuse avec le souvenir d'Edwin et la promesse d'un avenir fidèle à sa tradition anglaise. C'est ma dernière ambition que je réalise ainsi. C'est aussi la plus réussie. Qu'auriez-vous voulu que je fasse ? Laisser un autre hôtelier mettre la main dessus ? Je ne pense pas. La donner à Helen ? Elle n'en aurait pas voulu. Ou à Timothy ? Jamais ! Martin, vous êtes la seule personne qui comprenez à la fois cet endroit et les raisons qui m'ont poussée à venir. Alors prenez-la avec joie et soignez-la bien. Nous savons l'un et l'autre que le sens de votre noble action à Quarterleigh il y a six ans est un lien plus fort et plus durable qu'un lien de parenté. Pour qu'Edwin meure comme il est mort et que vous soyez emprisonné comme vous l'avez été, il était nécessaire que j'échoue. Alors, permettez-moi cette réussite. Utilisez votre avenir avec sagesse. »

Du jour au lendemain, je devins un homme riche. Soudain, je pouvais faire ce que je voulais. C'était le don d'Elizabeth. Celle qui avait le plus souffert de mon incursion dans le passé était celle qui m'avait le mieux traité. Pour Strafford, pour moi, pour nous tous, elle avait apaisé le passé par un avenir radieux.

Il me fallut environ six mois pour m'installer, me préoccupant de la récolte malgré la confiance en Gabriel, six mois pour m'habituer à être accepté, et même bien accueilli, par une communauté anglaise expatriée qui, par bonheur, ignorait tout de mon passé. Ne pas avoir à me justifier ni à m'excuser était une expérience étrange.

Mais je m'y habituai rapidement. Prendre conscience que j'étais un homme riche qui n'avait à s'inquiéter de rien fut un second et agréable choc. Les modestes revenus de la *quinta* et le capital qu'Elizabeth m'avait laissé semblaient m'assurer une sécurité et une liberté totales. C'était du moins ce que je croyais.

Ce matin, comme tous les autres jours, je pris un raccourci à travers les vignes de la *quinta* sur le versant sud pour rejoindre la route et marcher jusqu'au petit cimetière où Elizabeth est enterrée. Dans le dernier virage, un camion chargé de bananes me dépassa, soulevant des nuages de poussière. Puis j'aperçus une voiture qui s'arrêtait au bord de la route, devant la minuscule chapelle laissée à l'abandon.

Construite au siècle dernier par un Écossais dont l'âme presbytérienne ne pouvait supporter de reposer en terre catholique et romaine, la chapelle de St Andrew porte indéniablement un cachet calédonien. Dans le petit cimetière peu à peu tombé dans l'oubli, des guirlandes de lis, de rhododendrons et d'hibiscus envahissent les tombes de protestants transplantés. Dans les après-midi de grande chaleur, j'avais coutume d'aller m'y rafraîchir à l'ombre des arbres, écouter les cosses d'eucalyptus se fendre sous mes pas, prendre de l'eau à la source derrière la chapelle et remettre des fleurs fraîches sur la tombe d'Elizabeth. La pierre encore blanche était à présent dentelée de lichen.

J'ouvris la petite grille et remontai vers la chapelle. Quelque chose me retint, un léger bruit, le déclic d'un appareil photo venant du cimetière sur ma droite. Je fis demi-tour et me dirigeai vers l'endroit d'où venait le bruit.

À l'angle de la chapelle, je la vis. Debout près de la tombe d'Elizabeth, avec son chemisier bleu pâle, son ample jupe blanche et ses nu-pieds, j'aurais pu la prendre pour une touriste anglaise. Mais en m'entendant approcher, elle se retourna, un rayon tombant des arbres éclaira son visage et ses cheveux, et je vis que ce ne pouvait être personne d'autre qu'Eve, l'air à présent très posé après un coup d'œil pour jauger l'étranger inscrit dans sa mémoire.

– Bonjour, Martin, dit-elle simplement.

Je marchai lentement vers elle.

– Je ne m'attendais pas à vous revoir.

– Moi non plus.

– Dites-moi, pourquoi choisissez-vous toujours un terrain sanctifié pour me rencontrer ? L'église de Miston, la cathédrale de Chichester et, maintenant, ici.

Elle sourit.

– Je n'ai pas fait exprès de vous rencontrer à Chichester, ni ici. Mais ce n'est pas mal choisi. Rappelez-vous le droit d'asile de l'époque médiévale.

– Vous pensez que je cherche un asile ?

– Vous ou moi. Peu importe.

Elle se retourna et fit quelques pas vers le banc que le vieux Tomas avait sculpté dans un saule et placé là après la mort d'Elizabeth. Elle s'assit et me regarda dans une attitude de conciliation, ou peut-être quelque chose de plus subtil.

– Vous ne m'avez pas encore dit pourquoi vous êtes venue ici.

– Vous tenez réellement à le savoir ?

Je chassai de la tombe d'Elizabeth un minuscule lézard.

— J'aimerais le savoir.

— Je viens de passer trois mois à l'université de Coimbra où j'ai fait une recherche sur l'occupation espagnole au Portugal. Toujours la bohémienne universitaire, vous voyez. Il y a un Madérien dans l'équipe qui chante les louanges de l'île. J'ai décidé de venir par bateau de Lisbonne pour les vacances de Pâques.

— Pure curiosité alors ?

— Non. Pas seulement ça. En fait, même pas du tout ça

— Alors quoi ?

— Je voulais vous voir. J'ai mené une petite enquête à Lisbonne et j'ai appris que vous étiez le nouveau propriétaire de la *quinta*.

Je fis lentement le tour du banc et m'y adossai, ce qui me permettait d'entendre Eve tout en évitant son regard.

— Je pensais que ce serait la dernière chose dont vous auriez envie.

— Moi aussi. Avant.

— Qu'est-ce qui a changé ?

— Vous. Nous. Le mystère qui nous a liés n'existe plus.

— Avons-nous jamais été liés ? Vous vouliez simplement que je fasse ce qui vous arrangeait.

— Et pourquoi pas ? Je savais ce que je faisais et pourquoi. Bien sûr, le mystère Strafford était intéressant en soi, mais j'en savais plus que vous ne pensiez. Sur vous aussi. Dès que le nom de Strafford est venu sur le tapis, je me suis souvenue que j'avais vu l'extrait d'acte de mariage dans les archives Kendrick. Je vous ai fait marcher pour voir jusqu'où vous iriez pour me plaire.

Malgré tous vos beaux principes, vous étiez prêt à trahir Strafford pour coller à la thèse de mon livre. Je me suis demandé à quel moment vous découvririez pour la bourse de recherche Couchman, mais j'étais sûre que, même alors, vous ne diriez rien et c'est ce qui s'est passé.

— Je ne m'attends pas à ce que vous me croyiez mais, ce fameux matin, lorsque je suis venu vous voir au Darwin College, je voulais vous dire que je refusais de coopérer à un livre qui irait à l'encontre de mes convictions personnelles.

– C'était déjà dans l'air depuis quelques jours, mais j'avais toujours réussi à vous faire changer d'avis. Êtes-vous sûr que cela ne se serait pas passé de la même façon ?

– À la réflexion, non.

Eve avait raison. Elle aurait pu me faire faire n'importe quoi, à ce moment-là.

– Je m'attendais à ce que nous en restions là, mais Timothy m'a suggéré d'essayer de vous prendre la postface par la douceur, si vous l'aviez. Et j'ai été assez présomptueuse pour me dire : pourquoi pas ? De plus, Timothy m'avait promis de faire pression sur sa grand-mère pour qu'elle coopère à mon livre. Je devais penser à ma carrière. À ce moment-là, je ne comprenais pas à quel point Timothy était faible ni à quel point Elizabeth était forte. Et je ne me doutais pas que le père de Timothy avait tué Ambrose.

– Ainsi notre voyage à Braunton était orchestré depuis le début ?

– Pas tout à fait. Timothy voulait juste avoir la voie libre pour fouiller la maison des Bennett. Je n'ai appris que le lendemain matin que la postface ne s'y trouvait pas. Mais la journée n'a pas été perdue.

– Je ne comprends pas pourquoi vous avez fait ça. Le reste... oui. Mais pourquoi ça ?

– À cause de ce que vous avez dit en allant à Braunton. Vous vous rappelez, nous nous sommes arrêtés dans un pub près de Barnstaple et je vous ai fait parler de cette fille, Jane Campion. Vous vous présentiez comme la victime d'une cruelle séductrice. Et j'étais choquée que vous puissiez oublier qu'elle n'était qu'une gamine, une adolescente vulnérable que vous deviez protéger. Je vous ai demandé si vous saviez ce qu'elle était devenue.

– Je me souviens, dis-je en regardant fixement par terre. J'ai répondu qu'à mon avis elle était mariée, avait deux enfants et avait tout oublié.

– Oui, c'est ça. À votre avis ! Mais au fond, vous n'en saviez rien et cela ne vous intéressait pas vraiment. Maintenant, vous n'en savez pas davantage et cela ne vous intéresse toujours pas. Je vous ai regardé, si doux, si pareil à vous-même, si pathétiquement apitoyé sur votre sort, en croisière dans la vie aux dépens de quelqu'un d'autre. Et j'ai pensé qu'il était temps pour vous de commencer à payer. Pour ce que vous aviez fait à cette fille et pour d'autres raisons que vous ne pourriez comprendre. Il était temps que vous commenciez à souffrir. Et je m'y suis employée.

Ce qui s'est passé sur la plage a aussi été une épreuve pour moi. J'ai entrepris de vous séduire de sang-froid et de vous briser ensuite par une rupture. Je crois que vous ne vous êtes pas douté un instant qu'il s'agissait d'un numéro de courtisane.

Je la regardai et je pris une profonde respiration.

– Vous avez raison. Je n'aurais jamais deviné.

– Lorsque vous êtes parti le lendemain matin, je savais que vous vous précipiteriez à Topsham avec l'espoir de m'entendre vous assurer que je n'étais pour rien dans le cambriolage des Bennett. Je vous ai préparé une petite réception. Cela devait être à Book End, mais vous êtes rentré plus tôt que je ne m'y attendais. Je faisais marcher Timothy depuis des semaines. Il pensait que dès que nous rentrerions à Book End, je céderais à son charme irrésistible. En fait, il n'était qu'un pion. Mais d'une certaine façon, nous voir ensemble a été pour vous un choc encore plus grand que je ne l'avais espéré.

– Seulement, après ça, Timothy ne pouvait plus avoir la postface.

– Cela l'ennuyait plus que moi. Mais je devais vous suivre, au moins pour reprendre ma voiture. C'est à ce moment-là que Sellick est apparu et que Timothy a reparlé de faire pression sur sa grand-mère pour qu'elle collabore à mon livre. L'histoire de

Strafford restait une bonne histoire. Je me serais fait un nom. Mais tout cela a commencé à m'ennuyer.

Quels que soient vos défauts, Martin, ils n'étaient dus qu'à votre insouciance. Avec Leo Sellick, j'ai rencontré le mal pour la première fois de ma vie. Timothy a tout de suite été contaminé. Puis moi. Lorsque je suis allée voir lady Couchman, j'ai compris que je devenais complice d'un homme qui cherchait à exercer une vengeance indigne.

– Mais vous avez quand même continué ?

– Oui. Le pire m'attendait. Sellick était doué pour repérer les faiblesses des gens et les exploiter. Ma faiblesse, c'était mon ambition universitaire. Ses plans étaient conçus de manière à m'offrir un moyen de réaliser cette ambition. J'ai donc fait ce qu'il voulait, prenant pour victime une vieille femme, sans le moindre scrupule.

– Vous auriez pu abandonner.

– Mais je me targuais d'être une femme libérée. De plus, Sellick m'avait laissé entendre que vous écririez le livre si je ne le faisais pas et je l'ai cru.

– C'était faux.

– Oui, mais quand nous nous sommes rencontrés à Chichester, j'ai eu l'impression que vous confirmiez les propos de Sellick. Par provocation, je vous ai demandé ce que vous aviez fait pour protéger lady Couchman. Et vous avez dit...

– « Rien. »

– Mais le lendemain, vous l'avez tué.

Je fis lentement le tour du banc et contemplai la tombe d'Elizabeth.

– Je l'ai fait pour elle.

– Maintenant, je le sais. C'était tellement... inattendu.

– C'était inattendu pour moi aussi. Cela a surpris tout le monde, même Sellick, j'imagine.

– Dès que j'ai appris ce qui s'était passé, je suis rentrée à Cambridge. J'étais réellement bouleversée, mais aussi, sans oser me l'avouer, satisfaite que vous vous soyez mis dans une situation aussi terrible.

— Merci.

— Vous n'avez plus de raison d'être amer, Martin. La société Couchman a immédiatement suspendu ma bourse de recherche. Je me suis retrouvée sans travail et loin de devenir célèbre du jour au lendemain.

— Désolé d'avoir tout gâché.

— En fait, vous m'avez évité de faire une terrible erreur. Cet été-là, j'ai quitté Cambridge. J'ai passé un an à Paris, puis je suis retournée aux États-Unis. La vie est plus facile là-bas pour les universitaires femmes. Ça a bien marché à Harvard. J'ai fini par publier cette étude sur les suffragettes : une œuvre purement universitaire. J'ai épousé un avoué qui avait un cabinet important à Boston.

— Félicitations.

— Il est mort l'année dernière.

Je m'arrêtai net. Je n'avais pas le monopole du malheur. Même Eve pouvait souffrir.

— Je suis désolé.

Elle se leva et passa devant moi.

— Nous avons eu cinq bonnes années. Maintenant, ça va.

Elle s'arrêta près du mur de la chapelle et tourna la tête vers moi.

— J'ai quitté Harvard pour me dépayser, reprit-elle. Coimbra me semblait idéal pour oublier mon ancienne vie. Puis j'ai pris conscience que cela m'avait rapprochée de vous.

— Eve, je suis désolé pour la fille. Vraiment. Il y a si longtemps. Je pense que j'ai peut-être payé maintenant.

— Oui, je le pense aussi.

— Et je suis désolé pour votre mari. Mais je ne comprends toujours pas pourquoi vous êtes venue ici.

— Pour chercher votre pardon, cette fois, sincèrement.

Le lézard était revenu sur la tombe d'Elizabeth et il se chauffait sur sa surface rugueuse à l'endroit où le soleil perçait le feuillage des arbres.

– Vous m'avez peut-être sous-estimé, autrefois, mais maintenant vous me surestimez. La prison n'a pas fait de moi un saint. Je suis toujours le même homme, faible avec un minimum de fierté. Le pardon? C'est ce que vous voulez? Une terre sacrée pour l'absolution. Après avoir été votre jouet, puis votre eunuque, voulez-vous maintenant que je sois votre prêtre?

– Non, Martin. Ce n'est pas du tout ça.

– Je pense que si. Ce qui s'est passé avec Sellick ne vous a donc rien appris sur vous-même? Ce que vous m'avez fait ne vous a pas appris quelque chose sur la fille, sur Jane?

– Que voulez-vous dire?

– Ce que vous nommez vengeance n'était qu'une imitation, la preuve, si vous préférez, que j'ai été sa victime plus qu'elle n'a été victime de moi. Vous avez eu votre vengeance. Maintenant, laissez-moi tranquille.

Je me sentais étrangement à l'aise avec ma fureur contrôlée.

– C'est ce que vous voulez?

– Oui.

– Très bien.

Elle s'avança vers moi.

– Je pense que le pire dans tout ça, c'est que nous avons tous les deux raison. Mais dites-moi, ajouta-t-elle en s'arrêtant à côté de moi, vous ne pensez pas qu'Elizabeth aurait donné beaucoup pour avoir une chance de se réconcilier avec Strafford?

Je baissai les yeux et regardai la tombe.

– Tout ce que je veux dire, ajouta-t-elle, c'est que nous pourrions nous donner une seconde chance. Cela ne marchera probablement pas, mais est-ce que cela ne vaudrait pas la peine d'essayer? Je n'ai cherché que le pire en vous, Martin. En chemin, j'ai découvert quelque chose de bien... que j'aurais pu aimer si je m'y étais autorisée.

Je la regardai, ébahi.
– Il est trop tard, dis-je, beaucoup trop tard. On ne peut effacer ce qu'il y a eu entre nous.
– Non, bien sûr. Cela peut nous séparer. Ou nous rapprocher.
– Comment pourrais-je jamais vous croire ? Comment pourrais-je jamais être sûr que vous ne jouez pas votre numéro de courtisane ?
– La seule façon de le savoir est peut-être d'essayer une nouvelle fois.
– Votre image et votre mystère ont chatoyé dans un coin de ma mémoire depuis ce jour à Chichester où vous m'avez dit ce que vous pensiez de moi. Maintenant que la vérité est exposée au grand jour, je vais peut-être pouvoir enfin vous oublier. C'est tout ce que je souhaite.
– Dommage, Martin, c'est justement au moment où vous devriez me croire que, pour la première fois, je ne peux pas vous convaincre.
– La première et la dernière fois. Elizabeth avait offert à Strafford de lui pardonner mais elle avait dit aussi qu'elle ne pourrait jamais oublier. Je ne peux pas vous pardonner, Eve, je n'ai pas la grandeur d'âme d'Elizabeth. Mais j'essaierai d'oublier.
– Vous pensez vraiment que vous le pouvez ?
Je ne répondis pas, m'efforçant simplement de cacher ce que je pensais.
– Je suis au Casino Park Hotel à Funchal jusqu'à la semaine prochaine. Puis je pars en Espagne pour faire une recherche dans les archives des Habsbourg à Valladolid. Vous pouvez me contacter, là-bas, à l'université. Demandez le docteur Connolly.
– Vous n'entendrez pas parler de moi.
– L'invitation reste. Je serai à Valladolid jusqu'à la fin du mois de juin.
Elle se retourna et marcha vers la grille. À l'angle de la chapelle, elle marqua une pause. Je la regardai d'un air narquois. Elle leva l'appareil photo et appuya sur l'obturateur.

– Un souvenir, au cas où vous ne viendriez pas.
– Je ne viendrai pas.
– On verra.

Elle mit l'appareil photo en bandoulière et franchit la grille. Quelques instants plus tard, j'entendis le bruit d'un moteur descendant la route.

Et soudain, je me retrouvai en train de courir derrière elle. J'aperçus la voiture, forme sombre descendant vers Gaula. Au bord de la route, des fleurs de rhododendrons tremblaient encore. Elle était partie. Mais si je voulais, je pouvais la suivre.

En rentrant, je suis monté dans le bureau de Strafford, pour relire ses mémoires là où il les avait écrits, pour contempler la photographie d'Elizabeth, toujours à la même place sur le bureau, regarder la vallée et la mer au loin, comme tous ceux qui ont vécu dans cette maison.

Le soir descend sur la *quinta*. Les cigales sont là dehors, sur les bords imprécis du crépuscule. La nuit en tombant atténue mes doutes. Ma décision est reportée au moins jusqu'à demain.

Oui, la voici revenue sur les lieux que je hante. Pour me retrouver, elle a traversé les années et les scènes mortes, et je sais enfin pourquoi. Qu'a-t-elle trouvé à dire de notre passé ? Une vague promesse, l'écho ensorcelant d'un rêve allumant une faible lumière dans l'espace obscur où elle m'a manqué. Si près, et si loin de mes pensées, jusque-là... « Je serai à Valladolid jusqu'à la fin du mois de juin. » Dans le mois à venir, son invitation deviendra de plus en plus difficile à oublier. À chaque instant d'inattention, le désir d'accepter s'insinuera dans mon esprit comme un poison. Je le sais car je connais mes faiblesses aussi bien qu'elle.

Je vois le visage de Strafford sur cette photo du cabinet d'Asquith. Je te vois, mon gibier insaisissable, mais je ne t'entends pas. Si tu m'avais dit ce qui m'attendait en partant à la recherche de ton passé, je ne me serais jamais lancé dans l'aventure. Mais tu sais cela. Ton ombre que j'ai suivie à la trace, et dans laquelle je me suis glissé, m'enveloppe à présent dans ce lieu où tu as connu l'exil. Que ferais-tu ? Je sais. Il n'est pas nécessaire de le dire. Je dois d'abord refermer ce cahier, Strafford, le tien et aussi le mien, et, ce faisant, le cercle intemporel de notre relation. Dehors, les ombres me font signe. Rejoindre leurs formes mouvantes restera toujours un choix d'avenir hasardeux. Que ferais-tu ? Oui, je sais. C'est à moi, maintenant, de décider.